동토의 길

동토의 길

김수호

| 발간문 |

우리의 농경문화(農耕文化)는 우리 민족이 오랜 세월 동안 농사를 지으며 살아온 전통적인 농경사회에서, 유·불·선(儒·佛·仙)과 토속신앙(土俗信仰) 및 특이한 민족 정서 등이 함께 어울려서, 복합적으로 형성된 우리 민족 고유의 독특한 문화라고 할 수 있습니다.

본인은 신라시대의 민정문서인 〈신라장적〉[1]의 역사적 가치를, 수년 전의 만학 과정을 통해 알게 됨으로써, 우리 농촌의 시대적 실상 등을 모두 함축하고 있는 농경문화의 가치를 새롭게 인식하는 계기가 되었습니다.

이 책은 오랜 옛날부터 1960년대까지 이어져 온 우리 민족 고유의 농경문화(農耕文化)를 주제(theme)로 하고, 본인의 일부 인생역정(人生歷程)과 직접적으로 관련이 있는 주요 시대상(時代相) 등을 함께 기록한 자서전적(自敍傳的) 시간여행기(時間旅行記)라고 할 수 있습니다.

1 〈신라장적〉은 8세기 중엽에 신라 서원경(지금의 청주) 인근 4개 마을의 촌장이 인구, 토지, 마전, 상전, 과실나무, 가축의 수 등의 촌세(村勢)를 조사하여 3년마다 중앙정부에 보고한 민정문서로서, 1933년 일본의 동대사(東大寺)에서 발견되어 신라의 지방행정사 연구에 중요한 자료로서 인정을 받고 있다. 마전과 상전 등의 통계를 명시한 것으로 보아 당시에 삼베옷과 명주옷을 만들어 입었던 것으로 추정이 된다. 이 자료는 내가 초, 중, 고 재학 시의 국사교과서에는 등재되어 있지를 않았는데, 그 이후에 등재되어, 공무원시험 등의 각종 국사시험에 자주 출제되는 중요한 역사자료이다.

본인은 일제강점기인 1943년에 태어나서 조국의 광복과 건국을 맞이했고, 6·25의 참상(慘狀)과 함께 고난의 보릿고개를 넘어왔습니다. 그리고 산업화 시대의 비약적인 경제발전과 민주화 과정의 정치적 갈등 등의 수많은 변화를 몸소 겪으며 살아온 풍운(風雲)의 세대입니다.

우리 인류는 구석기시대에서 신석기시대로 변천하는 미미(微微)한 발전의 과정에서도, 무려 1만 년 이상의 오랜 세월이 걸렸다고 합니다. 그러나 본인이 살아온 짧은 세월은, 6·25 사변 등의 위중한 국난을 겪어 오면서도, 세계 최빈국의 수준에서 세계 10위권의 경제 대국으로 성장했던 급변의 세월이었습니다.

이러한 급변의 세월은 우리의 모든 생활영역에서, 부족한 것이 거의 없는 풍요하고 안락(安樂)한 세상으로, 경이적(驚異的)인 발전을 이루게 되었습니다.

그러나 이와 같은 급속한 발전의 이면에는, 오랜 세월 동안 이어져 온 우리 민족 고유의 농경문화는 완전히 사라지고, 이제는 이에 관한 흔적마저도 거의 찾아볼 수가 없는 실정입니다. 그리고 이와 같이 사라진 농경문화 등을 실제로 체험하고, 기억할 수 있는 세대는 어느덧 노년으로 변해버린 본인 등의 연령 세대가 유일(唯一)의 최후세대가 되었습니다.

그러므로 이미 사라진 우리의 농경문화에 관한 보존적(保存的)인 기록을 일부라도 남기는 것이 최후세대의 당위적 소명이라는 인식하에, 부족한 필력(筆力)과 사라진 기억(記憶) 등을 간신히 살려가며, 본인의 일인칭(一人稱) 관점(觀點)에서 자유로운 문장형식으로 집필(執筆)을 시작했습니다.

집필의 처음 목표는, 사라진 우리 고유의 농경문화만을 기록하기 위한 것이었습니다. 그러나 모든 것이 본인의 체험과 직접적인 견문 등에 의한 기록이므로, 부득이하게 본인의 인생이 끼어들지 않을 수가 없게 됨으로써, 부끄럽게도 본인의 자서전적인 형태의 졸저가 되었습니다.

이 책에서의 농경문화의 정의(定義)는 「곡물 재배의 농경을 경제 기반으로 하여 형성된 문화」라는 사전적 정의(定義)를 포함하여, 1960년대 전·후의 시대까지 우리의 농촌에서 형성·유지되고 있었던 고유의 각종 농법, 미풍양속 및 관습, 생활상태, 놀이문화, 농촌의 자생 단체 등의 모든 분야를 포함합니다.

이 책의 구성은 다음과 같습니다.

제1장은, 이 책의 주제로 설정된 농경문화의 주요 배경과 무대인, 본인의 고향에 관한 제반 환경과 우리나라 근대사에서 일제강점기와 함께 가장 비극적인 3대 국난(國難)에 속하고, 또한 이 책의 주제인 농경문화와도 밀접한 관계가 있는 '동학농민혁명'과 '6·25 사변' 등에 관한 요약의 기록입니다.

동학농민혁명에 관하여는 일반적으로 잘못 알려진 것을 중심으로 기록하였고, 6·25 사변은 본인이 직접 경험한 사실을 토대로 기록한 것이기 때문에, 주로 지금까지 잘 알려지지 않은 내용 등에 중점을 두었습니다.

제2장부터 제10장까지는, 이 책의 주제인 '농경문화'에 관한 기록으로서, 본인의 초등학교 시절부터 출향(出鄕)할 때까지, 본인이 고향 농촌에서 실제로 체험하고 견문(見聞)했던 종합적인 실제 사실 등의 기록입니다.

제11장은 농촌 출신의 우직(愚直)한 본인이 새로운 도시의 꿈을

안고 고향을 떠나 반백년(半百年)이 넘는 세월을 살아오면서, 특정의 시대상(時代相)과 직접적으로 관련이 있었던 본인의 일부 인생역정(人生歷程) 등에 관한 간추린 기록입니다.

그리고 위의 각 장에서, 이 책의 내용과 관련성이 있는 일부의 사실에 관하여, 본인의 소견을 담은 "주관적 사실" 등도 함께 추기(追記)를 했습니다. 이와 같이 추기된 본인의 주관적 사실 등은 공인되지 않은 본인의 일방적인 소견이기 때문에, 이에 관한 옳고 그름과 가치 등에 관하여는 독자 여러분께서 직접 판단하시기 바랍니다.

이 책에 기록된 대부분의 내용들은 지금까지 우리나라의 어떠한 문헌(文獻) 등에서도 찾아볼 수 없는 최초의 기록일 것입니다. 그러므로 이 책은 오랜 세월이 흐른 후에는, 〈신라장적〉처럼 희소성(稀少性)과 특이성(特異性) 등에 의하여, 후학들의 '농경문화'와 '한국행정사(韓國行政史)' 등의 사회과학 분야의 연구에 일부의 참고자료가 될 수도 있을 것입니다.

따라서 이 책은 미래세대를 위한 보존적인 기록이라고 할 수 있으므로 현재의 가치(價値)보다는 장기적(長期的) 소장(所藏)에 의한 미래의 가치(價値)가 더욱더 높을 수가 있을 것으로 기대합니다.

『월간 학연저널』이라는 교육 관계 월간잡지의 2001년 3월호에 본인의 만학(晩學)과 독학(獨學) 등에 관한 체험수기(體驗手記)가 등재된 적이 있었는데, 본인은 이 수기의 제목을, 「동토(凍土)의 길」이라고 했습니다.

이 책을 집필하면서 지나온 우리 고유의 농경문화와 함께, 선대 농민들의 삶을 살펴본 결과, 이 '동토(凍土)의 길'은 우리 민족이 오랫동안 반드시 걸어야만 했던 '생존의 길'이었음을 알게 되었습니다.

이미 지나간 과거는 다시 오지 않습니다. 그러나 지나간 그 과거를 기억하면 추억이 될 수 있고, 그 기억을 기록하면 미래를 위한 한 편의 역사가 될 수 있을 것으로 믿습니다. 비록 각종 자료와 표현 등에 있어서 많은 부족함도 있을 것이지만, 감히 주희(朱熹)의 '이사후지군자(以俟後之君子)'[2]와 같이 과거와 미래를 연결하는 마음으로 이 졸저(拙著)를 발간하게 되었습니다.

지금까지 이 책의 발간에 관하여 많은 격려와 도움을 주신 선출판사의 김윤태 사장님을 비롯한 모든 분들께 깊이 감사를 드립니다. 그리고 지금 이 책을 읽으시는 모든 독자 여러분께도 진심으로 감사를 드립니다.

2023년 1월

저자 **김수호**

2 '이사후지군자(以俟後之君子)'는 사서(四書)의 하나인 『대학(大學)』에서, 주희(朱熹)가 쓴 '집주장구서(集註章句序)'에 나오는 문장인데, 「이 책을 진정으로 알아 줄 미래의 군자(덕과 학식이 높은 사람)를 기다린다.」라는 뜻으로서, 미래의 유능한 후학들을 위한 배려와 기대의 마음을 표현한 내용이다.

| 차 례 |

제1장

주제主題의 배경과 무대

1

나의 고향과 어린 시절

정다운 고향 산천

이 책의 주제인 농경문화의 주요 배경과 무대가 될 경북 고령군 쌍림면 송림(松林) 마을은 나의 고향 마을이다. 옛날부터 소나무가 울창했던 마을이라서 불린 이름이라고 한다. 송림 마을의 행정지명이 송림동1구, 송림1구동, 송림1동이었다가 지금은 송림1리로 변경되어 있다.

우리 고령군은 옛날 대가야국의 수도로서, 지금도 가는 곳마다 많은 유적들과 역사의 향기가 풍기고 있는 아름다운 고을이다.

내가 태어난 쌍림면 송림1리 마을은, 고령군청 소재지에서 약 10km 거리의 26번 국도변 가까이 위치한 곳으로서, 내가 어릴 때는 약 60호 정도가 살았던 배산남향(背山南向)의 전형적인 농촌 마을이었다.

우리 송림1리는 뒷산 등에서 간혹 발굴이 되었던 토기와 가마터 등의 유적들을 살펴보면, 아마도 대가야시대 또는 그 이전부터 취락(聚落)이 형성되었던 것으로 보인다.

고려시대와 조선 초기까지는 고령박씨가 살았다고 전해지고, 그 이후에는 경주김씨(수원공파)가 집성촌을 이루면서 살아왔다고 한다. 그러나 내가 태어나서 성장할 무렵에는 다양한 성씨들이 정답게 살고있는 평화로운 농촌 마을이었다.

송림 마을 앞의 넓은 들판 동쪽에는 '귀원덤', 동남쪽으로는 '문필봉(자라봉)', 남쪽의 방천(防川) 너머에는 송림천[1]이 흐르고, 맞은 건너편에는 '비기덤'이 있다. 그리고 서쪽으로는, 경남·북의 도계(道界)를 이루는 '만대산'이 있고, 북쪽의 뒷산은 가야산과 미숭산의 줄기로 연결이 되어 있다. '덤'이란 경상도 방언으로서, "바위로 이루어진 절벽, 벼랑, 낭떠러지" 등을 말한다. '덤'에 대하여 『표준국어대사전』에는 경남지방의 「'바위'의 사투리」라고 되어 있다. 그러나 '바위'의 경상도 사투리는 '덤'이 아니라 보통 '방구'라고 하므로, 실제의 사투리와 국어사전과는 조금의 차이가 있는 것으로 보인다.

이 '귀원덤'과 '비기덤'에는 6·25 사변 이전까지만 하더라도, 밤이 되면 부엉이가 "부엉 부엉" 하며 많이 울었다. 사람이 올라갈 수 없는 이 부엉이 집에는 온갖 보물들이 많이 숨겨져 있다는 신비한 전설이 있었다.

밤이면 우는 이 부엉이의 울음소리에 대하여, 어른들께서는 부엉이가 단순하게 "부엉 부엉"만 하는 것이 아니라, 「부엉 부엉 우리 집에 보물 없다. 부엉 부엉」이라는 소리라고 했다. 부엉이가 자기 집 보물을 지키기 위해 어리석게도 「우리 집에 보물 없다」라고 소문내며 운다는 것이었다. 물론 옛날 사람들이 웃기려고 지어낸 농담이겠지만, 부엉이 우는 소리를 「우리 집에 보물 없다」라는 말이라고 상상을 하며 들으니까, 정말로 그런 소리를 하는 것 같기도 했었다.

1 송림천 : 이 하천은 경남 합천군 가야면 해인사가 있는 가야산에서 발원하여, 거창쪽에서 흘러온 물줄기와 합류되어 고향 마을 앞을 경유하여 낙동강의 지천인 고령읍 회천까지 흐르는 하천이지만, 과거부터 통용되었던 공식 명칭이 불명하기 때문에, 가장 길게 인접하고 있는 마을이 송림 마을이므로, 이 책에서는 편의상 '송림천'으로 칭하고자 한다.

오래전에 모 방송국의 코미디극에서 이와 비슷한 내용이 있었는데, 이것은 아마도 우리 고향의 부엉이가 더 원조였던 것 같다. 내가 태어난 송림1리 마을은 동편골목, 한골목(큰골목), 서편골목 등으로 남북으로 뻗은 통행로가 형성되어 있고, 서편골목에는 약 800년 수령의 은행나무가 있는데 가을이면 지금도 은행이 많이 열리고 있을 것이다.

옛날에는 가을이 되면, 이 은행을 따서 구워 먹거나, 추석 명절의 제사상에 올리기도 했다. 은행의 겉껍질을 깔 때는 냄새가 많이 났고, 까고 난 뒤에는 손을 잘 씻지 않으면, 손에 검붉은 색이 입혀져서 오랫동안 잘 벗겨지지를 않았다.

옛날 백산초등학교 재학시절에, 학구(6개동) 내에 은행나무가 있는 마을은 우리 송림 마을과 산당, 하거, 산주 등의 4개 마을이었는데, 서로의 은행을 비교하며, 자기 마을의 은행이 더 좋다는 자랑을 많이 했었다.

마을의 우물은 들샘, 동편샘(동편골목 입구), 서편샘(서편골목 입구), 뒷동산 샘, 못안 샘(저수지 안쪽) 등이 있었는데, 물맛은 뒷동산 샘의 물이 가장 좋았으나, 수량이 적어서 주로 수량이 풍부한 들샘을 가장 많이 이용했다.

샘은 깊기 때문에 두레박을 사용하여 물을 퍼 올렸다. 한때는 펌프식 양수기 시설을 하기도 했지만, 고장이 잦아서 두레박을 많이 이용했다.

물의 운반은 주로 여인들이 물동이를 머리에 이고 다녔고, 힘이 좀 센 여인이나 남정네들은 물지게[2]로 운반을 하는 경우도 있었다.

2 '물지게'는 긴 막대를 어깨에 멜 수 있도록 멜빵을 달고, 막대기의 양쪽 끝에는 물통

나도 간혹 시간이 있을 때마다 물지게로 형수님에게 도움을 드린 적이 있었다.

지금은 상수도 시설이 되어 있기 때문에, 이 샘들이 모두 폐허가 되어 있을 것이다. 조선 후기의 실학파 박제가 선생은, 샘물은 계속하여 사용하지 않으면 물이 저장되고 넘치는 것이 아니라, 결국에는 메말라 버리는 것과 같이, 나라의 경제도 마찬가지라며 중상주의(重商主義)를 주장했었다.

옛날에는 아무리 물을 많이 퍼내어도 마르지 않던 그 샘들이, 지금은 오랫동안 사용을 하지 않음으로써, 도리어 폐허가 되어 있는 것을 생각해 보면, 박제가 선생의 그 말이 더욱더 실감을 느끼게 한다.

마을 앞 들판에는 기름진 옥토 사이로 갈걸길[3]이 거창, 함양, 전라도, 해인사 등지로 통하는 26번 국도와 연결되어 있다. 그리고 더 앞으로 나가면 가야산 해인사에서 발원한 송림천이 맑게 흐르고 있었다.

송림천이 지금은 수량(水量)도 많이 줄어들고 수질마저 오염이 되어 있지만, 옛날에는 맑은 물이 풍부하게 흐르고 은어 등의 물고기와 다슬기(방언: 소라고동)가 많이 살고 있었기 때문에, 내가 어릴 때는 마음껏 헤엄치고 물고기 잡으며 즐겁게 놀았던 하천이다. 하천의 오염은 상류의 불순물 투입 등에 의한 것이고, 하천의 수량이 줄어드는 것은 다음과 같이 두 가지의 원인일 것으로 추정한다.

을 달 수 있도록 고리를 달았다. 이 물지게를 처음으로 지면, 중심을 잡기가 어려운데, 숙달이 되면 편리하게 많은 물을 지고 올 수가 있었다.

3 '걸'은 경상도 방언으로 '개울'을 말한다. 옛날에 "갈걸"이라고 불리던 S형의 개울을 메워서 만든 '갈걸길'이 있었는데, 지금은 경지정리로 인하여 없어지고 새로운 직선길이 만들어져 있다.

첫째는, 전 세계가 직면하고 있는 '지구의 사막화'에 의하여, 하천의 물이 마르는 건천화(乾川化) 현상이다. 대기의 오염 등으로 인해, 지구의 온도가 상승하면 남극과 북극의 얼음이 녹아서 바닷물이 늘어나게 되어 해수면은 높아지는데, 땅은 오히려 사막화가 된다는 것이 이상하기도 하지만, 지구의 사막화는 현재도 계속 진행이 되고 있다는 것이다.

둘째는, 수원(水源)이 되는 하천 주위의 산에 심은 수목(樹木)들이 과거에는 활엽수(闊葉樹)와 표토식물(表土植物)들이 아주 많았는데, 지금은 거의 전부가 침엽수(針葉樹)인 소나무로 교체가 됨으로써, 이로 인해 발생하는 하나의 부작용일 것으로 추정된다. 소나무와 같은 침엽수는 잎이 넓은 활엽수에 비해 뿌리 부근의 토양에 수분을 많이 저장하지 않을 뿐만 아니라, 소나무 밑에는 소나무의 자기방어를 위한 특이한 독소 때문에, 다른 관목과 풀 등의 표토식물들이 거의 자랄 수가 없음으로써, 산지가 풍부한 수원(水源)의 역할을 제대로 할 수가 없기 때문일 것이다.

문필봉(文筆峯) 이야기

'문필봉(文筆峯)'은 나의 고향 마을에서 아침 해가 떠오르는 위치에서 조금 남쪽인 동남 방향에 있는 높은 산봉우리를 말한다.

이 봉우리에 대하여, 이상하게도 인근 마을의 주민들은 모두가 '자라봉'이라고 했고, 내가 어릴 때부터 1-2년에 1회 정도로 우리 집 사랑방에서 1박을 했던 수인(數人)의 풍수가들은 모두가 이 산봉우리를 흔하게 볼 수 없는 '문필봉'이라고 극찬했다. 이 산봉우리는 높기도 하지만, 봉우리의 형국(形局)이 '자라'의 머리같이 보이기도 하고, '붓'과 같이 보이기 때문이다. 아마도 이 산봉우리를 쳐다보는 위치와 쳐다보는 마음에 따라서, 서로가 다르게 보인다고 할 수 있을 것 같다. 이 '문필봉'은 인근 마을에서도 물론 보이지만, 가장 바른 방향으로 잘 보이는 마을이 바로 내가 태어난 송림 마을(1, 2리)이다. 그 당시에 여러 사람의 풍수가들이 했던 말에 의하면, 이 '문필봉'이 잘 보이는 우리 마을에는 이 봉우리의 정기를 받아서, 반드시 큰 학자나 문필인(文筆人)이 많이 탄생할 것이라고 했었다.

이 '문필봉'에 관한 풍수가들의 말에 관하여 지금에 와서 살펴보니, 송림(1, 2리) 마을 출신 중에는 신기하게도 문필인(文筆人)들이 인근 마을에 비하여 월등하게 많다는 사실을 알게 되었다. 그러므로 풍수지리설의 신뢰성(信賴性) 등의 여부와는 전혀 관계없이, 오직 고향 마을의 신비로운 자연환경을 소개하기 위한 목적으로 다음과 같이 실제의 사례들을 제시해 보고자 한다.

첫째, 우리 송림 마을(1, 2리)에는 범상치 않은 대형 집터(말랑밭)와 문관석(文官石)과 무관석(武官石) 등이 서 있는 오래된 고령박씨와 경주김씨의 고분군(古墳群)이 있다. 그리고 오래전부터 경주김씨가 설립한 재실(齋室)도 한 곳 있었고, 고창오씨가 설립한 서원(書院)과 재실(齋室) 등이 있었던 것을 보면, 과거에는 분명히 많은 선비들이 거주하거나 모여들어 학문을 닦았던 마을이었을 개연성(蓋然性)은 충분히 있어 보인다.

둘째, 다음과 같이 실제로 문필인이 인근 마을보다는 월등히 많은 것도 분명한 사실이다. 너무 오래된 과거의 예는 수없이 많겠지만, 여러 가지의 한계(限界)가 있으므로, 내가 실제로 성장하면서 견문 등으로 인지(認知)할 수 있었던 시기부터 현재까지의 기간으로 한정(限定)을 했다. 그리고 숫자만의 표기로는 실증성(實證性) 등이 부족할 것 같아서, 실명을 본문(本文)과 주석(註釋)을 통해 소개코자 하는바, 우선 거명 당사자들의 양해를 구함과 동시에, 사정상 존칭 등의 생략과 함께 무순(無順)으로 다음과 같이 소개를 하고자 한다.

내가 어렸을 때, 우리 마을에서 한 때 한문서당도 운영하셨고, 인근지역에서는 한학자(漢學者)로서 유명했던 김기성(金基誠) 재종 숙부님과 인근에서는 명필로 유명했던 오대열(吳大烈) 선생 등의 2인이 계셨다. 그 이후로 5인의 박사(우성 전 노동부차관, 오창열 교수, 권덕용 문학박사, 이원혁 동양철학박사, 김수호 행정학박사)와 오원수 전 고령군의회 의장을 포함하여 20인의 공무원과 9인의 교사, 6인의 금융기관 근무자, 법무사 1인, 세무사 1인 등의 44인의 문필분야(文筆分野) 인물들이 출생한 것으로 파악되고 있다.[4]

이와 같은 현상은 모든 것이 문필봉의 영향 때문이라고는 할 수가 없을 것이고, 오직 본인들의 적성과 성실한 노력 등에 의한 결과인 것은 분명한 사실일 것이다. 그러나 인근의 다른 마을에 비하여 더욱더 많은 문필인이 탄생한 것은, 우리가 알 수 없는 신비로운 결과라고도 할 수 있을 것이다.

나는 이 책의 제9장 4항의 풍수지리설에서 일부의 부정적인 소견을 밝히고 있지만, 형국론(形局論)에 관하여는, 부정적인 견해를 피력(披瀝)하지는 않았다. 자연의 형국(形局)이 나쁜 것보다는 좋은 것이, 정서적(情緖的)으로나 조경적(造景的)으로도 분명히 좋을 것이고,

4 20인의 공무원(오원수, 오기열, 김우상, 전봉수, 오진호, 오방열, 정영근, 전광수, 전경수, 오정훈, 오재경, 조재문, 김태윤, 이규홍, 오윤열, 오이열, 오상철, 오수현, 김수진, 김수미)과 9인의 교사(이태용, 임병수, 오병훈, 임병용, 오정호, 오명희, 김태원, 조재웅, 김태정)와 6인의 금융기관 근무자(김덕준, 김창환, 정태규, 전판근, 임병기, 김상호)가 있고, 법무사(이근휘), 세무사(설창호) 등과 위 본문의 7인 등 총44인이 출생했다.

성장하는 젊은 가슴에 희망적인 동기부여(動機附輿)에는 분명히 도움을 줄 수도 있을 것이기 때문이다.

내가 중학교 재학시절의 국어교과서에 등재되었던 미국의 작가 '너새니얼 호손(Nathaniel Hawthorne, 1804-1864)'의 『큰 바위 얼굴』이라는 단편소설을 보고, 그 당시에 풍수가들의 말과 이 '문필봉'을 연상하기도 했었다.

이 소설의 주요 줄거리는, 주인공 '어니스트'라는 소년이 그의 어머니로부터 마을에서 바로 보이는 바위언덕에 새겨져 있는 '큰 바위 얼굴'에 관한 전설을 듣고 많은 감명을 받는다. 전설의 내용은, '큰 바위 얼굴'이 보이는 이 지역에는 앞으로 반드시 큰 바위의 얼굴을 닮은 훌륭한 인물이 태어날 것이라는 이야기였다. 주인공 '어니스트'는 이 전설을 그대로 믿고, 시간이 날 때마다 큰 바위 얼굴을 항상 쳐다보면서, 훌륭한 인물이 나타날 것을 상상하고 기다리며 성실히 성장했다. 그곳 출신 중에는 외지에 나가서 성공한 유명 인물들도 아주 많았지만, 그 유명한 사람들을 모두 제치고, 결국에는 '큰 바위 얼굴'을 가장 많이 쳐다보고 자란 '어니스트'라는 그 소년이 바로 '큰 바위 얼굴'을 닮은 훌륭한 사람이 되었다는 내용이다.

그리고 20세기 중반의 프랑스 작가인 '앙드레 말로(Andre Georges Malraux(1901-1976)'도, 「오랫동안 꿈을 그리는 사람은 마침내 그 꿈을 닮아간다.」라는 유명한 말을 했다. 이 말의 의미(意味) 역시, 강한 동기부여와 노력으로 이룬 '큰 바위 얼굴'의 소설과 함께, '문필봉'의 형국론적(形局論的)인 영향과 상통하는 의미라고 할 수 있을 것이다.

따라서 위와 같은 모든 사례들은, 어떤 형국(形局) 등이 어릴 때부터 특정 목표의 설정을 위한 동기부여(動機附輿)에는 분명히 도움이 될 수가 있을 것이고, 이것이 목표의 성취에 다소의 긍정적인 영향을 미칠 수도 있을 것이라는 이론(理論)이다. 그러나 이루고자 하는 세상의 모든 것은 동기부여만으로는 이루어질 수가 없고, 반드시 성실한 노력이 수반되어야만, 비로소 신비로운 영향 등을 일부라도 받을 수가 있을 것이다.

'문필봉(文筆峰)'을 바라보는 나의 고향 마을에 문필(文筆)의 정기(精氣)를 더욱더 빛낼 수 있는 새로운 하나의 반가운 소식이 있다.

아직까지 구체적으로 확정된 것은 아니지만, 송림 마을 출신의 후손이신 익명(匿名)의 재일교포 독지가(篤志家) 한 분께서, 고맙게도 재향인(在鄕人)과 출향인(出鄕人)들의 후손을 위해 2023년도에 장학재단의 설립을 구상 중이라는 반가운 소식이 있다.

앞으로 성사의 여부를 떠나서, 냉정한 타국에서 온갖 고생을 무릅쓰고 힘들게 모으신 그 귀한 부(富)를, 고향의 후진들을 위해 출연(出捐)하시겠다는 고마운 분에게 진심으로 경의를 표함과 동시에, 이 아름다운 선행을 세상에 널리 알리고자 한다.

전설의 고갯길(嶺)

나의 고향 마을 근처에는 많은 고개(嶺: 재)가 있다. 원래 고갯길이 생긴 원인은, 평지로 가면 길이 너무 멀기 때문에 다소의 불편성과 위험성도 있었지만 어쩔 수 없이 오랜 세월 동안 많은 사람들이 자주 다니게 됨으로써, 자연히 만들어진 지름길이었다.

나의 고향 마을 뒤편 송지골의 동북쪽 끝에는 월막리로 넘어가는 '새실재'가 있는데, 이 '새실재'를 월막리에서는 '송림재'라고 호칭했다.

'새실재'는 지금의 26번 국도인 신작로[5]가 생기기 전에는 우리 마을에서 고령읍으로 가는 지름길이었기 때문에, 아주 많이 걸어 다녔다고 했다.

그리고 고령읍으로 가는 '칠등재'와 덕국재, '토끼재'와 대구로 넘어가는 '금산재' 등의 고개들이 있었고, 평지 마을에서 경남으로 넘어가는 '평지재'가 있다.

송림천을 건너 합가리(계실 마을)로 넘어가는 고개를 '배자재'라고 하고, 이 고개를 넘어서 조금 더 가면, 경남 합천군 쌍책면으로 넘어가는 '진등재'와 합천군 율곡면으로 넘어가는 또 다른 고개인 '지릿재'가 있고, 고룡 마을에서 합가리 '상마'로 넘어가는 '개욱재'가 있고, 경남 합천군 율곡면으로 넘어가는 '뻰나무재'가 있다.

해인사 방향인 경상남도 야로면으로 넘어가는 '시평재'가 있는데, 이 '시평재'는 우리 마을에서 해인사로 걸어가는 유일의 도보 지름길이다.

'지릿재', '덕국재', '금산재' 등과 같이 신작로가 건설되어 있는 고개를 제외한 대부분의 고개 정상(頂上)에는 큰 돌무더기가 길 양편으로 있는데, 아마 지금도 이 돌무더기는 그대로 남아있을 것이다. 이 돌무더기는 고개를 넘어가는 길손들이 산신령에게 무사히 잘 넘어가도록 도와준 것에 대한 고마움과 기원의 의미로 작은 돌 1개씩을 주워서 올려놓은 것인데, 오랜 세월을 지나면서 큰 돌무더기로 형성된 것이다.

그리고 이 '고갯길'은 모두 인가가 멀리 떨어져 있고 외진 곳이기 때문에 대부분 무서운 전설들이 남아있다. 주로 여우가 둔갑하여 나

5 '신작로(新作路)'는 일제강점기에 만들어지면서 새로 만든 도로라고 하여 불리던 이름으로서, 내가 어릴 때에는 도로를 모두가 '신작로'라고 불렀다.

타난다거나 산적과 늑대 등의 출현이 그것이다.

특히 '배자재'는 고개가 아주 낮지만 여우가 둔갑(遁甲)을 하여 자주 나타난다고 했고, 골이 깊고 고개가 아주 높았던 '진등재'의 경우에는 옛날에 무서운 산적들이나 늑대가 자주 출몰했다는 등의 무서운 전설들이 전해졌던 곳이기도 했다. 그러나 지금은 새로운 도로의 건설과 교통의 발달 등으로 인해, 고개를 통행하는 사람이 전혀 없게 됨으로써, 아마도 이 고갯길들은 모두가 잡초로 덮여, 사람들이 다닐 수가 없도록 길이 막혀 있을 것이다.

사서삼경(四書三經) 중의 하나인 『맹자(孟子)』의 「진심장구(盡心章句)」 하편에 "산길에 사람들이 다니는 곳이, 조금만 사용하면 길을 이루고, 한동안 사용하지 않으면 풀이 자라 길을 막나니, 지금 이 띠풀이 그대의 마음을 꽉 막고 있구나(山徑之蹊間 介然用之而成路 爲間不用 則茅塞之矣 今 茅塞子之心矣)."라는 글이 있는데, 풀이 우거져 길이 막혀 있는 지금의 고갯길을 아주 잘 표현하고 있는 것 같다.

나의 어린 시절

나는 일제강점기 말엽(末葉)인 1943년 2월 10일(음력: 癸未年 1월 6일) 경북 고령군 쌍림면 송림1리 187번지에서 5남매 중 막내로 태어났는데, 그때 어머니의 연세는 43세나 되었다. 일제강점기 시절의 평균적인 여인들의 건강 상태 등을 고려하면, 나는 거의 기적적으로 태어난 것이라고 할 수 있을 것 같다. 그리고 그 이후로도 몇 번의 죽을 고비를 무사히 넘긴 것을 생각하면, 나는 수명 하나만은 강하게 지니고 태어난 것 같다.

나의 성은 경주 김가이고, 우리 집 택호(宅號)는 어머니의 친정 마을 이름을 따서 '창동댁(띠기)'으로 호칭 되었다.

내가 태어난 같은 해 10월 30일에는 큰형님의 장남인 조카 순철(淳哲)이도 출생을 했다고 한다. 시어머니와 며느리가 같은 해에 한 지붕 밑의 큰방과 작은방에서, 각각 아들을 낳았다. 그러나 안타깝게도 순철이는 이듬해 9월에 하늘나라로 일찍 떠났다고 했다.

그 당시에는 같은 해에 같은 지붕 밑에서 두 아이가 태어나면, 한 아이는 반드시 죽는다는 속설이 있었다고 한다. 나는 이 사실을 내가 중학교 1학년 무렵에 비로소 알게 되었다. 그 당시에 아들 없이 딸만 계속 낳으시던 큰형수님께, 나는 형님이 두 분이나 계시니까, 우리 집에서 나는 있어도 그만 없어도 그만이지만, 순철이는 이 집의 장손이니까 나보다는 순철이가 반드시 살았어야 하는 것인데, 내가 미안하다는 농담을 한 적이 있었다.

그러나 큰형수님께서는, 병원에는 하루에 수많은 아이들이 출생을 해도 괜찮은 것을 보면 그런 말은 다 거짓말이고, 사람은 다 자기 수명을 타고 나는 것이라고 하며 함께 웃었던 적이 있었다.

나의 형제자매는 본래 칠남매였으나, 형님 한 분과 누님 한 분은 일찍 돌아가시고, 형님 두 분과 누님 두 분의 5남매가 성장을 했다.

형님 한 분은 내가 태어나기 전에 돌아가셨기 때문에 아는 바가 전혀 없으나, 내가 네 살 때 여섯 살의 아까운 나이에 이름 모를 병으로 돌아가신 순만(順萬) 누님은 정말로 나를 많이 사랑하셨던 것으로 기억에 남아있다.

나는 순만 누님이 돌아가신 후에도, 죽음이라는 것을 전혀 모르고, 어머니께 순만 누님을 많이 찾았는데, 그때마다 어머니께서는 「순만이는 바람 따라 저~ 멀리 휘익~ 날라가고 없다. 다시는 볼 수가 없을끼다.」라고 한숨을 쉬시며 말씀을 하신 것으로 기억되는데, 지금도 그 생각만 하면 눈시울이 뜨거워진다.

지금 생각하면 어머니께서는 친정이 없었기 때문에, 친정이 번창하고 형제자매가 많은 집을 무척 부러워하셨던 것 같았다.

외갓집은 강화노씨(江華魯氏)로서, 경남 합천군 야로면 창동 마을에 사셨는데, 외조부님이 독자로 몇 대를 이어오시다가, 개진면 적산 마을의 조상님 산소에 벌초를 하고 오신 직후에, '주당'이라는 병으로 별세를 하셨다고 했다.

나의 장인어른께서도 사돈집에 다녀오신 후에, '주당'이라는 병으로 돌아가셨다고 하는데, 이 병이 의학적으로 무슨 병인지는 정확하게 알 수는 없지만, 모두가 바깥출입 후에 발병했던 것으로 보아서, 아마도 식중독과 비슷한 병이었던 것 같다.

그 당시에는 병이 들면 인근지역에 약방과 병원(病院) 등은 전혀 없었기 때문에, 대부분 미신적인 민간요법에 의지할 수밖에 없었던 것 같다.

그 당시에는 사람의 병은 병균에 의한 것이 아니라, 주로 악귀(惡鬼)가 몸에 붙었기 때문이라고 믿었던 것이므로, 치료 방법은 오직 환자에게 붙어있는 악귀를 쫓아내는 '칼물림'[6]이라는 미신적인 치료뿐이었다고 했다.

외할머니께서도 '칼물림' 잘하는 사람을 불러 외할아버지께 악귀

6 '칼물림'은 환자를 치료하는 미신적인 방법으로서, 1950년대 말까지도 우리 고향에서 행하여졌던 일종의 무속 행위였다. 마루나 마당에 상을 놓고 그 위에 냉수 한 그릇을 올려놓는다. 상 앞에 환자를 앉혀 놓은 후에, "악귀는 물러가라"는 의미의 주문(呪文)과 함께 칼을 들고 휘두르며 환자의 주위에 붙어있는 악귀를 쫓아낸다. 악귀가 겁이 나서 도망을 갔을 것으로 생각되면, 칼을 대문 쪽으로 던지는데, 이때 칼끝이 반드시 바깥쪽으로 향하도록 던져야만 했다. 만일 칼을 던져서 칼끝의 방향이 잘못되면, 다시 던지는 것이었다.

쫓는 치료를 권했으나, 외할아버지께서는 '선비'의 체면만을 앞세우며 한사코 거절을 하셔서, 부득이(不得已)하게 외출 시에 쓰셨던 '갓'을 앞에 놓고 '칼물림'을 했다고 하셨다. 외할머니께서는 「'갓'이 아니라 본인에게 직접 '칼물림'을 했더라면, 병이 나았을지도 모르는데, 영감쟁이의 고집 때문에 일찍 죽은 것이지」라는 안타까운 원망의 말씀을 자주 하셨다. 아마도 외할머니께서는, 미신적인 이 '칼물림' 치료의 효험을 어느 정도 믿으시는 것 같았다.

외할아버지께서 별세를 하시게 되자, 가난한 선비로 살아오신 집에 홀로 남으셨던 외할머니께서는 우리 집에 오셔서 함께 살게 되셨는데, 나는 특히 외할머니의 사랑을 아주 많이 받았다.

외할머니께서는 89세에 돌아가셨는데, 그 당시의 수명 기준으로는 매우 장수하신 편이었다고 했다. 돌아가신 후의 몇 년간은 어머니께서 외갓집 제사를 직접 모시다가, 내가 결혼을 하고부터는 내가 또 몇 년간을 모셨었다. 그러나 어머니께서는 나에게 너무 부담을 주는 것으로 생각을 하셨는지는 모르겠지만, 나의 반대에도 불구하고 외할머니의 묘지를 화장하고, 신위(神位)를 해인사 절에 모시게 되었다.

지금은 나의 작은누님께서 1년에 몇 번씩 해인사를 찾으시며 정성스럽게 외조부모님의 신위(神位)를 모시고 있다. 나는 지금도 외할머니에 대한 고마운 마음을 잊을 수가 없고, 작은누님한테도 항상 고맙고 죄송한 마음을 가지고 있다.

외할머니께서 나에게 남기신 유품은, 내가 초등학교 입학하기 전의 어릴 때에 공부했던 『천자문(千字文)』[7] 책과 오래된 '벼루'이다.

7 『천자문』이라는 책은 중국의 남북조시대 양나라 주흥사(470-521)가 지었고, 4글자씩

이 『천자문(千字文)』 책은 외조부님이 한문서당(漢文書堂)을 하실 때에 친필로 직접 쓰신 책이고, '벼루'는 외조부님이 평생을 직접 사용하시던 것이라고 하셨다. 지금 이 『천자문』 책도 너무 낡았고, 벼루 역시 너무 오래 사용을 했기 때문에, 깊은 홈이 파여 있고 한쪽 귀퉁이가 파손되어 마치 버려진 고물같이 보이기도 하지만, 나는 현재 이 두 유품을 소중히 보관하며 가끔 외갓집을 생각하고 있다. 외조부님은 농사일 등은 전혀 모르시고, 평생 동안 서당을 운영하며 한학(漢學)만을 공부하셨던 가난한 시골 선비라고 하셨다.

외갓집의 뿌리가 기록된 강화노씨(江華魯氏)의 〈가첩(家牒)〉[8]은 외할머니께서 소중히 보관을 하시다가, 성산면 사부리 마을의 어느 강화노씨 한 분의 간곡한 요청에 따라 그대로 전해 주었다고 하셨다.

나는 수년 전 외갓집의 대를 잇는 양손(養孫)이라도 있다면, 인사라도 드리고 외갓집으로의 인연을 맺고 싶은 마음에서, 이 〈가첩〉의 행방을 찾으려고 성산면 사부리 마을과 개진면 광도 마을까지 간신히 탐문하며 찾아갔었다. 그러나 성산면 사부리 마을에서 개진면 광도 마을까지 〈가첩〉이 전달된 것은 확인을 했지만, 그 이후는 관계인이 별세를 하셔서, 안타깝게도 행적을 더 이상 찾을 수 없었다.

지금도 사회생활 중에 우연히 강화노씨(江華魯氏)를 만나게 되면, 외갓집 생각이 나서 많은 친근감을 느끼고 있다.

당시의 우리 집은 1-2인의 '머슴(큰머슴과 작은머슴)'을 두고, 논 약

250구절의 문장으로서, 각기 다른 1,000자의 글자로 구성되어 있다. 과거에 우리나라에서 한학공부를 시작할 때 초학의 입문서로서, 반드시 배워야 하는 책이었다.

8 〈가첩〉은 한 집안의 혈통을 적은 간이 족보를 말한다.

30마지기(논 1마지기는 200평)와 밭 10마지기(밭 1마지기는 100평) 정도의 농사를 지으며 살았던 중농 규모의 농가였다.

나의 아버지, 어머니, 큰형님, 큰누님, 작은형님, 작은누님, 두 분의 형수님들과 두 분의 자형들까지 모두가 철없는 나를 이해하고 좋아해 주었던 것 같아 지금도 그 고마움을 잊지 않고 있다.

나는 5세까지는 큰방에서 자고, 그 이후인 6세부터는 아버지와 함께 사랑방에서 잠을 잤다. 특히 내가 5세 정도의 나이 때까지, 어머니와 작은누님과 순만 누님 등과 함께 큰방에서 같이 잠자리에 누우면, 어머니께서 항상 나의 손을 잡고 내게 불러 주셨던 작사 작곡 미상의 자장가가 있었다.

새(鳥)는 새(鳥)는 남게(나무에) 자고
쥐(鼠)는 쥐(鼠)는 궁게(구멍에) 잔다.

각시 각시 곱운(고운) 각시 신랑 품에 잠을 자고
수호 같은 어린아(어린이)는 엄마 품에 잠을 잔다.

새야 새야 파랑새야 녹두 남게(나무에) 앉지 마라
녹두 꽅(꽃)이 떨어지면 청포[9]장시(장수) 울고 간다.

그때를 생각하면, 다정했던 어머니와 누님들의 그 목소리가 지금도 귀에 들리는 듯하고, 그리운 마음에 가슴이 뭉클해진다.

9 '청포'는 녹두로 만든 '묵'을 말함.

경상도 사투리에는 '나무'에 관한 표현으로 '나'의 밑받침에 지금은 없어졌고 컴퓨터 자판으로도 칠 수가 없는, 'ㅁ'과 'ㄱ'을 함께 붙인 'ㅁㄱ' 받침을 사용하고, 그 다음 글자는 '무'가 아니고 '우'자를 써서, '나무'를 '남구'로 '나무에'를 '남게'로 '나무를' '남글'로 발음하였고, '구멍'은 '구'의 밑에 'ㅇ'과 'ㄱ'을 함께 붙인 'ㅇㄱ' 받침의 외자를 사용함으로써, '구멍을'을 '궁글'로 '구멍에'를 '궁게'로 발음하였다.

'꽃'의 경우에도, 표준어의 '꽃'은 '꽃에'를 '꼬체', '꽃을' '꼬츨', '꽃이'를 '꼬치'로 발음하지만, 경상도 방언은 '꽃'을 '꽅'으로 하여 '꽅에'를 '꼬테', '꽅을' '꼬틀', '꽅이'를 '꼬치'로 발음하였었다. 경상도 방언에는 아직도 '신라어'의 전통이 그대로 이어져서, '구개음화(口蓋音化)'와 '두음법칙(頭音法則)'이 그대로 사용되는 경우가 많이 있다.

이외에도 '구개음화'의 사용 예를 들면, 배(船)의 '돛'을 '돝'으로 하여 '돝이'를 '도치'로, 짐승을 잡는 '덫'을 '덭'으로 하여, '덭이'를 '더치'로 하고, "바다 쪽으로 부리 모양같이 뾰족하게 뻗은 육지"인 '곶'을 '곧'으로 하여 '곧이'를 '고지'로, '젖(乳)'을 '젇'으로 하여 '젇이'를 '저지'로, '젇을' '저들'로 발음하는 것이다.

'두음법칙'의 경우에는, '녀(女)'를 '여(女)'로, '닢'을 '잎'으로, '락(樂)'을 '낙'으로 하는 등이다.

이와 같이 우리 민족 고유의 보수적인 경상도 방언은 우리 조상들이 물려준 소중한 본래의 언어이므로, 사투리로만 인식하지 말고 잘 연구하고 보존하는 새로운 인식이 있어야 할 것이다.

2

동학농민혁명(東學農民革命)

현재 우리 국민들의 선조들 중에서, 농민의 신분이 한 번도 아니었던 가문은 전혀 없을 것이다. 모든 가문의 선조들께서, 시대에 따라 때로는 왕(王)일 수도 있었고, 높은 관직의 양반일 수도 있었겠지만, 농민 신분의 선조가 한 번이라도 없었던 가문은 분명히 없을 것이다.

그러므로 우리나라는 오래전부터 농경사회를 이루며, 농업이 우리 민족 생존의 근간(根幹)이 되어 왔으므로, 우리 민족은 지금의 직업에 관계없이 모두가 농민의 후손들이다.

전국의 농민들에 의한 '동학농민혁명'은 이 책의 주제인 '농경문화'와 직접적인 관계가 있고, 또한 우리 역사상 농민들이 자신들의 이익만이 아닌, 국가와 민족을 위해 외군(外軍)과의 전투를 벌였던 최대 규모의 희생적 애국 혁명이었다. 그러나 지금까지 일제강점기를 거쳐 오면서 많은 진실이 왜곡(歪曲)되고 폄하(貶下)되어 왔으므로, 다음과 같이 농민들에 의한 한맺힌 역사의 진실을 간단히 밝히고자 한다.

그리고 여기에서는 이미 많은 연구가 되어 있는 「혁명 과정 중의 실상」보다는, 「혁명 전·후의 국내외(國內外)의 배경과 실정(實情)」 등에 더욱더 중점을 두고자 한다.

동학농민혁명 직전의 국내외 정세

일제는 우리나라에 대하여 '한일합방'의 야욕적(野慾的)인 목표를 사전에 세워 놓고, 1876년 2월 27일에 강제로 체결된 '강화도조약(조일수호조약 또는 병자수호조약)'을 시작으로, 우리나라에 대한 단계적인 국권침탈행위를 저질렀던 것이다. 그러므로 일제의 우리나라에 대한 실제적인 국권침탈은 이 '강화도조약'부터 시작된 것이었다.

이 '강화도조약'은 12개 조인데, 주요 내용은 다음과 같다.

「첫째, 조선은 부산, 원산, 인천 항구를 20개월 이내 개항한다.

둘째, 치외법권을 인정하여, 개항장에서 일본인의 범죄가 발생할 경우, 일본인은 일본인의 법률에 의해 처벌된다.

셋째, 조선의 연안 측량을 자유롭게 한다.

넷째, 조선과 일본 양국은 수시로 외교 사절을 파견하고, 일본 화폐의 통용과 무관세 무역을 인정한다.」

우리의 연안을 그들이 측량할 이유와 목적이 무엇이며, 일본인의 범죄는 치외법권(治外法權)으로 하는 불평등 규정 등은 독립국가로서의 권능을 심각하게 침탈한 일방적 강제 조약이었던 것이다. 그러므로 일제의 우리나라에 대한 실제적인 '국권침탈'은 이 '강화도조약'부터 시작된 것이었고, 침탈의 강도(强度)는 더욱더 높아지고 있었으나, 부패하고 무능한 조정은 이에 대한 대응은 전혀 하지 않은 채, 탐관오리들을 앞세워 오직 농민들만 탄압하고 있었던 것이다. 그 당시의 백성들을 사농공상(士農工商)으로 분류하지만, 사(士)와 공상(工商)은 극히 일부였고, 대부분의 백성은 농민들이었다.

'동학농민혁명'이 일어나기 직전의 조선은, 이와 같이 국정의 문란과 일제의 국권침탈 등의 외란 등으로 인해 국가의 운명이 풍전등화(風前燈火)의 위기에 놓여 있었다. 대부분 매관매직(賣官賣職) 등으로 임용된 탐관오리(貪官汚吏)들의 가렴주구(苛斂誅求)와 일부 양반과 지주들의 횡포(橫暴)로 인해, 농민들의 대부분은 극심한 고통에 시달리고 있었던 것이다.

따라서 1894년의 국내외적 상황은, 조국이 외세의 국권침탈과 탐관오리(貪官汚吏)들의 횡포로부터 벗어나기 위해, '동학농민혁명'이 일어나지 않을 수가 없었던 극한(極限)의 위기 상황에 처해 있었던 것이다.

지금도 극히 일부의 친일적 사이비 사학자들은, 위와 같이 일제의 우리나라에 대한 국권침탈 행위가 '동학농민혁명'이 일어나기 18년 전의 '강화도조약'부터 이미 단계적으로 진행된 것임을 인식하지 못하고 있는 것 같다. 그리고 '동학농민혁명'과 일제 침략의 연관성을 주장하며 역사의 진실을 훼손하고 있는, 천벌(天罰)을 면치 못할 잘못된 부류(部類)가 아직까지 잔존하는 것이 안타까울 뿐이다.

동학농민혁명의 의의와 과정

'동학농민혁명' 당시의 '동학(東學)'의 주요 사상은, 기복(祈福)과 내세적(來世的)인 구원(救援)을 신봉하는 일반적인 종교가 아니라, 오직 "현세(現世)를 구(救)하기 위한 행위(行爲)의 구세철학(救世哲學)"이었다고 할 수 있다.

'동학농민혁명'의 근본 목적은 「인시천(人是天: 사람이 곧 하늘)」[10] 이라는 인본사상(人本思想)에 입각(立脚)하여, 내세(來世)가 아닌 현세(現世)에서, 모든 사람이 하늘같이 대우받고, 모든 사람이 사람답게 살 수 있는 새로운 세상을 열기 위한 것이었다.

세계역사상 무수히 일어났던 모든 혁명은 비록 개혁적 대의를 표방하고 일어났지만, 제1의 목표는 정권의 타도였다. 그러나 '동학농민혁명'만은 처음부터 끝까지 정권(왕권)의 퇴진을 요구하는 반정권적 역성혁명(易姓革命)이 아니었다. 그리고 이기적(利己的) 명리(名利) 등은 일절 추구(追求)하지 않았으며, 오직 반봉건(反封建)의 제도개혁(制度改革)과 반외세(反外勢)의 자주(自主)만을 목적으로 일어난 순수한 애국혁명이었다.

요사이 일부에서 '동학농민혁명'과 '광주5·18민주화운동'과 '촛불혁명' 등을 연관 짓는 일부의 주장도 있지만, 이것은 분명히 잘못된 주장이다.

'동학농민혁명'은 위와 같이 '정권퇴진'을 요구한 적이 전혀 없었고, 오직 반외세의 자주와 반봉건의 제도개혁만을 요구한 거사였지만, '광주5·18민주화운동'과 일명 '촛불혁명' 등은 '정권퇴진과 민주화'를 추구한 거사였기 때문에, 동기와 목적과 뿌리 등이 전혀 다르다고 할 수 있다. 그러므로 동기와 목적과 뿌리 등이 전혀 다름에도 불구하고, 연관성을 계속 주장한다면, 혁명 상호의 독특한 목적과 가치만 훼손될 뿐이다.

일제는 '한일합방조약'의 목표를 사전에 세워 놓고, 1876년 2월 27일에 강제로 체결된 '강화도조약(조일수호조약 또는 병자수호조약)'을 시작으로, 단계적인 국권침탈 행위를 저지르고 있었던 것이다.

---

10 '인시천(人是天)'은 '동학농민혁명' 이후에 손병희 선생 등에 의하여, 인내천(人乃天)으로 변경되기도 했으나, 그 의미는 동일하다.

이와 같은 일제의 국권침탈에 대하여, '동학농민조직'은 가장 먼저 일제의 국권침탈 과정 등을 심각하게 인지하고, '갑오변란' 등이 일어나기 1년 전인 1893년 4월 26일(음력 3월 11일)부터 약 2개월 간 거행된 '보은집회'를 시작으로, 전국적인 항일운동을 전개했다. '보은집회'의 주요 목적은 바로 "보국안민(輔國安民)과 척왜양창의(斥倭洋倡義)[11]"였던 것이다. 즉 나라를 안정시켜 백성을 평안하게 하고, 일본을 비롯한 외세를 물리쳐서 자주의 정신으로 나라를 지키자는 것이었다. 그러므로 일제의 국권침탈에 대한 최초의 항일의거는 바로 이 '보은집회'였던 것이고, 실제적인 '동학농민혁명'의 기운은 이때부터 시작된 것이라고 할 수 있다.

이어서 1893년 11월의 '사발통문'[12]을 시작으로, 1894년 1월의 '고부 농민봉기'와 동년 3월의 '고창 무장기포' 등으로 확대되어, 본격적으로 전국의 농민들이 함께 일으킨 '제1차 동학농민혁명'과 동년 9월의 '제2차 동학농민혁명'이 되었던 것이다.

특히 1894년 9월의 '제2차 동학농민혁명'은, 일제가 저질렀던 '갑오변란' 등의 본격적인 국권침탈에 대한 항일투쟁만을 유일의 목적으로, 모든 역량(力量)과 전력(戰力)을 항일전에 총동원하여, 우금치

11 '척왜양창의'의 뜻은 일본과 서양 세력을 배척하기 위해 의(義)를 행한다는 의미로서, 동학농민들이 보은집회에서 최초로 선포한 항일 애국구호이다.

12 현재 전해지고 있는 우리나라 유일의 사발통문은 전봉준 장군 등의 20인이 작성한 동학의 사발통문뿐이다. 이 사발통문은 1893년 11월에 고부군수 조병갑의 혹독한 탄압에 대하여, 봉기의 당위성을 밝히는 격문과 함께 이에 관한 결의사항 등을 각리의 집강들에게 알리는 통신문서로서, 평등사상을 상징하기 위해 참여자의 명단을 사발 모양의 원형으로 작성한 것이 특징이다. 현재 각종 문헌 등에는 "주모자를 감추기 위해 사발 모양으로 작성한 것."이라고 기록되어 있지만, 이 기록은 친일적 식민사관에 의해 작성된 잘못된 허위 주장이다.

와 석대들 전투 등에서 수십만 명의 사상자를 내면서, 가장 강력하게 투쟁했던 최대의 항일전투였던 것이다. 전투 경험이 전혀 없는 농민 참여자들은 농기구 등의 열악한 무기로서 조국을 위해 모든 것을 바쳐가며 일본군과 용감하게 싸웠지만, 결국에는 일본군의 신무기 앞에, 수만 명의 소중한 생명들이 무자비하게 희생됨으로써, 당시의 아름다운 우리의 산천을 시산혈천(屍山血川)의 생지옥으로 만들었던 사상 최대의 비극이었다. 아마도 우리 역사상 순수한 '민간조직'으로서, 국가의 자주독립을 지키기 위해 외군(外軍)과의 전투를 벌여, 이렇게 많은 목숨이 희생당한 경우는 전혀 없었을 것이다.

이와 같이 '동학농민혁명'은 비록 정규전에서는 수많은 사상자를 내며 패배를 했지만, 끝까지 살아남은 '동학농민혁명참여자'들은 비밀리에 조직을 재정비하고 후계자를 양성하여, 조국의 광복이 이루어질 때까지 항일투쟁을 계속했던 자랑스러운 혁명이었다.

1919년 3·1 운동의 주역이었던 민족대표 29인(서명 33인 중 3월 1일 태화관에는 4인 불참) 중에서 손병희 선생을 비롯하여 절반이 넘는 15인의 참여자가 '동학농민혁명조직'이었고, 또한 상해의 '대한민국 임시정부'에서도 김구 선생을 비롯한 다수의 주요 인사 역시 '동학농민혁명조직'이었다.

일제가 실제로 가장 두려워한 조직도 '동학농민혁명조직'이었고, 또한 가장 미워하고 탄압했던 조직도 '동학농민혁명조직'이었다.

그러나 지금까지 정부는 1894년의 '갑오의병', 1895년의 '을미의병', 1905년의 '을사의병', 1906년의 '병오의병', 1907년의 '정미의병' 등에 참여했던 '양반계급'의 유생들에게는 「독립유공자 예우에 관한 법률」에 의거하여 '독립유공자'의 예우를 하고 있다. 그러나 의병참여 유생들보다 더 많은 희생자를 내면서, 더욱더 강력하게 항일 독립투쟁을 했던 '동학농민 참여자'에게는 억울하게도 항일투쟁의 공로를 묵살하며, 아직까지도 '독립유공자 예우'를 하지 않고 있다.

이러한 차별적 예우의 근거는, 항일투쟁 공적(功績)의 유무(有無)와 다소(多少) 등의 합리적 기준에 의한 것이 아니라, 오직 「참여자의 신분(양반과 비양반)만을 기준한 결정」이라고밖에 할 수가 없고, 그 이외의 이유는 전혀 찾아볼 수가 없다. 그러므로 이와 같이 불평등한 예우는 분명히 헌법 제11조 ①항을 위반한 위헌적인 차별예우라고 하지 않을 수가 없다.[13]

따라서 현재 「동학농민혁명참여자 등의 명예회복에 관한 특별조치법」에 의하여 '동학농민혁명참여자'로 등록이 된 자에 대하여는, 조속히 「독립유공자 예우에 관한 법률」에 의한 예우를 반드시 시행해야 할 것이다.

막을 수도 있었던 망국(亡國)의 역사

대부분의 역사학자들은 조선의 역대 임금 중에서 가장 어리석은 임금을 선조와 인조라고 하지만, 나는 고종이 더욱더 무능하고 어리석은 임금이었다고 생각한다. 우리의 조선은 임진왜란과 정묘호란의 치욕적인 국난을 겪은 후에도, 어리석은 군신(君臣)들은 올바른 정신을 못 차리고, 당파싸움과 백성들만 탄압하는 한심한 세월을 보내

13 헌법 제11조① 모든 국민은 법 앞에 평등하다. 누구든지 성별, 종교 또는 사회적 신분에 의하여 정치적, 경제적, 사회적, 문화적 생활의 모든 영역에 있어서 차별을 받지 아니한다.

고 있었다.

그러나 일본은 1860년대의 메이지유신을 전후해서 급격히 서양의 문물을 받아들여 근대화의 길을 걸었다. 일제는 우월한 국력을 앞세워 1876년 2월 27일(고종 13년)의 강화도 조약을 강제로 체결하고, 본격적으로 살라미(Salami) 전법을 구사하며 조선을 침략하기 시작했다. 그 이후 일제는 조선의 문호개방을 명분으로 본격적으로 각종 국정에 개입하기 시작하며, 개화파와 수구파의 정쟁에 교묘하게 편승하면서 꾸준히 세력을 넓혀갔다.

그리고 1910년 8월 16일의 치욕적인 '한일합방조약'을 강행함으로써 본격적인 일제강점기가 시작되었다.

지나간 역사에서 '만약(萬若)'이라는 가정(假定)은, 아무런 소용없는 것이라고도 하지만, 충분히 막을 수도 있었던 비극의 역사를 막지 못한 것에 대한 철저한 반성과 함께, 새로운 미래를 위해서는 반드시 이 가정이 필요할 수가 있을 것이다. 왜냐하면 「잊으면 다시 찾아오는 것이 나쁜 역사」라는 말이 있기 때문이다.

풍전등화(風前燈火)같이 위태로운 시기였기 때문에, 만일 그 당시에 조정에서 동학농민군을 포용하여 관군과 함께 새로운 조직으로 대비를 했더라면, 역사는 분명하게 달라질 수도 있었을 것이다. 그리고 '동학농민혁명군'은 아래와 같은 애국의 목적과 인본주의적인 체제였기 때문에 충분히 설득하여 협조를 구할 수 있었던 조직이었다.

첫째, '동학농민혁명'은 정권의 퇴진을 요구하는 역성혁명(易姓革命)이 아니었고, 한 번도 임금의 퇴진을 요구한 사실이 없었다. 오직 반외세와 반봉건의 자주와 개혁만을 요구한 애국적 혁명이었다. 그리고 이러한 농민들의 요구는 정당한 것이었고, 또한 당연히 수용해야 할 시대적 흐름이었다.

둘째, 당시의 '동학농민혁명군'의 '전투규율'은 「어쩔 수 없이 싸우더라도, 사람의 목숨만은 해치지 말고, 도망가는 자는 쫓지 마라. 굶주린 자는 먹여주고, 병든 자는 치료해 주고, 항복하는 자는 사랑으로 받아들여라.」이었다고 한다.[14] 이와 같이 순박하고, 인본주의적이고, 이기적 명리(名利) 등을 전혀 추구하지 않았던 혁명군은, 세계의 어느 곳 어느 때에도 없었을 것이다. 만일 그 당시에 조정(朝廷)에서 동학농민들의 애국적인 청원을 수용하여 국정을 쇄신하고, '동학농민혁명조직'을 포용해서 관군과 함께 국방을 강화했더라면, 일제에 의한 불행한 역사는 충분히 막을 수가 있었을 것이다.

이와 같이 아주 쉽고도 순리적인 정의의 상책(上策)을 팽개치고, 오히려 '동학농민혁명군'을 진압하기 위해, 삼국시대부터 2천 년 이상 우리 민족을 괴롭혔던 상습적 침략국인 중국(청나라)을 끌어들이는 우리 민족 역사상 최악의 용서 못할 우행(愚行)을 저지르고 말았던 것이다. 반외세의 주장을 막기 위해 외세를 끌어들이는 정말 바보 같은 조정이었던 것이다.

이와 같은 우행은, 호시탐탐(虎視眈眈) 기회만 노리고 있던 일본군을 끌어들이는 결정적인 계기와 명분이 되었고, 그 이후의 모든 일은 일본이 바라던 대로 진행되었던 것이다. 우물 속의 개구리눈으로 오직 백성들만 괴롭혔던 부패하고 무능하고 용서 못할 군신(君臣)들이었던 것이다. 세계사적으로 이렇게 무능하고, 썩어빠진 정권은 아마도 없었을 것이다.

이보다 더욱더 화가 나고 분통이 터질 일은, 일부의 왕족과 매국

14 『조선일보』 2022년 9월 22일자 A16.

노들은 평소에도 백성의 고혈로서 호화생활을 했지만, 한일합방 이후에는 더욱더 호화생활을 누렸다고 하는 것이다.

따라서 동학농민군과 독립군 등을 학살하고 우리 민족을 잔인하게 탄압했던 일제에 대한 분노(憤怒)보다는, 오히려 순리를 거역하고 용서 못할, 무능과 부정과 부패와 매국과 망국의 모든 죄를 함께 지은 그들이 더욱더 밉고 원망스럽기도 하다.

나의 조부님과 동학농민혁명

(1) '동학농민혁명'에 대한 일부의 잘못된 인식

극히 일부의 '사이비 유림(似而非 儒林)'[15]과 '식민사관주의자'[16]들은, '동학농민혁명'에 대하여, "일부 지역의 빈천(貧賤)한 농민들이 일으킨 무도(無道)한 민란(民亂)"이라는 왜곡(歪曲)된 주장을 함으로써, '동학농민혁명'의 진정한 대의(大義)를 왜곡(歪曲)하여 왔다.

「'동학농민혁명'은 일부 지역의 빈천한 농민들만이 일으킨 민란이 아니라, 국익을 위해 전국의 수많은 부농(富農) 및 다수의 유림들도 함께 참여했던, 반외세(자주)와 반봉건(민주적 제도개혁)의 '애국혁명'」이라는 것이 역사적 진실이다.

이러한 역사적 진실을 증명하기 위한 하나의 실례(實例)로서, '동

15 '사이비 유림(似而非 儒林)'은 공자가 『논어』「양화(陽貨)」편에서 덕지적야(德之賊也)라고 표현한 '향원(鄕愿)'과 같이 '진짜 같은 가짜의 선비'로서, 선비의 본분인 사회정의의 실현에는 관심이 없고, 사회적 위치를 이용하여 사리사욕 등을 취하는 일부의 유림을 말하는 것임.

16 '식민사관'은 일제가 한국침략과 식민지배의 학문적 기반을 확고히 하기 위해 조작한 역사관을 말하고, '식민사관주의자'는 '식민사관'을 추종하는 친일적 사학자를 말한다.

학농민혁명'에 참여하셨던 나의 조부님도 빈천(貧賤)한 농민이 아니라, 부농(富農)의 유림신분(儒林身分)이라는 사실을 입증(立證)하기 위해, 아래와 같이 우리 가문의 소개를 간단히 하고자 한다.

우리 집안은 신라 경순왕 직계후위 판도판서공파로서, 경북 고령군 대가야읍 지산리(모산골)에서 약 500여 년을 대대로 살아온 경주김씨(慶州金氏) 가문이다.

이곳 모산골은 나의 13대 조부님(棄齋, 諱 守雍)께서 1536년 문과에 급제를 하시고, 예안현감·이조정랑 등의 직위에 계시다가 을사사화(乙巳士禍) 후에, 소윤(小尹)의 행태에 대한 부당함을 참지 못하시고 자진 낙향하여 터를 잡으신 후에, 대를 이어 살아온 우리 경주김씨의 집성촌(集姓村)이다.

위 13대 조부님께서 명종 14년(1599년)에 별세를 하시게 되자, 조부님의 얼을 후세에 길이 전하고 추모하기 위해, 지산리 47번지에 지역 유지들과 후손들의 힘으로 '향림정(香林亭)'을 건립하여 1848년(현종 14년)에 중건을 하였고, 1899년에는 현재의 위치(지산동 148번지)로 이건(移建)을 하였다. 이건(移建)의 기문(記文)은 승지 이만도(李晩燾) 선생께서 작성하셨고, 상량문(上樑文)은 이종기(李鍾杞) 선생께서 작성하셨다. 이건(移建) 후의 빈자리에는 유허비(遺墟碑)가 있는데 기문(記文)은 리기원(履基元) 선생께서 작성하셨다.

또한 대가야읍과 쌍림면 등에는 우리 문중 소유의 많은 종답(宗畓)과 종산(宗山) 등이 있다. 그리고 나의 고교 시절까지만 하더라도, 다른 가문에는 거의 없었던, '고자(또는 고지기)'라는 종중 하인격의 상용일꾼이 상기의 '향림정(香林亭)'을 지키며, 문중의 뒷일 등을 담당하고 있었던 전통적인 가문(家門)이었다. 그리고 이 '향림정'에는 지금도 많은 종친들이 정기적으로 모여서 집안의 대·소 행사를 치르고 있다.

나의 조부님(君七 金斗熙 義士)은 1860년(庚申年) 10월 1일(음력) 증조부님의 2남 중 장남으로 출생하셨고, '동학농민혁명'에 참여하시기 이전의 당시 가세는 '100석지기(100석꾼)'[17]의 농토를 소유한 농가로서, 그 당시의 인근지역 내에서는 부농(富農) 수준의 선비가정이었던 것이다. 그러므로 '동학농민혁명'에 참여하신 조부님은 빈(貧)한 가정도 천(賤)한 가정도 아닌, 부농의 선비가문 출신이었던 것이다.

(2) 조부님의 동학농민혁명참여기

증조부(曾祖父)님은 조부님이 15세 때인 1875년(乙亥年) 10월 13일(음력) 돌아가셨기 때문에 남은 가족은 증조모님, 조부모님, 미혼의 종조부(從祖父)님[18]과 2인의 동거 하인들이 있었는데, 조부님께서는 일찍부터 가장으로서의 역할을 하시게 되었다고 한다.

조부님은 1894년의 동학농민혁명이 일어나기 훨씬 이전부터 동학에 입문하여, 고령군 내의 동학 접주가 되어 조직과 활동에 적극적인 역할을 하시면서 1893년의 보은집회에도 참여하신 것으로 전해졌다. 특히 보은은 우리 가문의 중시조님께서 거하시던 고장이기 때문에 자주 출입하셨던 고장이다.

---

17 '100석지기(100석꾼)'는 소작료 등을 전부 지불하고, 실제 거두어들인 추곡(벼)량이 100석 이상이 될 수 있는 논의 소유자를 의미한다(밭은 별도).

18 종조부(從祖父)님이 실제로는 본인의 친조부님이시다. '동학농민혁명'에 참여하신 조부님은 실제로는 백조부님이시다. 백조부님은 안타깝게도 후위가 없이 순국을 하셨기 때문에, 백조부님의 장조카이신 아버지가 양자로 입적을 하셨기 때문에, 나는 족보상의 직계 손자가 되는 것이다.

1894년의 '동학농민혁명' 당시에 조부님께서는 고령지역의 최고지도자로서, 가산(家産)의 거의 전부를 군자금(軍資金)으로 사용하며, 수백인의 고령지역 농민들과 함께 혁명 활동에 참여하셨다고 한다.

그 당시의 조부님은 부족할 것 하나 없는 신분에서, '동학농민혁명'에 참여하신 것을 볼 때, 보통 사람으로서는 좀처럼 이해하기 어려운 점이 많은 것도 사실이지만, 강한 애국심과 이인(異人)다운 정의적(正義的)인 성품(性品)을 지니셨던 것만은 분명해 보인다. 그러나 그 이인적인 애국심과 대의로 인하여, 증조부님으로부터 물려받은 100석지기의 모든 재산과 함께, 본인의 생명까지 바치게 됨으로써, 우리 가문으로서는 엄청난 재산 피해와 고통을 물려준 것이었다.

조부님은 본가와 외가댁(일선김씨 佔畢齋 金宗直 선생님 후손의 집성촌인 고령군 쌍림면 합가1리)이 전통적인 유림가문이었을 뿐만 아니라, 고령지역 대부분의 명문가와는 혼맥(婚脈)과 인맥(人脈) 등이 폭넓게 형성되어 있었다. 그러므로 고령의 '동학농민조직'은 다른 지역과는 달리, 관아(官衙) 및 유림(儒林)과의 사이에 특별히 대립을 유발할 수 있는 충돌 사유가 거의 없었기 때문에, 고령지역 내에서의 투쟁 활동보다는 지역 외의 지원 활동에 주력했다고 한다.

과거나 지금이나 모든 조직의 활동에는 막대한 자금이 필요했다.

그 당시에 전국의 모든 '동학농민혁명조직'은 막대한 자금이 필요했지만, 소설의 「임꺽정이나 수호지」처럼, 비록 악질 부자의 재산이라 할지라도 함부로 강탈은 할 수가 없었기 때문에, 소요되는 자금 조달에 많은 어려움을 겪었다고 했다. 그러므로 '동학농민혁명조직'은 식량 구입 등의 모든 비용을 참여자 또는 일부의 협조적인 부자(富者)들에 의한 협찬금 등으로 간신히 운영함으로써, 항상 많은 어려움을 겪었다고 했다.

조부님의 역할은 항일전투에 전투요원으로 직접 참여하기보다는, 주로 고령군의 동학 조직을 통하여, 자기의 100석지기의 모든 전답 중에서 잘 팔리지 않는 천수답과 가치 없는 산기슭의 작은 밭 등의 일부만을 남겨 놓고, 거의 전 재산을 단계적으로 처분하여 혁명자금으로 지원을 하셨던 것이다.

혁명 활동은 주로 경북의 성주, 상주, 김천지역 및 경남의 합천, 진주, 거창, 함양 등을 비롯한 인근지역과 호남, 충청지역 등의 지역을 가리지 않고 지원 요청이 오면, '동학농민군'들이 긴급하게 필요로 하는 필수품(식량, 면포, 짚신, 약재 등)의 보급과 함께, 각 지역의 활동 상황에 관한 정보와 긴급 연락 등의 통신 업무에 많은 역할을 하셨다고 했다.

전투용 필수품 등의 구입 및 운반에는 일·관군의 감시를 피하기 위해 장사꾼 등으로 위장하면서 주로 야간을 이용해 산길을 통하여 인력으로 운반했다고 한다. 그러므로 많은 자금이 들어야 했고, 생명 등의 위험과 함께 많은 부상자가 발생하는 등의 어려운 지원활동이었지만, 이를 감내하며 활약함으로써, '동학농민혁명군'의 전력 증강과 사기진작에 많은 기여를 하셨다고 했다.

조부님은 1894년 11월의 우금치 전투 등에서 '동학농민군'의 연패가 계속되자 각 지역별로 파견 활동 중이던 고령 출신 수백인(數百人)의 참여 동지들을 일단 귀가 또는 피신 조치하고, 남은 동지 수인만을 대동하며 혁명 활동을 계속하다가 1895년 10월 중순경에 동지 1인과 함께 체포되었는데, 체포 과정에서 동지 1인은 즉석에서 순국하고, 조부님은 부상을 입은 채로 생포되셨다고 한다. 모진 고문을 당하면서도 참여 동지들의 신원 및 활동 내용 등의 모든 비밀을 끝까지 지키시다가 안타깝게도 1895년 10월 24일 순국(殉國)하셨다.

순국 당시에는 체포 과정의 부상이 악화되어 사망했다는 일방적 통보를 받고 조부님의 시신을 인수했었다고 한다. 그러나 실제로는 일본군의 모진 고문에 의한 살인 행위라는 것은 명백하지만, 그대로 있을 수밖에 없었다는 것이다. 1895년의 그 당시에는 전국의 군과 경찰의 실권을 이미 일본군이 장악하고 있었기 때문이다.

그 당시에 우리 고령군과 바로 인접한 성주군 지역에는 '동학농민혁명참여자'들의 신원이 노출됨으로써, 300인의 참여자가 체포되어 처형되었다는 기록[19]이 있지만, 우리 고령지역에는 조부님의 적절한 사전 조치와 필사적인 비밀 유지 등으로 인하여, 고령지역 모든 참여자들의 생명은 안전하게 보호될 수 있었다고 한다.

조부님의 동학농민혁명참여에 관한 모든 기록 등은, 일제의 탄압에 의한 멸문 직전의 위기 속에서, 주택과 선비가문의 대대로 전해오던 수많은 서적들과 '동학농민혁명참여 관계' 등의 역사적 기록물들은 모두가 화염(火焰) 속으로 함께 사라졌다고 한다. 나의 증조모님, 조모님, 친조부님께서는 쌍림면 합가1리의 증조모님의 친정집으로 함께 피신을 하셨다가 증조모님과 조모님은 돌아가시고, 몇 년이 지난 후에 미성(未成)의 친조부님만 살아남아서 모산골 마을의 바로 옆 마을인 막골의 언덕 밭에 집을 짓고, 간신히 대를 이어 오셨다고 한다. 100석꾼의 재산에서, '동학농민혁명'의 군자금으로 거의 모두를 다 바치고, 겨우 가치 없는 일부의 천수답과 야산 및 산비탈의 작은 밭 등이 남아있던 전 재산이었다고 한다.

친조부님은 성주군의 성산이씨 가문으로 결혼을 하여, 3남 2녀를 낳으셨는데, 나의 아버지가 장남이었으므로, 장자승계의 원칙에 따

19 조갑제, 『박정희』, 서울: 조갑제닷컴, 2007, 1권 p.31.

라 '동학농민혁명참여자'이신 조부님의 양자 후위가 되셨다.

일제강점기 시절에는 '동학농민혁명참여자의 후손'이라는 이유 때문에, 사소한 문제까지도 심한 차별을 받았다고 한다. 한 가지 예를 들면, 나의 작은형님(1931년생, 호적명: 金德俊, 족보명: 金根鎬)의 쌍림보통학교(지금의 쌍림초등학교) 입학 당시에도, '동학농민혁명참여자'의 후손이라는 이유 때문에, 고령경찰서 사찰계의 악질 일본형사로부터 사소한 가사 문제와 재산 상태 등의 모든 과정까지 철저한 조사를 받은 후에, 간신히 입학을 하셨다고 했다.

이와 같은 차별적인 복잡한 이유 때문에, 나의 선친께서는 광복이 된 후에도, 동학 관계의 이야기는 무조건 금언령(禁言令)을 내리셨다. 그러므로 조부님의 동학 관계 이야기는 주로 이웃집에 사셨던 재종조부(再從祖父) 님으로부터 조금씩 겨우 들었을 뿐이다.

조부님의 '동학농민혁명'의 참여로 인해, 나의 아버지께서는 일제강점기 시절에는 가난한 소작농으로 겨우 연명을 하셨고, 광복이 된 후에야 비로소 용기를 내어 왕골 돗자리 사업에 종사를 하셔서 다행히 성공하셨다고 했다. 소작논에 왕골을 많이 재배하여 많은 돗자리를 직접 생산함과 동시에, 점차적으로 자본을 늘려서 고령장 및 합천장 등지에서 선불 등을 지급하고, 도매업의 형식으로 사업을 확대하여, 대구 등의 대량 소비처에 직접 납품을 하게 됨으로써, 짧은 기간에 중농 규모로 자수성가를 할 수 있었다고 했다.

그 당시에는 도시와 농촌을 불문하고, 모든 가정마다 왕골돗자리를 필수적으로 사용했기 때문에, 장판기술[20]이 발달하기 전인 1960

20 '장판기술'은 온돌방에 돗자리를 깔지 않고 생활을 할 수 있도록 1960년 전후에 개발된 기술로서, 황토와 풀 등을 혼합하여 바닥을 만들었다. 그 이후로는 비료포대

년대 초반까지는, 왕골돗자리의 유통거래의 총금액이, 시골의 5일 장에서는 양곡과 가축의 거래 다음으로 최고의 유통금액이었다고 한다. 내가 초등학교 입학 전 무렵에는 아버지께서 시장에 다녀오시면 포대에 돈을 가득 넣어 오셔서 방에 풀어놓고, 호롱불 아래에서 식구들 모두 둘러앉아 돈을 간추릴 정도로, 짧은 기간에 많은 돈을 벌어 오셨다.

위와 같이 조부님의 '동학농민혁명참여'로 인해, 우리 집안의 가족사는 엄청나게 많은 고통과 변화를 가져왔고, 오늘의 나도 기적적으로 이 세상에 태어난 것 같은 생각이 들 때가 많이 있다. 그러나 지금에 와서 조부님을 원망하고 싶은 마음은 전혀 없고, 오직 성공하지 못했던 '동학농민혁명'이 한없이 아쉽고 안타까울 뿐이다.

아버지께서는 어릴 때부터 일본인에 대한 두려움과 함께, 모진 가난을 오랫동안 겪어 오셨기 때문에, 「일본 놈 순사하고 배암(蛇) 하고는 꿈에라도 안 보고 싶다.」라는 한맺힌 말씀을 아주 많이 하셨다.

이상과 같은 조부님의 '동학농민혁명' 참여와 활약 사실 등은 「동학농민혁명참여자 등의 명예회복에 관한 특별법」에 의한 「동학농민혁명참여자 명예회복 심의위원회」의 심의를 거쳐서, 국가로부터 공식적으로 인정을 받아 현재 등록이 되어 있다.

현재 조부님은, 경북 고령군 대가야읍 지산리 대가야박물관 주차장 옆에 소재한 우리 문중(門中) 소유의 선영(先塋) 자락에서, 「동학농민혁명기념재단(이이화 이사장)과 동학농민혁명유족회(정남기 회장,

---

등의 종이에 기름을 발라서 만든 장판이 개발되었고, 이어서 비닐장판이 출시되어 지금까지 사용하고 있다.

손주갑 사무총장)」에서 공동으로 보내주신, 「봉건제도의 개혁과 일제의 침략으로부터 국권수호를 위하여 목숨을 바치신 동학농민혁명의 지도자 義士 金斗熙 之墓」의 문장(文章)의 상석(床石)을 안치(安置)해 놓고, 생전에 이루지 못한 대의(大義)와 통한(痛恨)의 슬픔을 그대로 품으신 채, 조용히 영면(永眠)하고 계신다.

이 묘소의 위치는 양지(陽地)가 아닌 음지(陰地)인데, 젊어서 억울하게 객사(客死)하면, 양지보다는 음지가 더 좋다는 풍수가(風水家)의 말에 따라서, 일부러 선택한 위치라고 한다.

상석을 안치(安置)했던 2009년 11월 14일은, 고맙게도 「동학농민혁명기념재단(이이화 이사장)과 동학농민혁명유족회(정남기 회장, 손주갑 사무총장)」에서 화환까지 보내주셨고, 우상수(당시의 고령군문화원장), 임영종(고령군동학농민혁명선양회장), 김영식(고령군동학농민혁명선양회 사무국장), 이의웅(당시의 고령-성주간 국도건설 감리단장), 김영계(백산리), 최일화(하거리), 박두헌(하거리), 최길동(하거리), 이의웅(송림리) 등의 많은 친구들과 작은 자형 및 사촌 동생 등의 많은 분들이 함께 참석하여 추모(追慕)의 예를 올려주셨다. 진심으로 감사를 드린다.

해마다 봄철이면 열리는 '고령군 대가야 체험축제' 때에는, 고맙게도 많은 분들이 조부님의 산소 앞에 술잔을 부어 놓고 예를 올리신다고 한다.

특히 나와는 일면부지(一面不知)의 관계였던, 고령군 우곡면에 거주하신다는 이윤기 선생님의 2014년 6월 23일자 『고령신문』에 게재된 기고문에 대하여, 진심으로 감사를 드리며, 그 기고문의 일부를 다음과 같이 소개한다.

외로운 무덤 앞에 쓴 소주 한 잔 부으며

－전략(前略)－ 테마공원의 입구에 묻혀 있는 김두희라는 분이 1895년 10월에 돌아가신 것으로 보아, 삼남지역의 곳곳에 들불처럼 번졌던 전투에서 전사한 것인지, 아니면 동학의 접주로 피해 있다가 일본군에 체포당해 사형을 받았는지 알 길이 없어, 동학농민혁명기념재단 홈페이지에 문의를 해봅니다. 우리 낙후한 고령지역에도 이런 선각자가 백여 년 전에 살다 가시고 묻혀 있다는 것이 자랑스럽습니다.

예전에는 전혀 알지 못했던 이분의 무덤 앞에 쓴 소주 한잔 부으며 절을 올립니다.

이 봄에 우리 산하는 대의를 위해 일어선 이런 분의 저항의 절규와 흘린 피눈물이 진달래가 되고 철쭉이 되어 물들고 있는 듯합니다.

이 영혼들이 살랑대는 바람과 흔들리는 풀잎 속에 오늘을 사는 우리들을 지켜보고 있는 듯합니다.

격렬하게 역사의 한 시대를 살다간 이들을 마음속에 기리며 동학의 창시자 수운 선생이 지은 『용담유사』에 전해지고 백여 년 전 동학의 농민군이 승리의 흥에 겨워 저녁 모닥불가에서 검무를 추며 불렀을 검가를 한번 불러봅니다.

시호(時乎) 시호(時乎) 이내 시호 부재래지(不再來之) 시호로다
만세일지(萬世一之) 장부로서 오만년지(五萬年之) 시호로다
용천검(龍泉劍) 드는 칼을 아니 쓰고 무엇하리
무수장삼(無袖長衫) 떨쳐입고 이 칼 저 칼 넌즛 들어

조부님 묘소의 사진

호호망망(浩浩茫茫) 넓은 천지 일신(一身)으로 비켜서서
칼노래 한 곡조를 시호 시호 불러내니
용천검 날랜 칼은 일월(日月)을 희롱하고
게으런 무수장삼 우주에 덮여 있네
만고명장 어데 있나? 장부당전(丈夫當前) 무장사(無壯士)라
좋을시고 좋을시고! 이내신명 좋을시고!

위와 같이 조부님의 산소에 예를 올려주신 모든 분들께, 이 지면을 통해 진심으로 감사를 드립니다.

그동안 조부님의 명예회복에 많은 수고를 해 주신 '동학농민혁명참여자 명예회복 심의위원회'와 '동학농민혁명 기념재단' 이사장님과 임직원 여러분과 '(사)동학농민혁명유족회'의 회원 여러분과 전국의 동학농민혁명 기념사업회의 모든 분들께도 진심으로 감사를 드립니다.

그리고 이태근 전 고령군수님, 곽용환 전 군수님, 이남철 군수님과 고령군청 관계공무원 여러분, '고령군동학농민혁명선양회'의 임영종 회장님과 김영식 사무총장님을 비롯한 회원 여러분께 이 지면을 통해 진심으로 감사의 인사를 드립니다.

3

6·25 사변(事變)

지금은 이 '6·25 사변'을 국제적으로 '한국전쟁(The korean war)'으로 칭하고 있다. 외국에서야 당연히 한국에서 일어난 전쟁이니까, '한국전쟁'이라고 하겠지만, 우리까지 꼭 그렇게 불러야 할 것인지는 한번 생각해 볼 일이다. 『표준국어대사전』에서 '사변(事變)'은 「한 나라가 상대국에 선전 포고도 없이 침입하는 일」이라고 되어 있다. 그러므로 '한국전쟁'보다는 '6·25 사변'이 국어사전의 정의와 실제의 사실이 일치함으로써, 더욱더 합당한 용어라고 할 수 있을 것이다. 그리고 그 당시에는 모두가 '6·25 사변'이라고 했으므로, 이 책에서도 편의상 '6·25 사변'으로 칭하고자 한다.

6·25 사변의 발발(勃發)

북한은 치밀한 전쟁 준비에 의하여, 1950년 6월 25일(일요일) 새벽을 기해, 242대의 소련제 T-34 탱크를 앞세우고 막강한 전력으로 물밀듯이 쳐들어왔다. 그러나 그 당시에 우리 국군은 북한군의 절반 정도에 불과한 병력과 단 1대의 탱크도 없는 무기로서 처절한 저항을 했으나, 3일 만인 6월 28일 한강교의 폭파와 함께 서울은 북한군에게 점령당하고 국군은 남으로 후퇴를 계속하여 약 1개월여 만에 낙동강 전선까지 밀려났다.

이와 같은 풍전등화의 위기에서 유엔이 북한의 도발을 유엔헌장 위반으로 규정하고 미국, 영국, 캐나다, 터키, 호주, 필리핀, 태국, 네덜란드, 콜롬비아, 그리스, 뉴질랜드, 에티오피아, 벨기에, 프랑스, 남아프리카연방, 룩셈부르크 등의 16개국은 군대를 파견하여 직접 참전했다. 그리고 노르웨이, 덴마크, 스웨덴, 이태리, 인도, 서독 등의 5개국은 의료지원을 했고, 대만, 맥시코 등의 39개국은 물자 및 재정지원을 했었다.

수백만 명이 희생되고 국토가 잿더미가 되었으며, 아직까지도 상처가 완전히 치유되지 않은 채, 정전 중에 처해 있는 참혹(慘酷)한 전쟁이었다.

1994년 6월 2일 러시아의 대통령(보리스 옐친)은 김일성의 남침 증거 등을 담은 고문서(사본)를 건네줌으로써, 북침을 끈질기게 주장해오던 북한에게 꼼짝 못할 쐐기를 박아 놓았었다.

그러나 그 이후에도 북한의 주장에 동조하며, 북한의 남침을 대한민국에 의한 북침이라고 주장하는 일부의 친북세력들이 아직도 상존하고 있다는 말이 간혹 들린다. 북한에서는 상상도 못할 온갖 혜택을 우리 대한민국에서 다 누리며, 잘 먹고 잘 살고 있는 그들의 행태를 도저히 이해할 수가 없다.

고마운 낙동강

북한의 남침이 시작된 지 불과 1개월여 만에 낙동강 전선까지 밀려났던 우리 국군이, 연합군과 함께 반격을 준비할 수 있었던 것은, 오직 고마운 '낙동강' 덕분이었다. 대구의 변두리를 흐르는 이 낙동강은 물이 깊기 때문에, 북한군이 자랑하던 탱크의 전진이 불가능함으로써, 국군이 반격할 준비를 가능하게 했던 아주 고마운 강이다.

만일 '낙동강'이라는 자연적인 방어선이 없었다면, 국군은 어쩔 수 없이 북한군의 탱크에 밀려 부산까지 후퇴할 수밖에 없었고, 지금의 대한민국은 없었을지 모를 정도로, 아주 위험한 상태에 있었던 것이다. 이 고마운 낙동강은 강원도 태백의 황지에서 발원[21]하여 약 1,275리(510.17km)의 먼 물길을 이루며, 수많은 사연들을 지닌 채, 지금도 말없이 대구의 변두리를 돌면서 남해바다로 흘러가고 있다.

낙동강은 내 고향 고령군과 대구광역시의 경계를 이루고 있는 고향의 강이기 때문에, 지금도 많은 고마움과 함께 친근감을 느끼고 있다.

21 1454년 단종2년에 발행된 『세종실록지리지』에는, "낙동강은 그 발원지가 세 곳이 있는데, 봉화현 북쪽 태백산 황지와 문경현 북쪽 초점(새재)과 순흥 소백산에서 나온 물이 상주에서 합류하여 낙동강이 된다."라고 기록되어 있다. 그러나 지금은 최초의 발원지를 황지로 인정하고 있다.

수많은 사연을 안고 오랜 세월을 묵묵히 흐르는 고마운 강이지만, 내가 기억하는 대중가요는, 1960년대에 많이 유행되었던 〈저 강은 알고 있다〉와 〈처녀뱃사공〉이라는 노래 등 2개밖에 기억나지 않는다. 특히 〈저 강은 알고 있다〉라는 노래는 우리나라 최고의 인기가수가 불렀고, 곡도 정말 좋아서 아주 큰 인기가 있었던 노래였다. 그리고 나도 군대를 제대하고 한창 친구들과 "술판 두드리고 놀 때"[22]에는 정말 많이 불렀던 좋은 노래였다.

그러나 〈저 강은 알고 있다〉의 이 노래는 가사의 한 구절이 '옥에 티'처럼 느껴져서 무척 안타깝게 생각되어, 그 당시에는 일부의 가사를 개사(改詞)하여 부르기까지 했었다. 비오는 낙동강에 "저녁노을 짙어지면"이라는 구절을 "저녁안개 짙어지면"으로 많이 불렀다.

비가 오는 날에는 저녁노을이 있을 수가 없는데, 어떻게 저녁노을이 짙어진다고 표현한 것인지를 도무지 이해할 수가 없었던 것이다. 이 표현은 마치 "비오는 밝은 달밤"이라는 표현과 유사한 코미디 같은 표현이다.

'노을'은 국어사전에서, "해가 뜨거나 질 무렵에, 하늘이 햇빛에 물들어 벌겋게 보이는 현상"이라고 되어 있다. 그리고 저녁노을은 해가 질 무렵에 나타나는 노을을 말하는 것이다. 그러므로 비오는 날은 햇빛이 비치지 않기 때문에, 저녁노을은 있을 수가 없고, 해가 지면 비오는 날도 저녁안개는 피어난다.

---

22 "술판 두드리고 논다"는 말은, 노래방 시설 등이 없던 1970년대까지의 시절에, 집안에서 잔치 등을 할 때나 친구들끼리 술 마시고 노래 부르고 놀 때에, 술상을 가운데 놓고 술상을 젓가락 등으로 두드리며, 노래 부르고 노는 것을 말한다.

인천상륙작전

'6·25 사변'에서 또 하나의 고마운 지역이 있고, 세계전사에 길이 빛날 유명한 작전이 있었는데, 바로 고마운 '인천항'이고 '인천상륙작전'이었다.

이 작전은 불세출의 영웅이신 맥아더(Douglas MacArthur, 1880-1964) 장군에 의하여 성공시킨 위대한 승리였다.

그 당시에 우리나라는 대구와 부산 등의 일부만을 남겨두고 거의 대부분을 점령당했던 풍전등화의 위기에 처하여 있었다. 만일 '인천상륙작전' 없이 국토를 다시 되찾고 서울을 수복하기 위해서는, 오랜 기간의 전투와 함께, 수많은 생명과 재산을 바쳐야만 했던 매우 어려운 상황이었던 것이다.

'인천상륙작전'은 북한군의 보급로를 완전히 차단하고 퇴로를 위협함으로써, 전투를 줄이고 조기에 승전할 수 있는 매우 탁월한 작전이었던 것이다.

그러나 이 '인천상륙작전'에는 수많은 반대와 장애가 있었다. 특히 미 합동참모본부와 해군 해병대 측은 인천의 자연적 조건 등을 제시하며, 계속적인 반대를 했다고 한다. 그러나 신기하게도 맥아더는 반대가 심할수록 그 반대의 이유로, 보안유지가 가능하고 적의 의표를 찌를 수 있다고 판단하여, 더욱더 인천상륙을 강행했다고 한다. 정말 천재적이고 기인적인 발상이었다.

인천 앞바다는 조석 간만의 차가 매우 심하므로, 상륙작전을 할 수 있는 날이 제한될 수밖에 없었다. 그 당시의 장비로는 9월의 경우, 15일부터 3일간이 가능하고, 이때를 놓치면, 다음의 1개월을 기다려야만 했다고 한다.

또한 상륙이 가능한 이 날짜에도 아침과 저녁의 각각 3시간밖에 시간이 없었다고 한다. 정말 힘들고 어려운 '인천상륙작전'이었다고 한다.

그러나 맥아더는 이에 굴하지 않고, 끝까지 작전을 추진하여 서울을 수복하고 압록강까지 진격하는 대승리를 이루었던 것이다. 정말 맥아더 장군은 위대한 분이고 고마운 분임을 우리 모두 잊지 말아야 할 것이다.

그러나 그해 10월 중공군의 참전으로 인하여, 또다시 후퇴하여 38선을 사이에 두고 치열한 전투를 하다가, 1953년 7월 27일 우리 정부의 강력한 반대에도 불구하고 정전협정을 맺게 되었고, 오늘까지 불안한 이 정전상태는 계속되고 있는 것이다.

내가 겪은 6·25와 피란 생활

우리 고향의 6·25 사변은 내가 8세 때인 초등학교에 입학한 지 몇 개월 후인 7월 초순경부터 시작이 되었다. 그 당시에 고령읍에는 호국군부대가 있었고, 최고 높은 사람은 정남택 씨, 소대장은 백산의 박약국 아들인 박종열 소위라는 말을 들었던 기억이 난다.

우리 마을은 그 당시에 보리타작과 모심기는 다 끝내고 삼무지[23]를 할 무렵에 보도연맹[24] 사건으로 5인이 체포되어 군경의 철수와

23 '삼무지'는 논밭에 심어놓은 대마(삼)를 수확하여 돌과 흙 등으로 만들어진 시설(삼곳)에 넣고 불을 지펴서 달구어진 돌무더기에 물을 부어 수증기로 대마를 삶아서 껍질을 벗기는 과정의 작업을 말한다.

24 '보도연맹'은 1948년 12월 시행된 "국가보안법"에 따라 좌익사상에 물든 사람들을 전향시켜 보호하고 인도한다는 취지로 결성되었다. 1949년 말에는 전국적인 가입자

함께 처형이 되었다는 소문을 들었다. 그 당시에 체포되어 처형된 사람들은 모두가 북한의 실상과 공산주의의 단점을 전혀 모르는 순박한 사람들로서, 공산주의자의 감언이설에 속아 모임 등에 한두 번 정도 참석했다가 억울하게 희생을 당한 사람들이었다고 했다.

그 당시에는 농민들의 대부분이 가난한 소작농이었는데, 토지를 균등하게 배분해 주고 빈부(貧富)의 차이 없이 평등 세상을 만드는 것이 공산주의라고 선전을 했다고 한다. 아마도 이 지상낙원 같은 제도를 좋아하지 않을 사람은 거의 없었을 정도로 매우 위험한 시기였다고 했다.

그러나 그 당시는 정부에서도 '보도연맹' 조직이 월북한 박헌영의 주장대로, 북한군의 남침 시에 적극 동조할 세력으로 판단할 수밖에 없었던 안타까운 역사적 비극이었다. 박헌영은 그 당시에 북한에서 김일성에게, 우리가 남침을 하면, 남조선의 구 남노당원과 다름없는 '보도연맹' 조직원들이 일제히 가담하여 적극적으로 도울 것이라고 큰소리를 많이 쳤다고 한다. 아마도 그 당시에 박헌영이가 김일성한테 그러한 큰소리만 치지를 않았더라면, 정부의 '보도연맹'에 대한 불행한 역사는 분명히 초래하지 않았을 것이다.

박헌영의 무책임한 이 말은, 수많은 사람의 소중한 생명을 빼앗게 되었고, 결국에는 자신마저도 이 말 때문에, 김일성으로부터 죽임을 당하게 되었다고 한다.

나는 그 당시에 북한군(그 당시는 인민군 또는 빨갱이라고 했음)을 피

수가 30만 명에 달했다. 주로 사상적 낙인이 찍힌 사람들이 대상이었으나, 지역별 할당제가 있어 사상범이 아닌 경우에도 등록되는 경우가 많았다고 한다. 6·25 전쟁이 일어나자 정부는 이들의 북한군 동조를 우려하여 국군이 긴급하게 후퇴를 하면서 무차별 검속과 즉결처분으로 막을 내린 억울하고 비극적인 조직이었다.

해서 피란(避亂)을 두 번이나 다녔는데, 오히려 북한군을 일부러 마중 나간 꼴이 되고 말았다. 1차 피란은 외할머니, 큰형수님, 작은누님과 어린 질녀와 함께 우리 집의 소를 몰고 어머니의 외갓집이고 친정 마을이었던 창동(경남 합천군 야로면)으로 피란을 가게 되었다.

그런데 그쪽으로 피란을 가서 이야기를 들어보니, 북한군은 지리산을 타고 거창 쪽에서 대구 방향인 고령으로 진격을 해오기 때문에, 차라리 우리 마을이 더 안전하다는 것을 알고, 이틀 밤을 자고 집으로 다시 돌아왔다.

그러나 아버지께서는 가족이 한곳에 있는 것보다는 흩어져 있어야만 멸문지화(滅門之禍)를 피할 수 있다는 말씀을 하시면서, 또다시 나를 소와 함께 10㎞의 거리에 있는 고령읍 지산리 작은집(숙부님댁)으로 혼자 피란을 가게 했었는데, 이것이 2차 피란이었다. 아마도 아버지께서는 「계란은 한 바구니에 담지 않는다」는 서양 속담과 같은 논리를 생각하셨던 것으로 짐작된다. 나는 1차와 2차의 피란을 모두 소와 함께 다녔다.

초등학교 1학년의 나이에 소와 같이 피란을 다닌다는 것은 정말로 귀찮고 힘든 일이었지만, 소는 농사용으로 중요할 뿐만 아니라, 혹시 북한군으로부터 빼앗길 우려도 있었기 때문이었다.

그 당시에 지산리에는 큰숙부님과 작은숙부님이 각각 살고 계셨다. 큰숙부님 댁에서 며칠을 지내다가 어느 날 밤 수제비 저녁을 맛있게 먹고 잠을 자고 있는데, 갑자기 깨우기에 일어나니까 피란을 가야 한다고 하셨다. 아마도 그때의 시간이 밤중 정도밖에 안 되었던 것 같다. 집에는 조모님과 우리 소와 작은집 소까지 두 마리의 소를 그대로 남겨 놓은 채, 두 숙부님 가족과 함께 나는 냄비 하나를 등에 메고 어두운 밤길을 걸어가게 되었다.

그 후에 알게 된 사실이지만 그날 밤에 걸어갔던 길은, 도로를 피하여 굽은골(지금의 대가야 박물관 주차장 옆의 골짜기)을 지나 금천을 건너 개진면 반운리, 개포, 인안리 등을 지나서 성산면 삼대리 앞의 멍덤이 다리(고령-대구간 26번 국도의 낙동강 구교)를 건너서 대구로 갈 예정이었다고 했다.

수많은 사람들이 많은 짐을 지고 우리의 앞뒤를 천천히 걸어가고 있었다. 피란을 갈 때는 많은 짐을 지고 가야만 했다. 이불 등의 침구, 돗자리, 옷, 양식, 냄비, 그릇 및 수저 등을 각자가 조금씩 나누어서 이고지고 가야만 했다. 그리고 미리 준비하는 피란용의 비상식품은 주로 쌀과 미숫가루와 소고기 육포였다. 미숫가루는 주로 보리쌀을 볶아서 가루로 만든 것인데, 식사용이기 때문에 소금을 조금 넣어서 만들었다는 것이, 사카린이나 설탕 등을 넣은 보통의 간식용 미숫가루와는 조금 다르다고 할 수 있다.

소고기 육포는 기름기를 제거한 소고기를 진간장에 삶아서 건조한 것인데, 이것은 아무리 오래 두어도 상하지 않았고 부족한 영양 섭취도 가능한 좋은 반찬이었다.

그 당시에는 몰랐는데 지금 생각하면, 수백 년 전에 일어났던 임진왜란 외에는 피란을 다닐 정도의 큰 전쟁이 일어난 일도 없었는데, 이러한 피란 식품 만드는 것을 어떻게 잘 알고 있었을까를 생각하니, 신기한 점이 많은 것 같기도 하다.

피란길은 걸음이 느린 아이들도 있었고, 무거운 짐도 있었기 때문에, 빨리 걸어갈 수가 없었다. 앞 사람들이 가는 길을 따라서 천천히 걸어가야 하는 것이었다. 미군은 낙동강 근처로 진입하는 인민군을 방어하기 위해 공습을 아주 많이 했었고, 이때마다 사람들은 땅에 엎드리고 공포에 떨어야만 했다. 조금 걷다가 또 엎드리고 또 걸어가야만 했다. 공습 중에는 남의 수박밭을 그대로 밟고 지나기도 했는데. 주인 없는 많은 수박들이 있어도 수박을 따 먹는 사람은 아무도 없었다. 비록 목이 마르고 배도 고팠지만, 모두가 긴장하고 겁에 질려 있었기 때문이었다. 집에 있었으면 편했을 텐데, 괜히 헛고생을 자초한 꼴이 된 것이었다. 그러나 우리가 이 낙동강 다리를 건너가려고 새벽 무렵에 도착했으나, 불과 몇백 미터 앞에서 비행기의 폭격으로 이 다리가 폭파되었던 것이다.

이 다리의 폭파는 우리 국군과 미군 측에서 북한군의 대구 진입을 저지하기 위한 불가피한 최후의 조치였을 것이다. 만일 폭파가 조금만 늦게 되었더라면, 우리는 대구까지 피란을 갔을 것이다. 지금 생각하면, 만일 우리가 대구까지 피란을 갔더라면 몇 개월간 더욱더 많은 고생을 했을 텐데, 가지 않은 것이 정말 다행이었다.

우리는 대구로 가는 길이 막혔기 때문에, 어쩔 수 없이 오랜 시간을 망설이다가 저녁 무렵에 다시 작은집으로 돌아왔다. 우리가 작은집으로 돌아오니까, 걱정했던 우리 소는 어머니가 오셔서 우리 집으로 다시 몰고 가셨다고 했다. 어머니께서는 어린 나를 혼자 작은집에 보내 놓고 걱정이 되어서 오셨던 것 같았다. 훗날 들은 이야기지만, 어머니께서는 소를 몰고 집으로 오시면서, 인민군을 피하기 위해 26번 도로로 오지 않고, 칠등재 · 새실재 등의 두 고개를 넘어오시면서 많은 고생을 하셨다고 했다. 그러나 나는 겁도 없이 혼자서 지금의 26번 국도를 10km나 걸어서 우리 집으로 돌아왔다. 오는 도중에 썩은덤[25] 모퉁이의 도로에는 미군의 폭격에 의한 것으로 생각

25 썩은덤 : 고령읍과 쌍림면의 경계 지점에 있는 지명으로서, 도로공사로 인하여 형성된 도로 옆의 급경사지.

되는 북한군 시체와 파괴된 차량에서 연기가 나고 있었고, 귀원덤[26] 모퉁이에도 북한군 시체와 부서진 차량이 길을 막고 있었다.

그 당시에는 속칭 '호주기'라고도 했고, 이승만 처갓집 나라 비행기라고 했던 미군 제트기가 폭음을 내며 날고 있었다. 실제로 이승만 대통령 영부인의 모국은 '호주'인 '오스트레일리아'가 아니라, '유럽'의 '오스트리아'라고 했는데, 사람들이 잘못 알았던 것 같다. 그리고 이 '제트기' 역시 호주와는 아무런 관계가 없었는데, '호주기'라고 했던 것이다.

나는 혼자 오는 도중에 한편으로는 겁이 많이 나기도 했지만 무사히 집에 도착을 하게 되었고, 가족들은 모두가 "혼자서 어떻게 왔느냐?"라고 하면서 반가워했다. 집안 식구들은 모두가 무사히 잘 있었는데, 우리 식구들 중에서 피란을 갔던 나 혼자만 억울하게 헛고생을 했던 것이다.

그리고 얼마 후에는 낙동강 교량 폭파로 인해 대구로 진격을 못한 북한군들이 우리 마을에 들어와서 여러 가정으로 분산되어 숙식을 했는데, 우리 집 사랑방에는 약 6명 정도가 숙식을 했다. 그 당시에 우리 쌍림면의 평지동에는 북한군 본부가 있었고, 우리 고향 일대는 완전히 북한군 세상이 되었다는 말을 들었다. 아마도 그 당시에 북한군이 우리 마을에 머물게 된 것은, 낙동강 교량의 파괴로 인하여 대구 진입이 불가능하게 되고, 낙동강 주변에는 미군의 공습이 심하니까 일단 후퇴하여, 상부로부터 진퇴의 작전지시를 기다리는 대기상태의 기간으로 추측된다.

26 귀원덤 : 송림2리와 귀원리의 경계 지점에 있는 지명으로서, 도로공사로 인하여 형성된 도로 옆의 급경사지이며, 밤이면 부엉이가 울던 곳.

북한군들 중에는 익지 않은 생감을 따서 불에 구워 먹으려고 하던 중학생 정도의 철없는 까까머리 어린아이들도 일부 있었던 것으로 기억이 된다.

북한군 병사들의 복장은 광목에 녹색으로 염색한 옷을 입었던 것 같다는 말을 어른들로부터 들었다. 아마도 복장이 좋지 않았다는 말인 것 같았다. 북한군들이 우리 집 사랑방에서 잠을 잘 때는, 얼굴을 같은 방향에 두지를 않고 옆 사람의 발이 서로의 얼굴 쪽을 향하도록, 한 사람씩 서로 엇갈린 자세로 잤다. 그 당시에는 상대방의 발 냄새도 나고 불편할 것인데 왜 그렇게 자는 것인지 이상하다는 생각을 했었다. 그러나 지금 생각하면 좁은 공간을 최대한 이용할 수가 있고, 취침 중에 발생할 수 있는 비상사태 등의 대비에 유리한 점이 많았을 것이라는 생각이 들기도 한다.

며칠 후 동네 아이들과 함께, 송림천의 방천 근처 갱분[27]에 소를 먹이며[28] 방천에서 놀고 있었다. 이때 이웃 마을인 산당 마을 쪽에서 총을 멘 인민군 2명이 우리에게 다가와서, 이상한 종이쪽지를 내밀며, 2마리의 소를 가져가겠다는 것이었다.

풀을 뜯고 있는 소들 중에서 2마리의 소를 손으로 가리키며 우리에게 빨리 소를 몰고 오라고 했다. 인민군들이 가리키는 2마리 중의 한 마리가 바로 우리 집 소를 가리켰던 것이다. 나는 그때 순간적인 기지를 발동하여 그들의 말을 순응하는 체하면서 재빨리 소들에게 달려가 고함을 지르고 돌팔매질을 하며 모든 소들을 전부 비기덤 쪽

27 '갱분'은 하천변의 잔디 등이 있는 모래 들판을 말함.
28 "소를 먹인다는 것"은 소를 산이나 들에 풀어 놓고 풀을 뜯어 먹도록 하는 것으로서, 그 당시에는 오후만 되면 마을의 모든 소가 일정한 장소에서 함께 풀을 뜯어 먹도록 하였다.

으로 멀리 쫓으면서 도망을 쳤다. 그러자 인민군들은 화가 나서 나를 향해 몇 발의 소총 사격을 했는데, 총소리에 놀란 소들은 더 멀리 도망가게 되었고, 소와 함께 도망가던 내 귓가에는 '삐융' 하며 총알 스쳐가는 무서운 소리가 몇 번 들려왔다. 지금 생각하면 나이 어린 나에게 정조준 사격을 한 것은 아니었을 것이고, 아마도 겁을 주기 위한 위협 사격이었을 것이라는 생각이 든다.

그 당시에 북한군들이 소지했던 소총은 수십 발의 연발 사격이 가능한 원형 탄창의 '따발총'과 길이가 무척 길었던 일명 '딱궁총'이라고 했던 것 같다. 나의 겁 없는 행동 때문에, 2마리의 소는 빼앗기지를 않았지만, 지금 생각해도 아찔한 생각이 든다. 후일에 알고 보니 인민군들은 그 당시에 인천상륙작전으로 인해 낙동강 전선에서 후퇴 준비를 하는 중이었으므로, 멀리 도망간 소를 따라가서 잡을 수 있는 시간적 여유가 별로 없었기 때문에, 그대로 물러갔을 것이라는 생각이 든다.

그 당시에 우리 집에 머물고 있던 북한군은 아마도 소총 전투부대였던 것 같고, 소를 징발하려고 왔던 북한군은 산당 마을이나 백산 마을 쪽에 있던 군용물자 보급부대였을 것이라는 생각이 든다. 이 일로 인해, 나는 마을 사람들로부터는 "훌륭한 일을 했다는 칭찬과 함께 아주 간 큰 아이"라는 말을 듣기도 했다. 그러나 부모님께서는 「소보다는 사람이 더 중요한 것」이라며 많은 꾸중을 하셨다. 그리고 사랑방에 주둔하고 있는 인민군들이 알면 큰일이 날 것이라면서 말조심을 하라는 것이었다.

한번은 북한군 한 명이 저녁 반찬용으로 무와 배추를 많이 들고 왔었다. 어머니께서 어디서 구해 왔느냐고 물으니까, 마을 뒤의 밭에서 그냥 뽑아왔다고 했었다. 그런데 그 이튿날 어머니께서 우연히 밭에 볼일이 있어서 갔더니, 공교롭게도 우리 밭의 무와 배추를 뽑아온 것이었다. 어머니가 북한군에게 우리 밭인 줄 어떻게 알고 그렇게 뽑아왔느냐고 말하면서 오히려 남의 것보다는 우리 것이어서 더 좋다고 하셨더니, 북한군들도 신기했던 모양인지 함께 같이 웃었던 적이 있었다. 같이 웃을 때는 북한군들도 전혀 무섭지를 않았다. 그들은 어머니를 보고 기분이 좋을 때는 '모친'이라고 불렀고, 기분이 좋지 않을 경우에는 '동무'라고 불렀던 것으로 기억된다.

드디어 어느 날 밤에는 멀지 않은 남쪽 방향에서 발사되어 귀원덤 모퉁이 지역 등으로 떨어지는 대포 소리가 심하게 들리기 시작했다. 국군과 유엔군의 대포 소리인 것 같아서 한편으로는 좋기도 했지만, 포탄에는 눈이 없기 때문에 혹시라도 우리 마을로 포탄이 떨어질지도 몰라서 많은 겁이 나기도 했다. 대포 1발을 발사할 때에는 두 번의 포성이 들렸는데, 처음의 포성은 멀리 있는 대포에서 발사될 때에 나는 포성이라서 작게 들리고, 두 번째의 포성은 가까운 거리에서 포탄이 떨어지면서 폭파되는 소리이기 때문에 크게 들리는 것 같았다.

대포 소리가 들리던 다음날의 저녁 무렵에, 인민군들은 급히 준비하라고 강요한 주먹밥과 강제로 요구한 쌀 등을 짊어지고 마을 뒤편 송지골 쪽으로 후퇴하게 되었고, 드디어 우리 마을에는 조용한 평화가 다시 찾아왔다.

그 당시에 인민군의 주문대로 만든 주먹밥은 밥이 잘 뭉쳐지도록 보통의 쌀에 찹쌀을 조금 섞어서 밥을 하여, 큰 함지박에 밥을 펴 놓고 식초와 소금과 볶은 통 참깨를 섞어서, 손에 물을 묻혀가며 주먹 크기로 뭉치는 것이었다. 찹쌀을 섞은 이유는 밥이 잘 뭉쳐지도록 하는 것이었고, 식초를 조금 넣는 것은 밥이 빨리 상하지 않도록 하는 방법이라고 했다. 참기름이나 깨소금을 넣지 않고, 볶은 통 참깨를 넣어 달라는 것 역시 밥이 잘 뭉쳐지도록 하는 방법이라고 했다. 밥에 기름기가 있으면, 밥이 잘 뭉쳐지지 않기 때문이었던 것 같다. 나는 이 주먹밥을 만드는 옆에서, 간을 보기 위해 어른들이 맛을 보는 것을 조금씩 얻어먹기도 했는데, 아주 맛이 좋았다.

인민군들이 머무는 동안, 나의 형님 두 분은 뒷산 등으로 피신을 하느라고 많은 고생을 하셨고, 식량 등의 일부 재물 피해와 공포 분위기 등은 조금 있었으나, 다행히 우리 마을에는 그들이 철저하게 찾았던 악질 지주와 국군 및 경찰 가족들이 없었기 때문에 인명의 피해도 없었고, 가축의 피해도 전혀 없었다. 그 당시에 인민군들은 악질 지주와 국군과 경찰 가족들을 발견하면 무조건 총살시킨다는 무서운 말이 떠돌았지만, 그들의 군기가 철저하여 식사 제공 이외의 다른 민간 피해는 전혀 주지를 않았던 것 같다.

그들이 후퇴한 코스를 생각해 보면, 미군의 폭격이 두려워서 도로를 피하고 산길을 이용하여 우리 마을 뒤편의 송지골-경남 합천군 야로면-가야면 숭산-거창-함양-지리산 등을 경유하여 북쪽으로 후퇴했을 것이다.

북한군들이 후퇴를 한 지 하루이틀 정도가 지나자 마을 앞 도로에는 미군 차들이 먼지를 일으키며 지나가기 시작했고, 마을 사람들의 일부는 도로에 나가서 만세를 부르며 반가워했다.

그때 나는 누구한테서 배웠는지, 무슨 뜻인지도 모르면서 난생처음으로 사용한 영어가 '오케 할로 상추 배리 마치'였다. 나는 미군차가 지나갈 때는 친구들과 같이 이 영어를 큰 소리로 외치면서 손을 흔들었고, 미군들은 답례를 하며 과자와 껌 등을 던져 주기도 했다.

그 당시에는 껌이 아주 귀하고 처음 보는 것이었기 때문에, 이 껌을 씹다가 식사를 할 때나 잠을 잘 때에는 씹던 껌을 버리기가 아까워서 적당한 곳에 붙여 놓았다가 다시 떼어 씹기도 했는데, 지금 생각하면 저절로 웃음이 나온다.

북한군들도 철수하고 국군과 미군도 북한군을 쫓아서 북쪽으로 가고 난 뒤에는, 포탄과 소총 등의 탄피를 주워서, 이것으로 일부 생활 도구와 장난감 등을 만들기도 했다. 예를 들면, '화이바'나 '철모'는 대변을 퍼내는 'X바가지'로 사용하는 사람이 아주 많았다. 그리고 아이들은 기관총 탄알의 고정 장치로 기억되는 쇠사슬 형태의 둥근 쇠조각을 망치로 펴고 돌에 갈아서 작은 칼 등을 많이 만들기도 했다.

그러나 터지지 않은 포탄이나 수류탄 등을 잘못 건드려서 어떤 사람은 목숨을 잃거나 많이 다치기도 했다. 우리 마을의 인근 마을인 합가리의 '아랫마'라는 마을에는 아이들이 포탄을 가지고 놀다가 여러 명이 한꺼번에 죽었다는 소문이 돌았고, 우리 마을에도 친구의 형님 되시는 분도 포탄을 잘못 만져서 돌아가신 적이 있었다.

북한군들이 오기 전에, 어른들은 북한군을 인민군 또는 빨갱이라고 했는데, 실제로 만나보니 빨간 얼굴은 아니었고, 우리와 똑같은 사람이라는 것을 알고 웃었던 적이 있다.

북한군들의 대부분은 마음씨가 나쁘지는 않았던 것 같았는데, 군복은 입었지만 계급장이나 아무런 표식도 없는 어떤 한 사람은 붉은 계급장을 달고 있는 높은 인민군 간부에게도 큰소리를 치고, 아주 성질이 나쁜 것같이 보였다. 지금 생각하면, 그 사람은 아마도 보안 계통의 간부였던 것 같다.

전쟁이 끝난 후의 귀원텀 모퉁이에는 인민군들이 많이 죽었기 때문에, 비오는 밤이면 많은 귀신들이 나온다는 소문이 돌았고, 심지어 큰 뱀이 나와도 인민군의 환생이라는 근거 없는 이상한 말까지 떠돌았다.

그 당시에 유행했던 말 중에는, 「'소련'한테 속지 말고, 미국은 믿지 말고, 일본은 일어난다.」라는 말이었다. 그러나 우리나라는 미국이 아니었다면 일제로부터의 자력광복도 전혀 불가능했을 것이고, 낙동강 전선밖에 남지 않았던 이 6·25 전쟁에서도 미군의 도움이 없었다면, 지금 우리는 어떤 세상에서 살고 있을까를 생각하니, 미국의 고마움을 더욱더 느끼게 한다.

공비토벌

1950년 9월 28일 수도 서울이 수복되고, 인민군 주력부대는 거의 북쪽으로 도주했으나, 전국의 일부 깊은 산속에는 인민군 잔당들과 인근지역의 조력자들이 계속 잔류하면서, 관공서와 주민들을 괴롭히고 있었다. 이들에 대하여 정부는 '공비'라고 불렀고, 군경을 파견하여 이들을 소탕하는 작전을 '공비토벌'이라고 했었다.

그 당시에 국군과 경찰병력만으로는 인력이 부족하여, 민간인을 모집하여 보조요원으로 함께 참여시켜 공비를 토벌하기도 했었다.

이 무렵에 우리 고향의 미숭산에도 잔류세력이 일부 있었고, '지리산 공비토벌'과 경남 거창군 신원면의 '거창사건' 등은 아주 유명한 사건들이었다.

1957년경에 우리 집에는 거창군 신원면이 고향인 일꾼(머슴) 한 사람이 있었는데, 이 분이 바로 거창사건이 일어난 신원면에서 공비토벌대원으로 활약했던 사람이었다. 나는 이분으로부터 그 당시의 공비토벌 등에 관한 많은 이야기를 들을 수 있었다.

그 당시에 거창사건이 일어났던 신원면의 일부 지역에는, 낮이면 대한민국이고, 밤이면 북한이라는 것이었다. 밤이면 북한기가 게양되고 마을의 남녀노소 모든 주민들은 한 패가 되어 그 지역은 완전히 북한이라는 것이었다. 그래서 그 지역은 밤이면 공비들이 차지하고, 낮이면 토벌대가 다시 차지하는 상황이 장기간 계속되었다.

그 당시에 공비들을 일명 빨치산 또는 빨갱이들이라고도 했다는데, 이들의 산속 생활에 관한 몇 가지 흥미 있는 이야기가 있다.

산속 생활에서 소금이 없을 때는 소금의 대용품으로 싸리나무를 태운 재를 이용했다고 한다. 그리고 밥을 할 때는 연기를 감추기 위해 낙엽송 나무 밑에 밥솥을 걸어놓고 불을 지피면, 연기가 낙엽송 나무를 따라 공중으로 올라가서 흩어지기 때문에, 토벌대가 멀리서 연기(煙氣)를 발견하지 못한다는 것이었다. 그리고 이슬을 받아 식수로 사용하는 법과 추운 겨울의 보온 잠자리를 만드는 방법 등의 여러 가지 산속 생활에 관한 이야기들이 있다.

그 당시에 생포를 했던 어떤 공비는, 남자의 성기에 동상(凍傷)이 걸려 요로가 막혔기 때문에, 소변을 볼 수 없게 되자 어쩔 수 없이 조릿대를 날카롭게 만들어 아랫배(방광)에 찔러서 이 조릿대의 구멍으로 소변을 배출했다는 것이다. 이러한 고생은 하루 이틀도 아니고, 오랫동안 계속했다. 국군과 경찰은 공비토벌 과정에서 자수를 권유하는 삐라를 수없이 뿌리는 홍보를 했지만, 이러한 고통을 겪어가면서도 끝까지 자수하지 않았던 것을 보면, 사상과 이념의 힘이 정말 대단하다는 것을 절실히 느끼게 한다. 많은 사람들이 동족을 서로 죽이고 죽었던 불행한 시대의 안타까운 희생자들이었다.

우리 대한민국의 국민으로서의 온갖 혜택을 받으며 살아왔고, 공산주의의 단점을 누구보다도 더 잘 알고 있으면서도, 아직까지도 북한을 찬양·추종하고 있는 현재의 국내 공산주의자는 분명히 잘못된 사람들이라고 단정할 수가 있을 것이다. 그러나 공산주의의 단점을 전혀 몰랐던 6·25 전후의 공산주의자들은, 모두가 불행한 역사의 억울한 희생자들이라고 할 수밖에 없을 것 같다.

맥아더 장군의 명언(名言)

6·25 전쟁의 위대한 영웅이고 우리에게는 한없이 고마운 분이셨던 맥아더(Douglas MacArthur, 1880-1964) 장군은 만주지역의 북폭(北爆)을 계속 주장하다가, 트루먼 대통령에 의해 해임되었다. 만일 그 당시에 맥아더 장군의 말을 그대로 들었다면, 중국은 더 이상 버틸 수가 없었을 것이므로, 우리는 지금 통일된 나라에서 평화롭게 살고 있을 것이다. 정말 아쉽고 안타까운 일이다.

맥아더 장군은 미국 연방 상하원 합동회의에서 행한 고별사에서, "노병들은 결코 죽지 않는다. 오직 그들은 사라져갈 뿐이다(Old soldiers never die. They just fade away.)"라는 명언을 남기고 물러갔다.

그 이후, 존슨 대통령이 베트남전을 계속 확대해 나가자, 맥아더는 수시로 백악관에 전화를 걸어, 「한국전쟁은 소련의 스탈린이 북한에 사주하여 발생한 국제적 성격의 전쟁이기 때문에 우리가 참전을 했지만, 베트남전은 자기들끼리의 내전이다. 미국이 개입할 명분이 없다. 왜 우리의 젊은이들이 아시아의 정글에서 명분 없이 죽어야 하느냐?」라고 반대를 계속했다고 한다.

우리는 맥아더의 무서운 이 말을 반드시 유념해야 할 것이다.

그러나 얼마 전 문재인 정부는 북한의 핵 위협에는 입을 다문 채,

실리 없는 '작전권 이양'과 '종전선언'만을 강력하게 추진했던 것이다. '정전협정'보다는 '종전선언'이 겉으로는 더욱더 평화를 위한 선언으로 보여지기도 한다. 정전은 미완(未完)의 평화이고, 종전은 완성한 평화같이 보여서 하나의 역사적 업적으로 남을 수도 있을 것이다.

그러나 '종전선언'이 되면, 이제는 한국전쟁이 '정전상태'가 아니라, 완전히 '종전'이 된 것이므로, 주한미군은 계속적으로 주둔할 명분이 자동적으로 사라지게 된다. 그렇기 때문에, 오래전부터 미군 철수를 주장해온 국내의 일부 좌파세력들이 그대로 가만히 있을 리가 없을 것이고, 미군은 철군을 거부할 특별한 명분이 없기 때문에, 결국에는 우리나라에서 철수하게 될 것이다.

만일 미군이 철수하고 난 뒤에, 핵무장을 완성한 북한이 또다시 남침도발을 자행한다면 이 전쟁은 미국이 볼 때에, 베트남 전쟁과 같이 '자기들끼리의 내전'이 되는 것이다. 그러면 맥아더가 존슨 대통령에게 항의했던 베트남전의 '참전반대 논리'와 똑같아지는 경우가 될 것이므로, '한미방위조약'은 미국의 반전 여론에 밀려, 머뭇거리는 동안 이미 전쟁은 끝나고 말 것이다. 핵무기를 사용하는 전쟁은 수일 이내에 끝날 것이고, 이 전쟁은 6·25의 참사와는 비교도 할 수 없는 엄청난 민족의 대재앙을 초래하게 될 것이며, 대한민국은 역사에서 완전히 사라지게 될 것이다.

이와 같이 허울 좋은 '작전권 이양'과 '종전선언'은 우리 민족의 생사가 걸려있는 명백한 '위험선언'이 될 것이므로, 우리의 국방력이 완벽할 때까지는, 급하게 서두를 이유가 전혀 없는 것이다.

6·25 사변 직전인 1949년 국회부의장 '김약수'와 '남로당 프락치'들의 강력한 주한미군 철수 주장 등으로 인하여, 끝내는 고문관 일부만을 남기고 미군은 모두 철수하게 된 것이다. 이때 만일 미군이

철수하지 않았다면, 6·25 사변 같은 전쟁은 분명히 없었을 것이다. 그러나 역사는 정말로 반복이 되는 것인지 위험의 싹은 지금 또다시 돋아나고 있는 것 같다.

근래에 과거의 '김약수'라는 자와 '남로당 프락치' 같은 자들이 또다시 활개를 치고 있는 것 같다. '주한미군 철수 요구'에 서명한 모 당 소속의 국회의원 43명의 명단이 얼마 전에 '카톡'에 돌아다니고 있었는데, 이것이 사실이라면, 정말로 큰일이 아닐 수 없다. 만일 미군이 철수하면, 또다시 제2의 6·25가 분명히 일어날 텐데, 도대체 머리에 무엇이 들어있는지 정말 한심한 인간들이다.

봄이 되어 뻐꾸기가 울면, 그 소리는 매우 처량하기도 하고 곱게 들리기도 한다. 그러나 이 뻐꾸기의 생존행태를 보면, 아주 잔인하고 야비한 놈이다. 자기의 알을 남의 둥지에 몰래 낳아 놓고 근처를 돌면서 그대로 방치한다. 그리고 이 뻐꾸기알은 둥지의 주인 새가 낳은 알보다 먼저 부화하여, 주인 새의 알을 둥지 밖으로 전부 밀어내고, 주인 새가 물어다 주는 모든 먹이를 독차지하며 자란다.

지금 우리나라에는 이와 같이, 북한의 뻐꾸기가 낳은 수없이 많은 새끼들이, 주인 새의 알(대한민국 국민)을 둥지 밖으로 밀어내고, 먹이(국민의 세금)를 부당하게 갈취하며 살고 있을 것만 같은 의구심(疑懼心)이 들 때가 한두 번이 아니다.

현역 입대 시의 특별한 환송

1950년 6월 25일 이후부터 약 5년여 정도까지만 하더라도, 군에 입대하는 장병들에 대한 환송은 아주 성대하게 시행되었다. 이러한 행사는 아마도 일제강점기에 억울하게 강제징병을 당하던 시절부터 이어져 온 관습으로 보인다.

6·25 사변 이후의 몇 년까지는 입대 후에 전사 또는 부상의 위험성이 아주 높았던 시기였으므로, 누구라도 입대를 하면 무사귀환을 장담할 수 없었던 것이다. 그러므로 목숨을 걸고 고향을 떠나는 입대자에게 가족은 물론 마을 사람들 모두가 걱정을 많이 했던 것이다. 그 당시에 우리 마을에서, 군에 입대하여 발생한 전사자가 입대자의 약 절반 정도인 3인이나 되었고, 상이군인(傷痍軍人)도 몇 분이나 있었던 아주 위험한 시절이었다.

입대 전날까지는 집안사람과 친구들로부터 융숭한 대접을 받았고, 입대일은 아침 일찍부터 많은 마을 사람들로부터 환송을 받았다. 입대를 하는 당일에는 높은 왕대나무에 입대자의 성명과 무운장구(武運長久)를 비는 글이 새겨진 깃발을 높이 달고, 풍물을 치며 많은 마을 사람들이 면사무소(집합 장소)까지 함께 걸어가서 환송을 했다. 입대자와 마지막 헤어질 때는 본인과 가족은 물론, 마을 사람들 모두가 눈물을 흘리지 않는 사람이 없을 정도로 다 함께 슬퍼했다. 아무리 국방의 의무를 위해 입대를 하는 것이지만, 다시는 돌아오지 못할 수도 있다는 그 가슴아픈 심정을 충분히 이해할 수 있을 것 같았다.

앞으로 다시는 이와 같은 비극이 오지 않아야 할 것인데, 요즈음 또다시 주변의 정세가 위험해지고 있는 것 같아서 많은 걱정이 된다.

제 2 장

1960년대 전·후의 농촌

1

나의 초·중·고 시절

국민학교 시절

우리나라 건국 후의 국·중·고·대학의 연도별 학기는, 매년 4월 1일부터 이듬해 3월 31일까지였으나, 1962년부터는 매년 3월 1일부터 이듬해 2월 말일까지로 변경되었다. 그리고 1996년 3월 1일부터 '국민학교'를 '초등학교'로 명칭을 변경하였다. 그러나 내가 다닌 학교는 '초등학교'가 아니라 '국민학교'였으므로, 다음과 같이 편의상 '국민학교'와 '초등학교'의 명칭을 사정에 따라 적당하게 혼용(混用)하고자 한다.

(1) 빈약한 학교시설

백산초등학교는 1947년 7월 10일 쌍림공립국민학교 백산분교로 개교하여, 1950년 3월 30일부터 정식 백산공립국민학교가 되었다가 백산국민학교로 변경되었고, 1996년 백산초등학교로 변경되었다가 2013년 3월 1일부로 폐교와 동시에 다시 쌍림초등학교에 병합되었다. 1947년 분리된 학교가 2013년에 다시 병합된 것이니, 세상의 변화는 누구도 예상할 수가 없을 것 같다.

내가 처음 입학할 당시인 1949년의 백산초등학교는 쌍림공립국민학교 백산분교였던 시절이었다. 나는 만 6세에 국민학교에 입학을 했으나, 도중에 이름 모를 병[1]에 걸려 약 20여 일 장기 결석을 하다가 중퇴하고, 이듬해인 만 7세(1950년)가 되어 다시 백산공립국민학교에 입학했다.

입학 초기에는 선생님이 부족해서 박태문 교장선생님께서 동서남북의 방향과 줄서기 등을 직접 가르치셨고, 얼마 후에는 우리 마을의 이병록 친구의 숙부이신 이태용 선생님이 1학년과 2학년의 담임을 계속하셨다.

1학년 때에는 여름방학도 되기 전에 6·25 전쟁이 일어나 6월 말경부터 수업이 중단되었다가 북한군이 물러간 10월경부터 수업이 시작되었다. 그러나 시설 부족 등으로 인하여 본격적인 수업은 거의 할 수가 없었다.

당시에는 교실과 책걸상이 없었으므로, 짚이나 왕골 등으로 만든 방석을 각자가 가지고 다니며 맨땅에서 이동수업을 했다. 이동수업 장소는 주로 백산 마을과 산당 마을 사이 하천 둑의 나무 그늘과 하거리의 소나무 숲과 고령박씨와 양천최씨의 재실(齋室) 등으로 옮겨 다니며 공부를 했다. 하거리의 소나무 숲에서 공부할 때는, 바로 인근의 논바닥에 포탄이 떨어져서 한때 소동이 일어나기도 했다.

얼마 후 학교시설의 공사가 본격적으로 시행될 때는 수업 시간에 책보(가방이 없었기 때문에, 책을 싸서 다니는 보자기)를 들고 시냇가에 가서 공사에 사용할 모래와 자갈 등을 가져오는 작업을 하는 경우도 아주 많았다.

3학년 정도가 되어서야 겨우 교실은 확보가 되었으나, 여전히 책걸상이 없었기 때문에 이동수업 때와 마찬가지로 짚 등으로 만든 방석을 깔고 앉아서 공부를 했다.

1 그 당시에 내가 아팠던 여러 가지의 이야기를 종합해 보면, 내가 앓았던 병은 '장티푸스'로 추측된다.

4학년부터는 교실에 책걸상은 있었으나, 교실 바닥은 마루가 아니고, 여전히 땅바닥이었고, 창문은 유리가 아니라 한지(문종이)로 바른 것이었다. 그래도 책상과 걸상이 있었으므로, 공부하기에는 전혀 불편이 없었다.

(2) 허울뿐인 의무교육

의무교육은 국가에서 정한 일정 기간 교육을 받도록 강제하고, 국가에서는 이에 필요한 교육 조건을 정비하도록 의무화하는 제도이다.

우리나라는 헌법에 "모든 국민은 능력에 따라 균등하게 교육을 받을 권리가 있다."라고 명시하고, 1949년 교육법이 공포됨에 따라 의무교육이 정식으로 출범하게 되었다.

그러나 내가 국민학교에 입학한 1950년도부터 경험한 실제의 의무교육제도는 속빈 강정과 같은 것이었다. 국민학교에 입학하고 재학을 하려면 '월사금'과 '사친회비' 등의 일정한 학비를 반드시 납부해야만 했다. 그러므로 이러한 돈을 부담할 수 없는 일부 가난한 가정의 아이들은 국민학교에 입학을 할 수가 없었다. 이와 같이 가난 때문에, 약 60세대가 살고 있던 우리 마을만 하더라도, 초등학교에 입학을 못했던 나와 동년배 또래의 아이가 2-3인 정도나 되었던 안타까운 시절이었다. 그리고 나보다 나이가 4-5세가 더 많은 여자의 경우에는 거의 초등학교에 다니지를 못했다.

학교에 입학하지 못한 남자아이들은 남의 집 '꼴머슴(작은 머슴)'으로 가거나 자기 집의 농사일 등을 도와야만 했다. 월사금과 사친회비 등은 주로 하곡과 추곡 등으로 징수했고, 일부는 현금으로 매월 징수를 했었는데, 만일 납부 기한을 어기면, 선생님으로부터 심한 꾸중 또는 벌까지 받아야만 했던 모습도 자주 볼 수가 있었다.

(3) 음악 시간

3학년부터는 음악 시간이 되면, 교무실에 있는 풍금을 교실로 옮겨 와서 음악 공부를 했다. "도레미파솔라시도" "아에이오우" 등으로 발성 연습을 하고, 노래를 배웠다. 지금 생각하면 이 "아에이오우"는 아마도 일제강점기의 음악 시간에 발성연습으로 많이 했을 것 같은, 일본어 '히라가나, 가타카나'의 "아이우에오"의 변형인 것 같은 생각이 든다.

3학년 때는 차상태 선생님으로부터, "동이 트는 새벽꿈에 고향을 본 후 외투 입고 투구 쓰면 맘이 새로워 '거뜬히' 총을 메고…"라는 〈행군가〉를 처음으로 배웠다. 이때 선생님이 음악교재로 사용하셨던 음악책의 가사에는, 이 '거뜬히'[2]를 '걷든이'로 인쇄가 잘못되어 있었다. 그렇기 때문에, 앞뒤의 가사가 뜻이 잘 맞지를 않아서, 처음에는 '꽃처럼 예쁜 어린이'라는 뜻인 '꽃동이'로 개사(改詞)하여 부르다가, 나중에 '거뜬히'가 잘못 인쇄된 것으로 알게 되어 바르게 고쳐 불렀었다. 지금으로서는 이해하기 어려운 음악교재의 수준이다.

그리고 6학년 때에는 배해수 선생님으로부터 배웠던, "날 저무는 하늘에 별이 삼형제…"와 "푸른 강물 위에다 종이배를 띄우고…" "날아라 소년항공기" "고향생각" 등의 많은 노래들이 기억이 난다.

그 당시에 어떤 선생님은 풍금을 한 손으로 치기도 했었는데, 지금 생각하면 풍금을 배우는 과정의 초보자인 것으로 추측이 된다. 그러나 그 당시에 우리는 그것도 모르고, 두 손으로 치는 선생님들보다 한 손으로 치는 선생님이 풍금을 더 잘 치는 것으로 잘못 알고, "다른 선생님은 두 손으로 풍금을 치는데, ○○○ 선생님은 풍금 실

2 다루기에 가볍고 간편하거나 손쉽게(국어사전).

력이 좋아서 한 손으로도 풍금을 아주 잘 치시더라."라고 감탄을 한 적이 있었다.

(4) 복장과 신발

그 당시의 남학생들은 2학년 정도까지는 극히 일부가 한복을 입었지만, 3학년 경부터는 전부가 시장에서 구입한 기성 양복 등을 입었고, 여학생들은 졸업 시까지 모두가 한복 치마저고리를 입었다.

신발은 검정고무신을 신다가 3학년부터 편리한 운동화를 신은 학생들이 점차적으로 늘어나기 시작했다. 양말은 추운 겨울에만 겨우 신을 수 있었는데, 지금처럼 질기고 따뜻한 양말은 없었고, 무명양말을 시장에서 구입해서 신거나, 집에서 무명실이나 털실 등을 손으로 뜨개질하여 만든 양말을 겨우 신었다. 그러나 이 양말은 며칠만 신으면 구멍이 나서 간신히 다른 천으로 덧붙여서 신거나, 당분간은 구멍이 난 양말을 어쩔 수 없이 그대로 신기도 했다. 구멍 난 양말을 신고 남의 집 방에 들어가면, 창피한 경우도 아주 많았다.

그 당시에 대부분의 선생님들은 가죽구두를 신고 다녔었다. 선생님들이 이 구두를 신고 걸음을 걸으면, 마치 눈을 밟고 다니는 소리 같이 "뽀드덕 뽀드덕" 하는 모래흙 부서지는 소리가 났었는데, 아주 신기하게 생각했었다. 그 소리는 구두 밑바닥의 수명을 늘리기 위해, 구두의 밑바닥에 약 1cm×1cm×0.5cm 정도의 규격으로 만든 압핀 형태의 쇠(鐵)를 여러 개 박아 놓았기 때문이었는데, 이것을 '구두쇠'라고 했다.

옛날 우리 고향에서는 오래 사용할 수 있는 질긴 것과 빌려준 돈이나 외상값 등을 잘 갚지 않거나, 돈을 받아 내기가 무척 어려운 사람 등을 보고, '구두쇠' 또는 '가죽고리'라고 했다. '구두쇠'와 '가죽고리'는 오래 사용할 수 있도록 질겼기 때문이었다. 그러나 현재 국어사전에는, '구두쇠'를 "몹시 인색한 사람"이라는 한 가지의 뜻으로만 설명되어 있으므로, 원래의 어원(語源)과는 조금은 다르게 변형이 된 것으로 보인다.

여름방학은 보통 7월 21일경부터 8월 20일경까지였고, 겨울방학은 보통 12월 21일경부터 1월 20일경까지 실시했었다. 겨울방학을 시작하기 전의 약 20일과 겨울방학 후의 약 1개월은 지금보다는 날씨가 몹시 추워서 난로를 피워야만 공부를 할 수 있었다.

4학년까지는 학교 사정 등으로 인하여 난로 시설이 거의 없었으나, 5학년부터는 장작 난로가 설치되어 불을 피웠다. 장작은 학교에서 공급해 주는 것으로는 많이 부족하여, 일부는 학생들이 집에서 가져오기도 했다.

교실의 구조 자체가 방한이 잘 되지 않았고, 60명 정도가 공부하는 넓은 교실에 1개의 작은 난로가 설치됨으로써, 교실 전체의 난방이 잘 되지를 않아 추위는 거의 막을 수가 없었다. 그러나 도시락을 난로 위에 얹어서 따뜻하게 덥혀 먹던 그 맛과 즐거움은 잊을 수가 없다.

(5) 무서웠던 선생님들

1학년과 2학년은 이태용 선생님, 3학년은 차상태 선생님, 4학년은 박준호 선생님, 5학년은 손철수 선생님, 그리고 6학년 때에는 배해수 선생님이 담임을 하셨다. 비교적 엄격하신 분들이셨는데, 차상태 선생님께서는 교과서 외에 독서의 기회가 전혀 없었던 우리에게 동화책을 구입하여 많이 읽어 주셨던 인정 많은 선생님이셨다. 또한 배해수 선생님은 구매부와 양계장 등의 수입으로, 『X27호』와 『밀림의 왕좌』 등의 만화책을 난생처음으로 볼 수 있게 구입해 주심으로써, 시골의 어린 우리들에게 꿈과 상상의 세계를 사고(思考)할 수 있도록 해 주셨다.

그러나 그 당시의 모든 선생님들은 세상에서 가장 무서운 분들이기도 했다. 만일 지시한 사항을 이행하지 않을 경우에는 반드시 체벌이 가해졌다. 체벌의 종류는 막대기로 손바닥, 종아리, 엉덩이 등을 때리거나, 손들고 꿇어앉아 있기와 운동장을 몇 바퀴 도는 것 등이었다. 주로 무단결석, 지각, 시험성적 60점 미달, 숙제나 과제물 불이행, 월사금 미납, 용의검사(容衣檢查) 불결(不潔), 공부 시간에 떠드는 것 등이었다.

용의검사(容衣檢查)란 주로 손톱과 머리카락이 길거나, 얼굴과 목 등과 의복의 불결 상태를 살피는 것을 말한다. 그 당시에는 추운 겨울에 세수를 하지 않고 학교에 오는 학생들이 있었고, 세수를 하더라도 고양이 세수하듯이 얼굴에 물만 겨우 찍어 바르는 정도의 세수였기 때문에, 목과 손등에는 때가 많은 아이들이 아주 많았다.

그 당시는 지금과는 비교할 수 없을 정도로, 학부형[3]들 중에서 어느 누구도 자녀들의 체벌에 관하여, 항의 또는 이의를 제기하지 않았고, 오히려 이 체벌을 당연하게 여기는 풍조였다. 이것 역시 일제강점기의 유산같이 느껴진다.

---

3 '학부형(學父兄)'이라는 용어의 뜻은 학생의 '아버지와 형'을 말하는 것으로서, 일제강점기 시대의 용어라고 할 수 있다. 내가 초등학교 재학시절에는, 학생 보호자의 용어에 '학부모'라는 용어는 없었고, '학부형(學父兄)'이라는 용어만을 사용했다. 그 당시에는 지금과는 달리 어머니는 학교에 전혀 출입을 하지 않았고, 주로 아버지 또는 형님들이 학생의 보호자로 출입을 했기 때문에, '학부형'이라는 용어를 사용했던 것이다. 학생 보호자의 용어 변천을 보면, 과거 여성의 지위와 역할이 지금과는 많은 차이가 있음을 알 수가 있다.

(6) 소풍

1년에 한 번씩 봄이 되면 소풍을 갔다. 소풍을 가는 곳은 주로 인근에 있는 '조랭이'라는 하천변으로 많이 갔다. 전교생이 줄을 지어서 걸어가면, 주변의 마을 사람들은, "저렇게 아이들이 많아도 아이 없는 집이 있다는 것이 이상하다"는 말을 자주 하였다.

소풍을 갈 때는 지금처럼 김밥, 과자, 과일 등은 없었고, 주로 오징어와 멸치무침, 장아찌, 삶은계란 1개 등의 반찬으로 도시락을 장만했었다. 목적지에 도착하여, 점심을 먹고 나면, 오락 시간이 되는데, 주로 보물찾기 등의 여러 가지 놀이를 하며 하루를 즐겁게 놀았다.

특히 6학년의 봄 소풍은 1박 2일의 일정으로 가야산 해인사까지 걸어서 다녀온 적이 있었는데, 이것을 소풍이라고 해야 할지 아니면 수학여행이라고 해야 할지를 모르겠다. 우리 학교에서 해인사까지의 거리는, 자동차로 가는 도로의 거리는 약 23km, 고개를 넘어 지름길로 걸어서 가면, 약 20km의 거리이다. 이 왕복 40km의 거리를 1박 2일의 일정으로 걸어서 다녀온 것이었다. 배해수 선생님께서는 그 당시에 해인사 근처를 아주 잘 아시는 것 등을 생각하면, 아마도 그분의 고향이거나 상당한 연고가 있었던 것 같다.

아침 일찍 도시락 등을 챙겨 들고 학교를 출발하여 약 3시간 이상 걸어가다가 해인사 근처에 있는 '홍기덤'이라는 곳의 냇가에서 점심을 먹었다. 목이 말라서 샘물을 찾으니까 선생님께서는 이 시냇물이 너희들 마을의 샘물보다도 더 깨끗하므로, 마음껏 마시라고 한 것이 신기하게 느껴져서, 지금도 기억에 남아있다.

이 '홍기덤'의 시냇물이 우리 고향 마을 앞을 지나가는 송림천으로 이어지는 물줄기였다. 또한 이 '홍기덤'에는 푸른빛의 '쏘'라는 곳이 있었는데, 하천의 가장자리에 물이 아주 깊은 웅덩이 형태를 말하는 것이었다. 그곳은 물의 깊이가 너무 깊기 때문에, 명주실 한 타래를 풀어 넣어도 끝이 닿지를 않는다고 했는데, 지금 생각하면 물속이 깊다는 것을 과장되게 표현했던 것 같다.

해인사의 곳곳을 둘러보고 좀처럼 가기 힘든 백련암도 가보았다. 그리고 해인국민학교도 구경했는데, 학생들 중의 일부는 스님 옷을 입은 어린 학생들을 보고 신기하다는 생각을 했었다.

해인사 구경 중에서도 가장 기억에 남는 것은 팔만대장경에 관한 것이었다. 나는 팔만대장경에 관한 해설사의 설명에 너무 많은 감명을 받아서, 지금까지도 81,258장이라는 대장경판의 숫자를 잊지 않고 있다. 그리고 제작의 시기와 목적 및 제작과 운반의 과정, 보관 기법 등의 신비로움에 많은 감탄을 했다. 대장경판은 목재로 만든 것이었고, 제작의 정교성과 오랜 세월이 지나도 썩지 않도록 장치한 보관시설 등의 모든 것이 매우 신기하게 느껴졌기 때문이다.

집으로 오는 도중에는 가야 도자기 공장도 견학했는데, 도자기에 그림을 그리는 모습이 아주 빠르고 신기해 보였었다.

(7) 즐거웠던 수학여행

6학년 담임 배해수 선생님은 대단히 엄격하신 분이셨지만, 우리들의 복리 향상을 위해 많은 노력을 하셨던 고마운 분이다. 우리들로 하여금 양계장, 학용품 구판업무 등의 부업을 공동 운영토록 하여, 여기에서 나오는 수익금과 일부는 학생들이 추가로 비용을 부담하여, 그 당시로서는 거의 불가능에 가까운 대구, 포항, 경주 등지로 2박 3일간의 가을 수학여행을 다녀올 수 있도록 해 주셨던 분이다.

우리가 타고 갔던 수학여행 차량은 지금과 같은 관광버스가 아니었고, 짐을 싣고 다니는 화물트럭이었는데, 그 화물트럭의 바닥에 가마니와 짚 등을 깔고, 비좁은 공간에서 콩나물처럼 서로 붙어 앉아서 갔다.

그 당시의 도로는 전부가 비포장도로였으므로, 출렁대는 화물칸에서 하얀 먼지를 뒤집어쓰면서도 불편한 것을 전혀 느끼지 못했다. 대구 근처를 들어갈 때는 빨갛게 익은 사과가 아름답게 많이 달려 있는 늦가을의 과수원 풍경이 정말 보기가 좋았다.

그 당시에도 자동차의 화물칸에 사람을 태우는 것은 불법이었다. 배해수 선생님의 동생 되시는 분이 육군헌병 부사관이었는데, 고맙게도 운전석 옆에 앉아서, 교통검문소를 통과할 때마다 영향력을 행사했던 것으로 기억된다. 그 당시의 교통검문소는 경찰과 육군헌병이 합동 근무를 했기 때문에, 이러한 영향력 행사가 가능했던 것 같다.

대구에서 대구일보사와 담배 제조공장 등을 견학하며 1박(동산동 대일여관)을 했다. 담배 제조공장 여공들의 담뱃갑에 담배를 손으로 집어넣는 동작은 신기(神技)에 가까울 정도로 정말 빨랐다. 아무리 숙달이 된 동작이라고 하지만, 손으로 담배 개피를 손에 잡기만 하면, 정확하게 20개가 잡혔고, 계속해서 담뱃갑에 집어넣고 풀칠을 하며 마무리하는 동작은 상상도 못할 정도로 빨라서 정말 신기하다는 생각을 했다.

이튿날은 포항으로 가서, 처음으로 바다와 수평선을 구경하며 통통배도 타보고 경주로 갔다. 해질 무렵에 경주 불국사 근처에 있는 여관에 들어가서 1박을 했다. 저녁이 되어 어두워지기 시작해서 전등을 켜야 하는데, 경주여관의 전등은 대구의 여관 전등과는 구조가 달라서 우리 모두가 전등 켤 줄을 모르고 당황하고 있었다. 그 당시에 우리 학생 중에는, 대구에서 전학을 왔던 전보근 친구가 있었는데, 한쪽 구석에서 졸고 있던 이 친구를 불러서 간신히 전등을 켰었다. 그 당시의 전등 스위치는 지금처럼 출입구 근처에 별도로 설치되어 있지를 않았고, 전구를 꽂는 소켓트에 전원 조절 장치가 되어 있었다.

대구 여관의 전등은 소켓트에 스위치 장치가 별도로 달려 있었는데, 경주여관의 전등은 특이하게 소켓트에 별도의 스위치가 없이, 전구를 오른쪽으로 조금 돌려서 불을 켜고, 왼쪽으로 조금 돌려서 불을 꺼지게 하는 장치였었다. 전깃불을 처음 보았던 그때의 일을 생각해 보면, 정말 우스운 이야깃거리가 되는 것 같다.

새벽에 일어나 토함산에 올라가서 일출과 석굴암 구경을 시작으로, 국사교과서에 나오던 불국사, 안압지, 무열왕릉, 오릉, 김유신묘, 첨성대 등을 구경하며 2박 3일간의 꿈같은 수학여행을 마쳤다. 출생 후 처음으로 기차와 바다를 구경하며 배도 타보았으므로 정말 즐겁고 보람 있는 수학여행이었다.

(8) 가을 운동회

그 당시 국민학교 운동회는 주로 매년 가을 추석 무렵에 열렸는데, 운동회가 열리는 날 학교 운동장 위에는 만국기가 긴 줄에 달려 많이 걸려있었고, 학구 내 6개 동의 많은 주민들이 참석하여 운동장을 가득 메웠다.

관중석은 본부석을 중심으로, 각 학년별로 앉아야 하는 학생들의 자리와 6개 동 주민들의 동별로 모여 앉는 관람석이 구분되어 있었다. 관중석의 뒤편에는 먹거리 장사꾼들이 장사를 했다. 모두가 맛있는 음식 등을 가져와서 먹기도 하고 파는 음식을 사 먹기도 하며 즐거운 하루를 보냈다. 가져온 음식은 주로 삭힌 감, 삶은 땅콩, 삶은 고구마 등이었다.

나는 운동회를 할 때마다 아주 창피한 것이 하나 있었는데, 달리기에서 한 번도 입상하여 상품을 타본 적이 없었기 때문이다. 나는 동갑내기보다는 신장이 조금 큰 편이어서, 꼭 3-4세 위의 큰 아이들 4명을 포함하여 6-7명 정도가 함께 달리기를 했었는데, 1, 2, 3등에게만 주어지는 이 상품은 항상 나보다 3-4세 위의 큰 아이들이 독차지했던 것이다. 운동회 날은 이러한 속사정을 잘 모르는 가족들과 마을 사람들로부터 완전히 나의 자존심을 구기는 아주 창피한 날이 되었던 것이다. 그 당시에 3-4세 위의 친구들은 마치 어른처럼 보일 정도로 나와는 신장과 체력 등에서 비교가 안 될 정도로 많은 차이가 있었는데, 국민학교를 졸업한 후 몇 년이 지나서 서로 만나니까, 비슷하거나 오히려 나보다도 작은 것같이 보여지기도 했다.

운동회의 주요 종목은 주로 달리기, 바구니 터뜨리기, 기마전, 줄다리기, 종이에 적힌 사람을 찾아 달리기, 홍백전 등의 많은 경기가 있었다. 그리고 이 날은 학생들뿐만 아니라, 일반인들의 마을 대항 마라톤, 씨름, 달리기, 힘자랑 등의 경기도 있었다. 학생들의 홍백전과 일반부의 마을 대항 단체전의 결과에 따라 모두가 웃고 즐기는 하루가 되었었다.

그 당시에는 고령군 내의 모든 초등학교, 중고등학교와 일반인들이 함께 참여하는 고령군민 체육대회도 매년 10월 초순경이면 열렸었다.

일반인 달리기 대회에서 산당리의 임병철 선배(전 고령군의회 의장)와 우리 마을의 박상빈 선배의 실력은 아주 뛰어났었다. 박상빈 선배는 주로 중거리에서 뛰어났고, 임병철 선배의 100m 달리기는 아주 유명했었다. 7-8인이 함께 달리면 임병철 선배는 2등보다는 최소한 5m 이상은 앞설 정도로 매우 월등한 실력을 가졌던 분이다.

(9) 학교에서의 놀이

당시의 백산국민학교는 운동장이 넓은 편이어서 휴식 시간이 되면, 겨울철에는 주로 큰 고무공 차기를 많이 했다. 운동장에 큰 고무공이 몇 개씩 굴러다니면, 일정한 규칙도 없이 공을 차고 공을 따라 뛰어다니는 놀이였다.

추운 겨울철 외에는 남학생들은 '다까라' 놀이와 재기차기, 구슬치기, 딱지치기, 탱감치기, 땅따먹기 등의 놀이가 있었다. 그리고 여학생들은 노래를 부르며 하는 '고무줄놀이'와 '차내기놀이' 등을 많이 했었다. 여학생들의 이런 놀이에 꼭 방해를 하는 장난꾸러기 남학생들도 간혹 있었다. 선생님에게 들키면 많은 벌을 서기도 했다.

(10) 가정실습

보리 수확과 모심기를 할 때와 가을철 추수기 등의 농번기에는 약 5일 정도의 가정실습 기간이 있었다. 이 기간에는 학교에 출석을 하지 않고, 각 가정에서 바쁜 농사일 등을 돕도록 하는 제도로서, 부모들에게는 많은 도움이 되었다.

농번기의 농촌은 지금처럼 기계화가 되어 있지 않아서, 이루 말할 수 없이 많이 바빴다. 보리를 거두고 모를 심거나 가을 추수를 하고 보리를 심는 일 등의 농번기는 시간과의 싸움이었다. 이때는 아이들도 열심히 농사일을 도와야만 했으므로, 가정실습이 반드시 필요했던 것이다.

(11) 별난 과제물

① 쥐꼬리 수집

그 당시에는 쥐가 너무 많아서 전국적인 쥐잡기운동이 자주 벌어지고 있었다. 쥐잡기운동이 벌어질 때마다, 우리 초등학생들에게는 1인당 쥐꼬리 5개 이상을 의무적으로 가져오라는 과제가 주어졌다. 만일 의무 수량을 못 가져오면, 벌을 서야 하기 때문에 집에 와서는 쥐잡기에 열을 올렸다. 그러나 아무리 많은 쥐라도 손으로 잡는 것은 불가능하기 때문에 쥐약을 놓아서 잡았다. 쥐약은 팔기도 했지만, 주로 정부에서 무료로 공급을 많이 했었다.

쥐약을 놓음으로써, 많은 쥐를 잡기도 했지만, 죽은 쥐들의 저주도 만만치 않았다. 쥐약은 독약이기 때문에, 반드시 음식물에 섞어서 놓았는데, 이것을 가축이 먹을 수도 있고, 쥐약 먹고 죽은 쥐를 돼지나 개가 잡아먹을 수가 있음으로써, 개와 돼지들이 죽는 경우가 아주 많았다. 우리 집의 개와 돼지도 이렇게 희생된 적이 있었다.

그 당시에 쥐약으로 인해 죽은 개와 돼지를 사람이 먹어도 되느냐 안 되느냐에 대한 많은 논란이 있기도 했었다. 지금 같으면 당연히 땅속에 묻어야 할 것이지만, 그 당시에는 고기가 아주 귀한 시절이었기 때문이다.

찬반의 논란 끝에 결국에는 식도로 연결된 내장 등은 전부 버리고 살코기만을 먹는 것은 괜찮다는 의견이 우세하여 일부의 마을 사람들은 이 고기를 먹기도 했었다.

우리 집에서 기르다가 죽은 돼지와 개 역시 우리 집 식구들은 도저히 먹을 수가 없었기 때문에, 일꾼들에게 알아서 처리토록 했었는데, 다행히 이 고기를 먹었던 사람들에게도 부작용 등은 전혀 없었다. 약의 독성이 살코기에는 전혀 영향이 없었던 것 같았다.

② 종자 수집

그 당시에는 6·25 전쟁과 연료용 수목의 남벌이 극심하여 산림이 극도로 황폐화가 되어 있었으므로, 산림녹화사업이 대대적으로 진행되고 있었다.

묘목 생산을 위한 종자의 대량 확보가 시급함으로써, 우리 학생들에게는 소나무, 도토리, 아카시나무, 싸리나무, 잔디 등의 씨앗을 종자별로 일정량을 채취해오라는 과제가 주어졌다.

다른 종자는 열심히 채취하면, 목표를 어느 정도 채울 수가 있었지만, 아카시 씨앗은 벌레들이 파먹고 없어서 수량을 채우지 못하고 애를 먹었던 기억이 난다.

(12) **학생들의 공부 환경**

학교의 교실, 책걸상 등의 시설이 미비했고, 가정에 돌아가서도 예·복습 등의 공부를 마음대로 할 수 있는 환경이 아니었다.

대부분의 초등학생들은 여름철 아침이면 일찍 일어나 학교에 갈 준비를 하는 대신, 소를 몰고 나가서 1시간 30분 이상 소를 먹이고 집에 와서 아침을 먹고 학교에 가야 했고, 학교 수업을 마치고 집에 돌아오면, 또 역시 농사일을 돕거나 꼴베기와 소먹이는 일 등을 했다. 그때에는 숲속 등에 벌집이나 뱀 등이 아주 많았으므로, 꼴을 베거나 소를 먹이는 과정에서 뱀에 물리거나 벌집을 잘못 건드려서 벌에 쏘여 얼굴이 부은 채로 학교에 오는 경우도 간혹 있었다. 나도 꼴을 베거나 소를 먹일 때, 몇 번을 벌에 쏘인 적이 있었다. 특히 한번은 소를 먹일 때, 벌집 근처에서 장난치며 놀다가 벌이 바지 속으로 들어가서 중요한 부분을 벌에 쏘인 적이 있었는데, 며칠 동안 소변을 보는데 많은 고생을 했다.

그 당시의 10세 미만 아이들은 팬티도 입지를 않았었고, 무릎 정도 길이의 짧고 통이 넓은 삼베바지를 입고 있었기 때문에, 벌이 쉽게 그곳까지 들어갈 수가 있었던 것이다. 내가 벌에 쏘였을 때, 어떤 어른이 그곳을 벌에 쏘인 것은 아주 좋은 약이 되는 것이라며 나를 위로했는데, 지금 생각하면 그 말을 이해할 것 같기도 하다.

한번은 학교 동급생인 한 친구가 얼굴을 벌에 쏘여 한쪽 눈이 거의 보이지 않을 정도로 많이 부어서 학교에 온 적이 있었다. 이때 우리 학급에서 공부도 잘했지만, 장난을 아주 좋아하는 서석홍 친구(현재 경기도 상공회의소 연합회장)가 벌에 쏘인 친구에게, “벌에 쏘여 한쪽 눈이 안 보이면 앞으로 봉사(장님)가 될 수도 있으니, 지금 즉시 시력검사를 해서 결과에 따라 급히 병원에 가야 한다.”라고 설득을 했다. 그리고 칠판에 그 친구의 부친 성명을 몰래 써놓고, 한쪽 눈을 가리고 읽어보라는 장난을 치며, 교실이 떠나가도록 함께 웃었던 적이 있었다.

그 당시의 농촌 어린이들은 집에 오면, 모두가 집안일을 많이 거들어야 했으므로, 공부하기에는 전혀 좋은 환경이 아니었다.

내가 서울에 온 뒤로 사귄 객지 친구들 중에는, 소위 서울의 일류대학교 출신들이 많이 있는데, 이 친구들의 어릴 때와 나의 어릴 때의 공부 환경 등을 비교해 보면, 하늘과 땅처럼 아주 많은 차이가 있었다. 그러나 그들은 지금의 나처럼 어린 시절 고향의 아름다운 추억 등은 전혀 없는 것 같았다.

(13) 외국의 구호물자

6·25 사변 직후의 몇 년 동안은 미국 등의 외국으로부터, 원조물자가 많이 들어 와서 학생들에게 나누어 주기도 했다. 주로 분유, 옥

수숫가루, 연필, 공책, 장난감 등이었다. 분유는 학교에서 끓여 학생들에게 한 컵씩 나누어 주기까지 했고, 옥수숫가루는 학생들에게 그대로 나누어 주기도 했다.

그 당시에 옥수숫가루는 특별한 요리 방법이 없었으므로, 사카린을 조금 넣고 빵처럼 솥에 쪄서 먹었는데, 배고픈 시절이었으므로 간식거리로는 괜찮았던 것으로 기억된다. 그러나 지금의 초등학생들에게 이 음식을 먹으라고 하면, 아마도 먹을 학생이 거의 없을 것 같다.

그 당시의 우리나라는 일제강점기와 6·25 사변의 참사 등으로 인하여 세계 최빈국 중의 하나였으므로, 미국을 비롯한 외국으로부터 많은 도움을 받았는데, 지금 생각하면 정말 고마운 나라들이었다.

중·고교 시절

(1) 어려웠던 중학교 진학

내가 초등학교를 졸업하게 되었을 때, 아버지께서는 중학교 진학을 강력하게 반대하시고, 한학(漢學) 공부를 권하셨다. 내가 초등학교 입학 전에 천자문 책의 공부를 했는데, 아마도 그때 나의 머리가 아주 좋다고 생각하셨던 것 같았다. 앞에서 거론한 '문필봉'의 상징이 오직 한문 공부의 '붓'으로만 생각하셨고, '펜(Pen)'으로 공부하는 것은 전혀 생각하지 않으셨던 것 같았다.

또 하나의 이유는, 서울에서 대학을 다니시던 8촌 형님 한 분이 묘사(墓祀)에 참례하여, 묘사의 축문을 읽지 못한 적이 있었기 때문이다. "대학생이란 놈이 묘사의 축문도 제대로 못 읽는데, 그런 신학문이 무슨 소용이 있느냐"라고 하시면서, 한학 공부를 하면 끝까지 밀어줄 것이니, 경남 합천군 가야면에 있는 모 한문 서당으로 가라는 것이었다. 집이 가난하여 진학을 못하게 했다면 어쩔 수가 없겠지만, 신학문이 한학보다 못하니까 진학을 못하게 하는 것은 도저히 따를 수가 없었다.

나는 아버지 몰래 어머니와 상의하여, 같은 마을 설상준 친구와 함께 고령중학교 입학시험을 몰래 쳐서 합격을 했다. 그러나 아버지께서는 끝까지 나의 진학을 반대하셨다. 이와 같은 완고한 아버지의 고집을 아무도 설득하지 못하고 있었는데, 배해수 6학년 담임 선생님께서 야밤에 직접 아버지를 찾아오셔서, 호롱불 밑에서 오랫동안 설득을 하신 덕분에 겨우 고령중학교에 입학을 할 수 있게 된 것이었다.

그 당시에 백산국민학교를 나와 함께 졸업한 동기생이 60명이었는데, 고령중학교 4명, 대구 계성중 1명, 경남 합천군 야로중학교 6명 등의 총 11명만이 중학교에 진학하였다. 정말 그 시절은 매우 가난하고 어려운 시절이었다.

그때 만일 내가 분명한 주관과 고집도 없이, 아버지의 말씀을 따르는 것만이 참된 효도라고 생각하며, 중학교 진학을 포기하고 한학 공부를 시작했더라면, 지금의 모습과는 전혀 다른 인생을 살고 있을 것이다. 사람의 운명은 순간의 선택과 자기의 노력에 따라 결정되는 것임을 분명하게 보여주는 하나의 실례(實例)가 될 수 있을 것 같다.

(2) **자갈길 20km를 걸어다닌 중·고교**

어려운 과정을 거쳐서 나는 우리 마을 설상준 친구와 같이 고령중학교에 입학했다. 그 당시의 고령중학교 1개 학년은 학급의 정원이 60명이었고, 4개 반으로 구성되어 있었다. 지금의 학생들은 잘 모르겠지만, 그 당시의 신입생들은 상급생 중에서, 공부 제일 잘하는 선배와 싸움 제일 잘하는 선배가 누구인지 궁금한 시절이었다. 반갑게도 백산국민학교 출신으로서, 3학년이었던 이상달 선배(전 기흥컨트리클럽 회장)께서는 전교생 중에서, 주먹으로는 상위 서열에 들고 있었고, 박재철 1년 선배는 2학년에서 공부를 제일 잘하는 것으로 소문이 나 있었다.

새로운 교복을 입고 교모를 쓸 때의 기분은 정말 좋았다. 그러나 그 당시의 고령중학교는 교복 하의의 옆 주머니 2개는 아예 손을 넣지 못하게 완전히 밀봉하는 것이 특징이었다. 학교에서는 이것이 우리 고령중학교의 자랑스러운 전통이라고도 했는데, 내가 생각할 때는 손의 자유를 제한하는 아주 잘못된 고통의 전통이었다. 만일 이 규칙을 어기면, 상급생 기율부에 적발되어 벌을 서기도 했다.

고령고등학교도 역시 비슷한 난관을 거치면서 겨우 입학을 하여, 1962년에 졸업을 할 수가 있었다. 우리 마을에서 고령중·고등학교가 있는 고령읍(현재는 대가야읍)까지는 약 10km(25리)의 거리가 되는데, 왕복 20km의 거리를 걸어서 통학했다. 늦봄부터 여름에는 더워서 많은 땀을 흘려야 했고, 낮의 길이가 짧은 늦가을부터 겨울철에는 해가 뜨기 전에 집에서 출발을 했고, 학교를 마치고 집에 올 때는 저녁별을 보며 집에 올 수가 있었다.

늦은 저녁을 먹고 호롱불 밑에서 공부를 한다는 것은 무척 힘들고 어려운 일이었다. 원래 집에서 공부를 잘 하지 않고, 게으르고 놀기만을 좋아했던 나의 학교 성적은 좋을 리가 없었다.

나는 초중고교를 다닐 때, 공부 성적과 달리기 등에서 4등 이내의 순위에 들어가 본 적이 한 번도 없었다. 그리고 이에 관한 변명할 핑계는 아주 많이 있다. 공부는 환경이 좋지 않았다는 핑계를,

중고교 때는 달리기가 없었고 초등교 시의 달리기는 4명의 3-4세 위의 아이들과 달리니까 어쩔 수가 없었다는 것을 억지로 변명할 수도 있다.

그러나 나는 공부에 최선을 다하지 않았다는 것은 분명한 사실이다.

그 당시에는 차도(車道)를 '도로'라고 하지 않고, 주로 '신작로(新作路)'라고 불렀다. 옛날에 없었던 도로를 일제강점기에 새로 만들었다는 의미의 일본식 이름이다. 이 도로는 전부가 비포장이었고, 도로 위에는 1년에 2회씩 주민들의 부역으로 하천의 모래와 자갈을 깔아 놓기 때문에 걸어 다니기가 몹시 불편했다.

차가 한번 지나가면 많은 먼지와 함께 자갈이 날아와서 다치는 위험까지도 있었다. 혹시 비가 오거나 눈이 오면 집에서 특별히 차비(車費)를 받아 버스를 타기도 했는데, 차비 때문에 누나 같은 버스 차장[4] 아가씨와 다투는 일도 많았는데, 지금 그 차장 누나들을 만나면 그 당시에 억지로 깎았던 차비 대신 맛있는 밥이라도 한번 사드리고 싶다.

그 당시에 간식용으로 '아이스케이크'와 '국화만두'가 유행처럼 팔리고 있었는데, 아주 맛이 좋았다. '아이스케이크'는 설탕물을 동결시킨 얼음과자이고, '국화만두'는 지금의 붕어빵과 비슷한 것이었는데, 용돈이 귀했으므로 마음껏 자주 사 먹지는 못했었다. 그때는 왜 그것이 그렇게도 먹고 싶었는지 모르겠다. 어머니께 국화만두가 많

4 그 당시에 모든 버스에는 요금을 받는 '차장'이라는 직업이 있었다. '차장'은 주로 아가씨들이었는데, 승차 거리에 따라 요금이 달랐지만 명확한 거리 규정이 미비했기 때문에, 요금에 대한 시비가 아주 많은 실정이었다.

이 먹고 싶다고 하면, 다음에 국화만두집으로 장가를 가라고 했고, 또 과자를 먹고 싶다고 하면, 과자공장 사장 딸한테 장가를 가라고도 했기 때문에 많이 웃기도 했다.

먼 길을 걸어 다니면 배도 고프고 피곤하기도 했지만, 늦여름부터 늦은 가을철까지는, 길가의 밭에 심어놓은 땅콩, 무, 가지, 다래(목화열매) 등을 간식으로 서리하는 것은 정말 재미가 있었다. 그때는 몰랐지만 지금의 처갓집 땅콩을 가장 많이 서리한 것 같아서 식구와 많이 웃기도 했다.

또 하나 어려웠던 것은 일부의 마을(특히 안림 마을 나무꾼)을 지날 때는 텃세를 부리는 아이들 때문에 아무런 이유 없이 맞기도 하고 싸움하는 경우가 많았었는데, 지금은 상상도 할 수 없는 일이었다. 아마도 그들은 진학을 못하고 나무만 하러 다니니까, 교복을 입고 학교에 다니는 우리가 부럽기도 하고 미워지기도 했던 것으로 추측이 된다.

그 당시에는 경남의 합천, 거창, 함양 등지에서 벌채한 목재를 운송하는 일명 후생사업용 군용트럭이 아주 많이 다녔다. 학교 방향(대구 방향)으로 갈 때는 목재를 가득 싣고 가지만, 집으로 올 때(대구에서 경남 방향)에는 빈차를 간혹 만나게 되었는데, 이때는 운전기사의 허락 없이도 달리는 차를 그대로 타고 내리는 기술이 있었기 때문에, 운이 좋은 날은 위험하기도 했지만, 공차를 타고 다닐 수도 있었다. 그 당시의 도로는 비포장도로였고 차량의 성능 등으로 인하여, 지금의 군용 화물차량보다는 속도가 많이 느렸기 때문에 가능한 일이었다.

2

주거환경

낙후된 마을과 새마을운동

1960년대 초반까지의 우리 고향 마을은 약 60호에 인구는 약 350명 정도가 살았었다. 그 당시는 우리나라의 농촌인구가 총인구의 약 70% 이상을 차지하고 있을 때였다. 대부분의 집이 초가집이었고, 기와집은 불과 몇 채밖에 되지 않았다. 이와 같은 마을의 규모 등은 인근 마을 역시 거의 비슷한 상태라고 할 수 있었다.

식수는 마을의 공동우물을 이용했다. 골목은 좁고 경사진 곳이 있어서 돌계단도 일부 있었기 때문에, 자전거는 일부 구간에서는 들고 다녀야 할 정도였다.

그러므로 그 당시에 면서기 등의 외부인이 자전거를 타고 오면, 꼭 마을 앞에 세워두고 볼일을 봤는데, 이 기회가 주인 몰래 자전거를 타며 배울 수 있는 유일의 기회였다. 남의 자전거를 몰래 타다가 넘어지고 고장을 내기도 했는데, 그때는 그것이 잘못된 행동인 줄을 모르고 겁 없이 많이 했다.

비가 오면 골목이나 마을 앞길은 비포장이었기 때문에, 땅이 질어서 걸어 다니기조차 불편할 정도였다. 두 사람 정도가 겨우 다닐 정도의 좁은 골목을 이용해서, 지게와 소를 이용하여 모든 물건들을 운반하며 생활했었다.

1960년대 초반 이전의 우리나라 행정은 법규에 의한 단속과 징벌

(懲罰) 위주의 관리행정이었고, 국가발전을 위한 권유와 지도적인 개발행정은 거의 없었다. 예를 들면, 겨울철 농한기에 새끼나 가마니 등을 짜서 농외소득(農外所得)을 올리는 작업을 권유하거나, 여름철에 나무 그늘 밑에 놀고 있는 젊은이들을 보고도, 퇴비 증산 등을 권유하는 등의 '행정지도'[5]는 일절 없었다.

그러나 5·16 이후의 우리나라의 행정은 법규에 의한 소극적인 '관리행정'에서, '행정지도'에 의한 적극적이고 권유적인 '개발행정' 업무가 급속히 강화되기 시작했다. 5·16 이후부터 바로 전개된 '재건국민운동'과 '새마을 가꾸기 사업' 등으로 시작하여, 1969년부터 본격적으로 시행된 '새마을운동'에 의한 영농지도 및 소득증대 사업 등은 전부가 '개발행정'이 가져온 '행정지도'로 시작된 사업이었다.

이와 같이 본격적으로 시작된 '새마을운동'으로 인하여, 농촌은 급속하게 많은 변화를 가져오기 시작했다. 초가집은 없어지고, 마을 안길과 논길이 넓혀져서, '지게' 대신 '리어카(rear car)'를 많이 이용하게 되었다. 세계 유일의 우리 발명품인 '지게'는 유용한 도구지만, 이로 인한 육체적 고통을 경험하지 않은 사람은 '리어카'의 고마움을 전혀 알 수가 없을 것이다. 농사일에서 가장 힘든 작업이 바로 이 '지게'를 지는 것이기 때문이다.

'리어카' 등의 편리한 운반구 없이, '지게'만으로 농사를 지었던 우리 조상들은 어깨와 허리 등에는 많은 골병이 들어, 노후에는 정말로 많은 고생을 하셨다. 오랜 세월 동안 농민들의 어깨와 허리와 무릎 등에 많은 고통을 주었던 '지게'에서 드디어 해방이 되었던 것이다.

5 '행정지도'는 행정기관이 행정객체에 대하여 권력적 법적행위에 의하지 않고, 행정목적을 달성하기 위한 규제 및 유도의 수단으로서 협력을 구하는 지도적인 일을 말한다.

이 '새마을사업'으로 모든 짐을 지게나 소의 등에 실어 운반했던 시대에서, '리어카'라는 새로운 손수레가 사용됨으로써, 농민들의 편의성과 능률성이 많이 높아지기 시작했다. 그리고 지금의 경운기, 트랙터 등의 선진 농기계가 도입될 수 있는 획기적인 농촌발전의 인프라(infrastructure)가 이때부터 구축되기 시작하였다.

주택의 형태

1960년대 이전까지의 중위 수준의 농촌주택은 보통 본채, 사랑채, 헛간채, 디딜방앗간 등의 별채와 곡식 저장고(경상도 방언: 두지), 외양간, 돼지우리, 변소 등의 붙임 또는 작은 별채가 있었다. 가운데는 곡식 등을 타작하고 건조시킬 수 있도록 넓은 마당이 있었고, 마루 밑에는 주로 개집이 있었다. 그리고 장독대는 부엌과 가까운 마당 옆에 설치되어 있었다.

(1) 본채

주택의 본채는 보통 남향으로서, 방 3개(큰방, 작은방, 정지방)와 부엌 1칸으로 된 초가 3칸이 많았고, 일부의 주택은 방 3개와 부엌 1개와 가운데 마루 1칸의 4칸 집도 일부 있었다.

큰방과 작은방은 방의 크기를 기준한 것이 아니라, 위치를 기준한 것이므로, 방의 크기는 같았다. 부엌 쪽의 방을 큰방이라 했고, 옆에 붙은 같은 크기의 방을 작은방이라 했다. 큰방에는 안어른인 시어머니가 주로 거처하고, 작은방에는 아들과 며느리가 거처하는 방이었다.

방의 크기는 한옥 구조상 가장 규모가 큰방이 가로 세로가 9자

×9자(272cm×272cm)의 구조에서 뒤쪽의 한 면을 약 2자(60cm) 정도를 늘리는 구조('뒷물림'이라고 했음)로 늘리기도 했지만, 지금의 방보다는 아주 작은 편이었다. 목조 한옥은 지동(표준어: 기둥)[6]과 지동 사이를 가로로 연결하는 '중반'이라는 목재의 길이가 9자(약 272cm)를 넘지 않았다. 그러므로 방을 더 크게 만들려면 방의 중간에 기둥을 세워야만 하는 불편한 점이 있었기 때문에, 더 이상의 큰방을 만들지 않았던 것이다. 경복궁 등의 방 구조를 살펴봐도 비슷한 규모가 될 것이다.

중국영화 등의 황제 집무실의 방이 큰 것은 촬영 전문세트장이기 때문에 큰 것이지, 실제의 목조주택은 영화장면처럼 클 수가 없는 것이다. 고궁의 앞마당에는 정1품부터 종9품까지 18등급의 품계석이 있다. 이곳은 조회나 하례 등의 중요 행사를 할 때, 중신들이 서는 자리이다. 과거 왕정시대에는 지금과 같이 실내에서 문무백관의 회의를 개최할 넓은 공간이 없었기 때문에, 부득이하게 실외에 품계석을 세우고 회의 장소를 만들었다.

방의 내부는 좁은 공간을 효율적으로 활용하기 위해 실겅[7]과 선반을 설치하였다. 이 실겅에는 주로 작은 장롱, 작은 궤짝, 이불 등을 올려놓는 곳으로 활용했고, 선반에는 북어, 멸치, 마른오징어, 꿀

6 국어사전에서 '지동(支棟)'은 경상, 강원, 전라, 제주, 충청, 함남 등지에서 사용하는 '기둥'의 방언이라고 되어 있다. '지동(支棟)'은 '지탱할 지'와 '마룻대(들보) 동(棟)'의 "들보(棟)를 받친다."는 의미로 사용한 것이다. 실제로 기둥의 역할이 '들보'를 받치는 것이므로, 원래의 '지동'에서 '기둥'으로 변화된 것을 표준어로 정한 것같이 보인다. 이유는 모르겠지만, 원래 '짐치'가 김치로, '질쌈'이 '길쌈'으로 변하듯이 '지'가 '기'로 변하고, 'ㅗ'가 'ㅜ'로 변한 것으로 보인다. 왜 변한 것인지는 알 수가 없다.

7 '실겅'은 지름의 굵기가 약 7cm 내외의 원통나무 2개를 어깨 정도의 높이로 양쪽 벽의 중반에 고정하여 설치하는 것을 말하는데, 그 위에는 주로 이불 등을 올려놓았다.

단지 등의 가벼운 물품을 올려놓았다. 방의 내부 명칭은, 부엌쪽(가장 따뜻한 곳)은 '아랫목', 반대편을 '윗목', 출입문 쪽은 '문지방쪽', 문지방쪽의 바로 맞은편 쪽은 '뒷목'이라고 했다.

1960년대 이전의 보통 농가에는 지금 크기의 장롱은 없었고, 주로 궤짝보다 조금 큰 장롱 1개 또는 2개를 실겅 위에 얹어 놓고 옷 등을 넣어두는 정도였다. 그 당시에는 1인당 옷의 수도 지금처럼 많지 않았다.

이 작은 구조의 방에서도 부녀자들이 해야 할 물레, 베틀 등의 길쌈 도구들을 갖추어 놓기도 했고, 바느질까지도 충분히 했었다.

방의 출입문은 문살 위에 문종이(한지)를 발랐고, 방에서 밖을 내다볼 수 있도록 조그만 유리 조각을 앉은키 높이의 문살 한쪽에 달아 놓았었다.

이 문종이는 잘 찢어지므로 아이들의 부주의 등으로 인해 구멍이 생기면, 조그만 종이를 땜질식으로 오려 붙여가며 계속 사용했다. 그 당시에는 문종이가 비싸고 귀한 시절이었으므로, 보통 1년에 1회 정도 월동준비를 위해 헌 문종이를 전부 뜯어내고 새 문종이를 다시 붙여 사용했었다.

경상도에서 부엌은 방언으로 '정지'라 하고, '아궁이'를 '부석'이라 한다. 부엌은 음식을 장만하는 가장 중요한 곳이고, 민속신(民俗神)인 '조왕신(竈王神)'이 있는 신성한 공간이므로, 최소한 1년에 1-2회 정도는 기도를 드렸었다. 특별한 경우가 아니면, 남자들의 출입은 제한되는 여성 전용공간이기도 했다. 남자가 정지에 출입하는 것은 좋지 않게 보았다.

'부석' 위에 솥을 걸어 놓고, 이 '부석'에 불을 때면, 솥에는 음식을 장만할 수가 있고, 남은 열기와 연기는 방바닥 밑의 고래(구들장 밑 공간)를 거쳐서 방을 따뜻하게 한 후에 굴뚝으로 빠져나가는 '온돌구조'였다.

이 '온돌구조'는 세계의 수많은 민족 중에서 우리 민족만이 유일하게 사용해온 가장 효율적이고 자랑스러운 난방구조이다. 우리 민족보다 더욱더 혹독하게 추운 곳에서 살았던 많은 민족들도, 근대적인 보일러식의 난방 기술이 도입되기까지는, 원시적인 모닥불 원리에서 진일보(進一步)의 수준인 난로 등의 구조를 난방 수단으로 사용했을 뿐인데, 이에 비하면 우리의 온돌은 아주 과학적이고 지혜로운 구조라고 할 수 있다.

아궁이의 높이가 방바닥의 높이보다는 많이 낮아야 하므로, 부엌의 바닥은 특이한 온돌난방의 구조 때문에, 주춧돌이 놓인 '뜨럭'의 높이보다는 많이 낮아야만 했었다. 그러므로 집터가 낮은 어떤 집은 비가 많이 오는 장마철이면, 부엌 바닥에 물이 고이는 경우도 간혹 있었다.

솥이 걸려있는 옆쪽의 허리 높이의 공간을 '부뚜막'이라 하고, 여기에 조그만 찬장 하나를 놓고, 간장과 양념 등을 넣어 두었다. 이 부뚜막에서 도마 등을 놓고 요리를 하고, 반대편에도 역시 허리 높이의 부뚜막이 있는데, 여기에는 그릇 씻는 '개수대'가 있어 여기에서 설거지를 했다. 그리고 그 위에는 나무로 된 골조 구조에 대나무를 걸쳐 놓은 '설겅'이라는 시설이 있는데, 여기에 각종 그릇을 얹어 놓았었다.

작은방의 부석(아궁이)은 별도로 설치되어 있었는데, 여기에 걸린 솥에는 주로 국이나 찌개 등의 반찬용 음식을 마련하는 곳이었다. 그리고 머리 감을 물이나 목욕물을 덥힐 때도 이 솥을 주로 사용했다.

(2) 장독대

장독대는 간장, 된장, 고추장, 김칫독 등을 보관해놓는 장소를 말한다. 장독대는 주로 부엌과 가깝고 햇볕이 잘 들고 깨끗한 곳에 설치한다.

가족 중에 멀리 출타한 사람이 있을 경우에 어머님들은 주로 이 장독대에서 가족 모두가 잠든 밤에 상(床) 위에 정화수(井華水)를 올려놓고, 정성스럽게 무사귀가(無事歸家)의 기도를 드리는 풍습이 있었다. 더욱더 깊은 정성을 드릴 때는 소지(燒紙)[8]까지 올리는 경우도 있었다.

장독대 근처에는 작은 화단을 만들어, 목단(모란), 봉숭아, 난초, 국화, 채송화 등의 키가 작은 예쁜 화초를 심는 집이 많았다.

정지와 장독대의 관리 상태를 보면, 그 집 안주인의 교양과 품격을 알 수 있을 정도로 여인들에게는 아주 중요한 여인 전용의 공간이었다.

(3) 사랑채

사랑채 구조는 주로 1-2칸은 사랑방이고 나머지 2칸은 주로 소마구(소외양간)와 돼지우리로 되어 있다.

사랑방의 1칸은 집안의 바깥어른이 거처했고, 또 1칸은 주로 남자 손님을 접견하고 머물게 하는 장소로 이용되었다. 그리고 이 두 칸은 중간에 문이 있으므로, 개방을 하면 하나의 공간으로도 이용할 수가 있는 구조였다.

8 '소지(燒紙)'는 한지를 일정한 크기로 잘라서, 불에 태워 공중으로 올리면서 소원을 비는 민속신앙을 말한다.

사랑방의 부석(아궁이)에 걸린 큰 가마솥은 겨울철이면, 소의 여물(사료)을 아침과 저녁에 끓였다. 저녁에 여물을 끓여서 소죽통에 옮겨 놓은 후에는 물을 부어 놓는데, 이 물이 따뜻해지면, 손과 발의 묵은 때를 불려서 벗겨내기도 했다. 소는 사람의 때를 씻은 물도 잘 먹었기 때문에, 땟물을 바꿀 필요는 없었다. 그리고 그 당시에는 목욕시설이 없었고, 아침에 한 번만 하는 고양이 세수 때문에, 며칠이 지나면 손과 발에는 반드시 검은 때가 묻어 있었다.

소마구 위의 천장 쪽에는 나무 또는 대 등을 걸쳐서, 닭이 잠을 잘 수 있도록 횃대[9]를 설치해 놓았다. 닭은 새벽이면 소리 내어 울고, 날이 새면 마당으로 다니며 모이를 자유롭게 주워 먹다가, 해가 지면 저절로 이곳에 올라가 잠을 잤다.

그리고 소마구와 돼지우리 옆의 공간에는 퇴비장이 있었다. 이 퇴비장에는 소마구와 돼지마구에서 나오는 두엄[10]과 산야 등에서 베어온 퇴비 등을 한데 모아 발효·저장하는 곳이다. 5·16 이후에는 농민들에게 퇴비 증산 운동을 강력하게 추진했었다.

이 두엄과 퇴비는 비록 냄새는 좋지 않지만, 농작물에 대한 거름이 될 뿐만 아니라, 토양의 산성화를 막아주고 지력(地力)을 증진시키는 등 아주 중요한 역할을 할 수 있기 때문에, 농사에는 반드시 필요한 것이다.

---

9 '횃대'는 경상도 방언으로서, 닭이 앉을 수 있도록 걸쳐 놓은 나무막대기나 대나무 등을 말함.

10 '두엄'은 가축의 배설물로 썩힌 거름을 말한다.

(4) 헛간채

본채의 마당 건너 맞은편 등에는 반드시 '헛간' 한 채가 있었다. 이 헛간채의 1칸은 주로 농기구나 곡식, 비료 등을 임시로 보관하는 곳으로 사용했고, 나머지의 1칸은 아궁이에서 나온 '재'를 모아두는 공간으로 활용했고, 나머지 공간은 비상시를 위해 빈칸으로 비워 두었다.

모아둔 이 '재'는 반드시 비를 맞지 않게 보관해야만 했다. '재'는 비누가 나오기 전에는 '잿물'을 만들어 빨래용으로도 사용했고, 나머지는 전부 농사용 거름으로 사용했다.

또한 '헛간'의 비워둔 공간에는 갑자기 비가 올 때, 마당에 있는 물건들을 급히 설거지[11]하는 곳으로 사용하고, 평소에는 비어있는 공간이었다. 따라서 이 '헛간'이라는 용어가 비어있는 공간의 뜻인 허간(虛間: 빈 공간)에서 나온 것으로 보인다.

(5) 디딜방아

'디딜방아'는 모든 가정마다 거의 설치되어 있었다. 구조는 Y자 모양의 큰 가지가 달린 통나무(길이 약 3m, 굵기 약 15-20cm) 한 개를 다듬어서 무게의 축을 조정하여 고정 장치에 걸쳐 놓고, 나무의 뿌리 쪽 굵은 부분에 구멍을 뚫어서 지름 약 15cm, 길이 70cm 정도의 목재 '방아고'(표준어: 공이)를 박아 놓고, 지름 약 20cm, 깊이 약 30cm 정도의 석재(石材)로 만든 '호박'(표준어: 절구통)에 '방아고'가 들어갈 수

11 '설거지'는 식사를 한 후에 그릇 등을 씻는 것을 말하기도 하고, 농가에서 갑자기 비가 올 때에 마당에 두었던 곡식 등이 비를 맞지 않도록 헛간 등에 급히 옮기는 작업 등을 말하기도 한다.

있도록 설치되어 있다.

'호박'에 가공할 곡식 등을 넣고, Y자 모양의 '디딤 발판'에 두 사람이 천장에 달아 놓은 줄을 손에 잡고 밟으면 공이가 올라가고, 발판에서 발을 떼면 공이가 '호박'으로 내려가서 넣어둔 곡식 등을 파쇄하는 구조였다.

'디딜방아'는 '호박'에 1인이 있어야 하고, '디딤 발판'에 2인이 있어야 하므로, 반드시 3인으로 작업을 해야만 했다.

1950년대까지는 발동기식 도정공장이 몇 개 마을에 1곳 정도밖에 설치되어 있지를 않아서, 벼와 보리의 도정까지도 소량일 경우에는 가정에서 디딜방아로 찧는 일도 아주 많았다.

특히 '디딜방아'로 보리방아를 찧을 때는 '아시방아(1차 도정)'와 '두벌방아(2차 도정)'로서 보리쌀을 도정했다. 보리는 껍질이 너무 단단하기 때문에, 처음에는 물을 조금씩 부어가며 찧다가 겉껍질이 어느 정도 벗겨지면, 보리를 호박에서 끄집어내어서 건조를 시키는데, 이 과정을 '아시방아(1차 도정)'라고 했다.

건조한 1차 도정의 보리쌀을 다시 호박에 넣어서 디딜방아로 찧어서 속껍질을 완전히 벗겨내어야 비로소 보쌀(보리쌀)이 되는데, 이 과정을 두벌방아(2차 도정)라고 했다. 이 두벌방아에서 나온 부드러운 등겨를 '당갈등겨(당갈딩기)'라고 했는데, 이것으로 떡을 만들기도 했고, 등겨장(딩기장)을 만들어 먹기도 했다. 우리 고향의 방언은 '등겨'를 '딩기'라고 했다.

'당갈 등겨'로 만든 떡을 '개떡'이라고 했다. 이 '개떡'은 쌀떡보다는 맛이 없다고 하여 '개떡'이라고 했지만, 소화도 잘되고 몸에 아주 좋았을 것이라는 생각이 든다.

등겨장(딩기장)은 '당갈 등겨'를 물에 반죽하여 도너츠 모양과 같이 가운데 구멍이 있도록 둥글게 뭉쳐 건조를 하여 불에 구워서, 새끼줄에 매달아 바람이 잘 통하는 곳에 약 4-5개월 걸어 놓았다가 완전히 발효가 되면, 가루로 만들어 물과 소금 등으로 간과 맛을 적당히 맞추어 담근 것을 수개월간 발효하여 반찬으로 먹었다. 이 '등겨장'을 반찬으로 먹으면 맛도 좋고 소화까지 잘되어, 오래된 위장병 치료에도 아주 좋았다고 알려진 좋은 반찬이다.

이 '당갈등겨'는 현대식 도정기계로 보리를 도정할 시에도 생산이 되지만, 이 '등겨장'을 만드는 사람들과 비법이 점점 사라지게 됨으로써, 많은 아쉬움으로 남을 것 같다.

1960년대부터는 점차적으로 발동기로 가동하는 정미소가 각 마을마다 설치됨으로써, 이 '디딜방아'는 주로 소량의 떡이나 양념 등의 가공에만 사용되는 등으로 용도가 점차적으로 줄어들게 되었다. 그리고 파쇄용 전자제품까지 등장함으로써, 지금은 농가에서 완전히 사라지게 되었다.

(6) 대문(사립문)

주택의 출입문은, 지붕을 별도로 만들어 판자 등의 목재로 만든 것은 대문이라 했고, 나뭇가지나 대나무 등으로 엉성하게 지붕 없이 만든 것은 삽작문(표준어: 사립문)이라고 했다.

이 대문이나 사립문은, 낮에는 사람이 있으면 열어 놓고, 밤이면 사람이 있어도 닫아 놓았다. 그러나 그 당시에는 세무서에서 밀주 단속을 자주 나왔었는데, 이때는 단속을 피하기 위해 사람이 있어도 없는 것처럼 대문 또는 삽작문을 일부러 닫아 놓았었다.

만일 대문 잠그는 시간을 놓쳐서 밀주 적발이 되면, 밀주는 압수가 되고 추후에 고액의 벌금 통지서가 나왔다. 우리 집도 몇 번을 적발된 것으로 기억이 된다. 강력한 단속에도 불구하고, 농민들이 밀주를 계속하여 담갔던 이유는, 농사일 등에 농주가 반드시 필요했고, 또한 양조장 술보다는 질도 좋을 뿐만 아니라, 비용도 훨씬 쌌기 때문에, 농민들로서는 이 밀주 단속이 지긋지긋한 공포의 대상이었다.

정부의 밀주 단속 목적은 식량 절약과 주세(酒稅)의 증세(增稅)를 도모하기 위한 목적이었다. 그러나 중노동의 농사일에 농주(農酒)인 막걸리는 반드시 필요했다. 영업용이 아니고, 자가소비용(自家消費用)의 농주(農酒)까지도 금지하며 단속을 한 것은 너무나 잘못된 정책이라고 하지 않을 수가 없다.

이 밀주 단속은 일제강점기에 일제가 우리의 양곡을 더 많이 수탈(收奪)하기 위한 목적으로 실시했던 악법을 그대로 이어받은 것이었으므로, 더욱더 한심한 정책이라고 하지 않을 수 없다.

(7) 변소(便所)

1970년대 중반까지만 하더라도 농촌에서는 화장실을 주로 변소, 통시, 뒷간 등으로 불렀고, 해우소(解憂所)는 절에서 사용하는 변소의 용어였다. 그 당시 농촌 가정의 변소는 냄새 등의 이유 때문에, 본채와는 최대한 거리를 멀리 두고 지었다. "처갓집과 변소는 멀리 있을수록 좋다"는 말까지도 있었는데, 변소가 멀어야 하는 것은 이해가 쉽게 되지만, 처갓집이 멀어야 하는 것은 지금까지도 이해가 잘 되지 않는다. 이와 같이 옛날에는 침실과 변소의 거리가 멀었기 때문에, 밤이면 각 방안에는 반드시 요강[12]을 한 개씩을 두었다.

12 '요강'은 '요강단지'라고도 불렸는데, 사기 또는 놋쇠로 만든 '소변통'이다. 옛날에는

변소는 남녀 공용으로 1개만 있는 집도 있었고, 우리 집처럼 외부 손님이 많이 오는 집은 남녀의 변소가 앞과 뒤의 구조로 2곳이 있는 집도 있었다.

지금의 화장실은 농촌에도 전부가 수세식 장치로 배설물을 처리하지만, 옛날의 화장실은 비료가 귀한 시절이어서, 농사용 거름을 수집하는 용도이기도 했다. 심지어 어떤 집은 사람의 배설물을 많이 수집하기 위해서 일부러 사랑방 등을 개방하여 마을 사람들이 많이 모여서 놀도록 장소를 제공했다. 사람들이 모여서 놀게 되면 자연히 소변 등을 많이 모을 수 있어서 농사용 거름이 많아졌기 때문이다.

1960년도 이전까지는 종이가 매우 귀했기 때문에, 대변 후의 뒤처리는 짚을 사용하다가 점차적으로 헌책과 신문지 사용 등을 거쳐서, 1970년대 후반부터는 지금과 같이 부드럽고 편리한 휴지를 사용하게 되었다.

이러한 대변 후의 뒤처리는 우리나라만의 경우가 아니므로, 부끄러운 일이라고 할 필요는 없다. 미국의 농촌지역에서는 옥수수의 수염 등으로 뒤처리를 많이 했었고, 중국과 일본은 대나무 조각 등을 사용했으며, 그 외의 다른 나라에서는 물, 미세한 모래, 작은 돌 등의 다양한 재료들을 이용했다고 한다.

최초의 수세식 변기는 1800년대의 초반에 영국에서 엘리자베스 여왕을 위해 만들어져, 점차적으로 전파되어 발전된 것이라고 한다.

침실과 화장실이 멀리 떨어져 있었기 때문에, 밤이면 각 방마다 반드시 1개의 요강을 준비해 두고 이 요강에 소변을 누었다.

사설 무료 공중변소

지금은 우리나라 공중변소 시설이 세계에서도 유명하다고 하지만, 1980년대 초반까지만 하더라도 무료로 이용하는 변소는 거의 없었고, 우리나라의 도시에는 유료 공중변소가 아주 많았다. 심지어 어떤 곳은 이 유료 공중변소조차 없어서 매우 불편하기도 했다.

그러나 행인들이 많이 다니는 우리 고향 마을 앞 26번 국도변에는 아주 옛날부터 개인이 설치한 사설 무료 공중변소가 하나 있었다. 이 사설 무료 공중변소의 설치목적은 길가는 행인들에게 무료로 이용하게 함으로써, 저절로 쌓이는 분뇨(糞尿)를 수집하기 위한 목적이었다.

1960년대 초반까지만 하더라도 지금과는 달리, 자동차 등의 편리한 교통수단이 많지 않았고, 또한 교통비를 절약하기 위해 마을 앞을 걸어서 다니는 사람들이 아주 많았다. 그러므로 이 사설 무료 공중변소는 행인들에게는 아주 유용한 시설이었고, 설치한 사람에게는 소중한 농사용 거름을 공짜로 얻을 수 있는 상조(相助)의 시설이었다.

아마도 관광지가 아닌 일반 농촌지역의 이러한 시설은 세계 어느 나라에서도 찾아보기 어려운 특이한 우리나라만의 시설이라고 할 수 있을 것이다.

집안의 과실나무

(1) 감나무

주택의 담장 주변에는 반드시 집집마다 몇 그루씩의 감나무가 있었는데, 우리 집에는 통감, 반시, 납작감, 돌감 등의 나무가 6그루나 있었다.

봄이 오면 감꽃이 피었는데, 이 감꽃은 먹기도 하고, 아이들은 실에 꿰어 목에 걸기도 했다. 옛날 초등학교 시절에 많이 불렀던 동요 중에, "아가야 나오너라 달맞이 가자. 앵두 따다 실에 꿰어 목에다 걸고 검둥개야 너도 가자 냇가로 가자."라는 가사가 있었다. 그러나 실제로 앵두를 실에 꿰면 껍질이 얇고 물이 많기 때문에, 금방 터지고 열매가 흘러내려서 실에 꿸 수도 없었고, 목에 걸 수도 없었다. 그러므로 이 동요의 가사 역시 작사가 잘못된 것이다. 그러나 이 감꽃은 정말로 실에 꿰어 목에 걸 수가 있었다.

초여름이면 풋감이 아주 많이 떨어지기도 했는데, 이 풋감이 조금 더 클 때 떨어지면, 물에 며칠 담가두어 삭히면, 떫은맛이 없어지고 맛있는 감이 되므로 간식으로 많이 먹었다. 감이 익어가면서 일부는 해충 등의 영향으로 홍시가 빨리 되어 감나무에 매달려 있는데, 시간이 날 때마다 장대 등으로 하나씩 따서 먹는 맛이란 이루 말할 수 없이 좋았다.

그리고 가을이 되면 감나무에는 잎은 떨어지고, 붉은 감이 주렁주렁 달려 있어 보기에도 아주 좋았다. 추석이면 감이 거의 익게 되는데, 이 감은 홍시가 되기 전에는 떫기 때문에, 삭히거나 곶감으로 만들어 제사음식으로 많이 사용했다.

가을이 더 깊어지면, 나무에 달려있는 감들은 홍시가 되어 더욱 더 붉은 색으로 변하는데, 이때에는 감을 전부 따서, 저장을 해두었다가 제사용 등에 사용할 것은 옹기 등에 왕등겨[13]와 섞어서 별도로

13 '왕등겨'는 벼를 도정할 때 제일 먼저 나오는 벼의 겉껍질을 말한다. 이 등겨는 돼지의 사료로 사용할 수가 없기 때문에, 다른 용도로 많이 사용되었다.

보관하고, 나머지는 겨울 동안 간식 또는 손님 접대용으로 사용했다. 그리고 이 감을 딸 때는 반드시 나무 꼭대기에 까치밥용으로 감을 몇 개씩을 남겨두었는데, 이것은 오래전부터 내려온 우리 조상들의 자연에 대한 아름다운 사랑이었다고 생각한다.

『대지』의 작가인 미국의 소설가 펄벅(Pearl Sydenstricker Buck) 여사도 이 광경을 보고 우리 민족의 자연을 사랑하는 아름다운 마음을 극찬했다고 한다.

지금은 고향을 한 번씩 가보면, 무슨 이유인지는 잘 모르겠지만 이상하게도 우리 고향 마을뿐만 아니라, 대부분의 농촌 마을에서 집 안의 감나무가 거의 사라지고 없는 실정이다.

(2) 기타 과실나무

농촌의 가정에 심은 나무는 조경을 위한 식재는 향나무와 장미 종류의 관목 외에는 거의 없었고, 오직 일부 과실나무만 심었다.

집안에 심은 감나무 외의 과실나무는 살구나무, 복숭아나무, 배나무, 대추나무, 모과나무, 앵두나무 등이 일부 있었다.

우리 고향 마을에는 살구나무를 심은 집이 한 집뿐이었고, 복숭아나무가 있는 집도 한 집뿐이었다. 살구나무는 개살구와 떡살구 등이 있었는데, 보기에는 개살구가 떡살구보다는 훨씬 좋았지만, 맛은 떡살구가 월등하게 좋았다. 그래서 실속 없는 것을 말할 때는 "보기(빛) 좋은 개살구"라는 말이 있었던 것 같다.

우리 마을의 살구나무와 복숭아나무는 뿌리를 심은 개인의 가정집이었지만, 나뭇가지의 많은 부분이 골목 위로 뻗어 나와 있었다. 이 살구와 복숭아가 익는 계절이 오면, 어른들은 곡식을 주고 사먹기도 하지만, 아이들은 주로 주인 몰래 따먹는 것이 훨씬 재미있었다. 나무를 향해 돌팔매질을 하여 골목으로 열매가 떨어지면 빨리 주워서 도망하는 수법이었다.

우리 마을에서 배나무는 우리 집 외에는 없었던 귀한 나무였고, 대추나무와 앵두나무도 일부 소수의 가정에만 심었다.

연료(땔감)

우리나라의 가정 연료는, 임산물을 시작으로, 연탄과 프로판가스를 거쳐서, 지금의 도시가스로 변천되어 왔다.

연탄이 대량으로 보급되기 전의 우리나라 농촌의 모든 연료는 낙엽과 장작 등 산에서 나오는 임산물이었는데, 이것은 그 당시의 법률 규정으로는 거의 대부분 위법의 부정임산물이었다.

그 당시에 정부는 농민들에게 뚜렷한 연료 대책도 세워주지 않은 채, 자가소비용의 임산물에 대하여도 대부분 부정임산물로 간주하고 강력한 단속을 실시했다. 세무서는 밀주 단속으로 괴롭히고, 군청 산림계에서는 부정임산물의 단속으로 농민들을 괴롭혔다.

정부가 부정임산물 단속이라는 이유로 걸핏하면 단속을 했지만, 대체(代替) 연료가 전혀 없었기 때문에, 농민들은 농한기인 겨울철에는 모든 노동력을 동원하여 법을 어기면서도, 1년간 사용할 연료를 준비하지 않을 수가 없었던 안타까운 시절이었다.

특히 우리 고향에는 '깔비'를 많이 했었는데, 이 '깔비'는 소나무 잎이 떨어져 건조된 것을 말한다. 이 '깔비'를 갈퀴(방언: 까꾸리)로 긁어모아서, 새끼줄 3개를 적당한 거리에 놓고 소나무 가지 등으로 '깔비'를 싸고 새끼로 묶어서 지게로 지고 오는데, 이 솜씨가 좋아야 '깔비'가 흐르지 않고 많이 지고 올 수 있는 것이었다. 이렇게 묶은 것을 '한(1) 동'이라고 했는데, 이 '동'들을 집안의 빈터에 많이 쌓아 놓고 그 위에 비를 맞지 않도록 짚 등으로 덮어서 저장했다. 이렇게 쌓아 놓은 것을 방언으로, "깔비 '한 삐까리' 쌓아 놨다."라고 했다. 여기서의 '한'은 '많다'라는 의미와 '하나'라는 의미가 포함되어 있는 말이다. '장작'도 '깔비'와 같은 방식으로 쌓아 두었다가 주로 '군불 땔감'으로 많이 사용했다. 나무의 낙엽은 그대로 두어야 나무의 거름이 되는데, 이것을 모두 긁어오니까 산지의 토양이 더욱더 황폐해졌다.

이로 인해 산은 점점 더 헐벗은 민둥산으로 변하게 되어 정부에서는 강력한 임산물 단속과 함께 부엌 아궁이의 크기를 줄이는 아궁이 개량사업도 실시했다. 아궁이의 크기를 줄이면, 땔감이 적게 소비될 것이라는 이유로 2회에 걸쳐 개량을 실시했으나, 효과는 거의 없었다.

지금과 같이 푸른 산이 조성된 것은 부정임산물의 단속이나 아궁이 개량사업 등으로 이루어진 것과는 거의 관계가 없다. 푸른 산이 조성되도록 한 근본 이유는, 농민들이 부정임산물을 사용하지 않아도 될 정도로, 전국적인 연탄의 대량 보급이라는 대안(代案)과 함께, 강력한 식목사업 정책을 실시했기 때문이다. 연탄은 1960년대부터 도시를 시작으로 점점 공급을 늘려서 농촌까지 공급이 됨으로써, 부정임산물은 자취를 감추게 되었다.

식목사업은 묘목을 정부에서 공급하고, 식목작업은 학생동원과 농민들의 부역[14]으로 시행했다. 따라서 오늘의 모든 산이 푸르게 된

14 '부역'은 역사적으로 고대로부터 국가나 공공단체가 백성들에게 강제로 공과(公課)하는 노역을 말한다. 지금은 이러한 무임의 부역제도가 없어졌지만, 1970년대까지

것은, 무연탄(19공탄)의 보급과 농민 및 학생들의 부역에 의한 식목 사업 덕분이라고 해야 할 것이다.

조명시설

1960년대 말까지의 우리나라 농촌은 해가 지고 밤이 되면, 골목에 가로등 같은 조명시설은 전혀 없었고, 마을은 어둠에 쌓이게 되었다.

전기가 없던 시절의 조명 수단은 석유등잔불(호롱불), 접시불, 촛불, 등불, 횃불 등이 있었다.

(1) **호롱불**

호롱불은 호롱에 등유(그 당시에는 석유 또는 '왜지름'이라고 했음)를 붓고 심지를 박아서 불을 켰다. 그 당시에 외국으로부터 들어오는 거의 대부분은 일본을 거쳐서 들어오기 때문에, 외국에서 새로 들어오는 것은 거의 일본을 상징하는 '왜(倭)'자를 붙였다. 왜콩(땅콩), 왜팥(완두), 왜지름(등유), 왜삼, 왜낫 등의 많은 예를 들 수가 있다.

호롱은 사기로 만든 사기호롱과 양철로 만든 양철호롱이 있는데, 6·25 이후에는 깡통이 흔했기 때문에, 주로 양철호롱을 많이 사용했었다. 아마도 과거에 '양철'이라는 재료가 없었을 때는, 전부가 사기호롱 또는 접시불을 사용했을 것이다.

이 호롱은 등잔대(약 30-40cm 높이의 받침대) 위에 올려놓고 불을 밝혔다. 방안에는 등잔대가 하나만 있었기 때문에, 이 등잔불을 방

도 우리나라는 식목, 도로보수, 제방보수 등에 이 부역제도를 실시했으며, 이 부역은 보통 1가구에 1인씩의 성인을 수일간 동원하여, 식사는 물론 음료수 등의 제공도 일절 없이 완전한 무임의 노역을 강제적으로 실시했던 것이다.

의 중심부에 놓고 식구들이 둘러앉는다. 호롱불의 밝기가 충분하지 않았기 때문에, 공부나 바느질 등의 중요한 일을 할 때는 바로 등잔 앞에서만 가능했다. 그러나 가장 가까운 등잔의 밑은 어둡기 때문에 속담에 "등잔 밑이 어둡다."는 말이 생겨났던 것이다.

1960년도 중반 이전까지만 하더라도 그 당시의 어른들은 아이들에게 낮에는, "배 꺼진다. 살살(조용히) 놀아라"라는 말을 했었고, 밤이 되면, "기름 닳는다. 일찍 자라"라는 말을 자주 했었던 가난한 시절이었다.

(2) 접시불

'접시불'은 접시에 식물성 기름(아주까리기름, 들기름 등)을 부어놓고, 무명솜의 심지를 담가서 불을 밝히는 것이다. 발전 단계를 생각해 보면, 접시불은 호롱불의 바로 앞 단계인 것으로 보이고, 아마도 우리 민족의 가장 오래된 조명 수단일 것으로 추측된다.

내가 어렸을 때 우리 집은 음력 선달그믐날 밤이 되면, 바람이 부는 마루에는 등불을 켜놓고, 바람이 없는 실내에는 이 '접시불'을 밤이 새도록 켜두었던 것으로 기억된다.

호롱불보다는 '접시불'을 많이 켜둔 이유는 여유분의 호롱이 없어서인지, 아니면 전통을 살리는 마음과 더불어 경건한 정성의 표현이었는지는 알 수가 없다.

(3) 촛불

호롱불보다는 가격이 비쌌던 양초[15]는 제사를 모실 경우나 특별한

15 지금의 '양초'는 서기 1800년 초기에 유럽에서, 스테아린 양초와 파라핀 양초로 개발

때에만 사용했을 뿐이다. 내가 초등학교 재학시절의 5학년 담임 손철수 선생님께서 양초에 관한 재미있는 이야기를 해 주신 적이 있었다.

옛날에 어떤 사람이 서울을 다녀온 사돈으로부터 양초를 몇 개 선물을 받았는데, 이 양초의 용도를 몰라서 애를 먹었다는 이야기이다. 자존심이 높고 아는 체를 많이 하는 성격에 사돈한테는 창피해서 물어볼 수가 없었고, 여기저기를 다니면서 물어봐도 아는 사람이 없었다는 재미있는 이야기가 생각난다.

이 이야기가 의미하는 것은, 양초가 우리나라에 들어 온 시기가 그렇게 오래되지 않았을 뿐만 아니라, 처음에는 무척 귀한 물건이었다는 것을 의미하는 것 같았다. 이 이야기와 같이 우리가 현재 사용하는 '양초'는 국어사전에서 "서양식의 초"라고 기록되어 있다. 그러면, 서양식의 초가 아닌 우리 민족이 과거에 사용했던 초(燭)에 관한 기록은 거의 없고, 내가 확인할 수 있었던 기록은 오직 춘향전의 사또 생일잔치에서, 암행어사가 초라한 술상을 받아놓고 읊은 시[16] 외에는 찾아볼 수가 없다.

과거 우리나라에 초(燭)가 있었다고 하더라도, 서양에서 근대에 들어온 지금의 양초와는 전혀 모양이 다르고 또한 상당히 희귀(稀貴)한 물건이었을 것임에는 이론(異論)의 여지가 없을 것이다. 옛날부터 가까운 집안어른이 사망했을 때, 조위금(弔慰金) 봉투에 '부

된 것이 지금에 이르고 있다고 한다. 우리나라에 지금의 양초가 수입된 정확한 기록은 없으나, 일제강점기부터 본격적으로 보급된 것으로 보인다. 옛날의 밀랍 또는 수지로 만든 초는 유럽과 중국 등에서 대략 BC 3세기 정도로 추정되나, 정확한 형태나 품질 등의 자세한 기록은 없고, 우리나라도 촛불에 관한 기록은 없는 실정이다.

16 어사 이몽룡이 사또의 생일잔치 자리에서 읊었다는 4행시 중의 3행째의 시구로서, 「燭淚落時民淚落(촛물이 떨어질 때 백성의 눈물도 떨어지고)」라는 구절이 있다. 아마도 이 초는 지금의 양초가 분명히 아니었을 것으로 추측된다.

의(賻儀)'라고 쓰지 않고, '향촉대(香燭代)'라고 기록했던 것을 보아도, 우리 조상들은 초(燭)에 대한 인식이 아주 특별했던 것같이 보인다.

현재 우리나라와 중국 등의 사극(史劇) 영화에서, 반드시 사기호롱불이나 접시불 등을 사용해야 할 것으로 보이는 경우에도, 지금의 양초를 그대로 사용하는 장면들이 많이 나오는데, 이것은 분명히 시대에 맞지 않은 소품이라고 생각한다.

(4) **등불**

등불은 바람이 불어도 불이 꺼지지 않도록 등 안에 호롱불을 넣어서 밝히는 것을 말한다.

옛날에 주로 사용했던 우리의 등(燈)은 약 20cm×20cm×30cm 규격의 직육면체 모형에, 바닥은 호롱을 놓을 수 있도록 판자 등을 깔고, 상부에는 공기구멍만을 제외한 공간은 막고, 옆쪽 4면은 창호지(근대에는 유리)로 막아서 바람은 막고 빛은 외부로 비치도록 하였다. 그리고 옆쪽 4면 중의 1개면은 호롱의 출입이 가능하도록 개폐(開閉)의 장치가 되어 있고, 상부에는 손으로 들고 다닐 수 있도록 끈을 달아 놓았다.

이 등불은 전기와 손전등이 없던 시절에, 외부에서 작업을 하거나 밤길을 밝히는 곳에 매우 유용하게 사용했다.

옛날에는 먼 길을 떠났다가 저녁 늦게 돌아오는 집안 어른이나 남편을 위해 멀리 동구 밖까지 마중을 나갈 때도 아주 유용하게 사용되었던 것이 바로 이 등불이다.

(5) 횃불

횃불은 막대 끝에 불에 잘 타지 않는 철사 등의 금속 고리를 걸고, 이 금속 고리에 솜이나 헝겊뭉치 등을 매달아서, 식물성 기름이나 등유를 적셔가며 불을 밝히는 것을 말한다.

이 횃불은 과거에는 야간의 대형 공사나 전시 등에 많이 사용했다고 한다. 내가 어릴 때는 주로 야간에 시냇물에서 물고기 잡는 경우에 많이 사용한 것으로 기억된다. 야간에 횃불을 물속에 비추면, 물고기들은 도망을 가지 않고 오히려 모여들었기 때문에, 이 횃불이 물고기를 잡는 데는 많은 도움이 되었다.

(6) 기타

1950년대 중반까지는 'ㄱ자' 모형의 미군용 손전등(그 당시에는 '후랏시'라고 했음)을 가진 사람도 간혹 있었고, 국산 '일자형'의 일반용 손전등은 1960년대부터 보급되기 시작했다.

그리고 서부영화에 조명기구로 자주 나오는 '호얏불'이 있었다. 이 '호얏불'은 바람막이용 유리가 등불을 보호하고, 심지가 굵었기 때문에, 우리 고유의 등불보다는 많이 밝았다. 그러므로 야외 작업을 할 때나, 길흉사 시의 야간에는 넓은 마당에 걸어 놓고 집안을 밝게 하는 데 많이 사용했다.

그 외에도 어두운 밤에 잠깐 화장실을 가거나 잠시 볼일을 볼 때는 관솔(송진이 묻어 있는 소나무 가지)이나 지릅댕이(대마의 껍질을 벗기고 남은 속대)에 불을 붙여 잠깐 이용하는 등의 간이 조명을 하기도 했었다.

전기의 보급

1960년대 초반부터 물레방아 등의 수력에 의한 사설 발전시설에서 전기가 처음으로 보급되었고, 전기 요금은 추곡과 하곡의 수확 시에 곡식으로 계산하였다. 그러나 시설이 매우 불량하여, 날씨가 가물거나 바람이 심하게 불 때는 발전을 못하거나, 전선이 절단되어 걸핏하면 정전이 됨으로써 많은 불편을 겪었다.

그 후 1960년대 후반부터는 한전으로부터 전기가 정식으로 공급되기 시작함으로써, 호롱불 등의 재래 조명기구는 사라지고, 가전제품들이 점차적으로 선을 보이기 시작했다.

라디오와 TV의 보급

1950년대 후반부터 1960년대 초반 이전까지는 '레시바'라는 수신 장치가 있어서 라디오방송을 간신히 듣는 젊은 층이 간혹 있었다. 높은 감나무 등에 장대를 고정시켜 안테나를 설치하고, 선을 연결하여 수신기를 귀에 꽂아서 라디오방송을 듣는 것이었다.

1960년대 중반 이전에는 '트랜지스터'라는 소형 라디오를 소유한 일부의 가정이 있었다. 그리고 대부분 가정에서는, 사설업자가 유선으로 라디오방송을 중계하는 '스피커'라는 수신 장치가 있었는데, 바람이 심하게 불면 유선이 자주 끊어짐으로써, 아주 불편한 실정이었다.

1960년대 중반기 이후부터는 농촌에도 외상 라디오가 대량으로 보급되기 시작했다. 농촌은 도시와는 달리 매월의 수입이 없었기 때문에, 월부판매는 불가능하므로, '가을 내기'의 방식으로 판매를 했는데 상당히 인기가 있었다. 라디오의 대량 보급으로 인해 유행가라고 호칭되던 대중가요와 함께, 연속방송극은 대단한 인기를 끌었다.

그리고 1970년도 초반에는 극히 일부의 가정에서 TV를 시청하고 있었는데, 저녁이면 많은 이웃집 사람들이 TV가 있는 집으로 극장 구경하듯이 몰려들어 함께 시청하는 진풍경이 벌어졌다. 시골 읍내에 소재한 다방의 경우에는, 권투 등의 인기 스포츠 중계가 있는 날이면 많은 손님들이 몰려들어 TV를 함께 시청하며 열띤 응원을 하기도 했다.

축음기(蓄音機)

축음기는 '유성기'라고 부르기도 했는데, 일제강점기 말경부터 극히 일부의 집에는 있었다고 한다.

내가 어릴 때 일본에서 가져왔다는 이웃집의 축음기를 처음으로 보았는데, 이 축음기의 노랫소리를 듣고, 무척 신기한 물건이라고 하니까, 옆에 같이 있던 어른들은, "사람의 머리만을 잘라서 기계 속에 넣어 노래를 부르는 것"이라고 나를 놀렸던 기억이 난다.

그 이후로 이 축음기를 '레코드'로 호칭하다가, 1960년대부터는 성능이 더욱더 개량되어 '전축'으로 부르게 되었다. 이 축음기의 명칭이 변하고 성능이 개량되고 가격은 대중화가 되었지만, 농촌에서는 음악을 좋아할 대부분의 젊은 층들이 도시로 나가고 없었기 때문에, 그 이후로도 농촌에는 극히 일부의 가정에만 전축이 보급되었을 뿐이었다.

여인들의 각종 바느질 도구와 가전제품

옛날 우리나라는 옷 등을 만들 때, 전부가 여인들의 손바느질로써 감당했다. 여인들은 반드시 '반짇고리'를 하나씩 가지고 있었다. 이 '반짇고리'에는 바늘꽂이, 실타래, 골무, 가위, 자, 윤디 등의 바느질 도구들을 넣어두었다.

그리고 옷을 다릴 때는 두 사람이 마주 잡고 하는 우리 고유의 '숯불다리미'[17]와 화로에 묻어서 뜨겁게 열을 올려 주로 동전 등의 좁은 부분에는 '윤디' 등을 사용했었다. 또 혼자서도 다릴 수 있는 숯불 양복다리미가 나왔었고, 곧이어 '전기다리미'가 나왔다.

1960년대 중반부터 수동식(手動式)과 족답식(足踏式)의 재봉틀이 보급되었고, 1970년대 중반부터 세탁기, 냉장고 등의 가전제품이 본격적으로 보급되기 시작했다.

이러한 가전제품의 보급으로 인해 그 당시에 노인들은 "세상은 여자들을 위해 발전한다."는 말까지 나올 정도로 여인들의 고생은 많이 줄어들고 편리해지기 시작했다.

17 '숯불다리미'는 우리 고유의 다리미와 양복다리미의 두 종류가 있었다. 우리 고유의 다리미는 그릇 모양의 용기에 약 30-40cm 길이의 손잡이를 달아서, 이 용기에 숯불을 올려놓고 다리미의 밑바닥으로 옷 등을 다리는 것이었고, 양복다리미는 1950년대 후반부터 사용을 했다. 지금의 전기다리미와 비슷한 형태인데, 그 안에 숯불을 넣어서 옷을 다렸다.

3

—

위 생

의료시설

1970년대 초까지의 농촌 의료시설은 아주 빈약했다. 보건소의 의료 기능도 빈약했고, 군청 소재지에는 1-2곳 정도의 의원이 있을 뿐이었다. 면 소재지에는 의원이 있을 때보다는 없을 때가 더 많았다.

그 당시의 농촌 사람들은 큰 병이 아니면, '한약국 집'으로 통칭되던 무허가 한약방에서 한약 한 첩을 지어 달여 먹고 말았기 때문에, 의원의 정상적인 수입을 유지하기에는 많은 어려움이 있기도 했다.

1950년대까지는 농촌에서 이름 모를 중병에 걸리더라도 굿을 하거나 한약 한 첩을 지어 와서 약탕에 달여 먹게 하는 것 외에는 더 이상의 방법이 없었기 때문에, 환갑을 넘기는 사람이 드물 정도로 평균수명이 매우 짧았다.

그 당시에, "환갑 지났다"는 말과 "송아지 물 건너갔다"는 말을 많이 사용하였는데, 이 말은 시기적으로 이미 늦었다는 의미로써 사용되었던 것이다. 그리고 그 당시에는 식사 후에 양치질하는 사람들이 많지 않아서, 충치 발생률이 많은 실정이었지만, 각 면 지역에는 치과의원은 단 한 곳도 없었다. 그 대신에 속칭 '야매 이쟁이'라고 불리던 무면허 치과 기술자들이 1개 면에 1-2명 정도 있었는데, 그 당시에는 그 사람들이 비록 무면허였지만, 의료 공백을 보충해 주었던 고마운 사람들이었다.

특히 출산으로 인해 부인들은 더욱더 치아 건강이 좋지 않아서 무면허 치과 기술자들을 많이 찾아가 치료했는데, 마취를 하지 않고 발치(拔齒) 등의 치료를 했기 때문에, 치아 치료에 많은 고생을 했다.

어린이들이 7세경에 유치(乳齒)를 뽑을 때는, 뽑아야 할 이(齒)에 실을 걸고 이마를 갑자기 치며 뽑았는데, 무척 아프기도 했다. 뽑은 유치(乳齒)는 까치가 물어가야만 영구치가 잘난다고 하여, 일부러 지붕 위에 던져 올렸다.

그 당시 일부 돈이 좀 많이 있다는 사람은 대도시로 나가서 금니를 하는 것이 자랑으로 생각했던 경우도 있었다. 금니를 한 사람은 금니를 자랑하기 위해 자주 입을 벌리고 다녔고, 귀한 손목시계를 찬 사람은 시계를 자랑하기 위해 왼쪽 팔을 자주 들고 다녔다는 우스운 말이 떠돌기도 했다.

비누(soap) 이야기

'비누'를 우리 고향에서는 '사분'이라고 했고 국어사전에도 경상도 사투리라고 등재되어 있다. 그리고 사전의 부기(附記)에는 이 '사분'이라는 경상도 사투리는, 불어의 '싸봉(savon)'에서 일본어의 '샤본(シャボン)'을 거쳐 경상도로 건너와서 '사분'으로 변한 것 같다고 했다.

비누(soap)의 기원은 여러 가지 설이 있지만, 식물이나 동물을 태운 '재'에서 시작되었다는 설과, 어떤 식물을 문지르면 거품이 나오는데 이 식물의 거품이 때가 잘 씻어진다는 발견에서부터 시작된 것이라는 설이 있다.

그 이후 동·식물을 태운 재(희랍어로 '알카리'라고 했음)를 이용했고, 더 나아가 알칼리성분에 지방질과 화학약품 등을 첨가하여 지금의 비누가 된 것이라고 한다.

우리나라에 비누가 처음 도입된 것은, 네덜란드인 헨드릭 하멜(1630-1692)을 통해 처음으로 전해졌다고는 하지만, 본격적으로 전해진 것은 일제강점기부터라고 할 수 있을 것이다. 아마도 처음에는 일부의 계층에서만 겨우 사용되다가 점차적으로 확대되었다.

나는 6·25 사변 이전까지는 우리 고향 농촌에서 비누를 거의 구경한 적이 없었던 것 같다. 6·25 이후에는 군부대에서 흘러나온 비누가 극히 일부에서 보이기 시작했다. 그러나 국산 빨랫비누는 1950년대 중반 이후에 등겨로 만든 검은 비누가 출시되었고 점차적으로 지금 같은 백색의 비누가 시장에 보급되었다.

비누가 없던 시절에는 여인들이 긴 머리를 감으려면, 처음에는 뜨거운 물에 손은 넣지 못하고, 머리카락만을 담가서 먼지와 때가 씻겨지도록 한 후에, 물이 어느 정도 식으면 손으로 머리를 만지며 감았다.

빨래는 주로 '잿물'을 이용했는데, 이 잿물이 순수한 알칼리성분이었기 때문에 빨래가 잘 되었던 것이다.

나는 비누가 없었던 어린 시절에, 어떤 어른으로부터 대추나무 잎을 따서 손으로 문지르면 거품이 많이 나온다는 말을 듣고, 실제로 시험을 해 보니 정말로 많은 거품이 나왔었고, 이 거품은 때가 잘 씻겨지는 것도 우연히 알게 되었다. 그 당시에 나는 꼴을 많이 베러 다녔는데, 꼴을 벨 때 왼쪽 손에 묻은 풀물이 잘 씻어지지 않아서, 시험 삼아 대추나무 잎으로 거품을 내어 손을 씻어 보았더니, 아주 깨끗하게 잘 씻어졌다. 그 후로 나는 저수지 등에서 목욕할 때도 간혹 이 대추나무 잎을 이용하여 목욕했는데, 향기도 상쾌하고 아주 효과가 좋았었다.

내가 그 당시에 대추나무 잎을 잘 이용하여 천연비누 만드는 사업을 했더라면, 아마 부자가 되었을지도 모르겠다는 우스운 생각이 든다. 지금은 좋은 비누가 많이 나와서 이미 시기적으로 늦었다고 할 수도 있겠지만, 유능한 젊은 사람들이 좋은 성분과 잘 배합하는 등의 연구를 잘하여, 새로운 장점을 발견할 수 있다면, 아직도 가능성은 있을지도 모르겠다.

이 대추나무의 특징은 봄에 새싹이 가장 늦게 돋아나는 나무로서, 4월 말에서 5월 초가 되어야 비로소 새싹이 돋아난다. 그 당시에 우리 고향 마을에는 밭둑이나 산 밑의 언덕 등에 키가 작은 야생 대추나무가 아주 많았는데, 지금도 그 대추나무 잎들이 생각난다.

목욕시설

1960년대를 전후한 시기의 농촌에는 목욕탕시설이 전혀 없었다. 다만 군청 소재지인 고령읍내에 가면 목욕탕이 한 곳 있었지만, 그곳까지 가서 목욕을 하는 사람은 거의 없었다. 여름이면 냇가에 가서 목욕을 하거나 집에서 간단히 등욕[18]을 하는 정도였다. 그리고 그 외의 계절에는 따뜻한 물을 큰 용기에 담아서 몸을 겨우 씻는 정도였는데, 그것도 가을 추수가 끝난 직후와 설 전날이 되어야 간신히 목욕을 했던 것이다. 그러나 목욕을 방에서는 할 수가 없기 때문에, 추운 겨울에 바깥에서 따뜻한 물을 몸에 부어가며 목욕을 한다는 것은 무척 힘든 일이었으므로 자주하지는 못했다.

18 '등욕'은 '등물치기' 또는 '목물치기'라고도 했는데, 양팔을 땅에 짚고 엎드린 자세에서 한 사람이 등에 물을 부어주며 목과 등을 간단히 씻어 주는 것을 말함.

빨래하기

1950년도 중반 이전까지는 지금과 같은 빨랫비누가 없었고, 수도시설도 없었기 때문에 부녀자들이 빨래를 하려면 많은 고생을 했다.

주로 빨랫감을 잿물에 담갔다가 물에 씻거나, 솥에 삶아서 저수지나 개울 등에 가져가 '빨랫방망이'로 때려가며 빨래를 했다.

잿물을 내리는 방법은, 큰 물통을 밑에 놓은 후에, 그 위에 나무 받침대를 걸쳐서 짚을 깔아 놓고, 짚 위에 아궁이에서 나온 재를 얹은 후에 물을 부으면, 밑의 물통에 잿물이 내려오게 하는 것이었다. 재와 물을 바로 혼합하면 편리할 것 같은데, 왜 굳이 짚을 통하여 잿물을 내리는 이유를 나는 잘 모르겠지만, 아마도 오랜 경험을 통해 발견했던 분명한 이유가 있었을 것이다.

이러한 방법으로 빨래를 했던 부녀자들은 특히 추운 겨울이 되면, 그 고생은 더욱더 심했었다. 또한 겨울의 솜옷을 빨래하려면 전부 솜과 천을 분리하여 빨래를 하고 건조를 시켜 다시 솜을 넣으며 손 바느질을 하느라고 밤늦도록 잠을 못자는 경우도 많았다.

이와 같이 빨래가 힘들었기 때문에, 보통 사람들은 초겨울에 입은 옷은 설날까지 입었고, 설에 입은 옷은 해동이 될 때까지 입는 경우가 보통이었다.

옛날 어떤 분으로부터 「북쪽 지방의 어떤 민족은, "어제 입은 옷을 오늘은 왜 못 입겠느냐?"라는 생각으로, 추위가 끝날 때까지 한 가지 옷만을 계속 입었다.」라는 웃기는 말을 들은 적이 있었다. 1960년대 이전에는 우리 민족도 이와 비슷했던 것 같은 생각이 든다.

흡혈 해충

(1) 이(sucking lice)

'이'는 곤충류 '이'목의 총칭으로서, 사람이나 짐승의 몸 외부에 기생하는 흡혈곤충이다. 몸이나 옷 등에 붙어 기생하며 발진티브스 등의 병을 옮기기도 하는 아주 해로운 해충이다. 암컷 1마리의 산란 수는 평균 1일 10개이며, 일생 동안 약 300개의 알을 낳는다고 한다. 약 1주일이면 부화하고, 1-3주일이면 성충이 되므로 번식력이 아주 빠르다. 세계적으로 약 280종이 기록되고 있다고 한다.

1970년대 이전의 농촌은 목욕시설이 전혀 없었고 빨래가 힘들었기 때문에, 속옷을 자주 갈아입는 것이 무척 어려웠으므로, 겨울철의 불청객인 '이'가 아주 많았다. 이 '이'는 입고 있는 속옷이나 이불 등에 기생하며 사람들을 아주 많이 괴롭혔다. 그리고 '이'는 소녀들의 머리털에도 기생하여 머리를 아무리 빗 등으로 긁어도 잡히지를 않아서 손으로 잡을 수밖에 없었다. '이'를 잡는 방법은 손가락으로 잡아서 양손의 엄지손톱으로 압살(壓殺)을 시키고, 씨가리(이의 알)는 호롱불에 태우기도 했었다. 이를 잡을 때는 온 식구가 호롱불 아래에서 함께 이를 잡았었다. 이는 같은 이불을 덮고 자는 사람은 쉽게 옮겨 다니기 때문에, 식구 모두가 함께 잡아야 효과가 있는 것이었다.

또한 이가 너무 많아서 잡기가 곤란할 때는, 추운 겨울밤에 속옷을 바깥에 놓아두어 이가 얼어 죽게 하는 방법도 사용했다. 그 당시에 어른들로부터 들었던 수수께끼가 생각난다. "만나서 반갑지만, 바로 죽여야만 하는 것은 무엇일까?"의 정답은 '이'라고 했다.

6·25 직후부터 미국에서 'DDT'라는 분말 살충제가 대량으로 들

어와 옷과 몸 등에 뿌리기도 하고, 배추 등의 채소에 살충제로 사용을 함으로써, 많은 효과를 보기도 했었다. 그러나 잔류성분의 독성 때문에 사람에게 좋지 않다는 것이 알려지게 되어, 몇 년 후에는 사용이 중단되었다.

(2) 빈대

이는 주로 겨울철에 많았고, 빈대와 벼룩은 거의 사철이었다고 한다. 빈대는 노린재목의 빈대과 해충으로서, 먹이를 먹기 전의 몸 길이는 6-9mm이고 먹이를 먹으면 몸의 빛깔이 붉은색으로 변하며 좀 더 크게 변한다. 사람의 집안, 새집, 박쥐 동굴 등에 서식하며 사람과 동물의 피를 빨아먹으며 사는 흡혈(吸血) 해충이다.

암컷은 일생 동안 200여 개의 알을 낳으며, 유충은 6-17일 만에 부화하며 5번의 탈피를 통해 성숙하는데, 이 기간은 약 10주 정도가 걸리며 야행성이라고 한다. 나는 빈대를 본 기억이 별로 없는데, 옛날에는 집안의 구석 틈 사이로 숨어 있었기 때문에, 방제약이 없었던 시절에는 퇴치에 많은 어려움이 있었다고 한다.

우리 고향 마을의 절터도 옛날에 빈대가 너무 많아서 부득이하게 절을 옮겨갔다는 말이 있었다. “초가삼간이 불에 타는 것은 아깝지만, 빈대 타죽는 것은 속이 시원하다.”는 말이 있을 정도로, 이 빈대가 과거에는 사람들에게 많은 고통을 주었던 해충이었던 것 같다.

(3) 벼룩

벼룩은 높이 뛰어다니며 도망을 잘 다니는 흡혈 해충으로서, 내가 어릴 때도 개(犬)의 몸에 기생하는 것을 많이 보았다.

몸의 길이는 약 2-4mm이고, 몸이 위로 납작하며 다리가 발달하여 높이 뛰기(20-35cm)를 잘한다. 사람과 동물 등에게 흡혈을 하며 패스트와 발진열(發疹熱)을 매개한다고 알려져 왔다.

마을의 청소

농촌 마을의 골목길에는 소와 개들의 배설물과 퇴비와 농작물 등의 운반과정에서 발생한 쓰레기가 아주 많았다. 소는 거의 절반 이상의 농가에서 사육했는데, 소는 걸음을 걸을 때에도 변을 자주 누기 때문에 소똥이 골목길에 많이 흩어져 있었다. 그리고 개는 거의 집집마다 한 마리 정도씩 키우고 있었는데, 이 개는 밤이면 자기 집에 있지만, 낮에는 자유롭게 마을을 돌아다니며 골목 등을 더럽혔다. 옛 속담에 "흔한 개똥도 약에 쓸려면 없다."라는 말이 있었다. 그 정도로 평소에는 개똥이 많았다는 이야기이다.

소와 개의 배설물은 농사용 거름으로 수집하는 사람에 의해 저절로 정리가 되었다. 우리 마을의 경우에는 '개똥영감'이라는 별명을 가진 노인 한 분이 있어서, 이분 때문에 개똥과 소똥의 청소는 걱정을 할 필요가 없었다. 짐승의 똥은 좋은 거름이 되었기 때문이다.

그 외의 청소는 초등학교에서 학생들에게 1주일에 1회 정도 마을 청소를 하도록 조치했고, 4-H클럽이 조직된 후에는 자발적인 봉사활동으로 마을이 아주 깨끗해졌다.

4

상공 시설

정미소(소규모 도정공장)

당시의 양곡관리법에는 '소규모 도정공장'으로 명칭이 되어 있었으나, 일반적으로 통용되었던 명칭은 방앗간 또는 정미소로 불렸다.

1950년도 초기까지는 발동기 외에 수력을 이용한 물레방아도 많이 이용했으나, 물레방아는 설치의 환경조건이 한정되어 있었으므로, 1950년도 후반부터는 발동기에 의한 정미소가 거의 각 마을마다 1개 정도로 생겨나기 시작했다. 이 정미소에는 벼와 보리의 도정과 밀의 제분시설이 있었고, 국수 제조 시설도 있었다. 여름이면 손으로 밀어서 만들던 국수는 편리하게 '틀국시(기계국수)'로 빠르게 대체되었다. 농촌에 갑자기 손님이 오면, 준비된 반찬이 없어 여인들은 많은 고민을 했었는데, 이 '틀국시'를 삶아 건져내어 멸치 국물에 말아내면 되었기 때문에, 반찬 걱정은 쉽게 해결이 되었다.

이 '틀국시'를 지금 서울에서는 '잔치국수'라고 한다. 옛날에 우리 고향의 결혼식 잔치에는 반드시 '떡국'을 손님들에게 대접했다. 그러므로 결혼하지 않은 처녀 총각들을 보고 결혼을 권유하는 농담으로, "떡국 언제 먹을 수 있느냐"라는 말을 많이 했었다. 그런데 이 '틀국시'가 나오면서부터는 결혼식 식사에 '떡국' 대신 간편한 이 '틀국시'로 바뀌게 됨으로써, "국시 언제 먹을 수 있느냐"로 바뀌게 되었다.

그리고 이 정미소에는 떡을 만들 수 있는 쌀의 제분과 떡국용 떡을 생산하는 편의시설 등이 함께 설치됨으로써, 명절 때면 '디딜방아'로 고생하던 여인들에게 많은 도움이 되었다.

5일장(場)

농촌의 5일장은 주민들의 상품매매와 함께 만남의 광장(Forum)이었다. 우리 고향에 상주인구가 가장 많았던 1960년대 중반까지는 제일 큰 '고령장'이 있었고, 각 면별로도 1-2개의 장이 있었지만, 지금은 '고령장'이 군내의 유일한 5일장이다.

이 '고령장'은 끝자리가 4일과 9일(4일, 9일, 14일, 19일, 24일, 29일)에 열리는 5일장이다. 장날이 되면 각 마을마다 '구루마(くるま)'로 많이 불리던, 우차(牛車) 1대 정도를 개인이 운행했다. 이 우차(牛車)에는 시장에 내다 팔기 위해 가져갈 쌀 등의 농산물과 돼지, 닭 등의 가축들을 실었고, 사람들은 버스를 타고 가거나 걸어서 가는 것이었다.

장이 열리면 서로가 사고파는 거래가 활발해진다. 가져간 물건을 다 팔고 나면 이 돈을 가지고 필요한 물건을 사기 시작한다. 물건을 살 때는 반드시 에누리가 있고 흥정이 이루어진다. 자녀들의 옷과 신발 등이 먼저 눈에 들어오고, 며칠 후에 닥칠 제사 준비도 해야 하는데, 항상 사고 싶은 것과 가진 돈을 계산하면, 돈이 부족하다. 어머니께서 시장에 다녀오실 때마다, "돈을 도둑맞은 것같이 요새 돈은 쓸게 없다"라는 말씀을 자주하셨다.

이 5일장에는 한쪽 공터에 '약쟁이'라고 불리던 떠돌이 집단 약장수들이 마당놀이를 하며 약을 팔았다. 이 마당놀이에는 원숭이도 볼 수 있었고, 차력, 마술, 노래 등으로 사람들을 불러 모았다.

마당놀이 한판을 놀고 사람들이 많이 모이게 되면 약을 팔았는데, 이 약은 대부분 만병통치약이었다. 예를 들면, 자고 난 뒤에 온몸이 뻐근하고 힘이 없거나, 아무리 배부르게 밥을 먹어도 살이 찌지 않거나, 남자가 소변을 볼 때 소변 줄기가 정확하게 일직선으로 나가지 않고 조금이라도 가지가 벌어지는 경우가 있을 시에는, 앞으로 큰 병이 올 위험 신호니까 반드시 이 약을 먹어야 한다고 선전하며 약을 팔았다. 중노동의 농사일을 하는 그 당시의 사람에게는 병이 아니라, 모두가 해당되는 정상적인 증세였음에도 불구하고, 이러한 과대의 허위 선전에 유혹되는 경우가 아주 많았다. 그러나 약을 사고 안 사고는 자유이므로, 모처럼의 공짜 구경거리로는 아주 재미가 있고 좋았다.

부녀자들은 장에 가면, 목적한 거래가 끝나자마자 아이들이 먹을 엿이나 과자라도 조금 사서 바로 집으로 돌아오지만, 남자들의 경우에는 오랜만에 만난 지인들과 어울려서 온갖 대화를 나누며, 몸이 비틀거릴 정도로 술을 한잔씩 하고 왔다. 그래서 "장날은 촌놈 생일"이라는 말이 있었을 정도로 즐거운 날이었다.

술도가(막걸리 양조장)

1960년대 후반까지 우리 고향 쌍림면에는 통칭 '술도가'라고 불리던 막걸리 양조장이 3곳(송림, 귀원, 안림 삼거리)이나 있었다.

1960년대 이전까지의 농촌에서, 과수원, 대형정미소, 양조장 등을 운영하는 사람들이 농사만 짓는 사람들보다는 대체적으로 부자라고 했다. 그 당시의 각 가정에서는 밀주 막걸리를 많이 이용했음에도 불구하고, 1개 면에 3곳의 막걸리 양조장이 성업을 했다는 것은 그만큼 사람들이 막걸리를 많이 마셨기 때문이었을 것이다. 이상하게도 그 당시에는 지금처럼 소주는 거의 마시지 않았고, 주로 막걸리만을 마셨다. 그리고 이 양조장의 막걸리는 일반 가정에서도 급히 손님이 오면, 일부 소비를 했지만 대부분은 주막집 등에서 많은 소비를 했다.

설과 추석 명절이 되면 각 가정마다 일정량의 양조장 막걸리를 의무적으로 구입해 주어야 하는 이상한 관습이 있었다. 그 이유는 이렇게 합동으로 양조장의 막걸리를 팔아 주어야만 명절에 밀주 단속을 나오지 않도록 양조장이 조치를 해 준다는 것이었다.

지금의 상식으로는 도저히 이해할 수 없는 불법행위라고 할 수 있지만, 이런 절차를 거치면 안심하고 밀주를 담가서 명절을 잘 지낼 수가 있었으므로, 특별히 불만을 제기하는 사람은 없었고 이를 오히려 반기는 사람도 있었다.

주막집

1960년대 중반까지만 하더라도 우리 고향 쌍림면에는 약 7-8개 정도의 주막집이 있을 정도로 많은 편이었다. 그 당시의 양조장이나 주막집 등에서 거래하는 막걸리의 단위는 지금처럼 완전 포장이 된 '병' 단위가 아니라, 1.8리터 용량인 '한 되' 또는 0.9리터인 '반 되'의 단위였고, 담는 용기는 주로 주전자를 사용했다. 그리고 한 잔이나 두 잔 정도를 마시는 손님에게는 '대포'라는 단위의 큰 사발에 막걸리를 담아서 팔기도 했다.

이 주막집 중의 어떤 집에는 막걸리만을 파는 것이 아니라, 1-2인의 여성접대부(색시라고 호칭했음)가 있기도 했었다.

늦은 오후나 밤이 되면, 이 색시들과 함께 술상 두드리며 부르는 취객들의 노랫소리가 밖에까지 들려오기도 했다. 이러한 주막집은 먼 길을 다니는 길손들을 맞이하는 경우는 거의 없었고, 대부분 지역 주민들을 상대하는 영업이었다. 이 주막집은 놀이 문화가 전혀 없던 그 시절의 농촌에서, 일부의 낭만적인 즐거움을 주는 긍정적인 기능이 있었다고도 볼 수 있지만, 부정적인 영향이 훨씬 더 많았다.

이로 인해 어떤 가정은 불륜과 가정불화의 원인이 되기도 했고, 심지어 일부의 주막집은 도박판까지 벌어지는 등으로 인하여, 가난한 농촌 마을에 적지 않은 폐해를 끼치기도 했기 때문이다.

점빵(구멍가게)

농촌의 각 마을 앞에는 1곳 정도의 '점빵'이라는 구멍가게가 반드시 있었다. 이 '점빵'에는 농촌 가정의 간단한 생필품을 판매하고 있었다.

주로 성냥, 양초, 비누, 설탕, 술, 칫솔과 치약, 문구류, 아이들의 장난감, 과자류 등의 생활용품들이었다. 대부분의 생활용품들은 5일장에서 주로 구입을 하지만, 갑자기 필요한 물건이나 간단한 용품 등은 이 '점빵'을 많이 이용했다.

이발관과 미장원

그 당시의 남자들은 전부가 '이발관'에서 이발을 했으므로 이발관이 1개 면에 5-6개 정도가 있었을 정도였다. 그러나 대부분의 여자들은

1960년대 이전까지만 하더라도, 고전적인 긴 머리에 부인들은 비녀를 꼽고, 처녀들은 댕기머리를 하고 있었기 때문에, 미장원(미용원)은 1개 면에 1개 정도가 겨우 있을 정도였다.

그러나 여자들의 머리 유형도 점점 변하기 시작하여, 1960년대 중반부터는 할머니를 제외한 대부분의 여자들은 미장원 출입을 하게 됨으로써, 미장원의 숫자도 점점 늘어나게 되었다. 어느 때부터인지는 잘 모르겠지만, 이발소와 미장원이 이용소와 미용소로 명칭이 변경되었다.

그 당시의 남자들은 노인들과 중학생까지의 학생들은 전부가 속칭 '까까머리형'이었고, 고교생은 1960년대부터 '스포츠형 머리'로 이발했다. 그리고 일반 성인 남자는 속칭 '하이칼라'라고 불리던 지금과 비슷한 모형으로 이발을 했다.

이발 요금은 현금으로 일부 지불하는 경우도 있었지만, 대부분은 속칭 '가실(가을) 내기'라는 제도를 시행했었다. 평소에는 그대로 이발을 하고, 가을 추수 때에는 쌀을, 보리 추수 때에는 보리쌀을 지불하기로 하는 제도이다. 그러나 이 '가을 내기'도 설과 추석 대목에는 예외로 현금을 지불해야 했다. 설과 추석이 되면, 며칠 전부터 손님이 몰려들어 아주 복잡해졌다.

명절이 되면 거의 모든 사람이 이발을 해야 하기 때문에, 이때는 보통 몇 시간을 기다려야만 겨우 이발을 할 수 있었던 것이다.

그 당시에 일반 남자들의 '하이칼라' 머리에는 거의 대부분 '포마드'라는 머릿기름을 반질반질하게 바르는 것이 유행이었다. 이러한 '포마드'를 바르는 유행은 1960년대 말경부터 사라지기 시작했다.

그리고 이어서 장발(長髮)이 유행됨으로써, 이발관을 찾는 사람은 절반 이하로 감소하는 현상이 계속되었다. 이러한 장발 유행이 너무나 지나쳐서, 정부는 한때 이 장발을 퇴폐적인 행태로 간주하여, 길거리에서 경찰로 하여금 강제적인 단속까지 하기도 했으나, 유행의 흐름은 결코 막을 수가 없었다.

옷감 및 방물장수[19]

옛날 농촌의 부녀자들은 시장 등으로 외출하는 것이 자유롭지 않았으므로, 부녀자들을 상대하는 옷감 및 방물 등을 파는 여자 장사꾼들의 방문판매가 잦았다. 본인 및 성숙한 딸이나 시어머니의 옷감과 방물 등이 수시로 필요했기 때문에, 장사꾼들을 방안으로 불러들여 현금 대신 곡식을 주고 구입을 했다. 이때 장사꾼은 후하게 쳐주는 곡식의 양과 가격 등에서 이득을 보고, 또한 물건값에서 이득을 봄으로써, 아주 수지맞는 장사라고 했다.

또한 그 당시의 농촌은 인심이 좋아서 단골 장사꾼에게는 날이 저물면, 식사 제공은 물론 잠자리까지 제공하기도 했는데, 더 깊은 이야기가 진전되면, 세상 돌아가는 이야기와 함께 자녀들의 중매 이야기까지도 진행되어 성사되는 경우도 종종 있었다. 그러나 무거운 짐을 머리에 이고, 낯설고 물 설은 마을마다 걸어다녀야 하는 고생은 참기가 어려울 정도의 힘든 고통이었을 것이다.

19 '방물장수'는 여자들이 쓰는 화장품, 바느질 기구, 패물 따위의 물건을 팔러다니는 상인을 말한다.

동동구리무(크림)

1970년대 초까지의 농촌에는 일정한 화장품 판매소가 없었기 때문에, 마을마다 작은 북을 치며 화장품(주로 저가 화장크림)을 팔러 다니는 장사꾼들이 있었다. 둥글고 작은 북을 치며 돌아다녔는데, 이 북소리가 '동동' 하고 울린다고 해서 '동동구리무(크림) 장시(장수)'라고 했다. 낱개로 완전포장된 화장품이 아니고, 주문량에 따라 한 숟가락씩 파는 것이었다. 품질은 잘 모르겠지만, 가격도 싸고 향기도 괜찮았으므로, 한때는 농촌 부녀자들로부터 많은 인기를 얻었다.

엿장수의 가위소리

골목에서 가위소리가 들리면, 달콤하고 맛있는 엿을 파는 엿쟁이(엿장수)가 온 것이다. 이 엿장수는 새마을사업으로 골목길이 넓어지기 전에는 리어카가 다닐 수 없었기 때문에, 엿을 지게에 지고 다니며 팔았다. 이 가위소리가 나면 동네 아이들은 헌 냄비, 헌 고무신, 못 쓰는 고물 농기구 및 쇳조각 등의 고물을 들고 뛰어나갔다.

그 중에는 엿을 먹고 싶어 고물이 아닌 멀쩡한 물건을 부모 몰래 가져온 아이들도 간혹 있어, 부모에게 들키면 혼이 나는 경우도 있었다. 엿장수가 파는 엿은 엿가락으로 파는 경우와 엿판에 담겨있는 엿을 즉석에서 '끌' 같은 도구로 토막을 내어 파는 경우의 두 가지 형태가 있었다.

엿은 아이들이 가져온 고물(古物)의 가치에 따라 양을 계산하여 주는데, 이 물건에 대한 가치의 산정(算定)은 엿장수가 일방적으로 결정을 함으로써, 때로는 불만을 제기하는 경우도 자주 있었다. 이러한 불만을 제기하는 경우에 엿장수는 "엿쟁이 맘대로야!"라는 유명한 말을 했었는데, 그 당시의 이 말은 유행어가 되어 지금까지도 사회의 여러 곳에서 많이 통용되고 있다.

'엿가락 엿'은 '엿치기'도 많이 했었는데, 엿을 두 손으로 부러뜨려서, 엿 속에 생긴 구멍의 크기로 승부를 가리는 것이었다. 물론 진 사람이 엿값을 내는 것이었다.

대장간

농촌의 대장간은 농기구인 낫, 괭이, 호미, 식칼 등을 제조하여 판매하거나 수리(벼루기)를 하는 간이 철공소로서 반드시 필요한 시설이었다.

주로 1개 면에 1-2개 업소 정도가 있었는데, 농번기가 시작되기 직전이 가장 큰 성업기이다. 보리를 베거나 벼를 베기 위해서는 반드시 모든 낫을 벼루기[20] 때문이다. 낫을 정기적으로 벼루지 않으면, 칼날이 무디어져서 아무리 잘 갈아도 농사일 등을 잘 할 수가 없었기 때문이다.

그 당시에 '왜낫'이라는 '낫'의 신제품이 판매되기도 했으나, 장기적 사용에는 일반 낫보다 실용적이지를 못해 크게 인기를 얻지는 못했었다.

20 '벼르다' '벼루다'라는 말은, 평소에 사용하던 칼이나 낫을 대장간에 의뢰하여, 다시 단련(鍛鍊)해서 '날'을 새로 세우는 것을 말한다.

기타 장사꾼

1970년대 초까지의 농촌에는 농촌 생활에 필요한 가재도구를 판매하는 방문 장사꾼들이 아주 많았다. 대나무로 만든 소쿠리 등의 죽제품, 간장독 등의 옹기 장사꾼, 사발 등을 파는 사기그릇 장사꾼, 놋그릇을 파는 놋그릇 장사꾼, 목기 등의 목제품 장사꾼 등이었다.

물론 이런 상품은 5일장에서도 살 수가 있었지만, 방문판매가 가격도 싸고 집에 가져오기도 편리했기 때문에, 사람들이 많이 이용하는 편이었다.

이들 장사꾼들은 새마을사업으로 길이 넓어지기 전에는 무거운 짐을 지게에 지고 다니며 팔았으므로, 많은 고생을 했을 것이다. 그리고 물건의 대금을 거의 곡식으로 받았기 때문에, 물건을 일부 팔아도 짐은 가벼워지지 않았다.

제3장

1970년대까지의 농사

1

—

전설이 된 과거의 농법

1970년대 초반 어느 해에, 국회에서 발표한 박정희 대통령의 '연두교서' 중에 새마을사업과 농촌의 발전 등을 강조하는 과정에서, 「소 몰아 논밭 가는 오늘의 이 현실을 아득한 옛날의 전설이 되게 합시다.」라는 명언 구절이 있었다. 이 명언은 방송과 신문 등에도 보도가 되었지만, 나는 그 당시에 공무원으로 재직 중이었으므로, 『지방행정』이라는 기관 잡지를 통하여 그 내용을 더 구체적으로 읽고 느낄 수가 있었다.

그 당시에 거의 대부분의 국민들은 이 말이 머지않아 반드시 실현될 것이라고 믿었던 사람은 아마도 거의 없었고, 분명히 하나의 허황된 미사여구(美辭麗句) 정도로 생각했을 것이다. 그러나 지금의 우리 농촌은 거의 모든 과정이 기계화로 대체가 됨으로써, 내가 어린 시절 직접 체험했던 그 옛날의 농법은 완전히 사라지고, 박정희 대통령의 '연두교서'처럼 아득한 옛날의 전설이 되고 있다.

이와 같이 지금은 이미 사라졌고 현재는 가치도 없는 농법이지만, 먼 후일의 후학(後學)들을 위해, 소 몰아 논밭 가는 1970년도 이전까지의 전설적인 농법 등을 다음과 같이 요약하여 기록해 보고자 한다.

2

—

보리와 밀 농사

보리와 밀 등의 파종

1960년대 초반까지는 비닐하우스 등의 시설재배가 거의 없었기 때문에, 오직 자연적인 기후에 적응하며 농사를 지었다. 그리고 그 당시의 농사는 주로 식량부족을 해결하기 위해 벼, 보리, 밀, 감자, 고구마, 콩 등의 식량 위주의 농사였다. 그리고 일부의 채소는 반찬용으로만 조금 재배했을 뿐이었다. 모든 농작물의 수확이 끝난 가을의 논과 밭에는 또다시 한해의 농사가 시작되어야 한다. 한해의 농사는 주로 당년의 봄부터 시작되지만, 보리, 밀, 마늘 등의 농사는 전해의 늦가을부터 시작된다.

항상 물이 고여 있는 일부의 무논을 제외하고는 대부분의 전답(田畓)에는 보리와 밀을 심었고, 극히 일부에는 마늘을 심었는데, 이 마늘을 심은 곳에는 동해(凍害)를 막기 위해 반드시 짚으로 덮어주었다.

김매기(지섬매기)

즐거운 명절인 설날과 대보름과 음력 2월 1일에서 5일까지의 놀이를 지나고 나면, 본격적인 새해의 일이 시작된다. 해동이 되기 전에는 일꾼들이 주로 산에 가서 연료용 나무인 깔비(소나무 잎)와 장작 등의 연료용으로 쓸 나무를 하여 저장한다.

해동이 되면 제일 먼저 감자를 심어야 하고, 그 다음에는 완두콩 등의 여러 가지 작물의 씨를 뿌리고, 전해에 마늘을 심은 곳에 덮어놓은 짚을 태워 해충을 방지했다. 그리고 전해에 심어놓은 보리를 가꾸는 작업이 시작된다.

보리는 전해에 늦가을부터 발아가 되어 추운 겨울을 이기고 봄이 되면 성장하기 시작하는데, 이때 '촉새', '모메', '빌구지'라는 이름의 많은 잡초들이 보리와 밀 사이에 함께 자라나게 되는데, 이 잡초를 지섬 또는 짐(김)이라고 했다. 그 당시에는 지금과 같이 제초제가 없었기 때문에 잡초를 호미와 괭이 등으로 제초(除草) 작업을 했었다. 만일 이 김매기 작업을 하지 않으면, 보리농사와 밀 농사를 잡초 때문에 망치게 되므로, 아주 중요한 작업이었다. 봄에는 이 김매기 작업에 온 가족이 동원되어 작업을 했는데, 이 작업을 "지섬[1](표준어: 잡초, 김)매기" 또는 "짐(김)매기"라고 했다.

인기 있는 흘러간 노래 〈물레방아 도는 내력〉의 가사에서 "낮이면 밭에 나가 '길쌈'을 매고 밤이면 사랑방에 새끼 꼬면서"라는 구절이 있는데, 밭에 나가서 '길쌈'을 맨다는 것은 잘못된 표현이다.

길쌈(경상도 방언은 질쌈)[2]은 부녀자들이 집에서 실을 뽑거나 베를 짜는 작업 등을 말하는 것이기 때문에, 반드시 '지섬'을 매고 또는 '잡초를 매고'라고 개사(改詞)를 해야 올바른 표현이라고 할 수 있다.

---

1 국어사전에는 '지섬'은 경남 지방에서 사용하는 "논밭에 나는 잡초의 방언"이라고 되어 있으나, 실제는 경상도 지방의 전부가 이 방언을 사용하고 있다.

2 '길쌈'의 국어사전적 의미는 "실을 내어 옷감을 짜는 모든 일을 통틀어 이르는 말이고, 19세기까지는 '질쌈'으로 사용되다가, 19세기 이후부터 지금까지는 '길쌈'으로 사용된다."라고 되어 있다. 그러나 경상도 지방은 아직까지도 여전히 '질쌈'으로 사용되고 있다. 그리고 '질쌈'이 '길쌈'으로 19세기부터 변경된 이유를 모르겠다.

보리와 밀의 수확(타작)

4월 하순이 되면, 보리를 심은 논과 밭은 녹색의 물결이 파도를 치는 것같이 아름다운 광경이 펼쳐진다. 보리와 밀은 이삭이 피기 시작한다.

5월 하순이 되면, 먼저 익기 시작하는 밭보리부터 수확을 시작하여 6월 중순까지는 논보리와 밀까지 수확을 완료하게 된다. 수확은 보리와 밀을 낫으로 베어서, 지게 또는 소달구지에 실어 집으로 운반하여 마당에 깔아 놓고 '도리깨'라는 도구로 내려쳐서 탈곡을 했는데, 이 과정을 '타작'이라고 한다.

'타작'한 보리와 밀은 '풍구(風具)'로 티끌 등을 날려 보낸 후에 가마니 등에 넣어 저장을 하고, 수시로 건조시켜 도정을 하여 여름철의 주된 양식으로 먹었다.

3

나락 농사(벼농사)

못자리

경상도 지방에서는 '벼'를 '나락'이라고 하고, '못자리'를 주로 '모자리'라고 했다. 5월 초순경이 되면 못자리를 만드는데, 이 작업을 '다방'이라고도 했었다. 못자리는 물 대기가 편리한 논에 물을 조금 대어서 흙의 전체가 부드러운 진흙이 되도록 흙을 뭉개어서 모판을 만든다. 모를 키울 모판은 약 1.2m의 넓이로 하고, 약 30cm 정도 넓이의 수로(통행로)를 모판보다 약 10cm 정도 낮게 만든다.

그리고 씻나락(벼 종자)은 소금물에 담가서 부실한 벼는 걷어내고, 소독약으로 소독을 한 다음에, 싹이 조금 나올 때까지 며칠을 물에 담가 둔다. 씻나락에 싹이 조금 나오면, 미리 준비해 놓은 모판에 뿌려서 물 관리를 철저히 하며 모를 키운다. 옛날부터 이 모 농사가 반농사라고 할 정도로 이 못자리는 아주 중요한 작업이었다.

보(洑) 막기

못자리 작업이 다 끝나고 나락의 씨앗을 뿌리면, 못자리 작업이 끝나게 되고 얼마 동안은 농사일이 조금 한가해진다.

벼는 물을 많이 필요로 하는 작물이기 때문에, 벼농사는 사전에 물 준비를 철저히 해야만 한다. 우리 고향 마을은 '구보'와 '새보'의 2개의 보[3]와 한 개의 저수지를 이용하여 농사를 지었다. 저수지는 우리 마을에서 단독으로 사용하는 수리시설로서, 비가 올 때 물을 저장해 놓으면 되는 것이므로 별로 할 일이 없었다. 그러나 '구보'와 '새보' 2개의 보는 하거, 백산, 산당과 우리 마을이 공동으로 사용하는 것이었다. 이 중에서 '구보'는 일제강점기에 만들어진 콘크리트 구조였기 때문에, 더 이상 수리할 필요가 없었지만, '새보'는 하천의 모래와 자갈 등으로 쌓아서 만든 '보'였기 때문에, 큰비가 오고 나면 보가 무너지므로, 1년에 수차례 걸쳐 보수를 했는데, 이 작업을 '보 막기'라고 했다.

3 보(洑)는 논에 물을 대기 위해 하천의 물길을 가로막는 둑을 말한다.

'보 막기'를 하는 날에는 마을마다 일을 주도하는 '보감독(洑監督)'이 있었고, 마을 앞에서 큰 소리로 통지업무 등을 담당하는 보조인이 있었다. 통지를 담당하는 사람이 "보 막으로 나오이소"라고 '북'이나 '매구'를 치며 큰 소리로 외치면, 새보를 이용하는 몽리답(蒙利畓)[4]의 주인들은 1가구에 1인의 일꾼을 보내어서 공동으로 '보 막기' 작업을 했다.

물 퍼 올리기

비가 오지 않고 가뭄이 계속될 때는 농업용수(農業用水)를 확보하기 위해 많은 고생을 했다. 저수지나 봇물을 이용할 수 있는 수리안전답은 크게 가물지 않으면, 어느 정도 견딜 수가 있었지만, 일명 '봉천답(奉天畓)'이라고 하는 수리시설이 없는 논은, '물웅덩이'에 고인 물이나 하류의 물을 퍼 올려서 농사를 지었다. 양수기가 없던 시절이므로, 큰 함지의 사각에 끈을 매어서 두 사람이 마주 서서 물을 퍼 올렸는데, 가뭄이 심할 때는 밤을 새워가며 고된 작업을 했다. 한 알의 쌀은 농민들의 수많은 땀방울로 만들어진 소중한 결실이라고 할 수 있다.

일꾼의 종류

그 당시에 일꾼을 구하는 방법은 다음과 같이 여러 가지가 있었다.

첫째, 1년간을 고용 기간으로 하여, 1년의 급료인 세경을 지급하

4 '몽리답'은 저수지, 보 등의 수리시설로 물을 이용하는 논을 말함.

는 '머슴'이 있었다. '머슴'은 1년 동안(실제는 약 10개월 정도)을 식사와 옷값의 일부를 제공받으며 일을 하고, 1년의 급료인 '세경'을 나락(벼)으로 주는 근로 형태를 말하는데, 상머슴, 중머슴, 꼴머슴 등이 있었다. 일을 아주 잘하는 머슴을 '상머슴' 또는 '장골'이라고 했는데, 이 '장골'에게 주는 세경이 벼 8-9석(1석은 대두 10말) 정도가 되었다. 그 다음으로 '중머슴'이 있는데, 상머슴과 꼴머슴의 중간쯤의 세경을 주었다. 꼴머슴(작은 머슴)은 나이와 능력에 따라서 벼 1-3석 정도를 주었다. 옛날의 농촌에는 지금과 같은 공장 등의 일자리가 전혀 없었기 때문에, 농토가 없는 가난한 집의 일꾼들은 1년간의 일자리가 보장된 이 '머슴'을 선호할 수밖에 없었다.

둘째, '품앗이 일꾼'은 품으로 받았다가 품으로 갚는 것인데, 품을 먼저 제공하는 것을 '품앗기'라 하고, 제공받았던 품을 갚는 것을 '품갚기'라고 했는데, 이 두 가지를 통칭하여 '품앗이'라고 했다.

셋째, '품삯 일꾼'은 '놉'이라고도 하는데, 품삯을 주고 구하는 '삯일꾼'을 말한다.

넷째, '두레'는 공동의 이익을 위해 서로가 협동하여 공동으로 일을 하는 것으로서, '보 막기'나 '삼곶' 등의 일과 같은 것이다.

다섯째, '울력'은 반드시 도와주어야 할 사정이 있을 경우에, 아무런 대가 없이 공동으로 도와주는 것을 말한다. 예를 들면 불이 났던 집에 새집을 지을 경우에, 산에서 목재를 운반하는 어려운 일 등을 한가한 저녁 시간 등을 이용해 공동으로 도와주는 것을 말한다.

여섯째, '부역'은 과거의 봉건시대나 일제강점기에 백성들을 괴롭히던 나쁜 관습으로서, 정부 또는 권력자가 아무런 대가없이 권력을 이용하여 강제로 일을 시키는 형태의 노역을 말한다. 1960년대까지는 우리나라도 도로의 보수공사, 수해복구 공사, 식목사업 등은 전부가 지역 거주 농민들의 '부역'으로 이루어진 것이었다.

일곱째, 이상과 같이 일꾼의 종류라고는 할 수 없지만, '반거칭이'라는 일꾼이 있었다. 이 '반거칭이'라는 일꾼은 학생 등의 일을 잘못하는 일꾼 등을 말한다. 주로 부역이나 보 막이 등의 일꾼으로 '골'을 때우기 위해 보내는데, 나와 같이 일을 잘못하는 일꾼 등을 말하는 것이다.

'모심기'는 주로 '품앗이 일꾼'이나 '품삯 일꾼(놉)'으로 작업을 했다. 특히 '모심기'는 여러 사람이 공동으로 일을 하면, 능률도 오르고 고된 줄을 모르기 때문에, 나도 가정실습 기간에는 같은 '반거칭이' 친구들끼리 몰려다니며, '품앗이' 일꾼으로 모심기 작업을 해 본 적이 있다.

모찌기와 모찌기노래

본답에 '모심기'를 하려면 못자리에서 '모찌기'를 해야 한다.

벼농사는 모를 키우는 모판(못자리)과 모를 옮겨 심는 본답(本畓)이 따로 있었으므로, 모판에서 모를 뽑아 짚을 이용하여 모의 중상(中上)의 부위를 적당한 크기로 묶었는데, 이 묶음을 '모춤'이라 하고, 숫자로 셀 때의 단위는 '춤'이라고 했다. '한 춤' '두 춤' '세 춤' 등으로 불렀다. 이 '모춤'들을 바지게[5]를 얹은 지게에 지고 모를 심을 본답으로 옮긴다. 이 '모찌기' 작업을 잘못하면 모를 상하게 할 수가 있고, 뿌리에 붙은 흙을 잘 씻지 않으면, 모심기 작업에 지장을

5 '바지게'는 싸리나무를 엮어서 만든 것으로, 지게에 많은 물건을 얹을 수 있도록 만든 소쿠리 형태의 도구를 말한다.

줄 수가 있으므로, 솜씨가 서투른 사람이나 어린 학생들에게는 이 작업을 시키지 않았다.

그러므로 '모찌기'는 주로 논 주인이 직접 하거나 전문 일꾼들이 모심기 전날의 오후나 당일 아침 식전 일찍부터 작업을 하여, 아침 식사 후에 시작하는 본답의 모심기 작업을 위해 미리 준비하는 것이 보통이다.

우리 고향 인근의 합천과 거창 등지의 경남 지방에서는 '모찌기노래'도 일부 불렀었다고 하는데, 우리 고향은 주로 전기와 같은 방법으로 '모찌기' 작업을 하였으므로, 실제적으로 '모찌기노래'를 할 수 있는 상황은 별로 없었던 것으로 생각한다. 나는 경남 지방에서 온 우리 집의 한 머슴으로부터 '모찌기노래'를 많이 들었었다. '모찌기노래'의 특징은 '모심기노래'보다는 속도가 조금 빠르고 소리도 작은 소리로 불렀었다. 아마도 '모찌기 작업'은 손놀림이 '모심기 작업'보다는 빠르게 진행되었고, 작업 공간이 본답보다는 좁기 때문인 것으로 보인다. 한 사람이 선창을 하면 작업자 모두가 "어이 여라 잘도 한다"로 후창을 하였다.

찌자 찌자 모를 찌자 어이 여라 잘도 한다
이모 쪄서 모를 심고 어이 여라 잘도 한다
심은 모를 잘 키워서 어이 여라 잘도 한다
배부르게 쌀밥 묵자 어이 여라 잘도 한다

들어 내자 들어 내자 어이 여라 잘도 한다
이모 판을 들어 내자 어이 여라 잘도 한다
이못 자리 들어 내어 어이 여라 잘도 한다
저논 빼미 모를 심자 어이 여라 잘도 한다

모심기와 모심기노래

'모심기'를 표준어로는 '모내기'라는 용어를 많이 사용하고 있다. 이 말의 어원(語源)을 분석해 보면, 모를 심는 '본답(本畓)'을 기준하면 모를 심는 것이기 때문에 분명히 '모심기'가 되고, 모를 심기 위해 모를 들어내는 '못자리'를 기준하면 모를 들어낸다는 의미의 '모내기'가 되는 것이다.

그러므로 우리 고향의 경우에는 '모찌기'가 바로 '모내기'라는 의미가 되는 것이고, 본답에 모를 심는 것을 '모심기'라고 했다. 그 이유는 못자리의 모를 들어내는 작업보다는, 모를 심고 키울 본답의 작업 비중이 더 크고 중요했기 때문이었다. 이와 같이 '모심기'와 '모내기'의 어원을 살펴보면, 본답에 모를 심는 것을 '모내기'라고 하는 것보다는 '모심기'라고 하는 것이 더욱더 합리적인 용어라고 할 수 있을 것이다.

'모심기' 작업은 시기적(時期的)인 긴박성과 작업의 효율성 등을 감안하여 2-3인의 가족끼리만 작업을 하는 것은 곤란한 점이 많았기 때문에, '품삯' 또는 '품앗이'라는 방법 등으로 보통 10인 내외의 많은 일꾼 등으로 모심기를 했다.

'품삯' 일꾼과 '품앗이' 일꾼은 주로 아침 식사 후부터 일몰 시까지 작업을 했었고, 모심기를 아주 잘하는 보통의 일꾼 1인이 1일 동안 모심기를 할 수 있는 작업량은 약 200-300평 정도를 심을 수 있다고 했었다. 그러나 모심기는 혼자서 하는 작업이 아니기 때문에, 이 계산은 공동 작업량과 작업인수를 대략적으로 환산한 것이다.

'모심기'를 하려면 우선 일꾼을 구하고 '모찌기'를 해두어야 한다. 모심기 작업에 동원되는 일꾼들은 대개 아침 식사는 본인의 집에서 먹은 후에 일터로 나오고, 점심과 저녁 식사는 논 주인이 제공했었다. 그리고 그 외에 별도로 아침 식사와 점심 식사 사이의 시간과 점심 식사와 저녁 식사 사이의 시간에는 국수나 삶은 감자 등의 간식과 막걸리를 제공했는데, 이 음식을 '새참' 또는 '중참'이라고 했다. 이 '새참' 시간은 간식도 맛이 있었지만, 피곤한 작업 중의 유일한 휴식 시간이다.

어느 방송에서, 작업 중에 들판에서 먹는 점심(들밥)을 '새참'이라고 말하는 것을 들어본 적이 있는데, 이것은 잘못된 표현이다. '새참'은 「사이(間) 참(食)」이라는 뜻이므로, 일을 하면서 식사와 식사의 중간에 먹는 간식(間食)을 말하는 것이다.

모심기는 왼손에 적당한 양의 모를 잎이 위로 향하도록 쥐고, 왼손가락의 엄지와 검지 및 중지로 3-4개의 모를 밀어내고 오른손으로 받아 쥐어서, 모가 물에 떠오르지 않을 정도로 깊지 않게 논바닥에 꽂는다.

이 모심기는 논의 양쪽 끝에 말뚝으로 고정하여 못줄을 치고, 모심는 일꾼들은 못줄을 따라 일직선으로 서서 못줄을 기준으로 약 20㎝ 정도 사이를 두고 3-4개의 모를 한 포기로 모아서 심었는데, 줄의 폭은 약 25㎝ 정도로 하였고, 한번 줄을 옮기면 왕복하며 두 줄씩을 심었다.

모심기 작업은 허리와 어깨 등의 온몸이 아플 정도로 매우 고된 중노동이었다. 그러므로 모를 심을 때는 반드시 모심기노래를 불러가며 모를 심었다. 모심기노래의 곡조는 지방마다 거의 차이가 없었지만, 가사는 같은 지방이라도 마을마다 조금씩 달랐다. 특히 우리 마을은 경남·북의 경계 지점 근처에 있었기 때문에, 경남 출신의 일꾼들이 많이 출입을 함으로써, 경남 지방의 영향을 일부 받은 것 같았다. 그 당시의 모심기노래는 지금의 대중가요처럼 노래 가사와 곡이 녹음이나 판으로 제작되어 유행되던 것이 아니고, 구전으로 오랜 세월 동안 전승되어 온 것이기 때문에, 지역마다 조금씩의 차이가 생긴 것 같았다.

그 당시에 부르던 노래 가사는 아주 많았지만, 가사 내용이 앞뒤가 잘 맞지 않거나 의미가 불분명한 것도 많아서 그 중의 일부를 골라 다음에 소개하고자 한다. 모든 노동요(勞動謠)가 그렇겠지만, 우리 고향의 모심기노래 역시 노동의 고달픔을 이기기 위한 것이 목적이라고 할 수 있었다. 그렇지만, 그중에서도 그리움과 한 많은 마음 등을 표현하는 애절한 내용들이 많은 것이 모심기노래의 특징이라고 할 수 있을 것 같다.

모심기노래를 부를 때에는 한 사람이 한 줄의 노래를 큰 소리로 선창을 하고, 다른 사람이 그 다음 줄의 가사를 이어서 불렀다. 이러한 방법으로 여러 사람이 같은 가사를 계속적으로 반복하며 긴 시간 동안 노래가 이어지게 하여 작업의 고통을 견디게 했다.

'모심기노래'는 구슬프면서도 흥을 솟아나게 했던 정말 아름다운 곡이다. 나는 지금도 이 노래를 육성으로는 부를 수가 있지만, 악보 만드는 능력이 없다는 것이 안타깝기도 하다. 노래의 일부 가사는 다음과 같이 전해질 수가 있지만, 아름다운 곡조는 앞으로 언젠가는 영원히 사라지고 없어질 것을 생각하니 아쉬운 마음이 많이 들기도 한다.

모야-모-야 나-락 모-야 어이[6]-니-언제-커-서 열매-열래

6 '어이'는 흥을 돋우기 위한 일종의 추임새임.

이달- 크-고 홋-달 커-서 어이- 칠팔 월-에-열매- 열-지

＊ '나-락 모-야'를 '노-랑 모-야'라고 부르기도 했었는데, 연초록색의 '나락(벼)모'를 생기(生氣) 없는 '노랑모'라고 표현한 것은 이해하기가 어렵다. 아마도 '나락 모야'가 '나랑 모야'로 발음이 되니까 '나랑'이 '노랑'으로 잘못 변한 것이라는 생각이 든다.

물꼬는- 철-철 흘-어-놓고- 어이-주인-할-량[7]어데-갔노
문의에(야)- 전-보금 손-에-들고- 어이-기생- 집-에 놀러-갔지

＊ 이 가사는 모심는 일꾼들이 부자 주인의 난봉 행태를 묘사한 것으로 보인다. '문의(文衣)'는 화려한 옷을 의미하고, 전(錢)은 돈을 말하고, '보금'은 제주도와 경상도 등의 일부 지방에서 사용했던 '지갑(주머니)'의 방언이므로, '전보금'은 '돈주머니'를 의미하는 것이다. 따라서 "문의에 전보금 손에 들고"라는 말은 "화려한 옷차림에 돈주머니를 손에 들고"라는 의미이다.

그러나 일부 사람들은 '문의에 전보금'을 '문어와 전복'으로 해석을 하기도 했다. 그러나 과거에 우리 고향에는 문어가 있기는 있었지만, 평상시의 식용이 아니라 주로 제사상에나 올렸던 건문어였고, 그 당시에 전복은 전혀 없었다. 그리고 만일 문어와 전복이 있었다고 하더라도, 기생집에 놀러가는 멋쟁이 한량이 돈만 가져가면 되는 것인데, 냄새나는 해산물을 손에 들고 갈 리는 없었을 것이다.

7 '할량'의 표준어는 '한량(閑良)'이다. 한량의 사전적 의미는 몇 가지가 있지만, 우리 고향에서의 의미는 주로 일을 하지 않고 살아가는 건전하지 못한 사람을 통칭했다.

저기-가-는- 곱-운 색-시 어이-고개-한-번 돌려-보소
곱고-곱-운- 뒷-모습-이 어이-이내-가-슴 다녹-인다

뒷밭-에-는 목-화 심-어 어이- 추운 겨-울 솜옷-입고
이논-에-는 모-를 심-어 어이- 배부르-게 쌀밥-묵자(먹자)

저언-덕-에 피어- 있-는 어이-곱고-곱운 찔레-끝아(꽃아)
니가-뿜-는 그향- 기-는 어이-우리-님의 향기-같네

서마-지-기 요논 빼-미 어이-반달-같이 남았-구나
네가-무슨 반-달 이-고 어이-초생-달이 반달-되지

* 서 마지기 요 논빼미 반달같이 남았구나(600평의 이 논이 반달만큼 조금 남았구나) 네가 무슨 반달인가 초생달이 반달 되지(남은 논 그것이 어떻게 반달인가 반달은 초생달이 커서 반달이 되는 것이지)

오늘- 해-도- 다-졌 는-데 어이- 저녁 연-기[8] 올라-가네
우리- 님-은- 어-데 가-고 어이- 연기 낼-줄 모르-는가

짚신-짝-도- 짝-이 있-고 어이-젓가-락-도 짝이-있다
나도- 죽-어- 후-승 가-서 어이-우리-님-을 찾아-야지

이상과 같이 모심기노래는 흥을 나게 하는 농요(農謠)로서의 기

8 '저녁연기'는 해가 질 무렵에 마을의 집집마다 저녁밥을 지을 때 피어오르는 연기를 말한다. 황혼 무렵에 하늘로 올라가는 저녁연기를 멀리서 바라보면, 보통 사람들도 평화로움과 함께 왠지 모르게 외로움을 느끼기도 했다.

능도 있지만, 그 당시 일꾼들의 애환(哀歡) 등을 표현한 가슴 아픈 가사라고 할 수도 있을 것 같다. 특히 후승(저승) 가서 임을 찾겠다는 가사는 아마도 일찍 상처를 한 홀아비의 가슴 아픈 사연인지, 아니면 장가 못간 노총각이 이승에서는 너무 늦어 장가를 못갈 것 같으니, 후승에 가서라도 남들처럼 임을 구해 보겠다는 것인지는 알 수가 없다. 그리고 저녁연기 올라가는 마을의 모습을 보고, 홀아비의 외로움이 더욱더 몰려와서 가슴 아픈 감정을 표현한 가사인 것 같다.

물싸움

벼농사에서 가장 중요한 것은 물이다. 물이 없으면 모심기도 할 수가 없고, 모심기 후에도 물이 없으면 벼는 말라 죽게 되어, 한해의 농사를 망치게 된다.

옛날 농촌에서 많이 사용했던 말 중에서, "세상에서 가장 보기 좋은 것은, 자식 입에 밥 들어가는 것과 마른 논에 물 들어가는 것"이라는 말이 있었다. 날씨가 가물면 저수지나 봇물이 줄어들어 물이 부족하게 되는데, 이때 물의 근원지인 보(洑)와 저수지 근처 농민과 하류 지역 농민들 사이에 물싸움이 자주 벌어진다. 1년의 중요한 농사가 걸려있는 문제이기 때문에, 이성적으로 대처하거나 양보를 구하기에는 거의 불가능해지는 경우가 많이 있었다. 평소에 서로 잘 지내는 사이라도 물싸움은 피하기가 무척 어려웠던 것이다. 나도 물싸움을 한번 한 적이 있었는데, 후일 알고 보니 이웃 마을 친구의 부친이었다. 정말로 변명하기 어려울 정도로 미안했었다.

그러나 이 물싸움은 비가 오면, 거의 모든 감정들이 사라지고 씻은 듯이 해결되었고, 다음해에 가뭄이 또 찾아오면, 이 물싸움은 또 다시 재현되는 것이었다.

기우제(祈雨祭)

비가 오지 않고 날씨가 많이 가물게 되면, 모심기가 늦어지거나 심어놓은 벼도 말라 죽게 되어 한해 농사를 망치게 되므로, 농민들은 많은 걱정을 하게 된다.

그 당시에 비가 오지 않고 가뭄이 계속되는 것은 지금과 같이 기상 여건에 따라서 발생하는 자연현상이라는 생각보다는, 하늘의 노여움 또는 '깡철'이라는 괴물의 횡포에 의한 것이라는 미신이 있었다. 비가 전혀 내릴 기미가 보이지 않을 때는 하늘의 노여움 때문으로 알고, 많은 음식을 차려놓고 하늘에 기도하는 '기우제(祈雨祭)'를 지냈다.

그러나 비가 올 듯이 하다가 안 오거나, 오더라도 찔끔찔끔 내리다가 그치면, 하늘은 비를 내려주고자 하나 만대산[9] 쪽에 있는 나쁜 '깡철이'라는 괴물이 비를 못 오게 방해하는 것이라고 인정하여, 이 괴물을 쫓아내기 위해 농악대를 동원하여 시끄럽게 떠들기도 했다. 그런데 신기하게도 '기우제'를 지내거나 '깡철이'를 쫓아내는 행사를 하고 나면, 비가 오는 경우가 간혹 있었다. 비가 오는 경우는 오랫동안 참다가 이런 행사를 함으로써, 우연의 일치로 비가 내릴 때가 되었기 때문이었을 것이다. 그렇지만 그 당시의 사람들은 대부분

9 '만대산'은 우리 고향 마을 서쪽에 위치하고 있는 가장 높은 산으로서, 경남북의 경계선에 있다. 비가 올 때는 주로 서쪽인 만대산에서부터 비가 시작되었기 때문에, 비가 안 올 때는 '깡철이'라는 나쁜 괴물이 만대산에서 심술을 부리는 것이라고 믿은 것이었다.

'기우제'나 '깡철이'를 쫓아내었기 때문이라는 것을 굳게 믿고 있었던 것이다.

남미의 어떤 부족은 기우제를 지내면, 반드시 비가 온다고 했다. 정말 신통한 것 같지만, 그 이유는 간단하다. 기우제를 한번 시작하면 비가 올 때까지 계속해서 기우제를 지내기 때문이라고 하는데, 아마도 이것이 기우제의 모든 진실을 설명하는 것 같다.

논매기와 논매기노래

모심기를 한 후에 며칠이 되어 연초록의 모가 검초록으로 변하게 되면 나락이 땅내를 맡았다고 했는데, 이때부터는 나락 논에 잡초가 번식하기 시작한다. 이때부터는 논매기를 해야 하는데, 논매기는 잡초 제거만을 목적으로 하는 것은 아니다. 논매기를 함으로써, 잡초 제거는 물론 토양을 파헤쳐서 산소 유통과 부식 기능을 높여 지력을 증진하는 효과도 있었기 때문이다.

모심기는 어린이들까지도 일을 거들었지만, 논매기는 머슴들이나 일 잘하는 어른들만으로 허리를 구부려서 힘들게 작업을 했는데, 초벌매기(아시논매기), 두벌논매기, 세벌논매기 등으로 세 번의 논매기를 했다.

두벌논매기까지는 벼의 키가 작아서 작업이 수월했지만, 세벌논매기 때는 벼의 키가 너무 많이 커서 작업에 많은 어려움이 있었다고 했다.

논매기를 할 때는 햇볕과 쇠파리 등의 해충 피해를 막기 위해 밀짚모자를 쓰고, 잎이 많이 달린 나뭇가지를 등에 묶어 붙이고 작업을 했었다. 나뭇가지를 등에 붙이고 논을 매면 햇볕도 가릴 수가 있고, 움직이면 나뭇가지가 흔들려서 파리 등의 해충도 쫓을 수가 있었기 때문이다. 그리고 나락의 잎에 팔이 닿으면 상처가 날 수 있으므로 더운 날씨지만, 긴소매의 옷을 입고 작업을 했던 아주 힘든 작업이었다.

세벌논을 다 매고 나면 벼농사의 힘든 일은 거의 끝나게 되는 것이므로, 세벌논매기 마지막 날의 작업이 끝나면, 들판에서부터 일꾼들은 고딩이(고동)[10]를 불고 풍물을 치며 마을로 들어온다. 마을 앞에서 한바탕 놀다가 논 주인댁으로 가서 술과 저녁을 먹으며 즐겁게 놀았다.

나는 논매기를 하는 구경은 많이 했지만, 실제로 논매기를 해 본 적은 한 번도 없다. 논매기를 할 때는 논매기노래를 부르기도 했는데, 그때 들었던 몇 구절을 적어보고자 한다.

논매기노래 역시 한 사람이 선창을 하면 뒤를 이어 모든 사람이 후창을 하는 방법으로 흥겹게 노래를 했다. 모심기노래는 느리고 구슬프게 들리지만, 논매기노래는 빠르고 흥겹고 힘차게 들리는 것이 특징이다.

가자 가자 어서 가자 호이야 디야 상사디야
우리 일꾼 잘도 한다 호이야 디야 상사디야

매자 매자 짐(김)을 매자 호이야 디야 상사디야
빨리 매고 빨리 쉬자 호이야 디야 상사디야

10 '고딩이(고동)'는 오동나무로 만들었다. 오동나무는 원래 중심부에 작은 구멍이 있는데, 이 구멍을 적당하게 더 크게 뚫어서 관악기의 구조로 만든 것이다. 아주 옛날부터 주요 연락 또는 긴급 소집의 신호용으로 사용되었다.

가자 가자 잘도 한다 호이야 디야 상사디야
빨리 빨리 잘도 한다 호이야 디야 상사디야

이논 매면 풍년 들고 호이야 디야 상사디야
풍년 들면 잔치(결혼) 한다 호이야 디야 상사디야

이놈의 날씨 와이리 덥노 호이야 디야 상사디야
허리 어깨가 다 아프네 호이야 디야 상사디야

좀 있으면 새참 온다 호이야 디야 상사디야
힘을 내자 힘을 내자 호이야 디야 상사디야

참고 참자 힘을 내자 호이야 디야 상사디야
이논 매고 한잔 묵자 호이야 디야 상사디야

* '호이야 디야'를 '어이야 디야'로 부르기도 했다.

미꾸라지(鰍魚)와 논고동 잡기

표준어 '미꾸라지'는 경상도, 전라도, 충남, 제주도 지방에서는 '미꼬라지'라고 하는데, 이것도 'ㅗ'가 'ㅜ'로 변화된 현상이라고 할 수 있다(국어사전 참조). 한문으로는 추어(鰍魚, 鰌魚)로 표기하는데, 이 '미꾸라지'는 맛있는 보양식으로서, 오래전부터 우리 조상들이 많이 먹어온 민물고기라고 전해진다.

우리 고향에서는 봄부터 초여름까지의 미꾸라지는 일절 먹지를 않았다.

이때의 미꾸라지는 비린내만 많이 나고 영양가도 별로 없기 때문에 먹지를 않았다. 그런데 만일 이때 미꾸라지를 조금 잡으면, 사람은 먹지를 않고 소에게 먹이는 경우도 일부 있었다. 소가 기력이 없어 보일 경우에, 살아있는 '미꾸라지'를 그대로 목에 넣어 먹였는데, 이렇게 하면 소의 기력이 회복된다고 믿었던 것 같았다.

이 미꾸라지는 세벌 논매기 무렵이 되면 비로소 먹기 시작하는데, 늦여름 지나 가을철이 다가오면 월동을 위해 영양분을 많이 저장했기 때문에 흰색의 배가 붉은색으로 변하는데, 이때가 미꾸라지 약이 올라 가장 맛이 좋을 때라고 했다.

평소에는 잘 보이지 않던 '미꾸라지'가 세벌 논매기 무렵이 되어 비가 오면, 어디서 나타났는지도 모르게 아주 많이 나타난다.

비가 오는 날에는 모든 나락논의 물꼬는 물이 넘쳐 흘러가도록 열어 놓는데, 이 물꼬 밑에 통발을 설치해 두면, 어디에서 생겨났는지도 알 수 없는 미꾸라지들이 많이 잡혔다. 미꾸라지가 야행성이기 때문에, 통발에 잡히는 미꾸라지는 주로 야간에 많이 잡혔다. 많이 잡는 사람들은 마을 또는 시장에 팔기도 했는데, 그 당시의 계량 단위는 지금처럼 무게가 아니라, 부피를 기준한 '그릇' 단위였으므로, 한 '그릇'에 적정 가격이 형성되어 거래가 되었다.

비가 온 이튿날이면, 맛있게 끓인 추어탕을 이웃집과 나누어 가며 많이 먹을 수가 있었는데, 우리 고향의 추어탕은 미꾸라지를 그대로 넣고 끓인 소위 '통추'가 아니라, 갈아서 끓인 '갈추'였고, 주로 초피나무[11] 열매의 가루('제피가루' 또는 '지피가루'라고도 했음)를 넣어

11 '초피나무(지피나무)'와 '산초나무'는 같은 운향과 낙엽활엽관목으로서, 외모는 아주 비슷하지만, 열매의 향미(香味)는 전혀 다르다. '초피나무'는 남부지방(경북 남부 이

서 먹었는데, 또 일부는 방아잎(배초향)[12]을 넣어서 먹기도 했다.

'논고동'은 벼논이나 저수지와 개울 등에 많이 살았다. 지금의 일부 지방에서 잡초 제거용으로 기르는 '외래종 고동'과는 전혀 다른 우리의 재래종 고동을 말하는 것이다. 이 '논고동'은 미꾸라지를 잡을 무렵에도 잡을 수가 있고, 벼를 수확한 후에 논바닥의 발자국 모서리 등을 손칼로서 파면 동면을 위해 숨어 있던 '논고동'을 잡을 수가 있었다.

이 '논고동'을 삶아서 껍질을 벗기고, 양념장에 묻히거나 된장국에 넣어 끓이면, 그 맛이 정말 일품이었다. 지금은 농약을 많이 사용함으로써, 아마도 이 재래종 '논고동'은 거의 전멸 상태에 있는 것으로 보인다. 정말 안타까운 일이다.

새보기

'새보기'는 새를 구경하는 것이 아니라, 곡식에 피해를 주는 참새 등의 새를 멀리 쫓는 것을 '새보기'라고 한다.

'새보기'는 벼가 익어갈 무렵과 수확 후에 마당에서 벼를 덕석[13]에 깔고 햇볕에 건조를 할 때에 날아드는 참새를 못 오게 쫓는 것

하 지방)에서만 자라고, '산초나무'는 남부와 중부지방에서도 잘 자란다. 남부지방은 주로 추어탕에 '초피나무'의 열매 가루를 넣어서 먹지만, '초피나무'가 없는 중부지방에서는 '산초나무' 열매 가루를 넣어서 먹었다.

12 방아잎(배초향)은 전국에 자생하는 여러해살이풀로서, 향이 좋아 토종허브라고도 한다. 한방에서는 풀의 전체를 건조하여 '곽향(藿香)'이라는 한약재로 쓰고 있다. 구토, 복부팽만, 소화불량, 두통 등에 사용한다고 한다.

13 '덕석'은 짚으로 두껍게 엮어 만든 넓은 형태의 깔판이다. 일반 거적과는 달리 아주 단단하게 만들었고, 용도는 주로 곡식을 건조할 때 사용하고, 잔치 등의 야외 행사 시에 깔개용으로도 사용했다.

을 말한다.

농가의 지붕이 대부분 초가였을 당시인 1960년도 이전의 농촌에는 참새가 아주 많았다. 그 이유는 초가지붕에는 새가 집을 짓기가 편리했으므로, 참새의 번식이 왕성할 수가 있었다. 그러나 그 이후의 농촌은 지붕개량으로 인해 참새의 번식처가 많이 줄어들게 됨으로서, 참새의 숫자는 현저하게 줄어들게 되었다.

1960년대 초반까지의 농촌에는, 벼가 익어갈 가을이 되면, 얄밉게도 수많은 참새들이 떼를 지어 몰려들어 많은 피해를 주기 시작했다. 벼논에 참새 떼가 한번 앉으면, 금방 쌀을 몇 되 정도는 도둑맞는 것이라고 했었다. 그러므로 이러한 참새 피해를 막기 위해 '태기치기', '허수아비', '깡통달기', '양철통 두드리기', '소리 지르기' 등의 다양한 방법을 사용했다.

특히 '태기치기'의 '태기'는 국어사전에서, "되게 메어치거나 세게 내던지는 짓"으로 되어 있다. 그러나 여기서의 '태기'는 우리 고향에서 새를 쫓기 위해 만든 일종의 도구를 말한다.

'태기치기'의 도구(道具)인 '태기'는 짚과 삼(대마) 껍질 또는 왜삼[14]의 껍질을 일부 섞어서 손에 쥐기 편할 정도의 굵기로 시작하여, 끝으로 갈수록 점차적으로 가늘게 새끼를 꼬아서 총 길이가 약 2.5m 정도로 하고, 그 끝부분의 약 70cm 정도는 강하게 마찰이 되는 부분이므로, 질기고 튼튼한 삼(대마) 껍질 또는 왜삼 껍질만으로

14 '왜삼'의 정확한 품명은 알 수가 없지만, 이름을 보면, 일본으로부터 들어온 수입종으로 보인다. 대마보다는 키가 조금 작고 껍질이 아주 질기고 강했기 때문에 주로 튼튼한 밧줄 등을 만들 때 많이 사용했다. 그 당시에 외국에서 들어온 것은 주로 일본을 통해 들어왔기 때문에, 앞에 '왜(倭)'를 많이 붙였었다. 예를 들면, '땅콩'을 '왜콩', '완두'를 '왜팥' 등으로 부르는 경우이다.

가늘고(지름 약 5mm-10mm 정도의 굵기) 튼튼하게 엮어서 연결한 것이다.

이 '태기'의 굵은 쪽을 한 손으로 잡고 머리 위로 빙글빙글 좌측 방향(시계침 반대 방향)으로 돌리다가 갑자기 역방향으로 강하게 내려치면, 공기의 강한 마찰로 인해 '빵' 하고 큰소리가 나는데, 이 소리에 참새가 놀라서 도망을 갔다. 그리고 이 소리에 놀란 참새들은 한참 동안을 겁을 내고 범접하지 못했으므로, '새보기'용으로는 아주 기발하고 효율적인 방법이다. 이 '태기치기'를 하면 재미도 있었기 때문에, 나도 '새보기'를 하면서 이 '태기치기'를 아주 많이 했었다.

벼 베기와 깻단 묶기

지금의 농기(農期)는 약 10여 일 정도 앞당겨졌지만, 1960년대 이전까지는, 6월 중순에 모심기를 하여 한여름이 지나고 8월 하순이 되면 벼이삭이 피기 시작하여 9월이 되면 거의 익게 되고, 10월 초순이 지나면 벼를 베기 시작했다.

벼를 벨 때는 논바닥에 깔아놓고 며칠을 건조시킨 후에 지름 약 13cm 내외 정도의 굵기로 벼 밑동에서 약 10cm 근처를 3-4줄기의 짚으로 묶는데 무슨 이유인지는 모르겠지만, 이 묶음을 '볏단' 또는 '나락단'이라 하지 않고, '깻단'이라고 했다.

우리 고향에는 기계화가 되기 이전인 1970년도 이전까지는 이 '깻단'을 묶을 때 특이한 풍습이 있었다. 시집갈 준비를 하는 가까운 집안의 처녀들과 가난한 집의 부인들은 논 주인의 사전 동의 또는 묵인으로 '깻단'을 묶을 때에 묶는 짚을 이미 탈곡된 짚으로 묶지 않고, 논에 베어 놓은 벼를 판자 등으로 자기 소쿠리에 훑어 넣은 다음에, 그 짚으로 '깻단'을 묶게 하는 풍습이 있었다. 이렇게 하면, 일하는 사람은 보통 하루에 적정량의 벼를 일당으로 후하게 받아가는 셈이 되고, 논 주인의 입장에서는 그만큼 노동력을 제공 받으면서 조금의 선심을 함께 베푸는 계산이 되는 것이었다.

집안 처녀들은 용돈 마련을 위한 좋은 기회가 되었고, 가난한 집 부인들의 경우에는 생계에 약간의 도움이 되었을 것이다. 이러한 특혜는 아무에게나 허용되는 것이 아니었고, 가난하면서도 도움을 줄 필요가 있는 가까운 관계에 있는 사람들에 대한 특혜였다고 볼 수 있는데, 우리 집의 '깻단' 묶는 날에는 이러한 일꾼들이 아주 많은 편이었다.

벼의 탈곡(나락타작)

우리 고향은 1960년대 중반 이후부터 새마을운동의 영향으로 골목길과 농로가 넓혀져 짐을 운반할 때는 리어카를 이용했었다. 그러나 그 이전에는 농로와 골목길이 아주 좁았기 때문에, 모든 짐을 지게나 소를 이용하여 운반을 했다.

논에서 묶은 '깻단'을 소에 싣거나 지게를 이용하여 집으로 옮겨와서 족답식(足踏式) '탈곡기'로 타작을 했다. 이 '탈곡기'는 2인이 발로 밟으면서 벼의 낟알을 훑어 내는 것인데, 앞에서 까꾸리(갈퀴)로 탈곡된 알곡 등을 끌어내는 사람 1인과 탈곡기 옆에 깻단을 놓아주고 탈곡된 짚단을 치워주는 1인 등의 최소한 4인 이상이 함께 타작을 했다. '깻단'으로 불리던 이 볏단은 타작으로 알곡을 털어 내고 나면 '짚단'으로 명칭이 변경된다.

타작은 보통 밤이 늦도록 작업을 하거나 새벽 일찍 일어나서 할 때도 아주 많았다. 그 당시에는 새벽에 서리가 하얗게 내려 있는 경우도 아주 많을 정도로 지금보다는 비교적 기온이 낮은 편이었다.

벼 알곡은 주로 나락두지(소형 창고)[15] 속에 보관하고, '짚단'은 우선 짚동[16]을 만들어 세워두거나 따로 쌓아두었다가 나중에 지붕을 새로 덮거나 소의 사료(여물) 및 다용도로 사용했다.

가을 타작은 10월 말이면 거의 끝이 나고, 다음 단계의 겨울 준비 작업이 시작되었다.

겨울 준비

벼의 추수가 끝나면 콩 등 여러 가지 밭곡식의 수확을 하고, 이어서 보리, 밀, 마늘 등을 심는 것으로 한 해의 농사의 끝과 함께 내년 농사가 다시 시작되는 것이다. 이것으로 농사일은 이듬해 해동이 될 때까지는 거의 없다.

그 후에 남자들의 가장 크고 중요한 일이 초가지붕을 새로 덮는 것이고 여인들은 바쁜 농번기에 미루어 두었던 각종 빨래와 김장과 오가리 만들기 등의 겨울 반찬 준비를 하는 일이었다.

초가지붕을 새로 덮는 일을 고향 사투리로 "지붕 '이이'는 일"이라고 했다. 전년에 덮었던 지붕은 짚이 거의 썩어서 매년 갈아 주어야만 했으므로, 이때가 되면 기와지붕을 부러워하는 가정이 많았다.

그러나 기와지붕은 돈이 많이 들 뿐만 아니라, 집의 구조가 기와

15 '두지'는 '뒤주'의 경상도 방언이다. '두지'에는 '나락두지'와 '쌀두지' 등의 용도에 따른 이름이 있었다.

16 '짚동'은 짚단을 모아 한 덩이로 만든 묶음인데, 높이 약 2.5m, 넓이 1.5m, 두께 1m 정도의 크기가 된다.

의 무게를 견딜 정도의 강한 기둥과 서까래 등의 조건이 갖추어져야 만 가능하기 때문에, 농가의 대부분은 초가집이었다. 그리고 비록 본채가 기와집인 경우에도 헛간채와 사랑채 등은 모두가 초가지붕이었으므로, 며칠 동안은 작업을 해야 하는 아주 큰일이었다.

여인들은 지붕 '이이'는 일은 전혀 하지 않고, 여인들만의 다른 일이 있었다. 첫째, 김장과 메주 만드는 일은 여인들의 가장 중요한 큰일이었다. 그리고 무, 호박 등으로 오가리를 만드는 일도 중요한 겨울 준비였다.

이상과 같이 가을 추수를 마치고, 비어있는 논과 밭에는 내년에 수확할 보리, 밀, 마늘 등을 심고, 초가지붕을 다시 덮고, 김장 등의 겨울 반찬 준비를 다하고 나면, 추운 겨울을 보내기 위한 큰 준비는 거의 마무리가 되는 것이다.

4

왕골농사와 돗자리

왕골농사와 가공

왕골 돗자리를 생산하려면 우선 왕골을 재배해야 한다.

왕골은 『삼국사기』의 기록으로 보아 이미 삼국시대에도 재배되었던 것으로 보인다. 왕골은 사초과에 속하는 1년생 초본식물로서, 줄기가 1.2-1.5m로 자라며, 줄기의 단면은 사각형을 이룬다.

왕골은 3월 하순경에 종자를 뿌려 발아가 되면, 이식하여 무논에서 키운다. 벼의 모심기를 마치고 나면 왕골 수확을 했었고 이 자리에는 다시 벼의 늦모를 심었다.

수확한 왕골은 껍질을 벗기는데, 이 작업을 '골째기'라고 한다. 이 '골째기'는 앞에서 한 사람이 왕골의 상부를 잡아주고 한 사람은 하부(뿌리 부근)의 희고 굵은 부위를 작은 칼로써 껍질을 벗긴다. 나는 어릴 때 이 '골째기' 일을 아주 많이 도왔다. 그때는 정말 왕골농사가 싫었는데, 지금 생각하니 '동학농민혁명'으로 망했던 우리 가정을 일으킨 아주 고마운 농사였던 것이다.

이 왕골은 '골째기'를 하고 난 뒤에 버리는 것은 하나도 없이 모두가 용도별로 유용하게 사용되었다.

첫째, 왕골대는 '골째기' 작업을 하여 벗긴 껍질은 햇볕에 말려서 돗자리를 짜는 주재료가 되었고, 둘째, 왕골대 머리 부분의 잎과 줄기는 여름철 모깃불 재료로 사용했고, 셋째, '골째기' 작업에서 나온 알맹이의 희고 긴 부분을 '골속'이라고 했는데, 이 '골속'은 건조하여 보관해 두었다가 여러 가지 용도의 끈으로 사용했고, 넷째, 왕골 뿌리 부근의 넓은 잎은 베어서 말려두었다가, 여인들이 물동이를 머리위에 이고 다닐 때, 머리 보호용으로 위에 얹는 '똬리' 등을 만들 때 사용했다.

돗자리의 용도

옛날이나 지금이나 우리나라의 모든 방은 온돌식 구조지만, 옛날의 온돌방은 보일러식의 온돌 구조가 아니라, 아궁이에 불을 때 열기와 연기가 방 밑의 구들을 통하여 굴뚝으로 빠져나가는 구조였다.

이 구조는 아궁이로부터 나온 연기와 재 등으로 인해 온돌의 배기(排氣) 통로가 막히기 때문에, 보통 2-3년에 한 번씩은 반드시 방바닥을 다시 파서 구들을 새로 놓는 작업을 했다. 구들을 놓고 흙을 덮은 후에, 또 그 위에 황토와 모래와 밀가루 풀을 적당히 혼합하여 단단하고 평탄하게 만든 후에 '왕골 돗자리'를 깔았다. 이 왕골 돗자리는 장판 기술이나 비닐장판 등이 출시되기 전인 1950년대 중반까지만 하더라도, 전국의 가정마다 모두가 이 왕골 돗자리만을 필수적으로 사용했을 뿐만 아니라, 몇 년 만에 교체해야 하기 때문에, 재배면적과 유통물량이 아주 많았다.

우리 집은 증조부님 때의 100석꾼 재산을 조부님의 '동학농민혁명참여'로 인하여 다 바쳤기 때문에, 부모님께서는 소작농 등으로 일제강점기까지 많은 고생을 하시다가, 광복 후부터 이 '왕골 돗자리 사업'으로 많은 돈을 모을 수가 있었다. 앞에서도 설명이 되어 있지만, 자가 생산도 많이 했고, 주로 고령장과 합천장 등의 두 곳에 도매 형태의 사업으로 확대하여, 대구의 상인들과 직거래를 함으로써 많은 물량을 거래할 수 있었다.

이 '왕골 돗자리'는 도시를 비롯한 모든 가정에서는 반드시 몇 년마다 구입하여 덮었지만, 일부 농촌 가정에서는 왕골을 재배하여 직접 돗자리를 자가 생산하여 사용했고, 나머지는 시장에 팔아서 부수입을 올리기도 했다.

돗자리 짜기

그 당시의 농가에는 보통 '베'를 짜는 '베틀'과 '돗자리'를 짜는 '돗자리틀'과 '가마니'를 짜는 '가마니틀' 등이 각 한 대씩은 거의 있었다.

이 세 종류의 틀은 전부가 '씨줄'과 '날줄'을 조립하는 원리였다.

이 중에서 '돗자리틀'과 '가마니틀'은 구조가 거의 비슷했는데 차이점은, '가마니틀'의 '바디'는 씨줄의 구멍이 컸고, '돗자리틀'의 '바디'는 구멍이 작으면서 구멍의 수가 많았었다.

왕골 돗자리는 '돗자리틀'로 짜는데, 삼(대마껍질)으로 가는 줄을 만들어 '바디'에 끼워서 '돗자리틀'에 고정하여 씨줄을 만들고, 햇볕에 건조한 왕골껍질을 물에 적셔 날줄로 하여 돗자리를 짠다. 이 날줄인 왕골껍질은 하부와 상부의 굵기와 색깔이 다르므로, 적당하게 교차하여 색깔과 균형을 맞추어서 짰다.

이 돗자리 짜기는 2인이 함께 작업하는데, 1인은 옆에서 날줄을 씨줄 사이에 넣어 주고, 또 1인은 바디로서 씨줄을 엇갈리도록 조정하며 날줄의 사이를 밀착시키기 위해 힘껏 내려친다. 그리고 수회의 날줄을 넣은 후에는 양쪽 끝이 풀어지지 않도록, 튀어나온 날줄을 엮어서 보기 좋게 매듭을 만들면서 작업을 한다. 그리고 돗자리의 폭은 왕골의 상태에 따라 짧을 수가 있지만, 길이는 '돗자리틀'의 규격대로 짜기 때문에 동일했다.

5

밭농사

밭농사는 크게 식량을 위주로 하는 보리, 고구마, 감자와 두류 등이 있다. 채소용으로는 배추, 무, 상추, 정구지(부추), 파, 가지, 오이, 호박, 박, 우엉 등이 있고, 양파, 양배추, 시금치 등은 1960년대 후반부터 주로 재배되기 시작했다. 이 중에서 호박과 박은 밭작물이지만, 넝쿨식물이기 때문에 밭에 심는 것이 아니라, 주로 언덕, 담장 밑, 밭두렁 등에 많이 심었다.

특히 박은 주로 담장 밑에 심어서 지붕 위로 넝쿨이 올라가게 심었다. 이 박은 익지 않을 때는 나물로도 먹었지만, 주로 늦가을에 익으면 따서 속의 씨 부분은 긁어내고 삶아서 바가지를 만들었다. 지금은 플라스틱 제품의 바가지가 있지만, 그 당시에는 박으로 만든 바가지가 유일한 바가지였다. '바가지'라는 단어의 어원도 이 '박'의 '박아지'였다고 한다.

양념용 채소는 파, 마늘, 고추 등이 있는데, 지금의 생강과 후추는 우리 고향에서는 재배하지 않았다. 그리고 두류(콩)는 대두(장콩), 동부, 녹두, 완두, 울콩, 검은콩, 흰콩 등이 있고, 콩의 종류와는 별도로 구별하지만 팥도 있다.

콩과 팥은 학문적으로는 같은 두류로 분류되고 있을 뿐만 아니라, 외견상으로도 모양이 같지만, 무슨 이유인지는 알 수 없어도 우리 조상들은 이 둘을 명확하게 구분하고 있다. 심지어 "콩을 놓고 팥이라고 해도 구분 못하는 바보가 있다."는 등의 말과 같이, 콩과 팥을 분명하게 구분했다.

마늘은 전해의 늦가을에 심었고, 그 외의 모든 밭농사는 주로 봄철에 심었다. 그리고 김장용 무와 배추는 더위가 끝날 무렵인 늦여름에 심는다.

우리나라는 농토가 부족했기 때문에, 조금이라도 빈 땅이 있으면, 반드시 여러 종류의 콩이나 채소 등을 심으며 알뜰하게 토지를 이용해 왔다.

6

—

농기구

농사를 짓기 위해서는 반드시 농기구가 있어야 했다. 농기구는 아마도 족답식의 탈곡기와 신형의 쟁기, 풍구 외에는 대부분의 기구가 아주 오래전부터 별다른 발전 없이 그대로 이어져 온 재래식 기구라고 할 수 있다.

벼를 탈곡하는 '족답식(足踏式) 탈곡기', 보리를 탈곡하는 '도리깨', 깔비 또는 지푸라기 등을 긁어모으는 용도의 '까꾸리(갈퀴)', 소에게 논밭을 갈게 하는 '쟁기'와 '후칭이'가 있었다. 농사일에서 아주 중요한 '쟁기'와 '후칭이'는 다 같이 논밭을 가는 연장이다. 국어사전에는 '후칭이'는 '쟁기'의 '경북지방의 방언'이라고 되어 있으므로, 이 두 농기구를 동일 제품으로 설명하고 있다.

그러나 우리 고향인 경북지방에는 분명하게 '후칭이'와 '쟁기'가 따로 있었는데, 이것은 아마도 신제품인 '쟁기'를 보급하면서, '쟁기'라는 표준어의 이름으로 불렀기 때문에, 신제품은 '쟁기'로 불렸고, 구제품인 '후칭이'는 과거 이름(방언)을 그대로 사용해온 것으로 보인다.

'후칭이'는 우리 조상들이 오래전부터 사용했던 구형 농기구고, '쟁기'는 아마도 일제강점기 무렵에 출시된 것으로 보이는 개량품이다. '쟁기'는 손잡이에 방향을 조정하는 장치가 있으므로, 사용하기에 아주 편리하게 되어 있다. 그러나 '쟁기'의 단점은 밑바닥이 평면으로 되어 있기 때문에, 사용의 편리성은 있었지만, 땅을 깊게 갈기에는 '후칭이'보다 못했던 것 같다.

그리고 모심기 전에 논바닥을 고르는 '쓰리'와 '삽(방언: 수군포)', '괭이', '곡괭이' 등의 땅을 파는 도구와 퇴비 등을 찍어 내는 활처럼 약간 굽은 조금 구부러진 직선형과 'ㄱ'자 형의 두 종류의 '쇠스랑'과 '호미', '낫', '도끼', '망치', '가래', '떡매'와 곡물의 쭉정이를 날리는 '풍구(風具)', 짐을 지는 '지게', '지게'에 걸쳐서 많은 짐을 얹게 하는 도구인 '바지게', '질메[17]와 부속 도구', 흙덩이를 부수는 '곰배', 인분을 모으고 운반하는 사기 또는 목재로 만든 용기인 '똥장군'과 북두칠성처럼 생긴 '똥바가지' 등이 있었고, 덕석에 곡식 등을 널 때에 골고루 널리 퍼지게 하는 '당그레'가 있었다. 그리고 전기(前記)와 같이 옷감(베)을 짜는 '베틀'이 있고, 가마니를 짜는 '가마니틀', 돗자리를 짜는 '돗자리틀' 등이 있었다.

1960년대 중반 이전에는 리어카(Rear car) 등의 편리한 운반 용구는 전혀 없었고, 모든 짐은 오직 사람이 지게를 지거나 소의 힘으로 운반했다.

'지게'는 우리 민족 고유의 운반 도구였다. 세계의 어느 민족도 우리의 '지게'만큼 무거운 짐을 질 수 있는 도구는 없었을 것이다. '지게'는 보통 일꾼이 100Kg 정도는 지고 갈 수 있었고, 더 힘이 센 일꾼은 그 이상도 질 수가 있었다. 그러나 이 '지게'는 농민들에게 많은 육체적인 고통을 주었고, 이 고통을 해방시켜 준 것은 새마을사업에 의한 '리어카(Rear car)'의 대량 보급이었다.

17 '질메'는 소에 짐을 실을 때, 말 안장처럼 소의 등에 받치는 도구이다.

7

새끼 꼬기와 가마니 짜기

새끼 꼬기

새끼는 농가에서 많이 필요했던 끈이다. 그 당시에는 지금처럼 화학 섬유의 끈이 전혀 없었기 때문에 농사일과 살림살이 등에 아주 유용하게 사용되었고, 용도에 따라서 굵기도 다양했다.

가마니를 짜려면 우선 짚으로 씨줄이 될 새끼를 꼬아야 한다. 가마니를 짤 용도의 씨줄 새끼는 아주 가늘고 튼튼하게 꼬았다. 그러므로 비가 오는 날이면 들에 나가 농사일을 할 수 없기 때문에, 일꾼들은 새끼 꼴 짚을 잘 간추리고 '떡매'[18]로 부드럽게 두들긴 후에, 사랑방 등의 일정한 공간에 모여서 온갖 이야기를 나누며 손으로 새끼를 꼬았다.

1960년대부터는 발로 밟아서 새끼를 꼬는 족답식(足踏式)의 '새끼틀'이 나오기 시작하여 많이 편리하게 되었고, 일부의 농가는 이 기계로 새끼를 꼬아서 농외소득을 올리기도 했었다.

가마니 짜기

'가마니'는 1900년대 초에 우리의 소중한 양곡을 수탈(收奪)하기 위

---

18 '떡매'는 굵기가 지름 20cm, 길이가 약 30cm 정도 되는 둥근 통나무에 구멍을 뚫고 자루를 끼워서 만든 도구로써, 떡을 칠 때나 짚을 부드럽게 할 경우에 사용했다.

해 '가마니틀'과 함께 일본으로부터 들어온 것인데, '가마니'는 일본말 '가마수(かます)'에서 유래된 말이라고 한다. '가마니'는 곡식을 담기 위해 짚으로 만든 용기로서, 우리 고유의 섬(石)과 함께 사용되었다.

'섬(石)'의 용량은 10두(100되, 180리터)이고, '가마니'의 용량은 5두(50되, 90리터)이다. 그 당시에는 지금처럼 화학섬유로 만든 포대나 끈 등이 없었기 때문에, 새끼와 가마니는 농가에서 반드시 필요한 것이었다.

우리 고유의 곡식 용기인 '섬(石)'은 짚을 새끼로 두껍게 엮어서 용기(用器)의 공간을 만들었지만, '가마니'는 반드시 '가마니틀'로 짜야만 했고, '가마니틀'로서 짠 넓은 바닥을 새끼로 양옆을 꿰매어서 가마니를 만들었다.

제4장

음식문화

1

일반식사

가족끼리의 식사

우리 집은 식사 시에 아버지와 큰형님과 머슴은 각각 별도의 독상을 차렸고, 나머지 식구 모두는 '두리판'[1]이라고 불리던 둥근 밥상에 둘러앉아서 음식을 함께 먹었다.

밥그릇 1벌은 밥그릇 1개와 대접 1개를 말하고, 수저 1벌은 숟가락 1개와 젓가락 1쌍을 말한다. 식구마다 각자의 밥그릇 1벌과 수저 1벌씩을 엄격하게 구분하여 반드시 자기의 그릇과 자기의 수저만을 철저히 구분하여 사용했다. 그 당시의 밥그릇과 대접은 지금의 밥그릇과는 달리 상당히 컸다.

여름에는 사기그릇을 사용했고, 겨울에는 뚜껑이 있는 놋그릇을 사용했다. 겨울철에 사기그릇을 사용하지 않은 것은 음식의 보온 유지를 위하고, 또한 뜨거운 물과 찬물에 번갈아 담그며 설거지를 하면 사기그릇은 잘 깨어지기 때문이다. 그리고 여름에 놋그릇을 사용하지 않았던 이유는, 여름에는 굳이 보온을 할 필요가 없었고, 놋그릇은 녹이 잘 슬기 때문이었다.

밥그릇에는 밥을 담고, 대접에는 국 또는 비빔용 나물을 부엌에

1 '두리판'은 둥글게 원형으로 생긴 상으로, 주로 여러 사람이 함께 먹도록 만들어진 큰 상을 말한다.

서 담아서, 큰방과 부엌으로 통하는 작은 '정지문'을 통하여 방안의 밥상 위로 옮겨졌다.

이 그릇들이 이제는 모두가 사라지고, 용기의 재질과 크기가 완전히 바뀐 새로운 그릇들을 사용하고 있다. 놋그릇과 놋수저는 연탄가스에 녹이 잘 생기므로, 연탄의 사용으로 인해 거의 사라졌고, 그 당시에 사용하던 사기그릇도 소식(小食) 등의 영향으로 인해, 작은 공깃밥을 선호하게 됨으로써, 완전히 사라졌다. 그렇게도 귀하게 여기던 놋그릇은 이제 1년에 몇 번씩 제사용으로만 겨우 사용하게 되어서, 이제는 버리기도 아깝고 보관하기도 골치 아픈 물건이 되고 있는데, 아마도 멀지 않아 곧 사라지게 될 것 같다.

식사 시에는 가급적 말을 하지 않아야 하고, 음식 투정은 절대적 금기사항이었다. 나의 아버지께서는 "밥상 앞에서 음식 투정을 하면 천복(天福)을 감(減)한다."는 말씀을 자주하셨다. "음식이 싱거우면 자기가 알아서 간장을 조금 더 넣고, 짜면 물을 부어 먹으면 되는 것"이라고 하셨다. 그리고 "밥을 두 끼만 굶어보면, 밥이 얼마나 소중한 것임을 알 수 있다."라는 말씀을 자주하셨다.

나는 아버지의 이 말씀은 참으로 옳다고 생각했기 때문에, 나는 지금까지도 집에서나 외부의 식당에서도 음식 잔소리만은 조금도 하지 않으며 살아왔다. 이것은 내가 아내한테 내세울 수 있는 오직 '유일의 착한 일'인 것 같다.

손님은 밥을 남기는 것이 예의

1960년대까지의 농촌에는 손님들이 아주 많이 다녔다. 추수를 다한 후의 농한기가 되면, 친정과 처갓집과 외갓집을 찾아오는 딸과 사위와 외손자, 사돈, 가까운 친인척들 등의 손님들이 서로 찾아오고 찾아갔다. 이러한 손님이 오면, 보통 3-4일 이상은 지내다가 간다. 2박 3일 동안 머무는 것을 하루(1일) 쉬어간다고 했다. 오는 날과 가는 날을 제외한 계산이다. 지금 같으면, 상상도 못할 일이다. 특히 우리 집은 손님이 많이 오셨다. 아버지께서는 성격이 매우 엄격하시고 구두쇠같이 나에게 용돈 등은 잘 주지 않으셨지만, 나의 친구들이 놀러 와서 며칠을 놀다가 가더라도 전혀 꾸중 같은 것은 없었다. 집안에는 손님이 많이 와야 좋다는 말씀을 자주하셨다.

손님이 오면, 손님에 따라서 닭을 잡거나, 떡, 메밀묵, 단술(감주, 식혜) 등의 별미음식을 만들어 대접했다. 손님과의 식사 때에는, 어른 손님의 경우에는 별도의 밥상을 정성껏 차려야 하고, 아이 손님일 경우에는 동년배끼리 밥상을 별도로 겸상(兼床: 두 사람이 먹는 밥상)을 차려주거나, 만만한 사이라면 같은 '두리판'에서 먹기도 했다.

손님의 밥그릇은 손님 자신이 아무리 배가 고파서 밥을 더 먹고 싶어도 밥을 더 달라고 해서는 안 되었고, 차려주는 밥그릇은 다 먹지 않고 최소한 1/4 정도는 반드시 남겨야 하는 것이 그 당시의 예의였다. 나도 인척 집에 손질을 가면, 그 당시의 관습이었기 때문에 반드시 밥을 남겼다.

지금은 손님이 음식을 남기면, 오히려 결례가 될 수 있지만, 1960년대까지도 우리 고향은 이러한 풍습이 그대로 유지되고 있었다.

이러한 풍습의 정확한 동기와 배경은 알 수가 없지만, 아마도 식량이 부족한 시대였기 때문에, 혹시라도 손님 자신 때문에 배불리 먹지 못하는 정지꾼(부엌에서 일하는 사람)이 있을지도 모른다는 배려심의 발로(發露)라고 할 수도 있고, 손님인 나는 충분히 배부르게 많이 먹었다는 무언의 감사 표시라고도 할 수 있을 것이다.

2

사계절의 음식

사철의 음식으로는 김치, 된장, 고추장, 간장, 장아찌, 콩나물과 간혹 먹는 육류와 생선 등이 있다.

김치의 재료는 배추, 무, 열무, 파, 물외(오이), 정구지(부추) 등으로 재료가 철에 따라서 바뀌었다. 그리고 장아찌는 무, 오이, 들깻잎 등을 된장에 묻어둔 것으로서, 밑반찬으로 많이 먹었다. 그러나 콩나물(경상도 방언: 콩질음)은 계절을 가리지 않고 조상의 기제사(忌祭祀)가 닥쳐오거나 특별한 일이 예정되어 있으면, 방의 한쪽 구석에 콩나물 단지(콩나물시루)를 놓고 콩나물을 미리 키워서 사용했다.

우리 집은 아버지께서 4대의 제사를 모셨는데, 1년에 9회의 기제사(忌祭祀)를 모시게 되어 비교적 콩나물을 자주 먹었다.

이상과 같이 사계절의 반찬은 주로 나물 등으로 자급자족을 하였고, 생선은 가끔씩 장날이 되면 먹었다. 그러나 소고기나 돼지고기 등은 설, 추석, 어른의 생일, 제사 등의 1년에 보통 10회 내외 정도밖에 먹을 수가 없었고, 가난한 집은 이보다도 훨씬 적었을 것이다.

봄철 음식

1960년대 초까지만 하더라도 봄철이 되면 일부 가정에서는 양식이 거의 바닥이 나서 보릿고개가 시작되어, 가난한 집은 주로 1일 2식의 조반석죽(朝飯夕粥)[2]을 먹었다. 우리 마을에도 가난한 집은 1일 1식과 초근목피(草根木皮)로 살거나, 심지어는 1일 1식마저 제대로 챙겨먹지 못하는 집도 일부 있었다.

우리 집에서도 손님이 오는 날을 제외하면, 양식이 부족하지는 않았음에도 불구하고, 절약을 위해서 거의 아침과 점심은 밥을 먹고, 저녁은 거의 죽을 먹는 2반1죽(二飯一粥)으로 보릿고개를 넘었던 것으로 기억된다.

(1) 말이 나물

이른 봄 저수지의 물속에는 겨울철 얼음 밑에서 자란 초록색의 싱싱한 '말이'라는 수중식물이 있다. 이 풀은 때를 놓치면 나물로써 먹을 수가 없기 때문에, 시기를 잘 맞추어 채취를 해야 한다.

'말이빗'[3]이라는 도구를 밧줄에 매어 빙글빙글 돌리다가 탄력을 이용하여 저수지의 먼 곳 물속으로 던져 넣어 '말이빗'이 물밑에 가라앉으면, 끌어당겨서 싱싱한 초록색의 '말이'가 '말이빗'에 걸려나오게 했다.

이 '말이'를 무채와 함께 식초와 양념간장 등으로 묻혀서 밥을 비벼 먹으면 아주 별미의 계절 음식이 되었다.

2 '조반석죽'은 양식이 부족하거나 절약하기 위해, 아침에는 간신히 밥을 먹고, 저녁에는 죽을 끓여 먹는다는 뜻인데, 점심은 먹지를 못하고 1일 2식을 한다는 것이다.

3 '말이빗'은 말이를 건져내기 위해 만든 도구로써, 대나무를 약 1cm의 굵기와 약 25cm의 길이로 잘라서, 가운데 약 1.5kg 정도의 돌을 넣고 줄로 엮어서 물에 가라앉도록 만들었다.

(2) 쑥나물

쑥은 국화과에 속하는 여러해살이 풀이다. 이른 봄에 싹이 트고, 아무리 뜯어먹어도 또다시 싹이 올라왔다. 쌀 양식을 절약하고 배고픔을 해결해 주었던 아주 고마운 나물이다. 부드러운 쑥은 삶고 무쳐서 반찬으로 먹거나, 죽을 끓여 먹기도 했다. 그리고 밀가루나 쌀가루를 묻혀 솥에 쪄서 만든 '털털이'라는 간단한 요리를 많이 해 먹기도 했는데, 쌀을 절약하기 위해 쌀가루나 밀가루는 조금만 넣고, 거의 쑥으로 이 요리를 해 먹으며 배를 채웠다.

어떤 사람들은 쑥의 뿌리를 팟돌[4]로 두들겨 즙을 짜서 먹으면, 건강(특히 정력)에 좋다고 하여 많이 해 먹기도 했다.

또한 쑥은 봄철의 쑥이 가장 부드럽고 맛이 있기 때문에, 봄이면 많은 쑥을 뜯어서 한번 찐 후에, 햇빛에 말려두었다가 수시로 쑥떡 등을 해 먹었다. 쑥은 사람과는 아주 가깝고 강인한 식물이다. 특히 사람들이 많이 사는 마을 근처에 많은 쑥이 돋아난다. 사람이 살지 않는 폐가의 터에 가장 먼저 왕성하게 번식하고 자라는 식물이 쑥이다. 그래서 생겨난 가장 큰 독설(毒舌)이 남의 집을 "쑥대밭으로 만든다."는 욕설이었다. 쑥대는 쑥이 높이 자란 줄기를 말하는 것이고, 쑥대밭은 쑥이 많이 자란 땅(밭)을 의미하는 것이다.

이렇게 몸에 좋은 쑥도 곡식과 혼합하여 먹으면, 독이 없고 몸에 아주 좋은데, 만일 쌀이 없어서 쑥만을 많이 먹게 되면, 몸이 붓는 등의 부작용이 생길 수가 있다는 말을 많이 듣기도 했었는데, 실제로 경험한 사실이 아니기 때문에 진위의 여부는 확실히 알 수가 없다.

4 '팟돌'은 약 500g-1kg 정도의 겉면이 둥글고 반질하게 생긴 돌이다. 이 돌의 용도는 절구와 디딜방아로 할 수 없는 간단한 파쇄용 도구이다.

(3) 송구

송구('송귀'라고도 했음)는 살아있는 소나무의 겉껍질은 벗겨내고 그 안의 속껍질을 소나무가 죽지 않을 정도로 둘레의 일부를 벗긴 것이다.

그러므로 아까운 소나무에 상처를 내어 추후에 목재로서의 가치를 손상시킬 수도 있는 잘못된 일이지만, 배고픔을 해결하기 위한 불가피한 것이었다.

'초근목피(草根木皮)'로 보릿고개를 넘겼다고 하는 말이 있는데, '초근'은 쑥과 냉이 등의 나물 뿌리를 말하는 것이고, '목피'는 바로 송구를 말하는 것이다.

송구는 쌀과 함께 찧어서 반죽을 하여 떡을 만들면 '송구떡'이라 했고, 수제비를 만들어 끓이면 '송구죽' 또는 '송구수제비'라고 했다. 그런데 이 송구 음식은 배고픔을 해결하는 데는 어느 정도 좋았지만, 한 가지 아주 곤란한 점이 있었다고 한다. 송구 음식을 많이 먹으면 변비가 아주 심하게 생김으로써, 배변에 많은 고생을 했다고 한다. 항문이 찢어지도록 가난했다는 말은 여기에서 나온 말이라고 한다. 그래도 굶는 것보다는 나았기 때문에 변비 등은 문제가 되지 않았을 것이다.

(4) 가죽나물

'가죽나무'는 '소태나무과'에 속하는 나무로서, 일부의 수목 서적에는 '가중나무'라고 되어 있는데, 이것은 잘못된 이름이다. 아마도 '가죽나무'의 발음이 '가중나무'로 발음됨으로써, 발생한 착오인 것 같다.

'가죽나무'에는 먹을 수 있는 '참가죽나무'와 먹을 수 없었던 '개가죽나무'가 있었는데, 보통 '가죽나무'는 '참가죽나무'를 말하는 것이었다.

봄이 되면 '가죽나무'에는 새순이 돋아난다. 이 새순을 '가죽나물' 이라고 하는데, 이 나물을 뜯어서 삶아 무쳐먹기도 하고, 된장국에 넣어 먹으면 아주 맛이 좋았다.

'가죽나물'은 저장이 불가능하므로 '가죽자반'을 만들어서 장기간 저장해두었다가 손님이 오면, 기름에 튀겨서 대접했던 귀한 식품이다. 이 '가죽자반'은 '가죽나물'에 쌀가루나 밀가루로 풀을 쑤어서 묻힌 후에 햇볕에 건조한 것을 말한다.

옛날 나의 처갓집에는 키가 아주 큰 가죽나무가 있었고, 장모님께서는 이 '가죽자반'을 아주 잘 만드셨다. 내가 처갓집에 갈 때마다 장모님께서는 이 '가죽자반'을 특별히 챙겨주셔서 아주 맛있게 먹었던 것이 지금까지도 기억에 남아있다.

(5) 각종 봄나물

3월 하순이 되면, 이상의 쑥 외에도 양지바른 언덕이나 밭두렁에는 냉이, 쓴냉이(씀바귀), 달냉이, 고사리, 취나물 등의 봄나물이 돋기 시작하는데, 이 나물들은 주요 반찬이 되기도 했지만, 1960년대 초반까지만 하더라도 식량이 부족한 가정에서는 절반의 식량이 되기도 했다. 쌀은 조금만 넣고, 대부분 나물과 물을 위주로 나물죽을 끓여서 배고픔을 해결했던 가정이 아주 많았다.

(6) 간장 담그기

지난해 늦가을에 미리 준비해 두었던 메주를 꺼내어, 물로 씻어서 소금물을 만들어 독에 붓고 메주를 넣는다. 이때 소금물의 염도는 날계란을 띄워서 계란의 상단이 동전 크기 정도가 되도록 농도를 조절했다. 이때 간장독에는 붉은 고추와 숯을 함께 넣고, 뚜껑을 덮은 후에는 뚜껑 주위에 왼쪽으로 돌려 꼰 새끼줄을 두르고, 거기에 고추, 솔잎, 숯 등을 꽂아 두었다. 이것은 부정을 타지 않고 간장이 잘 발효되기를 간절히 바라는 순박한 믿음의 조치라고 할 수 있다.

한 많은 보릿고개

옛날의 우리나라는 봄철이 되면, 대부분의 농가는 양식이 바닥나서 보리가 수확될 때까지 많은 고생을 했었는데, 춘궁기(春窮期)인 이 시기를 '보릿고개'라고 했다. 1960년대 이전까지 농촌에서 성장한 세대는 모두가 이 고개를 넘어본 경험이 있었을 것이다. 이 고개는 세상에서 가장 높고 넘기가 힘든 눈물의 고개였다.

그 당시 어른들의 아이들에 대한 수수께끼 문제에서 "세상에서 가장 넘기 어려운 고개는 보릿고개이고, 가장 반가운 꽃은 보리꽃이고, 가장 고마운 꽃은 목화꽃이라"고 했다. 보리꽃이 비록 보기에는 아름답지는 않지만 이 보리꽃이 피면, 멀지 않아 보리이삭에는 알이 굵어져 갈 것이고 보리가 익으면 굶주린 배를 마음껏 채울 수가 있었기 때문에, 나왔던 눈물겨운 이야기였다.

그 당시에 어떤 가정은 배고픔을 참지 못하여, 덜 익은 보리를 베어서 죽을 끓여 먹는 경우도 있었다. 첫 뻐꾸기가 울고 세 장날(약 15일)이 지나면 덜 익은 보리를 먹을 수가 있다는 말이 있었다.

그 당시에 가난한 사람들이 보릿고개를 넘기 위해 부족한 양식을 조달하는 방법으로, 개인과 개인 간에 거래되는 '장리쌀'이라는 쌀의 소비대차(消費貸借) 제도가 있었다. '보릿고개'에 쌀 1말(10되, 16kg)을 빌리면, 가을에 추수를 하여 30%의 이자를 붙여서 원리합계 쌀

13되를 갚는 것이다. 약 7-8개월의 기간에 30%의 이자는 아주 비싼 고리(高利)의 이자였지만, 가난한 사람들이 '보릿고개'를 넘으려면 어쩔 수 없이 이 '장리쌀'을 먹을 수밖에 없었고, 더 가난한 가정은 신용 등의 문제로 인해 이 '장리쌀'마저도 빌릴 수 없었던 것이다.

이 보릿고개는 배고픔을 모르는 지금의 젊은 세대는 배고픔의 한 맺힌 고통을 전혀 알 수가 없을 것이지만, 이 고통을 경험한 세대로서는 정말 가슴 아픈 일이 아닐 수 없다.

우리 집도 봄철에 손님이 없을 때는 매일 2반1죽(二飯一粥)을 먹었다. 아침에 밥을 하여 먹고, 남겨둔 식은 밥을 솥에 넣고 덥힌 후에 점심을 먹고, 저녁에는 죽을 끓여 먹었다. 저녁에 죽을 먹을 때에는 거의 매일같이 어머니에게 자주 놀러왔던 가난한 집의 여인 1인 정도는 우리와 함께 식사를 했다. 어머니와 함께 있다가 저녁 때가 되어 집에 갈려고 하면, 어머니께서는 항상 저녁을 같이 먹고 가도록 하셨다. 그 여인은 집이 가난하여 집에 가도 아이들이 많아서 저녁을 거의 굶을 정도로 가난한 집이었기 때문이다. 어머니께서는 "죽 끓이는 솥에 물 한 그릇만 더 부으면, 죽 한 그릇이 더 늘어나니까 아무 걱정할 것이 없으니, 마음 놓고 자시고 가라."는 우스운 말씀을 하시며 꼭 죽을 같이 먹고 가도록 하셨다. 정말로 물을 더 붓는 것이 아니라 상대방이 부끄러움을 가지지 않도록 일부러 하셨던 농담이었다.

어느 봄날의 일요일에 우리 집의 쌀독에 쌀이 떨어져서 벼를 도정하기 위해 마당에 벼를 말리고 있었는데, 같은 마을에 사는 가난한 집의 어떤 부인이 찾아와서, 자기 집에는 양식도 다 떨어지고, 영감은 몸이 아파 누웠다는 이야기를 했었다. 어머니께서는 우리 집에도 지금 쌀이 떨어져서 내일 방아를 찧어야 하므로, 쌀은 줄 수가 없고, 이 나락이라도 가져가라면서 자루에 담아서 공짜로 주는 것을 옆에서 본 적도 있었다. 이 나락을 얻어가는 그분은 고맙다는 인사를 거듭하면서 많은 눈물까지 흘렸다. 그 당시에 일부의 가난한 사람들은 정말 많은 고생을 했다.

그러나 배부른 오늘의 우리는 그 시절을 전혀 모르거나 모두가 잊고 있다. 그 당시에 누가 퍼트렸는지는 알 수 없지만, "가난은 나라도 구할 수 없다."라는 아주 나쁜 말까지도 있었다. 백성들의 가난을 왜 나라가 못 구한다는 말인가? 해마다 고통스러운 '보릿고개'를 넘어야만 했던 배고픈 그 시대에는, 국가에서 해야 할 최우선의 정책은, 이 '보릿고개'를 없애는 것이었다. 이 보릿고개를 없애는 일보다 더 가치 있고, 더 우선해야 할 정책은 있을 수가 없었다. 민주화도 좋지만 더욱더 시급한 것은 배고픈 것을 없애는 것이었다.

역사의 발전 단계는 정책의 우선순위가 반드시 있어야 하는 것이고, 우선순위를 잘못 정하면, 국가는 발전하지 못할 것이다. 만일 우리나라가 그 당시에 '산업화'와 '민주화'의 정책순서를 바꾸었다면, 오늘 같은 경제발전은 도저히 이룰 수가 없었을 것이다. 민주화가 아무리 좋다고 하지만, 보릿고개를 해결하는 일보다 더 중요하고 우선할 수는 없다.

배고픔의 상징인 보릿고개는 조금도 미룰 수 없는 필사적인 '생존(生存)'의 문제였고, 민주화의 문제는 조금은 미룰 수도 있었던 '생활의 질'에 관한 문제였기 때문이다.

매슬로우(Abraham H. Maslow)의 〈인간 욕구계층이론(慾求階層理論)〉에서도 인간의 욕구를 5단계로 구분했다. 제1단계가 생리적 욕구, 제2단계가 안전 욕구, 제3단계가 소속과 사랑의 욕구, 제4단계가 존중 욕구, 제5단계가 자기실현 욕구라고 했다. 이 중에서 인간의 생명을 유지하는 기본욕구인 제1단계의 생리적 욕구는 의식주(衣食住)를 말하는 것이므로, 가장 중요하다는 것이다. 이 1단계의 생리적 욕구가 충족되지 않으면, 그 다음 단계는 진행될 수 없는 것이고, 이 단계를 충족토록 하려면 반드시 산업화가 선행되어 경제부터 발전시켜야 하는 것이다. 민주화는 위의 욕구 계층에서도 제4단계부터 해당되는 것이므로, 아주 후순위가 되는 것이다. 만일 후순위인 민주화를 제1단계보다 먼저 추진했더라면, 더 이상의 국가발전은 기대할 수가 없이 아직도 최빈국의 수준에 머물고 있었을 것이다.

아래의 글은 1969년 10월 10일 박정희 대통령의 '대국민담화문'에서 발췌(拔萃)한 일부의 내용인데, 53년 전과 지금의 야당 행태를 함께 평가할 수 있을 것 같다.

「내가 해온 모든 일들에 대해서, 지금까지 야당은 반대만 해왔던 것입니다. 나는 진정 오늘까지 야당으로부터 한마디의 지지나 격려도 받아보지 못한 채, 오로지 극한적 반대 속에서 막중한 국정을 이끌어 왔습니다.

한일 국교 정상화를 추진한다고 하여, 나는 야당으로부터 '매국노'라는 욕을 들었으며, 월남에 국군을 파병한다고 하여, "젊은이의 피를 판다"라고 악담을 했습니다. 없는 나라에서 남의 돈이라도 빌려와서 경제건설을 서둘러보겠다는 나의 노력에 대하여 그들은 "차관망국"이라고 비난했으며, 향토예비군을 창설한다고 하여, 그들은 국토방위를 "정치적 이용을 꾀한다"고 모함하고, 국토의 대동맥을 뚫는 고속도로 건설을 그들은 "국토의 해체"라고 하였습니다. 야당은 내가 해온 모든 일에 대해서 비방, 중상, 모략, 악담 등을 퍼부어 결사반대만 해왔던 것입니다. 야당의 반대를 무릅쓰고라도 국가와 민족을 위해 도움이 되는 일이라면, 내 소신을 굽히지 않고 일을 해온 나의 태도를 가리켜 그들은 '독재자'라고 말하고 있습니다.

또 앞으로 누가 대통령이 되든 오늘날 우리 야당과 같은 "반대를 위한 반대"의 고질이 고쳐지지 않는 한, 야당으로부터 오히려 '독재자'라고 불리는 대통령이 진짜 국민을 위한 대통령이라고 나는 생각합니다.」

그 당시의 소위 '민주화세력'은 우리나라 경제발전의 필수적 기초단계인 경부고속도로 공사도 반대했고, 경제정책에 소요될 외자를 간신히 도입했던 '차관'에 대하여도, 망국의 '매판자본'이고 '차관 망국'이 될 것이라는 맹비난을 하는 등의 모든 경제정책에 대하여, 반대만을 일삼았던 것이다.

그러나 산업화에 발목만 잡았던 그 정치인들은 현재 민주화의 위대한 지도자로 추앙받고 있고, 배고픈 '보릿고개'를 완전히 없애고 세계 10대 경제대국의 토대를 이룩한 위대한 지도자는 독재자로 매도(罵倒)되는 잘못된 이 현실이 너무나 안타깝기만 하다.

오늘의 세계 10대 경제대국으로 발전된 것은, 오로지 위대한 지도자 박정희 대통령의 영도력에 따라서, '데모'와 '노조'라는 것은 전혀 모르면서, 오직 가족과 국가를 위해 불철주야 피땀 흘리며 일만 했던 자랑스러운 '산업화세대'(2022년 현재, 60대 중반 이후 세대)의 덕분이다.

그 당시의 우리나라는 자본도 없었고, 기술도 없었다. 오직 배고프고 가난한 인력만이 있었을 뿐이었다. 노동집약적인 산업부터 시작하여 외화가 될 만한 것은 머리카락이든 무엇이든 수집하여 외국에 팔았다. 중동의 뜨거운 사막에서 고생했던 건설노동자, 서독에 파견된 광부 및 간호사, 월남 파병용사 등에 의하여 악착같이 외화를 벌어들이고 차관을 도입하는 등으로, 기간산업과 중화학공업에 투자하여 천신만고(千辛萬苦) 끝에 오늘의 이 경제부국이 되도록 했다. 박정희 대통령은 우리 민족사에서 가장 위대하고 가장 고마운 분이다.

정말 다행하게도 박정희 대통령께서 경제발전을 추진하던 그 당시에는 엄청난 인력을 보유한 거대 중국이 잠자고 있던 절호(絕好)의 기회라고 할 수 있는 가장 중요한 시기였다. 만일 그 중요한 시기에 산업화보다는 민주화를 앞당기는 등으로 세월을 허송(虛送)했더라면, 바로 잠을 깬 거대 중국을 상대로 노동집약적인 초기 단계부터 국제적 경쟁을 하지 않을 수가 없었을 것이고, 우리나라는 분명히 중국에 밀려 발전하지 못했을 것이다.

나는 어느 날 외출을 했다가 집으로 오기 위해 전철을 탔는데, 어떤 젊은 사람이 노약자석에 앉아서 자기의 휴대 전화기를 만지고 있었고, 바로 옆에는 건강이 좋지 않아 보이는 노인 한 분이 서 있었다. 나는 그 젊은 사람에게 "왜 노인에게 노약자석을 양보하지 않느냐?"라고 물어보았는데, 그 젊은 사람의 대답은 내가 놀랄 정도의 퉁명스럽고 엉뚱한 대답이었다. "노인들은 하는 일도 없이 공차만을 타고 다니잖아요. 요사이 젊은 사람들도 많이 피곤합니다."라고 대답했다. 나는 이 말을 듣고 화가 너무 나서 호통을 치려고 하다가, 간신히 감정을 억제하며 소리를 낮추어 조용하게 이야기했다. "세계 최빈국 중의 하나였던 우리나라를 세계 10위권의 경제부국으로 만든 사람들이 바로 지금의 노인들이라는 사실과 나이가 많은 사람을 대우하는 것이 우리 민족의 자랑스러운 예의가 아니냐?"라는 등으로 조용히 이야기를 했다. 그러나 그 젊은이는 나에게 이상한 표정과 함께, 들리지 않는 불쾌한 소리를 하며 일어나서 다른 칸으로 가버렸다. 나는 도저히 화를 참을 수가 없어서 그 젊은이를 향해서 "야! 이 버릇없는 놈아! 너는 부모도 없고, 예의도 없느냐?"라고 호통을 쳤다.

이 노약자석의 지정은 1980년도에 지정된 매우 좋은 제도인데, 외국인들로부터도 많은 호평을 받고 있다고 한다. 지금의 젊은 그들도 곧 노인이 될 것인데, 요사이 일부 젊은이들의 예의 없는 의식상태가 걱정이 된다.

따라서 우리 민족의 한 많은 보릿고개는 위대한 박정희 대통령의 영도력과 지금의 노인 세대들이 아니었다면, 우리는 아직도 배고프고 가난한 생활을 하고 있을지도 모를 일이다. 그리고 우리는 이 한 많은 보릿고개와 이 보릿고개를 물리쳤던 고마운 사람들의 공적을 반드시 잊지 말아야 할 것이다.

「잊으면 다시 찾아오는 것이 나쁜 역사」라고 한다.

배고픈 시절의 자연 간식

봄이 되면 논둑과 밭둑 등에는 수많은 풀들이 자라는데, 이중에서 꽃대가 알을 밴 것같이 볼록하게 올라온 풀이 있었다. 그 꽃대를 뽑아서 그 속의 알을 꺼내어 먹으면 아주 달고 맛이 있었는데, 이것을 '삐삐'라고 했다.

그리고 봄이면 찔레나무에서 새로 돋아나오는 굵고 부드러운 새순인 '찔레'를 꺾어서 먹으면 아주 맛이 있었다. 또한 개울가에는 싱싱하고 굵고 부드러운 '버들강아지'를 따먹었다. 뒷산에는 물주고 가꾸는 사람도 없는데도 불구하고, 무수하게 피어있는 참꽃(진달래)도 아주 맛이 좋았다. 그리고 봄이 더 깊어지면, 뽕나무에 열리는 '오들개'(오디)를 많이 따먹었다. 보릿고개에는 먹을 것이 귀하던 시절이었기 때문에 어린 아이들은 들과 산과 언덕 등으로 뛰어다니며, 이 '삐삐', '찔레', '버들강아지', '진달래꽃', '오디', '산딸기' 등을 많이들 먹었다. 이것도 한가하게 놀면서 마음껏 따먹었던 것이 아니라, 집안일을 도우면서 틈이 나는 대로 가끔씩 즐겼던 것이다.

그 당시의 아이들은 봄철이 되면, 꼴을 베거나 농사일 등을 도와야 했기 때문에 완전히 자유롭게 노는 시간은 거의 없었고, 숙제 공부도 밤이 되어 호롱불 밑에서나 겨우 할 수가 있었다.

이때가 되면 버들가지에 물이 오른다. 물이 오른 이 버들가지를 낫으로 베어 적당한 길이로 자른 후에, 껍질을 두 손으로 돌려 뽑아서 입에 무는 쪽의 겉껍질을 살짝 벗겨내어 입으로 불면 버들피리가 된다. 틈이 나는 대로 이 버들피리를 불면서 뛰어놀던 그 시절이 정말 그리워진다.

여름철 음식

(1) 꽁보리밥

여름철에는 부엌에서 요리를 하면, 온돌방이 너무 더워지므로, 부엌 바깥의 마당 한쪽에 솥을 걸어 놓고 요리를 했다.

여름철은 보통 2끼는 꽁보리밥을 먹고, 한 끼는 수제비나 국수를 먹었다. 보리밥을 할 때는 보리쌀이 너무 단단하기 때문에, 미리 보쌀(보리쌀)을 삶아서 '보쌀 소쿠리'에 담아 놓았다가 다시 밥을 해야 하는 불편함이 있었다.

어떤 장소에 자주 드나드는 사람을 보고, "'보쌀 소쿠리'에 생쥐 드나들 듯이 다닌다."는 말이 있는데, 바로 이 '보쌀 소쿠리'를 말하는 것이다. 옛날에 쥐가 많을 때는, 쥐들이 많이 노리는 것이 보쌀 소쿠리였다. 그 이후에 이런 불편을 없애기 위해 보리쌀을 납작하게 압축한 '납작보리쌀'이 나오기도 했으나, 가격 등의 문제로 인해 크게 인기를 얻지는 못했다. 보리밥을 할 때는 쌀은 조금만 넣고 쌀이 밥솥의 한쪽으로만 몰리도록 밥을 했다. 밥을 퍼담을 때는 제일 어른과 어린아이에게만 쌀밥을 푸고, 그 외의 모든 식구는 전부 섞어서 쌀이 거의 없는 꽁보리밥을 주로 먹었다.

지금은 꽁보리밥을 건강식으로 별미삼아 먹지만, 그때는 정말 보리밥이 싫었다. 꽁보리밥을 먹는 이유는 쌀이 부족하거나, 또는 쌀이 있더라도 쌀값이 보리쌀값보다는 가격이 많이 비쌌기 때문에, 쌀을 아끼고 현금화하여 다른 가용에 쓰기 위해 보리밥을 애용한 것이었다.

여름 반찬은 주로 풋고추를 썰어 넣거나 감자를 깎아 넣은 된장국과 상추, 호박잎, 동부잎, 우엉잎 등으로 쌈을 싸서 먹었고, 한 번씩 별미로 풋고추, 정구지(부추) 등의 부침을 먹기도 했다.

고령읍내 5일장이 되면 간혹 냄새나는 간 고등어나 간 갈치 등의 구이를 반찬으로 먹기도 했으나, 자주 먹지를 못했다.

(2) 국시(국수)와 수제비

자주 먹는 꽁보리밥보다는 여름철의 별미는 밀가루 음식이었다.

밀가루가 만들어지는 과정은 좀 복잡하다. 밀 타작으로 가마니에 보관 중이던 밀은 도정하기 전에 반드시 깨끗한 물에 씻으며 먼지와 잡티 등을 없애고 다시 건조한다. 물에 씻는 이 과정을 밀을 '일다' 또는 '이는 것'이라고 한다.

건조가 된 밀은 정미소에 가서 도정을 하는데, 그 당시에는 도정 기계가 부실한 탓인지는 모르겠지만, 지금 유통되는 소맥분과는 달리 옛날의 밀가루는 밀 껍질의 가루가 일부 혼합되어 밀가루의 색깔이 약간의 황색을 띠었다. 그러나 보기에는 황색의 색깔이지만, 그 맛은 지금의 유통되는 순백색의 소맥분보다는 월등하게 구수하고 맛이 좋았다.

이 밀가루는 주로 국수와 수제비를 해 먹고, 간혹 '사카린'을 넣고 막걸리와 소다 등으로 발효한 빵을 쪄서 먹기도 했다.

국수의 종류는 크게 2가지가 있는데, 손으로 반죽하여 만든 '손국시'와 밀가루를 방앗간에 가져가서 국수기계로 만든 '틀국시'가 있었고, '손국시'에도 '건진국시'와 서울식 '칼국수'와 같은 '물국시'('누른국'이라고도 했음)가 있었다.

'틀국시'는 삶아서 찬물에 헹구어서 멸치국물에 양념간장으로 간을 맞추어 말아먹으면 되었지만, '손국시'는 절차가 조금 복잡했다. '손국시'는 손으로 반죽하고, 홍두깨로 얇게 밀어서, 칼로 썰어 뜨거운 물에 삶은 후 건져내어 반드시 찬물에 헹구어 멸치국물에 양념장을 넣어 말아 먹는 것이다. 귀한 손님이 오면 이 '손국시'를 더 맛있게 하려고 반죽을 할 때 콩가루를 조금 넣기도 했다.

그 당시에 라면[5]은 없었기 때문에, '틀국시'는 갑자기 손님이 왔을

5 '라면'의 원조와 기원에 대하여는 여러 가지의 설이 있지만, 우리나라의 라면은 삼양공업(주)의 전중윤 회장이 일본의 명성식품(주)과 기술제휴로 제조하게 되었고, 최초의 제품은 1963년 9월 15일인 것으로 전해진다. 당시에는 '삼양치킨라면'으로 출시되었는데, 가격은 1개당 10원이었다. 그 당시의 된장찌개 백반이 30원, 다방의 커피 1

때, 아주 편리하게 요리할 수 있어서 많이 애용했다.

우리 집에 나의 친구들이 갑자기 몰려오면, 반찬 없는 밥은 급하게 할 수가 없었고, '틀국시' 한 그릇씩을 대접하면 친구들이 아주 맛있다고 좋아했었다.

'수제비'는 주로 비가 오는 날의 모심기를 할 때 중참으로 많이 먹었고, 저녁 식사로도 많이 끓여 먹었다. 감자와 멸치와 다진 마늘 등을 함께 넣고 끓인 우리 집 큰형수님의 수제비 맛은 지금도 잊을 수가 없다.

(3) 감자의 고마움

감자의 원산지는 남미의 안데스산맥이고 조선조 중엽에 일본으로부터 들어왔다고 전해진다. 이른 봄에 심어서 초여름에 수확하는 작물로서, 농작물 중에 잎채소 외에는 재배기간이 가장 짧고, 농지의 단위 면적당 영양분의 생산량이 가장 높은 고마운 작물이다. 그 당시에 어느 농학자는 우리나라에 감자 재배의 면적을 더 많이 넓히고, 감자의 저장 기술과 요리법만 더 개발한다면, 인구가 아무리 늘어나도 굶어 죽지는 않을 것이라고 했다.

여름이 되면, 비록 봄철의 보릿고개와 같은 어려움이 덜했다고 할 수는 있었지만, 식구가 많은 빈농의 집안에서는 보리와 밀의 수확량이 충분하지 못해서 가을까지의 식량도 넉넉하지 않았다. 수확한 보리와 밀 등의 일부는 시장에 내어 다른 가용(家用)에 필요한 현금을 마련해야 하기 때문이었다.

잔이 35원이었다고 하니까 매우 저렴한 가격이었다. 삼양의 전중윤 회장께서 배고픈 국민들을 위해 정말 훌륭한 일을 하셨던 것으로 전해진다.(지식백과 등 참조)

그러므로 그 당시의 농민들에게 부족한 식량을 보충해 주는 보조 구황(救荒)작물[6]이 여름에는 감자였고, 겨울과 봄에는 고구마였던 것이다.

(4) 여름철 간식

여름철 간식으로는 '사카린'이나 소금을 조금 넣고 감자를 삶아서 먹거나, 밀이나 콩 등을 볶아 먹었다. 특히 비 오는 날은 더 많이 해 먹었던 기억이 있다. 그 당시에 '사카린'을 '꿀아제비'라고도 했는데, 꿀의 아제비(叔)가 되니까, 꿀보다는 월등하게 달다는 의미였다.

그 당시에 '사카린'을 많이 애용한 이유는 설탕은 비싸고 귀했기 때문이다. 그러나 그 후 몇 년이 지난 후에는 이 '사카린'이 건강에 좋지 않다는 설이 있어서 가정의 식재료에서 거의 사라지게 되었다.

박꽃 시계

1960년대 초반까지의 농촌 가정에는 시계가 거의 없었다.

〈격양가〉[7]의 가사처럼 날이 새면 모두가 일어나서 여인들은 밥을 하고, 남자들은 논밭에 나가서 약 2시간 가까이 일을 하고, 아침 식사 무렵이면 모여서 식사를 했다.

점심은 해시계를 보고 시간을 짐작하여 점심을 먹었고, 해가 지

6 구황작물은 굶주림을 구해 주는 작물을 말함.

7 〈격양가(擊壤歌)〉는 땅을 치며 노래한다는 뜻이며, 중국 요나라 때의 태평세월을 구가한 것이다. "해가 뜨면 일하고(日出而作), 해가 지면 쉬고(日入而息), 우물 파서 물마시고(鑿井而飮), 밭을 갈아 먹으니(耕田而食), 임금의 덕(힘)이 내게 무슨 소용이 있으랴(帝力于我何有哉)" 등의 내용이다.

면 저녁을 먹었다. 신기한 것은 시계가 없어도 집집마다 식사 시간은 거의 정확하게 일치했다. 그런데 여름철은 비가 자주 오거나 구름이 많이 덮여 해를 볼 수 없는 날이 많기 때문에, 저녁 시간을 잘 구분 못할 수도 있지만, 이때에도 잘 알 수 있는 방법이 있었다.

점심은 평소에 하던 일의 양과 배시계로 적당히 해결할 수가 있었고, 저녁은 집집마다 지붕 위에 피어있는 박꽃을 보고 저녁 시간을 알았다. 박꽃은 아침에 피는 나팔꽃과는 반대로, 낮에는 꽃잎이 움츠리고 있다가 해질 무렵이 가까워지면 활짝 피어나기 때문에, 이 박꽃이 저녁 식사의 준비 시간을 알려주는 정확한 시계 역할을 한 것이었다.

'가을 내기' 돼지 잡기

우리 마을은 여름이면 1-2회 정도 '가을 내기' 돼지를 잡아서(도살) 먹었는데, 1년에 명절 등을 포함해서 몇 번밖에 못 먹는 돼지고기의 맛은 정말 좋았다. 그러나 오랜만에 먹는 돼지고기를 과식하여 배탈이 많이 나기도 했는데, 이때 나온 말이 "여름 돼지 잘 먹어야 본전"이라는 말까지도 있었다.

여름의 농촌은 봄과 마찬가지로 돈이 귀할 때이다. 봄과는 달리 보리쌀은 있었지만, 가격이 아주 쌀 뿐만 아니라 그것마저도 양식을 하고 나면 넉넉하지를 않았기 때문이다. 그러므로 가을에 비싼 쌀을 내면[8] 돈 장만하기가 수월했기 때문에, 가을에 돈을 주기로 하고 외

8 경상도 방언은, 쌀, 보리쌀, 두류 등의 곡식을 시장에 판매하는 것을 '낸다, 내다'라고 했고, 곡식을 사는 것(買入)을 '판다, 팔다'라고 표현을 했다. 왜 이러한 표현을 했는지

상으로 돼지 등을 구입했는데, 이것을 '가을 내기'라고 했다.

'가을 내기' 돼지 잡기는 혼자서 하는 것이 아니라, 공동으로 돼지 한 마리를 구입하여 돼지의 비육(肥肉) 정도에 따라 고기 산출량[9]을 약 70% 내외로 여유 있게 계산하여, 고기 1근(뼈와 고기 포함 600g)에 가을철의 쌀 몇 되씩으로 가격을 정하여 잡는 것이었다.

이날은 각 가정마다 2-3근 정도의 돼지고기를 구입하고, 일부 사람들은 친구들끼리 공동으로 구입하여 별도로 '디리(Dutch pay)'를 하는 경우도 많았다.

'가을 내기' 돼지를 잡는 날은 온 동네가 즐거운 잔치 분위기가 되었다. 귀한 돼지고기를 '디리'로 친구들끼리 먹을 때는 주로 삶아서 수육으로 술안주를 했었지만, 일반 가정에서 구입한 2-3근(1근은 600g) 정도의 고기는 많은 식구가 골고루 반찬으로 먹기 위해, 주로 국을 끓여서 먹었다.

국 한 그릇에 고기가 몇 모타리('점'의 방언) 정도밖에 들어 있지 않았지만, 오랜만에 먹었던 그 맛은 정말 좋았었다.

가을철 음식

가을에는 가을에 먹을 음식도 장만하지만, 겨울에 먹을 음식도 미리 준비하는 계절이다. 가을에는 가을에 먹을 반찬과 김장 이외에도

는 알 수가 없지만, 분명한 이유는 있을 것이다.

9 '고기 산출량'이란 살아있는 돼지의 무게와 이를 도살했을 때, 먹지 못하는 부분을 제외한 실제의 고기(뼈 포함) 비율을 말하는 것이다. 살아있는 돼지를 파는 사람들은 돼지의 무게를 많이 높이기 위해, 돼지가 좋아하는 사료를 많이 먹여서 파는 경우가 많았다. 사료 1kg을 더 먹여 팔면, 1kg의 고기값을 더 받을 수가 있기 때문이었다.

'메주 만들기', 무와 호박 등을 썰어서 건조한 '오가리'와 곶감 등을 만드는 것으로 겨울 준비를 했다.

(1) 가을철 반찬

가을철에는 모든 곡식을 수확하는 계절이므로, 먹을거리가 많아서 먹지 않아도 배가 부를 지경이었다. 논과 밭에 심어놓은 모든 곡식을 수확하고 추운 겨울을 대비해야 하므로, 1년 중에서 가장 바쁜 계절이다.

음식은 주로 햇쌀밥과 집에서 숙성시킨 청국장과 생갈치 찌개가 가장 맛이 있는 계절이다. 맛있는 양념장에 배추의 노란 속잎으로 쌈을 싸먹는 것도 가을의 별미였다.

또 하나의 가을철 별미는 영양 많고 맛이 좋은 메뚜기 볶음요리였다. 벼의 못자리 때부터 번식하여 벼잎을 뜯어먹고 벼와 함께 자란 이 메뚜기가 가을이면 완전히 자라서 통통하게 살이 찌고 암놈은 알까지 배고 있어 그 맛이 아주 좋았다. 이 메뚜기는 노인이나 어린이들이 조그만 삼베 자루를 들고 논이나 논두렁 등을 다니며 손으로 잡는다. 잡아 온 메뚜기는 삼베 자루에 넣어둔 채 똥을 배설하도록 하룻밤을 재우고, 그 이튿날 1차로 솥에 쪄서 날개를 제거한 후 건조하여 저장해 두었다가 수시로 볶아서 양념간장에 무쳐 먹었다.

(2) 김장하기

추수가 다 끝난 늦가을이 되면 김장을 하여 김장독을 땅에 묻고 추운 겨울을 준비한다. 그 당시에는 겨울철에 푸성귀 채소가 전혀 없었기 때문에, 김장이 겨울철의 식량과 같이 매우 중요한 비중을 차지했다.

한 가정에 최소한 배추 150포기 이상의 배추와 무 등으로 김치를 담갔다. 그 당시의 배추는 품종 등의 차이로 인하여 지금의 배추보다는 크기가 작았지만, 식구 1인당 20포기 정도는 담갔다. 김치는 밥반찬으로 주로 먹었지만, 김치를 넣고 '갱시기'[10]라는 죽을 많이 끓여 먹었다. 어머니께서 자주 말씀하셨던, 물 한 그릇 더 부으면 죽 한 그릇 더 나온다는 말씀이 바로 이 '갱시기'를 말하는 것이다. '갱시기'를 많이 끓여 먹었던 이유는 식량도 절약할 수가 있고, 별도의 반찬이 필요 없는 간편성 등이 있었기 때문이다. 우리 고향에서는 겨울철과 이른 봄까지는 거의 하루에 한 끼 정도는 이 음식을 먹었다.

김치는 '배추김치'와 '무김치'가 있다. '무김치'는 '동치미'와 '장자김치'를 담갔는데, '장자김치'는 다른 지방에서는 잘 먹지 않은 우리 고향만의 특별한 김치다. 이 '장자김치'는 무를 가로세로 각 1.5㎝, 두께 약 0.5㎝ 정도로 자르고, 우엉과 장자(대구 아가미젓) 또는 북어, 물오징어 등과 양념을 넣어 담근 것인데, 이 김치는 장기 저장용이 아니고 일주일 정도 먹고 수시로 담가서 먹었다.

(3) 곶감 만들기

그 당시에 모든 농가에는 감나무가 몇 그루씩 있었는데, 가을이면 감이 익어서 온 마을이 붉게 물들어 있었다. 이 감을 따서 일부는 '곶감'을 만들고, 나머지는 저장하였다가 겨울철에 홍시가 되면, 제

10 '갱시기'는 밥이나 쌀을 김치와 함께 넣고, 멸치를 조금 넣어 끓인 죽을 말한다. 통칭은 '갱시기'라고 하지만, 식은 밥을 넣고 끓이면 '밥시기', 쌀을 넣고 끓이면 '갱시기'라고 구분했다.

사용으로 사용하거나 간식으로 먹었다.

'곶감'은 감을 따서 껍질을 벗겨 햇볕에 말린 것을 말하는데, 우리 고향의 방언으로는 '꽂감'이라고 했다. 곶감은 완전히 건조한 것보다는 건조 과정에 있는 것이 더욱더 맛이 있었다. 건조 과정에 있는 맛있는 이 곶감을 어머니 몰래 하나씩 훔쳐 먹는 그 맛은 정말 좋았다.

어머니께서는 내가 훔쳐 먹은 것을 뻔히 아시면서도 일부러 모르는 체하시며, 곶감이 자꾸 없어지는데, 도둑놈을 잡기만 하면 혼을 내주겠다는 말씀을 자주하셨다. 얌전하고 착했던 어린 질녀들이 훔쳐 먹었을 리는 없었고, 도둑은 나 혼자뿐이라는 것을 이미 알고 계셨기 때문이다.

겨울철 음식

(1) 일반 음식

봄철은 죽을 많이 먹었고, 여름철은 보리밥과 밀가루 음식을 많이 먹었지만, 가을과 겨울철은 양식이 비교적 넉넉한 편이었다. 그러나 겨울은 해가 짧고 쌀을 절약하기 위해 한 끼 정도는 봄처럼 '갱시기'를 끓여 먹기도 했다.

이외에도 김치와 해초인 '마지기 나물', '콩나물(방언: 콩질음)', '콩잎나물', '시래기나물' 등과 멸치를 넣고 죽을 끓여 먹었는데, 추운 겨울의 한 끼로서는 부족함이 별로 없었다.

이 '마지기 나물', '콩나물', '콩잎나물', '시래기나물' 등은 '무'와 함께 잘게 썰어서 밥을 비벼서 먹기도 했었는데, 지금 생각하면 건강에 아주 좋은 식품이었던 것 같다. 아마도 그러한 식사 덕분으로 술을 많이 마신 나의 대장이 아직까지 건강한 것이라는 생각을 가끔 하고 있다.

(2) 고구마의 역할

고구마의 원산지는 열대 아메리카이고, 일본으로부터 들어왔다고 한다. 통신사 등의 경로로 들어와 여러 번의 실패를 거듭한 끝에 본격적으로 재배를 한 것은 조선조 영조 때부터라고 한다. 그리고 '고구마'라는 이름 역시 일본말 '고귀위마(古貴爲麻)'에서 유래되었다고 하여, '고구마'로 불렸다고 한다.

지금은 고구마의 영양적인 장점을 알고 많이들 먹고 있지만, 과거에는 영양식으로 먹었던 것이 아니라, 쌀을 대신에 배고픔을 해결해 주는 구황(救荒)식품이었다.

그 당시에 식구는 많고 농지가 적었던 빈농(貧農)의 가정은 겨울철에도 미리부터 봄 양식을 걱정하지 않을 수가 없었다. 겨울에서 봄까지 쌀 양식을 절약할 수 있는 유일의 대체식품은 고구마였다. 고구마는 간식용으로도 많이 애용했지만, 양식이 넉넉하지 않은 집은 밥을 할 때 고구마를 같이 넣어서 밥을 함으로써, 쌀밥에 고구마가 절반 이상이나 섞인 가정도 일부 있었다고 전해졌다.

내가 열 살 정도의 나이였던 어느 겨울에 어머니를 따라서 어머니 친정 마을(외가 마을)에 같이 갔다가, 어머니 친정 인척 중의 가난해 보이는 어떤 집을 방문하여 여러 가지 이야기 끝에, 어머니가 걱정스러운 표정으로 그 집의 양식 상태를 물어보셨는데, 그때 그 집 주인은 "올해는 고구마 농사가 잘 되어서 내년 봄 양식까지 걱정이 없습니다."라는 말을 들었다. 그 말을 들을 그 당시에는 고구마와 봄철 양식이 무슨 관계가 있는지를 잘 몰랐었는데, 집으로 오면서 어머니로부터 설명을 들은 후에야 그 말의 진의(眞意)를 비로소 알 수가 있었다. 그 당시의 가난한 가정은 고구마가 겨울과 봄철의 절반 양식이었던 것이다.

(3) 메주 만들기

늦가을 또는 초겨울이 되면 집집마다 1년간 먹을 간장과 된장을 담그기 위해 반드시 콩을 삶아서 메주를 만들어야 했다. 1970년대 이전까지의 농촌에서는, 모든 음식은 집에서 직접 담근 간장으로 간을 맞추었다. 그리고 된장국은 한 끼도 빠지지 않고 상 위에 올랐기 때문에, 간장과 된장을 담그기 위한 메주 만들기는 아주 중요한 일이었다.

옛날 우리 고향에서는 간장을 '질은장'이라 했고, 된장은 그대로 '된장'이라고 했다. 간장과 된장은 원래 같은 장독에 소금물과 메주를 넣어서 담근 것인데, 이것의 건더기는 된장이고, 액체의 형태로 남은 것은 간장이다. 그리고 '질은장'과 '된장'의 어원은, 간장은 물로 되어 있기 때문에 '질다'의 의미(意味)인 '질은장'이라 했고, 된장은 물 없이 '되다'라는 의미의 '된장'이라고 했다는 것이다.

표준어인 '간장(醬)'은 어떻게 해서 나온 말인지는 모르겠으나, 모든 장(醬)은 '간'이 있는 것이므로, '간'이 있는 장(醬)이라는 말은 중복의 의미가 있다고 볼 수 있다. 그러므로 '간장'은 경상도 방언인 '질은장'이 더욱더 합리적인 품명같이 보인다.

메주의 크기는 가정마다 '메주틀'의 크기에 따라 다소의 차이가 있었다. '메주틀'은 보통 내면의 깊이는 약 10-15㎝, 내면의 가로세로는 각각 약 20㎝ 정도의 규격으로 만든 사각 형태의 목재 틀이다. 삶은 콩을 디딜방아에 잘 뭉쳐지도록 조금 정도만 빻아서, '메주틀'

에 베를 깔고 넣어서 단단하게 다져서, 직육면체의 모형을 만든 후에, 짚으로 둘레를 싸서 방 안의 '실겅'에 걸어둔다.

메주의 수량은 대개 식구 1인에 1개 정도로 하고, 손님이나 큰 잔치 등을 고려하여 몇 개 더 준비하는 정도였다.

겨울철에 방에서 놀다가 심심하면, 메주의 겉면에 붙어있는 메주콩을 떼어서 먹는 것도 재미있는 추억이다.

3

불쌍했던 다리 밑의 불청객

우리 고향의 면내에는 하천을 건너는 차도의 다리(교량)가 5곳 있었다.

이 다리 밑에는 눈비를 피할 수가 있으므로 집 없는 불청객들이 집단적으로 거주하고 있었다. 이 사람들은 대략 가난하다는 이유로 된 '일반 거지'와 나병환자들로 구성된 '문딩이 거지'와 '각설이 부대' 등의 세 종류가 있었다. 각설이 부대는 대개 이곳저곳을 다니는 떠돌이 집단이었고, 일반 거지와 나병환자 거지는 다리 밑에서 상주하며, 인근 마을에 식사 때를 맞춰서 밥을 얻으러 다녔고, 대낮에는 곡식을 동냥하러 다녔다.

이 사람들도 눈치가 빨라서 가난한 집에는 가지 않고, 조금 생활이 넉넉한 집만을 찾아다녔으므로, 우리 집의 경우는 매일 이들을 대접해야만 했다.

아마도 그분들이 우리나라 뷔페요리 식사의 원조라는 것을 뷔페요리를 먹을 때마다 가끔 생각나게 한다. 그분들은 밥을 얻으러 다닐 때, 바가지나 깡통 등을 하나만 가지고 다녔기 때문에, 밥과 함께 반찬 등을 한 곳에 담아서, 다리 밑으로 돌아가 자기 가족들과 먹었기 때문이다.

그 당시에는 우리 정부에서도 이 사람들에 대한 복지정책을 수행할 예산이 없는 가난한 나라였기 때문에 어쩔 수가 없는 실정이었다.

그 후 1960년대 중반부터 나병환자들은 소록도 등으로 수용 조치를 했고, 경제성장으로 인해 일반 거지들도 점점 사라지기 시작했다.

제5장

가축

1

소(畜牛)

소의 중요성

극빈의 농가를 제외한 대부분의 농가는 농사용으로 소 한 마리씩은 거의 키웠다. 소는 논과 밭을 갈았고, 무거운 짐을 운반하고, 새끼를 낳으면 농외의 부수입이 되었고, 배설물(두엄)은 농사용의 좋은 거름이 되었다.

소는 소목에 속하는 가축으로서, 임신기간은 약 270~280일이며, 새끼는 보통 한 마리를 낳는데, 두 마리를 낳는 경우도 간혹 있었고, 수명은 약 20년 정도가 된다.

그 당시에 소를 살 돈이 없는 집은 '배내기'라는 풍습을 이용하여, 소를 기르기도 했다. '배내기'는 남의 집 암송아지를 받아와서, 이 송아지를 키워서 이 송아지가 새끼를 낳으면, 그 새끼는 자기가 차지하고 큰 어미 소는 원래의 주인에게 되돌려 주는 풍습이었다. 이와 같은 계약의 이행 기간은 약 2-3년이 걸리는데, 2-3년 만에 가난한 사람에게는 송아지 한 마리가 생기는 것이고, 원래의 송아지 주인에게는 2-3년 만에 송아지에서 큰 소 한 마리가 생기는 양자 이익의 풍습이다.

소는 농가에서 살림 밑천이라고 할 정도로 집과 토지를 제외하면, 어떤 품목보다 가격이 제일 비쌌을 뿐만 아니라, 농사에는 반드시 필요한 가축이었으므로, 농우(農牛)라고도 했다. 또한 큰돈이 필요할 때는 환금성(換金性)이 아주 좋았으므로, 농촌 자녀들의 대학 등록금용으로 많이 사용되었기 때문에, 과거에는 대학교 건물을 '우골탑(牛骨塔)'이라고도 했다.

그 당시에는 지금처럼 경운기나 트랙터 등의 농기계가 전혀 없었기 때문에, 소가 없으면 농사를 지을 수가 없었다. 소는 쟁기로 논밭을 갈 때나 우차(소달구지)를 끌거나 볏단 등의 무거운 짐 등을 운반하는 데 반드시 필요했던 아주 고맙고 소중한 가축이다.

과거의 소는 지금의 육우(肉牛)와는 전혀 다른 정말로 고마운 일꾼이고 가족과 같은 존재였다.

소는 송아지로부터 어느 정도 크면, 소를 부리기 쉽도록 '코두레'를 한다. '코두레'는 잘 부러지지 않는 단단한 느릅나무나 노간주 나뭇가지를 불에 달구어 구부려서 소의 코에 구멍을 뚫어 꿰어 놓는 것을 말한다.

이 '코두레'에 고삐(이까레)를 매어 소를 끌고 다녔다. 그리고 논밭을 갈거나 일을 시킬 때는 농작물을 뜯어먹지 못하게 소의 입에 멍[1]을 씌워서 작업의 효율성을 높였다. 그리고 소를 멀리 걷게 할 경우에는 소의 발을 보호하기 위해 짚신을 만들어 신기기도 했다.

이와 같이 고마운 소에게 농민들은 각별한 고마움을 느끼며 정성껏 보살폈다. 각 가정마다 정월 대보름 아침이 되면, 금년 농사일을 잘 도와줄 것을 바라면서, 칭이(키)에 밥과 나물을 담아서 소에게 정성껏 대접했다.

1 '멍'은 나의 고향의 방언으로서, 삼(대마껍질)으로 새끼를 꼬아서 만든 것인데, 소가 농작물이나 풀을 뜯어먹지 못하게 입에 덮어씌운 그물을 말한다. 그러나 국어사전에는 '멍'을 '멍에'의 경남, 전남지방의 방언이라고 되어 있다.

이때 소가 밥을 먼저 먹으면 풍년이 들고, 나물을 먼저 먹으면 흉년이 든다는 말이 있었는데, 아마도 한해의 풍년을 소에게 많은 의지를 한 것 같은 생각이 든다.

이와 같은 농민들의 고마운 소에 대한 지극 정성과는 달리, 지금 우리가 가끔 외식으로 잘 먹고 있는 '설렁탕'이 '선농제(先農祭)'의 제물(祭物)로 사용한 소고기를 끓인 '선농탕(先農湯)'에서 유래했다는 설(說)이 있다. 만일 이 설(說)이 사실이라면, 농민들의 고마운 소에 대한 인식과 당시에 국정(國政)을 책임진 조정(朝廷)의 소에 대한 인식은 한심할 정도로 많은 차이가 있음을 알 수가 있다.

선농제의 유래는 오래전 신라시대부터 있었던 것으로 전해지지만, 그 시대에는 소고기를 제물로 사용했다는 기록은 보이지 않는다.

그러나 조선시대에는 선농단(先農壇, 서울시 동대문구 제기동 소재)에서 임금이 친히 제주(祭主)가 되어 풍년을 기원하며 '선농제(先農祭)'를 지내고, 선농단 인근에 있는 농지에서 왕이 직접 소를 몰아 밭을 갈며 농사의 소중함을 백성들에게 알리며 권농(勸農)에 힘썼다는 기록이 있다. 그리고 조선시대에는 소가 귀하여 농사에 많은 어려움을 겪었던 것으로도 알려져 있다.

특히 강희맹의 『금양잡록(衿陽雜錄)』과 『현종실록(顯宗實錄)』과 정조 22년(1798년)의 『권농정구농서윤음(勸農政求農書綸音)』 등의 사례들을 보면, 조선시대에는 소가 무척 귀하여 농사에 많은 지장을 주었다는 것을 알 수 있다. 이와 같이 사육 두수가 부족하고 소중한 농사일꾼이었던 귀한 소를, 농사의 풍년을 기원하는 '선농제'의 제물(祭物)로 바쳤다는 사실은 전혀 사리에 맞지 않은 잘못된 처사라고 하지 않을 수가 없다.

만일 '선농제'가 아니고 다른 유흥행사(遊興行事)라면, 소를 잡아도 할 말은 없겠지만, 풍농을 기원하는 신성한 제사에, 농사에 반드시 필요하고 귀한 소를 제물(祭物)로 바친다는 것은 분명히 사리에 합당하지 않는 잘못된 처사라고 하지 않을 수가 없다. 그리고 제물로 바쳤던 이 소고기로 끓인 탕을 전혀 어울리지 않는 '선농탕(先農湯)'이라고 호칭했다는 것 역시 전혀 말이 되지 않는 이상한 이름이다. 차라리 '선농탕'보다는 농사를 망치는 '망농탕(亡農湯)' 또는 소의 고마움을 모르는 '배은탕(背恩湯)'이라고 부르는 것이 더욱더 잘 어울리는 이름일 것 같다.

소먹이기

'소먹이기'라는 말의 의미는 각 농가에서 농우용으로 기르는 소를, 가을, 겨울, 봄철에는 집에서 짚 등을 잘게 썰어서 가마솥에 소죽을 끓여서 먹이다가 여름이 되면, 아침 식전과 오후에는 반드시 들이나 산에서 풀을 뜯어먹도록 방목하는 일을 말한다.

"소먹이러 간다."라는 말을 우리 고향의 방언으로 "소믹이로 간다."라고 했다. 그 당시의 소는 지금과 같이 육우(肉牛)로 키우는 것이 아니라, 농우(農牛)용으로 키우는 것이기 때문에 "소먹이기"는 소가 꼴을 뜯어 먹게 하는 목적 외에 소의 힘을 기르게 하는 운동을 목적으로 실시했을 것이라는 생각이 든다.

우리 마을은 여름철의 아침 식전과 오후가 되면, 반드시 동네 아이들이 각자의 집에서 소를 몰고 나와서 풀을 뜯어 먹이는데, 아침에는 주로 가까운 곳에서 소를 먹였다. 그리고 오후에는 마을 뒤편 송지골 입구에 있는 못(저수지) 제방(못뚝)의 벚나무 밑이나 근처 소나무 밑의 그늘에 이까레(고삐)를 매어 놓고 못에 들어가 수영놀이를 하다가 소가 다 모이게 되면, 소를 몰고 송지골의 여러 골짜기 중의 한 골짜기를 정하여 들어간다.

그 당시 우리 마을에는 약 20-30 마리 정도의 소를 키우고 있었고, 소에는 반드시 목에 편경(풍경 또는 방울이라고 함)을 달아놓았기 때문에 소가 걸을 때는 편경 소리가 났다. 이 편경은 산에서 혹시 소를 잃어버릴 때가 있는데, 편경 소리를 듣고 숲속 멀리 있는 소일지라도 쉽게 찾을 수가 있었다.

'소먹이기'에는 엄격한 규칙이 있었다. 소는 농가의 중요 재산이므로 소의 도주, 도난, 낙상사고의 방지와 농작물에 대한 피해방지 등을 위해 엄격한 질서유지가 필요하게 되었고, 이를 위해 아이들에게는 철저한 상명하복의 규칙에 의해 효율적으로 진행되었다. 제일 나이가 많거나 또는 싸움을 제일 잘하는 아이가 대장 노릇을 하고, 그 외에는 대장의 명령에 무조건 복종해야만 했다.

나는 초등학교 입학 1년 전인 7세(만6세)부터 소먹이기를 시작하여 큰 아이들의 졸병 노릇을 계속하다가 중2 시절부터는 계속하여 대장 노릇을 하였고, 이에 따른 재미있는 추억들이 아주 많이 있다.

소먹이는 장소는 6·25 사변 때까지만 해도 마을 앞을 흐르는 송림천의 주변이나 부엉이집이 있는 비기덤 밑으로 가기도 했지만, 그 이후에는 하천변의 농지 개간 등으로 인하여 소먹일 공간이 거의 없어졌기 때문에, 주로 송지골의 여러 골짜기를 번갈아 갔다. 대장격의 아이가 결정한 골짜기로 좁은 길을 일렬로 소를 몰고 가서, 소가 자유롭게 활동할 수 있도록 이까레(고삐)를 소의 뿔 위에 단단하게 감아서 고정시킨 후에 소를 풀어 놓는다.

송지골 입구에는 저수지가 있고, 도래골, 새골, 절골, 감나무 등때, 공동묘지 등때, 4호 등때, 5호 등때, 큰골, 까치골, 바람골, 뒤박골 등으로 형성된 아름다운 산골이다. 절골 너머에는 디기재가 있고, 큰골의 새실재를 넘으면 월막리 등의 마을이 있으며, 산줄기를 좀더 따라가면 미숭산이 나온다.

도래골은 옛날에 도래(도라지의 방언)가 많았다고 불려진 이름이고, 새골은 옛날에 새로 형성된 조그만 도자기 굽는 마을이 있었을 때 붙여진 이름이라고 전해진다. 이 새골에는 옛날 도자기의 가마터로 추측이 되는 흔적들이 일부 남아있다. 그리고 이 새골 입구의 오른편 산등성이 밑에는, 지금은 이장을 하고 없지만 옛날에 나의 외할머니의 산소가 일정 기간 계시던 곳이고, 또한 어린이들의 무덤인 '왜장터'[2]가 있던 곳이다.

아마도 어릴 때 돌아가신 그리운 순만누님도 이곳 어딘가에 영면하고 계실 것으로 추측은 되지만 현재로서는 찾을 수가 없다.

또한 이 '왜장터' 위의 산등성이에는 고려시대 세력가인 고령박씨의 묘로 보이는 수개의 분묘가 쓰러진 문·무관비석 등과 함께 돌보는 사람도 없이 허물어져 방치되어 있다. 이와 같이 허물어진 세력가들의 묘를 보면, 아무리 강하고 영원할 것 같은 부귀 권세도 세월 앞에서는 뜬구름같이 허무한 것임을 알려주는 하나의 교훈같이 느껴지기도 했다.

절골은 옛날에 절이 있었다고 전해지고 있는데, 이 절에는 빈대가 너무 많아서 부득이하게 절문을 닫았다고 하여 붙여진 이름으로,

---

2 '왜장터'는 어린아이들의 무덤이 모여 있는 곳을 말하는데, 옛날 우리 고향에는 어린이가 죽으면, '왜장'이라고 하여 영구적 보존을 위한 성인들의 분묘와는 다르게, 작은 무덤 위에 조릿대로 만든 삿갓을 씌우고 이 삿갓이 고정되도록 흙과 돌을 적당히 얹어 놓고는 사후 관리를 전혀 하지 않음으로써, 수년이 지나면 저절로 무덤이 흔적 없이 사라지도록 하는 고유의 장례문화였다.

내가 어릴 때만 해도 절터가 그대로 있었다. 지금은 산 주인이 묘지 조성 관계로 지형을 완전히 변화시킴으로써, 옛날의 자취를 전혀 찾아볼 수가 없다. 또한 이 절터에는 쓴맛이 나는 보기 드문 야생 복숭아나무가 몇 그루 자생하고 있었는데 지금은 이 나무마저 완전히 사라지고 없는 것 같아 안타까울 뿐이다.

감나무 등때(능선)는 산감나무가 많다고 붙여진 이름인데, 지금은 소나무가 너무 울창하여 일부의 산감나무만 자생하고 있을 뿐이다.

공동묘지 등때는 일제강점기에 조성된 공동묘지가 있기 때문에 붙여진 이름으로, 산 중턱에 약 100여 기의 분묘가 있다.

그 다음이 4호 등때와 5호 등때인데, 4호 등때와 5호 등때는 새골과 절골 사이의 등때로부터 시작하여, 감나무 등때, 공동묘지 등때를 지나 4번째와 5번째의 산등성이라고 붙여진 이름들이다.

특히 5호 등때는, 우리 집안 종중(宗中)의 선영(先塋) 산과는 별도로, 나의 선친께서 직접 조성하신 선영(先塋) 산으로, 나의 부모님과 두 분의 형님과 형수님들, 작은숙부모님의 산소가 계시는 곳이다. 이 산에 나의 묫자리도 오래전에 정해 놓은 곳이 별도로 있지만, 나는 나의 직계 후손들의 편의를 위해 그곳에 묻히지 않고, 묘지 관리가 편리한 수도권 교통 좋은 곳 어딘가에 묻힐 계획이다. 내가 죽어 귀신이 되면 교통비도 들지 않고 마음껏 자유롭게 빨리 날아다닐 수 있을 것이므로, 고향과의 거리 등은 전혀 문제가 되지 않을 것이기 때문이다.

그 다음의 골짜기는 큰골, 까치골, 바람골, 떡박골, 가마골, 오진골 등이 있다.

소를 풀어놓고 해가 질 때까지의 시간에는 여러 가지의 놀이를 하고 시간을 보냈다. 놀이에는 이웃 마을과 소싸움을 붙이기도 하고, '꼰놀이'와 계곡물을 이용한 물레방아 놀이 등을 하고 놀았으며, 때로는 '디리'[3] 또는 '사리(표준어: 서리)'[4]를 해 먹고 놀기도 했다.

'디리'는 주로 집에서 1인당 생감자를 몇 개씩 가져와서 구워 먹거나, 간이 삼곳[5]을 만들어 익혀 먹기도 했는데, 간식이 없던 시절에 정말 재미있고 즐거운 놀이였다.

소에 대한 각별한 사랑

여름을 제외한 3계절에는 소를 소마구(소외양간)에 그대로 매어 놓고, 소죽을 끓여서 먹였다. 소죽을 끓이는 솥을 '소죽솥'이라고 불렀으며, 주로 사랑방 부석(아궁이)에 걸어 놓았다.

소죽을 끓일 때는 우선 여물을 준비해야 하는데, 여물은 짚, 땅콩줄기, 건초 등을 작도(斫刀)[6]로 썰어서 만든다. 이 여물을 소죽솥에 삶아서 소마구의 여물통에 넣어 주어 소가 먹도록 했다. 여물통(구유)은 가장 큰 가마솥인 '소죽솥'에 가득 담긴 여물의 전부가 한 번

3 '디리'는 여러 사람이 각자가 먹을 재료를 집에서 가져와서 함께 요리하여 먹고 노는 것을 말함.

4 '사리(서리)'는 여러 사람이 남의 농작물을 주인 몰래 장난삼아 훔쳐서 먹는 것을 말하는데, 주인한테 들키면 야단을 맞기도 하고, 들키지 않으면 그대로 넘어가는 하나의 관습처럼 행한 것인데 지금은 상상할 수 없는 일이 되었다.

5 '삼곳'은 원래 삼(대마)의 껍질을 벗기기 위해, 땅을 파서 아궁이를 만들고, 그 위에 돌을 얹어 불에 달구어 바로 옆 구덩이에 삼을 넣고 거적을 완전히 덮고 물을 부어서, 뜨겁게 달구어진 돌에서 수증기가 나와서 옆 구덩이의 삼을 삶아서 껍질을 쉽게 벗기도록 하는 시설을 말함.

6 '작도(斫刀)'는 경상도와 전라도 지방에서는 '짝도'라 하고, 표준어는 '작두'라고 하는데, 원래는 '작도'에서 변형된 것으로 보인다. 표준어에는 'ㅗ'가 'ㅜ'로 잘못 변한 것이 아주 많다. '장고(長鼓, 긴북)'가 '장구'로, '얼골'이 '얼굴'로 변한 것 등이다. 심지어 '삼촌(三寸)'도 '삼춘'으로 부르게 되는 것 등이다.

에 충분히 담길 수 있도록, 굵은 통나무 약 1.5m 정도 길이의 속을 파내어 만든 커다란 나무통을 말한다.

여름에는 소의 피부에 기생하는 '가분나리'라는 흡혈 진드기가 많이 붙어 있었는데, 이 벌레를 철저히 잡아주며 피부를 보호했다.

그리고 겨울철에는 소의 털을 솔이나 빗으로 깨끗하게 빗어주고 추위를 막기 위해 소마구(외양간)의 바닥에 수시로 짚을 두껍게 깔아주고, 소의 등에는 '삼정'을 덮어주었다. '삼정'은 '안삼정'과 '겉삼정'이 있었는데, 추운 겨울에는 2개의 삼정을 덮어주었다. '안삼정'은 속에 입히는 부드럽게 만든 것이고, '겉삼정'은 '덕석'처럼 단단하고 두껍게 짚을 엮어서 만든 방한용 겉덮개이다. 아버지는 외출을 나가셨다가 집에 돌아오시면, 제일 먼저 살피는 것이 소마구였다. 만일 소의 등에 '삼정'이 벗겨져 있으면, 가족들에게 호통을 치셨을 정도로 소에 대한 관심과 사랑은 아주 깊으셨다.

1960년 어느 가을날 유명한 『대지』의 작가인 미국 소설가 펄벅(Pearl Sydenstricker Buck) 여사가 우리의 농촌(경주지방)을 여행하면서, 지게를 진채 우차를 끌고 가는 농부가 하도 이상하여, "짐을 우차에 싣지 않고 왜 지고 가느냐?"라고 농부에게 물으니까, "소도 피곤하니까 소의 짐을 덜어주기 위한 것"이라는 말을 듣고, 한국 농부의 착하고 아름다운 마음에 감동되어 한국을 더욱더 사랑하게 되었다는 이야기가 있다.

이와 같이 우리의 농민들은 소가 비록 짐승이지만, 가족처럼 아끼며 대우를 했다. 이와 같은 농민들의 소에 대한 보은적(報恩的)인 사랑은, 풍년을 기원하는 선농제에서 소중한 농우를 잡아 제물로 바치는 배은적(背恩的) 행위와는 전혀 다른, 참다운 농경문화의 정신이라고 할 수 있다.

2

돼지(養豚)

거의 모든 농가에는 돼지 1마리 정도는 길렀었다. 돼지는 십이지(十二支) 중의 마지막 동물(亥)이다. 돼지는 원래 멧돼지를 잡아 순치(馴致)하여 품종을 개량한 멧돼지과에 속하는 가축이라고 한다.

가축들의 팔자(八字) 중에는 돼지 팔자가 가장 좋은 팔자라고 할 수 있다.

소는 논밭 갈고 등짐 지는 등의 많은 일을 해야 하고, 개는 밤이면 도둑을 지켜주고, 닭은 새벽을 알려주는 시계 역할을 하지만, 돼지는 아무것도 하는 일 없이 놀다가 배고프면 소리나 지르는 놈이라고 할 수 있다.

그러나 이 돼지도 알고 보면, 고마운 점이 아주 많았다. 음식물 쓰레기를 처리해 주고, 많은 퇴비 거름을 생산하며, 새끼를 낳을 때는 한 번에 약 10마리 정도나 낳았다. 이 새끼가 젖을 떼면 팔아서 가용으로 사용할 수가 있으므로, 가계에 많은 도움을 주었다.

돼지는 생후 8개월부터 7년까지 번식을 할 수 있다.

소와 개 등은 자유연애를 통한 교배의 기회가 있기 때문에, 주인이 신경을 쓰지 않아도 저절로 임신하여 새끼를 낳았다. 그러나 돼지는 갇혀있는 짐승이므로, 암돼지와 수돼지의 두 주인 사이의 금품거래에 의한 일종의 '성매매'를 통해서만 교배를 붙일 수가 있었다. 사람과는 달리 돼지의 '성매매'는 불법이 아니기 때문이다. 교배를 한 후의 임신기간은 약 114일쯤 된다.

돼지는 집안에 큰일이 있을 때마다 목숨을 바쳐서 맛있는 고기를 제공했던 고마운 가축이다. 농촌 마을에서 아무리 큰 경사가 일어나도 소를 잡는 경우는 없었다. 그러므로 길흉사 시에 항상 죽어야 하는 놈은 돼지였다.

설날 혹은 정월대보름의 산신제, 추석, 묘사 등의 제사와 여름철의 가을 내기, 결혼, 회갑 등의 길사(吉事)와 장례 등의 흉사(凶事)에는 반드시 돼지 1-2 마리는 목숨을 바쳐야 했다.

돼지는 놀고먹는 놈이지만, 거름도 제공해 주고, 음식물 쓰레기도 처리해 주고, 새끼를 많이 낳아서 가계에 많은 도움을 주고, 길흉사 시에 고기까지 제공해 주었던 정말로 고마운 가축이다.

3

닭(養鷄)

1960년대 전후 시기에 큰 손님이 찾아오면 소나 돼지는 너무 부담되어 잡을 수가 없고, 제일 먼저 희생되는 것이 닭이다.

닭은 농가마다 몇 마리씩 마당에 방사를 하며, 밤이면 제집을 찾아 잠을 자다가 새벽이면 시간을 알려주는 시계 역할을 했다.

하루에 1-2회 정도 모이를 주기도 하지만, 거의 스스로 모이를 해결한다. 봄철에 암탉이 낳은 달걀 20여 개 정도를 둥지에 품게 하면, 21일 만에 병아리가 되어 나온다. 이 병아리가 여름과 가을을 지나면 큰 닭으로 성장하는데, 일부는 손님 접대용으로 처리하고, 일부는 씨암탉으로 남겨서 봄이 되면 알을 낳게 하는 등으로 매년 양계의 싸이클(cycle)이 반복되었다.

그러나 이 싸이클은 우리의 토종닭을 기를 때의 이야기이고, 지금은 우리나라에 토종닭은 완전히 없어졌다. 지금 기르는 모든 닭은 전부가 수입된 개량종이고, 우리 고유의 토종닭은 한 마리도 없다. 일부의 식당 등에서 '토종닭'이라고 하는 닭은 진짜의 '토종닭'이 아니고, 방사하여 키운 닭을 말하는 것이다. 그것도 옛날처럼 완전 방사가 아니라, 아마 절반 정도의 방사일 것이다. 1960년도 이전까지만 하더라도, 우리의 순수한 '토종닭'이 많이 있었는데, 지금은 완전히 사라지고 없어진 것이다.

토종닭의 장점은 질병 등에 강하고 고기에 기름기가 적고 꿩고기 같이 맛이 아주 좋았다는 장점과, 성장이 느리고 몸집이 왜소하여 경제성이 적었다는 것이 단점이었다. 그러나 토종은 토종대로의 많은 가치가 있는 것이므로, 완전히 멸종되고 없다는 것은 대단히 안타까운 일이 아닐 수 없다.

오래전에 KBS에서 토종닭에 관한 방송을 한 적이 있었는데, 국내는 물론 중국의 길림성까지도 조사를 했으나, 우리의 토종닭을 찾지 못했다고 했다. 혹시 북한에는 우리의 토종닭이 있을지는 모르겠지만, 만일 있다면 반드시 협조를 구하여 보존하는 사업을 추진해야 할 것이다.

4

개

'개'는 인간에게 가장 오래된 가축으로서, 거의 전 세계에서 사육되며 약 400여 종이 된다고 한다. '개'는 사람을 아주 잘 따르고 주인에 대한 충성심이 많은 짐승이었기 때문에, 옛날부터 많은 사랑을 받아왔다. 그러나 사람들은 이상하게도 나쁜 것은 거의 '개'와 연관을 시켰다. 욕 중에서도 나쁜 욕은 '개××', 살구 중에도 맛없는 살구는 '개살구', 떡 중에도 맛없는 떡은 '개떡' 등의 이름을 붙였다.

'개나리꽃'도 사실은 꽃 모양이 '나리꽃(百合)'과 비슷하지만, 너무 작고 볼품이 없다고 하여 '개나리'가 되었다고 한다. 그러나 이러한 '개'를 지금은 가족처럼 생각하며 특별대우를 하고 있다.

앞으로 개고기를 식용으로 금지하는 운동까지 일어나고 있는 실정이니, 이제야 개들이 제대로 견공(犬公) 대우를 받을 것 같다.

집에서 기르는 모든 가축이 새끼를 낳으면, 반드시 돈을 받고 팔았는데, 옛날에는 '개'의 새끼인 강아지만은 인심 좋게 공짜로 나누어 주는 경우가 아주 많았었다. 지금과는 달리 그 당시에는 전부가 일명 똥개라고 불리던 토종개였다. 우리의 토종개는 아이들의 똥을 아주 잘 처리했고, 남은 밥을 먹이며 편하게 키웠다. 이제는 이 똥개까지도 완전히 사라진 것 같다.

우리가 양육하는 모든 동식물은 효율성을 위해 외래종 도입과 품종개량 등도 해야겠지만, 고유의 토종도 함께 보존했어야 하는 것인데, 안타까운 일이 아닐 수 없다.

옛날의 똥개는 지금처럼 줄에 묶어 놓지를 않았다. 낮에는 마을의 개들이 모여서 놀다가 해가 지면, 집에 돌아와 도둑을 지켰다.

밤이 되면 쥐 등의 작은 소리가 들려도 짖었고, 한집의 개가 짖으면 온 동네의 '개'가 함께 짖었다. 옛날 농촌의 밤은 TV나 라디오 등이 없었기 때문에 고요한 밤의 '개' 짖는 소리는, 사람들에게 도둑을 막아주는 방패로도 인식되어 마음의 안정감을 주기도 했다. 지금도 가끔 들리는 이웃집의 개 짖는 소리는 소음이 아니라, 아련한 추억을 떠올리게 한다. 모든 소리는 각자의 인식에 따라 소음이 되기도 하고, 그리운 추억의 소리가 될 수도 있다.

오래전에 한번 읽어 보았던, 눈 내리는 고요한 밤의 '개' 짖는 소리와 나그네의 외로운 마음을 표현한 '유장경(劉長卿)'의 〈봉설숙부용산주인(逢雪宿芙蓉山主人)〉의 당시(唐詩) 한 수가 생각난다.

日暮蒼山遠 일 모 창 산 원	해가 저물어 푸른 산은 멀리 보이고
天寒白屋貧 천 한 백 옥 빈	날씨가 추운데 초가집은 초라해 보인다.
柴門聞犬吠 시 문 문 견 폐	사립문에 개 짖는 소리가 들리니
風雪夜歸人 풍 설 야 귀 인	바람 불고 눈 내리는 밤에 늦게 돌아오는 사람이 있는 모양이다.

5

토끼

토끼를 학문적으로 분류하면 여러 가지가 있겠지만, 일반적인 분류를 할 때는 크게 집토끼와 산토끼로 분류하고, 집토끼는 모피와 육용 등의 용도에 따라 또 분류를 할 수가 있을 것이다.

1960년대에 주로 학생들에 의하여 많이 길러졌던 토끼는 유럽 토끼로부터 가축화가 된 것이라고 했다. 나무로 만든 사과 상자 등을 개조하여 앞에는 철망으로 막아서 토끼집을 만들었다. 보통 한 가정에 2-3 마리 정도를 키웠는데, 사료는 주로 아카시나무 잎, 칡넝쿨의 잎, 토끼풀 등을 사료로 했다. 임신기간은 1달이며, 새끼는 보통 6마리 정도 낳고, 수유기간은 약 1개월이며, 성성숙(性成熟)은 약 8개월이므로 번식력이 아주 좋았다.

제6장

복식服飾문화

1

옷차림의 변화

우리 민족이 옷을 만들어 입었던 옷감(베)은 삼베, 모시베, 무명베, 명주 등이 있다. 우리 고향에는 계절에 따라 홑옷(경상도 방언: 혼옷), 겹옷, 핫옷(경상도 방언: 한옷) 등을 입었다.

『표준국어대사전』에 의하면, '핫옷'은 15-16세기에 '한옷'이 '핫옷'으로 변경되었다고 하는데, 경상도에서는 아직까지 그대로 '한옷'으로 사용하고 있다. 표준어의 '홑옷'은 글자 그대로 읽으면 '호톳'이 되고, '핫옷'은 글자 그대로 읽으면 '하솟'으로 발음이 되어야 하므로, '옷'의 이미지는 완전히 사라지고, 이상한 말이 되고 만다. 국어사전의 표준어가 변경된 이유를 도저히 이해할 수가 없다.

1950년대 후반까지 우리나라 농촌 성인들의 여름 의복은 삼베한복(고급 외출복은 모시옷)의 홑옷을 입었고, 가을과 봄에는 무명베의 홑옷과 겹옷을 입었다. 홑옷은 한 겹의 천으로 만든 것이고, 겹옷은 안과 밖의 두 겹으로 만든 옷을 말하고, 한옷은 겹옷 속에 솜을 넣은 옷을 말한다. 겨울에는 무명옷과 명주옷의 속에는 무명 솜을 넣어 만든 두꺼운 솜옷인 한옷을 입었는데, 무명 한옷은 주로 평상복이었고, 고급 외출복은 명주 한옷을 입었다.

과거 우리의 한복에는 팬티, 여름철의 난닝구, 겨울철의 내복 등이 없었다고 한다. 우리가 어릴 때 입었던 겨울내의의 하의를 즈봉시다(ズボンした)라고 했는데, 아마도 일제강점기 시대에 일본으로부터 속옷이 들어온 것 같다.

추운 겨울에 내복을 입지 않고 한복을 입으면, 목과 배와 손목 및 팔 등이 무척 추웠기 때문에, 목에는 목도리를 감았고, 배의 부근에는 노출을 방지하기 위해 조끼를 길게 입었었다. 손목 쪽에는 양손에 두꺼운 토시를 착용했었다고 한다.

'팬티(panty)'는 비록 속옷이지만, 그 기능의 중요성과 복식문화의 변화에 많은 역할을 했다. 이 '팬티(panty)'는 우리 국어사전에는 "속옷의 하나로서, 다리 부분은 거의 없고 허리에 꼭 붙는 하의"라고 설명되어 있다. 우리말에는 비슷한 표현으로 '잠방이'가 있으나, 이것은 무릎까지 내려오는 짧은 작업용 바지를 말하는 것이므로, 지금의 '팬티'와는 전혀 다른 옷이다. 그러므로 '팬티'에 관한 우리 고유의 명칭이 없는 것으로 보아, 서양으로부터 일제강점기에 일본을 거쳐 '사루마다(さるまた)'라는 이름으로 우리나라에 들어온 것 같다. 내가 어렸을 때는 모두가 팬티를 '사루마다'라고 했다.

따라서 우리나라가 한복을 입을 때는 팬티가 없었고, 지금과 같이 '팬티' 등의 속옷을 본격적으로 입게 된 것은, 1950년대 이후에 양복식의 옷을 입으면서부터 입기 시작했다.

2

삼베옷

삼(大麻)의 재배

첫째, 삼베옷을 만들기 위해서는 대마초라고 불리는 '삼(麻)'을 재배해야 하는데, 이른 봄에 논이나 밭에 삼씨를 뿌려서 키우면 모심기가 끝날 무렵(6월 하순)에는 삼대의 키가 약 2-3m 정도까지 자랐다.

이 삼잎이 지금은 마약으로 분류되어 있는 대마초라고 하지만, 그 당시의 농촌 사람들은 이 잎에 마약성분이 있는 줄을 전혀 몰랐다.

그 당시에 우리 집에는 거창군 출신의 머슴이 있었는데, 어느 날 이분이 나에게 삼논 근처에서 잠시 이야기를 하는 도중에, "이 삼잎을 건조시켜 담배처럼 종이에 말아서 피우면, 대낮에도 하늘의 별이 보이고, 선녀도 보인다."는 황당한 이야기를 한 적이 있었다. 그때는 너무나 어이가 없어서 그저 가볍게 웃고 넘겼지만, 지금 생각해 보니까 아마도 그분은 그때부터 이 삼잎의 마약성분을 이미 알고 있었던 것으로 보인다.

삼무지

'삼무지'란 삼을 논이나 밭에서 잎을 제거하고 베어서 껍질을 벗기기 위해 삼대를 공동으로 '삼곳'에서 삶는 과정 등을 말하는 것이고, '삼곳'은 '삼굿'의 경상도 방언이다. 이 단어의 표준어도 긴 북을 말하는 '장고(長鼓: 긴북)'가 '장구'로 변한 것과 같이 본래의 'ㅗ'에서 'ㅜ'로 변화한 현상으로 보인다.

해마다 모심기를 마치고 나면(7월 초순경) 즉시 삼을 벤다. 삼을 벨 때는 필요 없는 끝부분과 잎 등은 날카로운 대나무로 정리를 한 후에 벤다.

그리고 이 삼대를 삶기 위해 마을 사람들이 공동으로 만든 '삼곳'에 밤낮으로 불을 지핀다. 이 '삼곳'의 구조는 큰 구덩이를 파서 구덩이의 약 4/5의 공간은 삼대를 쌓아놓을 곳이고, 다른 1/5 정도의 공간은 더 깊게 파서 돌을 쌓아놓고, 돌무더기 밑에는 불을 지피는 아궁이를 만들어서 며칠 동안 장작 등으로 불을 지펴 돌무더기가 고온이 되도록 달군다. 이 불은 돌무더기가 완전히 열이 오를 때까지 계속되어야 하므로, 낮과 밤을 가리지 않고 불을 보살펴야 한다. 돌무더기 온도가 수백 도가 되도록 열을 달군 뒤에 삼대를 옆 구덩이에 넣고 짚 또는 가마니 등으로 삼대 넣은 곳을 김이 새어나오지 않도록 완전히 덮는다.

또다시 불에 달구어진 돌무더기 위에는 흙으로 덮은 후에 거적을 덮고, 물을 부어주면서 다시 흙으로 김이 새지 않도록 단단히 덮으며 물을 부어주면, 뜨거운 돌무더기에서 발생한 뜨거운 김이 바로 옆 삼대 쌓아놓은 곳으로 들어가서 삼대가 삶아진다. 이렇게 완전히 삶아진 삼대는 건조되기 전에 즉시 껍질을 벗겨서 그 껍질을 말려둔다. 이 '삼무지' 일은 시간적으로 매우 급하게 처리를 해야 하므로, 모든 일손을 집중적으로 투입하여 속전속결로 처리했었다.

이렇게 벗겨서 말려둔 삼의 껍질은 여러 가지의 가공 절차를 거쳐서 실이 되어 삼베로 만들어지는 것이다.

삼실(麻絲) 가공

삼실의 가공에서 남자들은 '삼무지'로서 끝이 나고, 그 다음의 모든 작업은 여인들의 몫이었다.

'삼무지'에서 말려두었던 삼의 껍질을 부녀자들이 수시로 물에 담가서 불린 다음 겉껍질을 벗겨 내고, 적당한 굵기의 실이 되도록 가늘게 째는데, 이 과정을 '삼째기'라 하고, 이를 다시 연결하는 작업을 '삼삼기'라고 했다.

이 작업은 주로 더운 여름철에 감나무 그늘 등에서 많이 하게 되는데, 간식거리가 없었으므로 주로 다 익지도 않은 떫은 생감을 따서 먹으며 일했다. 이때는 물론 여인들의 끝없는 많은 이야기들이 오고가고 했다.

이와 같은 '삼째기' 작업이나 '삼삼기' 작업을 마치면 다음에는 또 다시 몇 가지 단계의 작업을 거쳐서 씨줄과 날줄을 가공하여 베틀에 올린다.

삼베 짜기

'베짜기'는 씨줄이 감겨져 있는 '도트마리'를 베틀의 끝에 고정해 놓고, '도트마리'의 씨줄을 풀어서 베틀에 걸어서 바디에 연결한 다음에, 끝부분을 '허리띠'로 고정한 다음에, '심발'을 발에 걸어서 '씨줄'을 엇갈리도록 조정하고, '날줄'이 담긴 '북'을 '씨줄' 사이로 좌우로 왕복하며, '바디집'을 힘차게 당겨쳐서 날줄과 날줄이 붙도록 하는 작업을 계속함으로써, 베가 짜여지는 것이다.

손으로는 계속하여 '북'을 좌우로 넣고 빼내면서 바디를 힘껏 쳐야 하고, '씨줄'은 한쪽 발로서 '심발'을 계속 조정해야 하는 힘들고 어려운 작업이다. 북을 오른손으로 왼쪽으로 밀어 넣으면 왼손으로 북을 받고, 오른손으로 바디를 치고, 북을 왼손으로 오른쪽으로 밀어 넣을 때는 오른손으로 북을 받고, 왼손으로 바디를 치면서 베를 짠다. 물론 솜씨에 따라 다르겠지만, 하루 8시간이나 작업해도 7-10자 정도의 길이밖에 짤 수가 없다.

그 당시 통용되던 베[1]의 길이 단위는 1자의 길이를 30.3㎝로 하는 지금의 표준계량 단위를 말하는 것이 아니고, 지금의 미터법 단위로 환산하면, 1자의 규격은 약 37㎝의 폭에 여인의 한쪽 팔의 길이(어깨부터 엄지손가락까지의 길이)의 길이를 기준한 것인데, 지금의 54㎝의 길이를 말하는 것이다. 이 1자(54cm)의 계량 단위는 대구지역의 상인들은 물론, 인근의 경남 지역인 합천, 거창, 함양 등에도 통용되었던 것을 보면, 경상도 전역은 물론 전국적으로 사용되었던 당시의 길이 단위인 것으로 추정된다.

이러한 고된 작업으로 삼베가 짜여지면, 주로 베를 '필'[2] 단위로 끊어서 시장에 팔기도 하고, 집에 보관해 두었다가 직접 여름옷을 만들어 입기도 했으며, 때로는 상복(喪服)으로 지어 입기도 했다.

이와 같이 실을 가공하여 베를 짜는 전 과정을 보통 '질쌈(표준어: 길쌈)'이라 했고, 베로써 옷을 만드는 과정을 바느질이라고 했다.

옷을 만드는 바느질은 지금의 재봉틀 같은 기계가 그 당시에는 없었기 때문에, 베(원단)를 식구들의 체형에 맞도록 가위로 재단을 하여 손바느질로써 옷을 만들어 입었다.

이러한 길쌈과 바느질로 인한 옛 여인들의 고생은 이루 말로 표현할 수 없을 정도로 아주 고된 일이었다.

베틀노래(베틀가)

'베틀노래'는 일명 '베틀가'라고도 한다. 이 '베틀노래'는 오래전부터 고향의 여러 분들로부터 수집했으나, 오랜 세월 동안 구전으로 내려

1 '베'는 삼실, 무명실, 명주실 따위로 짠 피륙.

2 베의 1필의 크기는 약 37㎝의 폭에 20자(약10.8m)의 길이를 말하고, 이 단위는 모든 옷감에 같이 적용되었다.

온 것이기 때문에, 문장으로 표현하기에는 문맥이 서로 맞지를 않거나 이해할 수 없는 부분 등이 많아서, 수집한 가사 중에서 해석이 가능한 일부만을 골라서 다음과 같이 기록하고자 한다.

베틀 놓자 베틀 놓자 곡난간[3]에 베틀 놓자
잉엣대[4]는 삼형제고 눌림대[5]는 호불애비(홀아비)
낮에 짜면 일광단(日光緞) 밤에 짜면 월광단(月光緞)
일광(日光) 월광(月光) 다 짜내서 낭군 옷을(임의 옷을) 집어(지워)보자

대사(큰일) 보러 떠난 낭군 언제 올지 모르겠다
빙풍(병풍) 속의 그림 학이 춤을 추면 오실랑가(오실까)
낮에 짜면 일광단(日光緞) 밤에 짜면 월광단(月光緞)
일광(日光) 월광(月光) 다 짜내서 낭군 옷을(임의 옷을) 집어보자

보고 싶은 우리 낭군 언제 올지 알 수 없네
메주 속의 반쪽 콩이 싹이 나면 오실랑가
낮에 짜면 일광단(日光緞) 밤에 짜면 월광단(月光緞)
일광(日光) 월광(月光) 다 짜내서 낭군 옷을(임의 옷을) 집어보자

* 병풍 속의 그림 학이 춤을 출 수도 없고, 메주 속에 들어있는 삶겨진 반쪽 콩이 싹이 날 수는 없는 것이다. 출타한 낭군을 애타게 기다리는 여인들의 아름답고 애절한 마음을 표현한 가사로 보인다.

3 '곡난간'은 월궁(月宮)의 선녀가 베틀을 놓았다는 전설의 공간.
4 '잉엣대'는 '잉아', '잉아대', '속대'의 3가지 베틀 구조물을 말한다.
5 '눌림대'는 '잉엣대'에서 '도트마리' 쪽으로 설치된 구조물을 말하는데 이것은 한 개뿐이다.

3

무명베옷

목화(木花)의 전래에 관한 소고(小考)

무명베옷을 만들려면 우선 목화를 재배해야 하는데, 우리 고향에서는 이 목화를 '미영'이라고 했다. '목화'를 '무명'이라고도 했는데, '미영'은 '무명'에서 발음이 변화된 것으로 보인다.

목화로 만든 이 무명베옷은 1960년대 이전까지만 하더라도 여름철의 삼베옷을 제외하면, 3계절을 계속 입어야만 했던 우리 민족의 가장 중요한 옷감이었다.

1년생 식물인 목화는 원산지가 인도이고, 중국은 불교와 함께 인도에서 들여와 재배를 했다고 한다. 중국이 1998년도에 불교 전래 2,000주년 기념행사를 한 것을 보면, 중국은 기원 2년 전부터 목화를 도입한 것으로 추측된다. 우리나라 최초의 불교 도래는 서기 372년(고구려 소수림왕 때)이므로, 중국보다는 374년 늦게 불교가 도래했다는 계산이 나온다.

우리나라의 목화재배에 관한 역사적 기록은 서기 약 1400년경인 고려 말에 문익점이 중국으로부터 붓 뚜껑 속에 몰래 숨겨와서 최초로 전파했다고 전해진다. 마치 지금의 마약 숨기듯이 힘들게 숨겨왔다는 이야기이다.

이와 같은 역사 기록을 근거로 다시 계산을 하면, 중국은 불교와 함께 인도로부터 목화 종자를 동시에 도입하여 재배했는데, 우리나라는 불교가 도래하고 약 1,000년이 지나기까지 목화를 도입하지 못했다는 것이다.

1,000년 동안 중국과 무수한 교류를 하면서도, 그렇게도 소중한 목화씨를 도입할 수단이나 의욕 등이 전혀 없었다는 것은 도저히 믿을 수도 없고 이해할 수가 없다.

첫째, 고려 말 이전의 우리나라와 중국과의 출입국 과정이, 지금의 국경 통관절차처럼 엄격하지는 않았을 것이다. 그리고 1,000년이 넘는 세월 동안 인적교류, 물적교류, 침략과 지배, 정략국혼 등으로 수많은 교류를 하면서도 추운 겨울을 따뜻하게 해 줄 수 있는 목화의 중요성 등을 어리석게도 몰랐다거나, 통제가 너무 심했기 때문에, 목화씨를 도입하지 못했다고 할 수는 없을 것이다.

둘째, 고려 말에 몰래 숨겨온 몇 알의 종자로서, 재배면적을 늘리려면 오랜 기간이 걸릴 뿐만 아니라, 재배면적만을 늘린다고 해서 바로 옷이 되는 것도 아니다. 무명베가 되고 옷이 될 때까지는 여러 가지의 기술과 많은 복잡한 과정이 있어야 한다. 그리고 이것을 실습으로 교육하고 전파하려면 반드시 중국으로부터 기술도입이 병행되어야 하는데, 목화씨의 반출도 금지했던 중국이 기술 제공을 쉽게 해 줄 리도 없었을 것이고, 만일 기술 제공을 비공식적으로 쉽게 받았다고 하더라도, 이를 교육시키고 실용화 하려면 많은 행정력과 기간 등이 필요했을 것이다.

그 당시의 교통, 통신, 교육체계 등과 행정력의 수준으로 실용화를 위한 종자보급과 재배 기술, 그리고 복잡한 가공기술 등을 전국적으로 보급하려면 단기간에는 전혀 불가능할 것이므로, 최소한 조선시대의 중엽이 되어갈 무렵에 겨우 전국적인 실용화가 가능할 수 있었을 것이다. 그렇다면 목화를 전국적으로 재배하여 실용화가 되지 않았던 조선 중엽 이전의 우리 조상들은 추운 겨울에 어떤 옷을 입었을까를 생각하면, 수없이 많은 의문들이 생기게 된다. 그 이유는 겨울철에 삼베옷을 입는 것은 전혀 불가능하므로, 겨울에는 오직 명주옷과 짐승의 털가죽 옷만을 입을 수밖에 없었을 것이다. 명주는 생산하기에 너무나 복잡하고 힘이 많이 들어, 고비용과 함께 대량생산이 불가능하고 또한 질기지도 않기 때문에, 일반 백성들의 평상복이나 노동복으로는 도저히 입을 수가 없는 것이다.

만일에 모든 백성들이 명주만으로 겨울옷을 만들어 입으려면, 명주베를 최소한 3-4겹 이상의 두께로 명주솜을 만들어야 하기 때문에, 이것은 불가능에 가깝다. 만일 전 국민이 입을 수 있도록 뽕나무를 심으려면, 아마 전국의 모든 밭을 다 이용해도 모자랄 것이고, 명주의 생산과정 등의 노동의 복잡성과 수요와 공급 등의 균형을 맞춘다는 것은 도저히 불가능한 일이다. 그러므로 목화가 없었던 시절인 조선 중엽 이전의 시대에는 왕족이나 특수층을 제외한 거의 모든 백성들의 겨울옷은 미개한 원시인들처럼 짐승의 털가죽 옷만을 입을 수밖에 없었다는 어이없는 이야기가 된다.

셋째, 우리나라의 불교 전래는 서기 372년 고구려 소수림왕 때에 처음으로 전래되어 백제와 신라에도 전래가 되었다는 것이 정사(正史)이다.

명주옷은 생명체인 누에의 번데기를 무참하게 삶아서 살생(殺生)을 하고, 그들의 집을 잔인하게 빼앗은 일종의 전리품(戰利品)으로 가공을 한 것이기 때문에, 중국의 불교 전래와 목화의 전래가 동시에 이루어진 것에는 분명히 상관(相關)된 이유가 있었을 것이다. 이 상관의 이유가 왜 우리나라의 불교 전래에는 없었던 것일까?

살생을 엄격하게 금하고 있는 불교의 가르침을 생각해 볼 때, 목화의 실용화가 되기 이전인 조선조 중엽 이전까지의 겨울철에 입었던 승려복은 짐승의 가죽옷과 명주옷은 분명히 아니었을 테고, 무엇으로 만들어 입었을까를 생각하지 않을 수 없다. 그리고 살생의 결과물임을 무시하더라도, 일반 백성들도 입지 못하는 고급스러운 명주옷을, 검소한 생활을 미덕으로 삼아야 할 승려들이 화려하게 입었을 리가 없었을 것이라는 생각도 든다.

이상의 여러 가지 의문점 등을 종합해 보면, 우리나라의 목화는 고려 말에 처음으로 전래된 것이 아니라, 불교와 함께 이미 전래되어 실용화를 하고 있었을 것이라는 생각을 하지 않을 수가 없다.

따라서 목화의 전래에 관한 철저한 연구를 다시 하게 되면, 현재의 목화 도입의 역사는 분명히 바뀌게 될 것이다. 그리고 만일 목화의 전래시기가 현재 전해지고 있는 고려 말경이 명백한 사실로 재확인이 된다면, 목화 도입 이전의 우리의 복식문화에 관한 새로운 연구가 반드시 있어야 할 것이다.

목화(木花)재배

목화는 5월 하순에 밭보리를 일찍 수확한 후에, 보리를 벤 그루터기 위에 목화씨와 나뭇재를 혼합하여 뿌리고, 고랑의 흙을 덮어 심는다. 목화는 이때부터 본격적으로 싹이 나고 자라서 무더운 여름철에는 아름다운 꽃을 피운다. 목화꽃이 지면 열매를 맺기 시작하는데, 이 열매가 익어서 목화솜이 되는 것이다. 이 열매가 덜 익었을 때는 '다래'라고 했는데, 주인 몰래 하나씩 따서 먹으면 맛있는 간식거리가 되기도 했다.

가을이 되어 열매가 익고 목화가 피면 목화를 딴다. 그리고 10월 하순이 되면, 목화나무를 뽑아서 잎을 따고 양지에 펼쳐서 말린 후에 늦게 피는 마지막 목화를 딴다. "목화를 딴다."는 말은 목화의 꽃을 따는 것이 아니라, 목화의 열매 속에 있는 백색의 솜을 따는 것을 말한다. 목화의 꽃은 아무런 소용이 없기 때문에, 일부러 꽃을 따야 할 이유는 전혀 없는 것이다.

미국영화 등의 목화 따기는 전부 목화를 밭에서 그대로 따는 장면이 보이지만, 우리나라는 목화농사 다음에 바로 이어서 보리 파종을 해야 하는 이모작 농사이기 때문에, 일찍이 핀 일부의 목화는 밭에서 따지만 가을이 되어도 덜 익은 열매는 목화나무를 뽑아서 말린 후에 나머지를 땄던 것이다.

오래전에 내가 아주 좋아했던 모 인기가수에 의하여, 한때 유행이 되었던 〈목화 따는 아가씨〉라는 대중가요의 2절에서, "꽃바람 봄바람에 소맷자락 날리며 목화 따던 아가씨"라는 가사가 있었다. 이 노래의 가사는 마치 목화를 봄에 따는 것같이 오해할 정도로 표현하고 있었다. 그러나 우리나라는 물론 세계의 어느 나라에도 봄바람을 맞으며 봄에 따는 목화는 없다.

아마도 이 가사는 작사자의 상상적(想像的)인 시상(詩想)에 착오가 있었거나, 아니면 일부의 문구 표현이 잘못된 것으로 보인다.

무명베 짜기

목화로 실을 뽑아서 베를 짠 것이 무명베(방언: 미영비)이다.

가을에 채취한 목화솜은 '씨기'라는 도구를 이용하여 목화의 씨를 제거하고, 씨가 제거된 목화솜은 대나무로 만든 '활'의 줄을 튕겨서 솜이 골고루 부풀어지도록 만든 후에, 조릿대를 약 30㎝ 정도로 잘라서 목화솜을 지금의 둥글고 긴 생선묵(오뎅)을 꼬챙이에 끼운 것처럼, 약 3㎝ 정도의 굵기에 20㎝ 정도의 길이로 만든다.

이것을 다시 겨울밤에 물레를 돌리면서 실을 뽑아 다른 실패에 감아서, 다시 큰 물레를 돌리며 실을 연결하여, 마당에서 약한 등겨불을 피우며 풀을 먹이는 등의 여러 단계를 거쳐서 베틀에 올려 삼베짜기와 같은 베틀에서 같은 방법으로 베를 짰다.

겨울이 되면, 삼베옷은 전혀 입을 수가 없었고, 명주옷은 귀하고 고급스러운 점은 있지만 실용적이지는 못했다. 그리고 명주는 생산과정이 복잡하여 가격이 비싸고 얼룩이 잘 들어 빨래하기가 힘들고, 질기지도 않기 때문에, 중요한 일이 있을 때나 외출용이 아니면 잘 입을 수가 없었다.

그러므로 여름철 이외의 3계절에 입는 옷은 거의 무명베옷으로 입어야만 했으므로, 무명베옷이 우리 선조들의 주된 평상복이었다.

4

명주(明紬, silk)옷

뽕나무

명주는 누에의 집인 고치에서 나온 실을 여러 단계의 작업을 거쳐 무늬 없이 짠 베(고운 색상의 무늬가 있으면 비단)를 말한다.

명주를 생산하려면 우선 누에를 키워야 하고, 누에를 키우려면 누에의 양식을 생산하는 뽕나무를 재배해야만 했다.

신라시대에 작성된 「신라장적」을 보더라도, 오래전부터 우리나라는 조정에서 직접 뽕나무재배를 철저히 권장했던 것으로 보인다.

특히 조선시대에는 '선잠단(先蠶壇)'을 만들어 양잠의 신에게 제사를 지냈고, 세조 때는 '종상법(種桑法)'을 제정하여 대호(大戶)에는 300그루, 중호(中戶)에는 200그루, 소호(小戶)에는 100그루, 빈호(貧戶)에는 50그루를 심게 하고, 만일 부족하거나 말라 죽으면 벌을 주기까지 했었다. 이러한 역사적 사실들을 볼 때, 우리나라는 오래전부터 양잠을 매우 중요시 한 것으로 보인다. 그러나 누에를 키워서 합당한 수익이 보장되도록 했다면, 백성들은 종상법이 없더라도 자발적으로 뽕나무를 많이 심고 누에를 많이 키웠을 것이다.

그러므로 이 '종상법'은 오직 왕족 또는 고관들의 수요 충족을 위한 농민들에 대한 일종의 수탈정책이라고 하지 않을 수가 없다. 일반 백성들이 주로 입는 목화와 삼(大麻)의 재배와 식량 증산 등은 안중에도 없고, 자기들이 입을 고급 옷감만을 걱정한 것 같다는 한심한 생각이 든다.

누에를 기르기 위해서는 위와 같이 반드시 뽕나무를 키워야 하지만, 만일 뽕이 부족할 경우에는 임시적 응급조치로 구지뽕나무의 잎을 일부 먹이기도 했다. 그러나 뽕이 공급되면 구지뽕을 먹이지 않은 것을 보면, 누에는 구지뽕보다는 뽕을 더 좋아했던 것으로 생각된다.

지금은 이 뽕나무는 양잠용으로 사용하기보다는, 주로 열매인 오디(오들깨)의 생산을 목적으로 재배하는 것을 보면, 시대의 엄청난 변화를 알 수 있게 하는 것 같다.

누에(방언: 니비)

생물학적 분류의 '누에'는 '누에나방과'에 속하는 '누에나방의 유충'이다. 우리나라에서 누에를 치기 시작한 것은 확실히는 알 수 없으나, 중국 주(周)나라의 기자(箕子)가 기자조선을 세울 때 들어왔다고 전해지기는 하나, 기자조선 자체부터가 이설(異說)이 많기 때문에 정설로 보기에는 많은 의문이 간다.

그러나 우리나라는 오래전부터 누에를 길러온 것은 사실이기 때문에, 많은 명칭을 갖고 있다. 우리말의 표준어는 '누에'로 불리고, 경상도 방언으로는 '니비'로 불리며, 한자어로는 잠(蠶), 천충(天蟲), 마두랑(馬頭娘) 등으로 불린다. 누에는 봄에 뽕잎의 새순이 나올 무렵에 종이에 붙여져 있는 누에알을 구입하여 부화를 시키고, 누에가 나오면 부드러운 어린 뽕잎을 잘게 썰어서 먹이면서 점점 누에가 자랄수록 큰 뽕잎을 먹였다. 내가 아주 어렸을 때는 나방에서 누에알을 직접 종이에 받아서 이듬해 봄에 부화해서 키우기도 했다. 나방이 종이 위에서 날갯짓하며 알을 낳는 모습은 신기할 정도였다.

누에를 키우는 방에 들어갈 때는 부정을 타지 않도록 철저히 지키는 규칙이 있었다. 만일 외출 시에, 상여(喪輿)를 보았거나 뱀 등의 나쁜 것을 보았다면, 반드시 세수하고 깨끗한 몸으로 방에 들어가야만 하는 것이었다. 특히 나의 어머니께서는 이 규칙을 철저히 지키셨으므로, 나는 함부로 누에 키우는 방을 들어갈 수가 없었다.

누에는 알에서 부화되어 나올 때는 크기가 약 3㎜ 정도로 털이 많고 검은색을 지닌다. 이 작은 누에가 뽕잎을 먹으며 4령 잠을 자고 5령이 되면, 약 8㎝ 정도의 크기로 자란다. 5령 말까지의 유충기간 일수는 품종이나 환경에 따라 약간 다르지만, 보통 20일 내외이다. 5령 말이면 뽕잎 먹기를 멈추고 실을 입으로 뿜어내며 자기의 집인 고치를 짓는데, 약 60시간에 걸쳐 2.5g 정도의 고치를 만든다. 고치는 12일 정도가 지나면, 나방이 고치의 구멍을 뚫고 나오기 때문에 빨리 실을 뽑거나, 장기 보관을 할 경우에는 반드시 삶거나 뜨거운 열을 가하여 나방이 될 번데기를 죽여야만 했던 것이다.

만일 이 기간을 지나 나방이 고치를 뚫고 나오면, 고치의 실이 끊어지게 됨으로써, 고치를 못 쓰게 된다.

고치와 번데기

고치에서 실을 뽑을 때는 고치를 뜨거운 물에 넣어 익히고 불려서, 물레를 돌리며 실을 뽑아서 실타래에 감는다. 한 개의 고치에서 나오는 실의 길이는 약 1,200-1,500m가 된다고 한다.

고치에서 실을 다 뽑고 나면, 뜨거운 물에 삶겨진 고치 속에서 번데기가 나오는데, 이 번데기가 아주 맛이 좋아서 명주실 뽑는 날이면 옆에 앉아 맛있게 먹었던 기억이 난다.

이들 고치 중에는 크기가 아주 큰 쌍고치도 간혹 있었다. 이 쌍고치는 두 마리의 누에가 공동으로 집을 지어 한 고치 안에 두 개의 번데기가 있는 아주 특이한 것이었다.

명주

고치에서 나온 실로써, 고운 물을 들여 짜면 비단이 되고, 무색으로 짜면 명주가 되는 것이다. 삼베, 무명베, 명주 등을 짤 때는 실의 굵기가 다르기 때문에, 바디[6]의 구조만 다를 뿐이지 베틀은 동일하고 짜는 방법도 같다.

그러나 명주는 더욱더 정성을 기울여 조심히 다루어야 했고, 또한 삼실이나 무명실보다는 아주 가늘고 잘 끊어지기 때문에 베를 짜기에도 더욱더 많은 시간이 걸리는 고급품이었다. 명주옷은 보온성과 보기도 좋고 고급스럽기는 하지만, 질기지도 않고 얼룩 등이 잘 묻어서 빨래를 조심해서 자주해야 하기 때문에, 일상생활용으로 입기에는 실용적이지 못했다. 그러므로 평상복이나 노동복으로는 입지를 않았고, 주로 중요한 외출복으로만 조심스럽게 입었던 고급품의 옷이다.

여인들의 바느질

옷감이 짜여지면 계절별로 가족들이 입어야 할 모든 옷은 전부 손바느질로 만들어야 했다. 1960년대 초반까지는 가정에 재봉틀이 거의 없었기 때문에 옷을 만드는 도구는 전부가 수작업 도구였다.

대나무로 만든 '자', '가위', '바늘꽂이', 실을 감아놓은 '실패', 동정 등을 다리는 작은 다리미 용도의 '윤디', 숯불을 담아서 옷을 다리는 '다리미' 등이 있었다. 무거운 '다리미'를 제외한 모든 도구는 '반짇고리'라는 작은 광주리에 담아 놓고 사용했다.

바느질은 각자의 몸에 맞게 가위로 재단을 한 후에, 바늘에 실을 꿰어, 손으로 한 뜸씩 기워가며 옷을 만드는 수작업이었다. 낮에는

6 '바디'는 베를 짤 때 씨실을 끼워서, 날실을 넣은 '북'의 통로를 만들어주고, 날실을 쳐서 베를 짜는 구실을 한다. 지금의 국어사전에는 씨실과 날실의 설명이 바뀌어져 있으므로 조속히 수정되어야 할 것이다.

다른 가사일 때문에 바느질을 할 수가 없고, 거의 밤이 늦도록 호롱불 아래에서 옷을 만들었다. 피곤한 몸으로 잠을 참으며 바느질을 함으로써, 손가락이 바늘에 찔리는 경우도 많았다고 하니, 여인들의 그 고생살이를 글로써는 표현할 수가 없을 것 같다.

한 많은 시집살이

이상의 '질쌈(표준어: 길쌈)'과 바느질과 빨래와 식사 준비 등의 모든 가정일은 여인들의 몫이었다. 이러한 옛날 농촌 여인들의 힘들었던 고생살이는 1960년대 초까지도 계속되었다. 지금까지 살아 계셨다면 100세 정도가 되었을 나의 큰형수님의 세대가 가장 억울한 최후의 고생살이 세대였던 것 같다. 시부모님을 공경해야 하고, 실을 뽑고, 베를 짜고, 바느질을 하고, 손빨래를 하고, 음식을 책임지고, 아이를 낳고 기르고, 집을 청소하는 등의 태산 같은 가사를 전부가 연약한 여인들이 해야 할 일이었다. 재봉틀도 없었고, 세탁기도 없었고, 전기도 없었고, 지금과 같이 편리한 도시가스도 없었다.

모든 일이 손으로 직접 밤잠을 줄여가며 해야만 했다. 그러나 그분들은 며느리 노릇은 철저히 했지만, 며느리로부터 대접은 제대로 받지 못했던 마지막 억울한 세대라고 할 수 있다.

그 당시 여인들의 슬픈 한(恨)이 담겨있는 작자 미상의 '여한사(餘恨詞)'를 소개하고자 한다. 지방마다 시대마다 조금씩 다르지만, 모두가 여인들의 운명적인 눈물의 한(恨)이 그대로 담겨있는 것 같다.

어린 나이 철없을 때 숙명처럼 시집와서
두세 살씩 터울 두고 팔남매를 키워냈다

누에 치고 삼도 삼고 가을에는 목화 따고
베틀 놓고 베를 짜고 바느질로 밤을 샌다

메주 띄워 장담그고 배추 절여 김장하고
콩을 갈아 두부하고 감을 따서 곶감 깎고

호박꼬지 무말랭이 어포육포 말려두고
해도 해도 끝이 없네 이 일들을 어이할꼬

하루 종일 설치다가 일끝내고 방에 들면
사지육신 늘어져서 꼼짝하기 어렵구나

식구들은 많다 해도 거들 사람 하나 없고
여자라곤 잔소리꾼 시어머니 뿐이로다

꼬치(고추) 마늘 맵다 해도 시집살이 더 맵더라
큰아들이 장가가면 이 고생이 끝날랑가(끝나게 될까)

무정세월 흘러가면 이 신세가 나아질까
이내몸이 죽어져야 이 고생이 끝날랑가

무정한게 세월이라 어느 틈에 칠순팔순
눈 어둡고 귀 어두워 거동조차 불편하네

고집쟁이 우리 영감 자식조차 꺼리는데
내가 먼저 죽고 나면 그 수발을 누가 들꼬

낙이라곤 모르고서 한평생을 살았구나

인생이란 허무한 것 이 마음을 누가 알꼬

내살 같은 자식들아 나 죽거든 울지 마라
원도 한도 난 모른다 이 세상에 미련 없다

서산 마루 해지듯이 새벽 별이 사라지듯
소리 없이 흔적 없이 죽고 나면 핀할랑가(편하게 될까)

5
신 발

우리 민족이 오래전부터 신었던 신발은 극히 일부의 상류층은 가죽 제품의 고급신발을 신었을 것이고, 일반 백성들은 모두가 짚신을 신었을 것이다.

나의 조부님 세대까지만 하더라도 거의 전부가 짚신을 신었다고 했는데, 장거리 출타를 할 때에는 반드시 짚신 한 켤레 이상을 허리에 차고 다녔다고 한다. 짚신은 걸음을 많이 걸을 때는 약 1-2일 정도만 신으면, 더 이상 신을 수가 없기 때문이었다.

비가 오는 날이면 이 짚신은 더욱더 불편했지만, 그 당시에는 어쩔 수가 없었을 것이다. 일부의 사람들은 비오는 날에는 굽이 높고 발끝이 버선 모양의 나무로 만든 '나막신'을 신기도 했었다. 이 '나막신'은 내가 어릴 때에도 일부에서 신는 것을 보았는데, 걸음을 걷기가 몹시 불편하므로 먼 거리를 걸을 수는 없었고, 비오는 날에만 집

안이나 골목길 정도의 가까운 거리를 조금씩 신었을 정도였다. 그리고 일부에서는 목판 등을 이용해서 일본식 왜나막신인 게다(げた)를 만들어 신기도 했었다.

옛날에 짚신 장수 아들과 삿갓 장수 아들을 둔 부모가 있었는데, 비가 오면 짚신 장수 아들이 걱정이고, 날이 가물어 비가 안 오면, 삿갓 장수 아들이 걱정되었으므로, 항상 걱정 속에 살았다고 한다. 그러나 우연한 계기로 생각을 바꾼 후에는, 비가 오는 날은 삿갓 장수 아들이 돈을 벌어 좋고, 비가 안 오는 날은 짚신 장수 아들이 돈을 버니까 좋았으므로, 항상 좋았다는 이야기가 있었다. 이 이야기를 생각해 보면, 옛날에는 짚신과 삿갓의 중요성을 충분히 알 수 있을 것 같다.

고무신이 나올 때까지만 하더라도, 우리 조상들의 신발 사정은 비오는 날과 추운 겨울 등에는 이루 말할 수 없이 불편했을 것으로 추측이 된다.

나의 선친 세대부터는 일제강점기를 살아오면서, 비로소 고무신과 짚신을 번갈아 신었다고 했다. 내가 어릴 때인 1950년대까지만 하더라도 일부 사람들이 밤이면 짚으로 짚신을 삼는 것과 신고 다니는 것을 많이 본 적이 있었다. 특히 일꾼들이 산에 나무를 하러 갈 때는 대부분 짚신을 신었었다.

고무신은 흰색과 검정색이 있었는데, 외출 시에는 주로 흰 고무신을 신었고, 집에서 농사일 등을 할 시에는 때가 잘 묻지 않는 검정 고무신을 많이 신었었다.

우리의 옛말에 "맨발로 뛰어도 못 따라 간다."는 말이 있는데, 지금 이 말을 제대로 이해하는 젊은 사람은 많지 않을 것이다. 이 말에 내포된 분명한 뜻은 신발(고무신이나 짚신)을 신고 달리면, 잘 벗어지고 불편하기 때문에, 맨발로 뛰는 것보다는 빨리 달리지를 못한다는 의미이다.

우리나라와 중국 등의 사극영화 등에서 흔히 신고 나오는 가죽신발 등은 지나치게 과장된 것으로 보인다. 옛날에 가죽신발은 특별한 소수의 계층에서만 겨우 신었던 것이지, 하급 관리를 포함한 일반 백성들은 상상도 못했을 것이다. 왜냐하면 가죽은 지금이나 그때나 무한정 대량생산을 할 수 없는 귀한 재료이기 때문이다. 가죽을 생산할 수 있는 재료는 오직 소와 말의 가죽뿐이었다. 소와 말 역시 귀한 가축이었고, 소를 잡을 때에도 전문 도살장에서 잡을 경우에는 가죽용으로 껍질을 별도로 벗겼지만, 일반인의 행사용이나 식용으로 잡을 때는 고기가 귀한 시절이었기 때문에, 껍질 전부를 식용으로 먹었다고 한다. 그러므로 옛날에는 지금보다도 더욱더 소와 말의 가죽이 귀했을 것이다.

내가 어릴 때인 1950년대, 우리 마을에 '맨발이'라는 별명을 가진 분이 있었는데, 이 별명의 이유가, 새 고무신을 신을 때에는 신발을 아끼기 위해서, 남들이 안 보는 곳에서는 신발을 벗어들고 맨발로 다녔다는 소문 때문이라고 했다. 그 당시에는 지금과는 달리 돈을 절약하기 위해 헌 신발을 실과 바늘로 수선을 해가며 신다가, 더 이상 신을 수가 없을 정도로 밑바닥이 완전히 낡고 불편할 때까지 신었다. 낡은 신발을 버리고, 오랜만에 새 신발을 신을 때는 모두가 아끼고 소중히 했었다.

여자들의 신발 역시 검정고무신과 흰고무신을 신었는데, 버선을 신을 수 있도록 발끝의 위쪽은 뾰족하게 솟아오른 모양의 신발과 여자아이들의 신발이 함께 출시되었다. 일제강점기 후반부터 나온 것으로 보이는 꽃그림이 그려진 여자들의 '꽃고무신'은 대단한 인기를 끌었다고 했다. 그 당시에 나의 선친께서는, 딸들에게는 사주지 않았던 이 꽃고무신을, 맏며느리인 큰형수님에게만 사다주신 적이 있었다고 했는데, 이때 큰누님께서는 무척 섭섭했다는 말씀을 자주 하셨다. 이러한 사례를 보면, 아마도 그 무렵의 '꽃고무신'은 여자들에게는 정말로 인기가 좋았지만, 쉽사리 신을 수가 없었던 귀한 신발이었던 것으로 추측된다.

6

버선(襪)과 양말(洋襪)

우리나라는 아주 오랜 옛날부터 버선을 신어왔다. 버선은 '홑버선', '겹버선'과 솜을 넣어 만든 겨울용의 '핫버선(핟버선)'이 있었다. 이 버선은 만들기도 힘들었고 세탁도 불편함으로써, 남자들은 선비 이상의 상류층에서 주로 착용하는 것이었고, 일반 중인들은 추운 겨울이나 외출 시 등에만 겨우 사용하는 정도였다고 한다. 그러나 중인 계급 이상의 여인들은 소중한 발을 남에게 보일 수가 없으므로 계절에 관계없이 항상 버선을 신었다고 한다.

1960년대 초까지만 하더라도, 일반 농민들은 특별한 경우 외에는 버선이나 양말 등을 신지 않은 채 일상생활을 하다가 추운 겨울이 되어야만, 겨우 방한용으로만 버선 또는 양말을 신었었다.

머슴들이나 일반 일꾼들이 추운 겨울에 나무를 하러 가거나 일을 할 때는 주로 간편한 '발싸개'를 많이 하고 다녔다. 이 '발싸개'는 신을 신을 때, 버선이나 양말을 대신하여 무명베 조각이나 헌옷 등을 찢은 헝겊으로 발을 감고 싸는 것을 말하는데, 겨울철에 발의 보온을 목적으로 주로 일꾼들이 많이 사용한 것이었다.

이 '발싸개'는 특히 동학농민혁명 당시의 참여자들이 추위뿐만 아니라, 험한 산길 등에서 발을 보호하기 위해, 무명베를 많이 이용했다고 한다. 그러므로 나의 조부님께서는 동학농민군에게 이 무명베를 많이 구입하여 공급하셨던 것으로 전해지고 있다. 이 '발싸개'는 더 이상의 손질이나 바느질 없이, 무명베의 원단이나 헌옷 등을 적당한 규격으로 자르기만 하면 되는 것이었고, 착용할 때도 버선처럼 빈틈이 없도록 착용하는 아주 간편한 방법이 있었다고 한다.

이외에도 우리 고향의 방언으로, '미털이'라는 것도 있었는데, 발가락이 다 나오는 헌 양말을 신고 그 위에 보온이 되도록 헝겊 등을 감아서 신는 것을 말하는데, 주로 일꾼들이 많이 신었다.

버선은 제조와 세탁 등에서 많은 불편한 단점을 지니고 있었지만, 이 '발싸개'는 추울 때는 여러 겹으로 착용을 할 수가 있었고, 제조, 착용, 세탁 등에서 버선과는 달리, 아주 많은 장점을 지니고 있었다고 한다.

일제강점기 시절부터는 '다비(たび)'라고 불렸던 일본식 이름의 양말이 보급되기 시작했다고 한다. 양말(洋襪)은 "서양(洋)에서 들어온 버선(襪: 버선 말)"이라는 뜻으로 지어진 이름이라고 한다.

내가 초등학교 재학 무렵에는 3계절을 맨발에 고무신만 신고 다니다가, 추운 겨울이 되어야만 시장에서 구입한 얇은 양말이나 집에서 손으로 뜨개질한 양말을 겨우 신기 시작했다.

그러나 이 양말은 질기지를 않아서 며칠만 신으면 구멍이 생겨서 다른 천으로 덧붙이는 등의 수선을 자주 하며 겨우 신었었다.

혹시 남의 집에 신발을 벗고 들어갈 때는, 구멍 난 양말이 부끄러워서 신발 벗기가 부담스러울 경우도 아주 많았다. 이러한 부끄러운 장면은 그 당시의 영화에도 몇 번이나 나온 적이 있다.

그 후 고등학교 재학시절부터인 1960년대 초부터는 질긴 '나일론 양말'이 대량으로 보급되기 시작하여, 구멍 난 양말은 거의 없어지기 시작했다.

7

관모(冠帽)

'관모(冠帽)'는 신분이나 의례에 따라 격식을 갖추기 위해 머리에 쓰는 모자를 말한다. 과거 우리 선조들은 이 '관모'를 '의관(衣冠)'이라고 하여 남자의 의복과 동일시함으로써, 성인 남자라면 반드시 갖추어야 할 예의적 차림으로 인식해왔다.

'갓'의 종류는 용도와 격식에 따라 매우 많지만, 여기서는 일반적인 평양자형(平凉子型)의 흑립(黑笠)을 말하는 것이고, 크기도 반상(班常)의 계급에 따라 달랐다고 한다. '갓'을 쓰기 전에는, 반드시 '탕건'을 쓰고 그 위에 '갓'을 썼고, 상투머리일 경우에는 탕건 밑에 반드시 망건(網巾)을 썼다.

그리고 비가 올 때는 갓과 머리를 보호하기 위해 '갓' 위에 기름종이와 대나무 쪽으로 만든 '갈모(경상도 방언: 갓모)'라는 모자를 썼다.

'갓'은 외출 시에만 주로 쓰고, 집에서는 '탕건'만을 쓰면서 '갓'은 반드시 '갓집'[7]에 보관하는 등으로 아주 소중하게 취급을 했다.

과거 조선시대에는 남자가 관례를 치르면 반드시 '갓'을 썼다고 한다.

그러나 1895년(고종 32년) 1월 1일부터 일제의 강요로 양력(陽曆)을 사용함과 동시에 내려진 단발령(斷髮令) 때부터 1950년대까지는, 젊은 성인 남성은 외출 시에 '중절모'를 썼고, 50세 전후부터는 주로 '갓'을 쓰고 다녔었다.

그러나 지금은 일부 노인층에서 대머리를 감추기 위해, 중절모 형태의 '모자'나 일제강점기에 일본 형사들이 많이 쓰고 다녔다는 속칭 '따까리 모자'는 쓰고 다니지만, '갓'은 거의 쓰지 않고 있는 실정이다.

8

지팡이

옛날 우리나라는 60세가 넘어가면, 고을이나 나라에서 지팡이를 만들어 주기도 했다는 말이 있다. 그리고 근래에는 1997년부터 매년 10월 2일 '노인의 날'이 되면, 100세를 맞은 노인에게 대통령 명의의 '명아줏대'로 만든 '청려장(青藜杖)'을 선물하고 있다.

7 '갓집'은 갓을 넣어두는 상자로써, 원통형으로 만들어 벽에 걸거나 천장에 달아두고, 옆이나 밑에서 문을 여닫게 되어 있다.

지팡이는 동서고금을 막론하고 신체적 보호기능인 실용적 기능과 제왕 및 종교적 지도자 등의 권위와 기타 지위, 명예 등의 상징적 기능 등으로 다양하게 사용되어 왔다.

사회적 지위를 나타내는 상징적 기능의 지팡이도 원래는 초자연적인 힘을 믿은 지팡이의 신비력에 유래한 것이라고 보인다. 고대 이집트의 신, 잉카제국의 시조 전설, 중국의 선인, 불승 등의 지팡이 등과 같이 역사적으로 수많은 지팡이의 사용 역사가 신비력의 근원을 설명하는 것 같다.

1960년대까지만 하더라도 우리나라 농촌에는 노인들이 지팡이를 짚고 다니는 경우가 아주 많았다. 그 당시의 노인들은 지팡이를 허리 등의 몸이 불편한 사람만 짚고 다니는 것이 아니라, 어른다운 권위(權威)와 품격의 상징으로 많은 노인들이 사용했다.

옛날의 검객(劍客)들은 장·단 등의 여러 가지 형태의 검(劍)을 소지하면서, 노후에는 '지팡이검(杖劍)'[8]도 대부분 소지했다고 한다.

나도 현재 관할 경찰서장으로부터 '도검소지허가'를 받아 세 자루의 진검(眞劍)을 소지하고 있는데, 그 중의 한 자루는 '지팡이검(杖劍: 장검)'이다.

이와 같이 지팡이는 불편한 몸을 의지하는 단순한 나무 또는 대나무 지팡이로부터 신분의 상징과 목적 및 용도에 따라서 여러 가지의 재질과 형태로 만들어진 다양한 지팡이가 사용되었다.

8 '지팡이검(杖劍)'은 외형은 지팡이지만, 지팡이 속에 검(劍)이 내장되어 있음으로써, 지팡이와 검(劍)을 겸용할 수가 있다.

9

—

우비(雨備)

우비는 비가 올 때, 비를 가리기 위해 사용하는 물건을 통틀어 이르는 말이다.

1950년대까지의 농촌에서 사용했던 우비는 삿갓, 우산, 도롱이(방언: 도링이)가 있었고, 군용품 고물 우의를 사용하는 사람이 간혹 있기도 했다.

우산은 지금처럼 베나 비닐로 만든 우산은 없었고, 대나무 살에 기름을 바른 두꺼운 한지를 붙여 만든 종이우산이 있었는데, 수명이 짧고 비쌌기 때문에 보통 사람들은 사용하지 않았다.

제7장

일반풍속一般風俗

1

가정예절

예절의 중요성

예절은 사람이 사람답게 살아가기 위해 반드시 필요한 도리라고 할 수 있다. 예절의 시작과 본질은, 마음과 말과 행동 등의 세 가지이다.

사람의 마음은 내재된 것이지만, 주고받는 말과 행동은 즉시 상대에게 표현되어 영향을 주는 것이므로, 반드시 신중하게 대처해야 한다.

중국이 우리 민족에 대하여, 때로는 동이족(東夷族)[1]이라고 무시하면서도, 한편으로는 동방예의지국(東方禮儀之國)이라는 표현을 자주 사용했다고 한다. 그 이유는 여러 가지가 있겠지만, 아마도 우리 민족만이 사용하는 언어의 독특한 경어체계(敬語體系)와 예절적인 관습 등에서 그 원인을 찾을 수가 있을 것이다.

1960년대 전후만 하더라도 우리는 민족 고유의 예절을 철저히 준

---

1 중국은 옛날부터 자기들은 세계의 중심 국가 중심 민족이고, 동쪽에는 동이족(東夷族: 동쪽 오랑캐), 북쪽은 북적(北狄: 북쪽 오랑캐), 남쪽은 남만(南蠻: 남쪽 오랑캐), 서쪽은 서융(西戎: 서쪽 오랑캐)이라고 비하했다. 우리 민족을 동이족이라 했고, 또 동이와 북적을 동일 수준으로 한데 묶어서 아주 오만하게도, '이적(夷狄)'이라고 불렀다. 이러한 행태는 공자도 역시 마찬가지라고 할 수 있다. 우리 민족은 향교 등을 지어놓고 공자의 인품과 학문, 사상 등을 존경하고 숭배해왔지만, 공자는 『논어』의 「팔일(八佾)」편, 「자한(子罕)」편, 「자로(子路)」편 등에서 우리 민족에 대하여, 예의 없이 '이적(夷狄)'이라는 용어와 함께 비하적(卑下的)인 표현을 자주 사용했다. 그러므로 우리도 공자의 학문과 인품은 분명히 구분하여 다시 살펴보는 계기로 삼아야 할 것이다.

수해 왔으나, 그 이후부터 근래에는 자꾸만 이 예절이 무너져가고 있음으로써, 안타까운 마음을 금할 수가 없다. 관혼상제(冠婚喪祭)의 예절은 새로운 시대에 맞도록 간소화되고 변화하는 것이 바람직할 수도 있으나, 일반 예절 등은 변함없이 계속 지켜나가는 것이 좋을 것 같다.

다음은 우리 고유의 예법을 중심으로, 내가 직접 체험했던 우리 가문의 예법과 『예법전서(禮法全書)』(이남철 저, 한진출판사 발행) 등의 여러 가지 전통의 예서 등을 참고하여, 현대인이 알아야 할 최소한(最小限)의 도리 등에 관하여 기록하고자 한다.

호칭(呼稱)과 지칭(指稱)

호칭은 자신이 타인을 직접 부를 때나 타인이 자신을 부를 때에 쓰는 말(2인칭)이고, 지칭은 남을 가리켜 이를 때 쓰는 말(3인칭)이다.

우리나라는 상대에 따라 호칭과 지칭이 다르기 때문에, 이를 철저히 지키며 예절을 지켜왔다. 지칭과 호칭은 예절의 기본이라고 할 수 있다.

친족, 혈족, 인척 등의 관계

호칭과 지칭	관계 설명
친족	배우자, 혈족 및 인척(민법 767조)
혈족	자기의 직계존속과 직계비속을 직계혈족이라 하고, 자기의 형제자매와 형제자매의 직계비속, 직계존속의 형제자매 및 그 형제자매의 직계비속을 방계혈족이라 한다.(민법 768조)

호칭과 지칭	관계 설명
인척	혈족의 배우자, 배우자의 혈족, 배우자의 혈족의 배우자(민법 제769조)
수숙간(嫂叔間)	남편의 형제와 형제의 아내
구생간(舅甥間)	외숙과 생질
내외종간(內外從間)	외숙의 자녀와 고모의 자녀
이숙질간(姨叔姪間)	이모와 이질
삼종숙(三從叔)	아버지의 8촌형제(9촌숙)
이종간(姨從間)	자매의 자녀 사이
고숙질간(姑叔姪間)	고모와 친정 조카
외종(外從)	외사촌
이질(姨姪)	여형제의 아들
사제(舍弟)	손아래 아우(사돈의 아들은 査弟)
외종수(外從嫂)	외숙부의 며느리
진외종숙(陳外從叔)	아버지의 외사촌
시매(媤妹)	시누이
이종수(姨從嫂)	이종사촌의 부인(이모의 며느리)
사숙(舍叔)	자기의 숙부를 남에게 말할 때
대고모(大姑母)	아버지의 고모(왕고모라고도 함)
내종숙부(內從叔父)	대고모의 아들
내재종형제(內再從兄弟)	내종숙부의 아들
왕대고모(王大姑母)	증조부의 자매
구고(舅姑)	시부모
자제, 영식, 영자, 영랑, 윤옥	상대방의 아들을 높여 말할 때
영애, 영교, 영양, 영녀	상대방의 딸을 높여 말할 때
○실 또는 ○서방네(○은 사위의 성)	시집간 딸

호칭과 지칭	관계 설명
아주버님	남편의 형
도련님	미혼의 시동생
서방님(경상도: 아지뱀)	기혼의 시동생

택호(宅號)

과거 조선시대에는 남편의 벼슬 직함에 따라 부인에게 내려지는 품계첩지교지(品階牒紙敎旨)에 따라 '참판댁', '대감댁', '정언댁' 등의 택호가 불려지기도 했다. 그러나 일반적으로 남자가 결혼을 하면, 부인의 출신 동명이나 부인 친정가문의 본관 등의 연고지를 기준으로 택호를 정했다. 예를 들면, 우리 집안의 딸들이 결혼을 하면, 우리 집안의 집성촌인 '모산골'의 마을 이름을 붙여서 '모산골댁(띠기)'이라는 택호를 모두가 사용하는 것이다. 그러므로 우리 고향에서 이 '모산골댁'이라는 택호를 사용하는 집의 안주인은 모두가 우리 집안 딸네들이다.

공대(恭待)와 겸양(謙讓)

상대는 공대하고, 자신과 자신 쪽은 낮추어야 한다.

상대의 호칭	자기 쪽의 호칭
댁(宅)	집
춘부장(椿府丈)	가친
백씨(伯氏)	큰형님

상대의 호칭	자기 쪽의 호칭
부인(夫人), 합부인(閤夫人)	집사람, 내자
강화노씨(江華魯氏)	경주김가(慶州金家)
성함(姓銜)	이름
자부(子婦)님	며느리
서군(壻君): 상대방의 사위	사위: 우리집 사위

잘못 사용되기 쉬운 중요 호칭

(1) 삼촌

우리 민족의 촌수(寸數)에서, 부자간은 1촌, 형제간은 2촌, 할아버지는 3촌이고, 아버지의 형제간도 3촌간이 된다. 그러므로 아버지를 보고 2촌이라고 할 수 없듯이, 할아버지나 아버지의 남동생을 보고 '삼촌'이라고 할 수는 없다. '삼촌'은 촌수의 관계이지 호칭과 지칭이 될 수는 없는 것이다.

아버지의 형님의 호칭은 큰아버지 또는 백부님이고, 아버지의 남동생은, 미혼일 때는 '아제'라 부르고 결혼을 하면, '작은아버지' 또는 '숙부님'이라고 불러야 한다.

지금은 없겠지만, 옛날에 조부의 작은댁(첩)인 '서조모'가 낳은 '숙부(叔父)'를 비하해서, 일부 집안의 예의 없는 조카들이 '삼촌'이라고 불렀던 적이 있었다고 하는데, 이것 역시 자기의 조부를 무시하는 행위가 되므로, 분명히 집안의 품격을 훼손하는 잘못된 행실이다.

요사이 일부의 부인들은 심지어 시동생을 '삼촌' 또는 '삼춘'이라고 호칭하는 경우가 방송극 등에도 간혹 사용되고 있는데, 이러한 경우는 아주 예의 없는 망발이므로, 반드시 시정되어야 할 것이다.

(2) 매형(妹兄)과 매부(妹夫)

누님의 남편은 '자형(姊兄)'으로 호칭하고, 여동생의 남편은 '매부(妹夫) 또는 매제(妹弟), 계매(季妹)'로 지칭하고, 매부의 성을 붙여서 '○ 서방'이라고 호칭해야 한다. 지칭을 호칭으로 사용하는 것은 분명히 잘못이다.

일부 지방에서는 자형(姊兄)을 매형(妹兄)으로 호칭하는 경우가 있는데, 이것도 잘못된 호칭이다. '자(姊)'는 '윗누이 자'이고 '매(妹)'는 '아랫누이 매'이므로, 누님의 남편은 당연히 '자형(姊兄)'으로 호칭해야 한다.

옛날에 여동생의 남편이 자기보다 나이가 많은 경우에 매제(妹弟)로 호칭하기가 거북하여, 매형으로 호칭하기도 했다는 일부 지방이 있었다고 하지만, 이것은 비정상적이고 잘못된 호칭이다. 매제(妹弟)는 호칭이 아니라 지칭이기 때문이다. 그러므로 여동생의 남편이 아무리 나이가 많더라도, '○ 서방'이라고 호칭하면 되는 것이다.

(3) 손주, 손주딸

'손주'라는 단어는 2000년도 이전에 발행된 『국어대사전』에는 단어로 등재되어 있지를 않았는데, 무슨 이유인지는 모르겠지만 최근의 국어사전에는 '손주'를 "손자와 손녀를 아울러 이르는 말"이라고 등재되어 있다.

또한 일부의 예법 서적[2]에는 "'손주'와 '손주딸'이라는 단어는 황해도의 사투리이고, 서울지방에서는 배우지 못한 사람들이 쓰던 말"이라고 기록되어 있다.

2 이남철, 『예법전서』, (대구, 한진출판사, 2007), p.88.

분명한 것은 손자(孫子), 손녀, 손주 등은 호칭(2인칭)이 아니고 지칭(3인칭)이다. 아들의 아들은 손자(孫子)이고, 아들의 딸은 손녀(孫女)이므로, 손자는 '손자'로 손녀는 '손녀'로 지칭하고, 합하여 지칭할 때는 '손·자녀'로 해야 할 것이다.

(4) 사돈 간의 호칭

결혼한 두 집 자식들의 부모가 사돈(査頓)이며 나이에 관계없이 호칭도 '사돈'이므로, '사돈어른'이라는 호칭은 잘못된 호칭이다.

'사돈'보다 위의 항렬(行列)은 '사장(査丈)'이고 '사장어른'이라 호칭한다. 그리고 '사돈' 아래 항렬은 '사하생(査下生)'인데, 우리 고향은 '사제(査弟)'라 하고 미혼은 '사제총각, 사제처녀'로, 결혼한 사람에게는 '사제양반, 사제띠기'로 호칭한다.

(5) 처제, 처질녀(妻姪女)에 대한 예절

'처제'와 '처질녀'는 비록 나이가 아무리 어리더라도 말을 낮추어서는 안 된다.

옛날 우리 마을에 대구에서 장가를 왔던 어떤 사람이, 자기 부인보다는 몇 살 정도 어린 사촌 처제를 보고, '○순아'라고 처제의 이름을 부르며 하대 말을 한다는 소문이 있었는데, 마을 사람들 모두가 웃었던 적이 있었다.

(6) 아버님(호칭과 지칭)

친구의 아버지나 나이 많은 분을 '아버지'라고 호칭하면 망발이 된다.

자신의 친아버지는 '아버지'라고 호칭 또는 지칭해야 되지만, 남의 아버지는 '아버님'이라고 지칭해야 한다. 남의 아버지는, '어른',

'어르신', '선생님' 등의 호칭이 좋고, 아주 친한 친구의 부친일 경우에는 '아버님'의 호칭도 가능할 것이다.

(7) 부인(夫人), 합부인(閤夫人), 부군(父君)

'부인'은 남의 아내를 공경하는 용어이고, '합부인'은 주로 친구의 아내를 호칭하는 용어이다. 그리고 '부군'은 자기 남편이 아니라, 남의 남편을 호칭하는 용어이다.

(8) 부모 별세 후의 호칭

과거에는 자기의 부친이 별세를 하면 '선친', '선인', '선고'라 하고, 자기의 모친이 별세 후에는 '선비'라 했다. 그러나 현대에는 부모가 별세를 했다고 호칭을 갑자기 바꾸기에는 지나치게 거리감을 두는 것 같고, 부담스러운 점이 많으므로, 정다운 생전의 호칭을 그대로 사용하는 것도 무방할 것이라고 생각한다.

과거에는 남의 부친이 별세했을 경우에는 '선부군' 또는 '선대인'이라 하고, 남의 모친 별세 후에는 '선대부인(先大夫人)' 또는 '선자당(先慈堂)'이라고 칭하는 것이 엄격한 예의였다. 그러나 지금은 이 호칭 역시 친한 친구 사이에는 너무나 거리감을 줄 수도 있을 것이므로, 생전의 호칭을 그대로 편하게 사용하는 것이 더 좋을 수도 있을 것이다.

(9) 동서(同婿), 동서(同壻), 동시(同媤)

대부분의 일반 예서에는 형제의 아내 사이와 자매의 남편 사이를 똑같이 동서라 지칭하지만, 한문(漢文)의 표기는 동서(同壻: 형제의 아내 사이)와 동서(同婿: 자매의 남편 사이)로 구분을 하고 있다.

그러나 우리 고령지방과 대구를 비롯한 경상도 지방에는 형제의 아내 사이를 '동서(同壻)'라 하지 않고, '동시(同媤)'라고 한다. 손아래 '동시'는 손위의 '동시'에게 '형님'으로 호칭하고, 손위의 동시는 손아래 동시에게 '동시'라고 호칭한다.

나는 서(壻)와 서(婿)는 동일한 '사위 서'자이므로, 며느리끼리의 관계에서, 사위의 뜻을 지닌 서(壻)의 글자를 사용하는 것보다는, 우리 고향처럼 '시집 시(媤)'자를 사용하는 '동시(同媤)'라는 지칭과 호칭이 더욱더 합리적이라고 생각하므로, 적극적으로 권장하고 싶다.

(10) 국어사전의 잘못된 '서방님'의 호칭

미혼(未婚)의 시동생은 '도련님'으로 호칭하다가 결혼을 하면, '서방님'이라고 호칭하는 현재의 국어사전은 많은 문제점이 있다고 할 수 있다.

2000년도까지 발행된 『국어대사전』에는, 「'서방님'은 '서방'의 높임말」이고, 「서방(書房)은 ① 남편(낮은말), ② 관직이 없는 사람을 성밑에 붙여 부르는 말」[3]로 되어 있다. 그러나 현재의 『표준국어대사전』에는, '서방님'은 「① 남편의 높임말 ② 결혼한 시동생을 이르거나 부르는 말 ③ 손아래 시누이의 남편을 이르거나 부르는 말」로 변경이 되어 있다.

나는 '서방'이라는 호칭은, 관직이 없는 사람이나 시누이의 남편의 성을 붙여 부르는 것은 괜찮다고 본다. 그러나 앞에 성을 붙이지 않고, '서방님'이라고 부르는 호칭은, 어떠한 경우라도 오직 자기의 남편에게만 유일하게 사용해야 할 호칭이라고 생각한다.

---

3 이숭녕 감수, 『새국어대사전』, (서울: 한국도서출판중앙회, 2000). p.646.

만일 현재의 『표준국어대사전』과 같이, 남의 남편을 자기 남편의 호칭과 같이 '서방님'이라고 호칭을 하면, 반드시 불륜에 가까운 호칭이라는 오해를 받을 수도 있을 것이다. 그러함에도 불구하고, 여자의 입장에서 자기 남편도 '서방님'이고, '시동생'도 '서방님'이고, 또 손아래 시누이의 남편까지도 '서방님'이라고 불러도 괜찮다는 것은 도저히 이해할 수가 없다. 이것은 예의바른 우리 고유의 언어체계를 혼란스럽게 할 수 있는 잘못된 망발(妄發)이라고 할 수 있으므로 조속히 시정되어야 할 것이다.

우리 고향(경상도)에서는 여자의 입장에서, 남편의 형님은 '아주버님'으로 호칭하고, 미혼의 시동생은 '도련님(또는 되럼)'으로 호칭을 하다가, 결혼을 하면 '아지뱀'으로 호칭한다. 그리고 모든 시누이의 남편은 앞에 성을 붙여서 'ㅇ 서방 양반'이라고 호칭한다. 우리 고향의 이 호칭이 가장 합리적이고 예의적인 호칭이라고 생각한다.

따라서 현재 국어사전의 '서방님'에 관한 설명은 분명히 잘못된 것이라고 할 수 있으므로, 조속히 개선되어야 할 것이다.

(11) '당신(當身)'의 용어에 관한 소고(小考)

'당신(當身)'이라는 단어는, 한자(漢字)의 '주관할 당'과 '몸 신'의 글자로서, 본래의 의미는 당사자, 자신, 자기 등이라고 할 수 있다.

'당신(當身)'의 대명사(代名詞)에 대하여, 2000년도에 발행한 『새국어대사전』[4]에는, 「①어른을 극히 높여 일컫는 데 쓰는 3인칭대명사 ②하오할 자리에 상대되는 사람을 일컫는 2인칭의 대명사」로 정의(定義)하고 있다. 그러나 최근의 『표준국어대사전』에는, 「①듣는 이

4 이숭녕 감수, 『새국어대사전』, (서울: 한국도서출판중앙회, 2000). p.284.

를 가리키는 2인칭대명사. 하오할 자리에 쓴다. ②부부 사이에서, 상대편을 높여 이르는 2인칭대명사. ③문어체에서, 상대편을 높여 이르는 2인칭대명사」로 일부의 내용이 변경되어 있으므로 이 ③항에 대하여 나의 소견을 제기하고자 한다.

이 ③항은 자기의 부모에 대하여도, 문어체에서는 '당신'이라고 호칭을 해도 존칭어가 된다는 것인데, 이것은 우리 고유의 언어체계를 불손하게 흔들 수가 있으므로, 분명히 잘못된 것이다. 구어체(口語體)와 문어체(文語體)는 표현의 방식만이 말과 글이라는 차이뿐이지, 용어의 의미는 당연히 동일해야 할 것이기 때문이다. 그러므로 '당신'이라는 용어는, 위의 "2000년도에 발행된 국어사전"과 같이 2인칭(호칭)에서는 어떠한 경우라도 존칭어가 될 수 없고, 오직 3인칭(지칭)의 경우에만 한정적으로 존칭어가 될 수 있는 것이라고 생각한다. 따라서 현재 『표준국어대사전』의 '당신'에 관한 ③항의 설명은 분명히 잘못된 것이라고 할 수 있으므로, 조속히 개선되어야 할 것이다.

(12) 허교(許交)와 하대(下待)

'허교'란 "상호간에 벗을 삼는다."는 의미이다. '허교'를 하면 서로가 벗(친구)이 되어 존댓말을 하지 않아도 된다.

과거 1960년도 이전까지만 하더라도 시골에서는 상6 하6 이내의 나이끼리는 허교를 하는 풍조가 있었으나, 근래에는 상2 하2의 내외로 허교의 나이가 많이 좁혀져 있다.

이렇게 좁혀진 이유는, 일제강점기의 잔재인 학교 선후배간의 엄격한 상하관계와 군대 생활 등의 영향일 것으로 추정된다.

'하대'는 하인 또는 연령과 항렬의 차이 등으로 인하여 말을 낮추어 할 수 있는 경우를 말한다. 이 경우는 위의 허교의 연령에 준하여 실천하면 될 것이다. 타성의 남녀 간, 수숙 간(남편의 형제와 형제의 아내), 사돈 간, 처가의 부녀자 등에게는 허교나 하대를 할 수가 없는 것이 예의였다.

그러나 지금은, 타성의 남녀 간이라 할지라도 사정에 따라 허교가 용납되고 보편화가 되어 있는 것이 시대의 흐름이다.

(13) 친구끼리의 호칭

나의 선친 세대까지만 하더라도, 자녀를 가진 중년 이상의 친구끼리는 상호간에 이름을 부르지 않고 자(字)[5]를 불렀었다.

중국의 '공자(孔子)'도 '자(字)'는 '중니(仲尼)'라고 알려져 있지만, 호(號)[6]는 알려진 바가 없다. 공자의 호(號)가 처음부터 없었던 것인지, 호(號)가 있었지만, 호(號)보다는 자(字)를 더 존중시했기 때문에, 호를 무시하고 자(字)만을 사용한 것인지는 알 수가 없다.

국어사전 등을 보면, '자'가 '호'보다는 오히려 상위의 개념으로 보이는 것이 사실이다. 그러나 근래에는 '자'를 사용하는 사람은 전혀 없고, 유명 인사들은 전부가 호(號)를 사용하고 있는 실정이다. 아마 이것도 유행성인지는 모르겠다.

특이하게도 우리 민족을 위해 수많은 업적을 남기신 박정희 대통령은 '자(字)'나 '호(號)'를 일절 남기지 않으셨다. 고령박씨 문중에서 호를 지어 올리기도 했으나, 이를 완강히 거부하셨다고 한다. 더욱이 어떤 대통령은 '명예박사학위'를 마치 귀한 골동품 수집하듯이 많이

5 '자(字)'는 본이름 외에 부르는 이름이다. 과거에는 본이름을 소중히 여겨, 관례를 마치면 '자'를 지어 본이름 대신 불렀다.

6 '호(號)'는 본명이나 '자(字)' 이외에 쓰는 이름으로서, 허물없이 부르기 위해 지은 이름. (국어사전)

받았지만, 박정희 대통령은 일절 거절했다는 것이다. 「나는 박정희란 이름 석 자로 충분하다」라고 하셨다는 것인데, 우리 모두에게 무언가를 시사(示唆)하는 것 같은 느낌이 들기도 한다.

나도 나의 고향 마을 이름인 '송림(松林)'이라는 '호'를 가끔 생각해 본 적이 있었지만, 지금까지 자제하여 왔다. 앞으로의 시대에는 우리에게 암기해야 할 일들이 너무나 많은 복잡한 세상이기 때문에, 상대가 나의 이름을 기억해 주는 것만도 고마운 일인데, 나의 '호'까지 또다시 더 기억하도록 요구하는 것은 지나친 부담이 되는 것 같았기 때문이다.

따라서 '호(號)'를 이미 사용하고 있는 분은 그대로 사용을 해야겠지만, 앞으로는 우리의 선조들이 사용했던 '자'와 '호'의 의의(意義)만을 살려서, 중년 이상의 나이가 되면, 친구의 이름 대신에 최종의 직위 또는 학위 등의 명예적인 직함을 성(姓) 뒤에 붙여서, 간편하게 서로 호칭하는 것이 더욱더 좋을 것 같다.

2

혼례 등의 각종 풍습

혼례(婚禮)

'혼인례'는 관혼상례(冠婚喪禮) 중의 하나로서, 남녀가 혼인해서 부부가 되는 의식(儀式)의 절차를 말한다.

고례(古禮)에는 의식의 시간을 낮(陽), 밤(陰)이 교차하는 시간인 황혼(黃昏) 무렵에 올렸다고 한다. 혼인(婚姻)의 '婚(혼인할 혼)'은 女(계집 여)와 昏(어두울 혼)의 합자인데, 해질 무렵에 남자가 처갓집을 찾아가서 혼례를 올린다는 의미의 장가를 간다는 뜻이고, '姻(혼인 인, 시집갈 인)'은 여자가 시집을 간다는 뜻이다.

우리나라의 혼례는 삼국시대 및 고려시대까지는 다양한 제도가 있었으나, 조선시대부터는 주로 중국의 주육례(周六禮)와 주자사례(朱子四禮) 등의 영향을 받아서 근대까지 이어온 것으로 보인다.

우리나라의 전통 관습혼례는 혼담(婚談), 사주(四柱), 택일(擇日), 납폐(納幣), 예식(禮式), 우귀(于歸, 신행이라고도 함) 등의 절차에 의하여 진행되었다.

(1) 혼담(婚談)

혼담은 남자 쪽과 여자 쪽이 혼인에 대해 상의하는 절차를 말한다.

옛날에는 주로 가문 등을 참고하여 중매쟁이를 통해 양가의 혼담 의사를 타진했다. 그리고 결혼 당사자를 제외하고, 부모들끼리만 상대의 선을 보는 등으로 결혼 여부의 최종결정을 했다. 그 후 1960년대부터는 당사자끼리 처녀의 집 또는 다방 등에서 맞선 등을 보고, 당사자의 의사가 혼인의 결정에 조금씩 반영되기 시작했다.

(2) 사주(四柱)

사주(四柱)는 사성(四星)이라고도 하는데, 신랑 될 사람의 출생년, 월, 일, 시를 십간십이지(十干十二支)로서 작성한 팔자(八字)를 말한다. 이 사주는 그 사람의 모든 운명을 알 수 있다고 해서, 지금의 주민등록번호보다도 더 소중하게 생각했으므로, 좀처럼 남에게 공개를 하지 않았던 비밀사항이었다.

이상의 혼담으로 혼인 의사가 합의되면, 신랑 측에서 청혼의 예를 갖춘 서신과 신랑 될 사람의 사주가 적힌 사성(四星) 등의 납채(納采)를 신부 댁으로 보낸다.

아래의 사진들은 나의 결혼 때에 실제로 사용했던 각종 문서들이다.

사성 (사주)

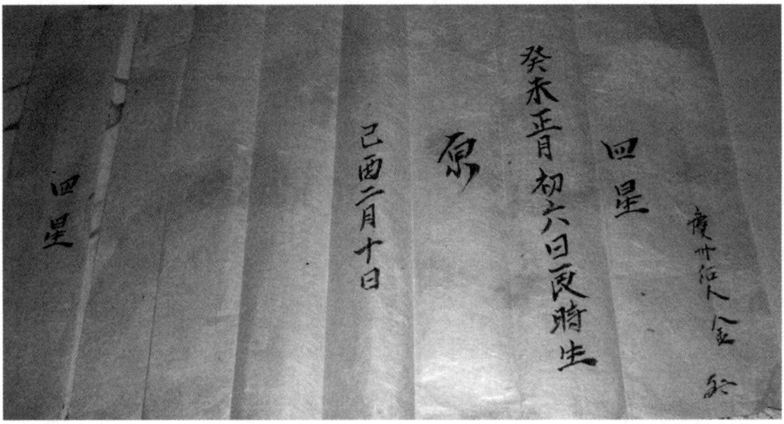

(3) 택일(擇日)

택일은 연길(涓吉)이라고도 하는데, 여자 측이 남자 측에서 청혼의 의미로 보내온 사주를 받고, 일관으로부터 15일 간격의 두 개의 날짜를 받아와서, 1개의 날짜를 정하여 허혼의 의미로 남자 측에 보낸다.

일관으로부터 두 개의 날짜를 받는 것은 신부의 특별한 사정 등을 고려한 조치였다.

(4) 납폐(納幣)

여자 측에서 허혼(許婚)의 의미로 혼인 날짜를 보내왔으므로, 성의를 다해 예물을 보내는데, 이것을 폐백(幣帛)을 보낸다는 의미의 납폐(納幣)라고 했다. 폐백을 요사이는 예식장에서 신부가 처음으로 시부모를 뵐 때 큰절을 하고, 올리는 물건 또는 그런 일을 의미하는 것으로 알고 있다. 그러나 폐백의 사전적 의미는, ① 임금에게 바치거나 제사 때 신에게 바치는 물건 또는 그런 일 ② 신부가 처음으로 시부모를 뵐 때 큰절을 하고 올리는 물건 또는 그런 일 ③ 혼인 전에 신랑이 신부집에 보내는 예물 등의 여러 가지의 뜻이 있다.

과거에는 혼담에서부터 택일까지의 전 과정의 연락 및 전달 등의 모든 일은 중매쟁이가 담당했고, 납폐는 신랑집을 대표하는 사자(使者)가 하인(또는 문중의 고자)에게 폐백을 지게 하여 납폐를 했다.

그러나 1950년대 경에는 별도의 사자는 없었고, 중매쟁이의 안내를 받은 문중의 '고자 부부'(문중 하인부부) 또는 별도의 일꾼을 시켜서 납폐를 했었다.

납폐시의 각종 문서

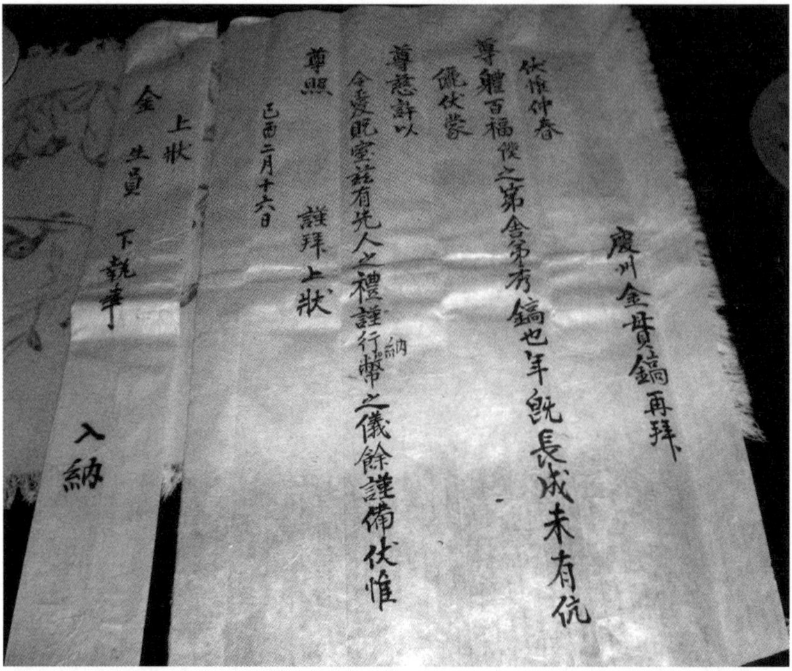

우리 집안의 작은누님의 결혼 시(1953년)까지만 하더라도, 납폐는 중매쟁이가 안내를 하고 문중의 '고자 부부'가 담당을 했었다.

1970년대부터는 이 폐백을 '함'이라고 칭하고, 이 폐백을 전달하는 사람을 '함진아비'라고 하며, 대부분 신랑 친구들이 담당을 하고 있는데, 이 함진아비가 마른오징어를 얼굴에 걸고 장난을 많이 했는데, 한편으로는 재미있기도 하지만, 어떤 경우에는 정도에 지나치는 경우가 있다고 한다.

(5) 예식(禮式)

지금은 결혼식(結婚式)이라고 하는데, 옛날에는 대례(大禮) 또는 초례(醮禮)라고 했다.

1960년대를 전후한 시기의 우리 고향의 결혼식은 신부댁의 마당에 '차일막'을 쳐놓고, 초례상 앞에서 진행자의 홀기(笏記)에 따라 예식을 올렸다. 1950년대 후반부터는 '순라꾼'이라고 불렸던 신랑의 친구들도 함께 참석하여 많은 선물과 함께 축사도 낭독하고 축하를 했는데, 일부는 신부댁에 과도한 경비 등을 요구하는 불미스러운 일들이 발생하기도 했다.

결혼식을 올린 신랑은 첫날부터 괴로운 신고식을 치러야 한다.

초례식이 끝나면, 안방에 술상을 차려놓고 둘러앉아서 새신랑에게 말장난을 시키며 여러 가지로 괴롭힌다.

물고 늘어지는 시빗거리 중에서 반드시 빠지지 않는 것은 절값을 내라는 것이다. 결혼식을 올릴 때, 신부가 절을 두 번 하면 신랑은 답례로 한 번을 하게 되는데, "남녀가 평등한데 왜 당신은 한 번을 덜했느냐?"라고 하는 등으로 꼬투리를 잡으며 새신랑을 괴롭혔다. 빚을 진 절에 대하여 어떻게 갚을 것인지를 따지고 물으면서, 이 이야기는 끝없이 이어지며, 신랑을 괴롭혔다. 새신랑이 말을 잘 듣지 않으면, 굵은 베로 만든 밧줄로 발목을 묶어서 한 사람의 어깨에 메고, 또 다른 사람이 새신랑의 발바닥을 다듬이방망이 또는 북어 등으로 심하게 때리면서 노래도 시키고, 온갖 장난으로 신랑을 괴롭혔다. 웃으며 장난으로 하는 행동이지만, 새신랑은 많은 시달림을 받아야만 하는데, 나도 결혼할 때에 많이 맞기도 하고 고생을 한 경험이 있다.

결혼 첫날밤 신랑 신부가 자는 방을 '상방(上房)'이라고 했는데, 이 '상방'의 문 안쪽에는 병풍이 쳐지고 두 사람만을 위한 새로운 술상인 '예물상'이 차려졌다. '상방'의 문 밖에는 '상방지기'를 한다는 핑계로 방문의 창호지 문구멍을 뚫어서 안을 엿보며 온갖 농담을 했다.

조금 더 짓궂은 장난꾼은 잡귀의 침범을 막고 상방을 보호한다는 핑계로 밤이 늦도록 방문 앞에서 북이나 큰 놋그릇 등을 시끄럽게

홀기(결혼식순)

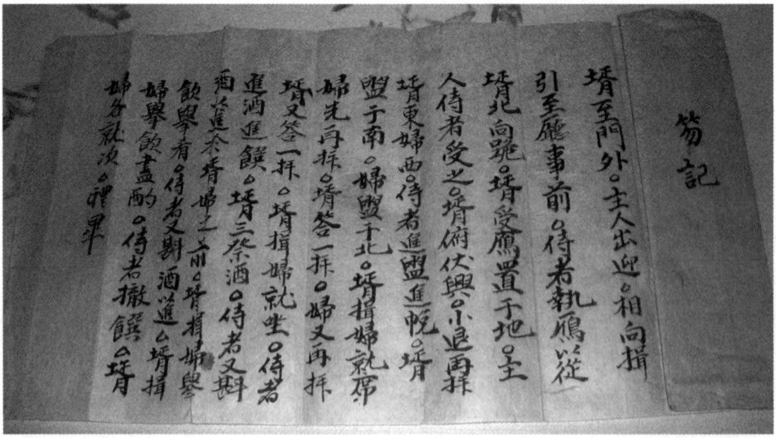
笏記
壻至門外○主人出迎○相向揖
引至廳事前○侍者執鴈從
壻北向跪○壻受鴈置于地呈
人侍者受之○壻俯伏興○小退再拜
壻東婦西○侍者進盥進帨○壻
盥于南○婦盥于北○壻揖婦就席
婦先再拜○壻答一拜○婦又再拜
壻又答一拜○壻揖婦就坐○侍者
進酒進饌○壻三祭酒○侍者又斟
酒又進卺壻婦之前○壻揖婦擧
飮擧肴○侍者又斟酒進○壻揖
婦擧飮盡酌○侍者撤饌○壻
婦各就次○禮畢

두드리며 신랑 신부의 수면을 방해하는 장난도 했다. 신부의 족두리와 옷고름은 반드시 신랑이 풀어야 했고, 이것을 신호로 신랑 신부는 잠자리에 들어가지만, '상방지기'의 장난은 밤늦도록 계속되었다.

원래 '상방지기'의 유래는 신랑 신부의 신변 보호를 위해 생겨났다는 설도 있지만, 그것은 핑계일 뿐이고, 멀리서 오랜만에 축하를 위해 모여든 사위 등을 포함한 집안사람들끼리의 재미있는 장난거리로 행하여졌던 것이다.

1950년대까지는 신랑은 신부집에서 2일 밤을 자고, 반드시 하룻밤은 본가로 돌아와 1박을 하든지, 본가가 멀면 그 동네의 다른 집에서 1박을 하고, 또 며칠을 처갓집에서 머물다가 자기 집으로 돌아가는데, 신랑이 돌아갈 때까지 신부집의 잔치는 계속되는 것이었다.

(6) **우귀**(于歸)

결혼식을 마친 신부는 친정에서 1년을 머물다가 신랑댁의 택일에 따라 시집으로 가는 것을 우귀 또는 '신행'이라고 했다.

나의 작은누님이 신행을 갈 때(1954년도)까지만 해도, 우리 문중의 가마를 타고 가셨다.

1960년대 초부터는 "3일 신행"이라는 제도가 새로 생기게 됨으로써, 대부분 신부댁에서 2일 밤을 자고 3일째가 되는 날에는 바로 신행을 하고, 바로 이어서 신혼살림을 차렸었다.

앞의 사진들은 나의 결혼식에 실제로 사용되었던 사성(사주)과 납폐를 보내는 과정 등의 서류들과 결혼 당시의 식순인 홀기(笏記) 등의 사진들이다. 이 문서들은 지금은 혼인례에서 사용하지 않는 문서들이지만, 먼 훗날의 민속적 참고자료가 될 수도 있을 것이다.

나의 결혼 당시의 모든 문서는 나의 아버지가 안 계셨기 때문에,

큰형님께서 혼주로서의 모든 역할을 하셨고, 결혼식장에는 큰형님 대신에 집안의 제일 어른이셨던 큰숙부님께서 혼주로 임석하셨다.

출생(出生)

아기가 출생을 하면, 집안에 아주 큰 경사가 난 것이다.

즉시 새로 베어온 싱싱한 대나무를 대문(사립문)의 양옆에 1개씩 2개를 세우고, 금줄(방언: 금구줄)을 양쪽 대나무에 걸쳐서 친다. 그리고 대문 밖 출입로 양옆에 황토를 띄엄띄엄 뿌려놓음으로써, 모든 잡귀와 외부인의 출입을 엄격하게 금지한다는 표식을 했다. 옛날부터 붉은 황토와 붉은 팥죽은 잡귀를 쫓을 수 있다는 믿음이 있었기 때문이다.

이 금줄은 짚을 꼬아서 만든 새끼인데, 일반 새끼는 오른쪽으로 돌도록 오른손바닥을 앞으로 밀면서 꼬았지만, 이 금줄의 새끼는 왼쪽으로 돌도록 오른손바닥을 앞으로 당기면서 꼬았다. 새끼를 왼쪽으로 돌게 한 것은, 귀신은 오른쪽보다는 왼쪽을 더 무서워한다는 의미라고 했다. 도깨비를 공격할 때도 왼 주먹과 왼쪽 발을 사용해야 한다고 믿었던 것이다. 그리고 이 금줄에는 솔가지, 숯, 붉은 고추, 실타래 등을 매달았다. 대나무와 솔가지는 항상 건강을 유지하라는 뜻이고, 숯은 온갖 잡것을 정화시키고, 고추는 남아를 낳았다는 의미가 아니라, 매운맛이 악귀를 막을 수 있다고 믿었기 때문이고, 실타래는 수명이 실처럼 길어지라는 의미라고 했다.

산모(産母)에게는 반드시 안정을 시키고, 보통미역이 아닌 줄기가 굵고 긴 '대각미역'으로 미역국을 끓여 먹게 하는 등으로 건강회복에 많은 신경을 썼다. 산모에게 끓여 먹일 미역을 사가지고 올 때는 엄격히 지켰던 풍습이 있었다. 출산한 아이가 남아(男兒)일 경우에는 반드시 우측 손으로 들거나 우측 어깨로 메고 와야 하고, 여아(女兒)일 경우에는 좌측으로 들거나 좌측 어깨로 메고 와야만 했다. 이 풍습은 오래전부터 내려온 것이라고 했었는데, 모두가 산모와 출생한 아이의 건강과 축복을 위한 간절한 정성의 표현이었을 것이다.

출생한 지 7일(만 6일)이 되면 금줄과 황토를 걷어 내고, 가까운 인척들과 조찬(칠잔치)을 함께하며 비로소 아기를 보여주는데, 이것을 일명 '칠잔치'라고 했다. 우리 조상들의 날짜와 연(年)의 계산은 만(滿)으로 하지 않았다.

하룻밤을 자고 나면 2일이 되고, 한 해를 지나면 2년으로 계산한 것이었다.

인척들이 아기를 보고 '잘생겼다, 예쁘다'라는 말을 절대로 해서는 안 되는 금기사항(禁忌事項)이었고, 반드시 '밉상(미운 얼굴)'으로 생겼다고 해야만 했다. 그 이유는 아기가 '잘생겼다'는 말을 하면, 못된 악귀(惡鬼)가 시샘을 내어 아기를 해칠 수 있다는 생각을 했기 때문에, 일부러 좋지 않은 말을 했다고 한다. 물론 일종의 미신이라고 할 수 있지만, 우리 조상들의 순박한 마음이 깃들어 있는 하나의 미풍으로 보아야 할 것이다.

그렇다고 해서 남의 귀한 아기를 '못생겼다거나 보기 싫다'는 등의 비하(卑下)적인 말은 당연히 결례가 될 것이므로, 오직 아이에게 할 수 있는 말은 '밉상이다, 밉게 생겼다'라는 말뿐이었던 것 같다.

작명(作名)

아기가 출생을 하면 반드시 작명을 했다.

옛사람들은 이름에도 평생의 운명이 좌우될 수 있다는 강한 믿음이 있었기 때문에, 작명을 할 때는 반드시 가문의 유식한 사람이나 작명 전문가에게 의뢰를 했다. 그러나 여아(女兒)의 이름은 전문가에게 의뢰를 하지 않고, 집에서 적당하게 작명을 했었다.

(1) 일반적 작명관습

과거에 우리나라 남자의 이름은 여러 가지가 있었다. 정식 이름인 '관명(冠名)'이 있고, 어릴 때 부르는 '아명(兒名)', 관례를 올릴 때 받은 '자(字)', 관명이나 자 대신 편하게 부를 수 있는 호(號), 왕과 왕비와 학식이 높은 선비가 죽은 뒤에 왕이 내리는 시호(諡號)가 있었다.

그러나 아기의 출생에 의한 작명은 일반적인 관명(冠名)을 말하는 것이다.

남아(男兒)의 일반적인 작명(관명)에는 가문의 항렬자(行列字) 1개와 개인의 이름자 1개가 합쳐져서 한 사람의 작명이 되는 것인데, 여기에 한문(漢文)의 획수에 근거한 미신적 의미가 포함된 작명법이 많은 영향을 끼쳤다.

항렬자(行列字)는 오행(五行), 십간(十干), 십이지(十二地) 등을 기준으로 가문(家門)마다 작명을 하는 여러 가지 방식이 있었지만, 주로 목(木), 화(火), 토(土), 금(金), 수(水)의 오행상생(五行相生)을 기준으로 작명을 했다.

우리 집안도 이 오행에 따라 대(代)가 바뀔 때마다 오행의 글자의 위치가 바뀌는 배합법(配合法)을 적용했다. 예를 들면, 어떤 사람의 이름 첫 자(字)가 오행의 토(土)가 항렬자라면, 이름의 첫 번째를 토(土)가 들어있는 문자(在, 基, 圭, 奎, 達 등)로 하고, 아들의 이름은 끝자(字)를 오행의 금(金)이 들어있는 문자(鎬, 錫, 鉉, 銀, 鎭 등)로 하는 것이다. 그리고 손자(孫子)는 다시 첫 자(字)에 오행의 수(水)가 들어있는 문자(泰, 洪, 鴻, 永, 洙 등)[7]로, 증손(曾孫)은 다시 끝 자(字)에 오행의 목(木)이 들어가는 문자(柱, 根, 松, 林, 桂 등)를, 그 다음 고손(高孫)은 또 첫 자(字)에 오행의 화(火)가 들어있는 문자(炌, 炳, 炯, 烈, 焄 등)[8]로 정하는 것과 같이 오행의 문자 위치를 계속 바꾸어 가며 작명을 했다.

여아(女兒)는 남존여비(男尊女卑)의 영향 등으로 인해, 상기의 남아(南兒)와는 전혀 다르게 작명가의 도움과 항렬 등에 아무런 관계없이, 집안 어른이 임의로 작명하는 것이 관례였다. 주로 순(順)하고, 곧고(貞), 아름답고(美), 여자답고(姬), 연꽃(蓮) 등의 이미지가 있는 이름들로 많이 지었다.

(2) 자손이 귀한 가문의 특이한 아명(兒名)

① 남아(男兒)

자손이 귀한 일부 집안은 남아가 출생하면 대부분 악귀의 시샘을 피하기 위한 목적으로, 어릴 때에 일부러 천(賤)한 아명(兒名)을 별도로 작명하여 사용하는 경우가 많았다. 예를 들면, 똥개(똥 먹는 개), 동네개(먹을 것을 찾아 동네에 돌아다니는 개), 정지개(부엌을 드나드는 개), 판개(팔아버린 개) 등으로 천한 아명을 지었었다.

이 아명은 어릴 때 불렀던 이름이고, 대부분은 출생신고를 할 때는 위와 같이 집안의 항렬에 따라 정식 이름을 다시 작명했다. 그러나 일부의 어떤 집안은 이 아명을 일생 동안 그대로 사용한 경우도

7 한자의 氵는 水와 동자(同字)임.
8 한자의 火는 灬와 동자(同字)임.

있었다. 예를 들면, '똥개'를 '동개(同介)', '동네개'를 '동래개(東來介)', '정지개'를 '정지개(正之介)', '판개'를 '판개(販介)' 등으로 출생신고를 하여 평생을 사용하기도 했다.

② 여아(女兒)

지금은 거의 사라졌지만, 자손이 귀한 집안에 딸자식만 자꾸 출산을 하고, 기다리던 아들을 출생하지 못할 경우에, 여아의 이름을 특이하게 짓는 관습이 있었다. 여아의 출생은 이제 마지막이거나, 동생에게는 반드시 고추를 꼭 달고 나오라는 부모의 간절한 소망이 담긴 이름이었다.

예를 들면, 말순(末順), 말숙(末淑), 꼭지(谷之), 꼭달(谷達), 후남(後男) 등이 있었고, 심지어 남자의 생식기인 '불알' 달린 아이를 바란다는 뜻으로, '후불'이라는 아명(兒名)까지도 있었다.

나이의 계산

우리나라는 현재 세 종류의 나이가 있다.

출생하자마자 어머니 배 안에서의 생육기간을 계산하여 출생을 하는 즉시 1살이 인정되고 해가 바뀔 때마다 1살을 더 먹는 '전통적 나이'와, 출생 시에는 0살이 되었다가 해가 바뀌고 생일이 돌아오면 1살씩을 계산하는 '만(滿)나이'와, 청소년보호법과 병역법 등에서 사용하는 현재 연도에서 출생 연도를 뺀 나이를 기준 하는 '연(年)나이'가 있다.

내년 6월경에는 외국처럼 '만(滿)나이'로 일원화가 될 것 같다.

2022년 12월 7일 현재, 국회의 법제사법위원회에서 '만나이' 표기를 명시하는 민법개정안과 행정기본법개정안이 의결되어, 본회의 통과를 앞두고 있는 실정이다.

관례(冠禮)

관례는 조선조 시대까지 행하여져 오던 오랜 전통의 관습으로서, 남자아이가 성년(전통적 나이 15세 이상)이 되면, 어른이 되었음을 상징하는 의식이었다. 그러나 근래에는 극히 일부의 가문에서 전통보존의 목적으로 시행한 적이 있었으나, 지금은 거의 중단된 실정이다.

지금은 과거의 의식과는 다르지만, 매년 5월 셋째 월요일을 성년의 날로 정하여 만 19세가 된 남녀의 젊은이들에게 성년식을 통해서 성년이 되었음을 공식적으로 알리는 동일한 목적의 의례를 극히 일부의 지자체 등에서 시행하고 있었을 뿐이다.

생일(生日)

나의 생일은 양력으로 하지 않고 음력 1월 6일로 하고 있다. 만일 양력으로 생일을 하면, 설과 중복되는 경우가 발생하기 때문에 양력으로 바꾸지 못하고 있다.

내가 어릴 적의 '생일밥'은 아침 식사를 위주로 차려졌다.

어른들의 생일 아침은 가까운 집안사람들을 초대하여 '생일밥'을 같이 먹는 정도였고, 어린아이의 경우에는 평소대로 가족끼리만 먹었었다.

1960년도 전후의 시절에는 지금처럼 생일케익(birthday cake)과 생일노래(birthday song) 등은 전혀 없었다.

특이한 것은 그 당시의 '생일밥'에는 반드시 콩을 넣어 밥을 지었고, 어린아이에게는 특별히 밥을 많이 먹으라고 밥그릇은 '고봉밥(밥그릇 위로 산봉우리같이 밥을 많이 담은 밥그릇)'을 주었다. '생일밥'에 콩을 넣은 이유는 정확하게 알 수가 없다. 그러나 '고봉밥'을 차려주는 이유는, 옛날의 부족한 식량 때문에 평소에는 밥을 많이 못 주었지만, 생일날만큼은 배부르게 먹도록 배려했던 안타까운 보릿고개 시절의 유산(遺産)인 것으로 추측된다.

또 최근에는 아침 생일밥에 미역국을 끓여 주기도 하는데, 과거의 우리 고향에는 없었던 풍습이다.

회갑과 진갑

사람의 나이가 61세(만60세)가 되면, 회갑 또는 환갑이라고 하여 잔치를 했는데, 이것을 회갑잔치 또는 환갑잔치라고 했다.

회갑일은 천간(天干)과 지지(地支)가 처음의 연도가 되는 60년(1갑자년)이 되는 61세(만60세)의 생일을 기념하는 날이다. 만일 계미년에 출생한 사람이 다시 계미년이 되는 해의 생일을 맞이하여, 기념으로 하는 잔치를 말하는 것이다. 61세(만60세)를 의미하는 용어로서 우리나라 역사문헌의 기록을 보면, 회갑(回甲)의 용어(用語) 외에도 환갑(還甲), 환갑(換甲), 화갑(花甲), 화갑(華甲), 주갑(周甲), 환력(還曆) 등이 있다.

회갑에 관한 첫 기록은 고려사의 1296년(충렬왕 22) 『고려사절요(高麗史節要)』에서 처음으로 나오고, 『조선왕조실록(朝鮮王朝實錄)』 1682년(숙종 8) 10월 9일의 조기사(朝紀事)에 자의대비(慈懿大妃)의 회갑에 관한 문구 등이 있다.

회갑잔치는 관혼상제(冠婚喪祭)처럼 반드시 해야만 되는 행사가 아니고, 본인의 경제 능력 등에 따라 자축 또는 자식들이 부모에 대한 보은과 감사의 뜻으로 잔치를 시행했다. 마당에 차일을 치고 덕석을 깔아 좌석을 준비하는데, 손님들 접대 장소가 부족하면, 이웃

집 마당까지 빌리는 경우도 있었다.

이 잔치의 하객들의 덕담은 주로 당사자의 무병장수(無病長壽)를 축원했고, 본가에서는 충분한 음식을 장만하여 대접을 하는 '먹자잔치'이다.

나의 아버지의 회갑잔치에는 큰 돼지 2마리와 개 1마리를 잡았고, 소고기는 별도로 구입하여, 큰 가마솥에 소고기 육개장과 개장국을 별도로 끓이고, 돼지고기 수육 등의 술안주 음식과 함께 술과 밥 등을 대접했다. 그 당시의 시골 잔치는 점심 식사로 끝나는 것이 아니라, 하루종일 음식과 술 등을 마시며, 풍물 등을 치고 놀았었다.

또한 일부는 회갑을 맞이한 당사자에게 짚으로 만든 갓 모양의 덮개를 씌우거나, 짚단을 머리에 씌우고 대문으로 들어오게 하는 등 무병장수를 위한 다양한 행사를 진행하기도 했다.(앞의 사진 참조)

해가 지고 저녁이 되면, 외부 손님들은 모두 돌아간다. 그리고 그 때부터는 다시 사위 등의 집안사람들끼리의 흥겨운 잔치가 새로 시작되어 밤이 늦도록 이어졌다. 1960년도 전후에는 술상을 차려놓고, 젓가락 등으로 술상을 두드리고 노래 부르며 노는 것이 아주 성행했었다. 이러한 풍습은 가정뿐만 아니라, 막걸리집(술집)에서도 마찬가지였다. 몇 사람이 술만 한잔 마셨다고 하면, 지금의 노래방에 가서 노래를 부르듯이, 젓가락으로 술상을 두드리며 노래를 불렀다. 아마도 우리 민족은 노래를 좋아하고 흥이 많은 민족인 것 같다.

진갑(進甲)잔치는 회갑잔치의 다음해인 62세(만61세)의 생일에 하는 잔치를 말한다.

진갑잔치의 의의(意義)는 천간(天干)과 지지(地支)의 60갑자를 지나서, 다시 새로운 1년을 지난 것이므로, 어린이의 첫돌잔치와 같은 의미라고 할 수 있다. 이날은 회갑연처럼 성대한 잔치는 없지만, 주로 가족 및 가까운 친지만을 초대하여 당사자의 새로운 첫돌을 기념하고, 무병장수를 기원하는 잔치라고 할 수 있다.

앞의 사진은 고향의 최길동 후배로부터 제공받은 회갑잔치 사진인데, 특이하게도 축귀(逐鬼)와 장수기원(長壽祈願)의 의미로, 주인공이 짚단을 쓰고 대문 밖에서 집 안으로 들어오는 장면을 찍은 희귀한 사진이다.

3

상례(喪禮)

'상례'란 사람이 죽었을 때 장사를 지내는 의식절차를 말한다.

옛날에는 사람의 죽음에 대하여 『예서』에서는 소인(小人)의 죽음은 육신의 죽음이기 때문에 '사(死)'라 하고, 군자의 죽음은 도(道)를 행함이 끝난다고 해서 '종(終)'이라 하고, 사(死)와 종(終)의 중간 사람이 죽으면, '상(喪)'이라고 했는데, 지금은 평등한 세상이므로 구분 없이 전부가 상(喪)으로 칭한다.

상례의 주요 의의(意義)는 사람이 죽으면 완전히 죽는 것이 아니라, 혼령은 그대로 살아있다는 생각을 했던 것이므로, 비록 죽은 사람일지라도 살아있는 사람과 거의 동일하게 예우를 했던 것이다.

지금은 과거의 상례가 사라지고, 주로 종합병원의 장례식장에서 간소하게 행하여지고 있으므로, 과거의 상례는 생략하고자 한다.

과거에는 부고를 인편으로 전달했기 때문에 부고의 전달 속도와

조문객의 문상 가능 일자 등을 감안하여 장례 일자를 정했다. 주요 문상객이 멀리 있는 경우가 많을 때는 10일장 내지 15일장도 있었다고 한다. 극히 드문 일이었겠지만, 장례가 많이 늦어질 경우에는 심지어 방안에 가장(假葬)까지도 했다고 한다.

1960년대까지만 하더라도 주로 3년상까지는 지내고 탈상(脫喪)을 했지만, 지금은 삼우제(三虞祭) 또는 '사십구재(四十九齋)'까지로 지내고 탈상을 한다.

삼우제(三虞祭)는 주로 장사 후 3일째(만 2일)의 날에 지내고, '사십구재(四十九齋)'는 사람이 죽은 지 49일째 되는 날에 올리는 의식이다.

원래는 불교에서 나온 의식이었다는 설도 있고, 6세기경 중국에서 유교적인 조령숭배(祖靈崇拜) 사상과 불교의 윤회사상(輪迴思想)이 절충된 것이라는 설도 있다.

불교에서는 영혼이 육신을 떠나 천당과 지옥을 가기 위해 7개의 관문을 통과해야 하는데, 1개의 관문을 통과하는 데 7일이 걸리기 때문에, 총 49일이 망자(亡者)의 다음 생이 결정된다는 의미라고 한다.

제8장

세시풍습歲時風習

1

태음력

우리 조상들의 농경문화와 세시풍습 등은 태음력과 불가분의 관계에 있다. 태양력은 태양을 기준으로 만들었고, 태음력은 달(月)을 기준으로 만들었다. 현재 지구는 태양을 한 바퀴 공전하는 데 약 365회의 자전을 하고, 약 365일(1년)이 걸리는데 이것을 다시 12개월로 구분한다. 그러나 화석의 시아노박테리아(cyanobacteria)의 광합성작용 등을 분석한 결과, 8억5천만 년 전(원생대)에는 1년이 435일이었다고 하는데, 지구의 자전속도가 점점 느려져서 지금의 365일이 되었다고 한다. 앞으로 또 몇억 년이 지나면, 자전의 속도가 더 늦어지게 될지는 아무도 모르는 자연의 신비라고 할 수 있을 것이다.

달은 지구를 매월 1회 공전하며 1회의 자전을 하므로, 지구에서는 항상 달의 한쪽 부분만을 볼 수밖에 없다. 달은 1회 공전에 약 27.32일(27일 7시간 43분 11.5초)이 걸리며, 공전주기는 29일 12시간 44분 2.9초(약 29.53일)를 1개월로 하여 354.36일을 12개월로 구분한다. 바다의 밀물과 썰물은 달의 인력에 의한 것이므로, 어민들의 어업활동에 있어서 태음력 사용이 필수적이라고 할 수 있다. 농민들의 농사에도 태음력은 지구의 공전과 태양을 기준으로 만든 과학적인 24절기[1]를 이용함으로써, 불편 없이 농사를 지어왔다.

1 24절기는 태음력을 태양력의 절기에 맞춘 것으로서, 동지, 소한, 대한, 입춘, 우수, 경칩, 춘분, 청명, 곡우, 입하, 소만, 망종, 하지, 소서, 대서, 입추, 처서, 백로, 추분, 한로, 상강, 입동, 소설, 대설을 말한다.

음력의 24절기는 태양과 지구의 공전을 중심으로 만든 것으로서, 음력의 결함을 보완하는 기능이 있다. 특히 동지, 춘분, 하지, 추분 등의 4절기는 지구와 태양과의 공전 위치와 각도 관계를 기준하여 만든 것이기 때문에, 낮과 밤의 길이의 변곡점이 되고, 그 외의 20 절기는 주로 기후변동 등에 관한 절기를 나타내고 있다.

삼천갑자에 관한 소고(小考)

태음력 이야기에서 갑자(甲子)이야기는 반드시 거쳐야 할 이야기이므로, 다음과 같이 '삼천갑자'에 관한 나의 소고를 밝히고자 한다.

오래전에 KBS 방송국 〈도전 골든벨〉이라는 학생들의 퀴즈풀이 방송이 매주 있었다. 이 프로의 어느 날 방송에서 "옛날 중국의 '동방삭'이라는 사람이 '3천 갑자'를 살았다고 하는데, 이 '3천 갑자'는 몇 년을 말하는 것이냐?"라는 문제가 있었고, 이에 대한 정답을 '18만 년'이라고 방송을 한 적이 있었다. 결과적으로 정답은 동방삭이 18만 년을 살았다는 이야기가 된다. 아마도 이 문제의 출제 의도는 18만 년의 허황된 동방삭의 긴 수명에 초점을 맞춘 것이 아니라, "1갑자가 몇 년이냐?"에 초점을 맞춘 것이라고 생각한다. 그러나 나는 이 '3천 갑자'가 '18만 년'이라는 나이의 계산에 관하여, 나의 소견을 피력하고자 하는 것이다.

'동방삭(東方朔)'은 중국 전한(前漢)의 무제(武帝, BC 156-87) 때에 살았던 역사 속의 실존 인물로 알려져 있기도 하고, 또한 하늘나라 서왕모(西王母)의 복숭아를 훔쳐 먹었다는 전설 속의 인물이라는 설(說)도 있다.

인류의 문명 역사를 아무리 길게 잡아도 1만 년을 넘지 않는 것으로 알려져 있는데, '동방삭'이라는 사람이 18만 년을 살았다는 것은 아무리 신화적(神話的)인 이야기일지라도 전혀 말이 되지 않는다.

역사적으로 우리나라와 중국 등에서 삼천(3,000)이라는 숫자는 굉장히 크거나 많은 것을 표현하는 상징적 의미의 숫자로 표현되어 왔으므로, 아마도 '3천 갑자'는 오랜 세월을 의미하는 것으로 보아야 할 것이다.

예를 들면, 백낙천의 〈장한가(長恨歌)〉 중 "후궁가려삼천인 삼천총애재일신(後宮佳麗三千人 三千寵愛在一身)"과 같이, 실제는 존재하지 않았던 의자왕의 삼천궁녀의 이야기와, 불가(佛家)에서 큰 우주를 삼천대천세계(三千大千世界)로 표현한 것과, 이태백의 망여산폭포(望廬山瀑布)에서 실제의 높이가 100여 미터인 것을 비류직하삼천척(飛流直下三千尺)이라고 표현한 것 등이다.

이와 같이 '3천 갑자'의 의미는, 장수를 했다는 의미를 표현한 것이라고 할 수 있다. 그러므로 나는 '동방삭'이라는 사람의 신화적인 수명의 진실 여부를 확인하려는 것이 아니라, 이 '3천 갑자'의 실제적 기간이 '18만 년'이 아니고, 다음과 같은 근거에 의하여, 약 '5백 년'이라는 주장을 하고자 하는 것이다.

태음력에는 천간(天干)의 10간(甲, 乙, 丙, 丁, 戊, 己, 庚, 辛, 壬, 癸)과 지지(地支)의 12지(子, 丑, 寅, 卯, 辰, 巳, 午, 未, 申, 酉, 戌, 亥)가 있다.

이 천간과 지지 중에서 각 한자씩 '간지'를 맞추어, '갑자, 을축' 등과 같이 순서대로 짝을 맞추어 나가다가 60회가 되면 다시 처음 '간지'의 짝인 '갑자'로 되돌아오게 되는데, 이 60회가 한번 도래(到來)되는 기간을 1갑자(甲子)라고 한다.

이러한 1갑자의 단위는 연(年)의 단위로만 사용하는 것이 아니라, 월(月), 일(日), 시(時) 등의 사주(四柱)에도 적용을 했었다. 사람의 출생년도, 월, 일, 시 등의 사주(四柱)에 천간과 지지를 넣어서 각 2자씩 8자(八字)를 설정하여 사주팔자(四柱八字)라고 하며, 이것은 주로 점술(占術) 등에서 사용했다.

이에 따라 1갑자는 연(年)의 단위를 적용하면 60년이 되고, 일(日)을 적용하면 60일이 되어 1년은 6갑자가 되는 것이다.

그러므로 3천 갑자를 연(年) 단위의 '갑자년'으로 계산하면, 18만 년이 되고, 일(日) 단위의 '갑자일'로 계산하면 약 5백 년이 되는 것이다.

그러나 음력의 1년은 실제로는 354.36일이고, 몇 년마다 발생하는 윤달 등을 감안하면, 일(日) 단위의 '3천 갑자'는 정확한 '5백 년'이 아니라 '약 5백 년'이라고 해야 할 것이므로, 이를 다시 '한오백년'이라고 표현할 수가 있는 것이다.

우리 조상들이 옛날에 많이 불렀던 "1년 360일을 하루만 못 봐도 못 살겠네"와 "한오백년을 살자는데 웬 성화요"라는 민요의 가사 등을 생각해 보면, 이 '5백 년'과 '3천 갑자'를 동일한 장수(長壽)의 의미(意味)로 연관(聯關)해 볼 수가 있을 것이다.

따라서 나는 이상과 같은 여러 가지의 사실 등에 근거하여, '동방삭의 3천 갑자'는 동방삭이 오랫동안 살았다는 것을 상징적으로 표현한 의미일 것이라고 생각한다. 그리고 이 '3천 갑자'의 기간을 나이로 계산한다면, '18만 년'이라고 계산을 할 수도 있고, '5백 년'으로 계산을 할 수도 있을 것이다.

그러나 동방삭의 장수에 관한 의미의 나이로 계산을 하는 경우에는, '갑자년'의 단위로 계산한 '18만 년'이라는 나이보다는, '갑자일'의 단위로 계산한 '5백 년'이라는 나이가 더욱더 합리적이고 올바른 계산일 것이라는 소견을 피력하고자 하는 것이다.

동지(冬至)이야기

우리 조상들은 동지(冬至)를 매우 중요시하여 '작은설'이라고 부르며 경건하게 맞이했다. 집집마다 별미음식으로 새알(새알 모양의 찹쌀가루 반죽의 뭉치)을 넣고 팥죽을 끓여 먹었다. 팥죽은 맛이 있어서 과식을 하는 아이에게는, 나이의 숫자대로 새알 팥죽을 먹어야 하고 만일 나이 수를 넘게 더 많이 먹으면 귀신이 잡아간다는 말까지도 했었다.

이 팥죽은 먹기만 한 것이 아니라, 악귀의 침범을 막기 위해 먼저 정지(부엌)의 조왕신에게 기원의식을 치르고 난 후에는, 솔잎에 팥죽을 묻혀서 대문과 방문 근처의 벽 등에 조금씩 뿌리기도 했었다. 붉은 팥죽은 축귀(逐鬼)의 힘이 있다고 믿었던 것이었다.

동지는 반드시 태음력의 11월에 있기 때문에 음력 11월을 '동짓달'이라 불렀고, 양력으로는 매년 12월의 21, 22, 23일 중에서 동짓날이 된다.

음력 동짓달의 초승에 드는 동지를 '애동지', 중순에 드는 동지를 '중동지', 그믐께 드는 동지를 '노동지'라고 했다. '애동지'에는 어린 아이가 많이 죽고, '중동지'에는 청장년층이 많이 죽고, '노동지'에는 노인들이 많이 죽는다는 속설이 있었다. 그래서 '애동지'에는 아이들을 위해 팥죽을 끓이지 않았다고 한다. '삼신할매'가 아이들이 10살이 될 때까지는 건강하게 자라도록 돌봐주고 있는데, 팥죽을 끓이면, '삼신할매'도 귀신이기 때문에, 근처에 오지를 못해 아이들의 건강을 보호해 줄 수 없다는 것이었다.

동지는 1년 중에서 낮의 길이가 가장 짧고 밤의 길이가 가장 긴 날이다. 이날을 기점(基點)으로 짧아졌던 낮의 길이는 점점 더 길어지고 밤의 길이는 짧아지므로, 동지는 지구의 새로운 공전의 시작일이고, 새로운 한 해의 시작일(始作日)이 되는 것이라고 할 수 있다. 그리고 밤의 길이가 짧아지고 낮의 길이가 길어진다는 의미는, 얼어 있던 땅이 녹고 새로운 생명들이 태동하게 하는, 새로운 한 해를 시작하는 날이 되는 것이다. 그리고 태양을 중심으로 만든 것이 태양력이므로, 주야의 최단과 최장의 변환기점(變換起點)이 되는 날인 동지가 바로 한 해의 마지막 날에서 새해의 출발일로 교차되는 것이다.

따라서 현재 태양력의 1월 1일은 실제적으로는 평일과 같이 아무런 의미가 없는 날이고, '동지'가 바로 태양력의 실제적인 새해의 첫날이 되는 것이고, 또한 되어야 하는 것으로 생각한다. 지금 이 시간에도 우리의 지구는 또 새해의 동지를 향하여 자전과 공전을 계속하고 있는 중이다.

2

크리스마스

우리 고향 마을의 인근 마을인 산당 마을에는 내가 아주 어릴 때부터 교회가 있었고, 우리 마을에도 교회신도가 일부 있었다.

크리스마스에는 교회에서 아이들에게 맛있는 과자와 공책 등의 선물을 준다고 하기에, 이것을 얻기 위해서 교회를 나가는 아이들도 많았다. 그리고 크리스마스가 다 되어갈 무렵에는 교회에서 재미있는 영화도 상영했던 것으로 기억된다.

내가 중고등학교 재학 중일 무렵에는 매년 12월 24일인 크리스마스이브(Christmas Eve)가 되면, 대부분의 청소년들은 종교와는 무관하게 무조건 신나게 노는 날로 인식이 되어 있었다. 크리스마스는 광복 후 기독교의 번성과 함께 젊은이들을 중심으로 명절같이 즐거운 날이 되었다.

도시는 매일 밤 12시부터 새벽 4시까지 실시되던 엄격한 '야간통행금지'[2]가 해제되는 날이라서, 젊은이들에게는 완전한 자유의 밤이 되는 날이었다.

우리 고향의 경우는 주로 친구들끼리 모여서, 고구마를 삶아먹는 '고구마파티'와 '뻥튀기 강냉이'를 푸짐하게 방바닥에 부어놓고 둘러앉아 놀면서 먹는 '강냉이파티'를 하며 겨울의 긴 밤을 즐겁게 놀았던 기억이 난다.

1960년대 초부터의 크리스마스는 농촌까지 불기 시작한 트위스트 등의 춤을 추며, 신나게 놀기도 했던 아주 즐거운 날이었다.

3

새해의 달력(calendar)

양력 12월 중순이 되면 신년도의 달력이 배부된다.

일제강점기까지의 농촌에는 주로 책력에 의하여, 일자와 24절기 등을 알았다고 한다. 광복 후부터 1960년도 이전까지는 주로 그 당

2 우리나라의 '야간통행금지'는, 1945년 9월 8일 미군정 포고령 1호에 의하여 치안유지를 위해 실시되었고, 1982년 1월 5일 폐지되었다. '야간통행금지'는 매일 밤 자정부터 이튿날 새벽 4시까지 통행을 전면 금지하는 조치였다.

시의 국회의원 또는 정치인들이 자기의 사진 등을 붙여서 제공하는 홍보용의 1장짜리 달력(년력)이 각 가정마다 배부되었고, 각 가정은 이 달력을 벽에 풀 등으로 붙여 놓고 보았다.

1960년도 전후부터는 6장 또는 12장짜리 상품선전용 달력이 많이 배부되기 시작했다. 주로 주류회사, 화장품회사, 제약회사 등이었는데, 예쁜 여배우의 사진들이 많이 찍혀 있었다. 일부의 보석상 등에서는 매일 1장짜리(365장)의 달력도 단골 고객들에게 배포하였는데, 아주 인기가 있었다. 이 달력은 매일 1장씩 뜯어내는 것이므로, 휴지가 귀한 시절이어서 일부에서는 이 종이를 휴지로 사용하기도 했다.

4
설

설 준비

'설'은 음력 1월 1일을 말한다. 설을 맞이하려면 사전에 많은 준비를 해야 하기 때문에, 우선 대목 장보기부터 시작이 된다.

시골은 5일마다 시장이 열리지만, 설날 바로 전 이틀 정도는 5일 장날이 아니어도 '대목장'이라는 이름으로 장이 열렸다. 설 명절을 지내기 위한 장보기는 아이들 옷과 신발 등 설치리(설빔) 준비를 해야 하고, 제사음식을 만들기 위한 각종 음식 재료를 구입해야 한다.

아이들의 새옷과 새신발 등은 주로 설치리(설빔)로 많이 구입을 해야 하기 때문에, 아이들은 약 한 달 전부터 설날이 오기를 손꼽아

기다렸다.

설치리(설빔)로 새로 사온 옷과 신발 등은 설날을 맞이하기 위해 고이 보관해 놓고, 설날이 올 때까지는 헌옷과 헌 신발을 그대로 참으며 사용했던 것이다.

아이들과는 달리 어른들은 미리 설 준비를 해야 한다. 설을 맞이하려면 제사음식의 준비를 미리 해야만 했으므로, 며칠 전부터 집집마다 디딜방아 소리가 요란하게 들렸다. 제사용 음식으로는 떡, 두부, 어리, 유과, 술, 단술, 과일(조, 율, 이, 시), 육류(소고기, 돼지고기), 건어물(문어, 조기, 명태, 오징어, 홍합꽂이는 반드시 포함), 두부요리, 메밀묵, 각종 전, 나물요리 등의 많은 음식을 장만했다.

'까치설' 이야기

선달그믐날은 설날의 전날을 말하는데, 보통 음력 12월 29일 아니면 30일이 된다. 음력의 큰달은 30일이고 작은달은 29일이다. 나는 어머니의 생신이 음력 12월 29일이었으므로 더욱더 많은 생각이 난다.

설 전날을 작은설이라고도 하고, '까치설'이라고도 했다.

선달그믐날 밤은 부엌과 마루 등에 밤새도록 호롱불 또는 접시불[3]을 켜놓는 풍습이 있었는데, 가는 해의 마지막 밤을 송구(送舊)하며, 악귀의 침범을 막고 새해의 소망을 기원하는 목적이었다고 했다.

이날은 아이들이 잠을 자면 눈썹이 하얗게 변한다는 말이 있어서 어릴 적에는 겁이 나서 밤늦게까지 잠을 안잔 적도 있었는데, 그것

3 '접시불'은 접시에 아주까리 등으로 짠 식물성 기름을 붓고 심지를 담가서 불을 밝히는 것을 말한다. 아마도 이 접시불은 호롱불보다 더 역사가 깊은 것으로 보인다.

은 나를 놀리기 위한 장난이었다.

어른들의 망년회는 주로 집에서 담근 막걸리 한 주전자와 안주를 조금씩 들고, 항상 놀러 다니던 마을의 사랑방으로 가서 다른 친구들이 가져온 술과 안주 등으로 술을 마시며 밤늦도록 놀다가 오는 정도였다.

평소에는 골목에 가로등 같은 시설이 없었기 때문에, 밤이면 몹시 어두웠던 마을이 음력 섣달그믐날 밤은 마루 등에 불을 밤새도록 켜놓음으로써, 온 동네가 날이 새도록 밝았다.

설날이 올 때마다 윤극영 작사 작곡의 〈설날〉이라는 동요가 오랫동안 애창되어 왔다. 이 동요의 가사 중에 "까치 까치 설날은 어저께고요 우리 우리 설날은 오늘이래요"라는 구절이 있다.

그러나 실제로는 섣달그믐날과 '까치(鵲)'와는 아무런 관련성이 없다고 한다. 각종 문헌에 의하면(지식백과사전 등), '까치'는 '작다'는 의미이지, 새 종류의 까치(鵲)를 의미하는 것이 아니라고 한다. 그러므로 '까치설'은 '설날'의 바로 전날의 의미와 '작은설'이라는 의미이지 '까치(鵲)의 설날'이 아니라는 것이다. 그리고 '까치설'은 하루만을 말하는 것이기 때문에, 어제이면 어제이지, '어저께'라는 것은 도저히 이해할 수가 없다.

일반적으로, '어제'는 오늘의 전날을 분명히 말하는 것이고, '어저께'는 '어제쯤' 또는 '어제 무렵'을 의미하는 것으로 주로 사용하고 있는 실정이다. 2000년도 발행된 『국어대사전』에는 '어저께'라는 단어가 등재되어 있지를 않았고, 현재의 『표준국어대사전』에는 '어저께'를 "오늘의 바로 하루 전에"라고 되어 있다. 그리고 "어제와 작일의 유의어"라고 되어 있으므로, '어제'와 동일하게 정의하고 있다. 그러나 '그믐'은 "음력으로 그달의 마지막 날"이라고 되어 있고, '그믐께'에 대하여는, "그믐날 앞뒤의 며칠 동안"이라고 되어 있으므로, 그믐 무렵의 뜻으로 설명하고 있다. 이와 같이 특정 날짜에 '께'가 붙으면 '쯤'이나 '무렵'의 의미가 주어지는 것으로 생각하고 사용하는 것이 일반적인 상식이다. 그러므로 『표준국어대사전』의 '어저께'에 대한 정의는 반드시 "어제쯤 또는 어제 무렵"으로 수정되어야 하는 것이 옳을 것 같다.

따라서 지금까지 맑은 동심으로 오랫동안 불러왔던 동요를, 굳이 어원을 문제 삼아 '까치(鵲)'의 의미를 완전히 없어지도록 수정할 필요까지는 없다고 생각한다. 그러나 '어저께고요'라는 가사만은 '어제이고요'로 고쳤으면 더욱더 좋을 것 같다.

설날

설날은 남녀노소 모두가 설치리 옷(설빔 옷) 등을 입었다.

아침 일찍 세수를 하고, 설빔 옷을 입은 후에는 집안 어른들께 세배를 하고 제사를 지내야 하는 것이었다.

명절제사를 지내는 절차는 10촌 이내의 큰집, 작은집의 순서와 4대조의 항렬(行列) 등을 고려하여, 대소가(大小家)의 집집마다 돌아다니며 순서대로 지냈다. 집집마다 제사를 다 지낸 후에는, 간단한 음식을 가지고 조상의 묘를 찾아가서 성묘를 했다.

제상 차리는 법은 앞에서 설명한 바와 같이 각종의 예서(禮書)마다 다르고 지방과 가문마다 각기 다른 것으로 알고 있는데, 우리 집도 영남지방에서 많이 행하여 오던 일반적인 예법을 시행한 것으로 보인다.

앞으로는 굳이 과거의 격식에 얽매이기보다는, 조상님에 대한 새로운 인식을 가지고, 새로 개발된 맛있는 음식과 철에 맞는 과일 등으로 정성껏 차리면 될 것 같다.

옛날부터 전해온 제사법이 법률로 정해진 강제 규정도 아니고, 하늘이 규정한 법도 아니기 때문에, 시대에 따라 간소하고 제철의 음식을 위주로 정성껏 지내는 것이 더욱더 좋을 것 같다.

따라서 고풍을 엄격하게 철저히 준수하는 것만이 조상과 가문을 위한 길이라고 할 수는 없을 것이다. 자신의 삶이 새로운 시대에 뒤떨어지지 않고 인생을 성실히 살아감으로써, 세상에 도움이 되는 자랑스러운 후손이 되는 것이 더욱더 조상과 가문을 위하는 길이라고 할 수 있을 것이다.

만일 내가 죽어 귀신이 된다면, 지금의 생각으로는 나의 후손들에게 제사, 성묘, 묘사 등은 일절 바라지 않고, "제발 너희들이나 정직하고 성실하고 건강하고 행복하게 잘 살기를 바란다."라는 마음을 가질 것만 같다. 나는 귀신이나 혼령의 존재를 부정하지만, 만일 귀신이나 혼령이 존재하더라도, 저승과 이승은 별개의 세상이므로, 우리가 저승을 못 가듯이 귀신이나 혼령도 이승을 올 수가 없을 것이다. 만일 그분들이 제사에 참여하기 위해 이승을 잠깐 오신다고 하더라도 그분들이 드셔야 할 저승의 음식이 따로 있을 것이므로, 굳이 이승의 음식이 필요하거나 중요하지는 않을 것이다.

세배(歲拜)

설날 아침에는 10촌 이내의 집안 어른께는 제사를 지내기 전에 아침 일찍 찾아다니며 세배를 드렸고, 타성 어른들께는 제사와 성묘를 한 후에 세배를 했다. 특히 며늘네(며느리)들은 아침 일찍 떡국과 술 등을 작은 상에 차려들고 다니며, 집안의 큰어른들에게 세배를 했다.

지금은 아이들이 어른에게 세배를 하면, '세뱃돈'을 받는 것이 관습으로 되어 있지만, 1960년대 초까지만 하더라도 우리 고향에서는 이러한 관습이 전혀 없었다.

'세뱃돈'에 관하여는, 언론인 '최영년' 선생이 1925년에 지은 『해동죽지』라는 책에서, "아이들이 세배하면 '세배값'을 줬다."라는 내용이 우리나라 최초의 기록으로 알려져 있다. 중국은 11세기부터, 일본은 17세기부터 '세뱃돈' 풍습이 있었다고 전해지는데, 우리나라도 개항 이후 중국과 일본의 영향을 받은 풍습으로서, 1960년대 후반부터 급속하게 전국으로 전파되어 시행되고 있는 것으로 보인다. 이 풍습은 1년에 한 번씩 서로가 주고받는 새로운 미풍양속이라고 할 수도 있지만, 30대부터 50대의 나이가 되면, 아이들로부터 세배를 받아도 '세뱃돈'을 내야 하고, 더 높은 어른에게 세배를 할 때도 '세뱃돈'을 부담해야 하는 이중고(二重苦)가 되기도 한다. 또한 고정수입이 없는 일부 가난한 노인들은 체면 유지와 주머니 사정에서 다소의 부담감을 느끼게 하는 경우도 있을 것이다.

세배 시에 어른들의 덕담은 한결같이 "과세는 잘 쉬었느냐?"라는 말을 한 후에 "새해에는 복 많이 받아라"라는 등의 여러 가지 덕담을 했다.

집안사람이거나 타성의 사람을 불문하고 세배꾼을 맞이하는 집에서는 반드시 간단한 세배음식을 대접했었다.

이와 같이 설이 되면 약 10일 정도까지는 서로 세배를 하고 음식을 정답게 나눠먹는 즐거운 설명절의 분위기가 계속되었다.

설날의 민속놀이

(1) 윷놀이

설이 되면 음력 1일부터 10일까지는 농사일 등의 일을 전혀 하지 않고 음식을 나눠먹으며 놀았다. 아이들에게도 설에는 농사일이나 심부름 등도 거의 없기 때문에, 거의 완전한 자유의 기간이다.

설날의 마을 풍경은 평소와는 전혀 다르게 전부가 새 옷으로 갈아입고 다녔다. 특히 여인들의 화려한 한복의 치마저고리는 울긋불긋하게 온 동네의 골목을 아름답게 수를 놓았었다.

설날의 대표적인 놀이는 윷놀이였다. 가족끼리 방안에서 즐기기도 했지만, 남정네들은 주로 마당에 덕석을 깔아놓고 큰 소리를 질러가며 윷놀이를 즐겼다. 모든 놀이가 맨입으로 할 수는 없는 것이므로, 주로 음식내기의 놀이였다. 돼지고기는 설음식으로 많이 먹었기 때문에, 주로 많이 먹지 않았던 닭을 많이 잡아먹었다.

이 전통적인 윷놀이가 1970년대부터 변화된 새로운 규칙이 하나 더 생겼다. '뒷또(뒷띠)'라는 것인데, 4개의 '윷' 중에서 1개 '윷'의 안쪽에 '점(點)'을 하나 찍어서 표시를 해두고, 이 '점(點)' 표시의 '윷'으로 '또(띠)'가 나오면, '뒷또(뒷띠)'가 되어 반드시 1칸을 뒤로 가야 하는 규칙이다. '윷판'에 자기 말이 없을 때는 물러갈 말이 없으니까 무효이고, 말이 있을 때는 하나의 말을 뒤로 물러나게 하는 것인데, 유리한 경우도 있고 불리한 경우도 있으므로, 더욱더 재미가 있는 새로운 규칙이다. 뒷또가 가장 유리한 경우는, 또의 자리에 말이 있을 때 뒷또가 나오면 바로 마지막 자리로 감으로써 횡재를 하는 셈이다. 경상도 지방은 보통 '윷'을 '윹'이라고 발음한다. 국어사전에는 '윹'을 '윷'의 방언이라고 되어 있다. '윷'의 발음은, '윷을' '유츨'로,

'윷에'를 '유체'로, '윷이'를 '유치'로 발음한다.

그러나 경상도 방언인 '윹은'은 '유튼'으로, '윹에'는 '유태'로, '윹이'를 '유치'로 발음한다. 경상도 방언은 우리의 말과 한글에만 특별하게 존재하는 전형적인 '구개음화현상'이다. 이 '구개음화 현상'인 '윹'이 변화되어 지금의 표준어인 '윷'으로 잘못 변한 것이다.

교양 있는 많은 서울 사람들의 말을 들어보면, 비록 문자는 '윷'으로 사용하고 있지만, 말할 때의 발음은 '윳'으로 잘못 발음하고 있는 경우가 아주 많다. 이러한 경우는 윷에만 있는 것이 아니라, 꽃, 밭, 옻 등의 발음 시에도 받침발음을 제대로 못하는 경우가 아주 많다. 심지어 발음의 모범이 되어야 할 일부의 방송인들까지도 잘못 사용하는 경우가 많이 있고, 초등학생들까지도 잘못 사용하는 경우가 많이 있다.

이와 같은 잘못의 원인이 일부 학생만의 잘못인지, 아니면 학교 교육이 잘못된 것인지는 알 수가 없지만, 반드시 시정되어야 할 중요한 문제이다.

(2) 풍물(농악)놀이

우리 마을에는 옛날부터 설, 추석, 정월 대보름 등의 명절에는 집집마다 돌아다니면서 풍물을 치며 '지신밟기'를 했었다. 세상의 모든 신(神)들은 떠받들어 올리는 것을 좋아했지만, 지신(地神)만은 사람들이 즐거운 마음으로 밟아주기를 원하는 것이라고 했다.

어떤 한 집에 풍물을 치며 들어갈 때는 대문 앞, 방문 앞, 정지(부엌) 앞 등에서 상매구꾼(상쇠)이 매구(꽹과리)를 치며, 기복(祈福)의 '의식요(儀式謠)'를 부르고, 징, 북, 장고, 소북 등의 풍물을 쳤다.

'의식요'는 지방마다 가사 내용이 다르겠지만, 우리 마을 '의식요'

의 주요 내용은 성주[4]와 지신[5]과 조왕신[6]께 집안의 악귀를 몰아내고 가족의 무사 안녕을 기원하는 간단한 내용이었다.

> 처음에 대문을 열고 마당에 들어서면서
> 어어이[7]-이집안의 성주대신이시여(잠깐 풍물을 침)
> 어어이-이집안의 지신이시여(잠깐 풍물을 침)
> 어어이-이집 악귀는 멀리 쫓고 범접 말게 하옵소서(잠깐 풍물을 침)
> 어어이-이집에 많은 복을 내려 부자되게 하옵소서(잠깐 풍물을 침)
> 어어이-이 집안의 모든 식구가 강건하게 하옵소서(잠깐 풍물을 침)
>
> 부엌(정지) 입구에서
> 어어이-이집안의 조왕신이시여(잠깐 풍물을 침)
> 어어이-이집 악귀는 멀리 쫓고 범접 말게 하옵소서(잠깐 풍물을 침)
> 어어이-이집에 많은 복을 내려 부자되게 하옵소서(잠깐 풍물을 침)
> 어어이-이집안의 모든 식구가 강건하게 하옵소서(잠깐 풍물을 침)

이상의 의식이 끝나면, 마당을 시계침의 반대 방향으로 여러 바퀴 돌면서 한판 신나게 놀면, 집주인이 술과 음식을 마당에 내어놓고 풍물꾼들에게 대접을 한다. 음식을 먹고 난 뒤에는 다시 마당을 여러 바퀴 돌면서 한판 신나게 놀다가 다른 집으로 가는 것이었다.

---

4 '성주'는 가정에서 모시는 신의 하나로서 집의 건물을 수호하며, 가신(家神) 가운데 가장 높은 신(神).
5 '지신'은 땅을 다스리는 신령.
6 '조왕신'은 부엌의 신령.
7 '어어이'는 흥을 돋우기 위한 추임새로서, 상매구꾼(상쇠)에 따라 생략할 수도 있었다.

이 풍물을 치면, 젊은 부녀자들은 주로 이웃집 담장 너머에서 구경하고, 남자들과 아이들은 마당의 주위에 서서 구경하는 등으로 온 마을이 즐거운 잔치 분위기였다. 이때만큼은 가난과 걱정 등의 모든 시름을 잊고, 집집마다 골목마다 웃음이 넘쳐나는 즐겁고 행복한 설 명절 기간이었던 것이다.

(3) **널뛰기**

땅 위에 가로세로 각 50cm, 깊이 약 20cm 정도의 구덩이를 양 끝이 3m 정도의 거리가 되도록 두 개를 파고 그 구덩이에 쿠션이 되도록 짚을 조금 넣은 다음에, 중간에 받침대를 놓는다. 그리고 그 위에 가로(넓이) 30cm, 두께 약 2-3cm, 길이 약 2.5-3m 정도 되는 송판으로 만든 '널'을 놓고, 이 '널'의 양쪽 끝에 1인씩 서서, 중간 받침대를 중심으로 서로의 반동을 이용하여 교대로 높이 뛰며 노는 것을 '널뛰기'라고 한다.

'널뛰기'는 여자들만이 하는 대표적 설 명절의 놀이였는데, 주로 처녀들이 집 뒷마당 등에 '널'을 설치해 놓고 많이 뛰었다. 정월 초하룻날과 이튿날 등은 여러 가지 집안의 바쁜 일 때문에 못하고, 주로 초사흘 경부터 많이 뛰었다. 한복을 곱게 차려입고 치맛자락과 고운댕기를 날리며 널뛰는 모습은 정말 아름다운 모습이었다.

(4) **토정비결 보기**

마을의 일부 가정에는 낡고 오래된 토정비결 책들이 한 권씩 있었는데, 이 책 한 권씩을 펼쳐놓고 가족, 이웃들끼리 모여서 한해의 운세를 보았다.

작년에 보았던 토정비결의 운세가 맞았는지의 여부도 서로 이야기하면서, 맞았으면 맞은 대로 좋고, 틀렸으면 틀린 대로 웃으며, 즐겁게 보고 놀았다.

토정비결은 너무 운세가 좋은 것은 좋은 대로, 운세가 나쁜 것은 나쁜 대로 긍정적인 해석들이 나왔다. 전체를 믿는 것도 아니고, 믿지 않는 것도 아니기 때문에, 재미로 보는 것이었다. 토정비결의 문장이 해석 여하에 따라서, 다른 결론이 나올 수 있게 만든 것도 아주 많아서, 아무런 부담 없이 보았던 것 같다.

차례(茶禮)의 용어에 관한 소고(小考)

우리 고향에서는 설과 추석에 지내는 제사를 표준어인 '차례'라 하지 않고 '명절제사(名節祭祀)'라 하고, 기일(忌日)에 지내는 제사를 '기제사(忌祭祀')라고 한다. '차례'의 사전적 의미에 대하여 불과 몇 개월 전까지만 하더라도, 한자로는 '茶禮'로 표기하고, 「음력으로 다달이 초하루, 보름 또는 그밖에 명절이나 조상 생일 등에 지내는 간단한 낮 제사」라고 되어 있다가 또 현재는, 차례(차禮)로 표기하고, 「음력 매달 초하룻날과 보름날, 명절날, 조상 생일 등의 낮에 지내는 제사」로 수정되어 있다. 또 다른 국어사전[8]에는 '차례'의 어원에 관하여 다음과 같이 설명하고 있다.

「'차례'는 옛글의 'ᄎᆞ례'에서 나온 말로서 15세기부터 문헌에 나타난다. 'ᄎᆞ례'는 본래 한자어 '次第'에서 온 말인데 '次第'를 당시 한자음인 'ᄎᆞ뎨'에서 'ᄎᆞ례'로 변하였다가 다시 18세기부터 '차례'로 표기가 변하여 현재에 이르고 있다.」

---

8 네이버사전, ᄎᆞ례 15-19세기, 차례 17세기-현재 참조.

그렇다면 현재 사용하는 '茶禮'의 '茶'는 '次'에서 왔다고 볼 수 있는데, 실제적으로 제상(祭床)에는 '차(茶)'는 전혀 올리지를 않고 있는데 무슨 이유로 '次'가 '茶'로 바뀌게 되었다가 다시 '차'로 수정이 된 이유 등이 궁금해진다.

설과 추석에 지내는 '명절제사'는 「음력으로 다달이 초하루, 보름 또는 그밖에 조상 생일 등의 낮에 지내는 제사」와는 분명히 다르고, 또 어떤 '제사'보다도 훨씬 더 많은 음식을 차려놓고 더욱더 성대하게 지내는 제사이므로, '차례'라고 칭하는 것은 앞뒤가 맞지 않는 것으로 보인다. 그리고 탈상을 하고 난 이후에, 음력으로 다달이 초하루, 보름 또는 조상 생일 등의 낮에 지내는 제사는 없어진 지가 이미 오래되었다. 이미 없어진 이 제사와 '명절제사'를 함께 '차례'라고 설명하는 것은 더욱더 이해하기가 어려워 보인다.

따라서 우리 고향처럼 기일에 지내는 제사를 '기제사(忌祭祀)'로, 명절에 지내는 제사를 '명절제사(名節祭祀)'라고 하는 것이 더욱더 합당한 용어라고 할 수 있을 것이다.

5

정월 대보름

설 연휴가 음력 1월 1일부터 1월 10일까지이고, 11일부터 14일까지는 놀지 않고 일을 해야 했다.

이 무렵에는 농사일은 별로 할 것이 없고, 머슴들이나 일반 일꾼들은 주로 산에 가서 연료용 나무를 했다. 1940년대 이전까지는, 음력 정월 열하루(11일)부터 열나흘(14일)까지 나흘(4일)간에 하는 나무를 「청어 구워 먹을 나무(청어구이 용 나무)」라고 했다고 한다. 지금은 비싸고 귀한 청어가 내가 태어나기 전의 옛날에는 아주 많이 잡혔고, 가격도 싸서 정월 대보름에는 청어를 아주 많이 먹었다고 했다. 이 청어는 구이와 찌개 등으로 다양하게 요리하여 먹었다고 하는데, 지금은 상상도 못할 일이다.

정월 대보름에는 산신제, 조리밥 얻기, 달불 놓기, 풍물놀이, 윷놀이, 널뛰기 등의 많은 놀이행사가 있었다.

보름날 아침이 되면, 가장 먼저 하는 일은 소(牛)에 대한 예우였다.

금년의 농사일을 잘 도와줄 것을 바라면서, 칭이(키)에 밥과 나물을 담아서 소에게 정성껏 대접했는데, 소가 밥을 먼저 먹으면, 풍년이 든다고 했었다. 우리 선조들의 동물을 사랑하고 보은(報恩)하는 순박하고 아름다운 풍습이었다.

산신제(山神祭)

우리나라의 일부 농촌 마을에서는 1960년대 초까지만 하더라도 마을의 안녕과 풍년을 기원하는 산신제(山神祭)를 전통적으로 지내는 풍습이 있었다. 나의 고향 마을은 이 산신제를 산제(山祭)라고 불렀으며, 정월 대보름의 자시(子時, 밤 11:30-01:30)[9]에 지냈었다.

이 산제는 보름의 며칠 전부터 뒷산의 중턱에 있는 당산[10]의 주위

9 원래의 자시는 밤 11시부터 새벽 1시까지이다. 그러나 우리나라는 동경127도 부근(동경124도와 132도 사이)에 위치하고 있으나, 국제적 기준에 따라서 동경135도의 시간 기준선에 맞추어져 있다. 그러므로 실제의 위치와 약 30분의 시차가 나므로, 시차의 30분을 감안하여 보통 밤 11시 30분부터 새벽 1시 30분까지를 자시로 인정하고 있다.

에 금줄을 쳤었다. 그리고 산으로 통하는 '기삿대'라는 작은 고개의 길 양쪽에도 금줄(禁線)을 치고, 길 양옆에 황토까지 놓았었다. 황토를 놓는 의미는 사람은 출입하되, 잡귀의 출입은 할 수 없도록 막은 것이었다. 이 금줄은 보통의 새끼와는 달리 오른손바닥을 앞으로 당기면서 왼쪽으로 비틀어 꼬았던 새끼(보통의 새끼는 오른손을 앞으로 밀면서 꼬았던 것임)에 길이 약 15cm와 넓이는 약 2cm 정도의 한지 조각을 많이 매달아 놓았었다.

제주(祭主)는 마을의 주민 중에서 1년 동안, 가정에 중환자나 상(喪) 등의 흠결이 없는 사람 중에서 희망하는 사람으로 정하였는데, 주로 아들이 없는 집에서 득남(得男)을 기원하기 위해 많이 지냈었다.

제사(祭祀)의 음식은 술과 통돼지[11]만을 그대로 제상에 올려놓고 정성껏 산신령님께 제사를 올렸다. 그러나 이 산제에는 제주와 동행 짐꾼 등 1-2인 외에는 아무도 접근을 할 수 없도록 했다. 그 당시의 산신령님께서는 아마도 조용한 분위기와 술과 돼지의 생고기만을 좋아한다고 믿었던 것 같다. 그리고 산신제를 지내는 모든 경비는 마을의 공동경비로 충당했다.

이와 같이 신성한 산신제를 마치고 나면(밤 12시 반에서 1시경), 반드시 돼지머리를 마을 앞 지정된 곳에 묻어 두도록 되어 있었는데, 이 돼지머리를 서로 차지하려고 쟁탈전이 벌어지기도 했다. 돼지머

10 '당산'은 산신제를 지내는 제단(祭壇)을 말하는데, 큰 돌로 만든 제상(祭床)이 있었고 둘레에는 돌담으로 경계석을 쌓아 두었다. 주위에는 소나무 등의 경계 수목들이 심겨져 있었고, 이 나무를 '당산나무'라고 했다. 평소에도 이 당산나무는 철저하게 보호를 했는데, 만일 이 나무를 상하게 하거나 베는 사람은 신령님으로부터 큰 벌을 받는다고 했기 때문에, 마을 사람들 모두가 이곳을 신성시(神聖視)했었다.

11 통돼지는 털을 벗기고 내장만을 제거한 삶지 않은 생 통돼지를 말함.

리를 묻는 원래의 목적은 젖이 적게 나오는 가난한 집 부인들을 위한 것이었다고 하는데, 이 풍습은 오래전에 사라지고, 마을 사람들이 연령별로 모여서 노는 사랑방끼리의 쟁탈전으로 변한 것이었다.

그 당시의 우리 마을에는 보통 밤이면 3곳 정도의 사랑방에서 벗이 될 수 있는 나이대별로 모여서 놀고 있었는데, 이날은 각 사랑방끼리의 돼지머리를 서로 차지하기 위한 쟁탈전이 벌어졌다. 이날 운좋게 돼지머리를 차지한 사랑방에서는 즐거운 고기 잔치가 벌어졌고, 그것을 갖지 못한 사랑방에서는 군침만 흘리고 잠만 설친 꼴이 되는 것이었다.

이튿날인 정월 대보름날은 마을총회를 개최했다. 그리고 전날 산신제를 모셨던 돼지고기를 마을의 각 세대별로 공평하게 나누어 주고, 일부는 남겨서 총회에 참석한 마을 사람들의 술안주로 나누어 먹고 윷놀이를 하거나 풍물(농악)놀이를 하는 등으로 온 마을을 돌아다니며 노는 흥겨운 날이 되었다. 또한 당산과 산 입구의 금줄에 매어 두었던 한지 조각을 각 가정마다 몇 개씩 가져와서 아이들의 액막이 부적으로 주머니나 옷깃에 며칠간 매달아 주기도 했었는데, 나도 어머니가 매년 옷 속에 달아 주셨던 이 부적을 며칠 동안을 달고 다녔다. 아마도 지금까지 내가 건강하게 잘 살고 있는 것도 어머니의 고마우신 그 정성과 부적 때문인 것 같다.

조리밥

정월 보름날의 아침에는 모든 가정에서 잡곡을 넣은 찰밥(약밥)을 해 먹었다. 반찬은 생선 요리도 있었지만, 이날은 평소에는 잘 먹지 않았던, 아주까리 잎나물을 반드시 먹었다. 그 외에 다래나무 순 등의 나물 무침요리를 많이 먹었다. 그리고 이날의 오전에는, 아이들이 여러 집으로부터 조리밥[12]을 얻어먹으면 1년 동안 무병무탈(無病無頉)한다는 이야기가 있었기 때문에, 마을 아이들이 집집마다 복조리를 들고 밥을 얻으러 다니는 풍습이 있었다.

아이들은 조리를 하나씩 들고, "조리밥 좀 주이소"라고 외치며, 집집마다 돌아다녔다. 각 가정마다 한 수저 정도의 찰밥을 얻으며, 돌아다니다가 조리가 가득 차면 집으로 돌아와서 먹었다. 한 집에서 많이 얻는 것이 아니라, 가급적이면 여러 집에서 조금씩 얻어야 하는 것이므로, 보통 7-8곳 이상의 집을 다녀야만 했다.

달불놀이

정월 대보름날의 늦은 오후가 되어 보름달이 뜰 무렵에는 많은 마을 사람들이 뒷동산에 올라가 소나무 등의 나무를 둥글게 쌓아 놓고 불을 질러 많은 연기가 나도록 하는 '달불놀이'를 했는데, 일명 '달집 태우기'라고도 했다.

옆 동네의 규모보다 더 크게 하려는 일부의 경쟁의식도 작용하여 아주 크게 쌓아 놓고 보름달이 떠오르도록 기다렸다가 달이 떠오르면 불을 붙여 많은 연기가 피어오르도록 했다.

정월 대보름의 달은 보통 해가 서산에 걸렸을 무렵에 떠올랐는데, 이 보름달을 마을에서 제일 먼저 보면, 아들을 낳는다는 속설이 있었기 때문에, 딸만 많이 낳고 아들이 없는 집의 가장들은 달을 먼저 보기 위해 나무 위에까지 올라가서 달맞이를 하는 경우도 있었다.

12 '조리밥'은 조릿대로 엮어 만든 조리로 남의 집으로부터 얻은 밥을 말한다.

달집불이 다 타고 잔불 덩이만 있을 무렵에는 주머니에 넣어갔던 콩을 나이 숫자대로 숯불에 구워 먹기도 했는데, 이렇게 하면 1년간 무탈한다는 속설이 있었다. 그러나 무탈하기 위한 것이라기보다는, 맛도 있고 재미삼아서 나이보다는 훨씬 더 많이 구워 먹었던 것이다. 그리고 불이 완전히 꺼진 뒤에는 불에 타다가 남은 나뭇가지를 한 개씩 집으로 가져와서 안채의 지붕 위에 던져 올려놓기도 했는데, 이렇게 하는 이유는 1년 동안 화재 등의 액(厄)을 방지할 수 있다는 속설 때문이었다.

지금은 이 달불놀이를 산불방지를 위해 당국에서 엄격하게 금지하고 있지만, 1960년대 중반까지는 이 풍습이 계속되었다.

6

2월 명절

음력 2월 1일을 '2월'이라는 이름의 명절로서, 1일부터 5일까지 머슴들을 포함한 모든 사람들이 일을 하지 않고 또다시 노는 기간이다.

2월 초하루의 새벽에는 시냇물 흐르는 물가에 가서 각종 음식을 짚단 위에 차려놓고 용왕(龍王)님께 농사의 풍년과 가족의 무사 안녕을 기원하는 기도를 하고 소지(燒紙)[13]를 올렸다. 이 행사를 '용왕 올린다' 또는 '용왕 믹인다'라고 했었다. 깊은 바다에 산다는 용왕이 바다로

13 '소지'는 부정을 없애고 신에게 소원을 빌기 위하여, 흰 종이를 태워 공중으로 올리는 일 또는 그런 종이를 말함.

흘러가는 내륙의 시냇물과도 연결이 되는 것으로 인식되었던 것이다.

또 이날 저녁에는 부엌의 부뚜막 위에 음식상을 차려놓고 조왕신(竈王神)[14]에게 기도를 올렸다. 이때 소지를 올리는데, 우선 조왕신께 먼저 한 장 올리고, 그 다음은 식구마다 한 장씩 소원을 빌면서 올렸다. 모든 소원은 '농사의 풍년'과 '가족의 무사 안녕'이었다.

이와 같이 용왕님과 조왕신께 소원을 비는 모든 일은 집안의 안주인이 하는 것이고, 남자는 근처에도 못 오게 했다. 조상님과 산신령님에 대한 제사는 반드시 남자가 제주(祭主)였지만, 용왕님과 조왕신께 올리는 제례행사는 반드시 여자가 가정을 대표했던 것이다. 이것은 남존여비(男尊女卑)의 유교적 사상과는 분명한 차이가 있는, 우리 민족 고유의 여권(女權) 존중과 평등성을 상징(象徵)하는 특이한 풍습이라고 할 수 있다.

음력 정월에는 초하루인 설부터 10일까지, 정월 대보름은 15일부터 20일까지, 2월 명절도 2월 1일부터 5일까지 놀았다.

음력 2월 6일이 되면, 드디어 봄이 오고 바쁜 농사일 등이 기다리고 있는 것이었다. 우리 고향은 이때부터 바쁜 철이 시작되어, 양력 5월 중순경의 못자리(다방)를 해놓고 1-2일 놀고, 오월 단오는 건너뛰고, 칠월 백중까지는 거의 노는 날 없이 바쁜 농사일을 해야 하는 것이었다.

그러므로 머슴들은 이때부터 "썩은 새끼로 고추나무에 목을 매러 가야겠다."라는 농담도 많이 했었다. 썩은 새끼로는 목을 맬 수가 없을 뿐만 아니라, 고추나무 역시 이미 작년 가을에 다 뽑아 버리고 없기 때문에, 전혀 불가능한 이야기를 재미있게 했던 것이다.

---

14 '조왕신(竈王神)'은 한 가정의 부엌을 관장하는 신을 말함.

7

삼월 삼짇날

'삼월 삼짇날'은 음력으로 3월 3일을 말하는데, 명절은 아니지만, 강남 갔던 제비가 돌아오고 본격적인 봄이 시작된다는 상징성을 가지고 있다.

이때가 되면, 반가운 봄소식과 함께 해마다 반드시 즐겁게 들려오는 노래가 있다.

「산 너머 남촌에는 누가 살길래 해마다 봄바람이 남으로 오네 아아 꽃피는 사월이면 진달래 향기 밀 익는 오월이면 보리 내음새…」

이 노래 가사의 뜻을 살펴보면, "해마다 남쪽에서 봄바람이 불어오고 이 봄바람이 진달래 향기와 보리 내음새 등을 싣고 온다."는 뜻인 것 같다.

그렇다면 "해마다 남쪽에서 불어오는 봄바람"을 왜 "해마다 봄바람이 남으로 오네"라고 했는지 이해할 수가 없다. "남으로 온다"는 말은 "남쪽에서 온다"는 말이 아니고, 분명히 북쪽 등의 다른 방향에서 남으로 불어온다는 의미이기 때문이다. 봄바람은 남에서 오는 것이지, 남으로 오는 것이 아니다. 그러므로 이 노래의 가사는 "산 너머 남촌에는 누가 살길래 해마다 봄바람이 남에서 오네"라고 고쳐야만 올바른 표현이 될 수가 있을 것 같다.

남향받이 언덕에는 아지랑이가 피어오르고, 진달래와 개나리 등과 함께 종자용으로 심은 배추꽃과 무꽃 등이 아름답게 피는 낭만의 계절이지만, 그 당시의 농촌은 보릿고개와 함께 바쁜 농사일이 시작되는 계절이었다.

중부지방의 일부 한가한 사람들은 삼월 삼짇날에 진달래 화전을 부쳐 먹었다는 기록이 있기도 하지만, 우리 고향은 바쁜 농사일 때문에 그러한 호화로운 여유가 전혀 없었다. 보리논과 보리밭에는 특히 '촉새', '빌구지', '모메'라는 잡초가 아주 많이 자랐다. 이 잡초를 호미 등으로 제초하지 않으면, 보리와 밀농사를 망치기 때문에, 이 김매기 작업은 반드시 해야 하는 중요한 일이다. 이 작업은 쪼그리고 앉아서 하는 작업이므로, 허리와 무릎 등이 무척 아프고 힘든 작업이다.

봄이 되면 우리 마을 바로 앞에는 미나리를 심어놓은 논이 있는데, 이 논을 '미나리깡'이라고 했다. 지난해의 늦가을에 심었던 미나리가 추운 겨울 동안 얼음 밑에서 견디고 새싹이 자라나서 봄철의 밥맛을 돋우는 좋은 나물이 되었다.

그 당시에는 비닐하우스 등이 전혀 없었기 때문에, 겨울이나 이른 봄에는 채소가 없었다.

이 '미나리깡'은 전부가 3-4필지 정도(약 500-600평)가 되었는데 논 주인은 봄철에 이 미나리를 베어서 시장에 파는 것이 아니라, 심어놓은 미나리만을 적당한 면적으로 분할하고 말뚝과 새끼줄로 표시하여, 마을 사람들에게 미나리만을 분양했다. 그러므로 마을 사람들은 이 미나리를 분양받아서 수시로 베어 봄철의 주요 반찬으로 먹었다. 이 '미나리깡'에는 '거머리', '개구리', '뱀' 등도 동면에서 깨어나 활동을 시작했다.

그 당시에 많이 들었던 '삼월 삼짇날'에 관한 슬픈 이야기가 있다. 옛날의 어떤 가정에, 아주 못된 의붓오빠로부터 모진 학대를 받았던 불쌍한 여동생이 죽으면서 불렀다고 전해지는 매우 슬픈 노래의 가사(歌辭)가 생각난다.

「오빠는 죽어 개구리 되고, 나는 죽어 뱀이 되어, 삼월이라 '삼진날'에 '미나리깡'에서 만나보자.」

8

—

석탄일

사월 초파일(초팔일)은 음력 4월 8일 석가탄신일을 말한다.

평소에는 절을 찾지 않았던 사람들도, 이 날만은 해인사 등의 절을 찾아 정성껏 기도를 올리는 사람들이 아주 많았다.

그 당시에 우리 고향 마을에서 약 6km 정도 거리의 만대산 속에는 '규월사(奎月寺)'라는 새 절이 있었는데, 사월 초파일이 되면 불교 신도가 아니더라도 많은 사람들이 몰려들었다. 절의 입구로 들어가는 길가에는 많은 가설 음식점들이 들어섰고, 이 음식점에는 다양한 음식들을 팔았다.

이날은 불교 신도가 아닌 일반인들도 아주 많이 갔는데, 일반인들은 종교의식을 위해서 가는 것이 아니라, 주변의 경치도 좋았고, 친구를 만나서 여러 가지 음식도 사 먹고 놀기 위한 목적으로 갔던 것이다.

불교 신도들은 석탄일을 절에서 아침부터 1박을 하며 기념행사를 하는 것 같았다. 크리스마스는 전날 밤(eve)의 행사를 중요시하고, 석탄일은 당일의 밤 행사를 중요시하는 것 같다.

그러나 이 규월사가 많은 추억만을 남겨놓고, 지금은 없어졌다고 한다.

이 건물이 본래 고령신씨의 재실을 이용한 것이므로, 건물은 다시 반환되고 절은 옮겨갔다고 한다.

9

단오(端午)와 유두(流頭)

'단오(端午)'는 음력 5월 5일을 말하고, '유두(流頭)'는 음력 6월 15일을 말하는데, 음력의 24절기에는 포함되지 않는다.

우리 고향인 고령지방의 단오절은 강릉 등의 중부지방과는 달리, 보리타작 및 모심기 등의 바쁜 농번기가 시작되는 계절이다. 그러므로 별도의 명절 행사는 전혀 없었다.

'유두(流頭)'는 삼복(三伏) 더위 기간 중에 있다.

'유두(流頭)'란 동류수(東流水)에 머리를 감는다는 동류수두목욕(東流水頭沐浴)의 준말이라는 설도 있다. 동류수(東流水)는 동쪽에서 흐르는 물이 아니라, 동쪽으로 흐르는 물을 말한다. 동류수에 창포 잎을 삶아서 머리를 감으면, 머릿결이 좋아진다고 하여 일부의 부녀자들이 실행하기도 했다.

우리 마을 앞의 '송림천'이 동류수였기 때문에, 많은 부녀자들이 머리를 감았었고, 이로 인해 우리 고향 마을 여인들의 머릿결이 매우 좋고 아름다웠던 것으로 기억된다.

유두는 신라 때부터 유두잔치 등의 많은 행사가 있었던 것으로 전해지지만, 1960년대의 전후에는 우리 고향에서 특별한 행사는 거의 없었던 것으로 기억된다.

10

삼복(三伏)

삼복은 양력 7월과 8월에 걸쳐 있고, 24절기에는 포함되지 않는 초복, 중복, 말복을 말한다.

초복은 하지(양력 6월 21일경)로부터 10간(干)의 세 번째 경일(庚日)이고, 중복은 네 번째 경일(庚日)이며, 말복은 입추로부터 첫 번째 경일(庚日)이다.

복날은 주로 10일 간격으로 오기 때문에 초복부터 말복까지는 20일이 걸린다. 그러나 해에 따라서는 중복과 말복 사이가 20일 간격이 되기도 하는데, 이런 경우에는 월복(越伏)이라고 한다.

삼복 기간은 여름철에서 가장 더운 기간이므로 복날이 되면, 개고기, 닭고기 등의 보신 음식을 많이 해 먹었다. 또한 이때에는 마을에서 '가을 내기' 돼지를 잡아 친구들끼리 '디리'라는 것을 많이 해 먹기도 했다.

한번은 나보다는 나이가 월등히 많은 마을 청년들이 마을과는 멀리 떨어진 곳에서, '디리' 하는 것을 보고, 내가 "왜 저렇게 음식 등을 옮기기도 힘이 들 텐데, 마을과 먼 곳에서 '디리'를 하는지 모르겠다."라는 말을 하니까, 옆에서 듣고 있던 마을의 노인 한 분이 "파리를 피하려고 멀리서 한다."라고 했었다. 나는 이 이야기를 듣고 처음에는, "파리 없는 곳이 어디 있습니까? 그곳도 파리가 있을 것인데?"라고 했더니 노인은 웃기만 했다. 나중에 알고 보니, 그들이 피하려는 '파리'는 곤충의 '파리'가 아니었던 것이다.

11

7월 칠석

'칠석'은 음력 7월 7일을 말한다.

옛날 농촌의 여름은 지금처럼 농사에 농약을 사용하지 않아서 밤이면 모기가 아주 많았다. 그리고 모기약도 없었기 때문에 연기로서 모기를 쫓을 수밖에 없었다. 저녁이 되면 모두가 마당에 모깃불을 피워 놓았다. 모깃불은 주로 쑥대나 왕골대의 끝부분을 태우며 연기가 나도록 하는 것이다.

보통 비오는 날 외에는 더위를 피하기 위해, 방이나 마루에서 자는 것보다는 바람이 잘 통하는 마당에 평상을 놓고 잠을 많이 잤다. 평상 위에는 돗자리를 깔고 모기장을 치고 잤으며, 새벽에는 기온이 내려가기 때문에, 무명베 홑이불을 반드시 덮어야만 했었다.

잠들기 전에는 누워서 밤하늘을 쳐다보면, 평소에는 볼 수 없었던 수많은 별들을 볼 수가 있어서 아주 좋았다. 어머님과 작은누님으로부터 별에 관한 수많은 이야기를 들었던 기억이 난다.

특히 칠월칠석날 밤은 은하수를 사이에 두고 1년간 헤어져 있던 견우와 직녀가, 땅에서 올라간 수많은 까치들이 놓은 오작교(烏鵲橋)를 건너서 만난다는 말을 그대로 믿었었다. 그리고 견우성과 직녀성의 상봉 장면을 보기 위해 밤이 늦도록 잠을 자지 않고 하늘의 별을 보며 누워 있었던 기억이 난다.

그런데 이상하게도 칠월칠석날 밤에는 밤중에 구름이 많이 몰려들어 별을 볼 수 없는 날이 많아서 애를 태우기도 했었다. 그러나 맑은 날이라고 하더라도 도저히 오는 잠을 참을 수가 없어서 견우성과 직녀성이 정말로 만나는지를 밤새도록 지켜본 적은 한 번도 없었다.

지금 생각하면 견우와 직녀의 만남에 관한 전설은 비록 사람들이 아이들을 위해 꾸며낸 것이었지만, 그 당시에는 정말로 믿었던 신비로운 전설 중의 하나였다.

12

백중(百中)

'백중'은 음력 7월 15일을 말하는데, 백종(百種), 망혼일(亡魂日), 우란분절(盂蘭盆節)이라고도 한다.

백종(百種)은 이 무렵에 과실과 채소가 많이 생산되어 백 가지의 씨앗을 갖추어 놓는다는 유래에서 근거한 것이고, 망혼일(亡魂日)은 망친(亡親)의 혼을 위로하기 위해 술, 음식, 과일 등 햇곡식을 차려 놓고 천신(薦新)[15]을 하는 데서 유래하였고, 우란분절(盂蘭盆節)은 불교에서 유래한 것이라고 한다.

이때가 되면 무덥던 여름도 거의 막바지에 접어들기 시작한다.

'백중'은 백 가지 음식을 먹어야 좋다는 말이 있었는데, 평소보다 더 많은 반찬을 만들어서 먹었다. 백 가지 음식으로는 백(百) 가지 음식 대신에, 백(白) 가지(그늘에서 다 자라지 못한 흰색의 가지) 한 개

15 철 따라 새로 난 과실이나 농산물을 먼저 신위(神位)에 올리는 일.

를 먹으면 된다는 농담을 하기도 했다.

머슴(일꾼)들은 일을 하지 않고 하루를 노는 날이었고, 풍물을 치며 백중놀이를 하며 놀기도 했다. 특히 이날은 누렇게 익은 호박을 따서 '호박부꾸미'를 많이 구워먹었다. '호박부꾸미'는 호박을 절반으로 갈라서, 호박씨는 건어내고 숟가락 등으로 속을 긁어서 밀가루를 물과 혼합하여 반죽을 만들어, 이 반죽을 솥뚜껑을 뒤집어 놓고 그 위에 기름을 발라서 넓적하게 구워 먹었던 요리를 말한다. 이 '호박부꾸미'는 설탕 등의 조미료는 일절 넣지 않고 구웠음에도 불구하고, 그 맛이 아주 달고 정말 맛있는 음식이다.

1960년대 초반까지는 우리 마을 송림4-H클럽에서, 마을의 노는 땅에 호박구덩이를 파서 호박을 심었는데, 이 호박으로 여자 회원들이 '호박부꾸미'를 많이 구워서 같이 즐겁게 먹었던 아름다운 추억이 생각난다.

13

추석(秋夕)

추석은 설 다음으로 지내는 아주 중요한 명절이다.

며칠 전에 준비해 둔 추석치리(추석빔) 새 옷과 새 신발을 이날 꺼내어 입고 신는다.

추석에 지내는 명절제사의 모든 절차는 설 명절의 제사와 같지만, 설 명절제사는 떡국을 차려 올렸었고, 추석에는 가정마다 달처럼 동그란 송편과 떡을 올려놓고 제사를 지냈다.

추석에는 세배도 없기 때문에 제사와 성묘를 마치고 나면, 바로 민속놀이에 들어갔다. 추석의 대표 민속놀이는 풍물놀이와 그네뛰기였다.

마을에서 공동으로 미리 마련해둔 징, 매구(꽹과리), 북, 장고, 소북 등의 풍물 악기(도구) 등을 치며 미리 지정해둔 가정으로 돌아다니며 놀았다.

그네뛰기는 뒷동산 나뭇가지에 그넷줄(밧줄)을 매어 놓고 주로 마을 처녀들이 놀았다. 고운 한복치마와 붉은 댕기를 공중으로 날리며 그네를 타는 처녀들의 모습은 정말로 선녀처럼 아름다웠다. 그 당시에는 그렇게도 아름다웠던 그 처녀들도 지금은 아마 할머니가 되어 가고 있을 것이다.

14

묘사(墓祀)와 '묘사떡' 얻어먹기

묘사는 시제(時祭)라고도 하며 주로 음력 10월 중순경에 5대조 이상의 조상 산소에 직접 찾아가서 지내는 제사를 말한다.

묘사를 지내는 묘소가 주로 마을의 인근에 많이 위치하고 있기 때문에, 과거에는 묘사를 지낸 후에 모여든 인근 마을의 아이들에게 떡을 나누어 주는 풍습이 있었다. 이 떡을 '묘사떡'이라고 했다. 배고픈 시절인 그 당시에는 귀한 이 '묘사떡'을 얻어먹으려고 많은 아이들이 모여들었다. 그렇기 때문에 그 당시에는 묘사를 지내러 갈 때, 일꾼의 지게에 많은 떡을 지고 갔다.

나도 우리 집안의 묘사는 물론 남의 집안 '묘사떡'을 얻어먹은 기억이 난다. 맛있는 '묘사떡'을 얻어먹던 그 어린 시절의 추억은 영원히 잊을 수가 없을 것 같다. 그러나 지금은 이 '묘사떡'을 얻어먹기 위해 모여드는 아이들이 전혀 없다고 한다.

묘사는 유교적 조상 숭배정신에서 나온 관습으로서, 지금까지는 옛날의 관습이 그대로 이어지고 있지만, 앞으로 얼마나 더 계속될지는 알 수가 없다. 얼마 전까지는 모두가 각 묘지를 찾아다니며 각 묘지별로 묘사를 지냈었다. 그러나 지금 일부의 가문에서는 벌써부터 여러 기의 묘가 소재할 경우에, 산 아래의 적당한 지역의 한 곳에서 음식을 차려놓고 함께 지내는 방법으로 갑자기 간소화되고 있다는 것이다.

이와 같은 묘사방식이 지금은 비록 일부의 가문에서만 시행을 하고 있지만, 앞으로는 분명히 점차적으로 확대가 될 것이고, 더 나아가 묘사의 풍습도 완전히 사라지게 될 날이 멀지 않은 것 같은 생각이 든다.

세상의 모든 일은 시대에 따라 변하는 것이기 때문에, 풍습의 변화는 어떤 방법으로도 막을 수는 없을 것이다.

제9장

문화와 각종 여가餘暇 생활

1
언어

경상도(대구권) 방언

경상도 방언	표준어(의미)
여럽다	키가 너무 크거나 나이가 너무 많아서, 같이 있는 사람과 잘 어울리지 않는 사람의 행태를 표현할 때 사용하는 말
마카(말짱, 말카)	모두
살고기	살코기
닭알(발음: 달갈)	달걀
암닭, 숫닭	암탉, 수탉
암돼지, 숫돼지	암퇘지, 수퇘지
안밖	안팎
했심더	했습니다
니캉 내캉	너와 내가
와카는데	왜 그러는데
와이카노	왜 이러느냐
묵자	먹자
백지	괜히
정지	부엌
괭이	고양이
박상, 박산	뻥튀기

경상도 방언	표준어(의미)
깔비	마른 솔잎
숨카 놓고	숨겨 놓고
갯주문이	호주머니
사분	비누
파이다	좋지 않다
뭐 한다꼬	뭣을 한다고
에비다	야위다
어언제	아니다
짭다	짜다
개비다(이불 좀 개비라)	개다(이불 좀 개라)
공구다	괴다, 받치다
짜드라	많이
쌨다, 쎄비랐다	아주 많다
삐까리	낟가리, 큰 무더기
가아가	그 아이가
비게	베개
머슴아	머슴 같은 남자아이(천대어)
가신아(家人兒)	하녀 같은 계집아이(천대어)
정구지	부추
가시계	가위
찌짐	전
할배	할아버지
할매	할머니
어데	어디
뚱띵이	뚱뚱이

경상도 방언	표준어 (의미)
누고?	누구야?
꼬치	고추
니	너
얼라	어린아이
점빵	구멍가게
빼닫이	서랍
파이다	좋지 않다(별로다)
널찐다	떨어진다
한분 캐바라	한번 말해 봐라
아이가?	아니냐?
우야꼬(우짜꼬)	어찌할까
우짤랑교	어찌할까요
쌔리뿌라	때려라
때리뿌라	때려라
직인다	죽인다
끼얼타	게으르다
단딘히(단디)	단단히
문데다	문지르다
누부	누나
일마	바로 옆의 만만한 친구
절마	저기 있는 만만한 친구
글마	여기 없는 만만한 친구
언제예	아닙니다(괜찮습니다)
니비	누에
강생이	강아지

경상도 방언	표준어 (의미)
쎄비릿다	많다
천지 삐까리다	아주 많다
저녁 묵었나	저녁 먹었느냐
저녁 뭇나	저녁 먹었느냐
어지간이	너무 많이
캐샀는다	말을 한다
잘 가그래이	잘 가거라
가이소	가세요
하지 말거레이	하지 마라
하지 마레이	하지 마라
어데 가노	어디 가느냐
갈끼다	갈 것이다
뭐꼬	무엇이냐
사온나	사 오너라
가뿌라	가 버려라
잊아뿠나?	잊어버렸나?
잊다(기억과 물건을 포함한 분실)	잊다(기억만의 분실)
잃다(도박, 내기로 입은 손해)	잃다(물건 손해의 전부)
같이 합시데이	같이 합시다
내가 왔데이	내가 왔다
누끼고?	누구 것이냐?
어데 가노	어디 가느냐
와 안되노	왜 안 되느냐
와 그라노	왜 그러느냐
저짝 우에 있다	저쪽 위에 있다

경상도 방언	표준어(의미)
뭐라카노?	뭐라고 했니?
빨리 도	빨리 줘
오늘 쏙았데이	오늘 수고했다
오늘 욕봤데이	오늘 수고했다
치았뿌라	그만둬라
뜨사 도	데워서 다오
뜨사 무라	데워서 먹어라
데피무라(더피무라)	데워서 먹어라
빙(甁, 病)	병(甁, 病)
통시, 뒷간	변소
퍼뜩	빨리
쌕이	속히
백지 왔다	괜히 왔다

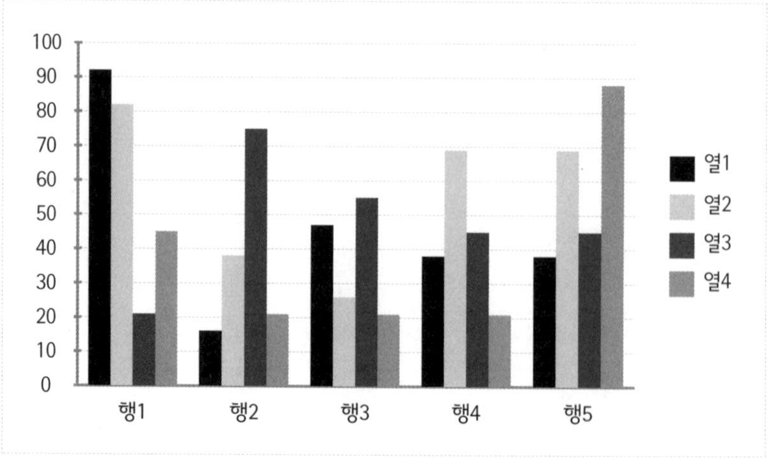

언어의 변화

(1) 언어의 이상한 변화

세월 따라 언어도 많이 변하고 있다. 우리 고향의 언어도 이제는 표준말로 많이 바뀌고 있는 실정이다.

고향 사람들도 표준말을 사용하는 것은 좋은 현상이라고 할 수는 있지만, 어린 시절의 추억과 정서 등이 담긴 구수한 사투리가 머지않아 완전히 사라질 것을 생각하면, 그립고 아쉬운 마음도 없지 않다.

옛날의 서울말은 말투와 억양 등에서 많은 차이를 느꼈었는데, 지금은 거의 차이를 느끼지 못할 정도로 전국의 말투가 비슷해지는 것 같이 느껴진다. 이것은 아마도 방송의 역할이 주된 영향인 것 같다.

이와 같이 방송이 국민들의 언어에 막대한 영향을 끼치고 있는 것이므로, 이에 대한 책임도 매우 크다고 할 수 있다. 아나운서들이나 전문 방송인들은 대부분 바른말을 잘 사용하고 있지만, 일부는 잘못된 발음으로, 어린이들에게 잘못된 발음을 오염시키는 사례가 있는 것도 사실이다.

예를 들면, 내일의 이튿날인 '모레'를 '내일모레'라고 하는 것을 자주 본다. 내일은 내일이고, 모레는 모레이다. 그리고 내일모레는 내일의 모레가 되므로 '글피'가 되는 것이기 때문에, 전혀 다른 의미가 되는 것이다.

그리고 '밭'을 '밧'으로, '꽃'을 '꼿'으로, '덫'을 '덧'으로, '돛'을 '돗' 등으로 받침 발음을 잘못하는 방송인들을 자주 본다. 또한 '하시기 바랍니다'를 '허시기 바랍니다'로, '그리고'를 '그리구'로, '하고'를 '하구' 등으로 발음하는 경우도 아주 많이 볼 수 있다.

'ㅗ'에서 'ㅜ'로 변하는 현상은 국어사전에서는 더욱더 심각하다.

예를 들면, 호도(胡桃)가 호두로, 자도(紫桃)가 자두로, 작도(斫刀)가 작두로, 쌍동(雙童)이가 쌍둥이 등으로 한자의 발음까지도 무시해가며 변경된 경우를 많이 볼 수가 있다.

이런 식이라면, 앞으로 'ㅗ'에서 'ㅜ'로, 'ㅏ'가 'ㅓ'로 변화되는 말이 얼마나 더 있을지 모르겠다. 아무리 세상의 모든 것이 급변하더라도, 우리 문어(文語)의 최후 최고의 보루(堡壘)인 '국어사전'과 '방송'만은 제자리를 굳게 지키는 기준이 되어야 할 것이다.

1980년대 초에 모 한글 단체에서 "바르고 고운 우리말 사용 캠페인"을 한 적이 있었는데, "바르고 고운 우리말 사용운동을 한다면서, '캠페인'이라는 외래어는 왜 사용하느냐?"라고 내가 항의 전화를 한 적이 있었다. 전화를 두어 사람까지 높은 사람으로 바꾸어 가며 대화를 했으나, 답변은 이해할 수 없는 한심한 말만을 들었던 것으로 기억된다.

(2) '유감'이라는 용어

우리나라 정치인들은 자기 또는 소속 단체의 잘못이 있을 때는, 잘못을 시인하고 진정한 사과를 하는 것이 아니라, 주로 유감(遺憾)이라는 용어를 많이 사용하고 있다.

'유감(遺憾)'의 사전적 의미는 "마음에 차지 아니하여 섭섭하거나 불만스럽게 남아있는 느낌"이다. 그러므로 유감의 뜻은, 사과의 의미는 전혀 없고 자기가 오히려 섭섭하고 불만스러운 마음이 남아있다는 어이없는 용어이다.

분명히 잘못을 했으면, 진정한 사과를 하고 앞으로는 재발 방지를 약속하는 등의 반성하는 자세를 보여야 하는 것이 올바른 정치인의 사과 자세라고 해야 할 것이다. 그러나 잘못을 저질러 놓고도 아무런 반성 없이, 말도 안 되는 '유감'이라는 표현으로 땜질을 하는 것은, 국민 위에 군림(君臨)하려는 오만(傲慢)의 극치(極致)라고 하지 않을 수 없다.

이러한 정치인들의 행태에 대하여, 언론도 「유감을 표명했다.」는 식으로 덮어줄 것이 아니라 냉정한 비판을 해야 할 것이고, 국민들도 용서를 하지 않아야만, 오만하고 못된 일부 정치인들의 버릇이 고쳐질 수가 있을 것이다.

(3) '국민통합'이라는 용어

우리나라 건국 초기부터 정치인들이 많이 사용한 용어는 '국민단결(國民團結)' 또는 '국민단합(國民團合)'이었다. 특히 너무 많이 사용하고 있다.

본래 '통합(統合)'이라는 용어는 국어사전에도 "둘 이상의 조직이나 기구 따위를 하나로 합침"이라고 되어 있듯이, 조직과 조직과의 구조적 결합을 의미하는 용어로 사용되어 왔다. 그리고 통합의 통(統)자가 '거느릴 통'자이므로, 자율성이 아닌 강제성과 권위적인 의미를 내포하는 것 같아서 어감(語感)까지도 좋지 않게 느껴진다.

1980년대 초, 어느 날 나는 교보문고의 외국서적 코너에서, 일본의 『○○춘추』라는 잡지의 표지에 '국민통합(國民統合)'이라는 용어를 처음으로 보았는데, 조금 생소한 용어라고 느낀 적이 있었다. 물론 현재의 '국민통합'이라는 용어가 일본으로부터 수입된 용어는 아니겠지만, 그 당시에 우리나라에서는 이 용어의 사용을 보거나 들은 적이 전혀 없었기 때문이었다. 그리고 나는 이 용어에 관하여, 국어사전적 의미를 기준으로 정오(正誤)의 문제만을 제기하려는 것이 아니라, '국민통합'이라는 용어 대신에 '국민화합(國民和合)'이라는 용어를 권장하고자 하는 것이다.

『논어』의 「자로(子路)」편에서도, "군자(君子)는 화이부동(和而不同)하고, 소인(小人)은 동이불화(同而不和)한다."고 했다. 군자는 친화(親和)하며 부화뇌동(附和雷同)하지 않고, 소인은 그 반대라는 의미이다. 이와 같이 공자는 화(和)의 의미를 아주 높게 인정하고 권장했던 것이다.

따라서 국민통합(國民統合)이라는 용어가 국어사전의 의미와도 차이가 있을 뿐만 아니라, 어감 역시 강제성이 느껴지는 용어라고도 할 수 있으므로, 자유와 친화성이 함께 느껴지는 '국민화합(國民和合)'이라는 용어의 사용을 권장하고 싶다.

(4) '거기'에 관한 용어

우리말의 '그'는 관형사로서 듣는 이에게 가까이 있거나 듣는 이가 생각하고 있는 대상을 가리킬 때 쓰는 말이다(국어사전). 예를 들면, '그곳', '그것', '그 사람' 등을 말할 때 사용한다. 그리고 '기'는 장소를 표현하는 말로서, '여기', '저기' 등에 사용한다. 그러나 '그곳', '그것' 등과 같이, '여기', '저기' 등과 같이, '거기'를 '그기'로 사용하면 더 좋을 것 같은데, 왜 엉뚱하게 '그'가 아닌 '거'가 끼어들어 '거기'라고 사용하는지를 이해할 수가 없다.

(5) '너무'의 너무 남용

우리가 지금 사용하는 말 중에는 '너무'라는 단어를 너무 많이 사용하고 있다. '너무'의 국어사전적 의미는 "정도에 지나치게" 또는 "일정한 정도나 한계를 훨씬 넘어선 상태로"라는 뜻으로서, 주로 연결되는 말에는 부정적인 표현에 많이 사용하는 말이다. 예를 들면,

"너무 많아서 좋다."는 이상한 말이 되고, "너무 많아서 좋지 않다."가 바른말이 되는 것이다.

긍정적 의미를 강조할 경우에는 '매우', '대단히', '아주' 등의 말을 사용해야 함에도 불구하고, 모두가 '너무'라는 단어를 너무 많이 사용하고 있다. 예를 들면, "너무 좋다. 너무 예쁘다" 등과 같은 말이다. 세상에 너무 좋은 것은 좋은 것이 아니고, 너무 예쁜 것도 예쁜 것은 사실이지만 좋은 것은 아니다. 심지어 어떤 경우에는 '너무'를 한 번으로도 부족하여, 두 번이나 세 번을 반복하여 사용하기도 함으로써, 국어사전의 의미와는 전혀 다른 이상한 말이 되어가고 있는 실정이다.

2

문자

표음문자의 남용

우리의 한글은 표음문자(表音文字)이면서도, 표의문자(表意文字) 기능도 함께 갖춘 훌륭한 문자이다. 그러함에도 불구하고 '사이시옷' 규정 등을 너무 많이 남용함으로써, 표의문자의 기능이 훼손되고 있는 실정이다.

'나룻배', '갓길', '바닷가' 등의 순수한 우리말의 경우에는 발음대로 표현하는 '사이시옷' 규정을 적용하는 것도 이해할 수가 있다. 그러나 우리의 말과 글에서 이미 한자(漢字)로 구성된 단어는 '사이시옷'의 규정에서 제외하여 표의문자의 기능을 복원하는 것이 더욱더 좋을 것 같다. 예를 들면, '학굣길'은 '학교(學校)길'이므로 '학교길'로, '등굣길'은 '등교(登校)길'이므로 '등교길'로, '수돗물'은 '수도(水道)물'이므로 '수도물'로, '기찻길'은 '기차(汽車)길'이므로 '기차길' 등으로 복원해야 한다는 것이다. 학교(學校), 등교(登校), 수도(水道), 기차(汽車) 등의 많은 한자어(漢字語)는 이미 오래전부터 우리 한글과 융합되어 표음문자와 표의문자의 기능을 익숙하게 하고 있는 단어들이기 때문이다.

'사이시옷'의 목적이 우리글을 소리 나는 대로 적는 것이 목적이라고 하는데, '등굣길'이 과연 소리 나는 대로 적은 완전한 것인가를 묻고 싶다.

표의문자의 기능을 무시하고 표음문자의 기능만을 살리려면 '등굣길'은 차라리 '등교낄'이라고 적어야 소리 나는 대로 적는 것이라고 할 수 있을 것이다. 이외에도 '안과 밖'을 의미하는 '안밖'을 '안팎'으로, 뼈 없이 살만으로 된 '살고기'를 '살코기'로, '암닭'을 '암탉' 등으로 표의문자의 기능을 완전히 무시한 잘못된 사례도 적지 않은 실정이다.

사이시옷의 남용은 소수의 한글학자가 주도하여 만든 것이라는 일설이 있는데, 세계 최고의 문자인 우리의 자랑스러운 한글을 다시 복원하는 혁명적인 개선이 꼭 필요할 것 같다.

잘못된 외국어 번역(飜譯)

번역은 외국의 언어를 우리의 언어로 표현하는 것을 말한다.

외국어의 번역작업은, 동양에서는 일본이 가장 앞섰고, 지금 대부분의 용어는 일본식의 신종 한자어체로 번역한 용어를 그대로 사용하고 있다. 예를 들면, 헌법, 철학(哲學), 과학(科學), 수학(數學), 경제학, 법률, 행정, 물리(物理), 예술(藝術), 이성(理性) 등의 수많은 각 분야의 용어들이다.

일본은 명치유신 시절에 '니시아마네(西周)'가 번역을 주도했고, 중국은 '옌푸(嚴復)'가 주도했으나, 결국엔 일본어의 번역에 전부 밀리고, '옌푸(嚴復)'의 번역은 오직 '다윈의 진화론'에 나오는 '자연도태'라는 번역 용어 외에는 '완전도태'가 되고 말았다고 한다.

외국어를 번역할 경우에, 그 의미는 그대로 살리면서 우리의 언어체계와 정서에 맞도록 번역하는 것이 의역(意譯)이고, 이와는 전혀 다르게 의미만을 그대로 번역하는 것을 직역(直譯)이라고 한다.

이러한 직역은 일부 학문 분야 등의 특정 분야에는 문제가 별로 없겠지만, 그 외의 모든 분야에는 많은 문제가 발생할 수가 있다.

예를 들면, 기독교의 〈사도신경〉에서, 예수께서 "십자가에 못 박혀 죽으시고"와 "죽은 자 가운데서"라는 성구(聖句)가 나온다.

우리말에는 높은 사람이나 존경하는 사람이 사망하면, 별세, 서거, 운명, 타계 등의 용어를 사용한다. 요즈음 한 사람의 기독교 신자가 사망하더라도 "소천을 하셨다"는 등으로 예우를 하고 있다.

그러함에도 불구하고, 존귀하신 예수께서 천국으로 다시 돌아가신 성스러운 귀천(歸天)[1]에 대하여는, '죽으시고'라는 표현을 하는 것은

1 '귀천'에 관하여, 국어사전에는 "넋이 하늘로 돌아간다는 뜻으로, 사람의 죽음을 이르는 말"이라고 정의한다. 그러나 기독교에서는, '귀천'은 누구에게나 사용할 용어가 아니라, 처음부터 하늘에서 왔다가 다시 하늘로 유일하게 돌아가신 예수의 경우에만 한정하여 사용하는 것만이 적합한 용어라고 할 수 있을 것이다. 처음부터 하늘에서 오

최소한의 예의마저도 갖추지 않는 불손한 용어라고 하지 않을 수 없다. 그리고 하나님을 향한 성구나 성가 등에서, '저는'이라고 해야 할 경우에도, '나는'이라는 예의 없는 표현을 하는 경우가 많이 있다.

이것은 분명히 영어성경이나 찬송가 등을 번역할 때, 우리의 언어체계에 합당한 의역(意譯)을 하지 않고, 우리 민족 고유의 예의 등을 전혀 고려하지 않은 직역(直譯)을 했기 때문일 것이다.

따라서 영어체계에서는 경어 등이 없지만, 우리의 언어체계에서는 반드시 합당한 경어를 사용해야 하는 것이므로, 지금까지 잘못된 번역은 조속히 개선해야 하는 것이 참다운 믿음의 자세라고 할 수 있을 것이다.

한산도 '수루현판'에 관한 이야기

2017년 11월 15일자 「조선일보」에 경남 통영 한산도의 충무공 유적(사적113호)의 '수루현판' 교체에 관한 보도가 있었다.

현재의 현판(교체하기 전)은 이순신 장군의 글씨가 아니라, 1976년 유적정화사업 당시에 경남도지사가 쓴 글씨이기 때문에, '수'자가 다른 글자로 해석될 수 있을 정도로 불분명했다고 한다. 문화재위원회 사적분과는 이 수루현판을 교체해달라는 경상남도의 건의를 받아들여 이순신 장군의 친필 중에서 '수'와 '루'자를 집자(集字)하여 새로운 현판을 만들게 되었다는 것이다.

나는 이 기사를 보고, '수루(戍樓)'의 '수(戍)'가 한자(漢字)의 변방

지 않고, 일방적으로 하늘로 가는 것은 승천(昇天)이라고 해야 될 것이고, 하늘의 부름을 받고 가면, 소천이라고 해야 할 것이다.

을 지키는 의미의 '수자리 수(戍)'가 되어야 하는데, 개(犬)를 의미하는 '개 술(戌)'자로 보이기 때문에, 관계기관에 대하여 이에 관한 이의제기와 함께 정정을 건의한 사실이 있었다.

새로운 현판의 글씨는 비록 이 충무공의 『난중일기』에서 집자(集字)한 것이라고는 하지만, 누가 보더라도 아래 신문 기사의 사진과 같이 '수루(戍樓)'를 '술루(戌樓)'로 오기(誤記)한 것같이 보인다. 이 오기한 글자가 문장 속에 있을 때는 전후의 관계를 연결하여 해석하면 크게 문제가 되지 않을 수도 있으나, 현판과 같이 독립적인 단어로 사용될 경우에는 분명히 문제가 될 수 있는 것이다.

나는 이 현판의 교체에 직접 관여한 경남도청과 통영시(제승당 관리사무소), 노승석 여해고전연구소장 등에 대하여, 서면(팩스)과 전화 등으로 수차례에 걸쳐 정정할 것을 건의했으나, 안타깝게도 거절을 당하고 말았다.

거절의 이유는 이순신 장군의 『난중일기』에서 집자(集字)한 것이기 때문에, 아무런 문제가 없다는 것이다. 이순신 장군께서 '수루(戍樓)'를 '술루(戌樓)'로 오해할 수도 있는 글씨로 기록을 한 이유는 알 수가 없지만, 누가 보더라도 분명하게 오기(誤記)를 한 것으로 보이는 것은 사실이다. 그리고 나는 이 건물의 현판을 굳이 이순신 장군과의 관계를 강조하는 의미로서, 오해의 소지가 있는 글자를 집자하며 연결할 이유와 필요성은 크지 않을 것으로 생각한다.

지금의 이 '수루의 건물'은 건축 규모 등으로 볼 때, 전시(戰時)에 급히 신축한 임시 초소 형태의 건물이 아니라, 공기(工期)가 최소한 수개월 이상 걸리는 정자(亭子) 형태의 고급 건물이다. 그러므로 왜적을 막기 위해 급히 전투에 참여한 이순신 장군께서 한가하게 직접 이 수루를 짓고 현판을 달았던 것은 분명히 아니었을 것이다. 아마도 이 수루는 이순신 장군이 참전하기 이전에 이미 건축되어 있었거나, 아니면 전쟁이 끝난 후에 전시용(戰時用)의 옛날 수루를 철거하고, 기념으로 새롭게 건축한 건물일 것이므로, 현판의 글씨는 처음부터 이순신 장군의 글씨와는 전혀 관계가 없었던 것으로 보인다.

나의 이러한 이의제기는 앞으로 나 한 사람만으로 끝날 일이 아닐 것이므로, 이러한 방식의 현판 교체는 분명히 이순신 장군의 명예에 전혀 도움이 되지 않을 뿐만 아니라, 오히려 명예적인 훼손의 가능성까지 초래할 수도 있을 것이다.

앞으로 만일 일본인 관광객들이 "개(犬)가 노는 다락(戍樓)"의 의미로도 해석될 수 있는 한심한 이 현판을 보고, 어떤 표정을 지을지는 직접 보지를 않아도 충분히 알 수 있을 것 같다.

이 글은 2017년 11월의 당시를 기준으로 작성한 글이다. 현재는 나의 건의대로 개선이 되었는지, 아니면 당시에 확정된 '술루(戍樓)'로 오해할 수 있는 현판을 그대로 걸고 있는지는 확인되지 않았다. 부디 '수루(戍樓)'로 변경된 현판이 지금 걸려 있거나, 걸리기를 바랄 뿐이다.

한산도 '수루' 현판 이순신 장군 친필로 교체

"이날 밤 희미한 달빛이 수루(戍樓)를 비춰 잠들지 못하고 밤새도록 시를 읊었다."('난중일기' 1595년 8월 15일)

경남 통영 한산도 '이충무공 유적'(사적 113호)에는 '수루'가 있다. 수루란 적군의 동정을 살피기 위해 세운 누각을 뜻한다. 우리에게는 '한산섬 달 밝은 밤에 수루에 혼자 앉아/ 큰 칼 옆에 차고 깊은 시름 하는 적에'라는 이순신 장군의 시조 '한산도가'로 잘 알려진 곳이다.

이순신 장군은 1592년 7월 이곳 앞바다에서 왜군과 싸워 크게 승리한 한산대첩을 지휘했고, 이듬해 삼도수군통제사가 돼 한산도로 본진을 옮겨 작전을 펼쳤다. 시조에 나오는 '수루'는 이순신 장군이 향후 전략을 구상하거나 주변 공사를 감독하고, 때론 인간적으로 번민하는 장소이기도 했다.

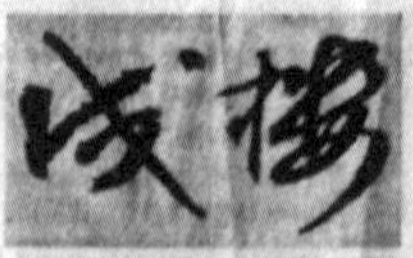
이순신 장군의 친필 글씨에서 집자한 '수루(戍樓)' 글씨.

그런데 현재 수루에 걸린 현판은 이순신 장군의 글씨가 아니라, 1976년 유적 정화사업 당시 경남도지사가 쓴 것이다. 수루의 역사성과 상징성을 대변하지 못할 뿐 아니라 '수(戍)' 자가 다른 글자로 해석될 수 있을 정도로 불분명했다.

문화재위원회 사적분과는 최근 이 수루 현판을 교체해 달라는 경남도 측의 신청을 받아들였다. 기존 현판 대신 '수' 자와 '루' 자를 이순신 장군의 친필 '난중일기' 중에서 집자(集字·문헌에서 필요한 글자를 찾아 모음)한 현판으로 교체하기로 결정한 것이다.

집자는 이순신 전문가인 노승석 여해고전연구소장이 맡았다. 문화재위원회는 한시 '한산도가'의 집자 주련(柱聯·기둥이나 벽에 장식으로 써 붙이는 글귀)을 만들어 수루에 붙이는 것도 승인했다. 새 현판과 주련은 이달 말까지 모습을 갖추게 된다. 유석재 기자

3

야학(夜學)

야학은 야간에 공부를 할 수 있도록 가르치고 배우는 것을 말한다.

야학은 6·25 사변이 끝나고 사회가 안정이 된 직후부터 전국적으로 실시가 되었고, 이로 인해 많은 사람들이 한글을 공부하는 기회가 되기도 했다.

1960년대 초반까지만 하더라도 농촌에는 문맹자가 많았었다. 그 당시의 나이가 40대 이상에는 문맹자가 아주 많았고, 청소년들 중에도 특히 1940년 이전 출생의 여자들은 초등학교를 다니지 않은 사람들이 많아서, 문맹자가 많았던 편이다. 이것은 불행한 남존여비 사상의 결과라고 할 수 있다.

우리 마을 최초의 야학선생님은 박홍빈 씨였고, 그 다음은 내가 한글과 영어의 기초과정을 강의했고, 뒤를 이어 김인열 씨가 강의를 했고, 백산초등학교 후배인 홍창기 씨가 한문(漢文) 등의 강의를 하며 많은 수고를 했다.

밝지 못한 등불 아래에서 피곤함도 잊고, 뜨거운 향학열로 초롱초롱하게 빛나던 그 순수한 눈동자들이 지금도 기억에 남아있다. 그리고 내가 가르쳤던 한글과 기초영어가 그들의 인생을 살아가는 데, 조금이라도 도움이 되었기를 진심으로 바란다.

4

각종 행사

야외 가설극장

라디오와 TV 등이 없거나 귀했던 시절의 농촌에는 1년에 몇 번 정도의 영화가 들어왔다. 전용 극장이 없었기 때문에, 장소는 주로 학교 운동장 등의 넓은 마당에, 둘레에 말뚝을 박고 베(천) 등으로 주변을 막아서 설치한 가설 야외극장이었다.

영화가 들어오는 날은 광고도 붙이고, 확성기를 장치한 차량이 마을마다 돌아다니며 영화를 선전했다. "눈물 없이는 볼 수 없는 ○○○○" "사랑과 의리의 갈림길에선 청춘남녀의 애달픈 관계를 그린 ○○○○" 등의 젊은 감성을 자극하는 영화선전 광고는 그 당시의 농촌 청춘 남녀들의 마음을 완전히 사로잡았다. 젊은 사람들은 오랜만에 들어온 이 영화를 보지 않고는 도저히 견딜 수가 없었고, 영화를 구경하려면 보통 2km 정도 이상의 밤길을 걸어야 하는 경우도 있었다.

영화 구경을 위해 수많은 사람들이 모여들었고, 입구에서 입장료를 내어야만 가설극장에 입장을 할 수 있었다.

극장 안에는 앉을 의자 등은 전혀 없었고, 짚이나 덕석과 가마니 등을 깔아놓은 것이 전부였다. 앞쪽의 일부는 반드시 앉아서 구경을 해야 하고, 뒤편의 사람들은 앉을 자리가 없거나 화면이 보이지를 않았기 때문에, 서 있는 채로 구경을 해야만 했다. 만일 앞 사람이 앉지 않고 서 있으면 뒤에 있는 사람들의 앉으라는 큰 소리가 여기저기서 들려왔다. 그리고 밀치기 등의 장난을 치기도 하고, 심지어 싸움까지 벌어지기도 했었다. 그렇지만 영화가 시작되면 다시 조용해지고, 불편한 것을 전혀 느끼지 않고 즐겁기만 했었다.

그러나 대부분의 영화가 낡은 고물 필름으로 상영되었기 때문에, 중간에 끊어지는 경우가 아주 많았다. 이때는 당연히 "입장료 돌려도-"라는 불만의 큰 소리가 나오다가 영화가 돌아가면, 다시 조용해지는 현상이 몇 번을 계속되다가 영화가 끝나게 된다. 불만도 있었지만 그래도 모처럼 구경하는 영화이므로 재미가 있었고, 이 영화에 관한 이야기는, 친구들을 만날 때마다 며칠간을 나누게 되는 좋은 이야깃거리가 되었다.

영화가 들어오는 날은 영화 구경도 재미있었지만, 또 다른 재미는 이웃 마을의 처녀 총각들이 오랜만에 먼발치에서라도 서로의 얼굴을 볼 수가 있는 것이었다. 이러한 만남이 계속되어 기회가 주어지면 서로가 눈이 맞아 아름다운 추억을 쌓는 경우도 간혹 있었다는 소문이 많이 돌기도 했었다.

그 당시에는 연애편지(love letter)가 한때 유행되기도 했다. 연애편지를 잘 쓰면, 사랑이 이루어질 것으로 믿고 남에게 대필을 부탁하기도 했었다.

간신히 편지를 쓰기는 했지만, 이것을 전달할 방법은 오직 인편을 통해서만 전달을 할 수가 있는 것인데, 중간에서 배달 사고가 나면 마을에 소문이 퍼져 창피를 당하는 사람들도 있었다.

데이트 장소는 주로 '잔디밭'이나 '보리밭' 등을 많이 이용했다는 낭만적인 소문들이 마을마다 많이 떠돌기도 했으나, 실제로는 대부분 과장된 헛소문이었을 것이다. 그러나 일부의 소문들은 사실일 수도 있지만, 모든 것은 세월 속으로 다 묻혀버렸고, 오직 본인들의 가슴속에만 아름다운 추억으로 남아있을 것이다.

마을의 연극공연

1960년대 초반까지는 농촌의 인구가 도시의 인구보다 월등히 많은 시기였다. 그 후 1960년대 후반부터는 산업화의 시대로 발전하는 과정에서 도시의 인구는 늘어나고 농촌은 줄어들기 시작하는 변곡점(變曲點)의 시기였다.

각 마을에는 상급학교에 진학을 못하고, 임시로 농사일을 돕고 있던 많은 유능한 젊은 청소년들이 살고 있었다. 이 청소년들은 거의 모두가 머지않아 군 복무를 마치고 도시로 진출하여 새로운 앞길을 개척해야 할 처지에 있었으므로, 농촌은 일정 기간 잠시 머무는 정도에 지나지 않았다. 그러므로 이들 청소년들은 4-H클럽 등의 봉사활동으로 젊음의 열정을 분출하고 있었다.

그러한 활동 중의 하나가 설이나 추석 명절 등을 이용하여 지역 주민들을 위한 무료 연극공연이나 노래자랑대회 등의 행사였다.

노래자랑대회는 특별한 준비가 필요 없었지만, 연극공연은 아주 많은 준비가 필요했다. 선배들의 도움을 받아가며 희곡(戱曲)을 준비하고, 무대를 꾸미며, 스스로 배우 또는 감독이 되어, 아무런 대가(對價)도 바라지 않고 주민들을 위한 봉사의 마음으로 연극을 공연했던 것이다.

공연 당일에는 다행하게도 지역의 일부 유지(有志)들로부터 찬조금(贊助金)이 조금씩 들어오는데, 이 돈으로 그동안 지출한 경비는 거의 충당되기도 하고 때로는 조금 부족하기도 했었다.

우리 마을에서도 마을 입구의 마당이 넓은 가정집(송골댁)을 빌려서 〈심청전〉을 공연한 적이 있었다. 그 당시에 서울에서 연극 경험이 있었던 우리 마을 출신의 선배인 김봉열 씨와 마을의 선배였던 전진수 씨, 박경빈 씨 등의 도움을 받아가며, 연극을 공연하였다.

그 당시에 김봉열 씨의 연극지도 중에서 지금도 기억이 나는 것은, 연극배우는 연기 중에 특별한 경우가 아니면 반드시 엉덩이를 관객들에게 보이지 말고, 거의 모든 대화는 관객을 보면서 연기를 해야 한다는 것이었다.

지금 생각해도 연극의 초보자였던 우리에게는 많은 도움이 되었던 내용이었다. 〈심청전〉에서 심청이가 인당수(印塘水)에 빠지는 등의 무대준비가 어려운 부분은 막간(幕間)의 해설로 대체하여, 어려운 내용을 무난하게 소화했다는 평을 받기도 했다. 나는 이 연극에서 처음부터 모든 것을 실제적으로 앞장은 섰지만, 배우로서의 출연 등은 하지 않았고, 김봉열 감독의 보조역할 등을 담당했었다.

백산 마을에서는 백산초등학교 운동장에 유명한 차상동 화백의 그림으로 실감있는 훌륭한 무대를 설치하고, 두 번이나 연극을 공연했다. 첫 번째는 한병일 씨의 주연으로 〈성벽을 뚫고〉라는 제목의 연극을 아주 훌륭하게 공연했고, 그 후 두 번째 연극은 〈춘향전〉을 공연했는데, 김상진 친구(초등학교 동기)가 이 도령으로 출연하여 인기를 끌었다. 이 두 작품은 희곡의 구성과 무대장치와 출연자들의 연기력 등에서 상당히 호평을 받았던 것으로 기억된다.

인근 마을인 합가1리(하계실 마을)에서도 연극을 한 적이 있었다. 몇 가지 단편극으로 꾸며진 연극이었는데, 그 중의 하나는 반촌(班村)에서는 잘 어울릴 것 같지 않았던 〈불알까기〉라는 제목의 연극이었다. 이 내용은 그 당시의 모 월간잡지에 게재되었던 줄거리를 각색(脚色)하여 새롭게 꾸민 내용의 연극이었다. 세 아들을 둔 아버지가 아들들의 효심(孝心)을 시험하기 위해 의원(醫員)과 사전에 밀약(密約)을 하고, 아버지가 죽을병에 걸린 것처럼 거짓으로 꾸며서, 아버지의 죽을병에 대한 유일의 치료약은 오직 세 아들 중에서, 한 아들의 '불알' 뿐이라는 처방을 내렸다.

세 아들 중에서 누구의 '불알'을 까야 하는지를 결정하는 과정에서, 세 며느리들의 이유 있는 주장들을 재미있게 표현한 연극이었다.

서로가 자기 남편의 '불알'만은 절대로 깔 수 없다는 것을 논리적으로 주장하는 과정에서, 관중들로부터 많은 웃음을 자아내게 했던 재미있는 연극으로 기억된다.

노래자랑대회

노래자랑대회를 그 당시에는 대부분 '콩쿨대회'라고 불렀다. '콩쿨'은 '경연(競演)'이란 의미의 영어 '콩쿠르(Concours)'에서 나온 말로 추정이 되는데, 올바른 호칭은 '가요 콩쿨대회'라고 해야 할 것을 '가요'는 생략하고 간편하게 '콩쿨대회'로 통칭이 되었다.

이 '콩쿨대회'는 연극공연처럼 사전에 많은 준비가 필요 없었기 때문에, 1960년을 전후한 시기에 많은 마을에서 열렸었다.

대회의 방식은 수일 전부터 각 마을마다 선전 광고지를 붙였다. 대회가 열리면 무대를 설치하고 확성기를 임차하여, 2인 정도의 심사위원과 진행할 사회자를 선정하고, 상품을 진열하는 것 등의 준비만 하면 되었던 것이다. 상장이나 메달은 없었고, 상품은 주로 냄비, 거울, 삽, 괭이 등이었다. 무대 옆의 청중이 잘 보이는 곳에는 찬조금(贊助金)을 기부한 유지들의 명단과 금액이 적힌 종이가 새끼줄에 매달려 있었다.

출연을 희망하는 사람은 소정의 금액을 지불하고 '출연권'을 구입한 후에 노래를 불렀다. 출연 회수에 제한이 없었기 때문에, 1인이 여러 번 노래를 부르기도 했다. 노래를 부르는 사람이 많을수록 주최 측의 수입이 올라가니까 출연 회수를 제한할 필요가 없었던 것이다. 악기의 반주는 일절 없었고 마이크 앞에서 혼자 노래만 부르면 되는 것이었다. 그 당시에 부르는 노래는 주로 최신의 유행가가 더욱더 인기가 있었다. 심사에는 청중의 응원 점수도 있었기 때문에, 자기와 친한 사람이나 같은 마을 사람이 노래를 부르면, 더 많은 박수를 치기도 했다.

연극공연의 경우에는 사전에 기획, 연습, 무대장치 비용 등의 많은 준비와 노력이 들어가지만, 찬조금에 의한 경비만을 겨우 보충하는 정도였을 뿐이다. 그러나 노래자랑대회는 적은 노력과 경비만으로도, 짭짤한 수입을 올릴 수가 있었다. 그러므로 각 마을마다 실속없는 연극공연은 점차적으로 기피하게 되었고, 노래자랑대회는 더욱더 오랫동안 성행하게 되었다.

이 노래자랑대회는 심사결과가 발표될 때마다 불평불만이 많이 쏟아져 나왔다. 심사위원들의 신분이나 능력 자체가 전문가도 아니고 전부가 같은 지역의 평범한 주민들이었으므로, 항상 심사결과에 대한 공정성과 신뢰성에서 문제가 제기되었고, 실제로도 엉터리 심사가 대부분이었던 것이다.

1960년대 어느 해의 설 명절 무렵에, 인근의 한 마을에서 노래자랑대회가 열렸었는데, 심사결과에 불만을 품은 어떤 출연자 측과 주최 측 사이에 시비가 벌어졌다. 이 문제가 수습(收拾)이 되지 않고 험악한 폭력사태가 일어나기 바로 직전이었는데, 나의 초·중학교 2년 선배였던 이상달 회장(전 기흥컨트리클럽 회장)과 전쾌식 회장(전

재경백산초등학교 총동창회장)의 합리적인 중재 덕분으로 무사히 해결된 사례도 있었다.

이와 같이 지역에서 인정하는 위력과 합리적 신뢰성 등을 겸비한 중재자가 없을 경우에는, 심판결과의 불복 등에 의한 폭력사고가 자주 일어나기도 했지만, 그 당시의 사정으로는 어쩔 수가 없었던 것이다.

선거이야기

각종 선거철이 되면, 농촌은 매우 시끄러워진다. 자동차에 확성기를 설치하여, 차가 다닐 수 있는 곳곳을 다녔다. 확성기의 선거운동 소리는 조용하던 마을은 물론, 넓은 들과 깊은 산속에서 일하는 사람들까지 모두가 들릴 정도로 크게 울려 퍼졌다.

그 당시에는 문맹자가 많았기 때문에, 기호를 지금처럼 아리비아 숫자로 표시를 하지 않고, 막대기로 표시를 했었다. 우리 고향은 '막대'를 '작대기'라고 했다. 출마자가 선전을 할 때는 "기호 ○번 ○○○를 찍읍시다."가 아니라, "작대기 ○개 ○○○를 찍읍시다."로 외치며 다녔다.

선거철이면, 공짜 술이 많았고, 고무신과 비누 등을 집집마다 돌리는 경우도 있었다. 심지어 어떤 사람은 돈 봉투까지 받았다는 소문이 돌기도 했다. 그리고 출마자들은 수행원 몇 사람을 대동하고 집집마다 돌아다니며, 허리를 굽히며 인사를 하고 다녔다. 선거철에는 백성들이 정말로 나라의 주인이 된 것 같은 기분이 들 정도가 되는 기간이었다. 선거 기간 동안은 밀주 단속 및 부정 임산물 단속 등도 일절 없었다.

그러나 선거가 끝나고 나면, 모든 것은 달라졌다. 굽신거리던 출마자(당선자와 낙선자)의 고개와 허리와 말투는 완전히 달라졌다. 그리고 실제로 지역에서 필요할 때는 코빼기도 보이지를 않았다.

5

풍수지리설 및 무속 등의 이야기

생면부지(生面不知)의 과객(過客)

농한기의 늦은 오후가 되면, 가끔씩 옷을 말끔하게 차려입고 대문에 들어서며, "지나가는 과객인데 하룻밤 신세를 좀 지고 갑시다."라고 하는 사람이 간혹 있었다. 이런 사람은 거의 대부분이 사주 및 관상쟁이, 풍수가, 비방의 약장사들이었다.

이런 사람들은 마을 사람들의 신상 조사를 미리 한 것처럼, 지난 일은 아주 잘 맞히는 것 같아서 많은 사람들이 현혹되기도 했었다.

앞의 제1장의 「문필봉 이야기」와 같이 우리 집 사랑방에는 자주 이런 과객들이 머물고 갔었는데, 나는 공짜배기 사주와 관상도 몇 번을 본 적도 있었지만, 맞는 것은 거의 없었다.

그리고 나의 양쪽 손등에는 핏줄(정맥)의 모양이 다른 사람들과는 조금 다르게, 둥근 주머니같이 생겼는데, 두 손등을 붙이면 마치 소의 발톱같이 보이기도 한다. 이에 관한 좋은 이야기도 몇 번을 들었지만, 모두가 허언(虛言)이라고 생각한다. 공짜로 하룻밤 숙식을 제공받았으니, 무슨 말이라도 듣기 좋은 이야깃거리를 만들기 위한 거짓이었던 것으로 추측된다.

풍수지리설(風水地理說)

우리나라에 풍수지리설이 중국으로부터 도입된 것은 신라 말경부터이고, '도선'이라는 승려에 의하여 발전되어, 고려의 건국에까지 영향을 끼쳤다고 전해진다.

풍수지리설은 양기(陽基: 집터 등의 건물터)와 음택(陰宅: 묘지)의 위치를 선정하기 위해, 주위의 지리적 환경을 중시하여 활용했던 고래의 풍습이다.

풍수지리설은 바람을 막고 물을 얻는다는 장풍득수(藏風得水)를 중요시하고, 좌청룡(左靑龍), 우백호(右白虎), 전주작(前朱雀), 후현무(後玄武) 등의 형국적(形局的) 지리(地理) 등을 기본으로 한다.

사람이 살아있을 때 사용하는 집터, 절터, 궁궐터 등의 양기(陽基)와 죽었을 때 묻힐 묘지 등의 음택(陰宅) 선정에는 반드시 지관(地官)을 통해서 결정했다.

나도 한때는 풍수지리설에 관심이 있어서 최창조 교수의 『한국의 풍수사상』 등을 비롯한 풍수 관계 서적들을 몇 권 읽어보기도 했으나, 내가 기대했던 진리는 기대한 것만큼 찾을 수가 없었고, 대부분이 허황된 것이었다.

좋은 땅의 조건에서, 길흉화복의 영향 등을 떠나서라도, 장풍득수(藏風得水)와 형국론(形局論) 등은 어느 정도 실용적 가치가 있을 것 같기도 했다. 바람과 물의 양이 너무 심해도 좋지 않을 것이고, 너무 없어도 좋지 않을 것이다. 그러므로 풍(風)과 수(水)를 적절하게 활용할 수 있는 땅이 명당의 조건이 될 수도 있을 것이다. 그리고 형국이 좋은 지형이면 나쁜 지형보다는, 조망(眺望) 등도 당연히 더 좋을 수가 있을 것이므로 고려해 볼 가치는 있을 것이다.

그러나 정혈법(定穴法), 좌향론(坐向論), 간룡법(看龍法), 동기감응론(同氣感應論) 등에 근거하여 사람의 모든 길흉화복의 운명을 좌우하는 것 같은 주장은 도저히 믿을 수가 없는 허황(虛荒)된 것이라고 생각한다.

무당(점쟁이)

모든 사람들이 가장 궁금한 것은 미래라고 할 수 있고, 병이 들면 빨리 건강이 회복되는 것을 바랄 것이고, 또한 가정의 무사 평안 등을 바랄 것이다.

이러한 모든 것을 해결해 주는 사람이 과거에는 무당(점쟁이)이라고 할 수 있었다.

1960년대를 전후한 시기에, 농촌에서 현대적 의료혜택은 거의 받을 수가 없었다. 가족이 병이 들거나 집안에 좋지 않은 일이 생기면, 그 원인을 귀신의 장난으로 인식하는 경우가 아주 많았다. 환자가 발생하거나 집안에 우환이 생기면, 무당(점쟁이)을 많이 찾았다. 무당은 조상의 묘를 탓하거나 나쁜 귀신이 붙었다고 하며, 굿 등을 하도록 권했다. 심지어 대문을 고치거나 변소 등을 고치는 것까지도 탈을 잡아서 귀신에게 빌도록 권유를 했었다.

굿을 할 때에는 2-3인이 밤이 늦도록 북이나 징을 두드리고 주문을 외우며 대나무를 잡고 흔든다. 이 굿을 보기 위해 마을의 구경꾼들이 모여들었다. 어떤 일에 간섭을 잘하는 사람에게 "굿이나 보고 떡이나 먹어라"라는 말을 많이 사용했는데, 아마도 이 말은 여기에서 나온 것 같아 보인다. 굿이 끝나면 반드시 떡을 나누어 주었기 때문이다.

굿을 하고 난 후에, 환자가 병이 낫는 경우도 있고 죽는 경우도 있는데, 병이 나으면 무당의 굿 덕분이고, 병이 낫지를 않고 죽게 되면 이미 그 사람의 운이 다한 것(人命在天)으로 돌렸었다.

6

초자연적 이야기

도깨비, 귀신, 매구 등의 이야기는 우리의 전통 민속 문화와는 분리할 수 없는 밀접한 관계를 지니고 있다. 그러므로 이에 관해서는 실존여부를 떠나 흥미 위주의 초자연적 존재로만 인식을 하고, 우리의 실생활과는 현명하게 적당한 거리를 두는 현대적 성숙한 자세가 필요할 것이라고 생각한다.

도깨비 이야기

'도깨비'는 국어사전에서, 「민속신앙에서 믿어지고 있는 초자연적 존재이고, 동물이나 사람의 형상을 한 잡된 귀신의 하나」라고 정의(定義)한다.

'도깨비'는 지방에 따라 토째비, 독각귀, 독갑이, 허주, 허체 등으로 불리기도 했는데, 우리 고향에서는 '토째비'라고 불렀다. 원래는 '도깹이', '토쨉이'였는데, '도깨비', '토째비'로 변화한 것으로 보인다.

'도깨비'는 『삼국유사』에도 기록된 것을 보면, 삼국시대에도 '도깨비 신앙'이 있었던 것 같다. '도깨비'는 인간에게 겁을 주거나 장난을 치는 등으로 해를 끼치기도 하지만, 사람을 죽이는 등의 악독한 행위는 하지를 않았고, 어리석으며 미련하기도 하여 인간에게 엉뚱한 도움을 주는 경우도 많은 것으로 전해졌다. 귀신은 주로 여자 귀신이 많았지만, '도깨비'는 주로 '남자 도깨비'가 많이 등장했다. 키 큰 '장대도깨비', 다리가 하나뿐인 '외다리도깨비', 장독같이 뚱뚱한 '장독도깨비', 불을 안고 다닌다는 '불도깨비' 등이 있다고 전해진다.

'도깨비'와 밤새도록 싸우다가 날이 새고 정신을 차려보니, '도깨비'는 간곳없고 피 묻은 '헌 빗자루' 한 개만 남아있었다는 이야기도 있다.

도깨비와 씨름을 하거나 싸움을 할 때는 반드시 왼손이나 왼발로 공격을 해야만 이길 수 있다고 전해졌다. 귀신이나 도깨비는 모두가 왼쪽을 사용하므로, 오른쪽의 손과 다리는 힘이 없어 사용을 안 한다고 믿었기 때문에, 공격도 왼쪽의 손과 발로 하는 공격을 더욱더 겁낸다는 것이었다.

제사상(祭祀床)의 제수진설(祭需陳設)에도 밥그릇이 오른쪽에 있고, 국그릇이 왼쪽에 있는 것을 보더라도 사람이 죽어 귀신이 되면, 왼손잡이가 된다는 주장을 뒷받침하고 있는 것이라고 할 수 있다.

도깨비의 특징은 첫째, 심술궂고 장난을 좋아한다는 것이다. 밤길을 가는 사람에게 씨름을 하자거나 엉뚱한 내기를 하자는 등의 시비를 걸거나 장난을 좋아한다는 것이다.

둘째, 착한 사람에게는 도움을 주고 나쁜 사람에게는 해를 준다는 권선징악(勸善懲惡)의 행위도 한다는 것이다. 착한 영감이 도깨비를 찾아가서 혹을 떼고 왔다는 이야기를 들은 욕심쟁이 영감이 혹

하나를 떼러 갔다가 도깨비의 미움을 사서 도리어 혹을 하나 더 붙여 왔다는 이야기 등이 있었다.

셋째, 기억력이 없다는 것이다. 한번 돈을 빌려주었더니, 돈을 갚은 후에도 자꾸 돈을 갚으러 온다는 등의 재물의 이익을 주기도 한다는 이야기 등이다.

넷째, 노래와 춤 등을 좋아한다는 것이다. 밤길을 가는 사람을 붙잡아 놓고, 노래를 부르게 하여 노래를 잘 부르면, 집 근처까지 업어 주기도 하고, 못 부르면 골탕을 먹였다고 한다.

옛날 농경사회 시절의 길고 긴 겨울밤에는, 지금의 TV 등과 같은 볼거리가 전혀 없었고, 호롱불 켜진 따뜻한 온돌방마다 수많은 도깨비, 귀신, 매구 등에 관한 이야기가 꽃을 피웠을 것이다. 이러한 이야기는 흥미롭고 가장 재미있는 이야기이기 때문에, "거짓과 참"은 문제가 되지 않는, 오직 유일의 즐거움이었던 것이다.

귀신 이야기

귀신의 사전적 정의(定義)는 「초인간적 초자연적 능력의 발휘 주체로 여겨지는 신(神) 또는 죽은 이의 넋인 사령(死靈)」을 말하는 것이다. 귀신은 우리나라 사람들의 신앙과 신비체험의 대상들 가운데서 가장 중요한 위치를 차지하고 있으며, 신앙이나 민속 현장 등에서 그 개념이 매우 다양하다.

귀신이 범신론적(汎神論的)[2]인 명사가 될 수밖에 없는 이유는 개

2 '범신론'은 자연과 신의 대립을 인정하지 않고, 일체의 자연은 곧 신이며 신은 곧 일체의 자연이라고 생각하며 전 우주를 동일시하는 종교적 철학적 혹은 예술적인 사상

념의 복합성에 있기 때문이다. 서구의 인류학이나 종교학의 개념으로 논한다면, 가장 위대한 신(God), 물령(Sprit), 마귀(demon), 사령(死靈)을 뜻하는 고스트(ghost) 등이 있으므로, 귀신은 경우에 따라서 각종 개념에 적용할 수 있을 것이다.

그러나 우리는 이상의 서구와는 달리, 우리의 정서에 바탕을 두었던 귀신은 주로 신(神)과 귀신(鬼神)으로 구분할 수가 있다.

신(神)은 천신과 지신과 조상신 등을 포함하여 큰 바위, 큰 나무, 높은 산과 고개, 집안(竈王神) 등에도 존재하는 다신론(多神論)에 의한 숭배사상(崇拜思想)을 믿어 왔다. 신에게는 정성들여 공을 들이면 소원하는 모든 것이 이루어질 수 있다는 기복(祈福)의 대상으로 삼아왔던 것이다.

그러나 귀신은 죽은 사람의 영혼 즉 사령(死靈)을 지칭하는 것으로서, 주로 원한을 품고 저세상으로 가지를 못하고 떠도는 한맺힌 영혼을 의미해 왔고, 도깨비와는 달리 사람을 죽이거나 독하게 자주 괴롭히는 무서운 존재로 인식했다. 귀신이 많이 나오는 시간은 주로 밤이며 새벽닭이 울면 반드시 사라진다는 것이고, 많이 나타나는 장소는 공동묘지, 상여집,[3] 사람이 자살하거나 많이 죽은 곳이라고 생각했다.

내가 어릴 때, 우리 고향 마을에는 '달걀귀신' 이야기도 많이 했었다. 이 '달걀귀신'은 주로 야밤에 변소에 많이 나타난다고 하여, 밤에 변소 가는 것을 아주 무서워한 적도 있었다.

체계를 말한다. (국어사전, 백과사전 참조)

3 상여(喪輿)는 사람의 시체를 묘지까지 운반하는 도구를 말하고, 상여집은 평소에 이 상여를 보관하는 집을 말한다.

옛날 사람들은 이러한 무서운 귀신을 등장시켜 수많은 전설과 이야깃거리를 만들어 왔다. 이렇게 한을 품은 귀신은 대부분 여자 귀신이 많았는데, 우리 고향의 '귀원덤'이라는 곳은 특이하게도 6·25 때 많이 죽은 북한군의 사령인 남자 귀신이 많이 나온다고 했다. 그리고 이 '귀원덤' 모퉁이는 우리 마을에서 직선거리로 약 1km 내외 정도 떨어진 곳으로서, 비가 오는 날의 밤에는 정체 모를 이상한 불빛이 가끔 보이기도 했던 무서운 곳이었다.

비오는 날의 이상한 불빛은 지금까지도 풀리지 않는 의문점으로 남아있다. 그 당시에 이 불빛은 일정한 방향으로 움직여야 하는 길 가는 사람들의 등불은 분명히 아니었다. 귀신이나 도깨비불이라는 말과 함께, 그 당시에 우리 고향 마을의 산에서 많이 자랐던 '미들피기'라는 풀의 오래된 뿌리에 빗물이 묻으면 발광을 한다는 말과 함께, 죽은 사람의 뼈에서 나온 '인(燐)'이라는 물질에서도 발광을 한다는 말까지도 있었다. 인(燐)의 원소기호는 P를 사용하고, 원자번호는 15번이다. 동물의 뼈, 인광석 따위에 많이 들어 있고 어두운 곳에서 빛을 내는 물질이라고 한다.[4] 이 불빛은 바람의 방향과 관계없이 여기저기를 살아있는 것처럼 움직였기 때문에, 발광체에서 나온 불빛도 아니었던 것 같아서 더욱더 이상하게 보였던 것 같다.

그러나 이상하게도 지금의 고향 그곳에는 이러한 불빛이 완전히 사라지고 없다는 것이다. 원한을 품고 저세상으로 가지 못하고 떠돌던 한맺힌 영혼과 도깨비들이 이제는 더 좋은 곳으로 갔기 때문에 없어진 것인지, 아니면 빛을 내던 야생의 발광초(發光草)나 사람의 시체 등에서 나왔던 인(燐)이 빗물 등에 모두 씻겨 내려가고 없어진

4 국어사전 참조.

것인지는 알 수가 없다. 아마도 이것은 영원히 풀리지 않는 의문점으로 내 기억 속에 남아있을 것 같다.

매구 이야기

'매구'의 국어사전적 의미는 「천 년 묵은 여우가 변하여 된다는 전설에서의 짐승」이다. 내가 어릴 때 우리 고향에는 이 매구에 관한 이야기가 아주 많았다. 잔꾀가 많고 행실이 나쁜 여자를 말할 때는 반드시 이 '매구' 또는 '매구'같이 생긴 여자라는 욕설이 사용되었다. 그리고 경남의 어느 마을에는 밤중에 '매구'가 나타나서 소의 간을 빼먹고 도망을 갔다는 등의 '매구'에 관한 헛소문은 끝없이 많이 돌았었다.

남자들은 밤길이나 깊은 산길을 갈 때에, 아주 예쁘게 생긴 여자는 '매구'일지도 모르니 조심하라는 등의 온갖 이야기가 마을마다 돌고 돌았다. 그러나 그렇게도 수많은 매구 이야기가 떠돌고는 있었지만, 실제로 '매구'를 본 사람은 아무도 없었던 것 같다.

고스레(고시레) 이야기

우리 조상들은 산과 들과 물속과 큰 바위와 고목나무 등의 모든 곳에는 신(神)이 있다는 다신론(多神論) 사상을 믿었다.

집 외의 장소인 산이나 들에서 음식을 먹을 때는, 반드시 그곳의 신에게 먼저 음식의 극히 일부를 던지며, '고스레(방언: 고시레)'라고 말한 후에 음식을 먹었다. '고스레'의 의미는 산이나 들에서 음식을 먹을 때나 무당이 굿을 할 때에 귀신에게 「음식을 먼저 바치오니 잘드시기 바랍니다.」라는 의미라고 한다. 그리고 이러한 예를 갖추어야만 액(厄)을 면할 수 있다고 믿었던 것이다. 비록 아까운 음식이지만, '고시레'를 하고 나면 마음이 편안했기 때문에, 지금까지도 농촌은 물론 일부 등산객들도 시행하고 있다.

무서운 밤길의 이상한 목소리

내가 만19살이 되었던 1962년 여름의 어느 날 우리 마을에서 약 2㎞ 정도 거리의 귀원 서재골 마을의 큰누님 댁에서, 그 당시에 많이 편찮으셨던 우리 아버지에게 좋은 약을 구해놓았다는 연락을 받고, 나는 급히 큰누님 댁으로 갔다. 누님 댁에서 늦은 저녁을 먹고, 어두운 밤이 되어 집으로 급히 걸어서 오게 되었다.

큰누님 댁의 마을과 우리 마을 사이의 거리는 약 2㎞ 정도 거리이고 26번 국도를 따라서 와야 하는데, 도중에는 송림천과 인접한 귀원뎀 모퉁이가 있다. 이곳은 귀원들판에 농업용수를 공급하는 보(洑)가 설치되어 있었고, 이 보의 근처에서 우리 마을로 가는 길은 방천으로 가는 길이 있고, 26번 국도로 계속 가는 길이 있는데, 그 전날 비가 많이 와서 방천길은 갈 수가 없었으므로, 국도를 따라가고 있는 중이었다.

이 근처는 앞에서도 이야기한 것과 같이 6·25 사변 때 많이 죽은 인민군들의 귀신과 감나무에 목을 매어 죽었던 귀신이 자주 출몰한다는 곳이었다.

그날은 여름 장마철이어서 달과 별도 볼 수 없이 구름이 많이 덮인 어두운 밤이었다. 무서운 생각이 들기도 했지만 귀원보(洑)[5]의 근처를 지나 약 100여 미터 정도를 왔을 때, 갑자기 내 뒤쪽에서 숨찬 목소리로 '수호야'라고 내 이름을 부르는 소리가 귀에 들렸다. 어두운 곳이라서 사람은 보이지 않았고, 그것도 한번이 아닌 수회에 걸쳐 숨이 곧 넘어갈 것 같은 작은 목소리가 들리는 것이었다.

아무리 생각을 해도 이곳에서 내 이름을 부르는 사람이 있을 리가 없는데, 분명히 나를 부르는 소리는 들렸으므로, 갑자기 몸에 소름이 돋는 것같이 많은 겁이 나기도 했다. 그러나 나도 용기를 내어 '누고?'라고 크게 대답을 했으나, 나의 대답에는 전혀 반응이 없었던 것이다.

그러한 상황이 몇 분간을 계속되는 도중에 다행히도 우리 마을 쪽에서 대구 방향으로 가는 자동차 한 대가 달려와서, 방금 소리가 났던 '귀원덤' 모퉁이의 도로를 잠시나마 불빛이 밝게 비쳐지게 되었다. 그렇지만 내 이름을 불렀던 위치의 도로와 주변 등을 아무리 유심히 살펴봤으나 거기에는 아무것도 없었다. 자동차가 지나가고 다시 어둠이 깔렸는데, 그때부터는 더욱더 겁이 나기 시작했다. 그렇지만 다시 용기를 내어 무사히 집으로 돌아왔다.

집에 돌아온 후에도 내가 정말 내 이름 부르는 소리를 들은 것인지, 아니면 내가 겁이 나서 잘못 들은 환청이었는지를 또다시 생각해봤으나, 아무리 생각해도 분명히 내 이름을 부르는 소리를 들은 것만은 확실했다.

며칠을 생각해도 이 의문이 풀리지 않았다. 평소에 나는 귀신의 출현 등을 부정해 왔었고, 만일 귀신이 존재한다고 하더라도 귀신은 귀신의 세계에서 살아야 하는 것이지 인간세계에는 나타날 수가 없

5 '보(洑)'는 하천의 물을 농사에 이용하기 위해, 하천을 막아놓은 시설을 말하는데, '귀원보'는 귀원 들판의 농사용으로 막아놓은 보를 말한다.

을 것이라는 확신을 가지고 있었기 때문에, 이에 대한 의문은 더욱 더 클 수밖에 없었다. 가까운 여러 사람들에게 이에 관한 이야기를 물어보기도 하고 아무리 다시 생각을 해 봐도, 내가 겁이 나서 잘못 들었거나, 진짜 귀신 목소리를 들었을 것이라는 두 가지의 결론밖에는 있을 수가 없었다.

그리고 며칠이 지난 후에 나와는 절친의 동갑 친구인 큰누님의 막내 시동생인 이승칠 사형(현재 인하대 공학박사)을 만나서 여러 가지 이야기를 나누던 중에, 문제의 그날 나를 부르던 목소리의 정체를 비로소 알게 되었다. 그런데 이승칠 사형으로부터 들었던 자초지종의 이야기는, 그 내용이 너무나 간단하고 정말 아무것도 아닌 것이었는데, 이 문제를 가지고 며칠간을 고심했던 내 자신이 도리어 이상해져서 기막힌 웃음이 저절로 나왔다.

내가 큰누님 댁에 갔을 때는 멀리 출타 중이었던 이승칠 사형이, 내가 우리 집으로 출발을 하자마자 자기 집에 돌아왔었는데, 내가 조금 전에 혼자서 우리 집으로 출발했다는 말을 듣고, 자기 친구들과 함께 무섭기로 소문난 귀원덤 모퉁이로 나를 보호해 주기 위해 나의 뒤를 따라 급히 달려오면서, 숨찬 목소리로 나를 불렀다는 것이다. 너무 어두워서 내가 보이지도 않았고, 아무리 불러도 대답이 없기에, 내가 무서운 지역을 이미 무사히 통과한 것으로 알고, 자기는 안심하고 집으로 돌아갔다는 간단한 내용이었다.

자동차의 불빛에 아무도 보이지 않았던 것은, 이미 그때는 이승칠 사형이 자기 집 방향으로 '귀원덤' 모퉁이를 이미 돌아갔었고, 내가 있는 곳에서는 모퉁이의 도로가 곡선이었기 때문에 보이지를 않았던 것이었다. 그러면 이승칠 사형이 "나를 부르는 소리를 나는 들었는데, 내가 대답하는 소리는 왜 그쪽에서 못 들었을까?"라는 의문이 남아있었다.

그러나 그 의문도 쉽게 풀렸다. 그 당시는 바로 전날에 큰비가 와서 봇물이 넘쳐흐르는 물소리가 아주 크게 났었는데, 이승칠 사형이 서 있던 곳은 귀원 보(洑)의 바로 옆이어서 내가 대답하는 소리를 시끄러운 봇물 소리 때문에 들을 수가 없었고, 나의 위치는 보(洑)와의 거리가 약 100m 이상 떨어져 있었기 때문에, 상대의 소리를 간신히 들을 수가 있었던 것이다. 알고 보니까 아주 간단하고 평범한 이야기인데, 이것도 모르고 며칠 동안을 귀신 타령만 하고 쓸데없는 고심을 했던 것이다.

이렇게 된 근본적인 이유는, 내가 아무리 우리 인간세계에서의 '귀신'의 출현을 부정해왔지만, 나에게도 귀신에 대한 두려움이 일부 잠재하고 있었기 때문에, 일어난 마음의 혼란이었을 것이다. 귀신에 대한 인식이 완전했다면, 이러한 마음의 혼란은 아마도 없었을 것이다. 이러한 많은 의문만을 일으키며 풀리지 않았던 귀신의 정체가 풀리기까지의 며칠을 고심했던 그날의 기억은, 오랜 세월이 지난 지금까지도 귀신 이야기만 나오면, 또다시 그날의 기억을 다시 살아나게 한다.

내가 세종대학교 학부 강의와 중앙대학교 행정대학원 강의에서, 수업 중에 학생들의 지루함과 졸음 등을 쫓기 위해, 강의의 중간에 이 이야기를 한 적이 몇 번 있었다. 학생들에게 이 이야기를 다 마치지 않고 의문에 싸여있는 그 장면에서, "나의 이름을 불렀던 미지의 정체는 과연 무엇이었을까요?"라는 질문을 했다. 학생들은 모두가 여기에서 많은 궁금증과 흥미를 느끼는 모습이었지만, 정답을 아는 학생은 아무도 없었다. 이 이야기는 귀신에 관한 많은 호기심만을 불러일으켜 놓은 채, 과학적인 반전으로 싱겁게 끝나는 별로 재미없는 이야기라고 할 수도 있지만, 학생들의 지루함과 잠을 쫓기 위한 방법으로는 효과가 아주 좋았던 것 같았다.

7

각종 일반놀이

희추

양력 5월 중순경 벼농사의 중요한 시작이라고 할 수 있는 못자리 조성작업('다방'이라고 했음)이 다 끝나면, 당분간은 급한 농사일이 없었으므로, 머슴들까지도 약 2-3일 정도의 휴식을 가진다. 이 무렵이면 숲속에서 뻐꾹새가 많이 울기도 했던 만춘지절의 호시절이다.

마을의 부녀자들은 뒷동산 등의 잔디밭 위에 차일막을 쳐놓고, 즐겁게 하루를 놀았던 이 놀이 행사를 '희추'라고 했는데, 이 용어는 국어사전에도 없는 순수한 우리 고향의 방언인 것 같다. 차린 음식은 공동으로 쌀을 거두어서 만든 떡과 백반, 미나리나물, 김치 등의 보잘 것 없는 음식과 약간의 막걸리 등을 먹으면서도 노래하고 춤을 추며 하루를 즐겁게 놀았었다.

집안 살림살이에 많은 고생만 하던 젊은 부녀자들이 마음 놓고 춤추고 노래하며 즐겁게 노는 날은 1년 중에서 오직 이날뿐이었다. 아무리 엄격한 시어머니라도 이날만은 며느리에게 자유를 주는 날이었다.

평소에는 길을 다닐 때도 수줍음이 아주 많았던 분들이었는데,

이날만은 장고(長鼓)를 신나게 치며 노래하고 춤을 추며 즐겁게 놀던 그 아름답고 행복했던 모습들이 지금도 눈앞에 어른거린다.

'희추'를 하는 날에는 많은 구경꾼들과 함께, 아이들도 엄마를 따라와서 주위에 있었기 때문에, 과자, 강밥, 삼각비닐 설탕물 등을 파는 장사꾼까지 찾아와서 분위기를 더욱더 어울리게 해 주었다.

디리

'디리' 또는 '디이리'라고도 했는데, 이것은 여러 사람들이 공동부담으로 재료를 준비한 후에 밥이나 떡 등의 음식을 직접 만들어서 함께 먹거나, 또는 곡식 등을 거두어서 수박 등의 과실을 구입하여 같이 먹고 즐기는 것을 말한다.

1970년대 초까지만 하더라도 우리 고향에는 이 '디리'의 풍습이 매우 성행했었다. 남녀노소 구분 없이 친구 또는 같이 어울리는 사람들끼리 공동부담으로 재료나 비용 등으로, 먹을 것을 만들어서 같이 먹고 노는 정겨운 놀이문화였다. '디이리'는 목적을 둔 음식에 따라 이름이 달랐다. 떡을 해 먹는 '떡 디리', 감자를 거두어서 삶아먹는 '감자 디리', 고구마를 거두어 하면 '고구마 디리' 등으로 다양하게 많았다.

여름이 되면 반드시 빠지지 않았던 '디리'가 있었다. 여름이 되면 남자 성인들은 매년 '가을 내기'로 돼지를 잡아서 '돼지고기 디리'를 했고, 부녀자들과 청소년들은 수박과 참외 '디리'를 해마다 빠지지 않고 했다.

그 당시에는 수박과 참외는 일부의 농가에서만 심었었다. 우리 고향 마을 갱분 들판에는 수박과 참외밭이 몇 곳 있었는데, 이곳에는 반드시 원두막이 하나씩 있었다. 이 원두막에 올라가서 시원한 바람을 맞으며 맛있는 수박과 참외를 먹는 기분은 정말 좋았었다.

밤이 긴 겨울이 되면, 부녀자들은 주로 '떡 디리'와 '밥 디리'를 많이 했다.

'떡 디리'는 낮에 쌀을 거두어서 디딜방아로 찧어서 힘들게 떡을 만들어서, 일부는 각자의 집으로 가져가서 어른들에게 드린 후에, 나머지의 떡은 자기들끼리 즐겁게 나누어 먹는 것이었다. 지금의 기준으로 생각하면, 쌀을 거두고 떡방아를 찧어 떡을 만드는 등의 많은 수고를 해야 하는 '떡 디리'가 아무런 재미도 없을 것 같지만, 그래도 그 시절의 부녀자들이 했던 '떡 디리'는 아주 재미가 있었다고 했다.

'밥 디리'는 주로 처녀들이 깊은 밤에 많이 했었는데, 각자의 집에서 가져온 쌀로써 밥을 지어, 김치 반찬만으로 밥을 먹었던 풍습이다. '떡 디리'는 항상 먹는 음식이 아니라서 별미로 먹을 수가 있었겠지만, 배고픈 시절의 이 '밥 디리'는 지금의 기준으로는 좀처럼 이해하기가 어려울 것이다.

아이들의 '디리'는 주로 소를 먹이러 갔을 때 감자를 집에서 가져와 구워서 먹거나, '삼굿'을 하여 익혀 먹기도 하고, 밀과 콩 등을 볶아 와서 나누어 먹기도 했으므로, 이 '디리'는 남녀노소를 가리지 않고 성행했던 풍습이었다.

이 '디리'의 성행은, 그 당시의 배고픈 생활환경이 낳은 우리 민족의 특이한 풍습이라고 할 수 있을 것이다. 그러나 먹거리가 풍성해진 지금의 농촌에는 이와 같은 풍습은 과거의 전설처럼 완전히 사라지고, 도시처럼 식당을 찾는 외식문화가 정착되어 있는 실정이다.

사리(표준어: 서리)

'서리'는 남의 농작물 등을 주인 몰래 훔쳐서 먹는 놀이를 말하는데, 우리 고향에서는 '사리'라고 했다.

간식거리가 없던 시절에 주인 몰래 했던 이러한 '서리'는, 지금의 기준으로는 분명한 절도 행위가 되어 문제가 될 수가 있겠지만, 그 시절에는 과거부터 모두가 행하여 왔던 관행이었기 때문에, 주인에게 들키더라도 법적인 문제로 확대가 되지는 않았다.

(1) 봄철의 서리

밀이 익어갈 무렵에 남의 밀을 베어서, 모닥불에 구워 손으로 비벼서 껍질은 입으로 불어서 날리고, 황록색의 밀알을 입에 털어 넣고 먹는 맛은 정말 기가 막히게 좋았었다.

이 '밀서리'는 주로 대낮에 꼴을 베러 다니는 아이들이나 산에 나무를 하러다니는 일꾼들이 많이 했었다. '밀서리' 후의 얼굴에는 손에서 묻은 검정 때문에, 모두가 검은 얼룩이 묻어 있었으므로, 서로의 얼굴을 쳐다보고 많이 웃기도 했다.

'완두콩'은 과거에 '왜팥' 또는 '보리콩'이라고 불리기도 했다. 논보리가 익어갈 무렵이면, 보리논의 일부에 심어놓은 완두콩도 익어가기 시작했다. 밤늦게 친구들끼리 모여 놀다가, 조금 덜 익은 완두콩을 몰래 따다가 삶아 먹으면 정말 맛이 좋았다.

완두콩은 완전히 익은 것보다는 약간 덜 익은 것을 삶아 먹으면, 더욱더 달고 맛이 있었고, 열매가 제대로 크지 않은 어린 풋콩은 껍질과 함께 그대로 먹어도 아주 맛이 좋았었다.

(2) 가을철 서리

가을이 되면 밭에 심어놓은 고구마가 굵어지고 콩(대두)이 익어간다. 고구마 서리는 낮은 물론 밤에도 많이 했다. 낮에는 주인 몰래 캐서 모닥불에 구워 먹기도 하고, 밤이면 사랑방 등에 친구들끼리 모여 놀면서 남의 고구마나 자기들 집의 고구마를 부모 몰래 캐서 삶아 먹는 것이다.

한번은 우리 집 고구마를 캐오라고 아이들한테 시켜서 삶아 먹은 적이 있었는데, 이튿날 아침에 어머니께 발각되어 많은 꾸중을 들은 적이 있었다. 어머니께서 꾸중을 하신 이유는, 밭의 입구부터 차례대로 고구마를 캤다면 괜찮은데, 고구마를 캐러 갔던 아이들이 밭의 여기저기를 뛰어다니며, 고구마밭의 전체를 어지럽혀 놓았기 때문이었다.

가을철 서리의 또 하나는 콩(대두)서리였다. 콩이 조금 덜 익었을 때, 이 콩을 주인 몰래 베거나 뽑아서 모닥불에 구워 먹는 것이다. 이 콩서리 역시 얼굴 등에 검정이 많이 묻어 있으므로, 서로의 얼굴을 보고 웃으며 먹었다.

(3) 겨울철 서리

겨울철 긴 밤에는 먹을 것이 귀한 시절이었기 때문에, 젊은 친구들이 사랑방에 모여 놀면서 남의 집 닭을 훔쳐서 잡아먹는 경우도 많이 있었다.

어두운 밤에 남의 닭장에 있는 닭을 손으로 잡을 때는, 손을 품안에 넣어 손을 따뜻하게 한 다음에, 부드럽게 닭의 양 날개의 밑쪽과 배를 잡고 나오면, 닭이 소리를 지르지 않는다고 했다. 이렇게 남의 닭을 몰래 잡아먹는 것을 '닭 사리'라고 했는데, 그 이튿날 주인한테 들키면 처음에는 부인하다가 증거가 잡히면 변상을 해 주고, 들키지 않으면 그대로 넘어갔다. “닭 잡아먹고 오리발 내민다.”는 말은 이와 같은 경우에 닭 잡아먹은 것을 감추기 위해 생긴 말이라고 했다.

지금의 기준으로 생각하면 이와 같은 ‘사리’ 행위는 묵과할 수 없는 분명한 위법행위로 인정되어, 형사적 처벌도 가능할 수가 있을 것이다. 그러나 그 당시에는 이 ‘사리’가 오래전부터 내려온 풍습이었기 때문에, 피해자인 주인 역시 젊은 시절의 한때는 이와 같은 ‘사리’의 이력이 반드시 있었을 것이다. 그러므로 들키지 않으면 그대로 넘어가는 것이고, 들키더라도 꾸중을 좀 듣고 약간의 변상책임을 지는 정도로 해결되어서, 법적인 문제로까지 확대되는 일은 전혀 없었다.

민속소설의 낭독

1960년대 이전의 시기에는 문맹자도 상당히 많았고, 소설책 등의 읽을거리도 무척 귀했다. 물론 TV나 라디오도 없던 시절이었다.

그 당시에 부녀자들이 주로 많이 읽었던 민속소설은 『옥단춘전』, 『춘향전』, 『심청전』, 『장화홍련전』 등이었는데, 이 소설들은 인쇄본이 아니라, 주로 한지에 붓으로 기록한 세로글씨의 필사본(筆寫本)이었다. 나의 작은누님께서도 몇 권의 필사본을 작성하셨던 것으로 기억된다.

바느질이나 길삼거리가 없는 한가한 정월달의 긴 밤이 되면, 부녀자들은 끼리끼리 모여서, 한 사람이 호롱불 앞에서 소설의 필사본을 큰 소리로 읽게 하고, 다른 사람들은 그 내용을 조용히 들으며 감상했다. 이렇게 하는 이유는 책도 귀했었고, 문맹자도 많았기 때문이었다. 이와 같은 낭독은 몇 권밖에 되지 않는 필사본 소설을 계속적으로 돌려가며 몇 번을 낭독해도 싫증이 나지 않았던 것 같다.

그 당시에 『옥단춘전』이 가장 인기가 있었는데, 이 『옥단춘전』의 줄거리는 기생인 '옥단춘'과 남자주인공 '이혈룡'과 '김진호'의 이야기이다. '이혈룡'과 '김진호'는 각각 정승의 아들로서, 동문수학을 하면서 앞으로 서로 도울 것을 맹세하며 친형제처럼 지냈다. 그런데 '이혈룡'은 과거에 낙방하여 생활이 곤궁하게 되었고, '김진호'는 급제한 뒤에 평양감사가 되었다. '이혈룡'이 성공한 '김진호'에게 도움을 청하러 갔는데, '김진호'는 거지처럼 찾아온 '이혈룡'에게 도움은 주지 않고 대동강에 빠뜨려 죽이려 했다.

이때 '김진호 감사'를 모시고 있던 기생 '옥단춘'이 '이혈룡'의 비범함을 알아보고 목숨을 구해 주고 공부를 계속하도록 도움을 주어 드디어 과거에 급제하게 했다. 그리고 '이혈룡'은 암행어사가 되어 '김진호'에게 통쾌한 복수를 하고 '옥단춘'과 행복하게 오래도록 살았다는 내용이다.

나의 어머니께서는 이 소설에서 아주 많은 감동을 받으신 것 같았다. 친구를 많이 좋아하는 나를 보고 친구를 배신한 '김진호'를 아주 나쁜 놈이라고 욕을 하시면서, "너도 친구를 무조건 좋아만 하지 말고 조심하라."는 말씀을 자주하셨다.

내기 놀이

'내기'는 양측이 어떤 임무(mission)를 걸어놓고 완수를 하느냐 못하느냐의 결과에 따라서 금전적 손익(損益)이 발생하는 놀이를 말한다.

1960년대까지만 하더라도 우리 고향은 여러 가지의 '내기 놀이'가 성행했었다. 예를 들면 “국수 한 그릇과 막걸리 한 그릇을 누가 빨리 먹겠느냐”, 또는 “삶은 계란을 몇 개나 먹을 수 있겠느냐”는 등의 내기를 할 경우에 이기는 쪽은 공짜로 먹는 것이고, 지는 쪽이 비용을 부담하는 놀이였다.

“국수 한 그릇과 막걸리 한 그릇을 누가 먼저 먹겠느냐?”라는 내기는 신기하게도 국수를 막걸리보다 먼저 먹는다는 것이었다. 그 당시의 ‘내기 놀이’는 배고픈 시절이었기 때문에 거의 대부분이 먹는 것과 관련된 내기를 한 것이 특징이라고 할 수 있다.

밤중의 공동묘지 내기

나는 육군입영통지서(1964년 4월 13일 입영)를 받아 놓고 집에서 놀고 있었던 1964년 3월경의 어느 날 밤에, 우리 마을 친구들과 김영삼 친구의 사랑방에 모여 귀신 이야기를 하고 놀다가 공동묘지 다녀오기 내기를 한 적이 있었다. 지금은 귀신 이야기를 흥미 위주의 허황된 이야깃거리로 여기고 있지만, 그 당시에는 대부분의 사람들이 실제로 귀신은 존재하는 것이고, 밤이면 무서운 지역에는 귀신이 자주 나타난다는 것을 그대로 믿고 있었던 시절이었다.

그 당시에 인근 마을에 사는 어떤 비단장수가 밤길을 가다가 귀신에게 홀려서 많은 고생을 했다는 등의 온갖 귀신 이야기를 서로 나누던 끝에, 우연히 장난삼아서 공동묘지 다녀오기 내기 이야기가 나오게 되었다. 친구들은 모두가 달도 없는 이런 어두운 밤에 공동묘지를 다녀올 수 있는 간 큰 사람은, 우리 마을뿐만 아니라 이 근처 어느 마을에도 있을 수가 없다는 주장을 했었다.

그 당시에 우리 마을의 어떤 집에서는 메밀묵 요리를 팔고 있었는데, 나는 이 메밀묵 요리 한 그릇과 '파랑새 담배'[6] 1갑만 사주면 다녀올 수가 있다는 농담조의 말 한마디를 한 것이 계기가 되어, 결국에는 내가 정말로 공동묘지에 다녀오는 내기를 하게 되었다.

우리 마을의 공동묘지는 일제강점기에 신작로(도로) 건설 등에 의한 분묘(墳墓) 이전사업으로 조성된 것이라고 했다. 우리 마을에서 약 1㎞ 정도 떨어진 곳으로서, 저수지를 지나서 송지골의 감나무 등때와 4호 등때 사이에 있는 공동묘지 등때(능선)의 중턱에 위치하고 있다.

이 공동묘지의 둘레에는 마치 고성처럼 허물어진 돌담이 쌓여있고, 그 돌담 안으로는 후손들이 거의 없는 수백 기의 묘가 있었다. 그리고 이 묘들은 벌초 등을 하지 않아서 묘지 주위에는 억새풀 등의 잡초가 무성했던 곳이다.

내가 고향에 살았던 1960년대 후반까지의 우리 마을에서는, 이 공동묘지와 소터마(저수지 옆 산밑으로 흐르는 개울과 그 근처를 이르는 지명)에 있는 상여집[7] 등은 아주 무서운 곳으로 인식이 되고 있었다. 밤이면 마을 사람들 모두가 기피하는 곳이었다. 이 '소터마'의 개울에는 밤중에 여자 귀신의 빨래하는 빨래방망이 소리가 자주 들린다는 이상한 소문까지 있던 때였다. 그리고 이 공동묘지는 밤이면 마을과는 거리가 멀리 떨어진 산골 능선의 중턱에 있기 때문에, 사람

6 '파랑새 담배'는 그 당시에 판매되었던 가장 싼 대중용 담배였다. 고급은 '백양'이라는 담배가 있었다.

7 상여집 : 상여는 장례식 때 시신을 운반하는 일종의 가마 형태의 마을 공동소유의 운반구를 말하고, 상여집은 이 상여를 평소에 보관하는 집을 말한다. 이 상여집은 주로 마을에서 조금 떨어진 외진 곳에 설치되어 있고, 비오는 밤이면 귀신이 자주 출몰한다는 말이 있는 무섭게 여기는 곳이었다.

의 출입이라고는 전혀 없는 음산한 분위기의 무서운 곳으로 인식되던 곳이었다.

내기의 조건은 지금 즉시(그 당시의 시간은 밤 12시경이었고 달도 없는 그믐밤이었음) 김영삼 친구집의 일꾼이 만들어 준 '결전'이라는 글자가 적힌 말뚝과 담배와 성냥만을 소지하고 출발하여, 공동묘지의 중심 지역에 있는 묘지 위에, 이 말뚝을 박고 오는 것이었다.

반드시 말뚝을 박고 와야 하는 것은 다녀온 증거를 남기기 위한 것도 있었지만, 전해 내려온 옛날의 내기 이야기에서 유래한 것이기도 했다.

옛날에 어떤 선비가 친구들과 이러한 내기를 하다가 묘지에 말뚝을 박으면서 실수로 자기가 입고 있는 도포자락도 함께 땅에 박아놓고 일어서다가 귀신이 도포자락을 당기는 줄 알고 기절하여 내기에 졌다는 이야기에 따른 것이었다.

나는 자신 있는 마음으로 출발했지만, 이상하게도 조금 전에 들었던 귀신 이야기 등이 자꾸만 머리에 떠올랐다. 또한 저수지의 옆을 지날 때에는 평소에는 거의 잊고 있었던, 수년 전에 익사한 사촌동생 순호[8]의 얼굴까지 떠오르는 등의 좋지 않은 생각들이 많이 나기도 했다. 그리고 어둠 속에서 앞만 보고 걷다가 돌과 나무뿌리 등에 발이 걸려 넘어지기까지 하면서도 공동묘지에 간신히 도착을 했다.

공동묘지의 입구를 들어가서 많은 분묘들을 어둠 속에서 바라보니, 조금 전 친구들의 말과 같이 정말로 귀신이 나올지도 모르겠다

8 순호는 나를 잘 따르던 7년 아래의 사촌동생으로서, 몇 년 전에 이곳 저수지에서 자기 친구들과 함께 물놀이를 하다가 갑자기 원인 모를 이유로 물속으로 사라지게 되어, 내가 직접 깊은 물속에 들어가서 간신히 안고 나와 응급조치를 했으나, 결국에는 깨어나지를 못하고 안타깝게 사망한 사실이 있었다.

는 무서운 생각이 잠시 들기도 했었다. 나는 잠시 주저 끝에 중간 위치의 한 분묘 위에 가지고 간 말뚝을 박아놓고, 담배 한 대를 피운 후에 돌아왔다. 그리고 처음의 약속과는 달리 비록 내기는 내가 이겼지만, 모두가 공동부담으로 메밀묵 한 그릇씩을 막걸리와 함께 기분 좋게 먹었었다.

방안에서의 각종 놀이

(1) 화투(花鬪)치기

'화투치기'는 모두 48장으로 구성된 '화투장'을 가지고 게임을 하는 것을 말한다. '화투'는 포르투갈에서 "카르타(carta) 놀이의 딱지"가 국제무역 상인들에 의해 일본에 전해져서, 일본인들이 이것을 다시 개조하여 '하나후다(화찰: 花札)'라는 것을 만들었는데, 이것이 일제 강점기 전후 무렵에 우리나라에 전해진 것으로 알려져 있다.

'화투치기'는 주로 명절 등에 친구나 가족끼리 심심풀이 또는 먹거리 내기의 형태로 많이 했었다.

1960년대까지의 우리 고향에는 주로 '민화투', '육백화투', '나이롱뻥'이라는 방법의 화투를 많이 쳤다. 지금에 와서는 1960년대 후반부터 시작하여, 1970년대부터는 급속도로 퍼지기 시작한 '고스톱'이라는 화투치기가 지금은 전국적으로 판을 치고 있다.

이상과 같은 '화투치기'는 하나의 오락으로 즐기는 것이기도 하지만, 심각한 도박의 형태로 변질되어, 가난한 농촌에 많은 문제점을 일으키기도 했었다. 옛날의 농촌 마을은 가을 추수가 끝나고 한가한 겨울철이 되면, 이 '화투치기'의 일종인 '도리짓고땡'이라는 도박으로 논밭 등의 많은 재산을 날리는 경우도 종종 있었다.

우리 마을에서도 평소에 내가 존경하던 어떤 분이 몇 년간 도박에 빠져 논 몇 마지기 가치의 돈을 날리고 그만두신 적이 있었다. 그분의 부친은 무척 무섭고 엄격하신 분이셨기 때문에, 그분의 모친과 부인께서는 부친 모르게 쌀을 몰래 빼돌려 노름빚을 대신 갚느라고 많은 고생을 하셨다.

그분의 성격은 아주 정직하고 유순하신 분으로서, 남의 돈을 탐내거나 모험 등을 하실 분이 전혀 아니었음에도 불구하고, 몇 년간을 도박의 늪에 빠져, 논 몇 마지기 가치의 돈은 물론, 가족들까지 많은 고생을 하도록 했던 것이다. 도박에 빠진 사람이 도박을 즉시 그만두지 못하고 계속하는 유일의 목적은 본전을 찾는 것이라고 했다. 그러나 본전은 쉽게 찾을 수 없고, 만일 기적적으로 운이 좋아 본전을 찾게 되더라도, 마지막 한 번만 더해 보겠다는 마음에서 또 다시 도박을 계속한다는 것이다.

나는 그분의 경우를 보고 도박의 위험성을 절실히 알게 됨으로써, 지금까지 모험심과 호기심 등이 아주 많은 나의 성격이었지만, 도박만은 철저히 경계하며 살아오게 되었다. 그분의 도박행위가 나의 훌륭한 반면교사(反面敎師)가 되었다.

또 하나의 사례는, 내가 서울의 용산에 살고 있을 때, 경남 거창이 고향이었고, 나와는 잘 알고 지냈던 옆집의 한 사람은 경마에 빠져서, 평생 동안 양복점을 경영하며 알뜰하게 이루어 놓았던 주택과 점포의 건물을 그대로 날려버린 안타까운 경우도 보았다. 이분은 평소에 술을 잘 마시거나 돈을 낭비하는 등의 행위는 전혀 하지 않았고, 아주 얌전하고 성실한 사람이었는데, 갑자기 경마의 함정에 빠지는 것을 보고 도박의 위험성을 더욱더 느끼게 되었다.

화투, 카드놀이, 경마, 경륜, 카지노 등의 도박은 처음에는 심심풀이 오락으로 가볍게 출발한다고 했다. 그렇지만 한번 빠져들면 올가미에 걸린 것처럼 벗어나기가 어려워짐으로써, 결국에는 본인의 인생은 물론, 가족과 가정까지도 함께 망친다는 사실을 모두가 알아야 할 것이다.

(2) **번호 맞추기 놀이**

방안에서 몇 사람이 놀 때 하는 놀이로서, 모두가 둥글게 앉아서, 각자에게 번호를 부여하고(번호는 술래가 바뀔 때마다 변경) 오른쪽으로 돌아가면서 순서대로, 1박자에 두 손으로 양 무릎을 치고, 2박자에 손뼉을 치고, 3박자에 오른손 엄지손가락을 올리며, 임의대로 다른 사람의 번호를 부른다.

처음의 시작은 술래부터 하고, 번호를 호출받은 사람이 동일한 방법으로 또 다른 사람의 번호를 부르면서 진행이 되는데, 만일 번호를 불린 사람이 다른 사람의 번호 부르는 시간을 놓치거나, 자기 번호를 부르거나 또는 없는 번호를 부르면 벌을 받고, 술래가 되는 놀이이다.

벌칙은 주로 노래를 부르거나 벌주(罰酒)를 마시는 등의 약속된 규정대로 벌을 받는 놀이이다.

특히 이 놀이는 1960년대 초반까지 우리 고향의 집성촌 마을 등에서 남녀가 함께 즐겼던 놀이였다. 옛날 고령읍 관동 마을(성산이씨 집성촌)의 이헌정 친구 집 등에서 나와 같이 많이 놀았던 이병극, 이달봉, 이봉환, 이용환, 전삼현, 최태호 등의 친구와 개진면 신안 마을(전주이씨 집성촌)의 이석한 친구의 집에서 많이 놀았던 여러 친구들이 그리워진다.

(3) 사치기 놀이

'사치기 놀이'는 놀이명 등을 보면, 일본에서 건너온 놀이같이 보이기도 하지만, 실제는 우리의 전통 놀이인 것으로 보인다.

우리 국어사전에는 '사치기'를, 「아이들 여럿이 둘러앉아 "사치기 사치기 사뽀뽀" 하면서 우스운 몸짓을 흉내 내는 놀이」라고 등재되어 있다. 그러나 일본어사전[9]에는 이 '사치기'와 '사뽀뽀'라는 단어가 등재되어 있지 않은 것을 보면, 일본에는 없는 우리 고유의 놀이임이 분명한 것 같다.

이 놀이 역시 '번호 맞추기'와 마찬가지로 주로 집성촌 등에서 겨울철이나 명절에 남녀가 함께 많이 했던 놀이이다.

방안에서 여러 사람들이 둘러앉아서, 술래(리더)가 우스운 몸짓을 하면서 "사치기 사치기 사뽀뽀"라고 하면, 모두가 따라서 같은 행동을 하며 "사치기 사치기 사뽀뽀"라고 해야 한다. 만일 이때 술래의 몸짓을 따라 하지 못하거나 속도가 느리면, '번호 맞추기'처럼 노래나 벌주 등의 약정한 벌을 받는 놀이이다.

이 놀이는 처음부터 끝까지 계속 웃음이 저절로 나오는 놀이였기 때문에, 시간 가는 줄도 모르고 즐겼던 아주 재미있는 놀이였다. 이제는 영원히 다시 만날 수 없는 그 시절의 그 친구들이 정말 그립다.

(4) 단자(單子) 부치기

'단자(單子)'의 사전적 정의는 「①부조나 선물 따위의 내용을 적은 종이 ②사주 또는 명단 따위를 적은 종이」를 말한다.

잔칫집에 보내는 '단자'를 우리 고향에서는 '단자 부친다'라고 했다.

9 安田吉実 외 3인, 『일한사전』, (서울: 민중서림, 2004)

이 '단자 부친다'의 기원은, 옛날 서당의 학생들이 잔칫집에 축하의 인사와 함께 음식을 청구하는 문서를 작성하여 보냈던 것인데, 이 문서를 '단자'라고 했다는 것이다. 그리고 이 '단자'를 하인 등의 심부름꾼을 통하여 부쳤기 때문에, '단자 부친다' 또는 '단자 부치기'라는 말로 변형되었다고 한다. 세월이 지나서 서당이 없어진 이후에는 '단자'라는 문서도 없이, 청소년들이나 잔치에 참여하지 못한 젊은 사람들이 잔칫집에 음식을 얻으러 가는 이 행위를 '단자 부치기'라는 말로 전해졌다고 한다.

1960년대의 후반까지만 하더라도, 우리 마을에 결혼 또는 회갑 등의 축하잔치 등이 있는 날의 밤이 되면, 사랑방에 모여 놀던 청소년들은 빈 물통과 소쿠리 등을 들고, 잔칫집 대문 앞에서 물통을 두드리며, "단자 왔습니다!"라고 외쳤다. 그러면 잔칫집에서 물통에는 막걸리를 부어주고, 소쿠리에는 고기, 묵, 각종 전(煎) 등의 술안주를 담아주었다. 이 단자 음식의 질(質)과 양(量)은 잔칫집의 빈부(貧富)와 인심(人心) 등에 따라 조금의 차이는 있었지만, 친구들과 같이 먹었던 이 술과 음식은 정말로 맛이 좋았었다.

8

청소년들의 바깥놀이

옛날에는 아이들이 신나게 뛰며 노는 것을 좋지 않게 보는 부모들이 많았다. 아이들이 신나게 뛰어놀면, "너무 뛰면, 배 꺼진다."라는 말을 많이 했었다. 먹거리가 풍부한 지금의 부모들과는 달리, 그 시절의 부모들은 아이들의 즐거운 놀이에서 얻을 수 있는 많은 장점보다는, 부족한 양식에 대한 걱정이 더욱더 컸기 때문이다.

그러나 아이들은 부모들의 충고에도 불구하고, 숙제와 심부름 등이 없는 한가한 시간에는 한시도 집에 있지 않고, 마을 앞이나 뒷동산 등의 공터에 모여 자유롭고 즐겁게 놀면서 심신을 건강하게 성장시켰다.

꼰(표준어: 고누) 놀이

'꼰'의 표준어는 '고누'라고 하며, 주로 여름철 나무 그늘이나 계곡 등에서 많이 했던 놀이이다. 이 '꼰놀이'는 주로 여름에 나무 그늘 아래에서 우리의 선조들이 많이 했던 놀이로 전해지는데, 나의 동년배 이상의 세대까지는 자주 했던 놀이였지만, 우리 세대부터는 여러 가지의 사정 등으로 인해, 이 놀이는 극히 일부만이 했던 놀이이다. 그리고 지금은 고향에서도, 이 놀이를 하던 분들이 다 돌아가셨기 때문에 이제는 완전히 사라진 놀이이다.

이 꼰놀이는 전국적으로 지방마다 많은 종류가 전해지고 있으나, 우리 고향에서는 '윷꼰'과 '동그라미꼰(호박꼰)'의 두 종류가 있었다. 이 중에서 '동그라미꼰(호박꼰)'은 전국적으로 잘 알려져 있고, 일부의 문헌에도 소개가 되어 있으므로 생략하고, 잘 알려지지 않은 우리 고향의 '윷꼰'을 다음과 같이 소개하고자 한다.

'윷꼰'은 '윷판꼰'이라고도 했는데, 놀이 방식은 바위나 납작한 돌 위에 윷판을 그려 놓고, 두 사람 또는 여러 사람이 두 팀이 되어 가위, 바위, 보를 하여 이길 때마다 나뭇잎이나 작은 돌 등의 서로 다른 종류의 말을 1단계씩 놓아가며 승부를 가리는 놀이였다.

놀이 방식은 '윷' 대신에 가위 바위 보로써 게임을 한다.

①'윷놀이'는 네(4) 동을 나야 하지만, '윷꼰'은 두(2) 동만 나면 된다.

②가위 바위 보에서 한 번 이길 때마다 한 칸씩 전진만 하는데, 앞에 가는 상대의 말을 잡을 수가 있다.

③말이 잡혔던 곳에는 함정이 되어 누구라도 다른 말을 놓을 수가 없다. 여기를 넘으려면, 두 번 이상 연속으로 가위 바위 보를 이겨야만 뛰어넘을 수가 있고, 만일 한 번만 이기고 다른 말을 둘 수가 없을 때는 이 함정에 빠져 죽게 된다.

④'윷놀이'는 출발점에서 5번째 지점과 직진 10번째 지점의 삼거리에서 반드시 좌측의 지름길로 가야 하지만, '윷꼰'은 본인의 선택에 따라 진로를 결정할 수가 있으므로, 유리한 작전을 세울 수가 있다.

⑤가위 바위 보에서 연속으로 두(2)번 이상을 지다가 두(2)번 이상을 이기면 2배의 점수를 준다. 이렇게 함으로써, 불리한 쪽에서 대역전의 가능성이 생기도록 하는 놀이이다. 그리고 '윷판꼰'은 2동만을 나는 것이라서 추격을 당하다가 도중에 1마리가 죽으면 거의 지는 것이기 때문에, 추격을 당하면서 빨리 도착하는 작전보다는 뒤에서 추격을 하여 상대방의 말을 죽이는 작전이 유리할 수도 있는 것이므로, 작전을 잘 해야만 이길 수가 있는 놀이다.

일반적으로 다른 놀이는 자기가 이기는 것은 마음대로 할 수 없지만, 지는 것은 거의 자기 마음대로 할 수가 있다. 그러나 가위 바위 보는 이기는 것은 물론 지는 것도 자기 마음대로 안 되는 게임이기 때문에, 이 '윷꼰'놀이는 더욱더 재미가 있는 것이었다.

이 놀이는 비록 초반전은 불리하더라도 역전의 가능성이 많은 놀이이므로, 초기의 실패를 극복할 수 있다는 용기를 줄 수가 있는 재미있는 놀이라고 할 수 있다.

헤엄치기(수영)

내가 어렸을 때 우리 마을은 여름에는 저수지와 시냇물 등에서 주로 '헤엄'을 치며 놀았었다. 그 당시의 '헤엄'은 지금의 '수영'과는 다르게, 옛날의 우리 조상들이 하던 재래식 기법이었고, 이 헤엄치기의 기법은 나의 바로 위의 형들이 하는 것을 그대로 따라서 배운 고유의 기초적 수준이었다.

그 당시에 '헤엄'의 '기본형'은 지금의 일명 '개헤엄'이라고 하는 동작을 말하는 것이고, 지금의 '자유형'은 '빠른 헤엄'이고, 지금의 '배영'같이 누운 자세로 헤엄치는 것을 '잠자는 헤엄' 또는 '누운 헤엄'이라고 하며, 누워서 천천히 가거나 쉬는 헤엄이었다.

우리 마을 송지골 입구에는 가로 약 100여 미터, 세로 약 150여 미터 정도의 모서리가 둥근 4각 형태의 저수지가 있는데, 이 저수지에서 여름이면 헤엄을 많이 쳤다. 이 저수지에서 어느 해의 여름에, 좋아했던 내 사촌동생이 익사하기도 했던 깊은 저수지이다.

그리고 우리 마을 앞에 흐르는 송림천은 하천의 폭이 약 300미터 이상이 되었다. 평소에는 수로의 폭이 약 20미터 정도밖에 되지 않았으나, 큰비가 오면 하천의 폭을 거의 다 채우는 엄청나게 많은 물이 흘렀다.

큰비가 온 지 하루 정도 지나서 흙탕물이 조금 잦아들면, 헤엄을 쳐서 건넛마을(매촌 마을) 쪽으로 건너가기도 했다. 물살이 워낙 세기 때문에 직선으로는 건널 수가 없었고, 수십 미터를 떠내려가면서 건너야만 했다. 지금 생각하면 아주 위험한 행동이었지만, 헤엄치며 건너는 그 당시의 그 재미는 이루 말할 수 없이 아주 좋았었다.

씨름

지금은 씨름이 정식 스포츠로 채택되어 일부의 선수층 등에서만 집중적으로 하고 있는 운동이다. 그러나 1960년대 초반까지의 농촌에서는, 씨름이 스포츠라는 인식보다는, 모래사장이나 잔디밭 등에서 샅바 없이 그대로 허리끈과 허벅지 부근의 바지를 잡고 힘자랑 겸 수시로 즐겼던 놀이였다. 기본적인 초보 기술은 상대방의 한쪽 다리 들고 넘어뜨리는 기술이었고, 똥배지기(등배지기), 바깥다리 걸기, 안다리 걸기, 무릎치기, 갑자기 옆으로 돌리기(잡채기) 등의 다양한 기술들이 있었는데, 누가 정식으로 가르쳐 준 것이 아니라, 나이 많은 사람들이 하는 것을 보고 스스로 배운 기술들이다.

주로 소 먹이러 갈 때나 여름밤 등에 모래사장에서 많이 했고, 어떤 경우에는 이웃 마을과도 시합을 했던 놀이였다.

지금은 체급에 따라 시합을 하지만, 그 당시에는 체급의 구분 없이 상대가 응하면 씨름을 했는데 작은 사람이 큰 사람을 눕히는 모습이 가장 재미있었다.

그 당시에는 군민 씨름대회도 1년에 1회 정도 열렸었는데, 이런 대회 역시 샅바는 차고 했지만, 체급의 구분은 하지 않았었다. 그러므로 기술씨름은 어느 정도의 체격 차이는 극복할 수가 있지만, 너무 많은 힘의 차이는 어쩔 수가 없었다. 주로 1등을 한 선수들은 전부가 체격이 크고 힘이 센 사람들이었다. 1등에게는 '장군'이라는 칭호가 붙여지고, 상품으로 황소 1마리를 주는 경우도 있었다.

그 당시에 우리 고령군의 씨름대회에는 거구(巨軀)의 이 장군과 안 장군이라는 분들이 수년간 이름을 날리고 있었다. 그리고 아직까지도 건강한 모습으로 나와 함께 술자리를 자주하는 고령읍 일양 마을 출신의 조명국 친구도 한때는 우리 고령군의 대표 씨름선수로서 많은 활약을 했었다.

청소년들의 체력운동

6·25 전쟁이 끝난 1950년대의 시기에는 전쟁의 영향인지는 모르겠지만, 농촌의 청소년들에게도 싸움 기술에 관해 많은 흥미를 갖고 있었다.

남의 마을을 지나가다가 무조건 맞기도 하고, 운동회나 가설극장 등의 사람들이 많이 모일 때는 별다른 이유 없이 주먹으로 싸우는 경우가 아주 많았다. 오래전에 상영되었던 〈장군의 아들〉과 같은 영화처럼, 6·25 직후의 농촌에서도 폭력행위 등은 아주 많이 있었다. 그 당시에는 주먹으로는 싸움을 많이 했지만, 요즘의 폭력배들처럼 칼이나 흉기 등의 연장은 일절 사용하지 않았다.

그 당시에는 농촌에도 지금의 태권도를 포함한 '당수도', '가라테', '공수도', '합기도' 등을 가르치는 도장들이 생겨나기 시작하여, 밤이면 도장에 나가서 배우는 청소년들도 많았었다. 그 당시의 도장은 지금처럼 건물 안에서 한 것이 아니라, 학교 운동장 등에서 주로 했다. 이런 도장은 생겼다가 운영난으로 금방 사라지고 또 생기고 했었다.

1950년대부터 60년대 초까지는 농촌 마을마다 평행봉, 아령, 곤봉, 역기, 줄넘기 샌드백치기(sandbag or punch bag) 운동 등이 대유행이었다. 평행봉은 지금처럼 쇠 파이프로 만든 것이 아니고, 산에서 베어온 나무로 만들었는데, 농촌의 각 학교와 마을마다 평행봉 없는 곳이 없었다.

이 평행봉은 우리 마을 앞에도 공동으로 한 개를 설치해 놓았고, 우리 집에도 내가 또 별도로 한 개를 설치하여 수시로 운동을 했다.

아령, 줄넘기, 곤봉, 역기 등은 돈을 거두어 공동으로 구입했다. 역기는 양쪽 끝에 화강암을 둥글게 깎아서 철봉으로 끼워서 만든 약 20kg 정도 무게였다. 특히 곤봉은 검지와 중지 사이에 끼고 돌려야 하기 때문에, 손가락 사이에 물집이 생기고 나으면 또 물집이 생겨야 하므로 굳은살이 형성될 때까지 많은 고생을 했다.

샌드백(sandbag)은 군용 '따불백'에 톱밥을 가득 넣어서 걸어 놓고, 호신용으로 주먹운동을 하는 것이었는데, 한때의 대유행이었다. 나도 우리 집 마당 한쪽에 '백(sandbag)'을 걸어 놓고, 주먹에 피를 흘려가며 치고 박고 발로 차며 수시로 운동을 했다. 미친 것같이 운동하는 나를 보고, 어머니께서는 "뭣 때문에 쓸데없는 짓을 하느냐?"며, 나의 이 운동을 말리기까지 하셨지만, 나는 시간이 날 때마다 이 운동을 계속했었다. 이 운동으로 인해 주먹 실력이 별로 늘어나지는 않았겠지만, 아마도 쌓였던 스트레스 해소에는 많은 도움이 되었을 것이다.

각종 놀이

(1) 수건돌리기

'수건돌리기'는 잔디밭이나 모래사장 등의 야외에서, 여러 사람이 둥글게 앉아서 손뼉을 치며 노래를 부르고, 술래 1인은 바깥 둘레를 돌면서 어떤 한 사람의 뒤에 수건을 몰래 놓고, 한 바퀴를 돌고 올 때까지 자기 뒤에 수건 놓인 것을 모르면, 그 사람이 술래가 되는 것이다.

술래가 되면 벌칙으로 노래를 부르고, 또다시 같은 방법으로 계속 수건을 돌리며 술래를 뽑는 놀이이다.

이 놀이는 4-H클럽의 야외놀이에서 아주 많이 했던 놀이이다.

(2) **다까라 놀이**

이 놀이는 이름을 보면, 일제강점기에 일본으로부터 들어온 놀이인 것 같기도 하지만, 국어사전과 일본어사전에도 그 근원을 전혀 찾아볼 수가 없다.

내가 초등학교 재학시절에는 학교 운동장에서, 비오는 날 외에는 거의 매일같이 했던 놀이로서, '8자 다까라'와 '비행기 다까라'의 두 가지의 놀이가 있었다. 처음에는 '8자 다까라'를 많이 하다가 얼마 후부터는 주로 '비행기 다까라' 놀이를 많이 했다.

몇 사람씩 두 편으로 나누어서 비행기 모양으로 그려진 안쪽에 한 팀이 있고, 비행기의 바깥쪽으로 한 사람이 겨우 지나갈 정도의 길을 선으로 그려 놓고, 양쪽 끝에는 출발 공간과 쉼터 공간이 있다. 한 팀은 출발 공간에서 선을 밟지 않고 이 길을 통과하여 쉼터 공간을 거쳐서, 출발 공간으로 돌아와야 하고, 비행기 안쪽 팀은 선을 밟지 않고 상대팀이 통과하지 못하게 막아야 하는 것이다. 바깥 팀이 안쪽 팀으로부터 방해를 받아 선을 넘어 밖으로 밀려난 사람은 탈락하는 것이다. 만일 바깥 팀이 사전에 정해진 숫자의 인원이 통과를 못하면 승패가 결정되어 공격과 방어가 교체되는 놀이였다.

이 '비행기 다까라' 놀이는 강하게 미는 힘과 민첩하게 버티는 동작이 필요한 놀이이기 때문에, 아무리 추운 겨울에도 땀을 흘리게 하는 아주 재미있는 역동적인 놀이였다.

(3) 때기치기(딱지치기)

주로 다 쓴 공책이나 헌책 등을 뜯어내어 4각으로 단단하게 접어서 만든 것을 '때기'라 했고, 이것을 서로 따먹기하는 놀이를 '때기치기'라고 했다.

처음에는 가위 바위 보로 순서를 정하여 상대의 '때기' 한 장을 땅에 놓고 왼쪽 발을 옆에 붙이고 오른손에는 자기의 '때기'를 들고 바람을 일으키며 힘차게 내려쳐서 상대방의 '때기'를 뒤집으면, 자기가 그 '때기'를 차지하며 공격을 계속하고, 실패하면, 공수가 교대되는 놀이다.

이 '때기'를 많이 딴 날은 기분이 무척 좋았고, 잃은 날은 기분이 좋지 않았던 기억이 난다.

이 '때기치기'를 아주 잘한 친구는 나의 초등학교 동기생인 김상진 친구이다. 이 친구는 공부는 잘했지만, 체격도 야위고 약하게 보였다. 그러나 어디서 힘이 나왔는지는 모르겠지만, '때기치기'를 아주 잘했다. 그리고 이 친구는 '때기치기'뿐만 아니라, 돌팔매질까지도 아주 잘했던 것을 보면, 천부적으로 어깨의 힘이 아주 좋았던 것 같다. 아마도 이 친구는 일찍부터 체력관리를 잘하며 야구를 했더라면, 분명히 훌륭한 투수가 되었을 것이라는 생각이 든다.

(4) 탱감치기

함석으로 만들어진 병뚜껑을 '탱감'이라고 했다. 이 '탱감'을 땅에 놓고 엄지와 중지를 튕겨서 앞으로 튀어 나가게 하여 상대방 '탱감'을 맞히면 가져가는 놀이로서, '탱감치기' 또는 '탱감따먹기'라고 했다.

두 사람이 적당한 거리(약 2m 정도)에 '탱감'을 놓아두고, 가위 바위 보를 하여 진 쪽이 1회 선공을 하여 상대방 탱감을 맞히면 따게 되어 다시 시작을 하고, 못 맞히면 그 위치에 그대로 두고 상대방이 공격을 한다. 선공(先攻)을 할 때는 처음의 거리가 멀기 때문에 불리하고, 후공(後攻)을 할 때는 선공으로 인해, 거리가 가깝기 때문에 유리할 때가 많으므로. 가위 바위 보에서 이긴 쪽이 선공과 후공을 선택하도록 했었다.

'탱감' 놀이를 잘하는 친구는 이 '탱감'을 주머니에 많이 가지고 다니며, 마치 재산이 많은 부자(富者) 같은 행세를 했다.

(5) 땅따먹기 놀이

운동장이나 마당에 사각의 공간이 되도록 줄을 그어 놓고, 각자가 한쪽 모서리에서 순서대로 각자의 '탱감'을 손가락으로 3번을 튕겨서 4각을 형성하며 돌아오면, 그 공간이 자기 땅이 되는 것인데, 이 때에 탱감이 선 밖으로 나가거나 다른 선에 걸치게 되면, 실격이 되어 다음 사람과 놀이순서를 바꾸는 것이었다. 이런 방법으로 계속하다가 더 이상 따먹을 땅이 없으면, 최종적으로 땅을 많이 차지한 사람이 승리자(부자)가 되는 놀이였다.

지금의 부동산 투기꾼들의 불법적 행태를 보면, 우리 어린 시절의 '땅따먹기 놀이'는 참으로 "모범적 원조인 것 같다"는 우스운 생각이 든다.

(6) 구슬치기

그 당시에 가게에서는 장난감용 유리구슬을 많이 팔았는데, 이 유리

구슬을 구입하여, 구슬을 손바닥의 검지와 중지 위에 올려놓고 엄지 손가락으로 튕기면서 '탱감치기'처럼 서로 따먹기하는 놀이다.

위의 모든 놀이는 돈이 들지 않고도 할 수 있는 놀이였지만, 이 '구슬치기'의 구슬은 반드시 돈으로 구입해야 하는 것이므로, 그렇게 많이 하지는 않은 것 같다.

(7) 자치기 놀이

'자치기 놀이'는 주로 겨울철에 많이 했던 놀이로서, 뒷동산의 잔디밭이나 마을 앞 넓은 마당 등에서 많이 했다.

지름이 약 3-4cm 정도의 굵기와 약 35cm 정도 길이의 '나무 방망이'로서, 약 1.5cm 정도의 굵기와 약 20cm 정도의 길이의 나무에, 양 끝을 송곳처럼 뾰족하게 만든 '메띠기'[10]를 멀리 가도록 치며 노는 놀이였다.

놀이는 두 사람 또는 여러 사람이 두 편으로 나누어서, 양편이 서로 공격과 수비를 하며 즐기는 놀이였다. 이 자치기 놀이는 마당이 좁은 곳과 넓은 곳에서 하는 두 가지의 방법이 있었다.

첫째, 마당이 좁은 공간에서는 땅에 폭 약 7cm, 길이 약 20cm, 약 5cm 정도 깊이의 구덩이를 앞뒤 일직선의 방향으로 파고, 주위에 앞뒤를 조금 길게 한 타원형의 작은 원을 그린다.

좁은 공간의 경우는 '수비조'가 정면의 최소 10m 정도의 전방에서 있고, '공격조'는 1인이 '메띠기'를 구멍 위에 가로로 걸쳐놓고 '방망이'를 '메띠기'의 밑에 대고 위로 밀어 올려서 앞으로 날려 보낸

10 '메띠기'는 '메뚜기'의 방언이다. 지역에 따라 자치기 알, 자치기 새끼, 토끼 새끼 등의 여러 가지의 이름으로 불렸다.

후에 '방망이'를 구멍 위에 걸쳐 놓는다. '수비조'가 날아온 '메띠기'를 손으로 바로 잡으면 공수는 즉시 교대가 되고, 만일 못 잡으면 '메띠기'가 떨어진 위치에서, '메띠기'를 던져서 출발점에 그려 놓은 원안에 들어가거나 걸쳐놓은 방망이에 맞으면 즉시 공수가 교대되고, 만일 원안에 못 들어가거나 방망이를 못 맞히면, '공격조'는 '메띠기'가 떨어진 위치에서 '메띠기'의 한쪽 끝을 쳐서 튀어 오르면 그것을 공중에서 다시 받아쳐서 멀리 가게 한다. 치는 회수는 미리 정하기에 달렸다.

둘째, 마당이 넓은 공간의 경우는, 지름 약 2m 정도의 원을 그려 놓고, '공격조'가 원안에서 '메띠기'를 공중으로 던져 올린 다음에 '방망이'로 쳐서 멀리 날아가게 하고, '수비조'가 이 '메띠기'를 잡으면, 공격자는 실격이 되어 다음 사람으로 교대된다. '메띠기'를 만일 못 잡으면 '메띠기'가 떨어진 장소에서 던진다. 그리고 '메띠기'를 던져서 원안에 들어가면 공격자가 실격이 되고 만일 원의 밖에 떨어지면 '공격조'는 그 자리에서 공격을 한다.

이와 같이 '메띠기'를 치는 공격은 놀이의 장소에 따라 1회 또는 3회 정도로 정하는데, 처음의 원으로부터 이 '메띠기'를 쳐서 떨어진 지점까지의 거리를 측정한다. 공격거리를 계산하는 방법은 '방망이'의 길이를 '한 자'의 단위로 정하여 측정했는데, 거리가 멀 경우에는 10자 길이의 장대를 이용하여 측정하기도 했다. 거리를 측정하는 방법은 두 가지가 있었는데, 사전에 정하기에 달렸다.

첫 번째의 방법은 그대로 측정을 하는 것이다.

두 번째의 방법은 측정을 하기 전에, '공격조'가 유리하게 일방적인 길이를 주장하면, 수비조의 인정 여부에 따라서 이익 또는 벌칙이 주어지기도 하는 모험적 흥정을 하는 경우를 말하는 것이다. 예를 들면, '공격조'가 '메띠기'가 있는 거리를 100자라고 주장할 경우에, '수비조'가 이를 인정하면 그대로 100자가 인정되는 것이지만, 만일 이를 인정치 않는다면 실측을 한다. 실측을 하여 100자 또는 그 이상이 되면, '공격조'는 100자의 2배인 200자의 성적을 얻게 되고, 만일 100자에 미달하면, 점수가 모두 없어지는 벌칙이 주어졌다.

이러한 벌칙은 '공격조'에게는 과욕을 금하게 하고, '수비조'에게는 반대를 위한 반대를 금하게 함으로써, 거리 실측 때문에 낭비되는 시간을 줄여주는 효과와 함께 모험적인 흥미와 스릴도 동시에 느낄 수 있도록 하는 것이다.

이 놀이의 규칙은 지역과 세월에 따라서 조금씩 달랐지만, 1960년대 초반까지는 전국적으로 겨울철이 되면 어린이부터 20세 정도 나이까지의 다양한 연령층에서 많이 행하였던 재미있는 놀이였다.

이 자치기 놀이는 지금의 야구와 골프를 조금 닮은 것 같은 느낌을 주기도 하는 재미있는 놀이로서, 앞으로 계속하여 보전해 나갈 충분한 가치가 있는 우리 민족 고유의 독특한 놀이문화라고 할 수가 있다.

(8) 재기차기

'재기'는 동전을 종이로 말아서 양쪽 끝을 동전의 구멍으로 끼워 올려서, 그 종이를 다시 약 1cm의 폭으로 길이 끝까지 가늘게 잘라 무게를 줄여서, 위에서 아래로 떨어질 때는 반드시 동전 부분이 먼저 떨어지도록 만들었다.

1950년대 초반까지는 거의 모든 아이들이 '재기' 한 개씩은 가지고 놀았을 정도로 인기가 아주 많았다.

재기차기는 안쪽 복숭아뼈 쪽 부근의 발의 안쪽 측면으로 차기도 하고, 바깥쪽 복숭아뼈 쪽으로 차기도 하고, 양쪽 발을 교대로 차는 등으로 다양하게 찼다.

시합의 경우는 개인전과 단체전이 있었고, 주로 차는 횟수로 승부를 결정했다. 이 재기를 많이 차면 추운 겨울에도 땀이 날 정도로 운동 효과도 아주 좋았을 것으로 생각된다.

(9) 전쟁놀이

1950년대 아이들의 놀이는 6·25 전쟁의 영향 등으로 인해, '전쟁놀이'를 많이 했다. 가게에서 파는 종이 계급장을 사서 붙이며 가짜 군인이 되어 보기도 했다.

우리 마을은 인근 마을인 매촌 마을과 산당 마을 아이들과 '전쟁놀이'를 수차례 했던 기억이 난다. 매촌 마을과는 주로 추석 명절 무렵의 오후에, 우리 마을과 매촌 마을의 경계선에 있는 송림천 물가의 자갈밭에서 서로 돌팔매질을 하며 '전쟁놀이'를 많이 했다. 실제로는 놀이가 아니라, 돌에 맞아 부상을 많이 입기도 했으므로 철없는 돌싸움을 한 것이었다.

그때 돌싸움을 하던 매촌 마을의 아이 중에, "수호야! 니캉(너와) 내캉(나와) 우리 둘이는 싸우지 말자."라고 나에게 큰 소리로 애원하던 한 아이가 있었다. 그 아이는 그 당시에 우리 마을의 물방앗간에 매일 한 번씩은 식사 배달을 위해서 반드시 와야만 했으므로, 내가 무서워서 무척 겁을 먹은 모양이었다. 그때의 그 아이는 지금 어디서 무엇을 하며 늙어가고 있는지는 알 수가 없지만, 오늘따라 그 아이의 생각이 많이 난다.

산당리 아이들과의 전쟁놀이는 나의 선배 연령대에서 했다.

'광대진이'라는 들판에서, 주로 가을에 추수를 하고 보리를 심어

놓은 논에서 어두운 밤에 벼의 그루터기(뿌리 뭉치 같은 흙덩이)를 서로 던지며 상대를 공격했다. 서로 얼굴도 구분할 수 없는 어두운 밤에 흙덩이를 던지며 실제의 육박전 같은 싸움을 했다. 그래도 크게 다치거나 문제된 적은 없었다.

(10) 썰매타기

우리 마을은 겨울이 되면, 마을 앞 미나리깡(미나리를 심은 논)이나 못(저수지) 등에서 썰매를 많이 탔다. 썰매는 지금의 스케이트처럼 양발을 딛고 서서 타는 썰매는 없었고, 주로 썰매에 양발을 딛고 앉아서, 양쪽 손으로 송곳을 짚으며 앞으로 나가는 '앉은뱅이썰매'를 많이 탔다.

이 '앉은뱅이썰매'는 구입을 하는 것이 아니라, 각자가 집에서 직접 만든 것이었다. 가로는 약 30㎝ 정도, 세로(앞뒤)는 약 40㎝ 정도의 판자의 발판에, 약 5㎝ 정도의 굵기와 약 40㎝ 정도 길이의 나무토막 2개에 전기철선을 길이(세로)로 붙이고, 이 2개의 나무토막을 발판 밑에 세로(앞뒤) 방향으로 양쪽 끝에 못으로 고정하여, 앞뒤로 잘 미끄러지게 만든 것이었다. 그리고 발판 위에는 뒷발꿈치 쪽에 약 2㎝ 높이의 나무토막을 붙여서 앉기에 편하도록 돋음장치를 설치했다.

초겨울에는 주로 좁은 미나리깡이나 개울 등에서 타고, 날씨가 더 추워져 얼음이 두껍고 단단하게 얼면, 넓은 저수지에서 썰매를 탔다.

저수지의 얼음은 수변구역의 음지쪽에는 두껍게 얼지만, 중심부에는 얼음의 두께가 얇아서 약한 경우가 아주 많았다. 나는 그것을 알면서도 모험삼아 중심부로 잘못 들어갔다가 얼음이 꺼지는 바람에 물에 빠져 혼이 난적이 한 번 있었다. 얼음이 꺼져서 물에 빠진 경우에는, 스케이트부터 밖으로 먼저 던지고, 엎드려서 체중을 분산하며 천천히 나와야 하는데, 급한 마음에 스케이트는 그냥 둔 채로, 그대로 걸어 나오다가 여러 차례 얼음에 빠지며 간신히 밖으로 나왔었다. 그리고 스케이트를 건지러 다시 들어갔다가 무척 위험할 뻔도 했다. 지금 생각하면 생명을 잃을 수도 있는 너무나 철없고 위험한 행동이었다.

(11) 팰구총 놀이

우리 마을에는 거목의 팰구나무(팽나무)가 있었는데, 첫여름이 되면 이 나무에는 '팰구'라는 작은 콩알 크기의 열매가 달린다. 이 '팰구'를 적당한 굵기의 시닐대(조릿대)로 만든 대롱에 밀어 넣어 쏘면, '뺑' 하고 소리를 내면서 발사되는 팰구총이 된다.

'시닐대'를 마디가 없는 부분을 약 20㎝ 정도의 길이로 잘라서, 이 시닐대의 구멍 속으로 '팰구'를 밀어 넣을 수 있는 둥근 꼬챙이를 만들면, '팰구총'이라는 총기제작은 완성되는 것이다. 꼬챙이는 주로 굵은 대나무를 '젓가락'처럼 둥글게 시닐대의 구멍 속으로 알맞게 들어갈 수 있도록 길이와 굵기를 맞도록 만든다.

'팰구' 1개를 먼저 총기 구멍속으로 약 10여㎝ 정도로 밀어 넣고, 또다시 '팰구' 1개를 빠른 속도로 밀어 넣으면, 앞의 팰구와 뒤의 팰구 사이의 공기압축에 의하여, 먼저 넣은 '팰구'가 총알이 되어 소리를 내며 발사되는 것이었다. 그 다음에는 계속해서 '팰구' 1개씩을 힘차게 밀어 넣으면, 먼저 들어가 있던 '팰구'가 총알이 되어 발사되는 원리이다. 이 총알을 가까운 거리에서 맨살에 맞으면, 약간 아플 정도의 강도를 지니고 있었으므로, 이것을 서로 쏘면서 재미있게 놀았다.

이 ‘팰구총’의 단점은 1년 중에 약 10여 일 정도밖에 할 수가 없다는 것이었다. ‘팰구’가 너무 작으면 공기의 압축이 부족하고, ‘팰구’가 익으면 팰구의 껍질이 너무 단단하여, 총구에 잘 들어가지 않거나, 들어가더라도 열매의 껍질이 너무 단단해짐으로써, 공기의 압축성이 떨어지기 때문이었다.

이 ‘팰구총’ 놀이는 혼자서 놀기도 좋고, 친구들끼리 전쟁놀이 등도 할 수 있는 정말 재미있는 놀이였다.

(12) **고무줄 새총놀이**

‘고무줄 새총’은 ‘Y’자형의 나뭇가지 양쪽에 고무줄을 매고, 두 줄의 연결지점에 총알 장전(裝塡)이 가능하도록 가죽 등을 연결한 장난감 새총이다.

총알은 작은 돌멩이를 이용했다. 작은 돌멩이를 장전하고 고무줄을 당겼다가 놓으면 장전된 돌멩이가 발사되는 것이다.

이 ‘고무줄 새총’은 주로 나무 위에나 전깃줄에 앉은 참새를 잡는데 사용했다. 재미삼아 발사 연습을 많이 하고 새를 잡아보기도 했는데, 정확도가 떨어져서 참새를 많이 잡을 수는 없었고, 1-2시간 만에 한 마리나 두 마리 정도만 잡아도 대성공이었다.

(13) **대나무 물총놀이**

대나무 물총은 왕대로 만든 것인데, 왕대의 한쪽 끝은 마디가 있도록 자르고 한쪽 끝은 마디가 없도록, 약 20㎝의 길이가 되도록 자른다. 이 대나무의 마디 중간 부위에 작은 구멍을 뚫고, 대나무 등으로 적당한 굵기로 약 25㎝ 정도 길이의 밀대를 만든다. 이 밀대의 끝에는 대나무 속으로 밀고 당길 시에, 공기의 압축이 될 정도의 굵기로 솜이나 헝겊 등을 단단하게 고정한다. 그리고 대나무의 구멍 속으로 물을 가득 담고 밀대로 빨리 밀면, 물의 압축에 의하여 대나무 마디의 작은 구멍으로 물이 힘차게 뿜어져 나온다.

이렇게 만들어진 물총은 물이 최소한 3-5m 이상은 뿜어져 나가므로 아이들은 서로를 향해 많은 물총 장난을 하며 아주 재미있게 놀았었다.

(14) **대나무활 쏘기**

아이들은 대나무로 활을 만들어 많이 놀았는데, 이 활은 실제의 전쟁에서 사용했던 군사용의 죽궁(竹弓)과는 조금 달리 구조가 단순한 장난감의 활이었다.

'대나무활'은 굵지 않은 대나무를 곡선으로 굽히면서 강도(强度)를 조정하고, 활의 줄은 삼(대마 껍질)으로 단단하게 새끼를 꼬아서 만든 다음에 봉밀(벌꿀을 내린 다음에 남는 벌의 집)로 문질러 튼튼하게 한 다음에 곡선의 대나무에 고정해서 만들었다. 모든 식물성섬유로 만든 줄(끈)에는 봉밀을 바르고 문지르면, 줄이 아주 튼튼해지는 것이었다. 무명실을 물레로 뽑을 때, 물레와 실패를 연결하는 물레줄도 이 봉밀을 발라서 튼튼하게 한 것이었다. 화살은 주로 시닐대(조릿대)로 만들었는데, 깃과 촉은 붙이지 않았다. 그러나 정확하게 명중을 하면 토끼 등을 충분히 잡을 수 있을 정도로 강도가 있었다.

눈이 많이 온 날은 산토끼가 눈에 발이 빠져서 도망을 못 간다는 말이 있었는데, 이 말을 믿고 활을 들고 산토끼 사냥을 몇 번 갔으나, 모두가 거짓말이었다. 우리 고향의 눈은 많이 쌓이지 않았기 때문에 산토끼는 도망을 아주 잘 갔던 것이다.

그러므로 대나무로 만든 이 활은 주로 표적을 정해 놓고 겨루기 형태로 쏘거나, 서로 '멀리 쏘기' 등의 장난감 놀이용으로 사용하며 놀았다.

(15) **여자아이들의 놀이**

① 깔래받기 놀이(공기놀이)

'깔래받기 놀이'는 지름이 약 1㎝ 정도 되는 둥근 돌 5개를 가지고 2-5인 정도의 아이들이 땅바닥에 둘러앉아서 하는 놀이로서, 팀 놀이가 아니라 개인 놀이였다.

놀이의 방법은 정하기에 따라 다르지만, 첫째, 1인이 먼저 다섯 개의 돌을 한 손에 쥐고, 한 개는 앉은키의 높이로 던져 올리면서 동시에 돌 4개를 땅에 서로 붙지 않고 완전히 흩어지게 뿌리고, 위로 던져 올렸던 돌을 떨어뜨리지 않고 손으로 받아 쥔다.

둘째, 모든 돌을 손에 들고, 1개의 돌을 던져 올리며, 손에 쥔 4개의 돌을 2개와 2개로 뭉쳐지도록 하고, 던져 올린 돌을 손에 받는다.

셋째, 이번에는 다시 모든 돌을 손에 쥐고, 1개의 돌은 위로 올리고, 4개의 돌을 1개와 3개가 뭉쳐지도록 하고, 던져 올린 돌을 손으로 받는다.

넷째, 이번에는 또다시 1개의 돌을 위로 올리고, 1개의 돌을 집어서 3개의 돌 위에 얹고, 공중의 돌을 받으면 성공이다.

이 놀이는 반드시 한쪽 손으로만 해야 하고, 위로 던져 올린 돌을 땅에 떨어뜨리거나 순서를 어기면 실격이 되어 다음 사람에게 차례를 넘겨주어야 하는 놀이이다.

이 놀이는 더운 여름에 산비탈 나무 그늘 등에서 남자아이들도 간혹 했지만, 주로 여자아이들이 많이 했던 놀이이다.

② 고무줄 놀이

긴 고무줄을 두 사람이 양쪽에서 잡고, 한 사람이 노래를 부르며 고무줄을 발에 감고 풀고 넘기 등의 놀이를 하는 것이었다. "삼천리강산에 새봄이 왔구나 농부는 밭을 갈고 씨를 뿌린다." 등의 노래를 가장 많이 불렀던 것 같다.

③ 차내기 놀이

여자아이들이 많이 했던 또 하나의 놀이는, '차내기'라는 놀이였다.

마당에 사각 형태의 줄을 그어 여러 개의 칸을 만들어 놓고, 그 중의 일부는 X자가 되도록 표시한다. 그리고 한 발은 들고, 나머지 한 발로 납작한 돌을 발로 차면서 왕복하는 놀이였다.

이상의 놀이 중에서, '고무줄 놀이'와 '차내기 놀이'는 운동량도 많고 그 당시로서는 아주 좋은 놀이였다는 생각이 든다.

(16) 기타 어린이 놀이들

이상의 놀이 외에도 그 당시의 아이들에게는 '줄넘기', '팽이 돌리기', '연날리기', '숨바꼭질', '술래잡기', '수수께끼 놀이', '스무고개 놀이', '쥐불놀이', '눈싸움', '철(굴렁쇠) 돌리기', '바람개비 돌리기' 등의 많은 놀이가 있었다.

제10장

나의 농촌활동과 병역의무

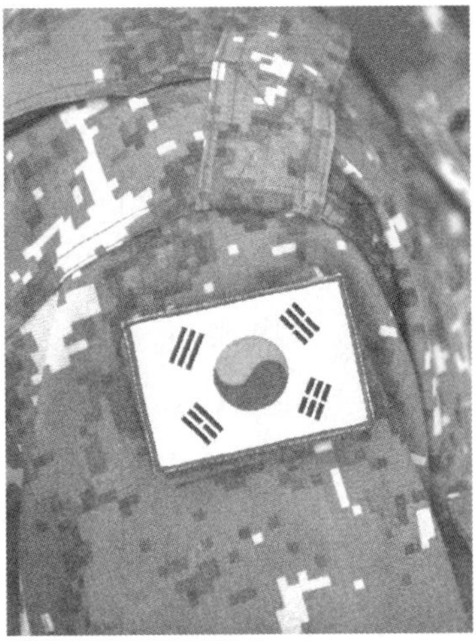

1

농촌발전과 4-H클럽의 기여

4-H클럽의 약사(略史)

1907년 미국 아이오아주 '벤슨'이 농촌 청소년 클럽을 조직하고, 사회교육(교육적, 신체적, 도덕적, 협동성 발달)의 중요성을 알리고 실천하기 위해, '지(智) · 덕(德) · 노(努) · 체(體)'의 상징으로 네잎 클로바(clover)를 사용하였다. 그후 1911년 농촌청소년클럽(Boys and Girl,s Club)을 지원하는 봉사지도자 모임에서 4-H라는 이름이 정식으로 채택되어, 미국의 각 농촌지역에서 본격적인 활동이 시작되었다.

우리나라는 1947년 미군정관 '찰스에이 앤더슨' 대령의 제안으로 '농촌청소년구락부'라는 이름으로 조직한 것이 우리나라 4-H클럽의 시작이라고 볼 수 있다.

4-H라 함은 지(Head) · 덕(Heart) · 노(Hand) · 체(Health)의 머리글자 H를 의미하고, 네잎 클로바(clover, 토끼풀)를 상징 마크로 사용했다. 클로바는 강인한 생명력을 의미하고, 네잎 클로바는 전쟁 중 나폴레옹의 생명을 구해 주었다는 일화에서 유래가 된 행운의 상징이기 때문이다.

지금은 4-H클럽으로 영어식 발음의 명칭으로 사용되고 있지만, 그 당시에는 '클럽(club)'의 일본어 '구라뿌(クラブ)'의 한자(漢字) 표현인 '구락부(俱樂部)'라는 일본식 용어를 그대로 사용하고 있었다.

이러한 경우는 비단 4-H 구락부뿐만이 아니라, ㅇㅇ컨트리 구락부, ㅇㅇ권투 구락부 등으로, 거의 모든 명칭이 일본식 용어를 사용하고 있었던 것이다. 그리고 'clover'의 발음도 미국식 발음인 '클로버'가 아닌 영국식 발음에 가까운 '클로바'로 호칭했었다.

4-H클럽은 농촌의 10세-20세의 청소년들(1960년대 중반부터 연령이 상향되었음)로 하여금 단체 활동을 통한 민주주의적 사고의 배양과 유능한 농촌사회의 일꾼으로 성장시켜서, 지역사회와 국가발전에 기여하도록 정부가 지원하던 사업이었다.

그 당시에 4-H클럽을 지원하는 정부 조직은 중앙의 농촌진흥청과 전국의 각 도에는 농촌진흥원이 있었고, 각 시·군에는 농사교도소(훗날 농촌지도소로 되었다가 지금은 농업기술센터로 명칭이 변경되었음)가 있었다.

우리나라의 4-H클럽이 가장 전성기였던 1959년부터 1963년까지의 4년간은, 전국 농촌 대부분 마을에서, 각 마을 단위의 4-H클럽이 조직·운영되고 있었다.

4-H클럽의 서약 및 노래

(1) 4-H서약

맹세!

나는 나의 구락부(4-H회)와 사회와 우리나라를 위하여

나의 머리는 더욱더 명석하게 생각하며

나의 마음은 더욱더 크게 충성하며

나의 손은 더욱더 위대하게 봉사하며

나의 건강은 더욱더 좋은 생활을 하기로 굳게 맹세함.

(2) 4-H노래

1. 네잎다리 클로버의 우리 깃발은
   순결스런 청춘들의 행운의 표정
   지덕노체 네향기를 담뿍 실고서
   (후렴)
   살기좋은 우리 농촌 우리 힘으로
   빛-나는 흙의 문화 우리 손으로

2. 금수강산 강토안에 방방곡곡이
   서로 돕고 서로 갈아 맑은 정신을
   이 마을과 저 마을이 다시 합하여
   (후렴)

3. 천만가지 토대됨은 고귀한 품성
   친절하고 동정하며 성실 다하여
   자나 깨나 명심하세 덕성의 연마
   (후렴)

4. 지혜로- 생활습관 몸소 행하고
   좋은것을 더-좋게 정성 다하여
   아름답게 봉사하자 우리의 기능
   (후렴)

5. 정결스레 몸을돌봐 위생 지키고
   생활향상 북돋우며 체력을 길러
   명랑하게 우리 생활 향락하면서
   (후렴)

송림4-H클럽

우리 마을의 아랫마을인 송림2리(서원 마을)에는 몇 년 전부터 오해철 회장과 오덕열, 오인열, 김영계, 이행수, 안영달, 정재식 씨 등의 많은 남녀 회원들이 매림4-H클럽을 조직하여 회관까지 건립해 놓고 왕성한 활동을 하고 있었다. 당시의 오해철 회장은 유능한 지도력과 열정 등으로 우리 고령군 내에서도 아주 유명한 분이었다.

나는 1957년경에 매림4-H클럽에 많은 호기심을 갖고, 우리 마을의 4년 연장자인 전학수 씨와 함께, 오해철 씨를 통하여 4-H클럽의 조직과 운영 등에 관한 조언을 들었다.

이어서 전학수 씨와 나는 우리 마을의 10세-20세 사이의 소년 소녀들을 소집하여, 전학수 씨를 회장으로 추대하고 나는 부회장이 되어 송림4-H클럽을 조직하였다. 그러나 얼마 지나지 않아서 전학수 씨는 아랫마을로 이사를 가게 되고, 여러 가지 사정 등에 의하여 이 4-H클럽은 해체되고 말았다.

나는 다시 마을의 아이들과 의논하여 1958년 9월 5일 송림4-H클럽을 재조직하여 내가 회장이 되고, 이의웅 친구가 부회장이 되어 새롭게 활동을 시작했다.

회원들의 적극적인 협조 덕분으로 고령군 내에서도 모범적인 4-H클럽으로 인정을 받았고, 1960년부터는 내가 고령군 4-H클럽연합회장에 당선되어, 1964년 4월 13일 육군 입대 시까지 적극적인 활동을 했다.

송림4-H클럽의 회의는 매월 1회씩 개최하는 정기 월례회와 1년 1회씩 연말에 개최하는 정기총회와 필요시에 개최하는 임시월례회와 임시총회가 있었다.

회의는 우리 마을에 있는 재실(慶山亭)에서 개최했는데, 회의는 미리 정한 회순에 따라 진행을 했다.

회순은 개회선포, 국민의례, 4-H서약, 4-H노래, 경과보고, 회장인사, 토의사항, 오락, 폐회의 순서로 되어 있었다. 회순(會順)의 진행은 총무가 담당을 했고, 사회는 회장이 담당을 했다.

회의 진행은 농촌지도소로부터 지도를 받았던 '회의진행법'을 철저히 준수하여 진행을 했다. 회의 진행은 '국회의 회의법'과 동일한 회의 진행법이었다.

예를 들어 어떤 안건을 의결하려면 첫째, 재적회원 과반수 이상의 출석이 있어야 개회를 한다.

둘째, 동의(動議), 개의(改議), 재개의(再改議)의 방법으로 안건을 제안하고 재청을 받아서 정식의제로 상정하여, 제안자의 제안 설명과 함께 찬반의 토론을 한 후에 의결에 들어간다.

셋째, 의결 방법은 출석회원 과반수 이상의 찬성으로 의결을 했었다.

주요 봉사활동은 주로 매월 1회 정도 마을의 환경정리, 농촌지도소에서 보급하는 신기술 농법 보급의 협조, 1년에 1회씩의 식목사업, 퇴비 증산 계몽활동, 도박 금지 계몽, 농작물 도둑행위 방지 등의 봉사활동을 했었다.

그 당시에 농촌지도소에서는 많은 농사기술의 인쇄물 등을 통하여 농업을 지도하고 있었다.

송림4-H클럽의 주요 민속행사

(1) 윷놀이 대회(擲柶大會)

1960년대를 전후한 시기에는 설날이 되면 음력 초열흘까지는 일을 하지 않고 노는 기간이었고, 대보름(음력 1월 15일)이 되면 또 5일을 놀았다.

정월 초하룻날은 주로 제사와 성묘를 하고, 마을 어르신들을 찾아 뵙고 세배를 드리는 날이었다. 그러므로 초이튿날부터는 한가하기 때문에 송림4-H클럽 주최로 약 2-3일간 마을 앞의 넓은 마당에서 이웃 마을 사람들까지 참여하는 '윷놀이 대회(척사대회)'를 개최했다.

마당에 여러 개의 덕석(멍석)을 깔아놓고, 덕석에는 먹물로 윷판을 그려 놓고, 양쪽에 말뚝을 박아서 적당한 높이의 새끼줄을 쳤다. 멍석 1개마다 1인의 심판을 두고, 윷을 던져서 윷이 덕석의 밖을 나가면 '낙방(落榜)'으로 정하고, 윷을 새끼줄 높이 이상으로 던지지 못하면 '불급(不及)'으로 정하여, 이 경우에는 무효로 처리하고 점수를 주지 않았다.

출전을 하려면 '출전표'를 사야 하고, '출전표'를 구입한 자들끼리 윷을 논다. 1승을 하면 1승자끼리 시합을 하고 또 2승을 하면 2승자끼리 계속 '토너먼트' 식의 시합으로 최후의 1, 2, 3 등의 승자가 결정되었다.

윷놀이 대회의 특징은 다른 스포츠 경기와는 달리 1인이 여러 장의 표를 구입하여 계속 도전을 할 수가 있기 때문에, 몇 번을 패하더라도 계속 경기를 할 수가 있었다. 그리고 윷놀이판 옆에는 주최측에서 무료로 제공하는 막걸리가 준비되어 있음으로써, 더욱더 신명나게 놀 수가 있었다.

1, 2, 3등에게는 현금과 상품 등을 지급했는데, 4-H의 기금 조성에는 아주 좋은 행사였고, 또한 마을의 명절 분위기도 높여주는 일거양득의 효과를 얻을 수 있었다.

(2) 그네뛰기 대회(鞦韆大會)

추석에는 마을의 사람들이 5일 동안 농사일을 하지 않고 연휴로 즐겼는데, 주로 추석의 이튿날이 되면 우리 4-H클럽의 주최로 뒷동산 소나무에 밧줄을 매어놓고 남녀 '그네뛰기 대회(추천대회)'를 개최했다.

'그네뛰기 대회'는 그네의 발판 끝에 긴 줄을 달아서 줄을 끌고 나간 길이를 기준으로 순위를 결정하였고, 남녀로 구분하여 1, 2, 3등에게는 푸짐한 상품을 주는 대회였다. 이 '그네뛰기 대회' 역시 출전을 하려면 출전권의 표를 사야만 했다. 1장의 표는 1회만 탈 수 있으므로, 더 좋은 성적을 내려면 1인이 여러 장의 표를 사서 몇 번의 연습을 해야만 좋은 성적을 올릴 수가 있었다.

이 그네뛰기 대회 역시 주민들의 적극적인 호응으로 4-H클럽의 기금 조성과 명절 분위기 향상에 많은 도움을 주었다.

(3) 풍물(농악)놀이의 쌍림면 내 순회행사

1962년의 12월에는 우리 고유의 사라져가는 민속 문화를 다시 살려보고자 하는 등의 여러 가지 목적으로, 우리 송림4-H클럽에서 쌍림면 일대를 순회하며 풍물놀이 행사를 했다.

물론 이 행사는 우리 4-H클럽회원들의 힘만으로는 도저히 할 수가 없는 어렵고 힘든 일이기 때문에, 연령적으로 우리보다는 대선배님이셨던 우리 마을의 김우상 씨, 박경빈 씨, 전진수 씨, 김창환 씨,

이갑덕 씨, 오승열 씨, 김봉열 씨, 김정수 씨, 설삼수 씨, 설용준 씨, 설영준 씨, 김종규 씨, 전정수 씨 등의 많은 분들의 도움을 받았다.

특히 송림2리 풍물놀이의 전문가로 유명하셨던 안수옥 씨(안영달 친구의 부친)께서는, 징·매구(꽹과리)·북(鼓)·장고(長鼓)·작은북(小鼓)·횡모(擌帽)[1] ·복장·고깔 등의 풍물놀이 도구의 구입과 놀이법 등의 모든 지도를 해 주셨다.

연습 과정에서는 안수옥 씨로부터 다양한 풍물놀이에 관한 기술 지도를 받았다. 그중에서도 횡모돌리기가 가장 어려웠고 많은 힘이 들었기 때문에, 횡모를 쓰고 소고(작은북)를 치는 역할은 주로 4-H 회원들이 담당했다.

모두의 열렬한 협조 속에 힘든 연습을 무난히 거쳐서 귀원, 안림, 고곡, 월막, 매촌, 백산, 산주, 학골 등의 면내 여러 마을들을 순회하며 열렬한 환영을 받았다.

그후 이 풍물놀이 행사는 오랫동안 우리 고향의 여러 마을에서 화젯거리가 되기도 했었다. 경남 합천군의 쌍책면 등지에서는 명절에 풍물놀이를 할 때마다 이 횡모를 돌리는 것으로 알려져 있었지

1 '횡모(擌帽)'의 표준어는 상모(象毛)이다. 그러나 경상도 지방에서는 이 '상모(象毛)'를 '횡모(擌帽)'라고 불렀다. 한문의 '횡(擌)'자는 '휘두르다'의 뜻이 있으므로, '횡모'는 '머리에 쓰고 휘두르는 모자'라는 의미를 지니고 있는 고유의 명칭이다. 표준말인 상모(象毛)의 한문적인 의미는 '코끼리 털'이라는 의미인데. 코끼리와 실제의 물건과는 전혀 상관이 없는 의미이므로, 상모(象毛)가 표준어로 지정된 이유를 이해할 수 없다. 그러므로 '상모'보다는 '횡모'가 더욱더 합당한 용어라고 생각한다. 그리고 경상도에서는 이 '횡모'를 '횡미'라고도 하는데, 이러한 발음은 경상도 방언의 특징으로서, 어떤 단어를 많이 쓸수록 끝 자의 'ㅗ' 발음이 'ㅣ' 발음화로 변화된 현상이다. 예를 들면 '기동'이라는 이름을 '기동이'라고 하다가 '기딩이'로, '묘(墓)'를 '미'라고 많이 부르는 것과 같은 변화현상이다. 앞으로 현재의 표준말인 '상모'는 '횡모'로 바꾸는 것이 더욱더 좋을 것 같다.

쌍림면 순회 풍물놀이 기념사진(쌍림면 백산리 마을 앞)

만, 우리 고령군 지역에서는 우리가 처음으로 이 횡모를 돌리며 풍물을 쳤기 때문에, 더욱더 많은 인기를 얻은 것으로 기억이 된다.

아마도 1개 마을 단위에서, 이와 같이 큰 행사를 정부의 보조도 없이 자력으로 시행한다는 것은, 전무후무(前無後無)한 큰 행사라고 할 수 있을 것이다.

처음 내가 이 계획을 세우고 시작을 할 때는 일부의 강력한 반대도 있었지만, 이 행사를 성공적으로 마칠 수 있었던 것은 전적으로 위에서 열거한 많은 고마운 분들과 이의웅, 전영운, 황진성, 설정준, 오재철, 장순필, 임병열 등의 송림4-H회원여러분의 협조 덕분이었다고 생각한다.

그 당시에 많은 협조를 해 주신 많은 선배님들과 우리의 풍물놀이를 초청해 주시고 협조를 해 주셨던 많은 분들과 송림4-H회원들에게 진심으로 감사를 드리고, 이미 별세하신 분들께는 머리 숙여 명복을 빕니다.

고령군4-H클럽연합회

1960년대 초부터 중반까지가 우리나라 4-H클럽의 최고 전성기라고 할 수 있었다. 그 당시에 우리 고령군에는 약 100여 개 마을마다 4-H클럽이 조직되어 있었고, 각 마을 단위 4-H클럽의 회장으로 구성된 '고령군4-H클럽연합회'가 운영되고 있었다. '고령군4-H구락부연합회'의 주요 목적은 회원 상호간의 친목도모와 농사정보교환 등을 통하여 4-H구락부의 더 나은 발전을 추진하는 데 목적을 두었던 것이다.

나는 '고령군4-H클럽연합회'의 창립부터인 1960년부터 1963년까지 1년 임기의 고령군 4-H클럽연합회장을 3년 동안 재임했었고, 고곡4-H 최양자 씨가 부회장, 무계4-H 임영종 씨가 총무에 연임을 했었다.

1년에 1회의 정기총회와 약 4회 정도의 임시총회를 했고, 연 1회 정도의 야유회 등의 행사도 개최했는데, 모두가 참여율이 높고 열성적이었다.

그러나 지금은 세월이 너무 많이 흘렀기 때문에, 그 시절이 아름답고 그리운 추억으로만 남아있을 뿐이다. 그 당시에 함께 활동했던 친구이고 동지들이었던 그 많은 청소년들 중에서 극히 일부만이 현재 연락을 유지하고 있다.

연락이 되지 않는 수많은 동지들은 지금 어디에서 어떤 모습으로 살고 있는지 모두가 궁금하고 그리워진다.

4-H경진대회

4-H클럽은 매년 가을이 되면, 1회씩 군 경진대회, 도 경진대회, 중앙 경진대회를 개최했었다.

고령군 경진대회는 주로 그 당시의 고령극장에서 개최를 했었는데, 약 100개 마을의 4-H클럽이 참가를 했었다.

경진 종목은 우수 농산물, 우수 과제물 등이 출품되어 전시가 되었고, 우수개발품 발표, 모범4-H 업적발표, 성공사례 발표, 남녀 웅변대회 등을 열었다. 나는 경진대회마다 참가를 하여 수차례의 입상을 했지만, 그 중에서도 1961년도 경상북도 경진대회의 글짓기 대회에 참가한 것이 가장 기억에 남는다.

내가 고령고등학교 3학년에 재학 중이던 1961년 11월 10일경에 경상북도 4-H경진대회의 '글짓기 경진대회'에 고령군농촌지도소장님의 갑작스런 추천으로 출전을 한 적이 있었다. 그 당시에 대구의 모 대학에 재학 중이던 어떤 유능한 사람이 출전하기로 되어 있었는데, 그분이 개인사정에 의하여 갑자기 불참을 함으로써, 내가 땜질용의 대리 출전을 하게 되었던 것이다.

그 당시 경상북도 4-H경진대회는 각 시군 농촌지도소 간의 입상성적의 경쟁이 치열했기 때문에, 4-H정회원이 아닌 비회원도 비밀리에 출전시키는 사례가 많이 있었다. 4-H회원의 자격에 관한 구체적인 제한 규정이 없었기 때문에, 만일 1일 전에 가입을 했어도 4-H회원이라고 할 수 있는 것이므로, 실제적으로 거주지와 연령 등을 조사하여, 비회원을 구별하여 출전을 금지한다는 것은 불가능한 실정이었다. 더욱이 그 당시 대구시와 인근 시군인 달성, 칠곡, 경산 등의 경우에는 대학생 4-H회원들도 많았기 때문에, 나는 입상에는 전혀 자신이 없었다.

1개 시군에 1인 이상은 의무출전의 규정이 있었으므로, 나는 출전을 하지 않을 수가 없게 된 형편이었다.

글짓기의 제목은 〈내가 생각하는 4-H구락부와 민주주의〉였다. 글짓기의 제목을 사전에 미리 알려주는 것도 아니었고, 대회장에서 종이와 필기구만을 나누어 주면서 알려주는 제목이라서 그 당시 시골 학교에 재학 중이었던 나의 독서 실력으로서는 상상도 못할 어려운 제목이었다. 그리고 문제의 출제자 겸 시험 감독관의 보충 설명에서 내가 한 번도 들어보지 못했던 "삼권분립과 민주주의 이론 등에 관한 몇 가지의 정치학 서적들을 소개하면서, 이 책들의 내용을 참고하여 작성하면 더욱더 높은 점수를 받을 수 있을 것"이라는 어려운 설명까지 했을 때, 나는 더욱더 어깨에 힘이 빠지는 것 같았다.

나는 시험 감독관이 말한 서적들은 한 번도 구경한 적이 없었기 때문에, 전혀 도움이 될 수가 없었고, 오직 우리 송림 4H클럽의 운영 경험을 중심으로만 글을 작성했다.

그 당시에 내가 썼던 주요 줄거리는 성공사례까지도 제시하며 문장을 작성하였는데 대강의 내용은 다음과 같다.

「나는 10세 전후의 나이일 때는, 우리 마을의 아이들로부터 '골목대장'이라는 별명(당시는 별호라고 했음)이 있었고, 중 · 고생 시절부터는 호랭이(호랑이)라는 별명이 붙어 있었다. 나는 우리 송림4-H구락부를 조직하고 운영함에 있어서, 처음에는 모든 문제를 회원들에게 나의 힘을 앞세운 강압적인 방법으로 업무를 추진하였었다. 그러나 이 힘의 위력은 초기에는 잘 되는 듯했지만, 시간이 갈수록 점점 효력이 약화되는 것을 알게 되었다. 나는 점차적으로 4H구락부의 운영방식을 바꾸어서, 회원들의 의견을 최대한으로 존중하며 자발적인 참여를 유도하게 되었고, 그 결과는 기대 이상으로 효율적이고 성공적이었다.」

글짓기 대회를 실시한 지 이틀 후인 1961년 11월 12일 심사결과가 발표되었는데, 나는 심사관의 좋은 평가와 함께 미상(3등)에 입상하여 농촌지도소 한인술 소장님과 여러 선생님들로부터 많은 칭찬을 받았었다. 지금 생각하면, 나의 글이 비록 문장력은 미숙했겠지만, 글의 줄거리가 출제자의 의도와 어느 정도 잘 맞았기 때문이었을 것이라는 생각이 든다.

고령군 흙동지회

1960년의 중반 이전까지는 4-H회원의 연령 기준은 10-20세로 정해져 있었기 때문에, 연령이 초과한 많은 동지들에게는 또 다른 모임의 필요성이 제기되고 있는 실정이었다.

나는 1962년 7월경부터 임영종, 이정환, 최양자, 이의웅, 안영달, 이용환 씨 등과 '고령군 흙동지회'의 창립을 결의하고 이에 관한 준비를 하여, 1963년 3월 16일에 우리 마을 4-H회관(경산정)에서 정식 창립을 하고, 내가 회장에, 이정환 · 최양자 씨가 부회장, 임영종 씨가 총무에 각각 선출되었다.

창립의 목적은 '4-H동지 상호간의 친목도모 및 4-H클럽의 후원과 고향 농촌의 발전에 기여한다.'는 것이었다.

그러나 '고령군 흙동지회'가 창립되자마자 우리들에게는 군입대, 사회진출, 결혼 등에 의한 주소이동과 직업의 변화가 일어나기 시작했다. 그 당시에는 지금처럼 휴대전화가 있었던 것도 아니어서, 한 번 주소가 변경되면 그대로 연락이 완전히 끊어져서 조직의 운영이 점점 어려워지기 시작했다. 더욱이 운영을 유지할 수가 없었던 또 하나의 주요 원인은 회원들이 결혼을 할 때는 놋그릇 한 벌씩을 선물하는 것이었다.

처음에는 입회비를 사용하며 무난하게 결혼선물을 할 수가 있었는데, 점점 결혼 횟수가 늘어나고 선물 금액은 증가하였지만, 회원들의 연락 두절과 회비징수는 부진하기 시작했다. 엎친 데 덮친 격으로 나는 그 당시에 군복무 중이었고, 임영종, 이정환, 최양자 씨 등의 몇 분이 많은 수고를 했지만, 결국에는 운영자금이 고갈되어 더 이상의 유지를 계속할 수가 없음으로써, 어쩔 수 없이 해산을 하게 된 것이었다.

지금 생각하면 일생 중에서 가장 중요한 급변의 시기에, 바로 코앞에 닥칠 앞날도 생각하지 못했던 것이 안타깝기만 하다. 그러나 그 당시의 열정과 아쉬움이 하나의 그리운 추억이 되기도 한다.

2

병역의무

우리 대한민국의 사나이라면 누구나 수행해야 하는 것이 병역의무이다. 그러나 이러한 병역의무는 누구라도 동일한 의무로서 수행을 하지만, 모두가 각자의 수행과정이 다르고 그 과정을 생각하는 방법이 다를 것이다. 따라서 내가 직접 겪은 복무 과정을 하나의 기록으로로 남김으로써, 미래의 참고자료가 될 수도 있을 것이므로, 다음과 같이 주요 내용만을 기록하고자 한다.

육군 입대와 전역

군대에 가보지 않은 사람들은 군대 이야기를 "심심하면 끄집어내는 재미없는 이야기"로 생각하는 경우가 많았다.

그러나 군대를 다녀온 남자들의 입장에서는, 병역의무가 남자로서의 당연히 완수해야 할 신성한 의무라고는 하지만, 인생의 진로를 결정하고 준비해야 할 가장 중요한 시기에 3년에 가까운 군대 생활은 중요한 기회의 손실과 함께 엄청난 고난의 기간이라고 할 수 있다. 그리고 이 기간에는 잊지 못할 굽이굽이의 수많은 사연들이 마음속 깊이 자리하고 있다.

이러한 수많은 사연들에 관한 이야기는 아무리 많이 해도 끝이 없을 정도로 계속 쌓여 있기 때문에, 술이라도 한잔 가슴에 들어가면 잠재해 있던 그놈의 이야기들이 또 나오고 또 나오는 것이다.

나도 군대 이야기라면 누구 못지않게 할 말이 많지만, 그 당시의 시대적 실태를 기록하는 의미에 중점을 두고, 가급적이면 간단하게 요점만을 기록하고자 한다.

1963년도에 고령중학교 구 교정(향교)에서 징병신체검사를 받고 당시의 최고 신체 등급인 '갑종합격'을 받은 후 몇 개월이 지났을 때, 1964년 4월 13일 14시에 대구시 종합운동장에 집합하라는 육군 입영통지서가 나왔다. 지정된 장소에 집합한 우리는 인원 점검을 마치고 군 트럭에 실려 대구시 성서에 있는 육군 50사단 보충대로 갔다. 오후 5시에 식당으로 가서, 밥 한 그릇과 콩나물국 한 그릇을 배식받았다. 그러나 밥에는 이상한 냄새가 나고 맛이 없어 절반 이상을 남기며 겨우 식사를 마쳤다. 이튿날 신체검사를 다시 받고, 입소 3일 후인 4월 16일에 정식으로 군번(31014***)을 받고, 근거리에 있는 50사단 훈련소로 실려 갔다.

내무반에 배치되어, 총기와 각종 장비 및 의복 등을 지급받고, 집에서 입고 왔던 옷과 신발 등은 모두 포장하여 집으로 부치게 했다.

이튿날부터 정식 훈련이 시작되었다. 아직까지 잊혀지지 않는 유명한 말이 있다. "X으로 밤송이를 까라면 까야 하고, Y로 침상의 못을 뽑으라면 뽑아야 하는 것이 군대"라는 것이었다. X는 남자 군인에게 해당되는 것이고, Y는 여군(女軍)에게 해당되는 말이라고 했다. 그리고 기합은 '원산폭격', '한강철교', '오리걸음'이라는 것이 있었고, 가장 흔한 기합은 엎드린 자세에서 몽둥이로 궁둥이를 맞는 속칭 '빠따'라는 것이다. 이와 같이 엄격한 규율은 가능성과 합리성에 상관없이 무조건적 상명하복(上命下服)을 강조했던 것이다.

지금 생각하면 그 당시에는 고통스런 규율이었지만, 사나이의 기질과 용기를 위해서 반드시 필요했던 필수 과정이라는 생각이 든다.

보충대에서 냄새가 나고 맛이 없어 먹기가 싫었던 그 밥이 갑자기 맛있는 밥으로 변하고, 점점 더 많이 먹고 싶어지기 시작했다. 그 당시의 50사단 훈련소의 식사는 식당에서 하는 것이 아니라, 각 내무반(거처하는 방)에서 2인의 당번을 정하여 큰 통 2개씩을 들고 식당에 가서, 한 통에는 밥을 담고, 또 한 통에는 콩나물국을 수령하여 왔다. 꽁보리밥과 소금콩나물국이 주식과 부식의 전부였다. 우리들은 모두 내무반의 제자리에 앉아있고, 당번이 밥과 국을 퍼서 옆으로 전달하는 방식으로 전원에게 배식을 했다.

밥그릇은 반드시 밥이 많이 담긴 것과 적게 담긴 것이 있었는데, 전달의 과정에서 한 사람이 많이 담긴 밥그릇을 자기가 먹기 위해 몰래 빼돌리다가, 이것이 발각되어 담당 기간병으로부터 엉덩이에 불이 나도록 빠타(매)를 많이 맞은 적도 있었다. 밥 한술 더 담긴 밥그릇을 탐내다가 발생했던 안타깝고도 부끄러운 일이었다.

모두의 앞에 밥과 국이 놓이게 되면, 식사에 대한 감사의 묵념을 올리고, '식사개시'라는 명령이 떨어지면 "감사히 먹겠습니다."라고 크게 외치고 식사를 했다. 만일 외치는 소리가 작으면, 큰 소리가 나올 때까지 다시 시켰다. 식사 후에는 그릇과 숟가락(젓가락은 없었음)을 각자가 씻어서 보관했다. 그리고 저녁 식사를 한 후에는 모두가 PX로 몰려가서 빵을 사 먹었다. 이상하게도 저녁을 금방 먹었지만 배가 고팠기 때문이었다.

불과 며칠 사이에 갑자기 배가 고프고 군대의 밥맛이 좋아졌던 급격한 변화는 군대를 다녀온 사람이면 모두가 경험했을 것이다. 군대를 제대한 지 60년이 다 되어가는 지금도 간혹 밥맛이 없을 때는 그때의 그 밥맛을 연상하며 밥을 먹기도 한다.

그 당시의 훈련소의 4고(四苦)는 배가 고프고, 잠이 부족하고, 자유가 없고, 용수(用水)가 부족한 것이었다. 용수가 부족하여 몸을 씻거나 땀에 젖은 옷을 손으로 세탁하기가 무척 힘들었다. 아무리 고생을 해도 세월은 흘러가서 드디어 6주간의 훈련을 마치게 되었고, 가족과의 첫 면회 시간이 주어졌다. 어머니와 작은형님과 형수님들을 만나고 맛있는 음식을 먹으니 정말 반갑고 기분이 좋았다.

훈병에서 이병으로 진급된 빛나는 계급장을 단 나는 부산의 육군 병기학교에 입교하여 또다시 4주간의 병기보급에 관한 기본교육을 받았다.

그때에 나는 발가락에 무좀이 많이 심해서 의무대 약으로는 치료가 잘 되지 않아 고생을 하고 있었는데, 마침 ROTC 장교로 임관되어, 같은 병기학교에서 교육 중이던 임병용 친구의 친형이고 지금은 하늘나라에 있는 임병수 선배를 만나서, 고맙게도 좋은 약을 구입해 주어 치료를 잘 받았다.

육군병기학교를 졸업하고 배치된 곳이 부산에 있는 병기기지보급창(O.B.D)이었다. 이 부대는 정문을 나올 때는 누구를 막론하고 반드시 소지품의 검사를 철저히 받아야 하는 등의 출입 통제가 매우 엄격한 부대였다.

나는 8지구라는 창고 지역의 서무계를 담당했는데, 하루 종일 서류에 묻혀 살았다. 서무계의 사수였던 경북 경산이 고향인 이성근 병장님과 나의 조수였던 김천이 고향인 정청시 일병과 그 외 2명의 신병 조수들은 지금 어디서 무엇을 하고 있는지 가끔씩 보고 싶다.

후방의 군대 생활에서 가장 좋은 것은 토·일요일이면 외박과 외출이 가능한 것이었지만, 항상 용돈이 부족해서 고민이었다. 이에 대한 유일의 해결 방법은 집으로 편지를 보내는 것이었다. "몸이 몹시 아프다거나 큰 사고를 쳤다"는 등의 거짓말 편지를 하여 송금을 받는 것이 유일의 해결 방법이었는데, 3년 동안이나 계속하여 같은 방법을 써먹었던 염치없는 농땡이 수법이었다.

그렇게도 지루하던 군 생활이 드디어 끝나고, 입대를 했던 대구 50사단으로 다시 와서 전역에 따른 기본교육 등을 받았다.

1964년 4월 13일 입소하여 3일 후인 4월 16일에 정식 군번을 받고, 30개월 20일 만인 1966년 11월 5일에 기다리고 기다리던 육군

만기 전역증서를 받았다. 이 전역증서를 받았을 때의 그 좋았던 기분은 실제로 겪어보지 않은 사람은 도저히 알 수가 없을 것이다.

군 복무 중의 불가피했던 사건

군대 생활의 이야기를 하려면 수없이 많지만, 그 중에서도 피하기가 어려웠던 잘못된 큰 사건이 하나 있었다.

나는 같은 내무반의 친구이고 나보다는 약 2개월 정도 군번이 빠른 부산 출신의 배충효 친구와 같이 외출을 나갔던 1966년도의 어느 봄날에 일어난 불미스러운 사건의 이야기이다.

부산 송도해수욕장 옆 언덕의 바다 쪽 끝자락의 좁은 바윗길에서, 술에 취한 해병대 3인이 우리와 길을 비키면서, 나에게 고의로 어깨를 박으며 시비를 걸어왔었다. 아마도 우리가 만만하게 보였던 모양이다. 그 당시의 해병대는 싸움도 잘하고 용감하다는 인식이 있었고, 더욱이 우리는 2명이고 저쪽은 3명이었으므로, 모든 것이 불리한 처지였다.

그러나 우리를 깔보고 아무런 이유도 없이, 욕을 하며 휘두르는 그들의 주먹을 피하면서, 나는 2인을 상대하고, 배충효 친구는 1인을 상대하며 싸움이 벌어졌다. 아무런 이유 없이 그들의 일방적인 시비에 의하여 순간적으로 벌어진 싸움이었다. 싸움이 벌어지자마자 갑자기 많은 구경꾼들도 주위에 모여들었다.

그 당시에는 대부분의 젊은 사람들이 걸핏하면 싸움도 많이 했었고, 구경 중에는 싸움 구경과 불구경이 제일 재미가 좋다고 하여, 싸움만 벌어지면 구경꾼들이 많이 몰려들었던 것이다.

나는 입대 전에 대구에서 약 1년간의 대입 영수학원을 다닐 때에,

달성공원 근처 뒷골목에서 불량배로부터 부당한 폭행을 당한 적이 있었다. 그때 느낀 것이 시골의 골목대장 주먹은 도시의 주먹에 비하면, 정말 별것 아니라는 것을 절실히 느꼈다. 이것이 계기가 되어 나는 공부도 중요했지만, 끓어오르는 억울한 분노를 도저히 억제할 수가 없어, 아무도 모르게 달성공원 근처에 있는 서부권투구락부에서 5개월 동안 운동을 한 적이 있었다.

그 당시에 오중근 관장님께서는 나의 눈이 아주 좋고 소질이 있어 보이므로, 권투를 계속하라는 권유를 하기도 했지만, 나는 사정상 운동을 그만두고 시골집으로 돌아와야만 했었다. 권투에서 눈이 좋다는 것은 시력이 좋다는 의미가 아니라, 주먹이 얼굴에 날아와도 눈을 감지 않고 피할 수 있는 눈을 말하는 것이다. 상대방의 주먹이 날아올 때 눈을 감으면, 피할 수도 없고 그대로 맞을 수가 있기 때문에, 특히 권투에서 눈은 아주 중요시 하고 있었다.

그리고 고향에서 많이 했던 씨름과 샌드백 치기 등의 골목대장의 기본 실력 등을 종합하면, 술에 만취한 2인 정도는 충분히 상대할 자신이 있다고 생각을 하고 그들의 도전에 응했던 것이다.

그러나 술은 상대방만 취한 것이 아니라, 나도 술을 많이 마셨고, 나의 처음 예상과는 다르게 상대방 2명도 무척 강한 실력들이어서, 싸움에 무척 고전을 하고 있는 중이었다.

그때 갑자기 여자의 큰 비명소리가 들려서 돌아보니, 한 여자의 얼굴이 피범벅이 되어 있었다. 알고 보니 해병대 한 명과 싸우고 있던 배충효 친구가 주먹 크기의 돌을 들고 해병대를 향해 던졌는데, 해병대는 피하고 엉뚱하게도 주변에서 우리의 싸움을 구경하고 있던 어느 처녀의 얼굴을 비스듬히 스치며 맞았다는 것이었다. 정통으로 맞지 않은 것이 그나마 다행이었다.

즉시 싸움은 중단되고 해병대 3인은 급히 도망을 갔지만, 우리는 다친 처녀에 대한 긴급조치를 하느라고 도망을 갈 수도 그들을 잡을 수도 없었다. 곧이어 구급차와 경찰이 출동하여 우리는 파출소로 연행이 되었다. 그리고 배충효 친구는 헌병대에 인계되었고, 나는 바로 풀려나서 부대로 돌아와 사고 경위를 주번사관께 보고했다. 이튿날 '호랑이'라는 별명이 붙어 있던 인사계(노관출 상사)의 호출을 받았다. 나는 사고의 모든 과정을 상세하게 보고했다. 그리고 무척 혼이 나고 기합이라도 많이 받을 줄 알았는데, 이상하게도 인사계님의 태도는 예상 밖이었다. 나의 어깨를 툭 치면서, "같은 육군이나 민간인들하고 싸웠다면, 외출 외박도 금지시키고 혼을 내주었을 텐데, 술 취한 해병대들하고 용감하게 싸웠다니 특별히 용서해 준다."라는 말씀을 하시면서, 오히려 내게 "다친 곳은 없느냐?"라고 위로까지 해 주셨다.

아마도 인사계님께서는 그 당시의 술 취한 해병대의 일반적인 기질 등을 이미 잘 알고 있었고, 자기 부하의 사기를 꺾지 않으시려는 사랑의 마음을 베푸셨던 것 같았다. 겉으로는 호랑이같이 보였지만, 마음속으로는 부하에 대한 따뜻한 마음을 지니셨던 훌륭한 분이었던 것 같다. 전라도가 고향인 것으로 기억되는데, 비록 많은 세월이 흘렀지만, 갑자기 소식이 궁금해지고 한번 만나보고 싶어진다. 그때 파출소에서 나 혼자만 빨리 쉽게 풀려나올 수 있었던 것은 배충효 친구의 기발한 임기응변과 나를 위한 배려 덕분이었다.

그리고 며칠 후에 우리 부대를 찾아온 사복 차림의 수사관으로부터, 나는 사건에 관한 참고인 조사를 받았다. 조사과정에서 해병대 3인의 신원을 수차에 걸쳐 물었지만, 나는 전혀 기억할 수 없다고 진술했었다. 나는 나하고 싸웠던 하사 한 사람의 명찰을 어느 정도 기억하고 있었지만, 일부러 모른다고 했다. 이미 끝난 사건이고, 또한 같은 군인들끼리 술에 취해서 저지른 일인데, 상대의 신분을 밝혀 가며 사건을 복잡하게 만들 이유가 없었기 때문이었다.

그 당시에 나는 붙잡혀간 배충효 친구가 걱정되어, 우리가 싸움을 피할 방법은 없었을까를 생각하며, 많은 후회를 하기도 했다. 그러나 그 당시의 해병대 3인의 태도는, 우리가 무조건 빌면서 굴욕적인 저자세를 취했다면, 아마 가벼운 손찌검 정도와 모욕은 당했을지라도 이러한 큰 사고는 피할 수가 있었을 것이다.

그러나 남에게 지는 것을 싫어했던 나의 성격과 그들이 깔보던 육군의 자존심 등을 감안(勘案)하면, 또다시 동일한 상황이 발생하더라도 이러한 싸움을 참고 피하기는 무척 어려울 것이라는 생각이 들었다.

내가 이 사건에서 참을 수가 없었던 또 다른 하나의 이유가 있었다. 나는 이 사건이 일어나기 얼마 전에 고향으로 휴가를 갔을 때, 해병대에 복무 중이던 한 친구를 만나서 술을 한잔 나눈 적이 있었는데, 나는 이 친구로부터 육군에 관한 아주 모욕적인 말을 들었다.

"TMO(Transportation Movernment Office)의 군인 열차에, 육군 4-5십 명이 타고 있어도 해병대 2-3인만 타게 되면, 육군을 꼼짝도 못하게 할 수 있다."는 육군에 대한 아주 모욕적인 말을 그 친구로부터 들었던 것이다.

나는 그 친구의 말에 자존심이 무척 상하여, "육군도 육군 나름이고, 해병대도 해병대 나름이다. 우선 너 같은 해병대와 나 같은 육군을 비교해 봐라."라는 말을 하며, 그 친구에게 많은 화를 낸 적이 있었다. 이와 같이 그 당시에는 그 친구의 말과 같이 해병대가 육군을 깔보고 무시하는 경향이 있었던 것은 사실이다.

그후 약 10여 일이 지난 후에 배충효 친구는 피해자 측과 원만하게 합의를 함으로써, 무사히 부대로 돌아오게 되어, 사건은 완전히 종결이 되었고, 우리는 기분이 좋아서 또다시 술을 마음껏 취하도록 마셨다.

피해를 입은 처녀의 집은 부산 영도에서 소형 선박 수리업의 철공소를 운영하는 부자였는데, 아름다운 처녀의 얼굴에 큰 흉터까지 만들었으니, 보상하는 마음으로 결혼까지도 생각 중이라는 농담조의 이야기를 했었다.

배충효 친구는 겉으로 보기에는 체격도 작고 아주 유순하게 보였지만, 화가 한번 나면 남에게 절대 지지 않는 고집과 기질이 아주 강한 친구였다.

그 당시의 우리 행동이 육군과 해병대의 자존심을 건 진정한 용기(勇氣)였을까, 아니면 피할 수 있었던 싸움을 철없이 저질렀던 옳지 못한 만용(蠻勇)이었을까를 다시 생각나게 하는 사건이었다. 그리고 만일 또다시 그러한 상황이 재발한다면, 아마도 피하기가 무척 어려운 사건이 될 것이라는 생각을 지울 수가 없다.

배충효 친구의 외갓집이 나의 고향 고령군 성산면 낙동강 다리의 바로 옆 마을에 살았다는 '피'씨 댁이라고 했는데, 그 마을 근처의 친구를 통하여 알아봤으나 오래전에 이미 '피'씨 댁은 이사를 가고 지금은 전혀 알 수가 없다는 것이다.

이와 같이 마지막 연결고리까지 끊어짐으로써, 보고 싶은 그 친구를 도저히 찾을 방법이 없어졌다. 지금은 어디서 무엇을 하며 살고 있는지 무척 궁금하고 보고 싶다. 꼭 한번 만나서 옛날을 이야기하며 밤새도록 술이나 한번 마음껏 마셨으면 정말 좋겠다. 배충효 친구야! 언제 꼭 한번 만나도록 하자. 아니면 꿈에라도 얼굴 한번 보여 주기 바란다.

3

쌍림신우회

1967년 8월경부터 고령군 쌍림면 내에 거주하는 본인을 포함한 6인의 친구(오방열, 김병만, 구행일, 이쾌우, 곽욱열)들이 발기인회를 구성하여, 친구들 상호간의 친목을 도모하고 향토 발전에 기여하겠다는 목적으로 1967년 9월 19일 쌍림신우회(雙林信友會)를 창립하여, 내가 회장으로, 부회장에 김병만 씨, 총무에 구행일 씨가 선출되었다. 우리 회원들 중 오방열·곽욱열 씨는 고령군청에, 김병만·구행일 씨는 쌍림면사무소에 근무하는 공무원들이었고, 그 외의 친구들도 모두가 지역에서 모범 청년으로 알아주던 훌륭한 친구들이었다.

그러나 이 시기는 대부분의 친구들이 결혼과 미래의 진로 선택 등에 관한 문제로 인하여, 출향 등의 신상에 중대한 변화가 일어나는 시기였기 때문에, 더 많은 회원들을 추가로 가입시키지를 못했다. 그리고 전화가 귀한 시절이었기 때문에 주소가 한 번 바뀌면 연락이 오랫동안 두절되기도 했고, 급격히 변화하는 환경에 적응하기 위한 여러 가지 바쁜 사정 등으로 인하여, 처음과는 달리 참여 의욕마저 점차적으로 저조해짐으로써, 부득이하게 쌍림신우회(雙林信友會)는 창립 1년여만의 짧은 수명으로 해산되고 말았다.

모든 것이 나의 능력 부족 때문인 것으로 자책하면서, 그때의 모든 친구들[2]이 그리워진다. 그리고 특히 먼저 하늘나라로 떠난 친구

2 귀원리의 이쾌우, 곽정식, 최윤도, 이명오 씨, 합가리의 김병만 씨, 송림리의 오방열,

들에 대하여는 더욱더 보고 싶은 마음과 함께 안타까움을 금할 수가 없다.

비록 우리들의 모임은 짧은 기간에 끝이 났지만, 인생의 황혼기에 들어서는 지금의 우리에게는, 젊었던 지난날의 아름답고 즐거웠던 추억만은 모두가 잊을 수 없을 것이다.

정영근, 김수호, 신곡리의 구행일 씨, 월막리의 곽진규, 곽욱열 씨, 고곡리의 백효일, 조임성 씨, 안림리(삼거리)의 채종철, 조민남 씨 등.

제 11 장

출향 생활

1

대구시 공무원

나는 6년 동안 대구시 지방행정공무원으로 재직을 한 경력이 있다. 내가 실제로 체험한 대구시 공무원의 채용 과정과 근무 과정 등의 일부를 구체적으로 기록하고자 한다. 그 당시는 많은 변화의 시대였기 때문에, 지방행정과 정부의 특정 정책 등에 관한 사항들이 미래의 행정사(行政史) 연구에 다소의 도움이 될 수도 있을 것이다.

공무원 시험의 합격과 임용

사업을 그만두고 자유인 생활을 하고 있던 1971년 6월 중순경 『대구매일신문』의 광고에서 「대구시 5급 을류 행정직 지방공무원 공개경쟁 임용시험 공고」를 보고 원서접수와 함께 공무원 시험에 관한 교재 중에서 전 과목이 수록된 두꺼운 책 두 권을 샀다.

시험공부를 할 수 있는 기간은 20여 일밖에 남지 않았고, 시험과목은 국어·국사·수학·일반사회·실업(농업·상업·공업 중 택일) 등의 5과목이었다. 교재의 수학 문제를 훑어보니 일반수학의 수준이라서, 과거 군입대 전에 대구 영수학원에 다니며 공부했던 실력만으로도 어느 정도 자신이 있었고, 실업의 선택과목인 농업도 농고 출신이고 4-H클럽 활동 등의 경력 덕분으로 자신이 있었다. 나머지 3개의 암기과목은 20여 일의 짧은 기간 동안 해결해야 할 시간과의 싸움이었다.

대구의 여름은 견디기 어려운 더운 날씨였지만, 최선을 다해 공부하여 1971년 7월 4일 시험을 쳤다. 수학과 농업은 내가 시험공부를 전혀 하지 않았어도 아마 최소한 90점 이상은 되었을 것이다.

시험의 경쟁률은 지금과는 비교도 안 될 정도로 7.5대1의 낮은 경쟁률이었고, 나의 실력이라기보다는 다행히 내가 찍어서 공부한 것이 많이 출제된 덕분으로 운이 좋아 간신히 합격점을 받았던 것 같다.

이 시험에서 내가 중대하게 잘못한 것이 있었는데, 시험답안지의 병역 관계 기재란에 병역필 표시를 하지 않음으로써, 가산점 5%를 받지 못한 것이었다. 병역표시 안내문에서 「'군사원호대상자 보호법'에 의거하여, 병역필자는 5%의 가산점 혜택이 있는데, 만일 비대상자가 허위로 병역필 표시를 할 경우에는 시험을 무효로 한다.」라는 엄격한 주의사항을 보고, 나는 군사원호대상자가 아니기 때문에 해당 없는 것으로 잘못 알고 병역필의 표시를 하지 않았던 것이다.

그러나 필기시험이 끝난 후에 알고 보니, 병역필자는 무조건 해당되는 것이라고 하여 많은 후회를 한 적이 있다. 군필자는 '군필자 표시'만을 하도록 했으면 될 것을, 왜 굳이 '군사원호대상자 보호법'이라는 사족(蛇足)까지 넣었는지 원망하기도 했으나, 아무런 소용이 없는 일이었다. 그 당시의 일반적인 상식으로는 '군사원호대상자'는 군복무 시에 부상을 입고 전역한 '상이군인'이나 '전사자의 유족들'이라는 것으로 알고 있었기 때문이다.

그리고 합격이 되자마자 공무원 5% 감축이라는 김종필 국무총리의 총리령에 의하여, 1년이 지난 후인 1972년 8월 9일이 되어, 8월 10일부의 발령통지서를 받고 임용이 되었다.

힘들었던 일선기관의 농정업무

(동구 두산동 근무 72. 8. 10－74. 7. 2)

대구시의 초임 일반직 공무원 신규 발령은 동사무소 근무가 원칙이었다. 대구시 동구 두산동사무소(지금의 수성구 두산동사무소)로 발령이 나서 처음의 공무원 생활을 시작했다. 두산동은 '수성못'이 있었고, 유원지의 상가도 일부 있었지만, 도시 변두리의 미개발 농촌지역이었다.

관할지역에는 '수성못'과 '수성관광호텔'이 있었는데, 그 당시에 박정희 대통령께서 대구에 오시면 꼭 이 호텔에서 투숙을 하셨다. '수성못' 아래에는 농사를 짓는 넓은 논과 밭이 있었는데, 이 들판이 이상화 시인의 〈빼앗긴 들에도 봄은 오는가〉의 작시배경(作詩背景)이라고 전해지는 곳이었다.

모든 것이 부족했던 초임인 나에게 가족 같은 분위기로 많은 도움을 주셨던 김문한 동장님과 김종홍 사무장님, 두병대 사무장님, 서정달 중대장님, 송재민 주사, 배운직 군 등과 많은 지역 주민 여러분에 대한 고마움을 아직도 잊지 않고 있다.

그 당시 농촌지역의 일선 행정기관은 농정업무에 많은 고충을 안고 있었다. 대구지방은 과거부터 논보리의 수확을 보통 6월 15일경에 완료하고, 그때부터 6월 말일까지 모심기를 했었는데, 정부의 변경된 방침은 6월 6일(망종)까지 보리 수확을 완전히 마치고, 6월 20일까지 모심기를 완료하라는 것이었다.

농민들이 보기에는 6월 6일까지는 논보리가 덜 익어서 수확을 할 수 없다는 것이었고, 정부는 망종(芒種)이면 보리의 환갑이므로, 다 익은 것이라고 했다.

이와 같이 오랜 세월 동안 지켜온 농기(農期)와 정부에서 권고하는 새로운 농기의 차이인 10일간의 간격 때문에 농촌지역의 일선 공무원들은 많은 고생을 했던 것이다.

상부에서는 무조건 6월 6일까지 보리 수확을 완료하고, 6월 20일까지 모심기를 완료하라는 강제적 명령이었다. 그러나 일선 공무원들은 농민들에 대하여 강제적 명령권이 없었고, 오직 설득만이 유일한 대책이었던 것이다.

그리고 아무리 설득을 해도 농민들은 오랜 전통이 있었기 때문에, 이에 응하지 않았던 것이다. 그 당시에 가장 많이 사용했던 용어가 '행정지도'라는 용어였다. 법적으로 강제규정이 없는 행정행위에는 꼭 이 '행정지도'라는 용어를 사용하며 지시가 내려왔었다.

농민들을 독려하여 간신히 모심기가 끝나면 정부의 하곡(보리)수매가 실시되는데, 구청으로부터 농지에 비례하여 하곡수매 물량이 배정된다.

그러나 농민들은 시장가(時場價)보다 불리한 정부의 수매가에 불만을 품고 수매를 거부했다. 우리 공무원들이 아무리 농민들을 설득해도 돈과 관계되는 문제이기 때문에 말을 잘 듣지 않았다.

모심기의 진도가 늦어지거나 하곡 수매량이 목표에 미달하면, 읍·면·동장들은 시·군·구의 장으로부터 호된 질책을 받아야 했다. 이러한 일은 가을이 되면 또다시 10일간의 농기 단축 업무가 하달된다.

벼를 빨리 수확하고, 보리를 빨리 심도록 조치하라는 권유가 아닌, 강제적인 하명이었다. 추곡 수확이 끝나고 보리심기가 끝나면, 또다시 하곡(보리) 수매와 같이 추곡(벼) 수매물량이 하달된다. 그러나 농민들은 시장가보다 오히려 불리한 추곡수매에 응하지 않았다.

이러한 현상은 일반 농촌지역보다, 도시 변두리지역의 농촌이 더욱더 심했었다. 도시 변두리지역의 농민들은 일반 농촌지역과는 달리 주로 자가소비용으로 재배하는 경우가 많기 때문이다. 상급기관은 하급기관인 읍·면·동장에게 강제적인 명령권이 있었으나, 읍·면·동장은 농민들에 대한 오직 지도와 설득이 유일의 방법뿐이었기 때문에, 이로 인한 고생은 이루 말할 수가 없을 정도였다.

만일 추곡 수확과 보리심기의 시기가 늦어지거나, 추곡 수매량이 목표에 미달하면, 그 당시에 임명 별정직이었던 읍·면·동장들은 또 다시 시·군·구의 장으로부터 호된 질책을 받아야만 하고, 심하면 사표까지 제출해야 하는 일까지도 발생했다. 읍·면·동장들이 질책을 받고 사무실에 오면, 그 다음은 누가 또 질책을 받았는지는 불문가지(不問可知)일 것이다.

정부가 농기(農期)를 앞당기는 이유는 근본적으로 수확량을 높이기 위한 것이었고, 하곡과 추곡의 가격을 시장가보다 불리하게 책정한 이유는 예산 절감, 물가 억제, 도시의 영세민 보호 등의 여러 가지 목적이 있었다.

그러나 농기(農期)를 앞당기는 문제는 농민들을 위한 정책이므로, 언론 등을 통한 충분한 사전의 홍보와 함께, 농민들의 공감대를 형성한 후에 단계적으로 실시할 수도 있었는데, 너무 조급하게 거의 강제적으로 시행한 것은 잘못된 행정행위라고 하지 않을 수 없다.

그리고 하곡가(夏穀價)와 추곡가(秋穀價)는 국가의 경제발전 정책에서, 농민들의 과도한 희생을 강요한 결과가 되는 것이므로, 이것 역시 잘못된 정책이라고 하지 않을 수 없다. 오늘의 경제부국이 된 이면에는 보이지 않은 농민들의 희생과 농촌지방공무원들의 많은 노고가 숨어 있었던 것이다.

나의 또 다른 임무의 하나는 병무사무였다. 그 당시에는 각 동마다 현역 입영기피자가 많은 편이었고, 내가 근무하는 두산동에도 수년간 병무청 및 동구청으로부터 기피자 1인에 대하여 장기간 지적을 받아왔으나, 검거하지 못하고 있는 실정이었다.

내가 병무업무를 담당하고 실태를 파악한 후에는, 즉시 방위병 3인과 함께, 야간에 이 기피자를 검거하여 경찰에 인계하고 '신병인수증'을 첨부하여, 동구청 병무계(김진표 병무계장)에 보고했다. 병역을 기피하면 사회적으로 여러 가지의 불이익을 받아야 함에도 불구하고, 그 당시에는 이러한 젊은이들이 상당히 많았었다.

두산동사무소의 방위병으로서, 신성한 병역의무를 수행하며 나에게 많은 협조를 했던 동생 같은 이승훈, 배현직, 김원호 군 등의 방위들에게 진심으로 감사의 인사를 전하고 싶다.

병역기피자 검거 등으로 나의 병무사무 실력을 인정했는지는 몰라도, 1974년 7월 3일부로 병무사무의 업무량이 가장 많고 복잡했던 대구시 동구 수성1, 2, 3가 동사무소로 전근이 되었다.

병역관리의 중요성과 방위병 제도

내가 근무했던 그 당시(74. 7. 3-75. 7. 7 근무)의 수성1, 2, 3가 동사무소는 관내의 상주인구가 일개 작은 시(김천시 등)의 상주인구와 거의 비슷한 약 4만 명 정도가 되었고, 예비군은 3개 중대가 있는 아주 큰 규모의 동사무소였다. 그리고 나는 또다시 병무업무를 담당하게 되었다.

그 당시에 이 동은 한창 주택이 건축되고 있는 개발지역이었으므로, 1일간의 주민등록 전출입이 약 100건 내외 정도나 되었다.

병역의무자의 전출입대장 관리업무를 지금과는 달리, 3-4곳의 서류에 수기 작업을 해야 하므로, 조금만 잘 못 처리하면, 예비군 편성과 보충역 등의 병역자원 관리에 큰 혼란이 발생할 수 있는 업무였다.

이 업무를 담당한 지 약 1개월 정도가 지나자 전임자들의 잘못으로 인해, 병적관리의 기본이 되는 「역종별 명부」가 아주 부실하게 정리되어 있음을 알게 되었다. 그대로 방치하면 문제는 더욱더 복잡해질 뿐만 아니라, 감사에 적발되면 중대한 책임이 따르는 문제였다. 나는 즉시 방위병들과 함께 작업 일정과 방법 등을 상의하여 대대적인 정리 작업에 착수했다.

전 세대의 주민등록부의 직계와 동거인을 전부 정밀히 열람하여 약 4만여 명의 주민들 중에서 20세 이상 50세까지의 모든 남자에 대한 성명, 본적, 생년월일, 병적사항 등을 철저히 조사하고 확인한 병역기록을 1인 1매씩의 종이쪽지를 만들었다. 이 쪽지를 가지고 다시 예비군 대상자, 보충역 대상자, 병역관리 대상자(일반병 출신 40세, 사관과 부사관 출신 45세, 장군 출신 50세까지) 등으로 역종을 분류한 후에, 기존의 「역종별 명부」와 대조하며 누락자와 기존 전출자를 정리하는 작업이었는데, 약 3주간에 걸친 힘들고 복잡한 업무였다.

이 작업으로 인해 전출입시에 부실 처리로 수개월 간 누락되었던 많은 병역자원을 다시 편성하여 예비군 기피자는 예비군중대본부에 편성토록 통보하고, 새로운 「역종별 명부」를 작성함으로써, 완벽한 병적관리를 할 수 있게 되었다.

이 작업은 평상의 정상 업무를 수행하면서 주로 근무 시간이 아닌 야간 또는 휴일 등을 많이 이용하였으므로, 방위병들의 적극적인 협조 없이는 전혀 불가능하고 힘든 작업이었다.

방위병은 현역입영대상자로서의 부적격자가 아니라, 그 당시에 일시적으로 전국적인 현역입영대상자가 과잉상태(過剩狀態)가 됨으로써, 잉여인력(剩餘人力)을 관리하기 위한 특별조치였다. 잉여인력을 일단 보충역으로 편성하여 소집순위의 대기인력으로 관리하다가, 우수한 자를 단계적으로 소집하여 일정 기간 육군 신병교육을 마친 후에, 행정관서와 예비군중대본부 등에 파견하여 병무업무의 보조를 하도록 했던 것이다.

그러므로 방위병들은 현역병과 동일한 병역의무 수행자들이었고, 특히 행정관서에 파견된 방위병들은 대부분 고학력의 유능한 고급 인력들이었다.

그리고 이들에게는 반드시 병무업무만을 보조하도록 엄격하게 규정되어 있었다. 그러나 나의 직속상관인 사무장은 방위병들의 노고와 규정 등은 일절 무시하고, 방위병들에게 다른 잡무를 병행하도록 부당한 지시를 하였고, 나는 수고하는 방위병들의 사기와 근무규정 등을 이유로 이 지시를 거부함으로써, 나와 사무장은 불편한 관계가 되고 말았다. 사무장과의 이러한 관계는 조직과 개인에게도 좋지 않았으므로, 나는 자의 반 타의 반으로 다른 근무처로 전근을 가게 되었는데, 속칭 좌천이었던 것이다.

나는 근무하는 동안 내가 담당했던 병무사무의 병역관리를 철저히 했기 때문에, 아마도 나의 후임자는 내가 업무를 인수받을 때와 같은 고생은 하지 않았을 것이다. 나는 이와 같이 조금의 하자도 없이 후임자에게 업무를 인계하는 것이 공무원의 당연한 도리이고 예의라고 생각했다. 그 당시에 신성한 병역의무를 성실히 수행하면서, 친동생같이 깊은 정이 들었던 배환기, 신학기, 신기돈, 최영찬, 이용희 씨 등의 방위병 여러분에 대한 고마움과 추억 등은 지금까지도 잊지를 않고 있다. 그리고 지금까지도 이들 중의 일부는 상호 연락 관계를 유지하고 있다.

새로운 주민등록증 발급

동촌출장소 지저동(1975. 7. 8-76. 2. 1 근무)으로 발령이 났다. 일명 좌천(左遷)이라는 발령이었던 것 같지만, 나는 오히려 조용해서 좋았다. 이 지저동은 K2비행장 근처이기 때문에 군용비행기가 뜨고 내리면, 가끔씩 폭음이 들리는 곳이었고, 농정업무도 거의 없는 작은 규모의 동이었기 때문에, 나는 주민등록사무와 병무사무를 함께 담당했다.

1975년 8월부터 개정된 주민등록법에 의하여 모든 국민들에게는 새로운 주민등록번호가 부여되고 주민등록증이 발급되었고, 우리는 현재까지도 이 주민등록번호를 사용하고 있다.

변경되기 전의 주민등록번호는 ○○○○○○-○○○○○○의 12개였는데, 앞의 6개 숫자는 지역명이고, 뒤의 6개 숫자 중에서 첫 자리는 남(1), 여(2)이고 뒤의 5자리는 해당 읍, 면, 동 지역에서 부여한 주민번호였다.

새롭게 부여되는 주민등록번호(현재 사용중)는 ○○○○○○-○○○○○○○ 총 13자리로서, 앞의 6자리는 생년월일이고, 뒷자리 7글자 중에서 첫 자리는 성별(남1, 여2) 구분이고, 뒷자리 4개 숫자는 지역코드, 다음 2자리는 그 지역의 당일 검증번호(특정한 공식으로 산출)로 구성되어 있었다. 지역코드 4개자리 중에서 첫 두 자리는 광역지자체의 번호로서, 서울 00-08, 부산 09-12, 대구 67-69, 76, 인천 13-15,

경기 16-25, 강원 26-34, 충북 35-39, 대전 40, 충남 41-47, 세종 44-96, 경북 70-75, 77-81, 경남 82-84, 86-92, 울산 85, 전북 48-54, 광주 55-56, 전남 55-66, 제주 91-95 등으로 되어 있었다. 그리고 이 주민등록번호의 체계는 2000년 이후의 출생자는 성별번호(남3, 여4) 및 외국인번호(5: 1900년대 출생 외국인 남자, 6: 1900년대 출생 외국인 여자, 7: 2000년대 출생 외국인 남자, 8: 2000년대 출생 외국인 여자) 등에 대한 일부의 보완을 거쳐서 2020년 9월까지 시행되었다.

2020년 10월부터는 주민등록번호의 뒷자리에 지역번호를 없애고, 임의번호를 부여하는 방식으로 번호부여체계가 개편되었다고 한다.

1975년 그 당시의 주민등록번호에 대한 변경정책은 새로운 업무교육과 함께 주민등록부의 변경작성, 주민등록증의 갱신 등의 엄청나게 많은 업무량을 수반했지만, 방위병들과 주위의 도움으로 무사히 업무를 처리할 수 있었다. 이 작업은 전부가 철필로 잉크를 찍어 수기로 작성하는 것이었으므로, 속도가 무척 느렸으므로 많은 시간이 걸렸었다.

나는 곧이어 대구시에서 실시한 구청근무자 자격시험인 「구청 전보시험」에 합격하여 1976년 2월 2일부로 구청격(區廳格)의 동촌출장소로 전보 발령을 받았다.

대구시 동구 동촌출장소

(1976. 2. 2－77. 11. 15)

나는 1976년 2월 2일부로 동촌출장소 복지과 산업계로 발령을 받고 업무를 시작했는데, 양정(糧政), 상공(商工) 등의 업무를 담당하게 되었다.

그 당시의 동촌출장소는 구조상으로는 동구청 관할이었지만, 모든 행정업무의 지휘와 보고 계통은 동구청을 경유하지 않고, 대구시 본청과 직할관계에 있었으므로, 특수한 이중 관할의 구조라고 할 수 있었다. 관내에는 지저, 입석, 검사, 방촌, 신평, 부동, 둔산, 불로, 도동, 평광, 봉무동 등의 11개 동사무소가 있었다.

동촌출장소 근무 중에서 일부 시대 변화의 상징이 될 수 있는, 「개발제한구역 예비조사업무」, 식량부족을 극복하기 위한 식량의 간접 증산업무라고 할 수 있는 「잡곡혼식운동과 7분도미의 의무화」와 「소규모 도정공장 허가이야기」 등을 다음과 같이 기록하고자 한다.

개발제한구역(그린벨트) 예비조사

우리나라 개발제한구역(그린벨트)의 지정은 1971년 7월 서울을 포함한 수도권을 시작으로, 1977년 4월경까지 8차에 걸쳐 14개 도시(국토의 약 5.4%)까지 지정이 되었는데, 대구시의 경우는 1976년 3월부터 예비조사를 실시하여 지정되었다.

나는 고용직 1인과 함께 동촌출장소 관할 둔산동 지역에 대한 현장 조사를 담당하게 되었다. 조사의 방법은 기존 건물의 지번을 명시하고 건물의 외형을 줄자로 측정하여 대지 점유 모형을 표시하여 1호당 1대장을 작성하고, 허가건물(기존무허가 포함)과 무허가건물을 상세하게 구분·표시하는 것이었다.

이와 같은 예비 작업을 기초로 하여 무허가건물은 철거하고 신규 개발을 엄격하게 금지하는 개발제한구역(그린벨트)을 지정했던 것이다. 그리고 이 예비조사는 부동산의 가치에 아주 큰 영향을 줄 수 있는 업무였으므로, 상급기관에서 사후감사까지 실시할 정도로 철저하게 시행되었다.

잡곡혼식과 7분도미(七分度米)

식당이나 학생들의 도시락에는 반드시 잡곡 30% 이상을 섞은 혼식(混食)을 강제화 했다. 이것 역시 건강을 강조하기도 했지만, 근본 목적은 식량부족에 의한 식량의 간접증산 정책이었다. 잡곡 30%를 혼식하면, 쌀 30% 정도를 줄일 수 있다는 간단한 계산이 나오기 때문이었다.

그 당시의 농정업무의 주요 목표는 쌀의 증산정책이었고, 양정업무(糧政業務)의 주요 목표는 쌀의 부족을 해결하기 위한 쌀의 절약정책이었다. 학교에서는 선생님들이 학생들의 도시락을 검사했고, 식당 등에는 각 지자체 공무원들이 단속했다.

1970년대 후반까지도 우리나라는 식량부족 때문에, 통일벼 등의 종자개량과 함께 쌀의 증산정책이 강력하게 시행되었다. 그리고 더욱더 쌀을 절약하기 위해, 도정공장에까지 7분도미(七分度米)[1]의 도정을 강제화 했다.

그러므로 양곡판매소와 식당 등에는 7분도미를 의무화하여 강력한 단속을 했다. 그러나 농민들은 미질(米質) 등의 이유로 인해, 통일벼 심기를 선호하지 않았고, 도시의 일반 소비자들은 통일벼의 쌀

1 당시에는 쌀을 도정하는 정도에 따라 겉껍질(왕겨)만을 벗긴 현미, 쌀겨층의 50%만을 벗긴 5분도미, 쌀겨층의 70%만을 벗긴 7분도미, 쌀겨층의 전부를 벗긴 10분도미(백미)의 4가지로 구분했다.

과 7분도미를 선호하지 않음으로써, 정부의 이 정책은 많은 어려움을 겪기도 했었다.

쌀의 도정을 10분도로 하지 않고 7분도로 도정을 하면, 미출(未出)이 증가하므로, 쌀의 간접 증산효과와 함께 영양 가치도 더욱 높일 수 있다는 장점이 있었다. 그러나 10분도미에 비하여 7분도미는 소화 흡수력이 떨어지고 밥맛이 없다는 단점이 있었기 때문에, 소비자인 국민들로부터 선호도가 많이 떨어져 있는 실정이었다.

이로 인해 중앙정부에서는 도정공장과 양곡 판매업소 및 식당 등에 대한 강력한 단속과 결과보고의 지시는 수시로 하달되었고, 규정을 위반하면 영업정지 등의 강력한 처벌을 가하도록 지시했다. 그러나 실제로 단속을 하는 실무자의 입장에서는, 밥맛이 없다는 이유로 소비자들이 외면하는 시장의 냉혹한 현실에서, 영세자영업자들의 부득이한 위반행위에 대하여 처벌만을 강행할 수도 없었고, 상명하복(上命下服)의 공무원 조직에서 직무를 유기할 수도 없는 안타까운 실정이었다. 그러므로 일선의 단속 공무원들은 사전에 단속일정을 미리 관련 협회나 조합 등을 통해 비공식적인 단속 예고를 함으로써, 처벌 위주의 단속보다는, 행정지도 위주의 단속을 많이 시행했다.

그 당시에 우리나라의 식량문제는 매우 심각한 단계였으므로, 국민들의 배고픔을 해결해야 하는 것이 무엇보다도 우선할 수밖에 없었다. 그러나 정부의 불가피한 고충을, 야당이나 일반 국민들이 전혀 이해하지 못하는 것 같아서 무척 안타까워하기도 했다. 심지어 어느 야당 정치인은 분식을 강조하는 박정희 대통령을 향해서 "밀가루 대통령"이라는 엉뚱한 프레임(Frame)을 씌우기도 했었다.

일반 국민들은 양곡 부족에 대한 심각성 등을 잘 모를 수도 있었지만, 야당 정치인들은 이에 관한 심각성 등을 충분히 알면서도, 국민들에 대한 인기정략으로 반대를 위한 반대를 하고 있었던 것이다.

소규모 도정공장 허가(許可) 이야기

내가 동촌출장소에 근무하던 1977년경에는, 관내인 도동의 향산 근처에 "무허가 소규모 도정공장"이 한 곳 있었다. 이 도정공장은 오래전부터 있었던 것인데, 과거의 전임자들로부터 수차례의 단속을 받아 오면서도 폐쇄되지 않고, 계속적으로 무허가 영업을 하고 있는 실정이었다.

그 당시에 대구시로부터는 7분도미 도정단속과 무허가 도정공장의 단속을 철저히 실시하라는 공문지시가 여러 차례 하달되고 있었으므로, 어느 날 나는 직접 단속을 위해 현지로 출장을 가 보았다.

무허가 도정공장 주인은 발가락에 '버그씨병'[2]이라는 불치의 무서운 병을 앓고 있었으므로, 정상적인 노동력을 완전히 상실한 상태였고, 농토도 없이 오직 이 무허가 도정공장 하나에 어린아이들을 포함한 6식구의 생계를 걸고 있는 아주 가난하고 딱한 처지였다. "왜 허가를 받지 않고 무허가 영업을 하느냐?"라고 물으니까 "동촌출장소에서 허가를 안 해 주니까 어쩔 수 없지 않느냐?"라는 힘없는 반문을 했다. 이 말을 듣고 보니 내가 우문(愚問)이었고, 그쪽이 현답(賢答)이라는 생각이 들었다.

2 '버그씨병'이란 심장과 멀리 있는 발가락이나 손가락 등에 혈관이 막혀서 살이 썩어가는 무서운 질병으로서, 통증이 아주 심해서 진통제를 아무리 먹어도 효과가 없고, 확실한 치료 방법이 없는 고질병이라고 했다.

나는 무허가 도정공장 주인의 가난하고 어려운 형편을 보는 순간에 무허가에 대한 단속보다는 담당 공무원으로서의 당연히 해야 할 진정한 역할을 한번 검토해 보기로 했다. 구두경고만 하고 사무실로 돌아와서 계장님과 과장님께 출장결과를 보고하면서, 허가 문제를 검토하자고 건의했다. 그러나 계장님과 과장님은 그 지역은 얼마 전에 그린벨트로 지정된 곳이어서, 사용할 전력의 계약 용량에도 문제가 있을 수 있고, 과거 그린벨트가 지정되기 전에도 허가를 못해줬는데, 현재는 더욱더 불가능한 것이니 "괜히 긁어서 부스럼 내지 말고 포기하라"는 것이었다.

그러나 나는 양곡관리법과 개발제한구역(그린벨트) 등의 관계 규정들을 아무리 검토해 봐도 허가의 결격사유를 찾을 수가 없었기 때문에, 반드시 허가를 추진해 보겠다는 굳은 결심을 하고 즉시 착수에 들어갔다.

나는 1차로 대구시청 양정과에 대하여, 허가의 가능 여부에 관한 질의서를 기안하여 계장님께 결재를 올리며 상황을 설명했다. 그런데 내 이야기를 듣고 질의서를 검토한 정종태 계장님이 처음의 부정적이었던 태도가 고맙게도 완전히 바뀌어 나의 의사에 적극 동조하게 됨으로써, 과장님과 소장님의 결재를 받아 질의서를 발송하기에 이르렀다.

그러나 이 질의서를 발송한 지 며칠 후에 돌아온 대구시청의 답신 공문은 「소규모 도정공장의 허가사무는 출장소장에게 위임된 사항이니, 철저히 검토하여 양곡관리법에 적합하면, 허가를 하라.」는 동문서답식의 엉뚱한 내용이었다. 그것은 내가 원하는 회신이 아니었으므로, 나는 다시 허가 대상 업체의 모든 사실 등을 상세히 기록하여 「소규모 도정공장의 허가업무가 비록 출장소장에게 위임이 되어 있다고는 하지만, 허가증은 대구시장의 명의로 발급되는 것이고, 또한 질의한 조건의 업체에 대하여 허가를 할 경우에, 양곡관리법과 기타의 규정 등에 위반되는 것은 아닌지 등을 판단하여 회신해 주시기 바랍니다.」라는 질의공문을 다시 발송했다.

또 며칠이 지나자 대구시청 양정과장이 우리 과장님과 계장님에게 전화를 하고, 담당자인 나에게까지 전화를 바꾸어서 「왜 그 따위 책임회피성의 질의공문을 자꾸 보냈느냐? 자체적으로 판단해서 허가여부를 결정하라.」면서 화를 내고 고함을 치기에, 나도 「우리 동촌출장소에는 법률전문가가 없지만, 시 본청에는 '법무담당관'까지 있는데, 왜 이 정도의 법률적 도움도 못해 준다는 것입니까?」라고 큰소리치며 도리어 항의했다.

이렇게 서로가 탁구공처럼 상대에게 허가결정의 책임을 떠넘기는 이유는, 그 당시에는 지금보다도 개발제한구역에 대한 규정이 매우 엄격했었고, 또한 대구시는 그린벨트가 지정된 지 불과 몇 개월밖에 되지를 않아서 중앙정부의 세부 지침과 자체의 관리규정 등이 미흡한 상태였다. 또한 그 당시의 유신체제에서는, 대부분의 공무원들이 부작위(不作爲)에 의한 무능(無能)은 어느 정도 안전할 수가 있었지만, 작위(作爲)에 의한 과오(過誤) 등은 안전하지 않을 수가 있음으로써, 복지부동의 안정적 자세를 선호하는 경향이 매우 심했던 시절이었다. 나와 같이 철없이 덤벼드는 작위적(作爲的) 성향의 공무원은 돈키호테 같은 별종 취급을 받을 수가 있었다.

그 후에 며칠이 지난 어느 날 과장님이 계장님과 나를 부르시더니, 본청 양정과장으로부터 방금 전화 연락을 받았다면서, 도정공장의 허가는 별다른 문제점이 없다는 결론이 내려졌고, 이에 관한 공문도 곧 보내겠다고 했으니, 허가절차를 진행해도 좋다는 말씀을 했다.

정말 반가운 소식이었다. 이 허가문제의 시작은 내가 무허가 도정공장의 주인으로부터 허가에 관한 어떠한 구두제의나 서면신청을 받아서 진행한 것이 아니라, 나 혼자만의 결심에 의하여 스스로 시작한 일이었던 것이다.

사회적 약자를 돕는다고 시작한 일이 만일 잘못되면, 해당 무허가 도정공장이 시 본청까지 소문이 남으로써, 무허가의 시설까지도 완전히 폐쇄하지 않을 수가 없었기 때문에, 나는 속으로 은근히 걱정을 했었는데, 다행히 성사가 되어 정말 기분이 좋았다.

그 당시의 엄격한 상명하복(上命下服)의 관료체계에서, 하급기관의 최하위직 공무원(5급을)이 하늘 같은 직속 상급기관인 본청의 과장을 상대로, 수차례의 서면 투쟁과 불손한 말다툼까지 벌이면서 간신히 얻어낸 위험한 투쟁의 결과였다.

가난과 병고를 견디며 간신히 살아온 무허가 도정공장의 주인(민원인)에게 나는 소규모 도정공장허가신청서와 모든 관계 서류 등을 직접 작성해 주고 접수, 결재 등의 모든 행정절차를 거쳐서 허가증을 발급해 주었다.

드디어 「도동정미소」라는 상호가 적힌 「소규모 도정공장 허가증」을 수령하던 민원인의 검고 여윈 얼굴에는 기쁨의 표정과 함께 두 눈에는 감출 수 없을 정도의 많은 눈물이 흘러내렸고, 그 모습을 바라보던 나의 눈시울도 함께 뜨거워졌던 감동의 시간이었다. 그분은 무허가 도정공장을 운영하면서 수많은 고생을 했는데, 이제는 모든 것이 해결된 것이었다.

그 후로부터 얼마 후에 나는 동구청으로 전보가 되어 동촌출장소를 떠나게 되었고, 그 이후로부터 지금까지 나는 그 도정공장에 관한 소식은 한 번도 들어본 적이 없다. 지금은 농촌의 소규모 도정공장들이 대부분 사라졌지만, 그 당시에는 성업을 할 수 있는 좋은 환경이었기 때문에, 아마도 장기간 운영이 잘되어 생계에 많은 도움이 되었을 것이다.

이 허가업무는 나의 공무원 생활 중에서, 잊지 못할 기억 중의 하나가 되었다. 허가증을 받으며 눈물을 흘리던 그분의 모습이 아직도 내 마음속에 그대로 남아있고, 이 글을 작성하고 있는 지금도 그때처럼 나의 눈시울에 이상한 자극이 오는 것 같다.

동구청 근무

(1977. 11. 16 – 78. 10. 6)

나는 1977년 11월 16일부로 대구시 동구청 복지과로 발령을 받아 사회복지업무를 담당하게 되었다.

출근 첫날에 과거부터 잘 알고 지냈으며, 오래전부터 동구청에 근무 중이던 박준목 선배(당시 4급을)를 만났는데, 나를 보고 반갑게 웃으면서, "김 주사는 가는 곳마다 큰 흔적을 하나씩 남긴다는 소문이 있던데, 여기 동구청에서는 또 무슨 큰 흔적을 남길 것인가요?" 라는 농담을 한 적이 있었다.

구청 단위의 사회복지업무는 중앙과 시 본청에서 기획하고 하달하는 업무에 관하여, 실제의 대민 집행부서인 동사무소에 이첩·지시하는 중간단계의 역할이었다. 동사무소에 대한 특수한 사실 확인 업무를 제외하고는, 주로 하루 종일 서류 속에 묻혀서 아주 바쁜 일과를 보내야 하는 복잡한 행정업무였다.

경상북도 복지시설 감사업무

1978년 8월 하순경에는 경상북도 복지시설 감사요원으로 발령을 받아서, 경주시청 소속 공무원인 '정일하 주사'와 함께 2인이 1개 팀이 되어 감사업무를 수행했다.

'정일하 주사'는 연령과 공무원의 계급이 나보다는 선배였고, 경주시에서 '춘우여인숙'이라는 숙박업소도 소유하셨던 분이었고, 성격도 호인 기질의 좋은 분으로 기억이 된다.

10일간의 일정으로 정부의 재정지원을 받고 있던 경북도내의 고아원, 나병 미감아 보호시설, 노인복지시설 등의 운영실태에 대한 감사를 실시했던 것이다.

그 당시에는 정부의 복지시설에 대한 재정지원이 충분하다고 할 수는 없었지만, 일부의 시설은 지원된 정부예산을 용도 외에 부정 지출을 하는 등의 각종 비리로 인해 피수용인들의 실상이 너무나 열악한 실정이었다.

우리 팀은 철저한 감사와 함께, 감사결과와 건의사항 등을 서면으로 경북도청에 보고를 했다. 여러 가지의 건의사항 중에서 지금도 한 가지 기억에 남는 것은, 대구시 대명동 소재 노인복지시설의 젊은 여자 사무장의 수용 노인들에게 행한 지나친 불친절 행위에 대하여, 나는 화를 내면서 강한 질책을 하며 훈계를 한 것이 기억나고, 또 한 가지는 「나병 미감아 보호시설의 명칭 변경에 관한 건의」였다. '나병 미감아'는 부모가 나병환자인 경우로서, 의학적으로는 아직까지 나병에 감염되지 않은 건강한 어린이를 말하는 것인데, 이 '미감아(未感兒)'들은 의학적으로 판단하면, 앞으로 전부가 나병에 감염되지 않고 건강하게 성장할 수 있다고 했다. '미감아(未感兒)'라는 단어의 의미를 생각해 보면, 「현재는 나병에 감염되지 않았지만, 앞으로는 나병에 감염이 될 수도 있다는 것을 전제하는 의미의 용어」라는 오해를 받을 수 있는 명칭이므로, 우리 팀은 이 명칭의 변경을 건의했었다.

만일 '미감아'라는 부정적인 명칭을 그대로 계속 사용한다면, 앞으로 건전한 사회인으로 성장할 이 어린이들의 명예와 사기에 심각한 타격을 줄 수 있을 것이라는 점을 함께 강조했지만, 내가 공무원을 사직할 때까지는 시정이 되지 않았다.

정일하 주사님이 생각나서 경주시청과 경주시행정동우회 등을 통해 연락을 해봤으나, 연락이 되지 않고 있다. 한번 만나보고 싶은데 만날 수 있는 길이 없어 무척 안타깝다.

공무원 사직

1978년 9월에는 동구청의 신청사가 준공되어 이전작업을 실시했는데, 내가 사직을 한 후에는 동구청이 동구와 수성구로 분구(分區)가 됨으로써, 이 신청사가 수성구청의 청사로 되고, 동구청의 청사는 다른 곳으로 이전했다는 소식을 들었다.

하위직 공무원 생활은 장기적으로 나의 성격과는 잘 맞지를 않은 것 같았고, 그 무렵에 평소부터 알고 지내던 경북 성주군이 고향인 '이경호' 예비역 육군 중령의 고향 친구인 '서국석 회장님'을 소개받은 것이 사직의 주요 원인이 되었다. '서 회장님'께서는 그 당시에 서울에 살고 계셨고, 앞으로 곧 모 무역회사를 인수할 계획인데, 나에게 이 회사의 상무이사 직책을 맡아달라는 제의를 하셨다.

사람이 살아가면서 수많은 사람들과 만나고 헤어지지만, 특별한 인연이 있는 사람끼리는 짧은 만남에도 서로에게 호감을 느끼고, 깊은 관계가 형성되는 것 같았다.

동구청 신청사로 이주한 지 얼마 후에 나는 주위의 많은 만류에도 불구하고, 앞으로 닥쳐올 수많은 변화와 험난한 「통토의 길」을 전혀 예상하지 못한 채, 1978년 10월 6일부로 공무원직을 사직하고 새로운 도전을 시작했다.

2
우신문구산업(주) 근무

평소에 친하게 지내던 고령중학교 4년 선배인 곽균열 선배님의 소개로 회사 근처인 용산에 집을 구하여 이사를 했고, 1978년 11월 15일부로 우신문구산업(주)에 상무이사로 입사를 하게 되었다.

그 당시에 서국석 회장님은 우신문구산업(주)를 인수하는 과정이었으므로, 나에게는 각종 회사 현황과 재무 상태 등의 확인 임무가 맡겨졌다.

우신문구산업(주)는 서울특별시 용산구 한강로3가 40번지에서 건평 1,000평 규모의 5층 빌딩을 소유하고 있었고, 문구류인 앨범(Photo Album)을 직접 생산하여 연간 미화 약 300만 불을 직접 수출하는 중소기업이었으며, 종업원은 약 150명 정도가 되는 유망한 수출 전업 무역회사였다.

내가 입사한 후 약 6개월 정도까지는 L/C(수출신용장) 내도율도 증가하며 호황을 누리기도 했는데, 점차적으로 급증하는 인건비와 수출가의 하락 등으로 인해 수지의 구조가 약화되기 시작했다. 드디어 우리나라에도 후진국형의 노동집약적 산업이 예상보다 빨리 사양길에 접어들고, 기술 및 자본집약적인 산업으로 전환되어야 하는 시기가 도래하기 시작한 것이었다.

서 회장님은 1979년 중반부터 이러한 경제전망을 미리 예측하고, 전자제품(컴퓨터) 분야의 진출을 위해 일본통(日本通)으로 알려진 '한준석' 씨를 전무로 영입하여, 첨단 전자제품 분야의 일본인사와 접촉하는 등의 다양한 아이템을 분석하며 새로운 사업계획을 수립하기 시작했다.

그러던 중에 갑자기 10·26 사태(박정희 대통령 시해사건)가 일어났다. 이 돌발적인 사태로 인한 안보 불안 등의 혼란으로 인해 바이어(Buyer)로부터의 상담과 L/C의 내도는 급감하기 시작했고, 새롭게 진행되던 모든 계획은 무산이 되고 말았다. 그 당시에 수출에만 의존하던 거의 모든 중소기업들은 극심한 타격을 받기 시작했었다. 그 중에서도 생필품이나 산업의 필수품이 아닌 앨범(Photo Album) 등의 분야에는 타격이 더욱더 심했었다.

대홍수에 한번 구멍이 뚫린 제방을 가래로는 막을 수 없는 것과 같이, 우리 회사도 아무리 많은 노력을 기울였지만, 안타깝게도 이듬해인 1980년 4월 27일자로 은행의 당좌거래 중단과 함께 회사의 문을 닫게 되었다.

서 회장님은 업종과 시기의 잘못된 선택으로 인해 많은 돈을 날린 채, 부정수표단속법위반으로 인해 일단 피신을 해야만 했다.

그 당시에 육군에서 바로 전역한 서 회장님의 장남인 '서호일' 씨와 나는 채권자인 '한일은행'과 '신화상호신용금고' 및 각종 거래처의 모든 채무를, 회사소유의 건물을 매도하여 완전히 청산했다. 그리고 나는 서 회장님과 기약 없는 이별을 하고, 새로운 나의 길을 가야만 했다.

그 후에 많은 세월이 흘러 내 나이 70살이 넘은 후에야 비로소 나보다도 더 노인으로 변하신 서 회장님을 인천에서 다시 만나게 되었다. 서 회장님의 연세는 나와는 소위 '띠동갑'이라고 하는 12세의 연상이셨다. 서 회장님은 다행히 역경을 무릅쓰고 사업에 성공한 장남 서호일 회장(현재 삼성에스엘주식회사 회장)과 차남 서병호 사장을 포함한 두 분의 따님 등으로부터 극진한 효도를 받으며, 인천에서 사모님과 함께 평안한 노후를 보내고 계셨다.

그러나 서 회장님은 나에게는 친형님보다 더 다정하고 고맙게 해 주셨던 분인데, 애석하게도 2017년 1월 28일(음 1월 1일) 갑자기 별세하셨다. 당시에 응급실에 입원 중이셨고, 돌아가시기 며칠 전인 어느 날의 꿈속에서 나를 보고 "김 상무! 인제 나는 고향으로 가야겠다."라는 말씀을 하셨는데, 정말로 꿈속에서 하신 말씀과 같이 지금은 그분의 고향인 경북 성주군 용암면 문명리의 선영에서 조용히 영면하고 계신다. 나는 서 회장님의 인정 많고 고마웠던 그 모습을 지금도 잊을 수가 없다.

3

소규모 자영업

나는 우신문구산업(주)의 채무정리가 다 해결된 1981년 4월부터는 작은 사무실을 임차하여, 기존 우신문구(주)와 거래하던 몇 개국의 단골 바이어(Buyer) 등을 상대로 문구 및 잡화류를 주요 수출 아이템으로 하는 '대지통상(大志通商)'이라는 상호를 걸고 사업을 시작했다.

직원은 타자수 1인만을 두고 바이어(Buyer)로부터 양도가능 신용장(Transferable L/C)을 받아서 전문 생산업체에 이 신용장을 양도하는 사업이었다.

그 당시의 정부와 기업은 수출 목표의 달성에 심혈을 기울이고 있었던 시기였으므로, 관련 업체는 이윤을 불문하고 저가(低價)의 신용장도 별도의 프리미엄을 얹어서까지 L/C를 인수해가는 실정이었으므로, 처음에는 전망이 있을 것으로 예상이 되었다.

그러나 몇 년이 지나자 국제경제사정 등으로 인해, 점점 수출가의 하락이 계속되어 도저히 타산을 맞추기가 어려워졌다. 그러므로 나는 다시 조경업에 종사하고 있던 '한은구' 친구의 권유와 도움으로, 나는 희귀 조경수목의 납품업으로 전업을 했다.

그 당시에는 지금과는 달리 조경수목의 재배정보와 나무시장이 활성화가 되어 있지를 않았을 뿐만 아니라, 유통에 관한 정보체계 등이 형성되어 있지 않았기 때문에 가능한 업종이었다.

취급 수목은 주로 조경업자가 갑자기 쉽게 구하기 어려웠던 설계상의 희귀 조경수(생강나무, 히어리, 이팝나무, 야광나무, 해당화, 백리향 등)의 보유정보를 확보하여 납품업을 시작했다. 이 사업은 바쁠 때는 무척 바쁘지만, 한가할 때는 자유인같이 한가한 시간이 많았다.

나는 지금도 그렇지만 옛날부터 친구와 술을 무척 좋아했기 때문에 많은 친구들을 사귀었었다. 김한수(김익수), 정학진, 전종국 등의 정다운 타향 친구들이 나에게 많은 용기를 주기도 했다. 그러던 중에 우연히 충북 청주가 고향인 '방한철' 친구를 알게 되었고, 연달아

'한은구', '이상희' 친구와 '신윤기' 동생 등의 많은 충청도와 전라도 친구들과도 사귀게 되었다.

방한철 친구는 중국 『삼국지』 소설의 군사(軍師)였던 방통(龐統)과 같은 방(龐) 씨로서, 방통처럼 머리도 아주 좋은 친구였다. 충북 청주고 재학시절에 응원단장을 했다는 쾌활하고 호탕한 친구였는데, 친구와 술과 노래와 여자를 무척 좋아했던 낭만적인 멋진 친구였다. 자기 주머니에 돈이 바닥날 때까지 3차 4차를 다니며 나의 손을 놓아주지 않았던 정말 인정이 많은 친구였는데, 안타깝게도 하늘나라로 일찍 떠나고 말았다.

이 친구가 떠나고 수년이 지난 어느 날, 살았을 때 좋아했던 소주와 구운 오징어를 사들고, 장례식 때 한번 가보았던 포천의 천주교 묘역의 친구(바오르) 묘를 찾아갔으나, 주변의 환경이 너무나 많이 변하여 도저히 찾을 수가 없었다. 어쩔 수 없이 나는 묘지의 출입구 근처에서 사가지고 갔던 술과 안주로 친구의 영혼을 마음속으로 상상하며, 한 잔씩 부어주고 나도 한 잔 마시며 술병을 다 비운 후에, 돌아온 적도 있었다.

그 친구의 부인과 두 아들은 지금 어떻게 잘 살고 있는지 궁금하기도 하지만, 어디에 사는지는 전혀 알 수가 없다. 그 친구의 큰 아들이 내 아들과 동갑이었는데, 아마도 잘 살고 있기를 바랄 뿐이다.

4

복잡한 법적 분쟁

변호사 사무실 근무 이야기

어느 날 어떤 지인의 소개로 경북 경산이 고향이고, 전직 서울신문사 기자 생활을 오래 하셨던 '김병옥' 씨를 알게 되었는데, 나보다는 10살의 연장자였기 때문에 호형호제하는 가까운 사이가 되었다.

김병옥 씨는 기자 출신답게 대인관계가 넓고, 사회의 여러 분야에 대하여 많은 경험과 식견을 가진 분이었다. 나는 이분을 알게 됨으로써, 서울 사회 각계의 많은 사람들과 소통하는 계기가 되기도 했다.

서울신문사의 전무이사와 편집국장을 역임하셨던 '서건일' 고향 선배님도 이분의 소개로 알게 되었다. 김병옥 형님과 만나는 많은 사람들 중에는 좋은 사람, 나쁜 사람, 억울한 사람 등의 다양한 사람들이 있었다.

그 중에서 경남 김해가 고향인 '김성대' 회장을 알게 되었는데, 이분을 알게 됨으로써, 나는 변호사 법률사무소의 사무장의 경력과 함께 무려 12건에 달하는 각종 민·형사 사건의 당사자 또는 이해관계인이 되어 많은 고생을 하게 되었다.

김성대 회장은 쌍용시멘트 회사가 개발하는 석회석 광산의 표토(表土)제거 토목공사 등으로 많은 돈을 모았었고, 그 당시에는 쇄석기(크라샤) 2대(당시 약 4억 원 정도의 시세)를 소유하고 암석을 파쇄(破碎)하여 골재를 생산하는 기업인이었다. 김성대 회장의 성격은 내성적이면서 남과 다투는 것을 싫어하고, 남의 말에 잘 속는 순진한 성격이었다.

김성대 회장이 골재생산용 암석을 채취하는 임야의 소유자와 계약상의 문제가 발생하여, '김○규 변호사 사무실'을 함께 출입하면서부터 복잡한 법적 분쟁의 중심에 서게 되었다.

'김○규 변호사'와 사무장은 비록 연세는 많았지만, 소송 경험이 많은 분들이라는 소개인의 말을 그대로 믿고, 김성대 회장은 소송사건을 의뢰하게 되었던 것이다. 그러나 재판이 진행되는 과정에서 김성대 회장에 관한 소장(訴狀)과 준비서면(準備書面) 등의 내용들이 의뢰한 실제의 사실과는 일부가 다르거나, 부족한 부분들이 많았기 때문에, 나는 이에 대한 보완을 위하여 준비서면을 직접 작성해가며, 변호사와 사무장께 정정을 요구한 사실이 수차례나 있었다.

우리나라의 민사재판은 당사자(원고와 피고)의 변론에 의한 재판이 아니라 서면 위주의 증거 재판이므로, 재판기일마다 법원에 제출하는 준비서면의 내용이 판결을 좌우하는 것이다.

변호사는 법정에서, 증인에 대한 증인신문 및 법관의 보충질의에 대한 답변 등을 제외하고는 전부가 준비서면에 의한 증거만으로 재판이 진행되고, 법관은 이에 근거하여 판결을 하는 것이었다. 그러므로 재판에는 변론기일마다 법원에 제출하는 준비서면의 내용이 가장 중요한 역할을 하는 것이었다.

나의 이러한 준비서면의 정정 사실들이 계기가 되어 어느 날 김○규 변호사는 나에게 사무장직을 제의하였고, 나는 김병옥 씨와 김성대 회장의 강력한 권유로, 대지통상을 정리하고 변호사 사무실에 취직을 하게 되었다.

그 당시에 '김○규 변호사 법률사무소'에 재임 중이던 사무장은 고령이었기 때문에 고객과의 상담업무 등을 전담하고, 나는 타자수 여직원과 함께 각종 서류작성 등을 전담하는 사무장(직명은 사무장이지만, 실제는 사무원 역할)으로 취직을 하게 되었다.

그후 김성대 회장의 소송사건은 승소를 하였고, 나는 그 외에 수많은 민·형사 사건 등을 담당하면서 많은 경험을 하게 되었다. 그러나 변호사 사무실에서의 근무 중에서 보람을 느낀 일도 많았지만, 안타깝게 느낀 사건들도 많이 있었다.

민사사건의 경우에 보람을 느낀 일은, 정의(正義)의 약자를 위한 소송에서 불의(不義)의 강자(强者)를 이기는 것이었고, 안타깝게 생각했던 일은 그 반대의 위치에서 싸울 때였다. 그리고 형사사건의 경우는, 내가 속한 변호사보다는 다른 유능한 변호사를 선임하면, 더 좋은 결과를 얻을 수 있을 것 같은 사건 등의 서류를 작성하고 있을 때였다.

변호사 사무실에서 근무한 지 약 2년 정도의 기간이 되는 1990년 9월 중순경에 김병옥 씨와 김성대 회장이 나를 찾아와서 나에게 변호사 사무실을 그만두고, 김성대 회장의 사업과 여러 가지 법적인 문제를 직접 도와주면 더 많은 이익을 주겠다는 제의를 했다.

나는 '김○규 변호사 사무실' 근무가 이 두 분 때문에 이루어진 것이었고, 또한 나의 성격상으로 이 직장을 평생직으로 생각할 수는 없었기 때문에 이 제안을 그대로 받아들였다.

수많은 법적분쟁

김성대 회장은 'S기업(주) Y사장'의 감언이설에 속아서 대여 형식의 투자조로 1987년 10월까지 수회에 걸쳐 3억7천8백만 원의 현금 피해를 입고 있는 중이었다. 'S기업(주)'는 사업을 제대로 착수하지도 못한 채 휴업상태에 있었으므로, 채권의 확보는 전혀 불가능한 상태에 있었다. 채무자가 법인이었고, 법인은 아무런 자산이 없었기 때문이다.

가장 빠르고 쉬운 방법은 형사적으로 접근을 하여, 'Y사장'이 숨겨놓은 재산을 내어놓도록 하는 것이었지만, 배경 좋고 지능적인 'Y사장'을 상대하기에는 많은 어려움을 각오해야만 하는 사건이었다.

나는 우선 'S기업(주) Y사장'이 김성대 회장으로부터 받은 자금의 용처에 관한 조사를 하여, 차용 당시에 약속했던 자금의 용처와 다른 점을 문제 삼아, 김성대 씨의 명의로 "사기 등에 관한 죄"로 춘천지검 강릉지청에 고소(춘천지검 강릉지청 90형-제7874)를 제기했다. 이 사건은 피고소인의 사건이송요청에 의하여, 서울지검(91형 제91-643)으로 이첩되어 조사를 하게 되었는데, 조사과정에서 불리함을 느낀 'S기업(주) Y사장'의 간곡한 제의로 합의에 이르게 되었다. 이 합의의 결과로서 '합의각서'를 작성하고, 내가 김성대 회장의 채권확보를 위해 김성대 회장의 대리인 자격으로, S기업(주)에 Y사장과 공동대표이사로 등기상 취임을 하게 되었다. 그리고 S기업의 채권회수를 위해 공동노력을 하여, 채권이 회수되면 김성대 회장에게 우선 변제할 것을 약정했다.

그러나 'S기업(주) Y사장'은 또다시 이 합의사항을 이행하지 않고, 계속하여 잔꾀를 부리게 됨으로써, 나는 다음과 같이 수많은 민·형사 사건 속에서 당사자 또는 이해관계인이 되어, 괴로운 법적 싸움에 얽히게 되었다.

내가 사건의 당사자 또는 이해관계인의 자격으로 참가한 주요 민사사건은, 「소유권이전등기 절차이행 청구소의 독립당사자 참가신청(본소: 서울지법 91가합23993, 참가 91가합57002), 주주총회 무효확인 청구의 소(서울지법 91가합52076호), 직무집행 정지 및 대행자선임 가처분신청(서울지법 91카74304), 가처분집행 취소신청(춘천지법 강릉지원91카2796호), 가처분집행 취소신청 항고(서울고법 91라175호), 소유권이전등기 절차이행 청구소의 독립당사자 참가신청(본소: 서울지법 91가합23993, 참가 가합57002호)의 항소, 소유권 확인의 소(서울고법 91나48784, 48791)」 등과 그 외 여러 건의 부차 소송 등으로 이어졌다.

위의 민사소송 사건들은 변호사를 선임하지 않고, 내가 직접 소장(訴狀)과 준비서면(準備書面) 등을 작성하여 상대방 변호사를 상대하면서 드디어 승소하였고, 그 결과에 따라 「강원도 명주군 주문진읍 주문리211-1(주문진항의 요지)의 부동산(시가 약12억 원)에 대한 강제경매의 신청과 결정(춘천지법 강릉지원 91타경1430)」으로 김성대 회장의 채권을 완전히 확보하게 되었다.

형사사건으로는 S기업(주) Y사장이 나와 김성대 회장에 대하여 사문서위조 및 동 행사 등의 혐의로 고소(서울지검91형 제95569호)를 제기했으나, 이 고소의 내용은 허위의 사실로 명확히 입증하여, S기업(주) Y사장을 무고죄로 구속(92형제 48184호)까지 되도록 조치를 했다.

이제는 민사와 형사사건 등의 모든 법적인 절차가 끝났기 때문에, 며칠 후의 강제경매절차만 이행되면, 원금과 청구 시점부터의 이자 및 경비 등을 모두 회수할 수가 있었다.

그러나 불행히도 모든 일은 갑자기 잘못되고 말았다. 김성대 회장은 나와는 아무런 상의도 없이, 또다시 S기업(주) Y사장이 조종하는 앞잡이로부터 온갖 거짓과 감언이설에 속아서, 「강제경매(춘천지법 강릉지원 91타경1430)」의 건을 합의하고 취하를 하는 어리석고 배신적인 행위를 함으로써, 오랜 고생 끝에 간신히 이루어 놓은 모든 것은 회복 불능의 물거품이 되고 말았다.

그 후에 김성대 회장은 뒤늦게 다시 속은 것을 알고, 나에게 잘못을 뉘우치며 S기업(주) Y사장에 대한 고소장 제출 등을 또다시 부탁하는 등의 안타까운 모습을 보이기까지 했으나, 나는 더 이상 그분을 도울 의욕도 도울 방법도 없었다.

그 당시에 내가 아는 변호사 사무장들 사이에서 흔히 떠돌던 이야기가 하나 있었다. "사기를 한 번만 친 사기꾼도 없고, 사기를 한 번만 당한 사람도 없다."라는 말이었다. 다시 말하면, "사기꾼도 상습이고, 사기 피해자도 상습이라"는 의미인데, 그 말이 결코 허언이 아니라는 것을 분명히 알게 되었다.

이것을 끝으로 나는 아까운 세월만을 덧없이 보내고, 지긋지긋한 민·형사 사건의 깊은 수렁에서 빠져나와 새로운 나의 길을 걷게 되었다.

5

조경업

조경기사 2급 자격증 취득

나는 조경수목 납품업에 종사할 때에 시간이 있을 때마다 조경공부를 하여, 1987년 10월에 조경기사 2급 국가기술자격증(후일 조경산업기사로 명칭 변경)을 독학으로 취득했다.

1차의 학과시험은 1회의 도전으로 무난히 합격했으나, 2차의 실기시험은 마지막 시험자격인 3회에서 간신히 합격을 했다.

나는 정상적인 조경교육을 받지는 못했지만, 학과시험은 내용의 이해 여부를 떠나 무조건 암기만으로도 합격이 가능했다. 그러나 실기시험은 설계와 제도 등을 시험장에서 직접 실기로서 시험을 치르는 것이기 때문에, 조경설계 등에 관한 정규교육을 받지 못한 나로서는 쉽지 않은 일이었다.

일반적으로 조경은 예술의 양대 분야인 미술과 음악을 함께 겸비하는 종합예술이라고 한다. 조경은 미술 분야인 색채(식물의 잎과 꽃)와 형체(동산, 연못, 오솔길, 자연석 등)의 배식과 배치로서 아름다움을 추구할 뿐만 아니라, 음악 분야인 아름다운 소리의 기제(물소리, 새소리 등)도 동시에 반영해야 하는 것이기 때문이다. 뿐만 아니라 조경은 조경 식물의 생명 유지와 성장 등에 따른 미래의 결과까지도 고려해야 하는 것이다.

따라서 조경은 현재의 아름다움은 물론 변화하는 미래의 아름다움까지도 함께 표현해야 함으로써, 시공(時空)의 변화도 함께 고려해야 하는 다목적과 다기능의 종합예술이라고 할 수 있다.

조경업에 종사

1993년 3월부터 1998년 3월까지 (주)풍록원의 이사, 1998년 4월부터 2008년 2월까지 (주)고운조경의 이사 및 부사장으로 재직을 하고, 2008년 3월 3일에는 내가 직접 조경전문건설업인 (주)수림산업을 창업하여 2015년 6월까지 대표이사로 재임하다가 사정에 의하여 회사와 특허권 등을 양도하고 다시 백수의 신세로 돌아왔다.

그동안 많은 고생을 함께하며, 사업에 많은 도움을 주었던 최병하 이사와 이상금 이사에게 진심으로 감사의 인사를 하고자 한다.

조경업이 전기(前記)와 같이 이론상으로는 다목적 종합예술이라고는 하지만, 실제적으로는 건설업의 한 분야이기 때문에, 원청으로 직접 수주하는 공사보다는 종합건설회사의 하청업체가 되어야만 생존할 수가 있는 부대사업의 일종이다.

이와 같이 '밀림의 법칙' 같고, '제로섬 게임(zero-sum game)' 같은 치열한 경쟁구조에서 고향 친구인 한진중공업(주)의 전무이사로 재직하던 이승칠 친구(공학박사), 대아건설(주)의 상무이사로 재직하던 이의웅 친구(토목시공기술사), 발파전문 건설업에 종사하던 최신주(발파전문기능사) 친구 등으로부터 고맙게도 많은 지도와 도움을 받았다. 진심으로 감사의 마음을 표하는 바이다.

국가과학기술연구회 조경분야 심사위원

2004년 11월 3일부터 4일까지 1박 2일간 2004년도 '국가과학기술연구회'가 아름다운 연구 환경을 조성하기 위해, 전국의 산하 6개 연구기관에 대하여 실시하는, 조경분야 우수기관 현장평가의 심사위원으로, 나와 함께 진주산업대학교 조경학과 이춘석 교수가 선임되었다.

김태우 사업관리팀장의 안내를 받아서 한국식품연구원(경기 분당), 한국생산기술연구원(충남 천안), 한국한의학연구원(대전), 한국기계연구원(대전), 한국화학연구원(대전), 한국전기연구원(창원) 등의 6개 기관을 방문하여 현장심사를 실시했다.

방문심사의 일행에는 심사위원인 나와 이춘석 교수 외에 국가과

현장심사 후의 평가 장면(한국전기연구원)

학기술연구회 김태우 팀장, 한국식품연구원 유종민 팀장, 한국생산기술연구원 남상욱 팀장, 한국한의학연구원 강유훈 팀장, 한국기계연구원 김홍배 과장, 한국화학연구원 민영택 씨, 한국전기연구원 조경호 과장 등의 7인이 함께 참관하며 수고를 했다.

지금 생각하면, 정서적으로 메마르기 쉬운 과학기술연구원의 특수한 환경을 더욱더 아름답고 안정된 연구 공간으로 조성하기 위해, 많은 노력을 했던 박원훈 이사장님의 높은 식견(識見)과 김태우 팀장님의 노고에 진심으로 경의를 표한다.

조경분야의 발명특허권 취득

(주)수림산업을 경영할 때는 사업과 친환경건설에 도움이 되고자, 내가 직접 연구를 거듭한 끝에 다음과 같이 철제의 조경자재를 목재로 만든 「친환경 목재고정구 발명특허(제10-0556096호)」와 「MAS 생태하천 공법 발명특허(10-0923475호)」 등의 발명특허를 취득했다.

(1) **친환경 목재고정구 발명특허**(제10-0556096호)

고정구(고정핀)는 비탈면 보호 공사의 볏짚거적덮기와 코야네트 공사에 사용하는 조경 자재이다. 종전에 사용하던 고정구는 쇠(鐵)로 만든 제품을 사용함으로써, 유한 자원의 남용과 토양을 오염시키는 등의 많은 단점이 있었다.

그러나 내가 개발한 목재 고정구는 몇 가지 장점이 있다.

첫째, 버려지는 자투리 목재로도 제조가 가능하므로, 자원 재활용의 효과를 거둘 수가 있다.

둘째, 고정구의 용도는 비탈면의 잔디 등의 생육이 안정될 때까지의 2-3년간만 필요한 것이므로, 목재 사용만으로도 충분할 뿐만 아니라, 수년 후에는 유기질 물질로 분해됨으로써, 토양의 환경개선에 도움을 줄 수가 있다.

셋째, 끝이 화살촉과 같아서 한번 땅속에 박히면 잘 빠지지를 않아서 철제품보다는 시공 후 하자 발생이 거의 없는 등의 많은 장점이 있다.

(2) MAS 생태하천 공법 발명특허(10-0923475號)

우리의 지구는 기온의 상승 등으로 인해 현재 사막화가 빠른 속도로 진행되고 있다. 그리고 전국 대부분의 하천은 건천화(乾川化)와 오염 등으로 인해 죽음의 하천으로 변해가고 있는 실정이다.

MAS 생태하천 공법 발명특허(10-0923475號)는 이러한 죽음의 하천을 맑고 풍부한 물이 흐르게 하고, 수많은 생명들이 자연스럽게 공생할 수 있는 아름다운 생명의 하천으로 만들 수 있는 구조 공법 기술이다.

6

만학(晩學)

독학에 의한 행정학사 학위 취득

많은 고난의 길을 걷던 나에게도 40세 후반부터는 나의 생활이 어느 정도 안정되기 시작하여, 시간 나는 대로 취미 삼아 사서(『논어』, 『맹자』, 『대학』, 『중용』)와 일본어 등을 독학으로 공부했다. 그리고 수년 후인 1990년 4월 7일부로 공포된 「독학에 의한 학위취득에 관한 법률」은 정규 4년제 대학교를 졸업하지 않아도 순수한 독학만으로 동등한 자격의 학사학위를 취득할 수가 있도록 규정하고 있었는데, 여기에 더욱더 마음이 끌리기 시작했다.

나는 많은 생각을 거듭한 끝에 독학에 의한 학사학위 취득시험에 도전하기로 결심했다. 1992년 어느 봄날 오후, 나는 그 당시 독학학위검정기관이었던 독립문 근처의 국립교육평가원(1998년 1월 1일부터 독학사학위 검정업무가 한국방송통신대학교로 이관되었음)을 찾아가서 검정시험에 관한 설명을 들었다.

그 당시에는 독학생의 시험공부를 돕기 위한 수험 준비 서적이 전혀 없었기 때문에, 국립교육평가원의 상담사가 참고로 추천하는 책을 교보문고에서 구입했는데, 이 책들의 무게와 부피가 손으로 들고 오기에는 힘들 정도의 많은 분량이었다.

집에 돌아와 이 책들을 펼쳐보고 공부를 시작했으나, 모두가 독학으로 공부하기에는 적합하지 않는 책들이었다. 후일에 알고 보니, 내가 구입한 이 책들은 전부가 일반 대학교의 교재 및 보충서적들이었으므로, 강의 없이 독학으로 공부하기에는 어려운 책들이었다.

20대 초반부터 술과 담배 등으로 이미 퇴화된 50세의 머리에, 의욕 하나만으로 시작한 공부는 예상보다 더 많은 어려움이 있었다. 그 당시에 술친구였던 '김한수'라는 친구의 말이 "네가 그 시험에 합격하면, 나는 대통령을 하겠다."는 농담까지 했었다. 아마도 그 친구가 볼 때는 그 당시의 술 좋아하던 내가 술을 끊고, 공부하는 것이 전혀 불가능할 것으로 본 것 같았다.

나는 마음을 굳게 세우고, 억지로 참고 또 참아서 1개월 정도를 계속하니까 점차적으로 기억력이 차츰 회복되어 가는 것을 느낄 수가 있었다.

나에게는 퇴화된 두뇌의 회복 노력과 함께 다음과 같이 반드시 동행해야 할 몇 가지의 고통이 있었다.

첫째, 좋아하는 술과 담배를 반드시 끊어야만 하는 고통.

둘째, 특별한 경우를 제외하고 노는 것과 친구 등과의 교제를 철저히 줄여야만 하는 외로움.

셋째, 생계유지 때문에 반드시 주경야독(晝耕夜讀)을 해야만 했으므로, 공부 시간의 연장은 오직 수면시간의 단축뿐이었다.

이상의 3고(三苦)는 모두가 실천하기가 어려운 것이었지만, 그 중에서도 수면 부족이 가장 힘든 고통이었다.

주경야독을 시작하기 전에는 보통 7시간 이상의 수면을 유지하며 살아왔는데, 갑자기 이 수면시간을 4시간 정도로 줄여야만 한다는 것은 정말 견디기 어려운 고통이었다.

특히 업무상 불가피하게 자동차 운전을 할 때는 참을 수 없는 졸음이 밀려와서 가벼운 접촉 사고는 물론, 큰 사고의 위험도 몇 번을 겪을 정도의 아찔한 순간도 많았다.

어느 봄날 오후, 장안평 근처에서 볼일을 보고 차를 몰고 청계천 고가도로(지금은 철거됨)에 진입했는데, 도로에는 갑자기 차량이 많아져서 정체되었고, 참을 수 없는 졸음이 쏟아지기 시작했다. 이곳은 잠시라도 정차할 곳은 전혀 없고, 유턴을 할 수도 없는 곳이기 때문에 주먹으로 머리를 치고 미친 듯이 소리를 지르며, 억지로 잠을 쫓으며 위기를 간신히 넘겼다. 그런데 이 고가도로를 벗어나서 조흥은행 본점을 지나 조금 조용한 곳에서 쉬려고 하니까, 그렇게도 쏟아지던 잠은 이상하게도 도망을 가고 오지를 않았다.

이 외에도 지방을 나갔을 때, 급경사의 높은 고개를 내려오며 아찔할 정도의 큰 사고를 당할 뻔한 경우 등도 몇 번이나 있었다. 지금 생각해 보면 아마도 나에게 다른 복은 몰라도, '목숨 줄' 하나만은 굵고 강하게 태어난 것 같은 생각이 들 때가 많았다. 내 나이 4살 무렵에 이름 모를 큰 병에 걸려 완전히 죽었다고 윗목으로 밀쳐놓았는데, 한참 후에 기적적으로 다시 살아났다는 말을 어머니로부터 여러 번 들었기 때문이다.

이듬해인 1993년 교양과정 인정시험(1단계 시험) 5과목 중 국사·한문·법학개론 등 3과목을 합격하고, 학적번호「930142-120002」를 부여받았다. 그러나 수면시간의 부족 등으로 인하여 피로가 누적되어 의욕이 점점 식어가기 시작하여 1994년도에는 시험을 아예 포기하고 말았다. 1995년도에는 다시 마음을 굳게 먹고 공부를 했으나, 겨우 정치학개론 1개 과목만 합격하는 실망스런 상태가 되었다.

6년여의 고통스런 세월이 흐른 1998년 9월에야 드디어 국사·한문·법학개론·정치학개론·지방행정론·재무행정론·지역사회개발론·도시행정론 등의 총 8개 과목은 순수한 독학으로 합격하였고, 나머지 국어·영어·조직론·인사행정론·재정학·기획론·정책학·조사

방법론·공기업론 등의 9개 과목은 중앙대학교에서 수강에 의한 학점취득으로 총 17개 과목의 전공심화과정(3단계 과정)까지를 모두 마침으로써, 마지막 4단계인 「독학에 의한 학사학위 취득 종합시험」만을 남겨놓게 되었다. 지금은 4단계 종합시험에서 과목합격을 인정해 줌으로써, 몇 년간을 분리해서 공부하면, 합격이 쉬울 수가 있다. 그러나 그 당시에는 과목합격이 없고, 총점합격이었기 때문에 불합격을 하면 매년마다 전 과목을 다시 공부해야 하므로 많은 힘이 들었었다.

1998년 11월 22일 성수 전철역 근처에 있는 한국방송통신대학교 서울 제1학습관에서 「독학에 의한 학사학위 취득 종합시험」을 보게 되었다.

시험 후의 공식 합격자 발표는 12월 23일이었지만, 전날인 12월 22일 오후에 전화로 합격 사실을 확인할 수가 있었다. 나는 떨리는 마음으로 전화를 걸어 합격 사실을 확인하고 기쁨을 감추지 못했다. 나는 합격한 것이 믿을 수가 없어서, 다시 전화를 걸어 확인한 결과 틀림없이 합격했다는 사실을 믿을 수가 있었다.

그동안 나의 독학을 진심으로 격려해 주었던 서석홍(현재 경기도 상공회의소연합회장) 친구는 고맙게도 축하의 난을 보내주었고, 김상진 친구는 부천까지 찾아와서 정신이 없을 정도로 술을 사주며 축하를 해 주었다.

드디어 주경야독을 시작한 지 7년이 경과한 57세의 나이인 1999년 2월 3일, 세종문화회관에서 교육부장관으로부터 행정학사학위를 수여받았다.

이날은 연락을 하지 않았음에도 불구하고, 고맙게도 한때 우리 고향 고령군 쌍림면 일대에서, 한때 주먹과 의리로 유명했던 전쾌식 회장(전 재경백산초등학교 총동창회장)과 백산초등학교 시절 우리 동기생 중에서 공부를 가장 잘했던 김상진 친구 등이 참석하여 축하를 해 주었다.

행정학 석사학위

1999년 9월 1일 중앙대학교 행정대학원 석사과정(야간)에 입학하여 2002년 2월 22일 「지방정부의 제3섹터 활성화방안 연구」의 연구논문으로 행정학 석사학위를 취득했다.

석사과정은 독학사과정에 비해서 편안한 마음으로 강의를 들으며 공부를 할 수 있었고, 첫 학기에는 장학금을 받기도 했다. 그러나 석사학위 논문 작성 시에는 지도교수의 엄격한 지도와 참고문헌의 열람 등으로 또다시 수면시간을 줄여야만 했으므로 많은 고생을 해야만 했다.

행정학 박사학위

2002년도에는 세종대학교 대학원 행정학과에 입학하여 2005년 8월 19일 「민·관 공동사업의 활성화방안 연구」의 연구논문으로서 그렇게도 소망하던 행정학 박사학위를 취득했다.

박사과정에서 가장 어려웠던 점은 강의가 야간이 아닌 주간이었기 때문에, 회사업무에 많은 애로가 있었다. 그리고 특히 영어원서 강의와 영어과제물 등의 제출에는 영어실력이 부족한 나에게는 정말 어렵고 힘든 과정이었다.

기본학점을 취득하고 실시되는 박사학위논문 제출 자격시험에 있어서, 다른 과목은 무난히 합격을 할 수가 있었는데, 영어시험만은 정말로 많은 고생을 했다. 영어시험의 출제범위는『코리아헤럴드』(일간 영자신문)의 시험 직전의 1개월분 사설의 전부를 거의 숙지(熟知)할 정도로 공부해야만 합격할 수가 있는 수준이었다.

그러므로 몇 개월 전부터 미리 공부를 할 수도 없기 때문에, 공부기간은 1개월밖에 되지 않았던 것이다. 더욱이 회사업무와 학교 수업 등으로 인해 야간에만 겨우 틈을 내어 시험공부를 할 수가 있었는데, 부족한 영어실력으로 사전과 씨름하며 공부하는 것이 정말 힘들고 어려웠다.

이 영어시험은 보통 몇 번씩 불합격한 사람이 많았다고 했었는데, 나는 정말 운이 좋게도 집중적으로 공부한 내용들이 많이 출제가 되어 무사히 시험을 합격할 수가 있었다. 이상하게도 나는 모든 시험에서 나의 실제 실력보다는 시험의 운(運)이 아주 좋은 편이었던 것 같다. 내가 지금까지 경험했던 모든 시험들은, 시험범위 내용의 전부를 공부할 충분한 시간이 없었던 것이다. 그러므로 시험범위의 전체를 공부하기보다는 주요 부분만을 선별하여 공부할 수밖에 없었고, 다행히 이 방법이 좋은 결과를 가져왔던 것이다.

내게는 이와 같이 다른 운(運)은 별로 없어도, 시험운(試驗運)과 수명운(壽命運)은 조금 있는 것 같은 생각이 든다.

나는 이 영어시험에서 너무나 많은 고생을 했기 때문에, 그때 공부하던 영자신문 사설 1개월분의 공부 자료들을 그대로 버리기가 아까워서 지금도 서재에 그대로 보관해두며, 한 번씩 꺼내어 보고 있다. 몇 년 전까지는 제2외국어도 합격해야 했으므로, 일본어 기초공부도 미리 준비를 했었는데 다행히 폐지가 됨으로써 부담이 많이 줄어들었다.

나의 박사학위 취득에 대하여, 좋은 논문이 되도록 많은 고통과 고마움을 함께 주셨던 세종대학교 주경식 교수님(전 보사부차관), 김영식 교수님, 변창흠 교수님(전 국토부장관), 이수연 교수님, 배용수 교수님께 감사를 드린다. 그리고 "어렵게 꿈을 이룬 입지전적(立志傳的) 인물"이라고 과분한 격찬까지 해 주셨던 이규환 중앙대학교 전 행정대학원장님과 박홍식 전 중앙대학교 행정대학원장님께 진심으로 감사를 드린다.

세종대학교 겸임교수

57세 이전까지는 시골 농고 출신의 고졸 학력이었던 내가 50세부터 시작한 독학으로 63세에 박사학위를 취득하고, 64세에 세종대학교 겸임교수에 위촉되어 2006년도 1학기부터 2007년도 2학기까지 2년간 강의를 했다.

세종대학교 학부 학생들의 강의 중에서 내가 놀랍게 느낀 것은 학생들의 실력이 내가 평소에 알았던 수준보다는 월등하게 높았다는 사실이다. 재학생들의 전부가 고등학교 재학시절의 성적이 소속 반에서 최소한 4-5위 이내의 성적을 지닌 우수한 학생들이었다는 것이다.

출석률도 좋았고 중간고사와 기말시험 등의 성적들이 우열을 가리기가 어려울 정도로 우수했었는데, 학점의 배점 비율에 관한 엄격한 규정 때문에 모든 학생들에게 만족할 좋은 학점을 줄 수가 없었던 것이 무척 안타까웠다.

중앙대학교 객원교수

2007년 어느 여름날, 나의 석사과정의 교수였던 박홍식 중앙대학교 행정대학원장님으로부터 중앙대학교 행정대학원 석사과정의 강의를 제의받았다. 세종대학교의 학부 강의는 주간이었기 때문에 회사 업무에 지장이 있었지만, 중앙대학교 석사과정의 강의는 야간이었으므로, 2007년도 2학기부터 수년간 강의를 계속했다. 나를 인정해 주셨던 박홍식 원장님께 진심으로 감사를 드린다.

지금은 강의를 종료한 지 또 수년이 흘렀지만, 아직도 술 좋아하는 제자들로부터 한 번씩 연락이 오고 있는데, 나는 이때가 세상에서 가장 좋은 시간이다.

7

최면(Hypnosis) 수련

바쁘게 이루려던 목표를 어느 정도 달성을 하고 나니, 또다시 새로운 분야가 생각이 났다. 평소에 항상 궁금하게 생각한 것 중의 하나가 최면이었다. 2009년도부터 시간적 여유가 조금 생기기 시작함으로써, 우리나라 최면학계에서 최고의 경륜을 지닌 분으로 인정되던 류한평 박사를 찾아가서 구체적인 최면 공부를 했다.

최면은 잠이 온다는 히프노(hypno)라는 그리스어에서 연유한 것이다.

인간의 의식은 유한적인 의식의 세계와 무한적인 무의식의 세계로 구성되어 있다. 무의식의 세계는 무한적인 완전 무의식과 노력에 의하여 무의식의 세계 속에서 잠자고 있던 유한적인 수많은 잠재의식이 있는데, 이 잠재의식을 의식의 세계로 도출하여 개발하고 활용하는 것을 최면이라고 할 수 있다.

최면에 들어가면 외관상으로는 잠자는 것과 같이 보이지만, 수면과는 전혀 다른 독특한 상태이다. 수면은 정신이 완전히 주위로부터 고립되지만, 최면의 경우는 부분적으로 고립될 뿐이다. 그러므로 최면은 신경증, 심신증의 치료, 건강증진, 습벽 교정, 성격개선, 통증해소, 잠재능력 개발 등에 이용할 수가 있는 것이다.

최면 중에는 의지력이 박탈되어 범죄에 노출될 위험이 있을 것이라고 생각할 수도 있지만, 최면 중에도 위험에 대한 자기방어능력이 충분히 있으므로 전혀 걱정할 필요가 없다.

최면은 분류의 목적과 방법에 따라 여러 가지로 분류할 수가 있겠지만, 자기최면과 타인최면으로 크게 구분할 수가 있는데, 나는 주로 자기최면에 집중하여 수련을 했다. 물론 타인최면도 충분히 할 수가 있지만, 나는 타인최면을 사용할 이유와 소용 등이 거의 없기 때문이다.

자기최면은 휴식과 수면 등을 짧은 시간에 조절할 수가 있고, 운동 등의 건강생활에 많은 도움이 될 수 있기 때문에 지금도 많이 활용하고 있다.

한 가지 예를 들면, 밤이 늦도록 컴퓨터 작업을 한 후에 잠자리에 들면, 긴장이 잘 풀리지를 않아 잠이 금방 들지 않을 경우가 있다. 이러한 경우에, 자기최면을 걸면 금방 자기도 모르게 잠이 들게 되는 것 등이다.

지금 하늘나라에 계시는 류한평 박사님께 고마운 마음과 함께 진심으로 명복을 빌고자 한다. 그리고 나와 함께 최면을 수련했던 조중영, 이연희, 박영식, 민병열, 김진환, 이진동 씨 등의 젊은 최면동문(催眠同門)들과 '대한최면심리학회 카톡방' 친구들도 한 번씩 보고 싶어진다.

8

고마운 가족들

나에게는 조부모님 이하 고마운 부모님, 두 분의 숙부님과 두 분의 고모님, 그리고 두 분의 형님과 두 분의 누님들이 계셨으나, 다 돌아가시고 현재 작은누님 한 분만 살아계신다. 아버지는 호랑이같이 매우 무섭고 엄하신 분이었지만, 동학농민혁명에 100석지기의 모든 가산을 바치고, 가난했던 집안에서 장남으로 출생하여, 빈손으로 백부(동학농민혁명참여자) 님의 후위가 되셔서 갖은 고생 끝에 중농의 집안으로 자수성가하신 훌륭하고 고마운 분이셨다.

그리고 어머니께서는 가난한 분들에게 저녁 한 끼라도 함께 나누셨던 인심이 매우 후하고 다정한 분이셨다. 죽 끓이는 솥에 물 한 그릇 더 부으면 쌀을 더 넣지 않더라도 죽 한 그릇이 더 나온다는 논리로서, 같이 나누어 먹기를 좋아하셨던 정말 인심 좋은 분이었다. 큰형님은 어릴 때 한학공부를 조금 하셨고, 기억력이 아주 좋아서 우리나라 역대 왕조를 전부 외울 정도로 국사와 보학 등에 아주 조예가 깊으셨던 분이었고, 작은형님은 경남 합천군 초계면의 유명서당에서, 한학(사서삼경)공부를 깊이 하셨고, 만학으로 영남대학교

(당시 청구대 법학과)를 중퇴하시고, 농협에 근무하셨던 6·25 참전 국가유공자이셨다. 큰누님과 작은누님은 어머니를 닮아서 인정이 아주 많으셨던 고마운 분들이었다.

아내는 결혼 후에도 취미를 살리기 위해, 50대 초반까지 웨딩드레스 샵(Wedding Dress Shop)과 재단 개인지도를 하며 성실한 인생을 살아왔다. 아내의 양장재단 기술은 학교나 학원 등에서 가르치는 교과서적인 이론 위주의 기술보다는, 재봉과 재단의 실제적인 오랜 경험을 통해 개발한 자신만의 독특한 노하우(Knowhow)가 있음으로써, 개인지도에서 많은 인기를 얻기도 했었다. 그렇지만 자신이 보석처럼 간직하고 있는 이 기술이 대를 잇지 못하고, 영원히 사라질 것을 무척 안타깝게 생각하는 것 같다.

또한 아내는 어려운 용기를 내어 평생의 꿈이었던 대학의 꿈을 이루기 위해, 한국방송통신대학교에 등록하여 공부할 정도로 향학열도 아주 높은 편이었다. 처음에는 남편을 잘못 골라 고생도 했지만, 지금의 아내는 80을 바라보는 나이임에도 불구하고, 오래전부터 해오던 에어로빅과 요가 등의 운동을 계속하며, 젊은이 못지않은 건강한 삶을 유지하고 있다.

자녀는 1970년생 아들(泰燁)과 1973년생 딸(貞仁)을 두었고, 2000년생 손녀(旼柱)와 2003년생 손자(翰柱), 2004년생 손자(陞柱)와 재학 중에 국방의 의무를 수행하고 복학을 준비 중인 2001년생 외손자(辛泰善),[3] 대학재학 중인 2003년생 외손녀(辛惠仁)를 두고 있다.

3 외손자인 '신태선'은 나의 딸과 사위가 캐나다 유학 중에 태어났다. 그러므로 캐나다 시민권을 취득하여 병역을 면제받을 수도 있었지만, 자랑스럽게도 대한민국 국민으로서의 병역의무(2022. 10. 20)를 완수했다.

아들(태엽)은 토목공학을 전공하였고, HJ중공업(구 한진중공업)에 입사하여 회사의 장학금으로 성균관대학교 경영대학원을 졸업(경영학 석사학위 취득)하였고, 업무상의 성실성을 인정받아 서울특별시 건설안전관리본부장 및 국토교통부장관으로부터 표창장까지 수상하며 현재 재직 중이다.

사위(辛在勝)는, 서울시 용산구 한강로 인근지역에서는 신도 수가 가장 많은 예수교 대한감리회 한강중앙교회의 설립과 전도를 위해 일생을 바치시고 소천하신 신신묵 원로목사님의 2남으로서, 캐나다의 유학을 마치고 귀국하여 목사 안수를 받고 목회자의 길을 선택했다.

초임의 목사로서 누구나 쉽게 선호할 수 있는 '대형교회의 부자세습(父子世襲) 목사'라는 안정된 길을 사양하고, 새로운 개척의 길을 선택하여 현재 인천시 서구에서 '브니엘교회'를 설립하여 담임목사로 재직 중이고, 딸(정인)은 캐나다에서 수년간 갈고 닦은 원어민 수준의 영어실력으로, '영어교습소'를 운영하며 성실히 잘 살고 있다.

그리고 고향에는 작은누님과 자형께서도 넓은 농토를 소유하며 잘 계시고, 태원, 태윤, 태곤, 춘련, 순련, 분련, 갑자, 갑련, 남숙, 태정, 수진, 수미 등의 조카 질녀들과 큰누님의 자녀인 이용문, 이용자, 이행숙, 이정연, 이순연과 작은누님의 자녀인 조재문, 조재웅, 조문자, 조군자, 조인숙 등의 생질들과 큰형님의 장녀인 옥련이가 남기고 간 유원형, 유정석, 유정희, 유인나, 유정순 남매들과 대호, 쌍호, 용호, 천호, 호분, 옥분, 윤호, 진호, 성호, 순희 등의 사촌 동생들과 부호형님의 자녀인 홍길, 홍자, 홍숙, 쌍숙, 점숙, 홍미, 홍희 등의 조카 및 질녀와 동호의 자녀인 홍규, 민정, 미희 등의 조카 및 질녀와 부산의 8촌 수은 형님과 경호, 병호, 영자, 동자, 춘남, 덕호, 이선 등의

8촌 동생들과 윤호 형님이 남기고 가신 홍기, 홍제 등과 이 책의 집필에 많은 도움을 주신 설삼수 형님(외손 8촌) 등의 모두가 화목한 가정을 이루며 잘 살고 있는 것이 정말 고맙고 다행한 일이다.

9

석양의 백수(白手)

백수(白手)와 술 이야기

요사이 백수(白手)라는 용어를 하도 많이 쓰기 때문에, 국어사전을 한번 찾아보았다. 최근의 사전에는 「한 푼도 없는 처지에 특별히 하는 일이 없이 빈둥거리는 사람을 속되게 이르는 말」이라고 되어 있다. 또 2000년도 발행 『국어대사전』에는 '백수'는 없고 '백수건달'은 있는데, 「아무것도 없는 멀쩡한 건달」이라고 되어 있다. 그리고 '건달'은 「1. 하는 일 없이 빈둥빈둥 놀거나 게으름을 부리는 짓. 또는 그런 사람. 2. 아무것도 가진 것 없이 난봉을 부리고 돌아다니는 사람. 3. 아무것도 가진 것이 없는 빈털터리.」라고 되어 있다. 아무리 봐도 백수라는 직업은 좋은 것이 아님을 알 수 있지만, 석양의 백수들은 이 말을 아주 많이 사용하고 있다.

우리 석양의 백수들은 무한의 자유가 있어서 정말 좋다. 돈 벌어오라고 바가지 긁는 사람도 없고, 실업자라고 비웃는 사람도 없는 세상에서 제일 편하고 자유로운 사람들이다.

어느 날 고등학교 교사로 정년퇴직한 '박정헌'이라는 고향 친구를 만나서, "요사이 뭐하고 지내느냐?"라고 물은 적이 있었는데, 이 친구의 대답이 아주 재미있었다. "월요일부터 금요일까지는 하루 놀고 하루 쉰다."라고 했다.

그러면 토요일과 일요일은 뭐하느냐고 물으니까, 마치 이 질문을 기다렸다는 듯이 "토요일과 일요일은 휴일이잖아. 백수들도 휴일은 지켜야지"라고 웃으며 대답을 했다.

결과적으로, 1주일 전부를 놀고 있다는 것을 아주 재미있게 표현한 농담이었다.

요즈음 석양의 백수(白手)들이 하는 약속은 대부분이 술 약속이다. 술의 기원에 대하여는, 오랜 역사와 함께 원숭이까지 등장하는 등의 여러 가지 설이 있다. 주로 방치했던 음식이 저절로 발효가 되었고, 이것을 버리기가 아까워서 먹어보니까 기분이 좋고 맛이 있음으로써, 이 방법이 점점 발전하여 술이 되었다는 이야기들이다.

술의 정의(定義)는 각 나라마다 다르지만, 메틸알코올의 함량을 기준으로 정하고 있는데, 우리나라의 경우는 주세법상으로 알코올 1도 이상의 음료를 술(酒)로 규정하고 있다.

술의 장점과 단점은 너무나 차이가 큰, 극(極)과 극(極)이라고 할 수 있다. 알맞게 마시면 세상에 없어서는 안 될 최상의 백약지장(百藥之長)이고, 지나치게 과음을 하면 최악의 백해무익(百害無益)한 요물(妖物)이다.

화발반개(花發半開)가 좋듯이 주음미취(酒飮微醉)[4]가 좋다는 것을 술꾼이라면 모두가 알고는 있지만, 마약같이 마음대로 되지 않는 것

4 꽃은 꽃봉오리가 절반 정도 피었을 때가 가장 아름답고, 술은 절반 정도 취했을 때가 가장 좋다는 의미임.

이 술이다.

술도 시대에 따라서 유행이 되었던 것 같다.

1978년도까지 고향과 대구에 살 때에는 막걸리를 주로 마셨고, 마지막 입가심으로는 맥주를 조금 마시기도 했다. 그 이후 서울에서는 막걸리·맥주·소주를 번갈아 마시다가 점차적으로 소주를 주로 마시게 되었다. 물론 이것은 나 같은 3등 인생의 기준이고, 아마도 1, 2등의 인생들은 예나 지금이나 고급 양주 등을 애용할 것이다. 그러나 그들은 주고받는 소주잔의 인간적인 정서와 낭만 등은 전혀 알 수가 없을 것이다.

석양의 백수들이 술을 마실 때는 동참해 줄 멋진 여자 친구는 좀처럼 있을 리가 없고, 만난다는 상대는 모두가 똑같은 석양의 남자 백수들이다.

옛날에는 술 마시기가 후배들보다는 동년배의 친구들이 훨씬 좋았는데, 요즈음은 후배들이 점점 좋아져 가고 있다. 술은 어느 정도 발동이 걸릴 때까지는 마셔야 하는데, 지금의 동년배 수도권 친구들[5]의 대부분은 건강 등을 이유로 옛날에 비해 술을 전혀 마시지 않거나, 마시더라도 조금밖에 마시지를 않는다. 옛날에는 3차까지는 반드시 갔었고, 몇 년 전까지만 하더라도, 1차를 취하도록 마시고도 2차까지는 꼭 갔는데, 지금은 1차에서도 별로 많이 마시지를 않는다. 물론 나도 머지않아 그렇게 되겠지만, 떠나가고 있는 젊음이 아쉽기만 하다.

---

5 수도권에서 매월 한 번 정도 만나는 전쾌식, 서석홍, 김상진, 조명국, 황성도, 어성원, 이의웅, 박성구, 김시환, 김용호, 이광남, 최동수, 정영식, 윤웅, 이홍덕, 장재환, 전도봉, 전길식, 전수근, 심의석(경제학박사), 이길원(경영학박사) 등의 친구들.

그러나 몇 년 정도의 후배들은 아직까지도 건강이 좋아서 마음껏 술을 마셔서 아주 좋다. 특히 마음이 잘 통하고 술 마시는 취향이 비슷한 김상봉(전 경북경찰청장) 등의 후배[6]들과 같이, 나보다는 나이가 4-5년 더 젊은 사람들과 술을 마실 때는, 아직도 두주불사(斗酒不辭)의 마음으로 마실 수가 있는 것이 좋다. 그리고 모처럼 고향과 대구를 가더라도, 많은 동년배 친구들[7]과 추억을 안주삼아 술을 마시는 것도 정말 좋지만, 이 술을 마음껏 많이 마시고 취하기에는 역시 후배들[8]이 더욱더 좋다.

요즈음은 내가 살고있는 여기 인천에서도, 새로운 좋은 술친구들[9]이 많이 생기고 있고, 앞으로 더욱더 늘어날 것 같다.

남자가 성장을 할 때는 배울 것이 많은 선배가 좋고, 한창때는 놀기 좋은 동년배 친구가 좋고, 늙어서는 건강한 후배가 좋다는 말이 정말 일리가 있는 것 같다.

석양의 건강관리

나는 55세가 되던 1998년 봄부터 집에서 멀지 않은 위치에 있었던,

6 김충기(서울시 중앙농협장, 행정학박사), 선명래(중대 행정대학원), 배성호(한국경제신문사), 김영종, 이용, 이현준, 백동원, 황선기 등.

7 고령의 우상수, 이한근, 윤신오, 이용문, 김광희, 유병언, 최용, 임영종, 김영식, 나장우, 이윤현, 신기출, 김영계, 최길동, 최종동, 김동섭, 박세헌, 전상단 등의 친구 및 후배들과 대구의 조성구, 배석원, 박성수, 최종호 등의 친구들.

8 오재숙, 최인동 등의 초등학교 후배들.

9 권광웅(행정고시 출신, 전 고위공직자), 김정남(예비역 육군 중령), 최묵철(전 태권도장 관장), 조방삭(검단노인회장), 권오철(노인회 서구지회), 이흥모(매립지노인대책위원장), 허선무(마전주공 노인회장), 임종준(종현노인회장), 박만서(오류왕길동 노인회장), 유제웅(신명 노인회장), 허진수(괌 사업가) 등의 친구들.

(사)한국검도협회의 체육관에 나가면서 검도(劍道) 운동을 처음으로 시작했다.

생업과 독학사 공부 관계 등으로 인해, 건강이 나빠지는 것 같아서 시작한 운동이었다. 고령중학교 동기생인 정영식 친구는 고맙게도 나에게 좋은 골프채까지 선물하면서 골프를 권유했지만, 시간 관계상 도저히 골프는 칠 수가 없었고, 공부에 별로 지장 없이 즐길 수 있는 검도를 선택한 것이다.

나보다는 나이가 많이 어린 젊은 사범으로부터 검도를 배우려니까 처음에는 어색하기도 했는데, 젊은 검우(劍友)들과 함께 운동을 하니까 힘이 다시 솟아나고, 건강이 많이 좋아지는 것 같았다. 모든 운동은 열심히 하지 않으면 건강의 효과를 기대할 수가 없는 것이므로, 나는 이 운동에 시간이 허용하는 대로 최선을 다했다.

약 1년여 기간 동안 운동을 하고, 1999년 10월경에 서울로 다시 이사를 하게 되어, 마포구 공덕동에 소재한 (사)대한검도회 제심관(制心館)에서 운동을 계속했다. (사)대한검도회는 우리나라 여러 검도 단체 중에서, 대한체육회(KASA) 유일의 가맹단체로서, 다른 검도 단체의 입단경력과 실력 등은 전혀 인정을 하지 않았다. 나는 (사)한국검도협회의 유단자의 자격은 인정을 받지 못하고, 다시 초보의 단계부터 수련을 시작했다. 두 검도회의 장단점을 비교하며 종합적인 응용을 함으로써, 수련과 실전 등에는 많은 도움이 되었다.

제심관 도장에는 유명 검도인(劍道人)이신, 오병철 관장님과 남승희 선생님이 계셨었다. 오병철 관장님은 고향이 경남 합천군 가야면이며, 경북고와 서울대를 졸업하셨고, 서예에도 조예가 깊으신 문무(文武)를 겸비한 훌륭한 분이었다. 그리고 지금은 하늘나라에 계시는 남승희 선생님은 대구시 남산동이 고향이며, 경북고와 경북대 사범대 체육과를 졸업하고 고교교사로 재직하셨던 분이셨고, 우리나라 검도계(劍道界)에서는 최고의 경륜을 인정받고 있었던 범사 8단의 고단자였다. 특히 남승희 선생님께서는 죽도(竹刀)는 물론, 진검(眞劍)으로 수련하는 일본의 정통 '무사검법(さむらい けんぽう)'은 우리나라 최고의 실력자로 인정받았던 분이시고, 정통 검도교본인 『검도세계』를 저술하셨다.

나는 두 분의 선생님으로부터 약 6년 동안, 죽도와 진검의 비법 등에 관하여 많은 지도를 받았다. 그리고 나는 2005년 8월의 행정학박사 학위취득과 동시에, 생업, 강의(講義), 세미나 등의 여러 가지 바쁜 사정으로 인해, 도장에서의 운동을 더 이상 계속할 수가 없어 부득이하게 그만두게 되었다.

지금 생각해 보면, 나는 술 잘 마시는 것과 운동하는 것만큼은 이상하게도 아주 부지런한 편이었다. 어릴 때 "집안일 거드는 것과 공부하는 것은 농땡이지만, 쓸데없이 노는 것과 운동하는 것은 열심이다"라는 말씀은, 옛날에 어머니께서 나에게 자주 하셨던 말씀이었다.

나는 아직까지도 몸에 좋지 않다는 술은 바보같이 그대로 많이 마시는 편이지만, 특별한 사정이 없는 한, 매일 규칙적인 생활을 하는 편이고, 용불용법칙(用不用法則)은 철저하게 믿는 편이다.

첫째, 특별한 경우를 제외하고 식사 시간과 잠자는 시간은 거의 규칙적이고 일정하다.

둘째, 소식(小食)을 하고 음식은 생선회 외에는 별로 가리지 않는다.

셋째, 다양한 맨손운동과 줄넘기 등은 매일 30분 이상 계속하고 있다.

넷째, 특별한 약속이 없는 날이면, 오랜 세월을 함께한 애인 같은 나의 보검(寶劍)을 손에 들고, 우리 집 바로 인근의 동산에 올라가 숨이 차고 온몸에 땀이 젖을 때까지 허공(虛空)을 베고 있다. 예리한 나의 진검(眞劍)이 허공을 힘차게 벨 때마다 내 귀에 들려오는 칼날과 공기의 예리한 마찰음(摩擦音)은, 나에게 새로운 청춘의 기운을 솟아나게 하는 것 같다.

10

코로나19

(Corona Virus Disease2019: COVID19)

코로나19는 2019년 11월 중국 후베이성 우한시에서 처음으로 발생하여 보고된 새로운 변종의 바이러스인 급성호흡기 전염병으로서, 제1급 신종감염병증후군의 법정 전염병이다. 국제적으로는 주로 'COVID19'로 호칭되지만, 우리나라에서는 주로 '코로나19'로 호칭하고 있다.

2020년 1월부터 아시아권으로 퍼지기 시작하여, 2월 중순부터는 전세계로 퍼지게 되었다. 세계보건가구(WHO)는 2020년 1월 31일 국제적 공중보건 비상사태를 선포하였고, 3월 11일 범유행전염병(팬

데믹)임을 선포하였다.

그리고 모든 사람들은 외출 시에 반드시 마스크를 착용해야 했는데, 한때는 마스크의 품귀현상까지 일어나 판매 숫자에 제한을 두기도 했다.

2022년 4월에는 코로나19의 전세계 확진자가 5억 명을 돌파하였고, 치사율은 1.9%나 되었다. 우리나라도 1일 수십만 명이 감염되었다가 2022년 7월 현재 1일 10,000명 이하로 줄어들기도 했었다. 그러나 또다시 감염자가 급격히 늘어나서, 8월 상순 현재 다시 100,000명을 넘어서고 있다.

한때는 대중식당 등의 영업시간과 각종 모임 등의 참여 숫자도 제한을 했고, 설과 추석이 되어도 귀성을 자제할 것을 권유함으로써, 이 코로나19가 국내경제는 물론 세계경제에 미치는 영향은 상상을 초월하고 있다.

2022년 11월 현재 60세 이상은 백신을 5차까지 접종을 하고 있으나, 알파, 델타, 오미크론(BA1, 2, 4, 5, 2.75) 등의 변종이 자꾸 발생했고, 이어서 XBB, BQ 등의 변종이 등장하고 있다.

11

현재의 고향

이 책은 나의 고향을 중심으로, 1960년대 전후의 농경문화 등을 주제로 집필을 시작하여, 반백 년이 넘도록 타향을 떠돌면서 겪은 일부의 이야기들을 종합하여 지금까지 기록했다. 그리고 이제는 다시 고향 농촌으로 돌아가서, 현재의 실태를 살펴보고자 한다.

지금의 고향은, 과거의 자연환경은 물론, 모든 것이 옛날과는 전혀 다른 모습으로 변하여 있을 뿐만 아니라, 그 변화는 지금도 계속 진행 중이다.

고향의 환경변화

1960년대 후반까지만 하더라도 집집마다 안채의 처마 끝에는 제비집이 지어져 있었고, 전깃줄과 빨랫줄 등에는 많은 제비들이 앉아있었는데, 지금은 완전히 사라지고 없다. 더욱이 옛날의 산보다는 지금의 산이 수풀은 더욱더 울창해졌는데도 불구하고, 사철 동안 변함없이 흐르던 산속의 맑은 계곡물도 거의 없어졌다.

내가 어릴 때는 뒷산의 골짜기 등에 늑대, 노루, 산토끼, 꿩, 산새 등의 야생동물들이 아주 많았었다. 그 당시에 호랑이는 없었기 때문에, 사람들이 가장 무서워했던 대상은 귀신, 도깨비, 매구, 늑대 등이었다. 이 중에서 귀신, 도깨비, 매구 등은 실체가 없는 것이었고, 늑대는 실제로 존재했다.

6·25가 일어나기 전인 내가 어릴 때, 우리 마을의 뒷산과 거의 인접한 어떤 집에는 돼지우리 근처에 늑대가 자주 출몰하는 것을 미리 알고, 집주인이 덫(경상도 방언은 '덭')을 놓아두었는데, 어느 날 이 덫에 늑대 한 마리가 걸려서 잡힌 적이 있었다. 발목에 덫이 걸려 발버둥치는 늑대의 모습은 정말 사나웠다. 그때 잡힌 늑대는 수놈이었는데, 늑대는 부부의 정이 깊어서 암놈이 반드시 복수하러 올 것이라는 말까지도 있었지만, 그러한 일은 없었다.

그 후로도 아침 일찍 산골짝에는 간혹 늑대가 보이기도 하고, 늑대의 배설물이 많이 발견되기도 했었다. 늑대의 배설물에는 소화가 되지 않은 다른 짐승의 털이 반드시 섞여 있었기 때문에 쉽게 구분이 되었다.

늑대의 외모는 개와 거의 비슷하지만, 분명한 차이점이 있었다. 늑대는 보통 꼬리를 땅으로 낮추면서 행동하고 특별히 급하지 않으면 천천히 걸어 다니는데, 개는 꼬리를 들고 평소에도 비교적 빨리 걷는 편이다.

내가 어릴 때에 같은 마을의 친구 부친께서, 깊은 산골의 고개를 혼자 넘어가다가 늑대를 만나 싸운 이야기를 하신 적이 있었다.

늑대가 평소에는 오히려 사람을 피하지만, 무척 배가 고플 때나 그들이 위험 등을 감지할 때는, 한 마리만 있을 때는 공격을 잘 안 하고 두 마리 등이 함께 공격을 하는데, 늑대가 가장 겁내는 것은 불(火)이라고 했다. 그 다음에는 몽둥이 등으로 방어를 하며, 1보 전진 2보 후퇴의 방법으로 피할 수밖에 없는데, 등을 보이거나 너무 빨리 도망하면 안 된다는 것이었다. 그렇게도 무서웠던 늑대도 6·25 사변 후부터는 완전히 사라졌다.

내가 기억하는 또 하나의 이상한 산짐승이 있다.

우리 고향 마을에서 산당 마을 쪽으로 가는 길옆의 공개골 입구에는 '바램이 모퉁이'라는 곳이 있는데, 이곳에는 '갈가지'라는 이상한 짐승이 살고 있었다. 낮에는 아무런 흔적을 찾아볼 수 없었으나, 밤이 되면 나타나서 길가는 행인에게 흙을 파서 던지는 것이었는데, 많은 사람들이 겁을 먹고 있었다. 사람들에게 다른 피해는 주지를 않았고 오직 흙만 파서 던지며 겁을 주는 것이었다.

실제의 경험은, 내가 국민학교 4학년(11세)일 때, 나의 작은누님의 결혼식 전날 밤에, 우리 집 머슴이 약 1km 떨어진 산당 마을의 큰형수님 친정집에서 보내주는 '떡국떡'[10]을 지게에 지고 오는데, 이 '갈가지'가 흙을 뿌려서 떡을 담은 함지 위의 덮개에 많은 흙이 덮여 있었다. 떡을 지고 오는 도중에 넘어져서 흙을 묻힐 수도 있었지만, 이 흙은 길가의 흙이 아니라, 분명히 산(山) 흙이었고, 함지속의 떡에는 흙이 전혀 없었고 오직 떡을 덮은 덮개에만 흙이 덮여있었기 때문에, 분명히 누가 흙을 파서 던진 것이라는 판단을 할 수가 있었다. 그리고 이 머슴의 평소 성격 등으로 볼 때 거짓말을 할 사람도 전혀 아니었던 것이다. 이 '갈가지'의 형체를 실제로 본 사람은 아무도 없었지만, 이러한 공격을 당한 경우는 많았던 것이다.

그러나 이 '갈가지'는 이상하게도 내가 중학교 다닐 무렵부터는 일절 나타나지를 않았다. 이 '갈가지'의 정체는 분명히 귀신이나 도깨비는 아니었을 것 같고, 산짐승일 가능성은 매우 높지만, 어떤 짐승인지는 아직까지도 풀리지 않는 의문으로 남아있다.

노루는 1960년대 초까지는 일부가 보이기도 했으나, 곧 사라지고 없어졌다. 노루가 사람을 보면 무조건 도망을 가는데, 계속해서 도망을 가는 것이 아니고, 100여 미터쯤 도망을 가다가 반드시 갑자기 멈추고 주위를 살펴보는 이상한 습관이 있었다. 노루의 이러한 행동은 쓸개가 없기 때문이라는 말이 있기도 했었는데, 진위(眞僞)의 여부는 확인되지 않았다.

산토끼와 꿩은 1970년대 초까지도 일부가 있었는데, 그 이후에는

10 '떡국'은 주로 설에 먹는 명절 음식인데. 그 당시에는 결혼식의 잔치에도 반드시 '떡국'으로 손님들을 대접했었다. 또한 사돈 사이에는 결혼, 회갑 등의 큰 잔치가 있을 때마다 축의금보다는 음식 등의 축의품을 서로 주고받는 풍습이 있었다.

남획과 환경변화 등으로 인하여 거의 사라지고 없는 실정이다.

봄철의 밤에만 슬피 울면서, 모습은 잘 드러내지 않던 소쩍새는, 내가 아주 어릴 때인 10살 전후의 나이에는 울음소리를 많이 들었던 기억이 난다. 그러나 지금은 우리 고향 마을과 조금 떨어진 귀원덤 근처의 산에서만 울음소리가 간혹 들린다는 말이 있다.

우리 고향 마을의 산골짝에 흐르는 맑은 물에는 '중태기'라는 민물고기와 '비단개구리' 등의 민물고기가 많이 서식을 했었는데, 1960년대 후반부터는 완전히 사라지고 없다. 얼마 전에 TV에서 이 '중태기'를 잡아먹는 지방이 있는 것을 보았는데, 우리 고향에서는 이 '중태기' 물고기를 먹지 않는 물고기로 인식하여 일절 잡아먹지를 않았었다.

과거 1960년대 초까지만 하더라도, 모래밭 위의 공중에서, 일명 '노고지리'라고 불리기도 했던 종달새 우는 모습을 자주 볼 수가 있었는데, 그 이후에는 이 종달새마저도 완전히 사라지고 없어졌다.

모심기를 한 지 얼마쯤 지나면, 여름 철새인 '뜸부기(뜸북새)'가 벼논에서 '뜸북 뜸북' 하고 많이 울었는데, 지금은 완전히 사라지고 없다. 이 '뜸부기'를 〈짝사랑〉이라는 유명한 대중가요 가사의 2절에서, "아- 뜸북새 슬피 우니 가을이구나."라고 함으로써, '뜸부기'가 마치 가을을 상징하는 철새인 것처럼 표현했는데, 이것은 분명히 잘못된 가사라고 생각한다.

'뜸부기'는 우리나라의 여름 철새로서, 봄에 왔다가 초여름에 번식을 하여 가을이면 남쪽으로 날아간다. 까치와 참새 등의 텃새는 시도 때도 없이 울지만, 보통의 철새들은 주로 번식의 시기에만 수컷이 암컷을 유혹하기 위해 운다고 한다. '뜸북새'는 번식시기인 초여름에 울며 번식을 하여, 가을이면 새끼들과 함께 남쪽으로 날아간다. 그러므로 가을이면 조용히 남쪽 나라로 날아가는 이 '뜸북새'를 가을이 왔다고 알려주는 철새라고 표현한 가사는, 분명히 잘못된 가사라고 하지 않을 수가 없다.[11]

'귀원덤'과 '비기덤' 위에서 밤이면 울던 부엉이도 6·25 이후에는 완전히 사라지고 그 이후에는 아무런 흔적도 없다. 부엉이가 떠나면서 자기 집의 수많은 보물들도 함께 옮겨 갔는지, 아니면 그대로 있는지는 알 수가 없다.

이와 같이 자연의 동물들이 대부분 떠나가고 없는 이 농촌이, 앞으로는 인간까지도 모두가 떠나게 될 것 같다고 하니, 삭막한 농촌이 더욱더 걱정된다.

소멸위기(消滅危機)의 고향 마을

내가 어릴 적에 고향 마을에서 살았던 수많은 야생동물들은 이미 거의 떠났고, 이제는 멀지 않아 인간들까지도 모두 떠나게 됨으로써, 앞으로는 아무도 살지 않는 텅 빈 마을이 될 것만 같다.

11 이 책의 종착역을 얼마 앞둔 오늘 아침(2022. 9. 1)의 『조선일보』에, 모 대학교 대중음악사학자인 모 교수께서, 이 〈짝사랑〉이라는 대중가요의 가사에 대하여, 가장 먼저 떠오르는 '가을의 노래가사'로 극찬을 한 칼럼을 보고, 나는 새로운 결심을 하게 되었다. 나의 생각으로는 분명히 잘못된 가사인데 이를 극찬하는 것을 보고, 그 동안 자제하여 왔던 일부 대중가요의 잘못된 가사에 대한 나의 소견을 피력(披瀝)하는 것이 참다운 대중문화를 위해 더욱더 좋을 것이라는 생각을 하게 되었다. 그러므로 이미 집필한 앞의 내용 일부를 수정하여, 일부의 대중가요 가사에 대한 나의 소견을 밝히고자 한다. 시와 가사 등의 작품에 있어서, 감성적 표현 등은 아무리 자유롭게 할지라도, 자연현상과 실제의 사실 등과의 지나친 괴리(乖離)는 피해야 할 것이라고 생각한다.

이 책의 주제인 농경문화의 주요 무대였고 배경이 되었던 나의 고향 마을은 물론, 인근의 모든 마을들이 소멸의 위기에서 자유롭지 못한 마을이라고 한다.

2022년도 현재, 우리 고향의 모든 이웃 마을에 살고있는 주민들 중에서, 가장 젊은 최저의 나이가 65세 이상이라고 한다. 그리고 지금 마을의 모든 주택 중에서 빈집들이 거의 절반을 넘는 실정이므로, 멀지 않아서 농촌에는 심각한 변화가 예상된다. 더욱이 앞으로 귀촌을 할 자녀들이나 젊은이들이 전혀 없기 때문에, 지금의 65세 이상의 노인이 90세가 다 되어 가는 20년 후 정도가 되면, 1개의 마을에 겨우 3-5인 정도의 노인들만 살아가는 적막한 마을이 될 것이라고 한다. 그리고 또 몇 년을 더 지나면, 단 1인도 살지 않는 완전히 텅 빈 유령마을이 될 것이라고 한다. 그러나 이러한 속도는 조금 더 여유 있게 계산을 한 것이기 때문에, 전기(前記)의 예상보다는 훨씬 더 빨리 진행될 수도 있을 것이라는 의견이 거의 중론(衆論)이다.

따라서 앞으로 정부의 젊은이들에 대한 특별한 귀농 유인책 등을 실시하지 않는 한, 현재의 전국 군청 소재지 등의 일부 주요 마을을 제외한 대부분의 농촌 마을은 분명히 소멸(消滅)되고 없어질 것이라고 한다.

지금 정부에서 추진하고 있는 소멸 방지 정책은, 금년부터 앞으로 10년간 연 1조 원을 '지방소멸 대응기금'으로 지자체에 배정(광역 25%, 기초 75%)하여, 기초는 인구감소지역 89개, 관심 18개, 광역은 서울과 세종을 제외한 15개 시도로 한정하여 대처한다는 것이다.

현재 각 지자체가 이 대응기금으로 추진할 예정 사업은 예산 부족 등으로 인해, 대부분 임시적이고 단기성인 사업이므로, 장기적이고 근본적인 실효성은 기대하기가 어려울 것 같다. 차라리 단기적이고 소모적인 땜질식의 예산집행보다는, 몇 년간의 예산을 아끼고 함께 모아서라도, 장기적이고 영속적인 사업이 될 수 있도록, 정책의 일대 전환이 필요할 것 같다.

내가 태어나고 자랐던 고향 마을과 인근 마을도 소멸의 대상마을이 될 것 같다고 하니, 마음이 정말 착잡(錯雜)해진다. 어릴 적의 수많은 사연과 아름다운 추억들이 겹겹이 쌓여있는 그리운 내 고향 마을이 20여 년이 지나면, 유령마을이 된다고 하니 정말 슬프고 안타까운 일이다.

정다운 얼굴들이 서로 웃으며 살던 마을, 해질 무렵이면 저녁연기가 피어오르는 평화롭고 정다웠던 그 마을, 그리고 문필봉을 바라보는 신비롭고 아름다운 그 고향 마을이 앞으로도 영존(永存)하기를 진심으로 기원한다.

12

석양(夕陽)의 인생사유(人生思惟)

여기까지 집필을 해오면서 다시 한번 '나 자신'을 생각해 보니, 나는 머리도 특별히 좋지를 않았고, 성실하고 근면한 성품도 아니었고, 타의 모범이 될 수 있는 훌륭한 삶을 살아오지도 못한 것 같아서, 많은 후회와 함께 이 책의 가치와 발간에 대한 부끄러운 마음을 금할 수가 없다.

나의 지나온 인생길에서 나의 앞날을 좌우했던 최대의 갈림길은, 병역의무를 마치고 고향 농촌을 떠나올 때와 대구시 공무원직을 사직하고 대구를 떠나올 때였다. 내가 대구에서 공무원직을 그만두고 서울로 이사를 올 때, 내가 탄 차가 출발을 하자마자, 전송을 나와 계셨던 어머니께서는 그 자리에 그대로 주저앉아서, 많은 눈물을 흘리며 우셨다는 이야기를 후일에 들었다. 내가 강제로 쫓겨오는 것도 아니었고, 더 큰 꿈을 위해 자진하여 서울로 온 것인데, 왜 그렇게도 우셨는지를 생각해 보았다. 철없는 이 막내아들이 고향 근처인 대구에 살고 있을 때는 별로 걱정이 덜 되었는데, 서울이라는 먼 곳으로 떠나니까 나의 앞길이 한없이 걱정되셨던 것 같았다.

지금도 그 생각만 하면, 어머니의 하늘 같은 모정에 금방이라도 내 눈에는 눈물이 쏟아져 나올 것만 같은 마음을 억제하기가 어렵다.

만일 내가 서울로 오지를 않고, 대구에서 공무원 생활만을 정년까지 계속했더라면, 비록 고위직은 아닐지라도 안정된 생활은 누리며 살았을 것이고, 냉정한 이 객지에서 견디기 어려운 "동토의 길"은 분명히 걸어오지 않았을 것이다. 그러나 더 넓은 세상에서, 산전수전(山戰水戰)의 다양한 인생 경험과 함께, 내가 소망했던 학문의 꿈은 분명히 이루지 못했을 것이므로, 「고이의 법칙」[12]같이 나의 모험적이고 위험한 선택이 옳았다는 것만은 분명한 사실일 것이다.

그리고 지금 하늘나라에 계시는 아버지와 어머니께서도, 이제는 내가 선택했던 이 길이 더욱더 가치 있는 좋은 선택이었다는 것을

12 '고이(鯉,コイ)'는 일본산 비단잉어의 한 종류인데, 작은 어항에서 기르면 약 5-8cm 정도 자라지만, 넓은 수족관에서 키우면 15-20cm 정도 자라고, 강물에 방류하면 90-120cm까지 자란다고 한다. 이와 같이 사람도 주변의 환경과 교육에 따라 성장의 형태가 변할 수 있다는 것을 「고이의 법칙」이라고 한다.

분명히 알고 계실 것으로 믿는다.

그동안 바쁘게 살아온 나의 인생도 이제는 석양에 홀로 서 있는 것 같은 외로움을 느낄 때가 많이 있다. “모란이 피기까지는 나는 아직 나의 봄을 기다릴 것”이라고 했던 ‘김영랑’ 시인처럼, 나도 모란이 피는 나의 봄을 기다려 볼 생각을 해 보기도 했으나, 이제는 아무래도 너무 늦은 것만 같다.

나는 이제 모든 사회적 활동은 다 내려놓고, 한가한 백수의 신세로 살아가고 있다. 이제는 여기저기 사회적 모임 등에 얼굴 내밀고 돌아다니는 등의 노욕(老慾)은 조금씩 줄이고, 건강을 위해 운동시간이나 좀 더 늘려야 할 것 같은데, 마음대로 잘 되지를 않는다. 요사이 노인 백수들 사회에서 “끼끼 빨빠”라는 말이 유행 중이라고 하는데, “끼일 때는 끼이고 빨리 빠져라”는 말이라고 한다.

이제는 거울을 보면 낯선 노인이 거울 속에 있는 것같이, 내 얼굴이 많이 늙어 보인다. 나도 한때는 가뭄에 콩 나듯이 미남을 조금 닮았다는 소리를 간혹 들어보기도 한 것 같았는데, 이제는 다 사라진 꿈 같은 소리가 되고 말았다.

요사이는 내가 싫다고 해도 집사람이 억지로 고집을 부리며, 고맙게도 나의 반백(半白) 머리에 월 1회 정도로 염색을 해 준다. 나의 머리에 염색을 해 줄 때마다, 옛날에 읽어본 장구령(張九齡)이 지은 〈조경견백발(照鏡見白髮: 거울에 비친 백발을 보고)〉이라는 한시(漢詩) 한 수가 생각나서 혼자 웃어보기도 한다.

宿昔青雲志 숙석청운지	옛날에 품었던 청운의 뜻은
蹉跎白髮年 차타백발년	이제는 모든 것이 끝나버린 백발의 나이

誰知明鏡裏 누가 알았겠는가? 거울 속에 비칠 백발을
수지명경리

形影自相憐 형영(形影)의 두 얼굴이 서로를 가련히 보는구나.
형영자상련

조용한 시간이면, 지나온 세월에 대한 많은 후회와 함께, 참을 수 없는 외로움이 밀물처럼 밀려올 때가 많다.

오늘은 오래전에 안타깝게도 하늘나라로 일찍 가버린 많은 친구들[13]이 더욱더 생각난다. 그 중에서도 특히 안타까운 사정 때문에, 한창의 나이에 하늘나라로 일찍 떠난 오방열 친구가 많이 생각난다. 오방열 친구는 경북도청과 고령군청 과장급의 유능한 공무원이었으며, 나이는 나보다 3살의 연상이었고 학교는 1년 선배였지만, 흉허물없이 잘 지냈던 죽마고우(竹馬故友)였다.

내가 고향에서 4-H클럽 활동을 한창 할 때에, "우리 송림 마을에서 수호 너는 앞으로 우리 마을의 유명한 전설이 될 것"이라는 실없는 농담을 자주 했는데, 지금 생각하니 그 친구가 '나'라는 인간을 가장 잘 알아주었던 것 같다.

나는 "사람은 자기를 좋아하는 사람을 좋아한다."[14]라는 말과 "사위지기자사(士爲知己者死), 여위열기자용(女爲悅己者容)"[15]이라는 말을 좋아했기 때문에, 많은 사람들과 진심으로 교우(交友) 관계를 유

13 오방열, 이쾌우, 김영삼, 오재철, 오재호, 이의웅(송림친구), 안영달, 이헌정, 최태호, 조방언, 전명수, 이주승, 박두헌, 최일화, 김제도, 서일문, 박철규, 허성사, 백효일, 곽정식, 김영규, 신이휴, 박재수, 임병열, 방한철 등과 그 외의 많은 친구들.

14 김양호, 『대화의 심리작전』, (서울: 언어문화사, 1977), p.342.

15 선비는 자기를 알아주는 사람을 위해 생명을 바치고, 여자는 자기를 좋아하는 남자를 위해 화장을 한다.

지해 왔다.

그 많은 사람들 중에서, 위와 같이 일부는 이미 하늘나라로 먼저 가버렸고, 또 일부는 지금 어디에 사는지도 알 수가 없고, 또 일부는 여러 가지 사정 등으로 인하여 만나기가 어려운 사람들이다. 지금은 보고 싶은 많은 사람들 중의 극히 일부만을 간혹 만날 뿐이다.

새로운 친구는 새로운 친구대로 좋고, 옛날 친구는 옛날 친구대로 보고 싶은 것이 인간의 마음인 것 같다.

이제는 나도 "회자정리(會者定離) 생자필멸(生者必滅)"[16]이라는 '생자(生者)의 숙명(宿命)'을 도저히 피할 수는 없을 것이다. 그리고 지금 내가 누리고 있는 이 마지막 소확행(小確幸)[17]의 인생여정(人生旅程)이 언제까지 이어질지는 알 수가 없다.

지금의 내가 할 수 있는 오직 유일의 길은, 하늘이 내게 주실 최후의 그 순간까지 이 세상의 모든 것(凡事)에 감사하며, 걷고 있는 이 길을 그대로 걸어갈 수밖에 없을 것 같다.

16 회자정리(會者定離) 생자필멸(生者必滅)은 불교에서 나온 말로서, 사람은 만나면 반드시 헤어지고, 산 사람은 반드시 죽는다는 뜻이다.

17 '소확행'은 "작지만 확실하게 실현가능한 행복 또는 그러한 행복을 추구하는 삶의 경향"을 말하는 신조어이다. 이 말은 일본의 소설가 '무라카미 하루키(村上春樹)'의 1986년작 에세이 『랑겔한스섬의 오후』라는 작품에서 처음 사용된 용어라고 한다.

동토의 길

글 김수호 | **발행인** 김윤태 | **발행처** 도서출판 선 | **교정** 김창현 | **표지디자인** 디자인이즈
등록번호 제15-201호 | **등록일자** 1995년 3월 27일 | **초판 1쇄 발행** 2023년 3월 1일
주소 서울시 종로구 삼일대로30길 23 비즈웰 427호 | **전화** 02-762-3335 | **전송** 02-762-3371

값 20,000원
ISBN 978-89-6312-623-4 03810